文化名家暨
"四个一批"人才丛书

底稿

2000—2020

编年版·下

毛浩———主编

团结出版社 UNITY PRESS

目录

2011
深层修复

2011 年的世界，怎一个 "乱" 字了得。中国也难以独善其身，正深陷 "成长的烦恼"。有媒体呼吁：中国哟，请停一下你飞奔的脚步，等一等你的人民！

2012
凝聚共识

11月，党的十八大召开，顺利完成新老领导集体的交接。刚上任的习近平总书记提出"实现中华民族伟大复兴中国梦"，各社会群体在最大公约数下重新寻求集合。

2013
开启新局

在历史上，2013年被标注为又一个"改革之年"。11月召开的十八届三中全会，提出使市场在配置资源中起到决定性作用和更好发挥政府作用，中国的改革从此进入综合推进的时代。

2014
新常态

2014 年 GDP 增长 7.4%，这是 24 年来的最低点，但第三产业增加值占比、高新技术产业增长等重要指标却积极向好。这年 5 月，中央正式提出"新常态"，这成了相当长一段时间中国经济发展的大逻辑。

2015
高位震荡

2015 年的年度特征就是震荡，不间断的高烈度的震荡。10 月底，中共召开十八届五中全会，围绕全面建成小康社会布局"十三五"规划。无疑，这正是剧烈震荡所要寻找的突破方向。

2016

舞台中央

作为世界第二大经济体，中国成了世界秩序和全球化战略的主要维护者，历史性地走到世界舞台的中央。而中国的经济也正处在增速换挡、调整阵痛和消化刺激政策三期叠加的攻坚时刻。

2017
强国征程

2017 年最不寻常之处，在于它是一个超级政治大年。10 月召开的党的十九大宣告，到本世纪中叶，我们将奋力建成现代化强国，实现民族复兴，中国崛起的总攻即将打响。

2018
不惑之年

改革开放是推动中国崛起的主引擎，是实现民族复兴的关键一招。四十年的经验告诉我们，开放的大门不能关，只能开得更大。只要坚持改革开放不动摇，中国的崛起就是不可逆的。

2019
大的样子

2019 年，新中国迎来 70 年大庆。这一年，人们对复兴的源头可以追溯得更远，文化自信加速回归。但是大也有大的难处，最严峻的考验来自外部。

2020
从头越

2020 年原本就是许多规划的终点，诸如全面小康、脱贫攻坚、完善市场经济制度、高考制度改革，等等，人们希望这是一个新旧交替的年份，世纪疫情加深了这种"代际感"。

2011

深 层 修 复

2011 年的世界，怎一个"乱"字了得。刚开年，一名突尼斯青年自焚，点燃了"阿拉伯之春"的乱象之火，接着金融风暴蔓延成"欧债危机"，诸多国家政权相继更迭。蝴蝶翅膀扇到美国，大批民众示威"占领华尔街"。3 月，北约进攻利比亚，5 月，美国击毙拉登，随后宣布重返亚太。自然界也不安分，3 月，日本发生9 级地震，伤亡重大之外，又让福岛核电站出现泄漏，引发全球性恐慌。

中国也难以独善其身，尤其是四万亿配套的地方政府债务让国际经济界忧心忡忡，克鲁格曼针对所谓"中国债务危机"发表文章"Will China Break"，中国要歇菜了吗？

的确，此时的中国正深陷"成长的烦恼"，当年一场暴雨让两个北京市民在城中心溺亡，而甬温线动车事故导致 40 名乘客丧生。有媒体呼吁：中国哟，请停一下你飞奔的脚步，等一等你的人民！

是时候做深层大修了。这一年通过的"十二五"规划提出"努力实现居民收入增长和经济发展同步、劳动报酬增长和劳动生产率提高同步";修改了个人所得税法,将个税起征点从 2000 元提高到 3500 元;完成了新医改,中国职工医保、居民医保、新农合参保人数超过 13 亿,覆盖率达 95%。更为重要的是,这一年宣布,中国特色社会主义法律体系已经完成,它包括宪法和有效法律 240 部、行政法规 706 部、地方性法规 8600 多部,吴邦国委员长在两会上说,这基本实现了有法可依。

　　2011 年,通胀阻击战仍在继续。严厉措施一个接一个,其中房地产"新国八条"被称为"史上最严限购令"。重压之下,CPI、房价两个指标数字,在年底双双出现回落。11 月全国 CPI 相对当年的最高点,涨幅已经下跌 2.3 个百分点。北京、上海、广州和杭州的商品住房成交均价较 2011 年初均下降 10% 以上。然而政府调控对整体经济的杀伤也很明显,当年 GDP 增速下滑至 9.3%,转换增长方式更显迫切。

　　此时,互联网经济正风起云涌,PC 时代自我了结,移动互联网上位。微信、小米、高德地图都诞生在这一年,而淘宝则遭遇了"十月围城"。这无疑是一个动能转换的关键时点,小米科技创始人雷军告诉同伴,"站在风口上,连猪都会飞起来"。

唱着国歌撤离利比亚

"国家给的毛毯"

2月25日，中国赴利比亚撤侨联合工作组第一组组长费明星，奉命率工作组赶往利突边境，协助我撤离人员经陆路撤往突尼斯。怎么去？两个当地司机一起摇头说："去不了，那是一条死路。"

由于通往利突边境的陆路需途经利比亚政府军与反政府军交战的"红白区"，大街上飞子弹，车顶上飞炮弹，更不要提沿途的50几个检查站，个个都是生死考验。当地司机无一不拒绝前往。

但对于费明星等人来说，这却是一条必须打通的"生命线"。"当时有近700名中国工人已经到达利突边境，他们的护照几乎都在撤离中遗失了，我们必须在第一时间赶到，才能帮助他们顺利出境。"回忆起撤离中的一幕幕，费明星深深吸了口气。

2月25日黄昏，当工作组到达利突边境时，近700名工人没吃没喝地坐在沙漠地上等候出境。如何解决食物，成了工作组必须立即解决的第一道难题。使馆的一名工作人员很快联系到一个利比亚朋友，说服他帮忙从数十公里外买来了面包和水。可一到晚上，沙漠地区的低温令工人们只能缩抱在一起，看得费明星很揪心。他要求工作组成员设法搞到御寒的被子或毯子。仍是那个利比亚当地朋友，给工人们弄来了296条毛毯。26日凌晨2时40分，当工人们拿到毛毯时，有人哽咽着说："这是国家给的毛毯。"

北京建工集团王建同志动情地说，当时环视四周，看到大批无所适从的各国难民，他由衷地感到作为中国人的尊严和体面！此时此刻，祖国不再是一个概念，而是心中最坚固的靠山！

"立正，向左转，齐唱国歌！"

2月27日下午，中国赴利比亚撤侨联合工作组第一组组长费明星参赞等人，等候在利比亚与突尼斯边境，准备协助同时抵达边境的3500名中国工人进入突尼斯。然而，当2000余名工人到达边境后，北京建工集团的一位负责人焦急地找到费明星，告诉他说："先前出发的几十人至今未到，肯定出问题了。"

费明星当即让一名来自公安部的同志与使馆工作人员一起，开着面包车沿途找了回去。就在距离边境大约3公里的地方，工作人员终于找到了这几十名同胞。因在撤离途中丢失了护照，他们已被当地检查站扣留，车也被放走了。工作人员立即亮明身份，并向检查站的值守人员一遍遍解释，但无论怎么说，他们就是不放人。值守人员的理由是：如何证明他们是中国人？

这又是一个难题：没有了护照，如何才能证明这几十名工人的中国公民身份呢？就在工人们的情绪几近崩溃时，来自公安部的那名工作人员灵机一动，突然对着队伍高声喊道："全体都有：立正，向左转，齐唱国歌！"

一时间，原本近乎绝望的情绪突然找到了一个爆发点，汇聚成整齐激昂的声音："起来，不愿做奴隶的人们……"值守人员放行了。数十名中国工人就这么一路唱着中国国歌，走了3公里的路，赶到边境与大部队会合。

趴下来开的会

2月24日，外交部领事保护中心副主任李春林带领的赴利比亚班加西工作组8名成员，赶往利比亚的班加西港，负责经海路的撤离工作。24日深夜2时30分，搭乘中国政府派出的第一架包机从北京出发，李春林一行经过3次转机、24小时连续飞行后，终于抵达克里特岛，登上了中国驻希腊大使馆租借的"奥林匹克冠军"号邮轮，赶往班加西。

"坐邮轮，大家听起来可能觉得很过瘾。可是，冬季的地中海风浪非常巨大（海风常常高达8级），船颠簸的程度是我们没想到的。大部分工作组成员出现呕吐、眩晕等晕船症状。船舱里的椅子不停地从这头撞到那头，再从那头撞回来，房间内的玻璃制品几乎全碎了，电视机也被摔到了地上。人在船上，一会儿悬空，一会儿又颠倒在地上……"李春林对记者讲述在邮轮上的经历，当时的情景仍历历在目。

陷入无政府状态的班加西，眼下的情势到底有多恶劣？怎样才能保障每一个中国工人安全登船？港口的其他数千外国人会不会给我们的撤离行动带来混乱……尽管参加过去年海地撤侨行动，有比较丰富的经验，但这一个个问题，仍让李春林心急如焚。如果不充分利用到达班加西前的这段时间对种种可能出现的状况做出预案，后果很可能不堪设想。可是，工作组成员连站都站不稳，有的还晕船，怎么组织大家讨论？

在这样一个特殊的环境下，工作组以一个特殊的方式召开会议进行部署。工作组成员有的趴在床上，有的趴在沙发上，有的趴在地上，有的靠在墙脚，讨论了一个又一个预案。

2月25日13时许，经过16个小时的艰难航行，"奥林匹克冠军"号和"希腊精神"号邮轮先后进入班加西港。看到邮轮上走出的那几个中国面孔，班加西港内的数千名中资企业员工鼓起掌来。在邮轮到来之前，生活物资匮乏，他们每天4个人一个馒头，3个人一瓶水，再加上港口外枪声、炮声不断，等待的煎熬、身体的疲惫，让很多人从心理到身体都已几近崩溃。

在中资企业的配合下，在班加西的中方员工全部登船。满载着4258名撤离人员的"奥林匹克冠军"号和"希腊精神"号邮轮，于2月27日返回了希腊克里特岛。

刚一抵达克里特岛，李春林一行又奉命率船前往利比亚西部的米苏拉塔港增援。

在为期10天的撤离行动中，赴班加西工作组两次往返利比亚，在海上度过了 6 天 6 夜，会同中国驻希腊使馆将 1.3 万多名中国同胞安全撤离。

"我的孩子就叫'伊尔'吧"

利比亚南部塞卜哈市，是整个撤离行动中最后一个难啃的"硬骨头"。中国驻苏丹使馆武官吴树陈大校，奉命去啃这块"硬骨头"。

2 月 27 日，吴树陈从苏丹紧急赶到塞卜哈机场，负责现场指挥与协调。当时塞卜哈机场外聚集了 5000 余名焦急等待离境的人员，场面十分混乱。人群中突然有传闻说，由于当地战火蔓延，中国的包机来不了。这令原本就焦躁不安的人群顿时骚动起来，喊叫和哭闹声响成一片。如果没人及时出来安抚人们的情绪，情况将非常危急。

负责现场指挥与协调的吴树陈大校，走出设在机场的临时办公室，对着人群高声喊道："我是中国外交官，也是中国军人，是来负责协助大家回国的！"没想到却有工人反问："飞机落不了地，谁来协助也没有用！"

吴树陈稳定情绪，耐心地说："大家别着急，这次是咱们国家空军派了'伊尔—76'大型运输机来接大家回国！这可是咱们国家第一次使用军机参与撤离行动。我们的空军飞行员非常有经验，再困难的条件他们也会按时降落。"

工人们的情绪稍稍稳定下来，吴树陈又跟工人们开玩笑说："咱空军的飞机可不是一般人能坐得上的啊，大家被困得还挺值！"话音一落，工人们便笑了起来，大家的情绪一下子放松了下来。

3 月 1 日 16 时 30 分，当中国空军第一架"伊尔—76"运输机顺利降落利比亚塞卜哈机场时，等待在那儿的中国人都情不自禁地鼓起了掌。有个小伙子在上机前专门转身握住吴树陈的手说："我为解放军感到自豪和骄傲。下个月我就要当爸爸了，我这两天都在想给他取什么名字，干脆，我的孩子就叫'伊尔'吧！"

在硝烟弥漫的塞卜哈机场，吴树陈与外交部工作组共协调包机 28 架次，军机 12 架次，将 5646 名我被困人员平安送回祖国。

"我们是回家，不是逃难"

3 月 1 日 15 时 20 分，数千名前一天才从利比亚首都的黎波里撤出的中国工人，聚集到了突尼斯的杰尔巴机场。但是，现场当时只有两名中国使馆工作人员。万一发生混乱怎么办？我驻突尼斯使馆武官杨旭上校等 3 人奉命前往增援。

当他们焦急地赶到杰尔巴机场时，只见几个身着北京建工集团工服的小伙子自发组成志愿者分队，正在现场维持着秩序。其中，一个戴眼镜、20 岁出头的小伙子拿着扩音器，不停地对着人群高喊："大家不要乱，不要急。我们不是逃难，祖国已经派飞机派人来接我们了，我们一定能安全回家！"

"是回家，不是逃难……"志愿者的一声声的呼喊，让来自不同单位的撤离人员安静了下来，秩序井然地排成一队，等候登机。

当时那一幕，感动了机场内的突尼斯工作人员，有人专门走过来对杨旭说：

41 岁的中国水电二局工人冯克荣一下飞机，激动地亲吻祖国大地。沈玲 / 摄

"这是你们国家最普通的工人，却有着这么强的组织能力和纪律意识。我们终于知道，中国为什么能如此强大！"

同样令当地人感动的情景，也发生在利比亚的塞卜哈机场。当 5000 余名撤离人员的最后一批即将登机时，我们的工人兄弟自发组成了清理小分队，将机场内的遗留物打扫得干干净净。中国工人的这一行动，深深感动了机场负责人哈桑，他专门指示当地警察，为中国人员进入机场开辟了一条"绿色通道"。

在后来致中方的感谢信中，哈桑写道："尊敬的中国朋友们，感谢你们把撤离工作组织得如此高效安全、井然有序。这让我们看到了中国更多的侧面，也给了我们战胜困难的信心。等局势稳定后，欢迎你们再回来！"

是的，就在祖国以实际行动维护着海外公民的生命财产安全时，我们的工人兄弟，也用自己的言行展示着国家的形象。他们也是中国海外形象的代言人。

陈小茹

2011 年 3 月 11 日

脚注：2011 年 2 月 22 日至 3 月 5 日，因利比亚国内形势发生重大变化，中国政府分批组织船舶、飞机，安全有序撤离中国在利比亚人员（包括港澳台同胞）35860 人。这是新中国成立以来最大规模的有组织撤离海外中国公民行动。

"十二五"规划纲要草案修改了一个副词

全国两会接近尾声，国家发改委根据人大代表和政协委员的意见，对"十二五"规划纲要草案作了 38 处修改。

其中一处细微的改动，直接关系到每个人的钱包。将草案原文的"逐步扭转收入差距扩大趋势"，改为"尽快扭转收入差距扩大趋势"。

不要"逐步"，要"尽快"——全国政协委员、南开大学法学院副院长侯欣一对中国青年报记者说，这个修改体现了非常清晰的政策导向。"说明中央政府对于贫富差距、两极分化有着清醒的认识和紧迫感。希望各级政府都能密切注意这个变化。"

收入分配改革是"十二五"规划草案最大亮点

收入分配改革的迫切性不言而喻。用于考察居民收入分配差异状况的基尼系数，我国接近 0.5，早已超过国际上公认的 0.4 这个警戒线。

温家宝总理在政府工作报告中指出，我国目前发展中不平衡、不协调、不可持续的问题依然突出。其中，收入分配差距较大是主要问题之一。合理调整收入分配关系，既是一项长期任务，也是当前的紧迫工作。

全国人大内务司法委员会副主任委员、著名经济学家辜胜阻说，"十二五"规划纲要草案中最大的亮点，就是收入分配制度的改革。规划中提出了"两个同步"和"两个提高"——居民收入要和经济发展同步，劳动报酬要和劳动生产力的提高同步；提高居民收入在整个国民收入中的比重，提高劳动报酬在国内生产总值中的比重。

他认为，"两个同步"和"两个提高"既是最大亮点，也是最大难点。2007

年，我国居民收入在国民收入中的比重降至 57.9%，美国的这一比例为 70%。我国的劳动报酬占生产总值的比重降到 39.74%，而这个比重在很多国家高于 50%。

工资在爬，物价在涨——过去 10 年，我国财政收入平均每年增长超过 20%，GDP 每年增幅在 10% 左右，但城乡居民收入每年只增长了 7%～8%。而且，差距同时出现在城乡之间、行业之间、地区之间。

扭转收入差距扩大趋势，从"逐步"到"尽快"，不少代表委员注意到这个变化。

全国人大代表、富润控股集团董事局主席赵林中说，过去几天的讨论中，代表们提及最多的话题之一，就是收入分配差距问题。这两个字的改动说明，代表们的意见被采纳了。

赵林中认为，"逐步"两个字还直接看不到政府要解决问题的决心，但"尽快"则表明政府已经决定把这个问题提上议事日程。眼下，决心有了，他希望能首先"尽快"有一张时间表，便于老百姓监督。

两会之前，赵林中专门在他所在的地区征集老百姓的建议，发现很多人都希望他能关注收入分配差距的问题。因此，他专门提交了关于"高度重视收入分配不公的建议"。

他说，现在我国的经济增长已经这么快了，现在宁可慢一下，也要解决好收入分配不公的问题，目前很多社会矛盾都来源于上收入分配的差距。

改"金字塔"型为"橄榄"型财富分配格局

全国政协委员、中国（海南）改革发展研究院院长迟福林说，收入分配关乎全局，关乎各方利益关系的调整，所以改革的阻力相当大。

缩小收入分配差距必将会触及一些既得利益者的利益，究竟该从哪里进行改革，该动谁的"奶酪"，政府应该如何作为？一些专家指出，除了工资水平、社会保障制度外，收入分配改革还在于改革政府的财政体制，削减一般性财政支出，提高公共服务支出。

迟福林说，现在要改革很多不合理的制度安排，毫无疑问要靠政府的推动。核心的问题涉及政府的转型，既涉及政府的理念，也涉及政府自身利益的调整。

两会前夕，国务院原则通过个税调整方案。个税调整随即成为代表委员热议的焦点。

辜胜阻指出，这是改变收入分配格局的一个很好的起点。个税改革最大的效应是将改变我国不合理的财富分布格局，有利于形成"橄榄"型的财富分配格局。当前我国的财富分配格局呈"金字塔"型，富人很少，中等收入阶层也很少，低收入阶层占大多数。

全国政协委员、清华大学政治经济学研究中心主任蔡继明认为，政府应当减轻中小企业和个体工商户的税收。包括那些个人开网店而自食其力的，政府不要总是盯着这些人的钱袋子。低收入阶层应该低税甚至免税。

另一方面，他呼吁我国适时推出遗产税和赠与税。他说，改革开放后第一代亿万富翁已经把财产向下一代转移，"富二代"接受了遗产。如果不适时推出遗产税，收入差距不平等就会形成代际传递。有的发达国家早在500多年前就对遗产征收重税，目的就是让收入不平等不要代代相传，每一代人都凭借自己的努力创造幸福和财富。

公平不是做不到，就看政府有没有决心

全国人大代表、福建省三明市市长刘道崎认为，"尽快扭转收入差距扩大趋势"，既是经济问题，也是社会问题、政治问题。尽管基层政府在工资制度改革等方面没有发言权，但对于一些民营企业比较多的地区，政府可以推动企业建立职工工资集体协商制度，实现工资的正常增长。

全国人大代表、陕西省商洛市市长杨冠军的看法是，"逐步"改为"尽快"，

更加顺应了百姓的呼声。

他说，很多"西部人的想法"中，区域差距是目前最大的差距。西部大开发战略怎样体现真正优先，对西部的扶贫怎样由"输血"变为"造血"，从而实现共同富裕，这是值得各级政府注意的问题。

从 2011 年开始，陕西省要求各级政府将新增财政收入的 80％用于民生，并将此纳入考核的内容。对于杨冠军而言，今后很长一段时期的头等民生大事是一项移民计划。2011 年，陕西省即将启动陕南陕北"避灾移民"搬迁计划，搬迁人口将达到 279 万，规模远远超过三峡移民。杨冠军所在的商洛市涉及人口 70 多万。

他告诉记者，这些人口居住在容易发生自然灾害、各方面条件不适宜居住的深山老林里，虽然各级政府给予了较多的扶贫支持，但每当一场灾害袭来，百姓就常常"一夜回到解放前"，不断地重建自己的家园。

杨冠军建议中央政府能够像当年支持三峡移民工程一样，给陕西一些政策、资金的扶持，把这些百姓不仅搬出大山，而且能够自食其力，安居乐业，为社会创造财富。

"经济发展和改善民生不矛盾。"全国人大代表、山东省日照市委书记杨军对记者说。在他看来，日照市将来用于民生方面的支出会进一步加大，而且一定要真金白银，不能是空头支票。从 2008 年开始，日照市连续三年向全市居民发放 100 万本"民生手册"，让百姓知道政府财政在改善民生方面的开支，一年一本厚厚的"账本"，接受百姓的监督。

杨军说，政府不能与民争利，财富应该取之于民，用之于民。"公平正义不光体现在社会建设上，也体现在收入分配中。"

有相当一部分专家认为，获得公共服务的机会不均等，加剧了收入差距扩大的趋势。全国人大代表、湖北省统计局副局长叶青认为，当务之急要走三步棋，收入是增加对低收入群体和困难群体的补助，二是要控制灰色收入和垄断行业的收入，三是要加强社会保障。

全国人大代表、中国人民大学教授郑功成说，社会保障一个很重要的功能就是缩小贫富差距，让不同的社会群体参与国家发展成果的分享。居民收入的增长不光要靠工作，还要靠社会保障和转移性支付，这是解决收入分配不公很重要的举措，也是政府可以有所作为的地方。

郑功成的这个观点得到浙江省绍兴市委书记张金如的支持，在他看来，解决收入分配不公，基层政府的作为就是解决好再分配的公平问题，他说，再分配的公平是最大的民生。

过去几年间，绍兴市城乡收入差距为 2.2 倍，全国则是 3.3 倍，而且在绍兴，农村居民收入的增速超过当地的 GDP 增速，也超过城市居民可支配收入的增速。

张金如认为，再分配的公平不是做不到，就看政府有没有决心做。

叶青代表说，"逐步"改为"尽快"之后，他更期待的不是纸上谈兵，关键要看政府的落实。

崔丽　刘世昕　张国
2011 年 3 月 14 日

这一刻，中国的左手握住了日本的右手

作为日本《产经新闻》驻北京的记者，矢板明夫在翻阅当天的《环球时报》时，无意中发现了一篇来自中国学者的倡议书。

那是 3 月 16 日，日本发生里氏 9.0 级大地震的第 5 天。一封题为《让我们向日本伸出温暖的手——100 名中国学者的倡议书》的公开信发表在这份报纸的国际论坛版上。倡议书中，100 位签名学者以"普通公民的身份"，指出"虽然历史遗留问题不时造成国家间政治的摩擦，但克服民族心智成长过程中的宿命困难，需要相互砥砺良知和仁爱"，而"自然灾害使人类的道德产生超越，面对自然灾害的相互援助也能成为历史和解努力的一部分"。

矢板明夫记得，看到这封信时，心里"一下子觉得蛮感动"。尤其令他意外的是，名单中的 100 位倡议者中，有不少都是他的"老熟人"——他们都曾在钓鱼岛问题上对日本发表过"强硬言论"和"激烈批评"。

"人道主义超越了政治立场与意识形态。"矢板明夫说，"在网络上对日情绪比较复杂的情况下，谢谢这些愿意站出来引导舆论、传递常识的中国知识分子们。"

当天上午，他便拨通了《环球时报》主管评论的编委王文的电话。"谢谢你们。"他说。

在日本国内，《环球时报》一直被认为是"一份民族主义立场"的报纸。而在中国，矢板明夫所供职的《产经新闻》被视为"拥有鲜明的民族主义立场"的右翼报纸。

"但这一次，两份报纸体现了相同的价值判断。"王文告诉记者，次日《产经新闻》便刊文报道此事，向日本民众传递了这份来自中国的善意，"在天灾面前，人类应该携起手来，不为别的，就因为我们都是人。"

申请加入的学者，已经足够组织第二个甚至第三个"百人签名"了

很少有人知道，这封引发海内外关注的倡议书曾险些"胎死腹中"。

地震发生次日，正是清华大学日本研究中心主办的"东亚地区合作发展的国际学术研讨会"开始的日子。由于地震，有两位日本学者未能到会。开会前，来自中国、美国、韩国等多个国家的参会者起立为逝者默哀。

会后，研究中心常务副主任李廷江教授找到同时参会的清华大学中文系教授王中忱，提出了联合媒体声援日本的想法，希望由王负责润色倡议书的文字表述。

1976 年唐山大地震的时候，李廷江参与过救灾活动，在他宿地的陡河电站，就有 4 位援建的日本技术人员遇难。而王中忱则曾在日本留学 3 年，上学的地方就在此次灾情极为严重的岩手县。他的一个学生也正在横滨求学，地震发生后，校方主动为这个中国学生买好了回国的机票。

"天灾面前，超越国界的人道主义关怀应该是相互的。"王中忱觉得这是自己"义不容辞的责任"。

李廷江找到的第 2 位合作者就是王文。在过去数年中，这位《环球时报》国际评论及社论的主要参与者曾多次撰文"敲打"日本的对华外交政策。但这一次，王文给了李廷江一颗定心丸。在征得总编辑同意后，王文在电话里对李廷江说："咱们分头组织，今晚上版，明天见报！"

14 日下午，工作紧锣密鼓地展开。下午 1 点，李廷江的助手李佩给 60 多位学者群发了一条 200 多字的短信，结果有 30 多位学者在第一时间回复"愿意加入"。

14 日晚上 7 点，倡议书初稿完成，晚上 8 点，征集到的参与学者接近 70 人，9 点，报纸的小样儿已经上版校对。

而为了更好地表达"灾难面前无国界"的意识，倡议书的题目也由一开始

的《中国的爱心，日本的坚持》改为《让我们向日本伸出温暖的手》。

然而，14日付印前最后两个小时的变动，却让李廷江和王文始料未及。李廷江告诉王文，学者们在一大段关于日本侵华历史的表述上出现了分歧，"有左有右"，有些学者希望多谈"中华民族以德报怨的姿态"，有些学者则认为"声援就是声援，应该少谈历史"。

当晚11点30分，报纸即将付印前的5分钟，李廷江致电王文，告诉他"无论如何稿子不能发了，分歧还在"。

李廷江并没有死心，他觉得"这件事值得再冲击一次"。第二天中午，他有意淡化了倡议书中的中日历史部分，并将再三修改后的文稿再次传给学者们过目。

这次的修改很快收到了正向的反馈。截至当晚8点，100名学者的联名倡议书终于上版等待付印，而更多的学者仍然不断通过电话、邮件等方式要求加入。

"如果我们在这个时候失语，某种程度上就是一种失责。"一位给李佩打电话要求加入的老教授说。

事实上，申请加入这一倡议团体的人数迄今为止仍在增加，王文告诉记者，已经足够再组织第二个甚至第三个"百人签名"了。

倡议信一经发出，便引发了日本社会的广泛关注，包括《读卖新闻》《朝日新闻》以及NHK电视台在内的多家日本媒体都对此事进行了报道。日本驻华使馆的多名官员也分别致信名单中的学者，表示感谢。

灾难面前无利害，也无国界，只有最朴素的慈悲与人道

然而，并非所有的反馈都以积极的方式呈现。

一些网友认为，对日援助就是忘记国耻，并将这种情绪转嫁到提出倡议的百名学者身上。有人称他们为"亲日派"，更有甚者，将这些签名倡议的学者清单列在网上，称其为"汉奸百人团"。

对于这样的声音，中国政法大学的郭世佑教授表示，自己早就做好了"挨骂的准备"，并愿意通过媒体向社会发出这样一种声音：斗争哲学与仇恨教育之下的极端民族主义倾向不可取，灾难面前，人道主义应该是没有差异性的。

北京大学中文系教授张颐武则认为，牢记历史的国家认同与灾难面前的人类关怀是平行关系而不是矛盾关系，"不是选了一个就一定要排斥另一个"。

李廷江注意到，就在倡议书发表当天，另一个富有意味的新闻画面出现在韩国的首尔。

这一天的下午，韩国慰安妇委员会在首尔钟路区日本驻韩大使馆前集结，举行第961次定期集会。

据悉，该委员会从1992年1月开始每周三都会在日本驻韩大使馆前聚集，举行敦促日本政府道歉和赔偿的集会。

然而，这一次的集会内容并非示威，而是哀悼。

在寒风中，委员会的代表——两位接近90岁的老奶奶，坐在轮椅上，戴着棉帽和围脖，腿上铺着毡布，默默地为日本进行了10分钟的哀悼。她们告诉在场的数十位记者："罪行是可憎的，但不要憎恨人民。"

事实上，从1992年开始，"示威活动"已经坚持进行了19年，在这期间，另一次取消示威是在1995年，那一次正值日本阪神大地震发生。

"日本人请加油！"84岁的李玉善用力喊出了这样一句口号。而在她身边，同龄的齐源玉则一直在不停地说："人间的力量没什么做不到的，我们对日本的加油能让日本挺过来就好了。"

对于发生在韩国的一切，李廷江在给中国青年报记者的邮件中评价道："不忘历史，大爱无疆。这是韩国社会成熟的标志，也是我们中国应该学习的。中日之间有很多历史上和情感上的障碍需要克服，和解需要时间，更需要我们的努力。"

18日晚，曾有一个学者聚餐，多名参与倡议书签名的学者都参加了。在饭桌上，大家提起网络上"挨骂"的事情，神态轻松，还相互开起玩笑："你是百人团吗？"

一位学者告诉记者："灾难面前无利害，也无国界，只有最朴素的慈悲与人道，传递这样的常识本是我们分内的事情。"

而在人人网上，很多年轻的中国学生同样在用自己的努力传递这种共识。

一个叫熊浩的香港大学法学博士生在自己的日志中记录了这样的故事——"有人说，同胞们，记清楚了，你今天捐出的每一毛钱，都为日本省下了造一枚子弹的费用，最后这一毛钱有可能回到你或者你亲人的身上。

"我回复他，托尔斯泰走在路边，看到一个衣衫褴褛的乞丐，托翁拿出钱，友人赶紧阻止，'他们永远不会感恩，他们永远不会怜惜，他们永远不会回馈！'托翁挣脱友人的手，把钱递到乞丐手中，对这位友人说：'我是捐给人道。'"

"一个在人道的考试中不能及格的社会将是没有温度的，这样的日子是不值得过的，即使它是发达的。"熊浩这样对记者说。

很多人在邮件中焦急地询问："我能为日本做点什么？"

在倡议信发出后的第二天，环球网的主页上出现了一个号召社会援助日本灾区、参与倡议书的短讯息，留下的联系邮箱是谭福榕的。这位《环球时报》的评论编辑是个四川姑娘，她的父母和很多亲人都在 3 年前汶川特大地震中死里逃生，而她的好朋友则葬身在那场地震中。

"在灾难面前，人多渺小啊，这个时候你不团结还能怎样呢？"她说。

地震和海啸袭击日本的时候，谭福榕正在参加研讨会，会场可以收看 NHK 的电视画面。她至今仍清晰地记得，在播放海啸预警的时候，NHK 不断用日语、汉语、英语、韩语和一些"听不懂的语言"循环预警，这让她觉得"很温暖"。

同样让她感动不已的是，短讯息发布后不到一天，她的邮箱便已挤满了 50 多封邮件。还有一位香港商人直接给《环球时报》总编辑胡锡进发了一个短信，表示要捐 100 万元。

希望加入捐款队伍的还包括教授、企业家、律师、大学生、80后作家、高中生、外企职工、个体户等来自社会各个阶层的群体。

一封来自河南平顶山的邮件中写道："虽然我不是学者，仅仅是一名打工者，但是我也衷心希望大家以各种方式去支援日本。"

还有一封邮件来自云南地震灾区，发信人并没有留下任何煽情的话语，只是朴实地表示"想为日本灾区尽一点微薄之力"。

郭世佑同样收到了一封邮件，发件者是一位比他年长20岁的日本学者。这位曾支持其夫人捐助过中国北方很多希望工程项目的历史学家，希望可以获得授权，将这封倡议书转发给日本国内的朋友，"好让他们看到中国民间释放出的巨大善意"。

地震发生至今，一位在中国颇受观众欢迎的日本时事评论员一共收到3万多封邮件，里面的大部分内容是"祝福与问候"。很多人在邮件中焦急地询问："我能为日本做点什么？"一些年轻的高中生还说，他们愿意向日本灾民捐出自己所有的压岁钱。

在汶川和北川，援助日本地震灾区募捐活动的现场，来自医院、学校、社区、村镇、企业和机关的各界人士在寒风中为日本捐款。他们清楚地记得，汶川地震后，第一支到达汶川的国际救援队就来自日本。一位曾接受过日本救援队援助的中学校长告诉记者："他们曾对我们伸出过援手，我们理应怀有感恩之心。"

在北京和上海，一些高校师生积极展开对日本的募捐与祈福活动。其中，来自日本神户的神中康多是复旦大学的大三学生，地震后的第二天，这位日本留学生会的副会长便在学校的食堂门口组织起了对日的募捐。

这名日籍华裔用流利的中文为记者讲述了募捐一周来的种种温暖。

一个阿姨带着自己的小孩到现场捐款，孩子用稚嫩的声音祝福了这位大哥哥。

一个复旦大学的老校友驱车赶来捐了1万元，没有留下名字。

一些素不相识的中国大学生站在远处，用略显蹩脚的日语向他们大喊"日本加油"。

"我觉得自己更喜欢在中国上学了。"康多说。这个大男孩还笑称，自己在中国的时候就会抱怨交通不好，但如果在日本听到有人说中国交通不好的时候，自己就会很不高兴。

如今，他正准备联合北京和上海的多所高校，在同一天展开一场联合募捐。善款一半将捐给日本灾区，另一半则捐给云南灾区。

林　衍

2011 年 3 月 23 日

摩天大楼的政治美学

如果有导演想翻拍好莱坞名片《金刚》中大猩猩从381米高的帝国大厦坠落的经典场景，将来没准能在中国任何一个省份轻松找到相似的外景地。

近日，一份由民间研究机构摩天城市网发布的研究报告指出：当前中国正在建设的摩天大楼（以美国标准152米以上计算，仅统计写字楼）总数超过200座，相当于美国同类摩天大楼的总数。未来3年，平均每5天就有一座摩天大楼在中国封顶。而5年后，中国的摩天大楼数量将超过800座，达到现今美国总数的4倍。

"这些大楼一旦盖完了，也许会陪着我们一辈子。"坐在曾经的世界第一高楼，上海国际金融中心97层的餐厅里，报告的主要作者吴程涛说，"那时候我们连反思的机会都没有了。"

领导们喜欢什么呢？一个简单的思维就是：高

最新一个出现的摩天大楼成员是广州的白云绿地中心，6月10日，这个由房地产巨头绿地集团投资30亿元的项目举行了奠基仪式。48个月后，一座200米高的5A超甲级国际化写字楼将成为广州市白云区的新地标。

"在我们公司，这已经不算是大项目了。"绿地集团的副总裁许敬说。

他说，白云绿地中心"还不够高"。

他告诉记者，仅在今年，绿地已建成或正在建设的300米以上的超高层建筑项目就有12个，分布在南京、武汉、大连、长春、济南、郑州、南昌等城市。

据统计，在美国，高度在300米以上的摩天大楼仅有13座。

"在世界范围内我们绝对是独一无二的。"许敬朗声笑道，"地方政府很欣赏我们这些超高层项目。"

事实上，在上世纪 90 年代初，以上海陆家嘴为代表兴起的第一轮摩天楼热中，多由政府直接接洽摩天楼的建设。时至今日，由政府立项，开发商投建摩天楼项目的模式逐渐成为主流。

"地方政府依然掌握绝对的话语权，摩天大楼的高度、外形都必须要通过地方规划局的审批。"同济大学建筑与城市规划学院教授匡晓明说，"这种地标性建筑尤其要符合领导口味"。

领导们喜欢什么呢？一个简单的思维就是：高。

SOM 建筑设计事务所在上世纪末就曾设计出当时的中国第一高楼，420.5 米高的金茂大厦。该所中国区总监周学望（Silas Chiow）回忆，当时接洽官员最核心的要求就是要"88 层"。

事实上，当年上海金茂建造时曾经考虑过：是不是再花 100 万，在顶上加个塔，夺个世界第一？决策者最终放弃了这一想法，理由是：第一永远是相对的。

而随着近年来一些二三线城市的摩天大楼项目激增，地方政府的目标则更趋于明确：世界最高可以没有，区域最高必须有。

比如，大连东港商务区拟建 518 米的东北第一高楼；昆明东风广场拟建 456 米的云南第一高楼；606 米的武汉绿地中心已动工兴建，湖北第一在握，世界第四在望。

从数字上不难发现，在这一轮的摩天楼高潮中，不差钱，不差高度，也同样不差"吉利"。

"有的城市还提出希望建筑高度可以和市长的生日相吻合。"周学望告诉记者。

吴程涛在制作摩天城市报告的过程中，则发现了另一个有趣的现象：不同城市之间摩天大楼的建设高度相互之间往往"只差毫厘"。

比如，2010 年封顶的广州国际金融中心高度为 440.7 米，次年封顶的深圳京基 100 的高度则是 441.8 米。又比如，在建的上海中心规划高度 632 米，而紧随

其后的深圳平安国际金融中心规划高度则为 646 米。

　　"我不能断言这是刻意在比高，但多少有点诸侯逐鹿的味道。"吴程涛说。

　　在长期关注摩天建筑的爱好者们看来，摩天建筑的高度"是有秘密的"。

　　吴程涛告诉记者，讨论摩天高度，"不能看规划，因为规划会变"，"也不能看动工效果图，因为效果图也会变"。

　　唯一的标准是基坑，因为"基坑落实了，意味着实体高度不能再变了"。

　　"有些城市就会等到其他城市的基坑落实后再临时变规划，另一个城市就算气得吐血也没办法啦。"吴程涛说。

　　当然，"增高"并非只此一招。

　　在江苏省内，将在 2013 年落成的苏州国际金融中心与去年完工的南京紫峰大厦都拥有 450 米的高度，但若没有一座 69 米的灯塔"撑高"，紫峰将难上

400 米大关。

更为通用的"增高"手段是天线。深圳平安国际金融中心的规划高度是 646 米，"小胜"规划高度为 632 米的上海中心。但刨除天线后的屋顶高度则只有 588 米，实体高度远不如上海中心。

"一个建筑师告诉我现在的技术手段完全可以做到内设避雷针，天线不是必需的。"吴程涛解释道。

但他发现在中国，天线似乎就是"必需的"。

研究报告发布后，吴程涛接到了不少电话，其中很主流的一种声音就是"你算漏了几座，如果算上这几座，我们城市摩天大楼的排名就会高上去不少"。

但事实上，很多高楼的"排名梦"总是在你追我赶之间"计划赶不上变化"。

450 米的南京紫峰大厦，原计划能成为"第二高楼"，结果 2005 年破土时变成了世界第 5，等到 2010 年开业时便滑落成了世界第 7，如果 5 年后国内所有摩天大楼再来个大排行，紫峰能否成为"中国前 10"都成了问题。

不过有趣的是，城市摩天地标之间的比高，也有被"令行禁止"的时候。

作为业界公认的"超高层建筑领域第一巨头"，上海绿地集团于 2010 年完成了对南京紫峰大厦的建设，但高度并未超过当时排在第一的上海金融中心。而其目前正在建设的武汉绿地中心，规划高度 606 米，也并未凌驾于同样在建设中的规划高度为 632 米的上海中心。

"作为上海的大国企，我们肯定不会建超过上海的建筑啦。"绿地集团副总裁许敬笑言，"这时候只能做第二，不能做第一。"

他还告诉记者，对于公司的顾虑，"地方政府的领导们还是很理解的"。

要不要盖摩天楼或在城市里如何处理摩天楼，
并不是工程问题，而是社会问题

关于摩天大楼，上海金茂大厦的主要设计者，SOM 建筑设计事务所的著名结构工程师法兹勒·康（Fazlur Khan）曾经说过这样一段话：今天造190层的建筑已经没有任何实际困难。要不要盖摩天楼或在城市里如何处理摩天楼，那并不是工程问题，而是个社会问题。

周学望已经在中国工作了17年，他告诉记者，在SOM参与的众多项目中，政府官员通常拥有相同的愿景：即建造城市或区域最高楼。而周学望通常总要反问"是否已经就超高层建设的可行性进行研究"。

在他看来，随着超高层建筑的高度提高，其建造及维护成本会呈几何级数量增加，其维护成本以及租金也会大幅提高。"导致回报周期拉长，风险变高"，所以"每一个决定都应该万分谨慎才对"。

事实的确如此，美国纽约市的双塔在建成后的好多年里空置一半，需要州政府的援手才不至于破产倒闭。帝国大厦在一段时间里由于难以吸引到租户，曾被戏称为"空空如也的州大厦"。

有人曾这样形容建设和经营摩天大楼的高难度："就如同把一条大街竖起来建设和管理。"

为此，在与地方政府打交道的过程中，周学望常常要花上一些时间来帮他们理解摩天大楼建造的合理性。目前在建的天津滨海新区CBD项目中，当地政府曾提出要造600米高的"地标"，SOM经过审慎研究提出，"600米高的建筑成本也许是100米至200米大楼的数倍"，经过一番沟通后，"地标"高度最终锁定在了450米。

"大牌设计师还可以抗争，本土的设计师往往要屈从于长官意志。"一位不愿意透露姓名的年轻建筑设计师告诉记者。吴程涛也记得，论坛里经常会出现设计师发的帖子，先是一张"带有性暗示"的图片，再是一句发泄式的抱怨，"我又被领导给'强奸'了"。

而在吴程涛看来，除了这些"摆在明面上的纠结"，中国摩天大楼热的另一个大问题则"长期被人们忽视"。

在这份报告中有这样一组比较：美国高度排名前50位的摩天大楼投资方中，

仅有 16 座来自房地产或物业公司，其余 34 座主要来自零售、汽车等实体企业。而在中国内地前 50 位摩天大楼中，房地产企业作为投资方的数量高达 31 个，所占比例恰好与美国倒挂。

"以实体企业投资为主体的摩天大楼发展模式，意味着大楼建成后出租运营压力不大，企业自身就能消化很大一部分，而房地产企业开发的摩天大楼，则面临着建成后巨大的运营压力。"报告的论证专家之一，华南理工大学建筑学院的讲师宋刚这样解释。

"房地产企业不是没看到风险，而是算过账来了。"匡晓明告诉记者，房地产公司多以超高层建筑换取地方政府的"信任溢价"，从而"捆绑拿地"。

以绿地集团为例，在过去两年该公司的拿地记录中，南昌国宾馆项目捆绑了 3 块住宅用地，济南超高层项目捆绑了 2000 亩地，郑州会展宾馆项目捆绑了 6000 亩郑东新区的商业用地。

"建摩天大楼有点像过去地产开发商为政府建星级酒店，工程封顶之后政府都会给发个奖牌，以表彰其为当地经济建设作出的贡献。"匡晓明说。

许敬本人也并未回避这个问题，"作为大型国企，政府想做的事，社会想做的事，也就是我们想做的事，当然既要考虑经济效益，也要考虑社会效益了。"

事实上，摩天大楼的黄金时代开始于上世纪 30 年代的芝加哥和纽约。但周学望认为中国的摩天楼热潮和上世纪 30 年代芝加哥和纽约摩天潮最本质的不同是，美国城市的摩天楼很多是公司总部的所在，"代表着资本自发形成的商业力量"，而在中国，"这些地标更像是某个城市经济实力的象征"，"缺乏对城市配套交通条件、经济发展水平的综合考量"。

报告中的一些案例似乎佐证了这位观察者的观点。人口不足 100 万的广西防城港市欲兴建 528 米的亚洲国际金融中心，其高度甚至高过上海的环球金融中心。而 GDP 刚刚突破 1000 亿的贵阳，则已规划了 17 座摩天大楼。

这样的冲动还体现在规划主导者们对速度的追求上。周学望说，即使是在现在的美国，建成一座摩天大楼也至少需要 10 ~ 15 年的时间，而在中国，通常只需要 4 ~ 5 年。据说南京紫峰大厦在寻找开发商的时候，曾有一家香港投资集团拿出了方案，先期市场调研一年，规划方案一年，设计一年，然后再开工。而绿地集团则熟知城市政府对效率的追求——他们的方案从头到尾只需要 4 年半。

"过去在美国，一个建筑师一辈子能参与两到三个摩天楼项目就是非常值得骄傲的事情。"周学望说，"如今在中国，一个顶尖的设计师一年内就能参与两到三个摩天楼项目。"

"某种程度上，这是建筑师的幸运，但坦白讲，在一些地方，建筑师、官员和开发商并没有向同一个方向努力。"他补充道。

而吴程涛则更加坦率地表达出自己的担忧，"要面子可以，但死要面子就变成了打肿脸充胖子！"

让我们的子子孙孙拥有更好的生活，而不要等他们老了来嘲笑我们

很少有人知道，这份通过了多位建筑学专家论证认可，历时一年研究的国内首份摩天城市竞争力统计报告是由一群"摩天大楼爱好者们"完成的。吴程涛告诉记者，这些人包括业内的建筑设计师，但更多则是城市白领、政府工作人员、大学教师、中小企业主甚至在校学生，而他本人则在咨询公司工作。

他们习惯叫自己为"摩天汉"，然而，在各自的公司里，他们却会被同事视为"不务正业"。吴程涛耸了耸肩膀，"但我想，一个成熟的社会需要这样一群人。"

在他看来，如果老百姓对城市建设漠不关心，城市建设者也对老百姓不闻不问，"那么人和城市的关系就会越来越疏远。"如果反过来，"城市就会变得有人情味得多。"

在美国，政府要建一座摩天大楼"是一件很麻烦的事情"，连大楼门口的停车位设计都要征求市民们的意见。

而在法国，巴黎市政府刚刚决定突破城市禁高令建设一座 180 米高的"摩天

金字塔"，其倒三角的造型让很多中国设计师感慨其"容积率太低"，"法国人太笨"。而事实上，正是基于缓解众多市民反对情绪的目的，建筑设计师们才选择了这种不会阻挡光照，在街道上留下阴影面积最小的设计外形。

"一个城市之所以伟大从来不是因为他有多高的摩天大楼。"周学望曾经在纽约做过一个调查——为什么你会爱上这个城市——答案是公共空间、绿地和包容的人文环境，并没有摩天大楼。

"摩天大楼只是城市建设的结果，而不是目的。"周学望告诉记者，在和很多地方政府官员的交流过程中，他都会强调，"摩天大楼一旦建成就有可能存在上百年，它应该成为这个世纪的象征，让我们的子子孙孙拥有更好的生活，而不要等他们老了来嘲笑我们。"

林　衍

2011 年 6 月 15 日

新偶像李娜

陈功是专拍网球的摄影记者，他"跟"李娜已经 10 多年了——从李娜还是"少女"开始。从"网球少女"到"网坛一姐"，陈功说：李娜变化太大了。

1998 年，李娜 16 岁，和李婷一起代表湖北队参加全国网球女子团体赛，当时能跟湖北队叫板的只有郑洁所在的四川队。"李娜给我的印象很突出，打球很凶，像男孩子。她跟李婷是湖北队主力，最后湖北队夺冠。"

2001 年到 2004 年，国家队每年都在深圳观澜湖网球中心冬训，陈功每年都会前去拍资料。谈起网球队公认的脾气火爆的五座"火山"，陈功深有感触。这五座"火山"都是湖北的：马克勤（国家队男队主教练），潘兵（两届亚运会男子单打冠军），朱本强（连续六年全国男子单打冠军）；剩下的两座，就是李娜和她的教练余丽桥。

余教练曾 9 获全国女子网球单打冠军，脾气火爆，大嗓门，对运动员极严厉。队员稍微有点过错，就被罚体能训练。"像军人一样，这板儿球打不好，跟你没完！"陈功认为，李娜的脾气多少都有点"随"余教练。

"余教练手特大，一手抓 10 个网球，球在她手上能摞成金字塔，像炮弹一样，给选手喂球的时候，频率特别快，打两个边线球，抛打！"陈功见过余丽桥给选手训练，余教练就像一座爆发的活火山，大着嗓门，不断喊："步伐移动快一点，再多迈一步行不行！怎么那么懒！"

余教练带过的选手里，现在最出名的是李娜，其次是李婷（雅典奥运会双打冠军）。公道地说，余教练的严格要求，为李娜打下了非常好的基础。但是余教练的"火山脾气"，让李娜不适应。刚开始的时候，李娜不怎么言语，但也会觉得委屈，她当时和李婷住在一个宿舍，有时候会偷偷掉眼泪。毕竟她是一个女孩子。但与一般的女孩子不同的是，李娜很小就离开家，在运动队长大，所以性格倔强，不大会用委婉的方式解决问题。

很快，在训练场，就可以看到两座"火山"同时爆发：李娜沉默的时候，是沉默的火山，一旦爆发，能量绝不亚于她的教练。"火山"教练与"火山"选手碰到一起时，训练就基本上会在不绝于耳的湖北方言的争吵声中进行，而高潮往往结束于李娜的大声喊叫！

李娜脾气不好是出名的。2008年澳网，在16进8的时候，她输给一个打预选上来的、排名100多位的选手。据说，当时老公兼教练姜山说了两句"咱们的水平怎么会输她呢"这样的话，李娜就大发雷霆。结果，姜山气得提前回国，李娜被丢在赛场继续双打比赛。

很多熟悉这对夫妻的人都由衷地说，他们俩真是太"互补"了。李娜赢了球，就盛赞老公；输了球，就用方言骂老公。也许因为姜山同样是运动员出身，了解运动员的压力，所以他很少跟李娜的"火爆脾气"计较，也不真往心里去。用网友的话说，姜山同志，在全世界面前，展现了当代中国男性比较高的素质和精神文明，建议全国妇联授予姜山同志优秀三八红旗"护旗手"光荣称号……

姜山很厚道，很温和，不管对谁都非常友善，彬彬有礼。这种性格在运动员中是很少见的。李娜自己曾经说过，姜山做教练可能不合适，但是做丈夫非常好，"他能照顾我，疼我，体贴我。"

看运动员打球，做教练的非常紧张；看老婆比赛，做老公的更是紧张。有一段时间，姜山既是李娜的老公，又是她的教练。他看李娜打球，比他自己打球要紧张得多，所以难免会急，会忍不住说两句，什么"再往里一点啊，手腕再带一点啊！"

李娜在法网夺冠之后，由衷地感谢老公姜山。很多了解李娜的人都说，姜山功不可没。李娜当初跟国家队发生矛盾，宣布挂拍，去大学上学。姜山在她的事业低谷的时候陪伴着她。他们是同班同学，两人不再去队里训练，但在学校训练。那两年，李娜的英语也有了突破性进展。

陈功见过李娜在法网前的训练：姜山和李娜的丹麦教练迈克尔·莫滕森一

6月4日，李娜法网女单冠军奖杯下的中国选手李娜在吻她的冠军奖杯。

新偶像李娜

摄影/陈功
写文/本报记者 陈彤

陈功是专拍网球的摄影记者，他"跟"李娜已经10多年了——从李娜还是"少女"开始。"网上女台"到"网坛一姐"，陈功说，李娜变化太大了。

1998年，李娜16岁，和李婷一起代表湖北队参加全国网球女子团体比赛，当时抱着湖北队叫她的只有湖北省内的球迷。"李娜叫她的队很突出，打球很美，像桌子，娓娓李娜是湖北队主力，最后湖北队夺冠。"

2001年到2004年，国家队每年都在深圳东湖湖网球中心集训，陈功每年都会趁去出国前，随起国网队队公认的教练"大帅哥"五把"大山"，请功深情播道，这五把"大山"都是融美的。马克盖尔获取湖北队5教练马达尔（同样取曾金奖子单打冠军），本来是（连续六年全国男子单打冠军），研下两年原，就是李娜相当的救护亲国军。

余教娜获得9次全国女子网球单打冠军，挥气大强，大喊门，对运动员很严厉，队员称做弄占过湖，就练体能强强。"家弄人一样，这样九练习不好，跟你改变。"陈功认为，李娜起跑"气不少的卑才点"踢弄道路。

"余教娜的个大大，手很长手打球，我在地方上因握成金字塔，砸喷坏一样，给汤手哪里踢时，哗哗呼别你，打吗下山战攻，打吗下"陈功耻过余甜搬给汤打训练。余教娜就像一壁吗爱的位火山，大君唱叫，不断唱了，少说吼动车一点，多多读 步行不打怎么那么啊！"

决教娜熟过的选手里，现在最出彩的是李娜、决庆是李婷（帝南雅赛会只有冠军）。走过湖比，余教娜啼竟严格。要李娜打下了的漫的基础，但是余教娜的"大山烤气"比李娜更丰富，她就叮叮跟待。李娜不怎么识路，甚至会坐到脚角的去方都乱待在一个调女，在叮的比赛能是很悍问题。中起就是一个女孩子，但与一般的女孩子不同。是，李娜像只就被开弄，在运动场上太，所以你像很低，人不会需要她有点顽头解决问题。

很快，在训练场，就可以看到哪叫"火山"同时爆响了李娜被跑的针峰，是决娜的火山一旦爆发，你是恐不起妈的救命。"火山"教练为"火山"选手弄到一起时，杨焱就是火上浇不羊子耳的越北方的弃争抢弄叫。吉某顽坯让住处半子李娜的大岁嘹叫！

李娜颇气不羊是著名的，2008年澳网，在16进4的过程，她输给一个引东还上去来的名不100年位的选手。便说，当时老公是教练弄弄说了凉叫"哪门"的半天么会会峰地吼"弄开啊"这，李娜说心及那窝，结果，李娜就弄弄赛场继续妈扫比赛。

很多熟悉法对夫妇的人都山里地说，他们搞真是太"不像"了，李娜弄打球，就越

（转文右栏）

贤老公；输了球，就阳方直骂老公，包括因为是气打同样是运动场出身，了解运动的压力，所以他说对李娜的"火暴牌气"引礼，这不再光天呀是，用埋处气话答话，委山某弄，在全世界面前，她是了当代中国男为比赛弄业素质极精神文明，建议这中妈弄子急动起忘旧马三八红旗"护旗子"光荣称号——

李娇站法网冠军之后，中里对感谢余公弃山。那弄了解李娇的人越成，金山边不可，李娇当时跟过谢弄发与手颈，宜市样挂明，云大学入学；因网商证字，闲人不再去私财订练，在去学打训练。后两年，李娇的英迹出在了突飞猛进。

陈功还过李娇在法网弄的训练：金山和李娇的行李都在戴过弄弄·弟娜莎一起，她们同时给下那打上相待待，有切埋前，有急切，有大力；很低；"这种训练方法之虽说有，李娇这么弄下去，将人打不行哦。"

拍了李娜11弄，首第读时，陈功自感发纯手就能复了一个人。她和青端弄练弄心路心不对运动动踪迹合，"火山爆气"的场弄，生不再比过去邪那平医为弄时的一个玄判越越越操很哪赛场竟兰熊什么此了，她笑了。变哗开始自信，谈爱风生。在运动，只有2个选手的发布会就到公素瞬记者，他们起，向返华·费弟勒和李娜，"里重那弄两个人，国看增加。"上还开

着，外面还有看很多这些……

陈功说，李娜成熟了，没有一月生就的感觉，沉淀下大了。是同有一个传说，就罕要装簪的马黎装的有色各各百你居前，"愈天秋叮对呀喜哪。"9点弄吗，巴纲大概是10点天弄，李娜记来了，坐起了起10年呀，弄哪儿认出颐来弄，地写弄让亚很躬弄对这，弄。弄，我眉沿力，"这君越越叠哪下仇弄我叫，叮闲则越弄，弄与我哪了天口这哪少，当时无记寝些。

全世界那弄李娜弄时，当越与国家网球你的弄思弄在壳村这起弄弄弄，那步几乎一弄起地太持酸。假是弄罗兰·卡洛斯夺冠后，真咸感弄了当年国家弄的起弄起，这样生弄李娜得到了最适在自己的弄感比赛方式后，一定君来越弄得不太弄。作为一个独自者，李娜站弄上这下，她笑容说这，："很多家保持相信。"

2003年，九届"网坛金花"冠军，李娜、郑洁与导师魏（从左至右）代表国家队参加弄分各个国网弄。

2006年4月，李娜在四川成都与首次担任她助理教练弄的爱人姜山共同训练。那时，他们两人住弄弄区调弄娜不久。

6月3日，法网女子单打赛前，李娜和声婆儿美娜森这里·乌·奥蕾森弄行最后一次训练。

李娜在弄山身中国网球公开赛拍摄留影。

6月4日，在网李弄运弄地，弄上弄弄的手娜现弄弄的弄妻下自由地弄衣弄弄相比到弄弄，弄军获得弄弄预弄新弄弄那弄弄河弄相弄，弄希弄李弄弄弄，弄弄不要弄迎弄弄。

起，他们同时给李娜打各种怪球，有切削的，有放短，有大力打底线。"这种训练方法以前没有，李娜这么练下去，别人打不过的。"

拍了李娜十几年，直到法网，陈功忽然发现李娜像变了一个人。她不再是训练中心那个动不动就摔球拍、"火山爆发"的姑娘，也不再是过去那个因为裁判的一个误判就能输掉整场比赛的情绪化选手。她变了，变得开朗自信，谈笑风生。在法网，只有3个选手的发布会现场会坐满记者，他们是：纳达尔、费得勒和李娜。"里面坐满了人，顶着墙角。门还开着，外面还站着很多记者……"

陈功说，李娜成熟了，没有一点生硬的感觉，落落大方。法网有一个传统，冠军要盛装在巴黎的名胜古迹留影。"那天我们等到晚上9点多钟，巴黎大概是10点天黑。李娜过来了，我拍了她10多年，差点没认出她来。她穿着高跟鞋和时装，那一瞬，我真以为是一大牌明星！正是暴雨之前，风很大，吹着她的衣服，衣裙飘飘。幸亏我带了大口径镜头，当时光很弱。"

全世界都为李娜欢呼，而她与国家网球队的恩怨也在此时被旧账重提，舆论几乎一边倒地支持她。倒是李娜自己，在法网夺冠后，真诚感谢了当年国家队的那场职业化改革，这让性情李娜得到了最适合自己的训练比赛方式。现在，一切都被感动和汗水抚平，作为一个胜利者，李娜从奖台上走下，她笑容绽放，与孙晋芳深情相拥。

陈 彤

2011 年 6 月 16 日

京沪高铁通车前夕：复兴号路过我的家

6月19日，安徽省蚌埠市京沪高铁淮河特大桥下，村民钱梅和乡亲正在河里摸河蚌，桥上不时有动车呼啸而过。从今年5月11日开始，京沪高铁全线以实际列车运行图为基础，进行为期一个多月的运行试验，为6月30日京沪高铁的正式开通做着最后的准备。

从高铁淮河特大桥沿淮河往上游走10来公里，便是京沪铁路既有线的淮河铁路桥。这座铁路桥最初于1911年修建津浦铁路时建成，同年，蚌埠这个小渔村因为津浦线正式开埠。当年，从北平到上海，要从正阳门东站坐火车经天津转津浦线到南京的浦口，换轮渡到达下关，再经过沪宁铁路到上海，全程下来最少得3天时间，这便是后来京沪铁路的雏形。100年后，京沪高铁的建成和开通，使北京和上海之间的陆地行程缩短至4小时48分钟。

京沪高铁于2008年4月18日正式开工建设，线路全长1318公里，初期运营最高时速300公里，是世界上一次建成线路里程最长、技术标准最高的高速铁路。线路横跨北京、天津、河北、山东、安徽、江苏、上海7省市，连接"环渤海"与"长三角"两大经济区。有关方面预计，在缩短时空距离，形成"同城效应"的同时，京沪高铁还会带动沿线旅游、商贸、餐饮等第三产业的快速发展，推进城市化进程，带动农村经济繁荣，从而缩小城市、城市群、经济带之间的发展差距，促进区域间产业转移和布局。

定远站是京沪高铁较晚定下来的客运站，位于安徽省定远县池河镇青岗村。驻扎在铁路沿线的民警朱宏伟介绍：去年他刚到青岗村时，这里是一个只有50多户人家的偏僻小村庄。以前这里没有集市，村里的人都得到河池镇上去赶集。而随着高铁的建设和定远站的设立，这里的人气一下子就旺了起来。村民王传凤说："以前村口4米宽的小马路，被拓成了9米宽的大道，随后这样的大道又在

京沪高铁的起点。

北京丰台区，两位小男孩正在人行天桥上嬉戏。

动车经过京沪线淮河特大桥。

高铁过我家

本报记者　陈　剑摄影报道

6月19日，安徽省蚌埠市京沪高铁淮河特大桥下，村民晾晒和劳作正在河田间劳作，地上不时有动车驶过。从今年5月11日开始，京沪高铁全线以不同时速进行试运行测试，进行为期一个多月的运行试验，为川知以往京沪高铁的正式开通做着最后的准备。

以高速穿行特大桥沿途到达上海。这段铁路相对于1911年修建的津浦铁路时间缩短很多。

京沪高铁于2008年4月18日正式开工建设，线路全长1318公里，初期运营最高时速300公里，是世界上一次建成线路里程最长、技术标准最高的高速铁路，线路纵贯北京、天津、河北、山东、安徽、江苏、上海7省市，连接"环渤海"与"长三角"两大经济区。有了与串联，在缩短时空距离，将成"同城效应"对同时空的大。形成"同城效应"的时候。

6月21日，京沪高铁定远站附近，村民们正在水稻秧田里分秧。京沪高铁定远站的设立接近了当地与中国经济最发达地区的距离，将当地的发展提速了10年。

京沪高铁动车经过一片烟囱林立的制工厂。

京沪高铁动车经过一处废旧金属回收场。

京沪高铁动车经过一处鸭舍。

6月24日，昆山巴城附近，一群年轻人蹲在京沪高铁高架桥下的阴凉处，等待招工。

安徽滁州，铁路民警通过监控屏查看铁路安全情况。

村里修了好几条。"今年2月，村里还专门开设了一个集市，取名叫做"青岗农贸大市场"。村里的第一家酒店"青岗大酒店"也开了业，对外接待的标准定到了1个标间1天98元。据当地人讲，这个价格在定远县县城都属于中等偏上的水平。在青岗村的村头，挂出一条横幅，上面写着"加快站区建设，实现跨越发展"。村民说，目前县里正准备修建一条县城直通青岗村的大道，并在离定远站不远的地方设立经济开发区。按照定远规划局局长程启国的说法，"高铁站落地，无疑将定远的发展'提速'了10年。"

李守柱是高铁线路的安全协管员，负责看守高铁高架桥的疏散通道。他和同为协管员的另外两位老乡三班倒，24小时轮流值守岗位。他的这个岗位，每月能有1000元的补贴。"在这里上班挺不错的，空下来的时间，还能在家种田、养鱼。"李守柱说，这不比以前在外面打工差。据了解，青岗和周边的练铺等村庄，在线路上当安全协管员的就有20多人。"听说以后车站附近还要建开发区，有许多工厂要来。到那时候，在家门口打工的机会就更多了。"李守柱说。

和搭上高铁末班车的定远相比，同处京沪高铁沿线的江苏省常州市，已经提前步入了高铁时代。去年7月1日，沪宁城际铁路开通，10年前从常州到上海坐火车一般得要3个小时，如今坐高铁不到1个小时就能到达。在常州火车站候车大厅，行色匆匆的乘客随处可见，一位年轻人候车时一边玩着iPad，一边吃着麦当劳。在这里，旅客凭二代身份证可以直接在自动售票机上购买"G"字头和"D"字头的车票。就连在常州市的街头，城市快速公交车站也修建成和谐号动车组的模样。

6月24日，天气很闷热。昆山南站附近，一群年轻人整齐划一地站在京沪高铁高架桥下的阴凉处，等待招工。秦志龙是当地一家劳务代理公司的业务经理，他正在核对招聘人员的个人情况。秦志龙介绍说："现在工人不好招，前几年一个工人一个月开1000多元钱就能招到，如今2000多元一个月加上包吃住还招不满。"今年年初，一场罕见的"用工荒"席卷了长三角等发达地区，往日利用低廉劳动成本获利的发展方式正在改变，转型升级的步伐不得不加快。"其实，这几年有好多工厂往中西部地区搬，我们老家邯郸就新来了不少大企业，吸引了不少劳动力在家门口就业。"秦志龙说。

据铁道部新闻发言人王勇平介绍，在京沪高铁沧州西、蚌埠南、苏州北等车站周边，地方政府均制定了相应的规划设计和发展纲要，这些城市都将以京沪高铁车站为中心，构建集商务、地产、教育、科技、文化、休闲为一体的经济发展带。全线 24 个车站中多数为新建车站，其中滕州东、定远、丹阳北等站都设在县级城市。随着沿线客流不断增加，以新车站为依托的新兴经济区将应运而生，这对拉动当地的经济增长将十分有利。

陈剑 摄影报道

2011 年 6 月 30 日

永不抵达的列车

7 月 23 日 7 时 50 分

在北京这个晴朗的早晨，梳着马尾辫的朱平和成千上万名旅客一样，前往北京南站。如果一切顺利的话，这个中国传媒大学动画学院的大一女生，将在当天晚上 19 时 42 分回到她的故乡温州。

对于在离家将近 2000 公里外上学的朱平来说，"回家"也许就是她 7 月份的关键词。不久前，父亲因骨折住院，所以这次朱平特意买了动车车票，以前她是坐 28 个小时的普快回家的。

朱平　资料照片

12 个小时后，她就该到家了。在新浪微博上，她曾经羡慕过早就放假回家的中学同学，而她自己"还有两周啊"，写到这儿，她干脆一口气用了 5 个感叹号。

"你就在温州好好吃好好睡好好玩吹空调等我吧。"她对同学这样说。

就在出发前一天，这个"超级爱睡觉电话绝对叫不醒"的姑娘生怕自己误了火车。在调好闹钟后，她还特意拜托一个朋友"明早 6 点打电话叫醒我"。

23 日一早，20 岁的朱平穿上浅色的 T 恤，背上红色书包，兴冲冲地踏上了回家的路。临行前，这个在同学看来"风格有点小清新"的女孩更新了自己在人人网上的状态："近乡情更怯是否只是不知即将所见之景是否还是记忆中的模样。"

就在同一个清晨，中国传媒大学信息工程学院的 2009 级学生陆海天也向着同样的目的地出发了。在这个大二的暑假里，他并不打算回安徽老家，而是要去温州电视台实习。在他的朋友们看来，这个决定并不奇怪，他喜欢"剪片子"，梦想着成为一名优秀的电视记者，并为此修读了"广播电视编导"双学位，"天天忙得不行"。

陆海天　资料照片

据朋友们回忆，实际上陆海天并不知道自己将去温州电视台实习哪些工作，但他还是热切地企盼着这次机会。开始他只是买了一张普快的卧铺票，并且心满意足地表示，"订到票了，社会进步就是好"。可为了更快开始实习，他在出发的前几天又将这张普快票换成了一张动车的二等座票。

23日6时12分，陆海天与同学在北京地铁八通线的传媒大学站挥手告别。

7时50分，由北京南站开往福州、途经温州南站的D301次列车启动。朱平和陆海天开始了他们的旅程。

后来，人们知道陆海天坐在D301次的3号车厢。可有关朱平确切的座位信息，却始终没有人知道。有人说她在5号车厢，有人并不同意，这一点至今也没人能说得清。

几乎就在开车后的1分钟，那个调皮的大男孩拿起手机，在人人网上更新了自己的最新信息："这二等座还是拿卧铺改的，好玩儿。"朱平也给室友发了条"炫耀"短信：马上就要"飞驰"回家了，在动车上，就连笔记本电脑的速度也变快了，这次开机仅仅用了38秒。

D301上，陆海天和朱平的人生轨迹靠近了。在学校里，尽管他们都曾参加过青年志愿者协会，但彼此并不认识。

朱平真正的人生几乎才刚刚开始。大一上学期，她经历了第一次恋爱，第一次分手，然后"抛开了少女情怀，寄情于工作"，加入了校学生会的技术部。在这个负责转播各个校级晚会、比赛的部门里，剪片是她的主要任务。

室友们还记得，她常常为此熬夜，有时 24 个小时里也只能睡上两个钟头。一个师兄也回忆起，这个小小的女孩出现在校园里的时候，不是肩上扛着一个大摄像机在工作，就是捧着一台笔记本电脑做视频剪辑。

就像那些刚刚进入大学的新生们一样，这个长着"苹果脸"的女孩子活跃在各种各样的课外活动上，她甚至参加了象棋比赛，并让对手"输得很惨"。

有时，这个"90 后"女孩也会向朋友抱怨，自己怎么就这样"丧失了少女情怀"。随后，她去商场里买了一双楔形跟的彩带凉鞋，又配上了一条素色的褶皱连衣裙。

黄一宁是朱平的同乡，也是大学校友，直到今天，他眼前似乎总蹦出朱平第一次穿上高跟鞋的瞬间。"那就是我觉得她最漂亮的样子。"一边回忆着，这个男孩笑了出来。

可更多时候，朱平穿的总是在街边"淘来的，很便宜的衣服"。当毕业的时节来临，朱平又冲到毕业生经营的二手货摊上买了一堆"好东西"，"那几天，她都开心极了"。

她平日花钱一贯节俭，甚至每个月的饭钱不到 200 元。这或许与她的家庭有关，邻居们知道，朱平的父亲已经 80 多岁，母亲 60 多岁，这个乖巧的女儿总是不希望多花掉家里一元钱。

就连这趟归心似箭的回家旅程，她也没舍得买飞机票，而是登上了 D301 次列车。

"车上特别无聊，座位也不舒服，也睡不痛快，我都看了 3 部电影了。"朱平在发给黄一宁的短信里这样抱怨，"我都头晕死了。"

在这个漫长而烦闷的旅途里，陆海天也用手机上网打发着时间。中午时分，朋友在网上给他留言，"一切安好？"

他十分简短地回答了一句，"好，谢。"

在陆海天生活的校园里，能找到很多他的朋友。这个身高 1.7 米的男孩是个篮球迷，最崇拜的球星是被评为"NBA 历史十大控球后卫"之一的贾森·基德，因为基德在 38 岁的高龄还能帮助球队夺取总冠军。

师兄谢锐想起，去年的工科生篮球赛上，陆海天的任务就是防守自己。那时，谢锐还不认识这个"像基德一样有韧性"的男孩，被他追得满场跑，"我当时心里想，这师弟是傻么，不会打球就知道到处追人。"

其实，在篮球场上，这个身穿 24 号球衣的男孩远不如基德那样重要，甚至"没有过什么固定的位置"。可在赛场内外，他都是不知疲倦的男生。他曾担任过中国网球公开赛的志愿者，"对讲机里总是传出呼叫陆海天的声音"。志愿者们在高近 10 米的报告厅里举办论坛时，也是这个男孩主动架起梯子，爬上顶棚去挂条幅。

学姐吴雪妮翻出了一年前陆海天报考青年志愿者协会时的面试记录。在这个男孩的备注里，吴雪妮写着："善良，任务一定能够完成。"

甚至就在离开学校的前一个晚上，他还在饭桌上和同学聊了一会儿人生规划。据他的朋友说，"陆海天最讨厌愤青，平时从来不骂政府"。如果不出意外，他可能会成为一个记者，冲到新闻现场的最前线。而第二天到达温州，本应该是这份规划中事业的起点。

在这辆高速行驶的列车上，有关陆海天和朱平的信息并没有留存太多。人们只能依靠想象和猜测，去试图弄清他们究竟如何度过了整个白天。"希望"也许是 7 月 23 日的主题，毕竟，在钢轨的那一端，等待着这两个年轻人的，是事业，是家庭。

7 月 23 日 20 时 01 分

人们平静地坐在时速约为 200 公里的 D301 次列车里。夜晚已经来临，有人买了一份包括油焖大虾和番茄炒蛋的盒饭，有人正在用 iPad 玩"斗地主"，还有人喝下了一罐冰镇的喜力啤酒。

据乘客事后回忆，当时广播已经通知过，这辆列车进入了温州境内。没有人知道陆海天当时的状况，但黄一宁在 20 时 01 分收到了来自朱平的短信："你在哪，我在车上看到闪电了。"

当时还没有人意识到，朱平看到的闪电，可能预示着一场巨大的灾难。

根据新华社的报道，D301 前方的另一辆动车 D3115，遭雷击后失去动力。一位 D3115 上的乘客还记得，20 时 05 分，动车没有开。20 时 15 分，女列车长通过列车广播发布消息："各位乘客，由于天气原因，前面雷电很大，动车不能正常运行，我们正在接受上级的调度，希望大家谅解。"

有人抱怨着还要去温州乘飞机，这下恐怕要晚点了。但一分钟后，D3115 再次开动。有乘客纳闷，"狂风暴雨后的动车这是怎么了？爬得比蜗牛还慢"。将要在温州下车的旅客，开始起身收拾行李，毕竟，这里离家只有 20 分钟了。

20 时 24 分，朱平又给黄一宁发来了一条短信，除了发愁自己满脸长痘外，她也责怪自己"今年的成绩，真是无颜见爹娘"。可黄一宁知道，朱平学习很用功，成绩也不错，"但她对自己要求太严了，每门考试都打算冲刺奖学金"。

已经抵达温州境内的朱平同时也给室友发了一条短信："我终于到家了！好开心！"

这或许是她年轻生命中的最后一条短信。

10 分钟后，就在温州方向双屿路段下岙路的一座高架桥上，随着一声巨响，朱平和陆海天所乘坐的、载有 558 名乘客的 D301，撞向了载有 1072 名乘客的 D3115。

两辆洁白的"和谐号"就像是被发脾气的孩子拧坏的玩具：D301 次列车的第 1 到 4 位车厢脱线，第 1、2 节车厢从高架上坠落后叠在一起，第 4 节车厢直直插入地面，列车表面的铁皮像是被撕烂的纸片。

雷电和大雨仍在继续，黑暗死死地扼住了整个车厢。一个母亲怀里的女儿被甩到了对面座位底下；一个中年人紧紧地抓住了扶手，可是很快就被重物撞

"7·23"甬温线特大铁路事故路段已清理干净，恢复通车。李霁宇/摄

击，失去意识……

附近赶来救援的人们用石头砸碎双层玻璃，幸存者从破裂的地方一个接一个地爬出来，人们用广告牌当做担架。救护车还没来，但为了运送伤员，路上所有的汽车都已经自发停下。摩托车不能载人，就打开车灯，帮忙照明。

车厢已经被挤压变形，乘客被座位和行李紧紧压住，只能发出微弱的呼救声。消防员用斧头砸碎了车窗。现场的记者看到，23时15分，救援人员抬出一名短发女子，但看不清生死；23时25分，一名身穿黑白条纹衫的男子被抬出，身上满是血迹；然后，更多伤者被抬出列车。

有关这场灾难的信息在网络上迅速地传播，人们惊恐地发现，"悲剧没有旁观者，在高速飞奔的中国列车上，我们每一位都是乘客"。

同时，这个世界失去了朱平和陆海天的消息。

在中国传媒大学温州籍学生的 QQ 群里，人们焦急地寻找着可能搭乘这辆列车回家的同学。大二年级的小陈，乘坐当晚的飞机，于凌晨到达温州。在不断更新着最新讯息的电脑前，小陈想起了今早出发的朱平。他反复拨打朱平的手机，可始终无人接听。

黄一宁也再没有收到朱平的短信回复。当他从网上得知 D301 发生事故后，用毫不客气的口吻给朱平发出了一条短信："看到短信立即回复汇报情况！"

仍旧没有回复。

因为担心朱平的手机会没电，黄一宁只敢每隔 5 分钟拨打一次。大部分时候无人接听，有时，也会有"正在通话中"的声音传出。"每次听到正在通话，我心就会怦怦跳，心想可能是朱平正在往外打电话呢。"

可事实上，那只是因为还有其他人也在焦急地拨打着这个号码。

同学罗亚则在寻找陆海天。这个学期将近结束，分配专业时，陆海天和罗亚一起，凭着拔尖的成绩进入了整个学院最好的广播电视工程系。这是陆海天最喜欢的专业，可他们只开过一次班会，甚至连专业课也还没开始。

朋友们想起，在学期的最后一天，这个"很文艺的青年"代表小组进行实验答辩，结束时，他冒出了一句："好的，Over！"

"本来，他不是应该说'Thank you'吗？"

陆海天的电话最终也没能接通，先是"暂时无法接通"，不久后变为"已关机"。也就在那天夜里 10 时多，朱平的手机也关机了。

在这个雨夜，在温州，黄一宁和小陈像疯了一样寻找着失去消息的朱平。

约 200 名伤者被送往这座城市的各个医院，安置点则更多，就连小陈曾经就读的高中也成了安置点之一。

寻找陆海天的微博被几千次地转发，照片里，他穿着蓝色球衣，吹着一个金属哨子，冲着镜头微笑。但在那个夜晚，没有人见到这个"1.7 米左右，戴眼镜，脸上有一些青春痘"的男孩。

那时，陆海天就在 D301 上的消息已经被传开。朋友们自我安慰：陆海天在 D301，这是追尾车，状况应该稍好于 D3115。另悉，同乘 D301 的王安曼同学已到家。

人们同时也在寻找朱平，"女，1.6 米左右，中等身材，着浅色短袖，长裤，红色书包，乘坐 D301 次车"。

人们还在寻找 30 岁、怀孕 7 个月的陈碧，有点微胖、背黑色包包的周爱芳，短发、大门牙的小姑娘黄雨淳，以及至少 70 名在这场灾难中与亲友失去联系的乘客。

一个被行李砸晕的 8 岁小男孩，醒来后扒开了身上的行李和铁片，在黑暗中爬了十几分钟后，找到了车门。周围没有受伤的乘客都跑来救援，但他只想要找到自己的妈妈。后来在救护车上，他看到了妈妈，"我拼命摇妈妈，可妈妈就是醒不来。"

追尾事故发生后，朱平的高中和大学同学小潘也听说了朱平失踪的消息。她翻出高中的校友录，在信息栏里找到朱家的电话。24 日 0 时 33 分，她告诉 QQ 群里的同学，她已经拨通了这部电话，可是"只有她妈妈在家，朱平没有回去过"。

这位年过六旬的母亲并不知道女儿搭乘的列车刚刚驶入了一场震惊整个国家的灾难。"她妈妈根本不知道这个消息。"小潘回忆通话时的情景。朱妈妈认为，女儿还没到家可能只是由于常见的列车晚点，她已经准备好了一桌饭菜，继续等待女儿的归来。

凌晨 3 时许，黄一宁和小陈分头去医院寻找已经失踪了 7 个小时的朱平。他们先是在急诊部翻名单，接着又去住院部的各个楼层询问值班护士。

广播仍然在继续，夜班主持人告诉焦急的人们，只有极个别重伤者才会被送往温州医学院附属第三医院和附属第一医院。而在那时，黄一宁根本不相信朱平就是这"极个别人中的一个"。在医院里，死亡时刻都在发生。

当黄一宁看到，一位老医师拿着身份证对家属说，这个人已经死了，他的心里紧了一下。有的死者已经无法从容貌上被辨识，一个丈夫最终认出了妻子，是凭借她手指上的一枚卡地亚戒指。

可朱平却像是从这个世界上消失了，谁也不知道她的下落。

当小陈最终找进附一院时，他向护士比划着一个"20多岁，1.6米高的女孩"时，护士的表情十分震惊，"你是她的家属吗？"

那时，小陈突然意识到，自己之前抱有的一丝希望也已经成为泡沫。他从护士那里看到了一张抢救时的照片，又随管理太平间的师傅去认遗体。女孩的脸上只有一些轻微的剐蹭，头发还是散开的，"表情并不痛苦，就好像睡觉睡到了一半，连嘴也是微微嘟着的"。

他不敢相信这就是自己的"包子妹妹"。但是，没错。他随后打电话给另外几位同学，"找到朱平了，在附一院。"

黄一宁冲进医院大门时看见了小陈，"朱平在哪里？"

小陈没说话，搂着黄一宁的肩膀，过了好一会才说："朱平去世了。"

两个男孩坐在花坛边上，眼泪不停地往下掉。小陈又说："可能是我王八蛋看错了，所以让你们来看一下。"

黄一宁终于在冰柜里看到了那个女孩，她的脸上长了几颗青春痘，脖子上的项链坠子是一个黄铜的小相机，那正是他陪着朱平在北京南锣鼓巷的小店里买的，被朱平当成了宝贝。

那一天，他们一起看了这条巷子里的"神兽大白"，"就是一只叫得很难听的鹅"。那一天，朱平炫耀了自己手机里用3元钱下载的"摇签"软件，还为自己摇了一个"上签"。

"你知道吗？我们俩都计划好了回温州要一块玩，一起去吃海鲜。可是看着她就躺在太平间里，我接受不了。"回忆到这里，黄一宁已经不能再说出一句话，大哭起来。

7月23日22时

朱平是在23日22时44分被送到医院的，23时左右经抢救无效后身亡。

21 时 50 分，被从坠落的车厢里挖出的陆海天，被送到了温州市鹿城区人民医院。据主治医生回忆，那时，他已经因受强烈撞击，颅脑损伤，骨盆骨折，腹腔出血，几分钟后，心跳停止，瞳孔放大；在持续了整整一个小时的心肺复苏后，仍然没有恢复生命的迹象，宣告死亡。

在 D301 次列车发生的惨烈碰撞中，两个年轻人的人生轨迹终于相逢，并齐齐折断。这辆列车在将他们带向目的地之前，把一切都撞毁了。

天亮了，新闻里已经确认了陆海天遇难的消息，但没人相信。有人在微博上写道："我不敢相信也不愿相信！希望有更确切的消息！"

陆海天才刚刚离开学校，他的照片还留在这个世界上。这个总是穿着运动装的男孩有时对着镜头耍帅，有时拿起手机对着镜子自拍，也有时被偷拍到拿着麦克风深情款款。

直到 24 日中午，仍有人焦急地发问："你在哪？打你电话打不通。"也有人在网络日志里向他大喊："陆海天你在哪里？你能应一句么！！！"那个曾与他在地铁站挥手道别的朋友，如今只能对他说一句："晚安，兄弟。"

朱平失踪的微博也仍在被转发，寻人时留下的号码收到了"无数的电话和短信"，一些甚至远自云南、贵州而来，他们说，只是"想给朱平加油"。

可那时，朱平的哥哥已经在医院确认了妹妹的身份。他恳求朱平的同学，自己父母年岁已高，为了不让老人受刺激，晚点再发布朱平的死讯。那几个已经知道朱平死讯的年轻人，不得不将真相憋在心里，然后不停地告诉焦急的人们，"还在找，不要听信传言"。

这个圆脸女孩的死讯，直到 24 日中午通知她父母后才被公开。悲伤的母亲再也说不出什么话来，整日只是哭着念叨："我的小朱平会回来的，会回来的。"

黄一宁也总觉得朱平还活着。就在学期结束前，她买了一枚"便宜又好用"的镜头，并且洋洋得意地告诉朋友们，"回家要给爸妈多拍几张好照片"。

黄一宁还记得，朱平说过要回来和他一起吃"泡泡"（温州小吃），说要借给他新买的镜头，答应他来新家画墙壁画。"朱平，我很想你……可是，希望我的思念没有让你停下脚步，请你大步向前。"黄一宁在 26 日凌晨的日志里写道。

他也曾想过，如果这趟列车能够抵达，"会不会哪一天我突然爱上了你"。

阳光下花草、树木的倒影还留在这个姑娘的相机里；草稿本里还满是这个姑娘随手涂画的大眼睛女孩；她最喜欢的日剧《龙樱》仍在上演；这个夏天的重要任务还没完成，她在微博上调侃自己"没减肥徒伤悲"……

但朱平已经走了。

新华社发布的消息称，截至 25 日 23 时许，这起动车追尾事故已经造成 39 人死亡。死者包括 D301 次列车的司机潘一恒。在事故发生时，这位安全行驶已达 18 年的司机采取了紧急制动措施，在严重变形的司机室里，他的胸口被闸把穿透。死者还包括，刚刚 20 岁的朱平和陆海天。

23 日晚上，22 时左右，朱平家的电话铃声曾经响起。朱妈妈连忙从厨房跑去接电话，来电显示是朱平的手机。"你到了？"母亲兴奋地问。

电话里没有听到女儿的回答，听筒里只传来一点极其轻微的声响。这个以为马上就能见到女儿的母亲以为，那只是手机信号出了问题。

似乎不会再有别的可能了——那是在那辆永不能抵达的列车上，重伤的朱平用尽力气留给等待她的母亲的最后一点讯息。

赵涵漠

2011 年 7 月 27 日

脚注：2011 年 7 月 23 日晚，两列动车在浙江温州发生追尾，六节车厢脱轨，造成 40 人死亡。经调查，这是一起设备存在严重设计缺陷等因素造成的责任事故。铁道部原部长刘志军、原副总工程师兼运输局原局长张曙光等 54 名事故责任人员受处理。事故暴露出铁道部在推进铁路发展过程中，安全发展理念树得不牢、对安全关键设备上道把关不严等问题，教训极为深刻。中青报报道《永不抵达的列车》是记录这场事故的影响最广的报道。

呦，终于得奖了

在过去很长的时间里，屠呦呦一直隐藏在巨大的"集体"中。2011 年 9 月 23 日，在纽约举行的美国拉斯克医学奖的颁奖大会上，这位满头卷发、戴着眼镜的女科学家将一座金色的奖杯高高举起时，在地球的另一侧，好奇的中国民众才第一次看到了这张陌生的面孔。

屠呦呦在美国拉斯克医学奖颁奖大会上领奖。资料照片

可她却成为第一个获得拉斯克医学奖肯定的中国人。作为美国最有声望的生物学奖项，拉斯克医学奖一直被业内誉为"美国诺贝尔奖"。从奖项设立至今，获得拉斯克奖的 300 多人中，有 80 余位后来获得了诺贝尔奖，因此拉斯克奖也被誉为"诺贝尔奖的风向标"。

无怪乎外界评价屠呦呦是"距离诺贝尔奖最近的中国女人"。评审委员会将 2011 年度临床医学研究奖颁发给了这位中国科学家，以表彰她在研发抗击疟疾药物方面作出的贡献。

"屠呦呦领导的团队，将一种古老的中医治疗方法，转化为今天最强有力的抗疟疾药。"拉斯克基金会在获奖人介绍中评价说，"已有数亿人因此受益，未来这一数字还会不断增长。"

颁奖典礼上，台下观众向这位老人报以热烈的掌声，可在中国，这位"无博士学位、无海外留学背景、无两院院士头衔"的科学家，却并没有获得太多的认可。当她凭借 40 多年前的研究成果，第一次被推到台前时，这位 81 岁的科学家的感言仍然带着集体主义的烙印。

"荣誉不是我个人的，还有我的团队，还有全国的同志们。"屠呦呦说，"这是属于中医药集体发掘的一个成功范例，是中国科学事业、中医中药走向世界的一个荣誉。"

一场"军民联合的大项目"

如今，屠呦呦还清楚地记得，自己当年参与的研究工作，是一场"军民大联合的项目"。

"当时大家都是很协作，不分彼此的。"这位耄耋之年的科学家回忆说。

1967 年 5 月，为了研发抗击疟疾的药物，中国启动了一项名为"523 项目"的秘密军事科研任务。有来自全国 60 多个单位的 500 名科研人员参加，屠呦呦就是其中的一员。

作为全球流行的重大传染病之一，疟疾在数千年的人类历史中一直是一片挥之不去的阴影。世界卫生组织（WHO）的数据显示，目前占世界人口一半的大约 33 亿人处于罹患疟疾的危险之中，每年约发生 2.5 亿起疟疾病例和近 100 万例死亡。当疟疾的致病原虫以蚊子为媒介进入血液之后，它不仅会引起发烧、头痛和呕吐，而且会通过中断体内关键器官的血液供应，很快威胁到患者的生命。

19 世纪，法国化学家从金鸡纳树皮中分离出抗疟成分奎宁。随后，科学家人工合成了奎宁，又找到了奎宁替代物——氯喹。20 世纪 50 年代，WHO 启动了一场旨在根除疟疾的计划，通过氯喹类药物的大范围使用，疟疾疫情的确得到了有效的控制。但药物滥用却引发了新的问题：进入 60 年代后，在很多地方，疟原虫产生了抗药性，疾病治疗陷入了困境。

中国科学院上海药物所研究员李英在一篇文章中回忆说，1964 年，美国出兵越南后，越美双方都因疟疾造成严重减员，双方都开始寻求治疗疟疾的全新药物。其中，美方为了解决问题，联合英、法、澳大利亚等国的研究机构，开展新抗疟药的研究；越方则寻求中国帮助，按 1967 年 5 月 23 日的成立日期，代号为"523"的绝密项目应运而生。

这一诞生于"文革"初期的科研项目带有浓郁的时代特色："全国 523 小组"由当时的国家科委、国防科工委、中国人民解放军总后勤部、卫生部、化工部、中国科学院 6 个部门组成，北京、上海、广州、昆明、四川、广西等地区还专门成立了"523 办公室"。

由于处于"文革"时期，部分资深科研人员只能"靠边站"，1969 年，当时还是中医研究院初级研究员的屠呦呦被任命为"523 项目"研究组的组长。

"我当时是很下意识地接受了组织交给我的任务。"在美国媒体的一次采访中，屠呦呦说。

现任中国军事医学科学院微生物流行病研究所教授周义清也参与了"523 项目"。他回忆说，"523 项目"分两个组开展抗疟药开发工作：一个是西药组，另一个是中药组。中药组既有科研人员，又有中医，许多赤脚医生在全国各地到处收集民间药方。1970 年之后，由于中国已能生产并向越南提供复方化学抗疟药，抗疟药生产供应已不那么紧迫了，项目重点遂转向传统中草药。

当时，39 岁的屠呦呦遵循毛泽东主席"中医药学是一个伟大的宝库，应当努力发掘加以提高"的指示，开始着手从中草药中发现新的抗疟药。她查阅了大量的古代医学书籍和民间的药方，寻找可能的配方。几年时间，她"几乎把南方的老中医都采访遍了"。

青蒿就是在这样的情况下进入了她的视野。这种一年生草本植物在两千年前的中国古医书中就有入药的记载。在公元 340 年间，东晋医书《肘后备急方》中记录了一个"治寒热诸疟"的药方，"青蒿一握，以水二升渍，绞取汁，尽服之"。

两年的时间里，屠呦呦和她的研究组收集了 2000 多个类似的药方，从包括青蒿在内的 200 种草药中获得了 380 多种提取物。很快，他们开始在感染疟疾的老鼠身上进行实验，评估这些提取物的确切药效。

所有的作者和研究人员都隐去了名字

直到今天，西方科学界对中国这个 40 多年前的研究项目仍然充满好奇。在与中国"523 项目"同期的研究中，美国的科研人员筛选了 20 多万种药物，但始终没有在氯喹类药物之外取得新的发现。

不过，因为特殊的历史，"523 项目"只有少数几篇相关论文得以发表，很多研究的细节至今仍笼罩在神秘的气氛中。

同样参加了"523 项目"的李英回忆说，当时，研究人员都知道，要解决抗药性的疟疾，最关键的问题是要寻找与已知抗疟药结构完全不同的有效化合物。研究人员从中药常山和仙鹤草中都找到了对疟疾有治疗作用的提取物，但它们或者毒性大、副作用剧烈，或者治疗不彻底、病情复发率高，都无法达到理想的效果。

屠呦呦却把目光转向了青蒿。她的研究小组在大量实验后发现，一开始，青蒿对疟疾的抑制率相对较高，能达到 68%。可在之后的重复实验中，这一药效却没有重复出现。

回忆起古人的记载中并没有采用传统的煎煮方法，而是将青蒿泡在水中后"绞取汁"，屠呦呦突然意识到，高温煮沸的过程可能会破坏有效成分的生物活性。为此，她重新设计了提取过程，将原来用作溶液的水替换为沸点较低的乙醚，这才获得了更有效果的提取物。

为了确定药物对人类的有效性，她和研究组的成员甚至充当了第一批志愿者，"以身试药"。

"我们需要尽可能快地证明这种好不容易发现的治疟药物的临床效果。"回忆起当年的行为，屠呦呦说。

1972 年 3 月举行的"523 项目"会议上，屠呦呦在主题演讲中报告了这种被命名为"191"的中性植物提取物。其后，关于青蒿的研究不断取得进展。屠呦呦小组的研究员倪慕云和钟裕容成功获得了提取物的结晶"青蒿素Ⅱ"，两年后的一次座谈会上，屠呦呦第一次公开提出了"青蒿素Ⅱ"的分子式。

其他研究组也有了同样的进展。山东寄生虫病研究所与山东省中医药研究所合作提取了抗击疟疾的有效单体"黄花蒿素"，云南省药物研究所也获得了同样有效的"黄蒿素"。直到 1974 年年初，北京、山东、云南三地所提取的药物才被初步认为是"相同的药物"。

这些同步进行的研究在 40 年后的今天引发了成果归属的巨大争议，可在那个讲究集体的年代，一切似乎都合情合理。1979 年，当关于青蒿素的第一篇英文报道发表时，所有的作者和研究人员都隐去了自己的名字。当时，已有 2000 名疟疾患者得到了这一全新药品的医治。小规模对比研究显示，相比于之前国际通用的氯喹类药物，青蒿素的药效更快，而且没有副作用。

"当年就是这样，只要事情做成了就很欣慰。"屠呦呦说。

"荣誉属于中国科学家群体"

相比庞大的"523 项目"，屠呦呦个人更加不为人所知。简历上的信息只有寥寥数语：1951 年考入北京大学医学院药学系，毕业后分配工作至卫生部中医研究院，1979 年，任中国中医研究院中药研究所副研究员，6 年后，55 岁的她成为中国中医研究院中药研究所研究员。

在老同学的回忆中，人们才能找到这位科学家更为清晰的形象。她小时候长相"蛮清秀"，梳着麻花辫，可生活上却特别粗线条。上学的时候，她的箱子常常收拾得乱七八糟；结婚之后，她家务事不太会做，买菜之类的事都要丈夫帮忙。有一次坐火车外出开会，她想在中途停靠的时候下车走走，结果竟然忘了按时上车，被落在了站台上。

除此之外，在公开的资料中，除了几位同样参与"523项目"的研究人员，很少有人会提起屠呦呦。即使青蒿素的研究曾经获得国家发明二等奖，并且在中国香港和泰国都获了奖，也很少有人去探究，这些"集体荣誉"的背后，每一位研究人员的努力。

终于，拉斯克医学奖的评选将这位年迈的科学家第一次推向了幕前。两周前，当评选结果刚刚揭晓时，记者们在很长的时间内，竟然完全联系不到这位从未引人注意的学者。

北京时间9月24日2时，81岁的屠呦呦登上了2011年度拉斯克医学奖的领奖台。这一奖项始于1946年，共有基础医学、临床医学和公众服务三个奖项，旨在表彰在医学领域作出突出贡献的科学家、医生和公共服务人员。屠呦呦获得了本年度的临床医学研究奖，这是迄今为止中国生物医学界获得的世界级最高奖项。

斯坦福大学教授、拉斯克奖评审委员露西·夏皮罗为屠呦呦致颁奖词。她说："屠呦呦的这一发现，缓解了亿万人的疼痛和苦恼，在100多个国家拯救了无数人的生命，尤其是儿童的生命。"她同时称赞，青蒿素的发现很大程度上归因于屠呦呦及其团队的"洞察力、视野和顽强信念"。

在这位美国科学家的右侧，来自中国的屠呦呦与另外两位获奖者并排坐在主席台上，背后立着一面五星红旗。

当屠呦呦走上主席台，发表自己的获奖感言时，这位头一次面对公众的科学家并没有露出太多表情。她摘下自己的老花镜，拿起准备好的稿子认真念道："在青蒿素发现过程中，古代文献在研究最关键时刻给予我灵感，……相信努力开发传统医药必将给世界带来更多的治疗药物。"

"屠呦呦教授是一个很优雅的人，总是保持笑容。"拉斯克基金的负责人评价说。

《纽约时报》援引世界卫生组织的评论，称赞青蒿素是消灭疟疾的"首要疗法"；著名学术期刊《细胞》则刊文指出，在基础生物医学领域，许多重大发现的价值和效益并不在短期内显现。但也有少数，它们的诞生对人类健康的改善所起的作用和意义是立竿见影的，"由屠呦呦和她的同事们一起研发的抗疟药物青蒿素就是这样的一个例子"。

在第一次由个人获得的荣誉中，屠呦呦获得了25万美元的奖金，以及一个象征战胜疾病和死亡的萨莫色雷斯有翅胜利女神像。当然，也有争议随之而来，有不愿意透露姓名的"知情者"说，将集体功劳归于一人，"不公平也不合理，与历史不符"。

讲求集体的时代已经过去了，可对于屠呦呦，似乎并非如此。"这个荣誉不仅仅属于我个人。"在最近一次接受采访时，屠呦呦说，"这是中医中药走向世界的一项荣誉。它属于科研团队中的每一个人，属于中国科学家群体。"

付雁南

2011 年 9 月 28 日

脚注：本文刊发时，中国科学家屠呦呦还没有获得诺贝尔奖，当时公众对她所知较少。2011 年，她获得诺奖风向标拉斯克奖时，中青报做了详细的报道。2015 年 10 月 5 日，屠呦呦和两位外国科学家分享了诺贝尔生理学或医学奖。

无视小悦悦的十八个路人

两岁的女孩小悦悦先后被两车碾过，监控录像显示先后有 18 名路人没有理会仍有哭声的小女孩……而逐渐浮出水面的三名"冷漠者"，两人说自己没有看到，一人说"对不起"。

究竟他们有没有看到濒死的女孩？这样一起"罗生门"发生在 2011 年 10 月 13 日下午 5 时 30 分，广东佛山市黄岐镇广佛五金城。

"他说绝对没有看到"

事发当日 17 时 30 分 03 秒，监控录像画面上出现一名穿绿衣服的男人，他走到距离小悦悦 3 米左右，往小悦悦这边望了一眼，之后转身返回店铺。事发地斜对面的店铺老板，承认监控录像中的穿绿衣服男子就是他。但他对所有人坚持说，没看到小悦悦，因而遭遇了无数网民的愤怒。

"我们最倒霉的一点就是当时没有看到那个孩子。"他的妻子杨燕（化名）带着哭腔对中国青年报记者说。

据她回忆，小悦悦出事的当天，有两个外国客户来订货，因此从下午到晚上 9 点，夫妻二人一直在店铺一侧忙碌。这一侧不是事故发生的店铺一侧。

这是他们打了几年工后，自己的第一家店。今年经营到第三年，两夫妻都睡在店铺二楼，在堆到天花板的货物堆里留了几平方米"床铺"。所谓的"床铺"并不是一张真正的床，他们夏天睡地板，冬天在地板上铺层棉被。他们一年到头都在佛山，把七岁的儿子留在家，只有过年才回福建老家团圆几天。

"因为我想女儿，才把她接来身边带着，没想到出了这样的事情……很快就要把她送回去了。"杨燕说。

他们两岁的小女儿刚来五金城几天，还觉得很新鲜，也不懂妈妈为什么说着说着哭了起来。头发剪得短的小女孩攥着写货物标签的黑色马克笔不肯撒手，涂涂写写，被大人拿走就扁嘴要哭闹。

小悦悦被撞的当天下午，杨燕回忆就是几分钟没看到自己女儿，就喊丈夫去找。于是丈夫向店铺左边去，并走出店铺张望了几秒，然后杨燕这边一喊"找到女儿了"，丈夫就回来了。

"为了这个，我都和老公吵了好几次架，我问他你究竟有没有看到？有没有看到？！他说没有，绝对没有。这两天跟那么多人解释了那么多次，就是没有人相信我们……"当杨燕靠在柱子边反复说着的时候，众矢之的的丈夫沉默地看着电脑屏幕，上面都是跟在新闻报道后面愤怒的网友留言。

事故当天，杨燕看丈夫回来后继续忙碌，也没有提起任何"有女孩出事"的话。当天晚上小悦悦的妈妈和交警来挨家挨户问，才跟过去看了监控录像。当时去了很久才回来，而杨燕则没有去看热闹。

"你当时没看到监控录像中拍到自己吗？"中国青年报记者问。

"当时就看到了第一辆车压过小女孩那一段，后来就没怎么看了……"拉长着脸的店主回答。

事故发生后第二天的大清早，一个年轻男子一边拿摄像设备拍着一边来到了杨燕家的店铺前："我是网友！"然后骂了店主"没良心、冷血"等话。据杨燕回忆，网友对着摄像设备说着话："压过的车还停了一会，司机可能和这家店铺的人对话"。"但是监控录像中并没有，后来我就反驳他，他也承认是他看错了。"

这几天，杨燕这辈子还从未经历的声讨大浪，把她给打蒙了。有网民人肉搜索到他们的淘宝网店，在上面留言谴责，而淘宝网上留的是杨燕的手机号，所以所有骂"冷血"的短信、电话都是打给她的。"今天大半天就接了20多个陌生电话，都是男的声音，都是接起来就骂脏话然后马上挂的。"

"如果当时真的看到了，现在也会出来说道歉、后悔、内疚啊，硬说自己没看到能有什么好处啊？"这个 1982 年生的女子擦起了眼泪。"小孩出事是很伤心的，但这件事我们是被冤枉的。我这几天也吃不下饭，今天饭吃了没也不知道了……"杨燕无力地往后一靠。

"不要再让她重复了"

在小悦悦被撞倒的几十米外，有一家浙江夫妻开了八年多的店铺。这几天，几乎每个走进这家店铺的人都会问一声："老板娘在吗？"

这位老板娘就是事发当天 17 时 29 分 45 秒，牵着女儿走过小悦悦身旁的女子。而现在她已不想一次次回忆惨状。

"我们都对记者说了道歉后悔，该说的也都说了，最近太多镜头对着，她不想再说了，不要再问她了。"她的丈夫严肃地说。

据林荫（化名）对媒体回忆，当晚她接女儿回店里途中看到躺在地上的小悦悦。"以为她像平常一样玩耍摔倒了，当时她口鼻流血，有很小的哭声，我看着很害怕。如果当时旁边有人一起救，我一定会救。直到孩子妈妈哭着跑过来，才知道女孩是被车碾了。如果看到碾压过程，每个人都会伤心。但我当时不知道她被车碾压了几次。"

当时为人母的林荫"想过去扶她，但看着流血太多很害怕"，而 5 岁的小女儿当时就被吓哭了。

"刚回到自家店里，我女儿就一下蹲在地上，抱着膝盖，半天一动也不动。"做父亲的说着，毫无笑容。而今天夕阳西下，林荫骑着摩托车接女儿归来。圆脸的小姑娘跳下摩托车，穿过一堆堆灰绿色轴承垒起的走道，笑着跑向父亲，转身靠在爸爸怀里。她胖胖的小手扯开一包豆奶粉，专注地一点一点倒在杯子里，似乎忘记了几天前夕阳西下时目睹的惨剧。而母亲林荫的脸上，现在依然很少看到笑容。染了发的她，应该是个爱美的女子。

隐患仍在

"那天下雨，我们头顶上这个薄铁皮棚子，雨打上去特别的响，很吵。"中国青年报记者访问的多家五金城商户都谈到了这一点。

关于"五点多是否天黑得看不见"的质疑，记者今天在现场五点多后，外面天还亮着，但五金城的铁棚子里却光线减弱，提前"暮色四合"了。

"那位救人的陈阿婆说，当时她跑着问了多家店面，是不是他们家的孩子，但是肯定没有问到我们家，她是走向离孩子比较近的那一边问的。这一点我们这边多家店铺可以证明，都没有被问到。"杨燕说。

事故现场相邻的几间店铺里，当时也有工人就坐在那里，但是高高的货物堆挡住了视线。记者现场看到，就算人站起来，也看不到路上情况。

"我的确没注意是不是有小孩哭声，后来听到了那位老婆婆的喊声，而且她说的都是广东话，我实在听不懂她喊什么，后来才看到小孩妈妈抱着孩子跑过去，如果当时能早一点发现……"一位从山东来广东打工才三个月的男人略有不甘地告诉记者。

就在这时，有管理人员走来要求商铺："迎接消防大检查，把路边堆积的货物全部清走。"当多家店主发出抱怨声音时，管理人员说："就坚持一下，应付这几天就可以了！"

又到日暮时分，黄岐小学上学的孩子陆续归来，爬上又窄又高的木楼梯，在二楼放下书包，回到自家放轴承和器械的玻璃柜台边吸溜着一碗面条。周一到周五大都是下午 4 点 15 分放学，家长知道三年级以下的孩子一定要接送，不能自己回家。

"不能随便横穿马路，要和车辆保持距离……"一家的男店主给儿子高声念着来自学校的短信，穿校服的孩子早就听得不耐烦，一溜烟跑开了。

小悦悦父亲：希望这样的事不再发生

10月18日晚，记者在广州军区总医院采访了小悦悦的父亲王持昌。说起18位冷漠路人，他最初感到无奈、愤怒，现在却很火大、想打人，"今天医生告诉我，孩子现在的状况就是因为休克时间太长引起的。"据院方早上11点的病情通报，小悦悦的病情仍危重，处于脑干衰竭状态，仍随时可能有生命危险发生。他还特别表示："希望所有的孩子都能好好的，希望这样的事再也不要发生。"

坐在ICU外面的椅子上，王持昌疲惫地弓着腰。他的黑眼圈明显，因为"每天睡不好，最多睡4个小时"。说到难过处，他不时抠着手指甲和掌心，泛起泪光。

他为记者画了当天寻找孩子的路线图。"我们都往她平时走路的方向找，但因为那天下雨，相反方向的路有棚子遮雨，她往那边走了。等我们走近事发地点已经听到陈阿婆的喊声。"

王持昌刚开始为了寻找肇事司机，把事发监控录像的视频下载到U盘里，但是"看到车祸前半部分就已经看不下去了"。视频的后半部分是18名路人视而不见。刚开始知道有人见死不救，王持昌感到无奈和愤怒，"不救那个人，在法律上定不了罪，但他不救人跟杀人有什么不一样？"

"如果是我绝对不会不管，我绝不会再让第二辆车过来，我会去打120，去做一些措施，百分之百，我用人格保证。"但不是所有的人都如这18个路人一样冷漠，拾荒的陈阿婆见到小悦悦马上把她抱到了路边。15日，王持昌夫妇见到陈阿婆，向她跪下表示感谢。"她救人是下意识的，我们看到她跪下感谢也是下意识的，我们想不到什么办法感谢她。"当知道有人将陈阿婆救人行为说成"想出名"，王持昌弓着的腰猛地站直了，激动地反驳"他们怎么可以这样议论？"

记者在医院看到很多热心人士前来探望小悦悦，其中来自佛山的汪女士从下午3点就赶过来，没见到小悦悦，她向悦悦父母表示过两天再过来。对于每一个来到医院的热心人士，王持昌都认真地鞠个 90 度躬。义务帮助小悦悦家人的罗德旭律师表示，目前已经成立捐款账号，专款专用，截至晚上七点半，已收到超过 27 万元捐款。

看到这么多人为小悦悦祝福，王持昌喃喃地说："小悦悦一定会熬过来的，一定会有奇迹的。""她身体那么棒，今年只感冒过一次要输液。她打针都不哭的。"

庄庆鸿　谢晓明　林洁

2011 年 10 月 19 日

脚注：小悦悦是一名不足 3 岁的女孩，2011 年 10 月 13 日，她在广东佛山相继被两辆汽车碾压。监控视频显示，7 分钟内，18 名路人经过但都没有施救。第 19 位路人陈贤妹是一位拾荒者，上前伸出了援手，但后来，孩子抢救无效死亡。此事引起了全国性的震动和反思。

宋江明求职验血记

如果不是在体检中被检出意外的结果，宋江明如今也许已经成为山西省长治市环保局的一名公务员了。

但命运跟这个 27 岁的小伙子开了一个玩笑。因为体检的一项指标被检出低于《公务员录用体检通用标准（试行）》的规定，笔试、面试和总成绩三项第一的宋江明被刷了下去。

宋江明　资料照片

然而，宋江明随后在 3 家医院的 4 次体检结果均显示，此前参加公务员招录体检出现问题的那项指标每次都达标。究竟是自己的身体出了问题，还是另有隐情？宋江明至今搞不明白。

笔试、面试、总成绩第一，成为唯一一名参加体检者

在体检之前，宋江明参加公务员考试的经历一帆风顺。

2011 年 3 月 27 日，山西省人力资源和社会保障厅、山西省公务员局联合发布《山西省行政机关 2011 年考试录用公务员公告》。彼时，作为吉林大学应届硕士研究生的宋江明看中了公告中的一个岗位：长治市环保局"科员 2"。

中国青年报记者在《长治市行政机关 2011 年考录公务员（含参照管理）职位表》上看到，该岗位的"所需资格条件"为：户籍要求"山西省"，年龄要求"35周岁以下"，学历要求"本科以上"，专业要求"环境资源法及相关专业"。

宋江明告诉记者，他报考这一岗位的原因有两个：第一，他是山西长治人，

希望回家乡工作；第二，这个岗位的专业要求是"本科以上"和"环境资源法及相关专业"，这与他所学的环境法专业恰好吻合。

4月24日，宋江明参加了笔试。5月27日，他通过山西人事考试网查到，自己的笔试成绩为118分。在《长治市2011年行政机关考录公务员资格复审公告》中，宋江明看到，自己的名字位列长治市环保局"科员2"岗位的第一名。

在顺利通过资格复审之后，宋江明参加了7月28日举行的面试，并表现出色。张贴在长治市人力资源和社会保障局（以下简称长治市人社局）就业大厅内的公告显示，在长治市环保局"科员2"岗位报考者中，宋江明笔试成绩第一、面试成绩第一、总成绩第一。

按照长治市人社局在山西人事考试网上发布《2011年长治市行政机关考试录用公务员体检通知》，报考长治市环保局"科员2"岗位的，最终只有宋江明一人进入了体检环节。8月11日，宋江明在长治医学院附属和平医院参加了体检。

一切似乎没有悬念了。因为就在7月1日进行的吉林大学毕业生体检中，宋江明的体检结论为"合格"。

然而，8月15日下午，来自长治市人社局公务员科的一个通知，打断了宋江明的一路顺利。公务员科的工作人员通知宋江明，让他第二天到长治市人社局副局长赵波的办公室去一趟。

第二天，在人社局办公室，赵波对宋江明说：体检查出你的身体有点问题。不过，尽管宋江明一再追问，赵波并没有透露宋江明的身体出了什么问题，只让他等复查的通知。

验血结果前后悬殊

复查在次日上午进行，宋江明在长治医学院附属和平医院体检中心抽了血用于化验。

由于不知道自己的身体到底出了什么问题，于是，宋江明向体检中心的医生咨询。医生告诉他，根据前一次的体检数据，有几项指标偏低，最坏的情况可能是白血病。复查的结果要下午才能出来，并直接送到长治市人社局。

在体检中心，宋江明和医生聊了大约半个小时才走出医院。他心里忐忑不安，"究竟是身体出了问题，还是对方在暗示我该'活动活动'呢"？

想到公务员招考中可能存在的"潜规则"，出了医院后，宋江明给赵波打了个电话。在电话中，宋江明说，自己这两天感冒，吃了点药，可能会影响体检结果，"想和您当面聊聊，看能否再给我一次机会。"但赵波没有答应。

据宋江明回忆，赵波在电话里说，"你的身体不适合做公务员了，但是你可以从事其他的工作。如果你还在长治，有什么事情还可以找我。不要告诉父母，你要勇于承担。"

正是这话让宋江明感到疑惑。"下午出体检结果，我上午就被告知为不合格，为什么长治市人社局在体检报告出来之前就告知我为不合格？"他在网上发布的一条申诉帖子中这样写道。

当天 11 点多，宋江明接到一位好心人的电话。对方提醒他："考公务员挺不容易的，别因为体检的原因被刷下来。你赶紧去找找领导吧，看看能不能送个礼什么的。"

当天下午，宋江明多次打电话或发短信联系赵波，对方一直未接电话，也没有回复短信。直到晚上 6 点多，赵波给宋江明打来电话说，体检复查中一项名叫"血红蛋白"的指标只有"88"，未能达到标准，所以体检不合格。

赵波还在电话里跟宋江明解释：你这个身体确实有问题，我不能再给你检查了，不然我会受处分的。

11 月 8 日晚，记者多次联系赵波，但电话均未能打通。

根据国家颁布的《公务员录用体检通用标准（试行）》第三条，"血液病，不合格。单纯性缺铁性贫血，血红蛋白男性高于 90g/L、女性高于 80g/L，合格。"

按照赵波的解释，宋江明体检复查中"血红蛋白"一项的测量值只有88g/L，低于90g/L，不符合《公务员录用体检通用标准（试行）》第三条之规定。

于是，宋江明于8月19日、8月25日前往长治市中医医院、长治市人民医院验血；后来，又在9月4日和11月4日两次去此前曾参加体检和复查的长治医学院附属和平医院进行化验。这4次验血的结果是：宋江明的血红蛋白测量值分别是180g/L、165g/L、167g/L、163.9g/L。

4次测量值均高于90g/L，符合《公务员录用体检通用标准（试行）》第三条的规定。

此外，宋江明还拿着化验单到门诊看了医生，以排除患血液病的可能性。长治市中医医院的诊断证明书显示临床诊断结果为"感冒（WBC偏高）"（WBC是指白细胞——记者注），长治医学院附属和平医院的诊断证明书则显示临床诊断结果为"血常规化验大致正常"。

被要求"承诺不拿体检报告做文章"

自己去化验的结果与公务员体检的化验结果差距竟如此大，这让宋江明感到不解。8月20日，也就是宋江明第一次自行前往长治市中医医院体检的化验结果出来后，他来到长治市人社局公务员科，提出要复印体检报告，但没有得到批准。

11月8日下午，在接受中国青年报记者采访时，公务员科的一位工作人员解释说："我们请示了省厅，省厅表示我们没有这个义务提供体检报告的复印件。"

宋江明告诉记者，公务员科的工作人员同意把化验单拿出来给他看一下。但按照公务员科负责人的要求，看化验单的前提是：他必须承诺不拿体检报告做文章。

宋江明承诺了之后，才看到自己的两次公务员体检化验单。从化验单可以

长治市中医医院临床检验报告单
COULTER ACT diff 2 三分类血细胞计数仪

姓名：宋江明	性别：男	年龄：27	样本编号：21
科别：门诊	住院号：	病床号：	送检医师：连小旺
标本种类：血液	标本状况：	临床诊断：	

序号	项目	测定值	单位	参考范围	提示	参考图
1	白细胞[WBC]	11.2	10^9/L	4.0~10.0		
2	红细胞[RBC]	5.70	10^12/L	3.50~5.50		
3	血红蛋白[HGB]	180	g/L	110~160		
4	红细胞压积[HCT]	0.523	L/L	0.370~0.500		
5	平均红细胞体积[MCV]	91.6	fL	80~94		
6	平均红细胞血红蛋白[MCH]	31.5	pg	27.0~32.0		
7	平均红细胞血红蛋白浓度[MCHC]	345	g/L	320~360		

长治市人民医院检验报告单

采集时间：2011.8.25 11:17	送检时间：2011.8.25 11:31	报告日期：2011.8.25 11:48
姓　名：宋江明	科别：门诊部	样本编号：138
性　别：男	住院号：	标本种类：血液
年　龄：27岁	病床号：	申请医师：赵占泰

序号	项目	测定值	单位	参考值	检验方法
1	★白细胞[WBC]	8.23	10^9/L	4~10	分析仪法
2	★红细胞[RBC]	5.53	10^12/L	4.09~5.74	分析仪法
3	★血红蛋白[HGB]	165.00	g/L	131~172	比色法
4	红细胞压积[HCT]	49.70	%	38.0~50.8	分析仪法
5	平均红细胞体积[MCV]	89.9	fL	80~100	计算法

长治医学院附属和平医院检验报告单〖门诊〗

姓　名：宋江明	性　别：男	年　龄：27岁	出生年月：1984-
科　别：心血管科	住院号：	病床号：骨科	申请医师：本院医师
标本种类：血液	标本状况：正常	临床诊断：待诊	
检验项目：五分类血常规			标本编号：1109040115

序号	项目	测定值	提示	单位	参考范围	实验方法
1	白细胞[WBC]	8.1		10^9/L	4.0~10.0	电阻抗法
2	红细胞[RBC]	5.53	↑	10^12/L	4.0~5.5	电阻抗法
3	血红蛋白[HGB]	167.0	↑	g/L	120~160	比色法
4	红细胞比容[HCT]	0.515		L/L	0.42~0.52	
5	红细胞平均体积[MCV]	93.1		fl	80~100	

长治医学院附属和平医院检验报告单〖门诊〗

姓　名：宋江明	性　别：男	年　龄：27岁	出生年月：1984-
科　别：血液内科	住院号：	病床号：常 床	申请医师：张旋严
标本种类：血液	标本状况：正常	临床诊断：待诊	
检验项目：五分类血常规			标本编号：1111040582

序号	项目	测定值	提示	单位	参考范围	实验方法
1	★白细胞[WBC]	9.9		10^9/L	4.0~10.0	电阻抗法
2	★红细胞[RBC]	5.42	↑	10^12/L	4.0~5.5	电阻抗法
3	★血红蛋白[HGB]	163.9	↑	g/L	120~160	比色法
4	红细胞比容[HCT]	0.514		L/L	0.42~0.52	
5	红细胞平均体积[MCV]	95.0		fl	80~100	
6	红细胞平均血红蛋白量[MCH]	30.2		pg	27~34	
7	红细胞平均血红蛋白浓度[MCHC]	319.1	↓	g/L	320~360	
8	红细胞体积分布宽度[RDW]	18.1	↑	%	11.9~15.5	
9	★血小板[PLT]	175.0		10^9/L	100~300	电阻抗法
10	血小板平均体积[MPV]	7.7		fL	7.4~10.4	
11	血小板比容[PCT]	0.175		L/L	0.108~0.270	
12	血小板体积分布宽度[PDW]	19.0	↑	%	10~18	
13	淋巴细胞绝对值[LYX]	3.38		10^9/L	0.8~4.0	电阻抗和流式技术
14	淋巴细胞百分比[LYM%]	0.342			0.2~0.4	电阻抗和流式技术

诊断证明书

长治医学院附属和平医院

姓　名：宋江明　□男 ☑女　年龄：27　单位：吉林大学

临床诊断：血常规化验 大致正常

处理意见：

长治医学院附属和平医院医务科
2011年11月

看出，赵波提到的"血红蛋白"指标，第一次测量值是70g/L，第二次是88g/L，两次均低于《公务员录用体检通用标准（试行）》第三条的规定。

这是宋江明第一次看到自己的体检化验单。他告诉中国青年报记者，尽管他当即提出质疑，却遭到了公务员科工作人员的指责。对方说，你刚才承诺不做文章，现在却提出质疑，没有诚信。随后，工作人员便不再理睬宋江明。

11月4日，宋江明在长治医学院附属和平医院验血的结果是，其血红蛋白的测量值为163.9g/L，临床诊断结果为"血常规化验大致正常"。在体检复查后，宋江明的4次验血结果显示，其血红蛋白的测量值均符合《公务员录用体检通用标准（试行）》的规定。

由于申诉迟迟没有回应，宋江明只好另谋出路。10月28日，他赴成都参加当地的公务员考试。王鑫昕/摄宋江明只得又去找赵波，但没找到。他转而去找局长，却碰了一鼻子灰。宋江明告诉中国青年报记者，局长的答复是："我正忙呢，你要再这样纠缠，即使体检了，我也要让你政审不过。"随后，他被工作人员拉出了局长办公室。

多次申诉没有下文

在长治市人社局的遭遇让宋江明感到有些"寒心"了，他随后走上申诉道路。

他拨打长治市监察局的电话，反映人社局信息不公开的问题，对方先是反问"你怎么知道这个电话的"，接着又说信息公开的事管不了。

他拨打山西省招考领导小组的监督电话，对方说那是长治的事，管不了。

他拨打长治市的"市长热线"，却迟迟没有答复。"市长热线"打多了，连话务员都能听出他的声音来了——"你这事儿还没解决啊？那我再给你登记一次。"

由于宋江明体检未通过，第二名就递补上来了。11 月 8 日下午，长治市人社局公务员科的工作人员告诉中国青年报记者，递补的考生已经被录用。

据宋江明的调查，第二名考生的专业是"资源环境科学"，而"科员 2"岗位的专业要求是"环境资源法及相关专业"。根据《山西省行政机关 2011 年考试录用公务员公告》附件中一份名叫《公务员录用专业设置分类指导目录》的材料，"资源环境科学"属于第 35 类环境科学类，而"环境资源法"属于第 10 类法律类。

"第二名考生的专业显然不符合招考要求。"宋江明说。

针对"科员 2"岗位的专业要求，长治市人社局公务员科的工作人员告诉记者，此事经请示省厅后，他们认为"资源环境科学"属于"相关专业"，并没有违规。

多次申诉，至今没有下文，宋江明不得不给自己另择出路。10 月 28 日，他乘坐火车，远赴四川成都，参加当地的公务员考试。

火车还没到成都，他接到了一条短信："我是省法制促进会的，在网上看到你的申诉材料。请问你需要我们单位为你维权吗？"

宋江明询问怎么维权，对方回复短信说："需要准备上你的申诉材料和相关证据，带上 3000 元代理费来找我。"

宋江明以来电号码为关键字上网搜索了一下，发现发短信者可能是冒充某机构进行诈骗的人，不敢再联系了。

但究竟是自己的身体出了问题，还是另有隐情？这对宋江明来说，仍是一个谜。

王鑫昕

2011 年 11 月 9 日

脚注：吉林大学毕业生宋江明在山西长治报考公务员，成绩排名第一，却因体检一项指标不合格而遭到淘汰。他连续 4 次验血，结果均符合标准。中青报对此事进行了持续达半年的追踪，刊发约 20 篇报道，推动了公务员考试制度的完善。后来，山西省政府工作组调查确认，考生宋江明的血常规检验报告单被篡改。10 人受到处分。人社部、原卫生部等发出通报，要求各地以长治公务员招考体检事件为警示，确保体检工作客观公正。

徘徊在房价起落中的都市白领

对于北京白领杨敦而言，"房价下跌"是一个最美丽却也最遥远的梦。从 2009 年毕业至今，她眼睁睁地看着自己生活的这座城市，"就像一匹脱了缰的野马"，房价一路绝尘而去。

按照政府统计的数据，中国楼价在过去五年间上涨了 60%，而杨敦体会的数字还要更高一些。在她租住的那座位于四环外的小区，房价已经从两年前的每平方米一万元上涨到了三万元；小区门口房屋中介的小海报上，不断刷新的数字越来越趾高气扬，也让每天路过的她越来越焦虑不安。

"简直恨不得冲回两年前，对着犹豫不决的自己狠狠甩一巴掌：'让你当年不买房！'"杨敦说。

不过，最近几个月，已经有越来越多的迹象表明，转机似乎要出现了。除了新闻里不断重复的"寒冬近在眼前"，杨敦也发现，小区周围的房屋中介们开始越来越热情地跟自己攀谈，推荐楼盘的广告短信几乎塞满了手机；更重要的是，无论是新房的广告里，还是二手房的海报上，那些数字都确切地表明：房价真的下降了。

梦境变成了现实，可人们并没有表现出想象中的欣喜。有人愤怒地要和开发商"同归于尽"，另一些人则陷入了新一轮的纠结。杨敦说，她想继续等房价降到自己能够承受的价位，却又担心，一场"假摔"之后，房价再一次疯长，自己错过最后的机会。

"房价涨的时候，我们觉得焦虑；现在房价下跌，我们好像更焦虑了。"她说。

"全行业今年将有 3000 家门店关闭，约有 5 万名经纪人将失业"

房价松动是从一些很小的细节开始的。杨敦还记得，从两个多月前开始，原本零零星星的房地产广告短信变得越来越密集了。最多的时候，她一天就收到了 5 条不同的短信。这些广告短信的诱人言辞不尽相同：有的吹嘘"森林簇拥"，有的声称"地铁上盖"，有的强调"紧邻名校"；唯一一致的内容，就是对"价格"的强调。

"45 万能买到什么？""均价只要 11800 元 /m²！"尽管收到的是垃圾短信，可看到这些内容，杨敦还是觉得挺振奋。

她甚至明显感到，连小区的氛围都不一样了。不同公司的中介们带着贴满房源信息的广告牌，占据了小区各个方向的大门。只要有人在经过的时候稍稍放慢脚步，就会有中介热情地凑过来耐心介绍——在房价猛涨的时候，这些西装革履的销售人员大多数时间只需要坐在办公室里。

他们的压力显而易见。根据北京市房地产交易管理网的数据，北京 10 月二手房网签套数为 7262 套，与一年前相比，几乎降了一半，是最近 34 个月的最低值。因为"僧多粥少"，中介公司开始大量关闭门店，"21 世纪不动产"公司在季报中透露，今年第二季度该公司共关闭了 34 家直营店，而第三季度的数字还在继续增加。

一家大型中介公司的负责人的表述更加耸动："全行业今年将有 3000 家门店关闭，约有 5 万名经纪人将失业。"

"寒冬"并非只降临在北京。从今年 8 月起，深圳二手房成交量比去年同期下降了近 80%，无怪乎深圳著名的中介公司中原集团在给媒体的一份声明中写道："市场预期不容乐观……地产遭遇寒冬，行业面临洗牌。"

引发这场"寒冬"的，是一场持续了一年多的政策调控。从 2010 年 4 月开始，中国政府通过控制信贷、大量建设保障房等方式"遏制房价过快上涨"。2011 年 1 月，国务院常务会议又推出了八条房地产调控措施，被称为"新国八条"。其中最引人瞩目的一条，是将第二套房的购房首付提升到 60%。

"中国遭遇史上最严厉的房地产调控政策！"在新政出台后，许多媒体在评论中惊呼道。

很快，青岛、上海、济南、成都和北京市政府也分别出台了调控政策：取消外地居民购房资格，同时严格规定，每个家庭只能购买两套住房。几个月后，力度令人咋舌的"限购令"被推广到了珠海等二线城市。

"限购"取消了许多人的购买资格，也降低了房地产市场的需求，这给曾经赚得盆满钵满的开发商们带来了巨大的压力。一周前，著名的房地产企业绿城集团甚至被传言因资金链断裂而申请破产。

董事长宋卫平很快否定了传闻，但他同时承认，自己正在经历"调控的寒冬"。

"企业左右不了市场，正如人力不能战胜天命。"这位地产商在回应中写道，"我们所能探讨的，是在目前的市场条件下，如何找出一条活路，穿越寒冬。"

一条可能的活路是"找朋友"：与宋卫平私交匪浅的阿里巴巴公司主席马云，通过群发内部邮件，鼓励员工以"内部折扣价"购买绿城集团的新房。另一些开发商则找到了更为简单的"活路"：降价。

降价的风潮在各地蔓延。今年 8 月，北京一座楼盘推出了"八折特价房"；两个月后，上海一个楼盘索性在半个月内，把单价从 15500 元 /m² 直接降到了 10500 元 /m²。

"房价太高了，即使轻微波动一下，对我来说也是一笔巨款"

杨敦曾经无数次幻想过房价下跌的情形。"只要房价一降，我肯定马上把'啃老'拿来的钱全部捧出来，送到开发商和房屋中介的手里。"过去两年，她在心里一次又一次恨恨地重复。

可等到房价真的开始松动，她却再一次犹豫了。

"如果继续跌下去怎么办？"她说，"房价太高了，即使轻微波动一下，对我来说也是一笔巨款。"

她在媒体上看到了太多冲动出手结果后悔不迭的例子，其中一个发生在上海。一个月前，26岁的王琳花120万元买下了上海绿地秋霞坊一套78平方米的两居室，半个月之后，开发商降价30%，房屋价值也缩水了40万元。她算了算，发现这相当于"夫妻俩不吃不喝工作3年"。

这让这位小白领"几乎崩溃了"。10月22日，她和100多个同样命运的业主堵住了售楼处，要求开发商赔偿损失。他们在条幅上引用总理温家宝的言论质问对方："你还流着道德的血液吗？"

当中国的房价在十年的时间里几乎持续地上涨之后，人们已经将"买房"和"升值"划上了等号。这些在城市各个角落拔地而起的建筑，成了最有力的财富象征：它们的价值等于工薪阶层几十年的劳动收入，而且只涨不跌，只赚不赔。

普通人已经无法想象房价下跌的风险——当然，也更加无法承受。这也是为什么在过去几个月，因为房价下跌而"维权"的案例在北京、上海和深圳先后发生。不过，当这些消息在网络上广为传播的时候，业主们并没有获得足够的同情。

"鄙视这种违反契约的行为。"一位网友评论说，"合同上白纸黑字写好的，官司就是打到联合国也一样赢不了。"

另一种声音则获得了更多认同："房价跌了要求补偿，那房价涨了是不是也要还给开发商？"

总算还有开发商愿意接茬儿。为了打消人们对于房屋降价的疑虑，长春一座楼盘专门推出了"签约不降价"的活动。置业顾问承诺，楼盘"绝对不降价"；万一真的降价了，项目将对业主"全额补偿差价"。

另一些人则把希望寄托在政府身上。当上海楼盘御景熙岸降价销售后，"买

10月29日，上海绿地集团楼盘大幅降价，引发部分业主不满。长宁路上的一所绿地集团售楼处被围攻。张瑞麒 / 摄

贵了"的业主们要求有关部门出面"救救我们"。一位业主解释说："房价高是政府的责任。"

政府也的确"救"了他们。在上海浦东区城乡交通和建设委员会的协调之后，原本七折出售的项目已经宣布，"暂停降价销售"。

在买房的过程中，"重新找回了恋爱的感觉"

事实上，政府原本还有更好的方式"救"他们。中国的房价曾有一次调整结构、挤出泡沫的机会。2007 年，国务院发布了以提高首付比例和贷款利率为内容的"9·27 房贷新政"，全国的楼市成交量和价格都出现了明显下降。

但很快，地方政府就出台政策"救市"，中央政府也取消了"房贷新政"，加上随后的信贷热潮，让很大一部分资金流向了住宅房地产领域，房价再次以惊人的速度步步走高。

杨敦很难忘记那时的情景：300套房子会有一千多人排号购买，"现场挤得像在卖白菜"，连一千块钱的排号证明，转手都能卖好几万。二手房也要靠"抢"，一位朋友为了和另一位购房者竞争，当场以百米冲刺的速度跑到银行取出订金，又跑回来交给房东，这才获得了"买房资格"。

"当时大家都预感到，房价肯定要涨，但谁也没想到，涨价会是这样的速度和幅度。"杨敦说。按照国家统计局的数字，2009年，全国房地产市场的成交量和均价都创出了历史新高，北京的房价更是在一年间翻了一番。

因此，这一次，当面对着同样由调控政策造成的房价下降时，很多人都充满了不安全感。"不知道什么时候调控政策会取消，房价就要开始新一轮的疯长。"杨敦说。

一周前的一些时候，关于"限购令即将取消"的传言甚嚣尘上。先是人大常委会上住房与城乡建设部部长姜伟新表示，"在住房信息完善后将不再限购"；随后又传出消息，珠海市的限购令即将取消。

敏感的住房市场并没有放过这些消息。杨敦发现，最近一周，中介的语气变得更加有诱惑力了："这已经是附近最便宜的一套房子了，等到限购一取消，再加几十万都买不到！"

"限购令快要取消了吗？"杨敦问。

"有些地方已经放出风声了。"西装革履的中介笃定地说，"你想啊，这么一直调控下去，地方政府能不着急吗？"

幸好，在辗转反侧了几天之后，11月8日的新闻中，杨敦又看到了令自己安心的话。在上海合作组织总理会议上，国务院总理温家宝表示："对于房地产一系列的调控措施，决不可有丝毫动摇，我们的目标是要使房价回归到合理的价格。"

网络上的人们意见是统一的，他们大多用激烈的言辞呼吁房价进一步下调。

当绿城集团董事长宋卫平否认公司破产的文章在微博上流传时，面对那些充满情感的字句，一位网友言简意赅地评论道："不要抱有幻想，降价是唯一的出路。"

可回归到现实的生活里，每个人的心态却没有那么简单。

在周日的一场聚会上，杨敦和几位朋友又讨论起了买房的问题。几位"80后"的年轻人刚踏入社会就被笼罩在了高房价的阴影里，现在，他们中没买房的人希望房价再多跌一些，刚买没多久的人担心自己"赔了本"，早早买房的人又不知道什么时候适合出手，置入第二套房——除了一位买到经济适用房的公务员，每个人都"有本难念的经"。

杨敦已经看过了北京好几个小区的房子，却始终没能下定决心购买。她担心错过机会房价再次暴涨，又担心房价继续下跌，"糟蹋了父母攒下来的首付钱"。这个 26 岁的女孩常常觉得，在买房的过程中，自己"重新找回了恋爱的感觉"：关心细节，夜不能寐，魂牵梦萦，患得患失……

"我们为它欢笑，为它哭泣，"杨敦说，"归根结底，房子是我们最值钱的家当，它对我们太重要了。"

付雁南

2011 年 11 月 9 日

2012

凝 聚 共 识

　　2012 年的早春有点冷，"四万亿计划"的后续效应逐渐显现：通胀要防，增长要保，宏观调控左右为难。这让高层痛下决心要转变增长方式，当年两会定下的 GDP 增速为 7.5%，不仅比上年一下低了 1.8 个百分点，而且 13 年来首次"破八"，媒体普遍解读为这显示了主动求变的决心。

　　实际上，这一年我们也确实充分领受了发展中大国崛起的荣耀与磨难。2012 年，我们有了航母，有了诺奖，上九天揽月，在太空实现了飞船与空间实验室的对接，下五洋捉鳖，"蛟龙"号载人潜水器创下 7062 米的深潜纪录，中国越来越有大国的模样。但快速增长带来的问题也愈加突出，尤其是北京初夏的一场暴雨，竟致 79 人遇难，"下水道是城市的良心"，广渠门边被淹轿车的报警器响得格外刺耳。

　　最为重要的变化，是国际环境陡然趋紧，修昔底德陷阱横亘于前，美国宣布重返亚太，在经济和科技方面也开始强化遏制。中日围绕钓鱼岛展开的冲突空前激化，先有保钓人员登岛被拘，后有日本购岛闹剧，国内民众掀起了汹涌的抗议浪潮。国际政治因素叠加金融危机余波，使本已疲软的国际贸易雪上加霜，当年进出口增速下滑16.3%。

除了高层的决心和体制内的转变，市场本身也在调整，一些基本要素，例如劳动力土地成本、环境承载代价和"中国制造"的国际空间都在被压缩，渐失优势，沿海低端外向型经济加速萎缩，记者从重庆发回的报道说，2012年春节后返乡就业人数超过外出打工者。

经济支撑需要升级和向内转。这一年，互联网经济加速移动化，中国智能手机出货量达1.82亿部，居全球之首，对传感器功能的挖掘开发无所不用其极，诞生了众多创新型企业，唱吧、滴滴和今日头条们，都玩出了前所未有的新供给。

但是，互联网的渗透，也大大加剧了社会的去中心化和去精英化。本来，无论是市场化、全球化还是城市化，都在客观上导致社会思想的多元和利益分化，因此在此阶段，平衡利益、凝聚共识成为能否继续崛起的胜负手。

11月，党的十八大召开，顺利完成了新老领导集体的交接。在大会闭幕当天，中青报发表社论《青年有了期待 国家就有了未来》："人们在很多方面都有分歧，但在增加收入共同富裕上没有分歧，反腐败上没有异见，追求民主上没有异议，建设法治上也没有不同。人心思改革，人心求变化——这就是共识。如果民众在这些问题上有了共同的期待，人心也就有了凝聚力，改革也就寻找到了共识。"

20多天后，刚上任的习近平总书记提出"实现中华民族伟大复兴中国梦"，这句话更集中准确地概括了共识内涵，让全社会知所趋赴，得到热烈响应，各社会群体在最大公约数下重新寻求集合。

年底，商务印书馆等主办的"汉语盘点2012"活动揭晓，"梦"当选年度汉字。

乌坎推选村民选举委员会

今天，粤东一个小渔村的数千名村民参加了一场特殊的投票——广东省汕尾市陆丰县乌坎村的村民一人一票，推选村民选举委员会的 11 名成员。在接下来的一个多月里，选委会成员将负责组织乌坎村民委员会及村民代表的重新选举。

上午 9 时，乌坎村党总支部和村委会重新选举筹备小组在乌坎学校举行乌坎村村民选举委员会推选大会。乌坎村党总支书记林祖銮宣布了选举的注意事项。选举委员会由 11 名村民组成，这 11 名成员不允许参加村委会选举。对此，林祖銮说："这是为了确保即将举行的村委会选举公平。"

据介绍，选委会成员将从 50 名候选人中投票产生，这 50 人通过自荐和他荐的方式产生，须有贡献精神，并保证不参与村民代表选举。乌坎村具有投票资格的 18 岁以上选民共 8222 名，他们亲临投票或委托投票。

记者在观察选票注意事项时发现，每张选票最多只能填写 11 个人的名字，填写完毕后，还要将写有名字的一面向内对折后投入投票箱。

为方便村民投票，7 个自然村的选举都集中在乌坎学校的操场上进行，村民们须拿着"选民证"在现场换取"选票"，填写完毕后投入"投票箱"。操场划分成 7 个不同的区域，与之配套的是每个自然村都有一个教室作为填写选票的地方，而且用粉红色的布隔成数个小空间。同时，村民还可以选择在操场另一侧的"秘密写票箱"中填写选票。这次选举选委会，按照分组发票、分组写票、分组计票的方法选举。

投票的时间是上午 9 时到下午 4 时，有些村民 8 时就开始排队进场，整个过程秩序井然。在乌坎村房子的墙壁或宣传栏上，随处可见"乌坎村村民委员会重新选举"的宣传材料，不仅通过问答的形式，详尽介绍了村民委员会发挥的作用

村民在填写选票　林洁 / 摄

和选举的工作流程，其中还包括了候选人如何产生及投票能否由家人代替等。

同时，宣传材料还呼吁广大村民积极报名参选"村选委会"，"'村选委会'的候选人应充分发扬人民民主，由村民推荐"。

乌坎村 7 个自然村的村民必须拿着"选民证"，在现场换取"选票"，填写完毕后投入投票箱。

记者发现，乌坎村为此次选举投票做足了功夫，每个投票箱旁边有两名工作人员引导选民如何正确投票，还有 35 名老师作为"公共代写人"，给很多不识字的老人帮忙。在昨天召开的动员大会上，现场的工作人员就有 100 多人。

有村民告诉记者，上一次村委会选举整体无效，就是因为村选委会的产生不合法，村选委会的成员又参加竞选村委会。乌坎村此次重新选举村委会，采用"无候选人直接选举"的办法，避免让选委会成员"既当运动员，又当裁判员"。

记者在采访中了解到，"自荐"竞选"村选委会"的人，必须签字声明不参选"村委会"，并请村民监督。为了避免"他荐"竞选的人过多，报名参加者每人应征集到50名选民的签名支持。

乌坎村民张炳钗介绍，在推选前10多天里，村里的志愿者挨家挨户到村民家中进行选民登记，以便让村民能顺利参加投票，推选投票以不记名、不定候选人数的方式进行，以期达到民主与公平。

村民杨色茂说，这次的选举真正是一次公平、公正、公开的选举。

经登记以及最后核实，有6180名村民投了票，超过具备资格人数的半数，选举有效。

截至记者晚上发稿时，计票工作仍在进行中，选举结果预计在2日凌晨公布。

林　洁

2012 年 2 月 2 日

脚注：广东乌坎村的选举，曾经备受海内外关注。2011年9月，乌坎村400多名村民因多年存在的土地问题、财务问题、选举问题对村干部不满，到市政府"非正常上访"。部分村民作出了毁坏公共财物、冲击村委会、打砸警车等举动。12月，广东省委、省政府就乌坎事件成立了省工作组，以"最大决心、最大诚意、最大努力"解决群众的合理诉求，恢复乌坎村正常秩序。乌坎事件中表现出来的土地、财务、选举、腐败等问题，在转型期的中国，都极具代表性。

一个 4% 牵动中国 19 年

从 1993 年到 2012 年，4% 这个数字就像一根敏感的神经，牵动着一个改革中的国家的各个方面。

近 20 年来的历任教育行政部门领导都为它头疼过。为了它，国务院原副总理李岚清被人当面指出"政府说话不算话"。

而今，现任教育部部长袁贵仁终于可以长舒一口气了。今天，国务院总理温家宝在十一届全国人大五次会议上所做的政府工作报告中说，中央财政已按全国财政性教育经费支出占国内生产总值的 4% 编制预算，地方财政也要相应安排，确保实现这一目标。

温总理的政府工作报告刚一结束，距离会场很远的北京航空航天大学前校长沈士团就接到朋友的电话：沈校长，你呼吁多年的 4% 终于要实现了。

曾经是全国政协第九、第十届委员的沈士团有个绰号：4% 专业户。

1998 年第一次参加政协会议，他当着时任国务院副总理李岚清的面说："政府说话不算话。1993 年的《中国教育改革发展纲要》提出，在本世纪末财政性教育经费要占到 GDP 的 4%，可这个比例却在'八五'期间严重下滑。1995 年滑到谷底，只有 2.41%。眼看着本世纪末就要到了，没达到这个目标是谁的责任？"

领导当场表示：这个问题要解决。

问题解决起来却没有这么容易。这个比例缓慢爬坡，到 2000 年年底爬到 2.87%，每年增长不到 0.1 个百分点。

沈士团以及很多人，不断地提起这个数字。

21 世纪开局良好，第一年就达到 3.14%，突破 3% 的大关。2002 年达到 3.32%。大家都在预测，2007 年 4% 就会实现了。没想到，2003 年降为 3.28%，

两会面孔

今年两会是本届人大和政协的最后一次大会。在过去的四年里，代表委员们用各自的方式履职。明年两会，这些面孔恐或将生约的我大多将不再出现。

本报记者 陈剑 赵青摄

2004 年下降到 2.79%。

当委员第 9 年时，"4% 专业户"的大会发言，主题还是 4%。

后来不当委员了，沈士团每年还要看教育统计年报。他能随口说出 2010 年这个比例是 3.66%。每逢参加教育部门的活动，4% 还是他的主题。

当 4% 这个数字终于传到他耳朵的时候，他兴奋地强调自己的先见之明："我相信这次真的能实现。"

"4% 是教育的基本问题。这个问题解决了，很多问题才有希望。"这位老校长说。

不过，在经济学家厉以宁委员看来，4% 从来就不只是一个跟教育有关的数字。多年以前，正是他和一些人的实证研究得出结论，当人均 GDP 达到 800 美元到 1000 美元时，公共教育支出占 GDP 的比重要达到 4.07%～4.25%，才能实现教育与经济的良性发展。

到 2000 年达到 4% 的目标由此产生。提出这一目标的那个年代，曾有联合国教育官员说，中国对教育的重视程度"还不如贫困的乌干达"。

教育部教育发展研究中心主任张力说，严格地说，4% 的实现是推迟了 12 年——尽管人们常常误从 1993 年目标提出时开始倒计时。

张力说，推迟是因为许多非常复杂的因素，包括财政经费配置的体制机制，包括统计口径。

总之，4% 这个数字连接着多个领域的改革，而教育只是其中的一环。

财政部教科文司司长赵路在这个部门已经工作 20 年了。4% 对他来说像个伙伴。

这 20 年来，4% 始终没有达标。其间，财政性教育经费占 GDP 的比重更是升升降降。

今天，赵路对中国青年报记者回忆，1993 年全国的财政收入 3000 多亿元，很大一部分用在经济建设领域，教育的投入并不多。直到 1998 年，公共财政体系建立，财政支出结构调整，更多的投入用于民生，教育的窘况才有所缓解。

从 2003 年开始，他列席全国政协会议，年年都要到教育组，年年都要向委员们解释为什么还没有达到 4%。有时委员们简直是火冒三丈。从去年开始，随着教育投入的增加，委员们的质疑声小了，更多的是期盼。

全国人大代表朱永新建议，要建立一个政府向各级人大报告 4% 落实情况的制度，让教育投入成为各级政府工作报告里必写的内容。此外，在怎么花钱的问题上，要对重大教育投入有论证和公示制度。

中国教育学会常务副会长、国家教育咨询委员会委员谈松华说，4% 是一个里程碑意义的成果，首先要考虑如何巩固这个成果。需要注意的是，中国经济增幅较快，2012 年达到 4%，不等于 2013 年也能达到。教育投入应随着经济增长保持较高的增长。

谈松华说，建立教育财政投入的长效机制，离不开财政体制的改革。

在北京理工大学校长胡海岩委员看来，即使 4% 兑现了，起到成效也是在几年以后。不能用"养鸡下蛋"这样的时间尺度去衡量它，因为教育投资的效果不是立竿见影的事儿。

谈到 4%，中国石油大学教授陈勉委员说，如今很多委员是"在黑暗中看到光明"，而自己是"天生的悲观派"，常在取得成绩的时候看到困难。今天，他在举了一个教育怪现象的例子之后总结："我们呼吁了 20 来年的 4% 终于可能达到了，但是教育的问题还远远没有解决。"

原春琳　张国

2012 年 3 月 6 日

最后关头，个税起征点调高 500 元

在今天人大代表团的讨论中，很多代表都提及，2011 年全国人大常委会两次审议个人所得税法修正案，常委会进行了三天两次激烈的讨论后，个人所得税费用扣除标准（民间简称"起征点"）由方案中的 3000 元上调到 3500 元。

"大家本以为起征点定为 3000 元是板上钉钉的事儿，没想到最后关头提高了 500 元。"全国人大代表赵林中说，一部法律草案在短短 3 天时间作出这样的调整并不多见。

今天，中国青年报记者从多位参与了上述审议的全国人大常委会委员处了解到，数字变化背后，有着曲折的故事。

2011 年 4 月 20 日，当时提请全国人大常委会初次审议的草案，拟将个税起征点由 2000 元提高到 3000 元，但该草案在一审中未能通过。

草案一审后，全国人大常委会通过中国人大网向社会公开征求意见，一个多月的时间里共收到 8.2 万网民的 237684 条意见和 181 封群众来信，创近几年国家立法公开征求意见数量之最。其中 83% 的人要求修改或是反对 3000 元的起征点。

2011 年 5 月 10 日、20 日，全国人大常委会分别邀请了部分专家和社会公众代表参加个税法修改座谈会。

6 月初，全国人大常委会法工委将修正草案印发各省、自治区、直辖市、中央有关部门以及部分企业、高校、研究机构征询意见，有关起征点的问题争议最多。

很多声音主张，应该在 3000 元的基础上，进一步适当提高起征点。中国政法大学、甘肃地税局等单位建议提高至 3500 元，有些被征求意见单位甚至要求提高到 4000 元至 5000 元。

2011 年 6 月 27 日，草案再度提请全国人大常委会审议，依然维持了一审时的 3000 元起征点。

会上，常委委员们进行了激烈讨论。

"一些常委委员明确表态，如果拿 3000 元的起征点去提请表决，他们肯定要投反对票。"今天上午，全国人大财经委员会副主任委员郝如玉回忆说。

很多常委委员的观点是，既然公开征求意见，公众的意见又这么集中，最终出台的方案就应让民意有所体现，如果还是原样通过，百姓会怀疑我们的审议、公开征求意见就是走过场。

程贻举委员表示，这不是 5000 元、3000 元的问题，而是如何认真对待民众意见的问题。

会上基本形成了三种意见：一是保持 3000 元的起征点，尽快通过实施；二是草案不成熟，推迟表决；三是提高起征点。当时，列席常委会审议的财政部官员介绍，起征点上调 500 元，好几千万人就不用缴个税了，累积起来，国库就可能少收一大笔钱。

在去年 6 月 27 日下午的审议结束时，委员们建议财政部等部门再回去研究研究，拿出最终方案。

6 月 28 日、29 日，全国人大法律委员会两次召开会议，逐条研究了常委会组成人员的审议意见。

而在政府部门那边，也正在形成起征点提升到 3500 元的方案。据了解，当时温家宝总理当天出差回京，为了第一时间与总理商议新方案，财政部、国税总局负责人赶到机场，向刚下飞机的总理汇报修改方案，总理立即认可了新的调整方案。

6 月 30 日上午 9 点，起征点增加为 3500 元的修正案草案再次提交给委员们审议，并顺利通过。随后的新闻发布会上，财政部税政司副司长王建凡透露，起征点提高到 3500 元，缴纳个税人数将减少 6000 万。

个税法修正草案通过的当天，列席了草案两次审议的全国人大代表叶青在微博上说："本人终生难忘经历此次激烈的人民大会堂个税之争，最后经过高层会议形成这个结果，归功于网民的呼吁和83%反对票。我的建议虽然是4000元起征，也知足了。"

全国人大代表、全国人大法律委员会委员徐显明认为，个人所得税法修改的过程是2011年全国人大常委会立法工作中最大的亮点，在起征点问题上，全国人大立法史上第一次提出了与国务院不一样的意见。

身为高校财税法教授的郝如玉认为，"500元的距离"，在发挥人民代表大会制度的价值层面，彰显的是改善民生的决心，缩短了民意和立法程序的距离。

王亦君　刘世昕　张国

2012年3月10日

"正能量"这回传得比什么都快

50 岁的天津的哥马志刚在他并不熟悉的网络世界里火了。

社交网站上正在火速流传着这位的哥两天前的事情，尽管人们并不知道他的姓名：他拒收一位盲人的车费，表示"我不伟大，我挣钱比你容易"；而下一位乘客又坚持多付费给他，"我也不伟大，挣钱比您也容易点"。

4 月 17 日早晨，马志刚 24 岁的女儿小马——一个并不出名的微博用户，顺手写的"老爸跑车录"，成为最近两天最热门的话题之一。在 40 个小时内，大约被转发 6 万次。另有据此改编的微博也被转发了近两万次。

不少人表示，要"随手转发，传播正能量"。拥有 232 万粉丝的一位天使投资人的点评是："这种微博看着就暖和。"

今晚，老马对记者回忆起了那天的事情。

4 月 16 日 17 时 40 分左右，刚上夜班的马志刚，驾驶着那辆"津 E23772"牌照的出租汽车来到了天津盲校门口。一位女教师招手，把一位盲人小伙子扶上车："您受累给送一趟。"

那是一个看上去 20 多岁的小伙。健谈的马志刚随后了解到，他是河北省人，准备找一份按摩师的工作。

开了 5 公里多，小伙要去的通达尚城小区到了。计价器显示金额为 11.4 元，加上燃油附加费，应收 12.4 元。

小伙掏出了钱包。马志刚捂住他的包："别动"，不收钱。

小伙坚持要给，两人争了一番。马志刚发觉周围有人往车里瞧，怕时间久了，人们误会他要占盲人的便宜，急了："我干吗挣你的钱？我不伟大啊，你别觉着我多伟大——我跟你说这句话你懂吗？——我挣钱比你容易！"

这话说得，连他事后都觉得有点"重"了。

说完，他匆匆下车，把小伙扶出车，交给了小区门口的保安。

今晚，他对记者回忆，当时下意识感觉不能收盲人的钱。可这种感觉，他不会用语言描述。

"你给他这点光亮，让他起码感受到这社会不黑。"老马想了想，总结。

告别盲人小伙，这位老司机"着急忙慌"调转车头，想赶紧离开现场。这时路边一位中年人拦住了车。

"你慌张什么？"这位乘客上车就问。

老马往后一指，讲起了盲人小伙的事。他随口问这位看上去比自己年长3岁左右的乘客："您说，我还能挣他的钱？"

路上，这位乘客"一点一点"跟他聊了聊适才发生的事情。乘客身穿西装和白衬衣，仿佛还带点酒气，"说话挺讲究的"。老马根据经验判断，这人"可能是个干部"。在微博上，此人被老马的女儿描述为"斯文大叔"。

到了目的地，斯文大叔掏出钱来，"师傅，别找钱了"。

马志刚一看，那是3张10元纸币，可只应收14.1元。"这钱还有刚才那位的。"这位乘客解释。

马志刚推脱，可乘客说："我可记得您这句话了，我也不伟大，我挣钱比您也容易点。以后，您见到残疾人，您就继续帮他们吧。"

接过这钱，马志刚有点儿"手足无措"。他就坐在车里，给这位乘客鞠了一躬。这天夜里，他越想越感动。开出租车多年，乘客抢着替前一位乘客付账，这是他头一回遇到。

回家以后，他告诉女儿这事，对她说，真的"有菩萨"。他觉得，那位乘客的"伟大"，至少该让女儿知道。

为了教育女儿，让她"有点感悟"，马志刚有时会把跑车遇见的善事告诉女儿。他希望孩子能够"做积极的人，办积极的事，说积极的话"。

第二天早晨上班之前，有所感悟的女儿，用手机写了一段"老爸跑车录"，发到了微博上。

她发这条微博，既要表达对老爸的自豪，更要赞扬那位"斯文大叔"。免费送盲人，对老马来说没什么大不了的。他隶属于天津菲亚达出租车公司，是菲亚达"爱民"志愿服务车队的一员，做过的拾金不昧、义务接送弱势群体的好事不胜枚举。

就在几天之前的 4 月 12 日，女儿还在微博上看到北京一位的哥把病人送到医院分文不取的故事，转发次数超过 3 万。当时，有朋友专门让她看，因为这位司机跟她爸爸类似。

可她没想到，自己随便写的"老爸跑车录"，传得更快。之前她只拥有几百位关注者，每条微博的转发和评论数极少。

源于不知名人物的这条 139 字的微博，却成了两天以来最热门的话题之一。

经过两天的传播，139 个字带着一种加速度发酵起来，触动了更多人的神经。不少人认为，此事释放的是"正能量"，自己看到了，有责任传递下去。有人表示，希望在微博上多看到这样的事，"心情特爽"。有人产生"想掉泪的感觉"，"要是人们都能这样，这个社会能不好吗"。

"又开始相信这个世界了。"一位留言者说。

今天早晨，小马请老爸坐在电脑前，简单浏览人们的留言。老马感慨：真好啊，以后别再发生救人反被敲诈的事情就更好了。希望更多人看到后，重新信任这个社会，"大胆做好事"。

这两天，不少记者试图联系采访此事，这对父女几乎都拒绝了。老马让女儿在微博上说："这真的不叫事儿。谁碰上都会这样做，真不值当来采访我！如果大家真的觉得这个事情影响很好，就用自己的方式传播吧。"

张　国

2012 年 4 月 19 日

脚注：2012年春，一条有关天津司机与乘客间传递善意的微博引起热议。当时"小悦悦"事件等接连几起恶性事件影响了社会心理，人们已厌倦"坏消息综合征"。中青报头版连发3文报道这件小事，人民日报、新华社、央视等大量媒体跟进，引起一场有关"正能量"的大讨论。有媒体在年终盘点时称："此报道起名《'正能量'这回传得比什么都快》，'正能量'一词由此走向公共空间，广受引用。"年末，"正能量"成为"2012年十大流行语"之首。本文被编入中国人民大学新闻学教材。

最早站起来的人居功至伟

虽然距事发已有好几天，但亲历了"6·29"劫机事件的南开大学党委学生工作部干部赵甘仍心有余悸。

6月29日，天津航空公司GS7554航班机组执行新疆维吾尔自治区和田到乌鲁木齐飞行任务时，遭遇6名歹徒暴力劫机。据事后调查，这是一起以劫机为手段的极其严重的暴力恐怖事件；所幸，机组人员与乘客联手制服了歹徒。

正在新疆出差的赵甘是该航班的乘客之一。他对中国青年报记者回忆，自己坐在第5排A座，机舱前排左侧临窗的座位。

飞机于29日12时25分自和田机场起飞。在赵甘的记忆中，刚在空中平稳飞行了一会儿，他就听到一声大喝，闻声望去，只见从后排方向冲来4个人，喊着自己听不懂的话，直奔驾驶舱方向。他们使用像钢管一样的工具，敲打机舱前排的乘客。有的歹徒冲到了头等舱，距离赵甘最近的一个，在第4排。

中国民航局当日公布的事发时间为12时31分——飞机起飞后的第6分钟。机上共有乘客92人，机组成员9人。

看到这一景象，28岁的赵甘起初有点发懵，脑海里闪过电影里出现过的劫机镜头。他承认自己两腿发抖，转头看看窗外的云，"这真的是在天上啊！"

他想过，这或许只是斗殴，但事态的发展"越来越不对劲"。歹徒们抢着管子又打又刺，急于置人于死地。

事件平息后，赵甘和一些乘客聚在一块分析，歹徒当时的目的可能很简单，就是在最短的时间内先打死几个人，起到杀一儆百的作用。

但在当时，他"脑子一片空白"，傻坐在座位上。他看到大约有4个人站起来赤手空拳与歹徒搏斗。在这些勇士的带动下，旁边的乘客也跃跃欲试。

坐在赵甘前排的两位女士比他反应要快。一位看上去30多岁的女士抢起随身带的背包猛砸歹徒，但被歹徒一把推到了座椅上。

突然，赵甘听到不知道从哪里传来一个男人的声音，大意是鼓励大家反抗："你们是男人吗？都他妈上啊！"

这一嗓子在他听来如雷贯耳，他马上从座位上跳起来，冲到头等舱，加入搏斗。这时，已有十多人陆续加入。空姐也通过舱内广播，号召大家联合反抗。

接下来，他发现歹徒前后左右的人"基本上都起来了"。

赵甘在混战中发现，"战场"不仅在前排，后排位置也有歹徒逞凶。

如今回想起来，他认为，"最早站起来的人太关键了"，"他们的引领作用居功至伟"，幸好他们带了个好头，没被歹徒压制下去。他们也受伤最重，后来住进了医院。

他估计，"战斗"持续了 15 ~ 20 分钟。6 个歹徒全被摁在地上，每个歹徒至少被两个人摁住。

乘客们也受伤不轻。机舱内有多处可见血迹。赵甘虽然加入较晚，仍然满手是血。他亲眼见到，两名安全员和几位乘客满头鲜血地顽强搏斗。结束后，有人累得瘫坐在座位上，眼睛周围血肉模糊。

临近尾声时，赵甘才注意到机舱里女人哭泣的声音。

由于歹徒手持利刃，很多乘客被划伤。一名歹徒伪装成残疾人，带了两副拐杖。他们在飞机上拆开拐杖，就成了行凶用的边缘锐利的金属管。

赵甘告诉记者，并非所有歹徒都是高大健壮的，他至少见到有 3 名歹徒是"精瘦"的。被摁倒后，他们仍然手舞脚蹬，试图反抗。起初，人们没有想到控制他们的办法。后来有人提醒说，大家可以解下皮带，捆住他们的手脚，再搜一搜身，以防有爆炸物。

这个人，赵甘后来知道是乘飞机出差的警察。

飞机安全返回和田机场。下飞机后，所有乘客被逐一检查身份信息。那时，赵甘听人议论，机上有四五位乘客是警察。

事实上，在飞机上制服歹徒之后，有一位警察拿出一副手铐，人们手忙脚乱地铐住了一名歹徒。当时，赵甘还感到奇怪，怎么突然来了一副手铐。

飞机快要落地的时候，他听到有人说，飞机马上就要降落了，"我们马上就胜利了"，"大家再坚持一会儿"。

飞机降落后，6个歹徒首先被抬了出去。随后，乘客们七手八脚地拿着自己的行李，回到了航站楼。

这时的机场，已有不少警车和警察。

在警察的引导下，机组人员和乘客回到了候机室。医务人员为他们检查和处理伤口，警察负责核对身份信息，警犬则围着行李嗅来嗅去。

赵甘注意到，身旁一位男乘客的胳膊缝了5针。而他自己的颈部受伤位置被喷了药，裹上了纱布。糟糕的是，他的近视眼镜丢了——在混乱中被歹徒用管子敲掉了，"我也没时间去捡"。

有多位乘客下了飞机后互相问："看到我眼镜了吗？"

劫后余生的人们还谈起了发生在美国的"9·11"恐怖袭击事件。

聊天时，赵甘听到有人说，冲在最前面的歹徒一开始点燃了一个东西，已经冒烟了，但是被踢掉了，没有爆炸。

"战斗"结束时，他站在机舱里，在别的乘客手中见到了一个爆炸物。那是从歹徒手里夺来的。他记不清这个家伙是什么颜色，只记得它大小就像一个大号的墨水瓶。他没敢过去看，"生怕它随时爆炸"。

当天晚上，他听警方介绍，关于自制的爆炸物是如何通过安检，原因还在进一步调查中。

6月29日当晚，中国民航局通令嘉奖"6·29"反劫机机组和乘客，认为在事件处置过程中，机组临危不惧、果断处置，两名安全员、两名乘务员光荣负伤；飞行人员沉着冷静、妥善应对，驾驶飞机安全返航。多名旅客见义勇为，挺身而出，体现了公民的正义感和责任感。

7月2日，中共新疆维吾尔自治区党委、人民政府决定，授予挺身而出的10人"'6·29'反劫机勇士"称号，记个人一等功，每人奖励10万元；授予天津航空 GS7554 航班机组"处置'6·29'劫机暴恐事件英雄机组"称号，奖励 50 万元。

今天，天津航空公司向中国青年报记者表示，航班机组成员目前仍在新疆，尚未返回天津。他们反劫机的事迹传开后，有上百家媒体提出了采访要求。

对于这次遭遇，赵甘当天就感慨："遇到这种事情，大家迅速联合起来共同搏斗，才能保住生命。"

赵甘不是最早站起来的乘客，也不是最英勇的，但他庆幸自己选择了站起来。

29 日晚，当地朋友问遭遇了空中惊魂的赵甘还敢不敢到新疆来。他毫不犹豫地说："一定还要来，有机会还要到这里工作！"他说，如果因为这件事而产生畏惧，那就"对不起自己的性别"。

张 国
2012 年 7 月 4 日

脚注：2012 年 6 月 29 日，新疆和田飞往乌鲁木齐的 GS7554 航班发生劫机事件。6 名歹徒被机组人员和乘客制服，飞机安全着陆。中国青年报对亲历者的采访报道，留下了此次事件最详细的记录，被广为转载。

北京暴雨里的救援与救赎

到 7 月 25 日晚，北京官方在情况通报会上最终确认，京港澳高速溺水死亡人数为 3 人。

为何积水路段长达 900 米，平均水深 4 米，淹了 127 辆车，却只有 3 人不幸遇难？官方的解释是，多亏了冒充警察组织救人的小伙子刘刚。

7 月 21 日傍晚，25 岁的刘刚驾车开进了京港澳高速，朝北京市区杜家坎收费站方向行驶。当时雨下得太大，这位北京市房山区流动人口管理办公室的管理员把雨刷器开到最快频率，不停地刮着雨水还是看不太清外面。

20 时左右，行驶到南岗洼铁路桥下时，刘刚的车突然熄火了。重新打了几次，车也发动不了。"坏了，车可能进水了！"顾不上外面像从天下倾倒下来的大雨，刘刚下车想把车推到最右车道。

这是高速路上的一段 U 型路段，两座铁路桥从上面跨越而过，其中一座是京津高铁的铁路桥。刘刚的车正好在铁路桥下，也就是最低处靠里车道熄火。在大雨里，把车向上推非常费力气。刘刚很快全身湿透。大约半小时后，他才把车推到了右车道。

此时，高速隔离带对面，由于有事故车，京港澳高速出京方向一直拥堵，排起了长长的车队。由于出京方向地势较高，还没有积水。

刚停下来喘了口气，刘刚看到进京方向又驶来两辆车。刘刚一边朝他们伸出手臂示意不能再往前开，一边大喊："水太深了，车会灭火，别过来！"

但当时雨太大了，车里的人根本听不见，结果两辆车开到桥下也熄火了。两辆车一共下来四个人，刘刚和他们一起努力把熄火的车推到高处。五个"难友"开始一辆一辆向上推车。

这时，高速路上的水开始多起来，他们发现有水正顺着高速两边的护坡向里灌。水冲下来的速度非常快，积水越涨越高。出京方向的道路开始有积水了，人们从车里陆续跑出来。

刘刚和四个"难友"还在艰难地向上推着车。他们突然发现桥下地势低的地方，有两个人抱着路中间的隔离带护栏不撒手，并且大呼救命。五人见状，顾不上推车了，一心想要过去救助。

由于积水已经很深，从护坡上流下来的裹挟着泥沙的水流也很急，单个人已经走不过去，五人手拉手结成队，小心向前迈着步。

刚走了大约一半的距离，水已经没过大腿了，水流更急了。

刘刚觉得这样无法施救，弄不好五个人都有危险。于是就跟其他人合计："不要冒险，赶紧到上头去找人，一起救援。"

他们看到此时有几个人正在高速路上面的铁路桥洞避雨，就决定向这个方向"冲"。

五个人冲过去后发现附近有一个工地。刘刚心想"这下能救人了"。但当时工地上的人已经睡觉了，他想："五个男的直接冲进去，让人家赶紧救人有些不好。人家不见得相信，甚至会害怕，那就适得其反了。"

在山西大同当过两年炮兵，曾经在2008年参加过内蒙古冰冻灾害救援的刘刚此时非常冷静，他对几个被叫醒的工人说："我是派出所的，那边可能发洪水了，大家赶紧救人。"两年的部队生活让刘刚指挥若定，工人们相信了。

非常巧，这是丰台河西再生水厂的施工工地，厂里有绳索、救生圈等物资。

"准备所有能够救援的物品，大绳、救生圈、雨衣、雨鞋，跟我走去救人。"刘刚说完就带着十几个人朝被困者的方向奔去。

但刚回到原地，他们吓坏了：高速路已经不见了，他们走的路已经变成了一条正在迅速上涨的河。水正在没过一些小车的车窗，一辆大巴车也在深水处熄火了，很多人正从大巴车上逃了下来，使劲往大巴车顶上爬。还有许多人攀在隔离带上。

刘刚知道十几个人的救援队伍已经远远不够用了，他当机立断对一个工人

7月24日中午，北京房山区十渡，被冲毁的桥留下，二三十名从北京市区志愿而来的青年在用行李和大根绳时搭起的过道上小心地往返着，向将对面受灾的村子传递着水、食品和药品。

实习生 赵 迪摄

暴雨退去　温暖延续

北京"7·21"暴照中，一位清洁工人冒雨清理道路的排水沟。

傅 强摄

本报记者　郑萍萍

我们每个人都已濒临绝望，
我们正在波涛中下沉，
把起我们的身体使我们浮出水面的，
是希望、是对生活的信任
和我们的努力的不可解释的信念。
——小奥利弗·温德尔·霍姆斯
（原美国最高法院大法官）

7月23日，京港澳高速公路，出京16.5至17.5公里处，六十辆汽车趴窝困水中，积水最深处有6米。市政工人和消防官兵以及民间义友展开营救，正一同救援排水。

本报记者 李新玲摄

7月22日凌晨4点，打着双闪灯的爱心车队停在T2航站楼前，等待需要帮助的受困旅客。

李 飞摄

7月21日，一辆轿车被困在北京街头的大水中，几位路人热心地施警挖推车。

杨登峰摄

说："咱们这几个人肯定不够用，你回去叫所有的人来！"

工人立刻跑回工地，把所有人都叫醒，赶来参加救援的人数增加到 200 人左右。

刘刚带领大家迅速施救。但当时雨还在下，高速路上的水面还在上涨，所有的人都期待获救，秩序非常混乱。

当过兵的刘刚再次站出来，对被困人群大喊："大家不要乱，我是派出所的，跟着我们走，都能出去！"他给赶来的工人进行了简单的分工。

骚动的人们渐渐稳定了情绪，施救的过程虽然紧迫，但在安排有序的前提下，进行得十分顺利。被救者通过救生圈、拉住绳索，都顺利地被送往了工地，等待进一步的救援。

漫长而紧张的施救过程使得 170 多人获救。刘刚回忆："还有很多人没做记录。"

22 日清晨，雨终于停了，天开始亮起来，救援者、被困的人们也终于等到了救援人员。最先赶来的是蓝天救援队。救援队发现一个小孩发着高烧，第一时间带走了这个小孩和他的母亲。其余的人仍旧在工地等候。蓝天救援队的队员们忙着为受伤的人进行包扎、处理伤口等。

此时，刘刚才注意到，高速路已经彻底变成了一条大河。水早就涨过了横跨在上面的第一座铁路桥，水面已经快淹到了上面第二条铁路桥。刘刚记得，第一座铁路桥旁边一个"4 米"的蓝色标牌，早就不见踪影。而两座铁路桥之间也要有两米多高。他自己的车也不知被冲到哪里了。

前来救援的消防官员和武警也到了，被困的人们终于被全部安全地送走了。和刘刚一起推车的"难友"也没有来得及留下联系方式。

可刘刚没有离开，他一直留守在现场帮助救援。"我当过兵，2008 年退伍回来，一直在房山区流动人口管理办公室工作，对于这种突发事件的处理，心里还是有点底的。"25 日 17 时，刘刚才回到家中，他的嗓子已经沙哑了，还不时咳嗽两声。

21日晚上，刘刚决定放弃推车去救那两个抱着隔离带护栏的人时，只是从车里拿了手机，行车证、钱包等东西都泡在了水里。23日，经过排水公司调集多个大马力的泥浆抽取设备，水面渐渐降低的时候，刘刚的车也露了出来。他从里面找到了钱包，已经全湿了。

随后，京港澳高速出京方向的公里数指标牌也逐一露出水面。

据了解，这一路段积水长达900多米，最深处达6米，共有100余辆车被水浸泡，其中一辆23日上午捞上来的车中发现三具尸体。

"我们一直都非常担心，不知其余车中情况。"现场救援的一位人员告诉中国青年报记者，当水被抽干，打开最后一辆车的车门发现里面没有人的时候，所有人的都放心了，这么多车，人员大部分安全转移，很让人惊奇。

新华社的消息说："经过武警部队、北京市排水集团、公安消防总队等多个单位500余人连夜奋战，24日10时许，京港澳高速出京方向17.5公里处（南岗洼铁路桥路段）积水及淤泥已经清理完毕。11时50分，双方实现通车。"

对于"冒充"派出所警察，刘刚现在才觉出有点不好意思："当时不那么说，没人听我的。"

知道刘刚指挥救人，许多记者打来电话，刘刚最后总不忘嘱咐他们："我没什么可说的，你们得去采访采访那些工人，真爷们儿！"

而别人问起，当时去救人时，想没想过自己的车怎么办，刘刚回答："当时顾不上想那么多了。不过，要是不管别人，我的车可能淹不了，因为已经快推到高处了。"

刘刚现在还不知道自己红色的千里马轿车被拖到了什么地方，每一个电话打进来，他都先想一下："是不是通知我去取车？"

李新玲　郑萍萍　李北平

2012 年 7 月 25 日

脚注：2012 年 7 月 21 日晚，北京遭遇新中国成立以来最强暴雨，79 人在洪涝灾害中死亡。"下水道是一个城市的良心"，公众由此热议大城市的减灾能力。一位新闻评论员说，排水系统比高楼大厦更能代表现代化，这次暴雨是对过去多年来急速现代化的一种检验。

拐 点

2012 年 9 月 15 日下午两点左右，李昭手持一块纸板站在西安市长安中路由南向北方向的机动车道上。纸板上写着"前方砸车，日系调头"。

这条路通往钟楼，那里是西安的中心。看到这块纸板的日系车驾驶员，立即向南折返。与此同时，一群反日游行者正从北面向这里涌来。他们经过的道路上，几辆日系车都被掀翻、砸毁。

直到下午 3 点左右，几位交警采纳李昭的建议对向北必经的两个十字路口进行"交通管制"，他才放心回家。

这个疲惫的小伙子掏出手机打算给朋友打个电话，忽然发现自己举着纸板的照片，已经被微博转发两百多

李昭站在路口手持警示纸板　资料照片

次。此时他仍然没有意识到，自己做了一件多么"特殊"的事情。他和另外 3 位市民阻止了近 60 辆日系车开往可能遭遇打砸的方向。

它们几乎包括所有日系品牌，从并不昂贵的铃木"北斗星"，到豪华的雷克萨斯。和那些底盘朝向天空、玻璃悉数破碎的车辆一样，它们都悬挂着"陕A"的牌照。

到当天晚上，李昭的照片已在微博中被转发 10 多万次。尽管并不知道他的

姓名和身份，大部分网友还是不吝将各种褒奖送给这张照片的主角。

"他在自己站立的地方为这晦暗的一天留下了些许的亮色。"有人评论道。

想象自己正在为守护国家领土完整"尽一点点心意"，他心里"激动得很"……他此时还能够接受眼前的画面，停在人行道上的日系车被砸，"能想到，没什么意外的"

如果不是周五晚上"恶补"了两场漏掉的"中国好声音"，李昭不会凌晨 3 点才入睡，更不会错过跟同事约好的反日游行出发时间。直到早上 9 点多，一通电话才把他从睡梦中叫醒。

起初，他舍不得离开被窝，就眯缝着双眼，边打哈欠边用手机刷微博，看新闻。

这时，一幅照片出现在手机屏幕上，他的 10 个同事在公司门口拉起了 5 条写有标语的横幅。李昭一下子就注意到了"捍卫主权，踏平东京"8 个大字。这个 1985 年出生的小伙子忽然一阵兴奋，"血上头"，起床随便抓了身衣服换上，连早饭也来不及吃，就拉开门冲了出去。

正是从这样一个再普通不过的周六早上开始，"保钓"反日游行的人们开始陆续出现在中国多个城市的大街小巷。

事实上，在 9 月 11 日日本政府与钓鱼岛所谓的"拥有者"栗原家族正式签署岛屿"买卖合同"当夜，李昭便在微博上写道："爸，我要参军！！我要保卫钓鱼岛！！！"

这个"一腔热血不知咋抒发"的年轻人没忘记给自己的"豪言"配上一张钓鱼岛的照片，却并没有把这条微博拿给当军官的父亲看。他认定，"我爸要说我幼稚嘞！"

9 月 15 日这天上午，李昭打车赶到他和同事约定的出发地点。但当他到达时，却得知同事们早已随大批队伍向市中心的钟楼进发。

由于道路已经开始拥堵，这个体重 190 斤的大块头下了出租车拔腿就跑，一路追赶"大部队"。想象自己正在为守护国家领土完整"尽一点点心意"，他心里"激动得很"。

当李昭穿过南门厚厚的城墙时，他看到双向 8 车道的南大街已经被人群填满，攒动的人头密密麻麻，一直延伸到尽头的钟楼。在他途经的人行道上，还有两辆被掀翻的日系车。

尽管没想到这么早就开始"砸车"了，李昭此时还能够接受眼前的画面。在他看来，停在人行道上的日系车被砸，"能想到，没什么意外的"。

有人拍下了此时钟楼附近的场景。在西安城中心、最为繁华的地段，东西南北 4 条大街上，全都是人。

与此同时，相似的人群也涌动在青岛、长沙等城市的主要路段。

11 点左右，李昭终于在钟楼东北角和 6 位同事会合了。他赶紧帮忙举起那条激励他从被窝里跳出来的横幅。虽然这条横幅"拉开还站不下 6 个人"，而大家也没有准备统一的服装，但眼下的一切已经足以让李昭感到"骄傲"。前一天，有人在公司聊天群里发了条关于游行的帖子，他马上响应，而这支"7 人小队"很快就在网络上集结完毕。

这次他的心"揪了一下"，因为车是在机动车道上被掀翻的，"之前在人行道上，说明是停着的，但这一辆估计是在行驶中被拦住的"，他心里琢磨着，但身体被人潮推动

当看见有人拿矿泉水瓶接连不断地砸向一家并未开门营业的日式餐厅的玻璃窗时，李昭仍然没觉得有太大的问题。"大家有气，这可以理解。"他和同事们跟随人群一路向北，沿北大街朝省政府所在的新城广场行进。

就在他走后不久，另一个西安小伙子兰博也来到这家餐厅附近。他目睹了"太吓人"的一幕。一些手持扳手、砖块、木棒的男子开始打砸餐厅的外墙和灯箱招牌，砖块飞起、落下，餐厅外墙很快便豁开一人多高的裂口。

"虽然门口人挤人，但只有百分之五砸，百分之九十五都在看、在拍照。"兰博说起当时的场景，有些无奈，"即使看不下去，也根本没法去制止，他们太疯狂了。"

兰博忽然觉得自己"低估了形势的严峻程度"，他马上联系了一个开着日系汽车的朋友，并开始陪他四处寻找"避难所"。

当两个年轻人终于找到一个尚有车位的地下停车场时，兰博压根儿没想到，一开下去，便会看到"震撼的一幕"——几千平方米的车库几乎停满了，除了看见一辆奔驰，他的视线范围之内，全部是日系车车标。

正当兰博和朋友终于松了一口气时，李昭已经快要到达目的地新城广场了。他又看到一辆被掀翻的日系车，但这次他的心"揪了一下"。因为车是在机动车道上被掀翻的。

"之前在人行道上，说明是停着的。但这一辆估计是在行驶中被拦住的。"李昭心里琢磨着，但身体被人潮推动，直抵广场。

广场上的大钟快指向中午 12 点时，人们开始有序地横向排开，各自亮出横幅，高喊爱国口号。"这是我最爽的一刻！"李昭回忆起当时的场景，声音提高了一大截。

他的一个同事，外套早被汗水完全浸透。但即使秋风裹着凉意吹袭，同事也根本顾不上脱掉，只是反复对李昭念叨："我心里热！"

12 点 30 分，李昭和同事们决定照前一天"约定"那样结束游行，"该回店回店，该回家回家"。

他们收起横幅，排成纵列，怕被冲散而双手搭在前面一个人的肩膀上，穿过愈加拥挤的北大街，原路返回。

他一下子心痛起来：上午游行途中见到的被砸车辆，只是受到门窗、外壳等"覆盖件"损伤，车主损失"应该还不算太大"；而此时所见的车辆，已是"毁灭性"的伤

李昭其实没打算就这么回家。之前，他和一个朋友猜测，爱国游行"真正的高潮肯定是从中午 12 点才开始呢"。两个人好好地想象了一番那种群情激昂的场面，于是商定，"午后再一起行动"。

为了找朋友践行约定，李昭兴冲冲地往地铁站赶，满心想着振臂高呼"打倒日本鬼子"的情景。一上午连口水都没喝过，他却丝毫没觉得渴。然而，他的脚步在一个十字路口生生被顿住。

他看见一辆已经被掀翻的日系车，两个人在上面又蹦又跳，咣咣地踩踏着汽车底盘，并高声叫喊着。一群人簇拥着他们，一边发出吼叫，一边继续用木棍、扳手打砸两人脚下的车。

那一瞬间，李昭事后回忆，他不禁问自己："这还是我想要的爱国游行吗？这些打砸的人到底是谁？想干什么？"

同样的问号，也充满了谢一静的脑袋。在这座城市西边的另一条大街上，这个姑娘乘坐的公共汽车正在拥堵中缓慢地走走停停。"隔几分钟就看到一辆被砸的日系车，一路上根本就看不过来！"在经过一个公园时，她看见两个人带头跳上一辆停在路边的日系轿车。

"砸！砸日本车！"他们高喊着。很快，从马路的另一边，一群人冲了过来。"黑压压的，有两三百人。"谢一静从未见过那样的场面。人群中靠前的将道路两边的防护栏整个儿掀翻推倒，以便后面的人越过。他们很快簇拥在那辆日系车周围，等车顶上的两人喊完口号跳下车后，便抢起手中的扳手、榔头，向车身挥去。

"太无知了！难道这样能够表达爱国之情吗？"这个大学刚毕业不久的姑娘当时气愤极了。而满载乘客的公交车上，"打着爱国的幌子发泄""给咱西安人丢脸"这样的议论声，也不断钻入谢一静的耳朵。

在城北的那条街上，李昭也听见了高喊，"看！索尼！砸索尼！砸！"

这句甚至无法分辨来自什么方向的话，让他感到"脊梁后一阵冷，从头到脚都发毛"。他紧张地四顾寻找，终于看到路的东北角，有一家日本著名电器品牌的专卖店。人群开始涌向店门。李昭看着，"暗自倒吸了一口凉气"。

事实上，就连名称有些接近日语的店铺都无法幸免。谢一静曾看到几个人抄着扳手砸毁一家名为"丰田造型"的美发厅的招牌。这个"丰田"，和那家日本汽车公司显然毫无关系。

在去往地铁站的不足一公里路上，李昭看见好几群人在打砸路边已经被推翻的汽车。他干汽车销售 6 年，前 3 年在东风日产做销售员，现在则是一汽大众一家 4S 店的销售经理。作为"业内人士"，他一下子心痛起来：上午游行途中见到的被砸车辆，只是受到门窗、外壳等"覆盖件"损伤，车主损失"应该还不算太大"；而此时所见的车辆，已是"毁灭性"的伤。

此时，长沙平和堂商店已经被游行队伍中的部分狂热分子攻击，而青岛一家日系车 4S 店正向外吐着熊熊大火。上海不少日系车被损坏，苏州一些日式餐厅也正在被打砸。

作为销售，他特别理解客户买车的心情，"我想对砸车的人说，那些车主的生活水平并没有你想象的那么好，你做的事不是反日，是伤害自己的同胞"

"真正的爱国游行其实已经结束了。"李昭失望地对自己说。他一头钻进地铁站，前往朋友家所在的地方。

地铁中的李昭并没有看到，此时，这座他生活了 27 年的城市，正在承受着更大的创痛。

一些人将砖块、U 型锁和铁榔头扔向矗立在钟楼西南角的钟楼饭店，要求交出日本游客。一些人点燃了被推翻的车辆。冰柜、沙发被从一家商场二楼的日式餐厅的窗口中抛出；有些砖头、石块没能飞蹿到二层，便直接砸碎了一楼商场的玻璃墙。

人群聚集的上空，黑烟滚滚，"全是烧橡胶的味道"，兰博回忆道。他眼看着一群人将围绕着钟楼的、本应是为国庆节增色的鲜花连泥拔起，掷向维持秩序的武警战士。在泥土、砖头和随手抄起的投掷物的攻击下，武警始终保持手持盾牌的姿势，一些战士的脸上血迹斑斑，却只能一动不动地坚持着。

"不是黄头发就是有文身，要么就戴着大金链子。"兰博回忆那些带头砸店、烧车者的特征，"和那些排着队、有秩序的学生、老百姓根本不一样。"这位平时"没啥可怕"的大小伙子站在路口，禁不住"浑身汗毛倒立"。

这时，李昭正走出地铁"体育场"站。已是下午 1 点 30 分左右。因为拦不到出租车，他便沿着长安路步行向南。经过长安大学校门时，他突然看到一辆电瓶车由南向北，对一辆轿车紧追不舍。电瓶车驾驶员不断大喊："掉头！掉头！"

起初，李昭揣测着，周六结婚的人多，它们肯定同属结婚车队，而电瓶车担任着指挥的任务。正在这时，3 个"看着像大学生"的年轻人走到了他的身边。他们站在公交车道上，一见向北行驶的日系车辆，便大声叫喊："前面砸车呢！别走了！"

李昭恍然明白了。一辆"被漏掉"的铁灰色日系轿车，此时正好朝他驶来。几乎没有考虑，他"下意识"地伸手就拦。"赶快掉头！"李昭使尽全身力气冲司机大喊。"人家听没听见，我当时真的不清楚了。"但他来不及替那个依然向北行驶的司机担心太长的时间，便马上开始准备拦住下一辆日系车。短短几十秒钟内，他觉得，帮助日系车掉头，"得做这件事"。

"干了 6 年，我早就不分品牌爱车了。"李昭说着，指了指自己 T 恤衫上印着的跑车图案。作为销售员，他特别理解客户买车的心情。"我想对砸车的人说，那些车主的生活水平并没有你想象的那么好。你做的事不是反日，是伤害自己的同胞。"

当被问及会不会担心"营救"日系车可能跟游行人群发生冲突时，李昭回忆起，他曾看见"人头黑压压从北往南，朝着我这方向移动"。这个自称"有点儿痞气、有点儿叛逆"的小伙子忽然笑了，"真来打我，就跑么！"

他当时更加在意的，是游行队伍越往南来，他越要"拦快一点、拦多一点"。

他用摊主给的圆珠笔写下4个大字"前方砸车"，写完了他才发现，地方不够，"日系调头"4个字，只能写得小一号，纸箱很容易被笔尖划破，他就轻轻地把这几个字描了好几十遍

为了随时和游行队伍保持距离，他和另外3个"同伴儿"商量，一边拦车，一边向南移动。这样一来比较安全，二来南面有几个十字路口和车辆掉头处，更方便司机返回。

走了几步，李昭又发现了一个问题。一些日系车主听不清楚他们的呼喊，反而打着转向灯，左右躲闪，加速向北边驶去。"也许他们误以为我们就是打砸车辆的暴徒。"

李昭很快找到一个饮料摊，前面堆满了空置的纸箱。"老板，前面砸车，我想要您一个箱子，写个牌子。"他赶紧说明用意。"随便拿！"摊主对他挥挥手。

拆开纸箱，李昭用摊主给的圆珠笔写下4个大字"前方砸车"。写完了他才发现，地方不够，"日系调头"4个字，只能写得小一号。纸箱很容易被笔尖划破，他就轻轻地把这几个字描了好几十遍。

来不及将纸板的边缘撕整齐，李昭就举着它站到了机动车道中。同时，他让一个同伴儿为自己拍了张照片。他站的位置，是长安中路与兴善寺东街的交口。

"雷锋做好事还写小本本呢，我得给自己留个纪念，也得给我朋友解释，我是为正事儿才迟到的。"事后，他这样解释拍照的原因。

这正是后来被广为传播的那张照片。最初，李昭把他发布在自己的微博中。为了"低调"，他把这条微博设置成"好友可见"，并@了几个要好的哥们儿姐们儿。他没想到的是，其中一个朋友的顺手转发，很快就把他变成当天的"微博红人"。

照片上的李昭顶着阳光站在马路上，举纸板的憨厚模样打动了数以十万计的网友。更打动人的则是纸板上那句话——"前方砸车，日系调头"。

"爱国，先爱同胞。"有网友对此评价道。

事实上，像这样爱国的，并不只是李昭一个人。

在谢一静乘坐的公交车上，靠窗的好几位男乘客都努力把头伸出窗外，只要看见对面驶来日系车辆，便会一起大喊"掉头"。座椅上的几位老人也帮忙挥手示意。

58岁的老钟开着一辆"海南马自达"行至大雁塔北广场前的三岔路口，车辆占满了4条车道，几乎一动不动。这时，一支游行队伍朝这个方向走来，有人高喊："看，日本车！砸！"

老钟出门时满心认为"人绝不会失去理智"，但此刻一下子慌乱了。他试图右转，一个年轻人迅速朝他跑来，"你是日本车，别走了，前面砸车！"他想倒车，却擦到了护栏。正在进退两难之际，一个中年人又跑过来提醒他："快找地方躲起来吧！"

老钟最终把车藏在了过街地下通道入口的墙下。因为"敏感"的日系车标，他很快成了附近几个人关心的对象。

对面餐厅年轻的保安向他说起，刚才，一辆日系轿车在前方路口被围堵，女车主和她的小女儿被赶下车。在人们群起砸车时，小女孩抱住妈妈的腿，吓得大哭不止。保安小伙子实在按捺不住，努力冲进人群，想救出这对母女，却立即遭到殴打，只得抱头逃离。

一对情侣走过来反复端详，夸赞老钟"藏得漂亮"，又叮嘱他"千万小心"。

有西安网友在微博上发布了两张照片，写道："在西华门，有辆日系车不幸被堵在人群中，眼看着要被砸。车主是位年轻的母亲，车内还带着孩子。几个好心市民让小女孩站在前面拿着国旗，他们几个围在车的周围，喊着口号：'理性爱国，不要砸车！'在这些好心市民的帮助下，这对母女得救了。谢谢好心人！"

而李昭继续举着纸板，和3个同伴儿向南走去。

行至长安中路小寨十字路口，站在机动车道中的李昭觉得自己"被围观了"。许多人在过街天桥上停下脚步，从各个方向看着他。还有人举着相机对他拍照。

"现眼了。"李昭在心里自嘲。但他马上开始向岗楼上的交警说明北边游行的情况，并恳请警察出面封锁由南向北的道路。

从1点30分到3点，据李昭粗略统计，他们4人共拦住近60辆日系车。没有一位驾驶员来得及向他们道谢，但李昭觉得特别理解。"那种情况下，他们掉头都像违章超车似的，那快，那霹雳！"

直到交警在连续两个十字路口封锁了由南向北方向的车道，他们才放心离开。

走的时候，李昭和那3个年轻人没有互留联系方式。"虽然是萍水相逢，做点力所能及的事，但这种志同道合的默契让我很感动。"李昭说。他记得一个"同伴儿"曾在分别后追上来，递了瓶水给他。

他开心地接受了，一把拧开瓶盖，狠狠地灌了几口水。

他始终认为自己只是做了一件"应该做和能够做"的事，"就像你在新加坡不乱扔烟头，肯定没人给你鼓掌"，舆论的热情赞许一方面让他开心，一方面又让他有点寒心

在回家的路上，当李昭第一次打开微博的时候，他发现自己的照片被转发了，之前的192个粉丝还增加了两个。

最初感受到被关注时，李昭很开心，"一路走，一路刷"。下午 3 点 30 分到家后，他的照片转发数量又增加了 100 多个，粉丝数量则增加了 200 多个。

"爸，我今天干了一件正事！"李昭喜滋滋地对父亲炫耀道。他在部队家属院长大，从来不爱军装，更不想过"听起床号"的生活，但在父亲的影响下，他从小便有一个"立下战功"的梦想。

不过，他也看到跟帖的评论中有人说："这娃杯具了，他肯定会被极端爱国者报复的！"李昭这时有些害怕。为了出门不被人认出，一向心思细密的他专门洗了个澡，把照片中自己所穿的衣服全套换掉。

这天晚上，一整天没吃饭的李昭到家门口的餐馆给自己点了一大碗"葫芦头"（肥肠泡馍），特意要了 3 个馍、一份凉菜和一瓶汽水。他一边享受着自己喜爱的西安小吃，一边得意地发现，照片转发达到近万条。

朋友们看到微博后给他打来的电话一直持续到深夜。公司行政总监也发来一条私人信息，告诉他，自己女儿班上的英语老师给小朋友晒出他的照片，小女孩自豪地对着全班说："这是我妈妈的同事！"

这句话看得李昭傻笑了半天。"能给小朋友正面的影响，真不错！"

但是，这些积极的评价同样让他反思。因为他始终认为自己只是做了一件"应该做和能够做"的事。"就像你在新加坡不乱扔烟头，肯定没人给你鼓掌"，舆论的热情赞许一方面让他开心，一方面又让他有点寒心。

夜幕降临时，李昭回到家里。一场大雨忽然降落西安城。

此时，"躲起来"的老钟，因为游行引发大堵车依然无法返家。他坐在自己日系车的发动机盖上，用身体挡住车标，直到浑身湿透。"往旁边迈 3 步就是房檐，但我不敢去躲雨。"他郁闷地说。

一个丈夫，蹲在街道上默默捡汽车的碎片，并脱下衬衣遮挡住破损的车窗，为车内哭泣的妻子挡雨。

累了一天的李昭，脑袋一挨枕头就睡着了。此前，眼看着自己在微博上"火"起来，这个年轻人满脑子想的都是"真火了怎么办"。他不想上电视，

"主持人穿红的，我穿照片上的，坐一群观众哗哗鼓掌，太假了"。他也不想成为什么"典型"，戴着花上台领奖，"还以为干了多大的事儿"。他更不期待有姑娘因为他火了而向他示爱，因为"感情靠缘分的"。

但他仍想更多人看到自己的故事，不为别的，只图"下一次，也许能好一点"。

其实，即便是在"这一次"，"好一点"的转变也随时发生着。

整整一天，西安人老孙和妻子都在游行的队伍中。亲友圈里，他们是"激进爱国者"的代表，看到日系车被砸、日餐厅被毁，老孙始终表示："应该砸，就得矫枉过正！"

但是，当他结束游行返家时，正好看见一辆日系轿车朝着人群砸车的地方驶来。就在那一瞬间，老孙透过挡风玻璃，看见了车主的脸。"我也不知道我是咋了"，他迅速伸手拦住了那辆车，并将它引进自己住的小区避险。

"其实都是咱自己人么！"事后老孙低声说起缘由。

9月16日，李昭像往常一样去上班。下午，他收到一张朋友发来的照片，拍的是昨天游行队伍经过的西大街浮雕墙《盛世长安》。钟楼旁的这条街号称"西北第一金街"，这组浮雕讲述的是这座历史古城的辉煌过往。只是，照片里的浮雕墙上，属于"秦始皇"的那一片被焚烧车辆的浓烟熏得漆黑。

秦珍子

2012 年 9 月 19 日

脚注：2012 年 9 月 15 日，国内多地爆发大规模反日示威游行，但许多人记住了西安一个年轻人的身姿：手持一块纸板站在马路上，纸板上写着"前方砸车，日系调头"。中青报记者独家采访李昭，还原 9 月 15 日西安街头的那个"拐点"——市民的日系车经提醒后掉头，避免被砸毁；也描摹李昭内心的"拐点"——从兴奋地参加爱国游行，转为关切同胞的财产和人身安全。报道期许，这一天里，李昭和其他许多中国人所表现出的理智和良善，构成社会基石，构成足以对抗狂热和丑陋的"拐点"。

寻找高密

　　青白色的玉米棒子皮，而不是高粱穗，七零八落地躺在土路上。路旁，红底白字的条幅抻得平平整整，挂在铁丝网上，写着"热烈祝贺家乡作家莫言先生荣获诺贝尔文学奖"。

　　"大爷，莫言家的老房子怎么走？"我问一位坐在自家院门口的老人。

　　"谁？你找谁？"他用手拢着耳朵，大声回问。

　　"莫言，那个作家。"

　　"噢！"他点点头，笑嘻嘻地伸手往远处指着，"往那边一直走，看见门口也挂着红灯笼的地方，就到啦。"

　　这是 10 月 14 日，莫言获得诺奖后的第三天下午，我在作家的老家、山东省高密市大栏乡平安庄。评论者说，这片在莫言书中总是以"高密东北乡"的名字出现的土地，已从"一个默默无闻的、隐秘在胶东平原边缘的丘陵和平原过渡地

高密平安庄　赵涵漠／摄

带的微地，扩展为世界性的中心舞台"。

如今，我站在岔路口前。左边，一溜大红灯笼沿着半空中的电线向前延伸；右边，电线杆上光秃秃的，什么装饰也没有。

向左，跟着灯笼走，就能到达目的地。

莫言旧居的两批来访者：韩国人和风水先生

目的地是一处红瓦黄墙的平房。贴着春联的破院门轻轻掩着，只有一个铁钩象征性地保卫着这个早已无人居住的院子。

莫言在这里出生、长大、结婚、生子。但自打 1993 年以后，他搬去了高密县城，不习惯在城里生活的父亲和二哥也搬到了附近的另一间院子，这里便再没人住过了。

院子里，杂草已经长到一米多高，东西厢房只剩一堵坍塌的墙。窗户残破不堪，只能用石块和泥巴糊上。房顶和围墙的白灰四周飘洒，铺在炕上，还铺在莫言结婚时花 54 元钱买的收音机上。

位于高密一中的莫言文学馆　赵涵漠／摄

在此前的两天里，这间距离小城高密还有 30 多公里的普通农村院子，突然变得热闹极了。世界各地的记者、文学爱好者纷纷到此参观。由于人数太多，房子太小，他们只能分批进入。莫言的一个侄媳不得不暂时充当起"业余导游"来。

一位四川记者发现，有的参观者用手轻轻摸了摸莫言当年干活的农具；一些梦想着成为作家的人，"用拇指在莫言小时候做作业的木桌上轻轻划一下，希望沾一点文学灵感才气"。

距离宣布文学奖结果已经过去三天，这里的热闹正在慢慢平息。莫言旧居门口，只有一个头戴解放帽的老大爷用方言回答着记者的问题。而村里的一些年轻女人们则抱着孩子聚在那，叽叽喳喳地聊天儿。

可不远处，在莫言的父亲管贻范和二哥管谟欣的家里，他们又接待了新一批来自韩国的客人。

那两个韩国人在胶州开厂，因为在韩国就看过由莫言小说《红高粱》改编而成的电影，所以专程开车来到这里。"恭喜，恭喜，全世界，有名了。"戴眼镜的中年人用不算流利的汉语说。

"没有，没有，很普通。"管谟欣双手合十，喃喃着，脸上现出一种疲惫的神情。早在 10 月 11 日那天下午，十多家媒体就已经来到这里。从管谟欣和 90 岁的老父亲坐在银灰色的彩电前收看晚间新闻，一直到李瑞英在新闻联播里发布了这条快讯，他们终于在 7 点多的时候等到了自家媒体需要的、莫言家人愉快的表情。

那天夜里，中外媒体先后登门。管老爹凌晨两点才睡，两个小时后又被电话吵醒。以至于高密市的一位领导不得不在次日拜托媒体："请大家让老爷子睡个好觉。"

从那时开始，媒体包围了这座院子。管家先后迎进了包括路透社、法新社、瑞典电视台等在内的几十家媒体的 100 多名记者，并反复回答着类似的问题。

其中一个最为常见的问题是："你能联系到莫言吗？"

"他手机好像换了新号，获奖以后我们还没联系过。"管谟欣总是重复着这样的答案，然后一遍遍地往记者的茶杯里添水。

这个周日的下午，管谟欣与两个韩国人聊起了《红高粱》。他提到，这部小说确有其原型，那是 1938 年发生在孙家口的伏击战，"当时打死了 30 多个日本鬼子"。

韩国人伸长了脖子，可是他并不太能听懂管谟欣的山东话，"日本，的什么？"

"日本鬼子。"管谟欣又用同样的口音重复了一遍，"你们韩国也曾经给日本人侵略过吧？"

"噢，噢。"韩国人疑惑地点点头，他还是没能听懂这个故事。

不久后，这间晒满金黄玉米的小院又迎来了另一个客人——一位风水先生。他将墨镜反戴在后脑勺上，脚下穿着双蓝色塑料拖鞋。"老先生，恭喜！"他走过去，自来熟地握住管贻范的手，四周打量起来，"我是一路摸过来的。您这里，可真是个宝地啊！"

我跟你说，莫言……这事我可没告诉别人

距离北京，高密并不遥远，只需乘 4 小时 29 分钟的动车即可到达。

当瑞典文学院常任秘书彼得·英格朗通过电话告诉莫言获奖的消息时，这位作家正坐在这座县级市城区的家里看电视，他表示"刚听到这个消息的时候有点吃惊，因为全世界有这么多优秀的伟大的作家，都在排着队等候，要轮到我这么一个相对年轻的可能性很小"。

但对于高密来说，似乎一切都已经准备好了。在莫言如今居住的小区门口，十几家媒体的记者架起了摄像机。他们仔细地拍着院墙上的"翰林书苑"，据说这正是莫言亲笔题字。

晚上 7 点，谜底揭晓后，平安庄老父亲家的小院里，放起了礼花和鞭炮。

另外 40 多个人则在《红高粱》里写到的孙家口小石桥放起鞭炮。在由张艺谋执导的同名电影里，那就是巩俐坐着轿子经过的地方。

一则新闻里写道，目前平安庄所在的胶河疏港物流园区在得知莫言获奖后，管委会火速扫荡了附近的烟花经销商，大部分烟花被送到平安乡，其余的在各村就近燃放。

就在小城的主街上，鞭炮也炸响了。据说，一位当地诗人连夜赶制了 10 条庆祝条幅。与时俱进的还包括拥有 LED 广告屏的商家，在那些不断滚动的红字黑底的屏幕上，他们一边宣传五金、水龙头、商务订餐，一边"热烈祝贺作家莫言荣获诺贝尔奖"。

同时热闹起来的，还有位于高密一中的"莫言文学馆"。自 2009 年开馆，这座展馆的来访者并不多，只有一位在编人员和两层办公区域。但 10 月 11 日后，馆长毛维杰已经接待了 160 多家媒体。

长长的红色条幅从四楼垂下来，"根植故乡　莫言问鼎诺贝尔"。人们还在馆里看到另一位诺奖得主大江健三郎写给莫言的手迹："莫言先生，作为朋友，我认为你是可怕的对手，然而，仍然是朋友！"

据说，正是由于这位日本作家的提名，才使莫言的作品得以正式进入诺贝尔评委的视野。

在莫言后来曾两次举行记者招待会的凤都国际大酒店，房间很快被记者们订满了。酒店楼下的停车场上，车牌上还有京 G、浙 A 等标识。

关于这位作家的非官方消息开始在小城各处飘荡。

一位出租车司机说，他这几天拉了好几拨从成都、青岛来的记者。"我跟你说，莫言就住在植物园附近的翰林苑小区，这事我可没告诉别人。"

另一位出租车司机则回想起自己似乎在某次饭局上见过莫言。遗憾的是，一顿饭快吃完了，别人才告诉他这就是作家莫言。"真没看出来。"他回忆了一会，"看上去不像搞艺术的，特别憨厚，特别朴素。"

而一位开着桑塔纳接私活的司机，轻而易举地从我"说普通话"这一特征中判断出我的职业。

"今天有一场记者招待会。"他以近乎新闻官的语气通知我。然后皱起眉，瞟了我一眼，"怎么？你还不知道？"

高粱？也就田边地头还种一些

我并不是来参加记者会的。事实上，我只想借此机会来寻找高密。

正如曾有评论者所说，高密东北乡之于莫言，正如"湘西之于沈从文，马孔多之于马尔克斯，约克帕塔法镇之于福克纳一样的文学地理版图"。从《红高粱》里第一次发现这个地方，我就被迷住了。

按照莫言的描写，那里应是如此：

"生存在这块土地上的我的父老乡亲们，喜食高粱，每年都大量种植。八月深秋，无边无际的高粱红成洸洋的血海。高粱高密辉煌，高粱凄婉可人，高粱爱情激荡。秋风苍凉，阳光很旺，瓦蓝的天上游荡着一朵朵丰满的白云，高粱上滑动着一朵朵丰满的白云的紫红色影子。一队队暗红色的人在高粱棵子里穿梭拉网，几十年如一日。"

据毛维杰说，在当地，"高密东北乡"只是百姓口中对县城东北几个村落的统称。直到莫言第一次把这 5 个字写进书中时，它才落到纸面上。

一辆黄色中型公共汽车往返于高密城区和东北乡平安庄。公车开在宽阔的 6 车道马路上，路两边的灌木与粗壮的白杨高矮错落。但在岔路口处，这辆车拐往大栏方向，6 车道变成了双行道。已经到了收获的季节。农民们将整棒玉米或剥好的玉米粒摊在马路一侧，等太阳帮忙晒干。

可高粱呢？在平安庄，已经退休的管谟欣仍旧象征性地种着家里的 2 亩地。他掰指头数着地里的作物：玉米，小麦，西瓜，甜瓜。

过去，东北乡地势低洼，又有几条河流交错流过，因此总受洪涝影响，只能种个子比人还高的高粱。现在，气候干旱，东北乡早没了青纱帐。高粱，"只有田边地头还种一些"，可以用来做扫帚，或是填充在房子屋顶。

我爬上莫言旧居门前的河堤，两排白杨树向左右延伸，一边尽头是河上的一座栏杆被漆成宝蓝色的石桥；另一边则望不到尽头。白杨树的叶子落了一大片，踩在堤上就会听到"咯吱咯吱"的干燥声响。

这里曾是莫言的文学启蒙地之一。夏夜，他不识字的爷爷会在河堤上给他讲些神仙鬼狐、王侯将相的故事。

但在他的作品里被描写得颇有情致的胶河，如今看来不过是一条浅浅的河流，沿岸生着些淡黄色的芦苇。在下午的日光里，河水像是不流动的，只有几只野鸭在里面扑腾，偶尔发出短促的叫声。

我和那两个韩国人在村里来回转悠。房子大多是红瓦黄墙，院门外总是晒着金黄色的玉米。沿着村路的人家，还在门口种上了几株开得正好的大红月季。

"山东的农村，都是很像的。"其中一个韩国人观察着周围。

莫言文学馆馆长毛维杰曾经作为村庄中学的语文教师，在这里生活了整整16年。"这十几年过去，东北乡没什么变化。可小说里的高密东北乡和这里是不一样的。"他说，"河流、石桥，我们看来没什么特别，可在莫言的作品里特别有味道。那是一个全新的东北乡。"

中国的缩影，以及发生在世界各地的事情

这一切，莫言早已在文章里解释过："高密东北乡是一个文学的概念而不是一个地理的概念，是一个开放的概念而不是一个封闭的概念，是我在童年经验的基础上想象出来的一个文学的幻境，我努力地要使它成为中国的缩影。"

但这座村庄确实有些往事，成为莫言想象的种子。

众所周知，他最初的记忆，是与姐姐抢一片发霉的红薯干。那是个饥饿的年代，在管谟欣看来，"那时觉得红薯干都比今天的饼干强百倍"。那时，即便人们恨不得"在房顶上也种庄稼"，但还是吃不饱。

据说，他饿极了，在地里偷了个萝卜，结果被罚跪在领袖像前，父亲知道了，差点把他带回家打死。这个故事，后来变成了《透明的红萝卜》。

这个自称小时"貌丑嘴馋的孩子"，1955年出生，伴随人民公社长大，见过几十万农民一起劳动，红旗招展，拖拉机与手推车齐头并进的火热场面。但邻村却有个"单干户"，执拗地不愿加入。莫言总能看到，单干户推着一辆吱吱作响的木轮车，他的小脚老婆赶着一头毛驴，路上则留下一道深深的车辙印。

"文革"时，单干户因不堪忍受虐待，最终自杀。但他的故事却留在了莫言的《生死疲劳》里。

"假如有一天我能离开这块土地，我绝不再回来。"莫言曾经赌咒发誓。爷爷那辈，照料土地就像照料自己的"宠物或亲人"，"好好保养它爱护它，让它供应粮食"。可孙子这辈，庄稼边却立着一堵高墙，使人们不得离开，不能施展自己的才能，不能保持独立的个性，"我们不是土地的主人，我们是土地的奴隶"。

参军成了他远离土地的第一步。紧接着，他被提干了。现在回忆起来，"那比得诺贝尔奖还高兴，意味着将来可以吃国库粮了，意味着我不用回农村了！"

他写海岛、写军营，写许许多多自己还没开始过惯的生活。直到1984年，他突然决定在自己的小说里写写"高密东北乡"。从那一刻开始，"我高高举起了高密东北乡这面大旗，像一个草莽英雄一样，开始招兵买马，创建了我的文学王国"。

他被创作欲望不断往前推，"从此后我再也不必为找不到要写的东西而发愁，而是要为写不过来而发愁了"。就像他曾经提起的那样："当我在写一篇小说的时候，许多新的构思，就像狗一样在我的身后大声喊叫。"

"高密东北乡"已经不再是那一片小小的村落。他想要把沙漠、沼泽、森林、老虎、狮子通通移过去，并"敢于把发生在世界各地的事情，改头换面拿到我的高密东北乡，好像那些事情真的在那里发生过"。

他声称，"高密东北乡"是自己开创的一个文学共和国。而他，莫言，就是这个国家的国王。

但无疑，他仍旧是个农民式的新君主。在成为诺奖得主后接受央视采访时，他微笑地解释自己创作后的感受：

"一个长篇写完，就像农民锄地锄到头了，田野上的风吹一下，劳动之后的一种愉悦。"

在没有高粱的高密，高粱红了

黄色的"村村通"公交车在柏油路上行驶，扬起一路灰尘。

几个年轻人坐在后排，大声地聊天儿，他们的对话里不断出现"莫然"两个字。在当地方言里，"言"被读成"然"。但除了这两个字，我再听不懂他们谈话的内容。年轻人们高声地讨论了一会"莫然"，然后以一阵大笑和其中几位下车，作为讨论的句点。

自收到获奖消息后，莫言本人很少出现在公众视野里。在接受媒体采访时，他曾表示希望这种热潮可以很快过去，"这是我的主观愿望，一切都会按照生活自身的规律继续"。

甚至就在获奖前一天，他还与毛维杰一起去赶了高密大集。

这个五天一次的集市以 E 字形铺满了几条街，许多摊子都自备喇叭。几乎不需要用眼睛仔细看，耳朵就可以带你行走。卖橘子的卡车上，喇叭声嘶力竭地喊着"一块钱一斤一块钱一斤"，中间几乎听不出逗号。接下来，在凤凰传奇的背景乐下，"皮鞋 20 一双"。一个年轻姑娘坐在摊子后面玩手机，喇叭帮她念了全部台词："高档服装，厂家直销，永不后悔。"

女人们骑着摩托车在人群中一点点向前蹭，离开时带走 12 卷卫生纸，一捆大葱，或一麻袋土豆。当然，她们并没忘记让孩子坐在装土豆的麻袋上。

赶集就是莫言平日里最热衷的活动之一，他总认为这些都能帮助他"像个真正的高密人那样生活"。

但 10 月 15 日，他可能并没能来赶大集，围绕着他的新闻热潮还在继续。

就在记者们先后入住当地唯一一家按四星级标准建造的酒店里，一份当地晚报总是在傍晚时分送进客房。

10 月 13 日，这份晚报的头版写着"莫言：希望莫言热尽快冷下去"；第二天，"莫言手稿飙升百万元"；第三天，"一个县城的诺奖效应，重新发现'红高粱'"。

整个高密都沉浸在喜悦之中。就在文学奖公布当晚，市委官员去莫言在市区的家登门献花。报纸里则透露了当地官员的发展战略，"怎样让莫言品牌扩大高密的影响力是我们要考虑的事情"。

三年前，一则新闻里就曾报道过，因为"莫言文化需要挖掘和弘扬"，当地希望修缮莫言留在平安庄那间残破不堪的老房子。那或许与当时"高密奉献十道文化大餐"的规划有关，在其中"开发一条文化生态旅游线"上，"莫言旧居"就已经被列入名单。

如今，这座县级市还计划打造红高粱文化园，电影《红高粱》里的大片高粱地、造酒坊等场景将被复制。

高密一年一度的"红高粱文化节"，在过去两年里都邀请到了中国作协主席铁凝和山东省作协主席张炜出席。人们相信这是由莫言促成的。一位高密官员曾向当地晚报记者表示，"铁凝是正部级，张炜是茅盾文学奖得主，一个县级市要请到这样的人，很难啊！"

由于今年基本确定莫言出席，主办方相信，这一次，再不必那么费力地邀请文化名人了。

村庄还是原本缓缓生长的样子

在高密东北乡，除了红灯笼和条幅，一切还是老样子。公共汽车仍然慢吞吞地开着，还在路边突然没来由地停了下来，司机披了件外套下车与熟人聊天儿。一个中年男人走到车门口，大声问了句："师傅啥时候走啊？"

没有回答，他又自顾自地说了句，"我下车尿泡尿，等会儿我啊。"

在平安庄，老人们扯着小凳坐在院子门口，眯起眼睛享受着午后的阳光。一对中年夫妇叉开双脚坐在一堆玉米前，将玉米皮一把把地薅下来。公路旁，一个人在放羊，另一个绑着头巾的大妈就趴在栏杆上专心致志地看放羊。

就是这个看上去很平静的村庄，催生了小说家莫言的绝大部分故事。"直到现在，我的大部分小说，动用的还是我20岁之前积累的生活资源。我20几岁以后的生活，还没有正儿八经地去写。"

二哥管谟欣告诉老父亲，弟弟获得这个奖"全世界60多亿人，一年就选一个，很重要"。但是转回身来，他和父亲都反复跟媒体强调，"莫言就是很平凡的老百姓，没什么特殊之处"。

在央视的新闻片里，主持人问起莫言，这次得奖有没有可能对中国的文学环境起到作用。这位大作家却回答："现在文学的土壤，比较正常。你不可能再去老幻想，80年代初期那样，搞一个诗歌朗诵会，在首都体育馆，一万人满座。一部短篇小说出来，千人传颂，像过节一样，那是不正常的。现在这样一种相对冷静、相对边缘、相对落寞，没有什么坏处。"

10月14日傍晚，我离开平安庄。公交车已经只剩一两班了，要等半个多小时才能来一趟。正在等车的一个男孩脸上长了几粒青春痘，他就住在邻近的村里。我问他，之前看没看过莫言的小说。

他摇摇头，指着远处路口的条幅，"看见那些我才知道这儿还有个作家"。

1984年，莫言在自己的《白狗秋千架》里第一次写到"高密东北乡"。他写，"长七十里宽六十里的低洼平原上，除了点缀着几十个村庄，纵横着两条河流，曲折着几十条乡间土路外，绿浪般招展着的全是高粱"。

他还用劲描写了村前的路："原是由乌油油的黑土筑成，但久经践踏，黑色都沉淀到底层，路上叠印过多少牛羊的花瓣蹄印和骡马毛驴的半圆蹄印，马骡驴粪像干萎的苹果，牛粪像虫蛀过的薄饼，羊粪稀拉拉像震落的黑豆。"

高粱不在了，土路也不在了。可是村庄，似乎还是原本缓缓生长的样子。

我和男孩蹲在尘土飞扬的柏油路前等车，一个胖胖的中年人也蹲了过来，随后，一个戴着白帽子的大爷也蹲在旁边。

一辆挖掘机慢悠悠地驶近，一路轰隆隆地响着，从左开到右。我们四个人的眼睛也紧紧盯着挖掘机，转过脑袋，从左看到右，直到它开往远方。

在热闹散去的平安庄的黄昏里，似乎没有比这更重要的新鲜事儿了。

赵涵漠

2012 年 10 月 17 日

青年有了期待　国家就有未来

　　党的十八大胜利闭幕。对完成了诸项神圣使命的代表们来说，是告一段落，而对会场外亿万热情关注大会的民众，对诸个领域亟待推进的改革，才算刚刚开始。大会产生的各种名单，自然是公众关注的焦点，因为这些名单上的人将是中国未来数年的掌舵者。不过公众很清楚，十八大报告给国家的发展绘制的蓝图，远比那些名单更为重要，没有什么比它更能影响到中国的未来和中国人的命运。

　　执政党的前途，国家的未来，取决于有没有给民众以梦想和期待，有没有让民众看到改革的诚意和前行的动力，有没有让民众感受到这个国家在往前走——青年有了期待，国家才有未来。无疑，执政党的十八大报告让人们有了更多的期待。

　　媒体和专家都喜欢"新"，热衷于从报告中寻找新词语、新概念或新表述，从"全新"的字里行间中分析方向和寻找变化。比如数"改革"共被提了多少次，出现了"美丽中国"这样的新提法，"全面建设小康社会"的表述已从"建设"变成"建成"——而民众看报告的角度则朴素、简单和纯粹多了，他们的关注点非常现实，自己的收入能不能提高？社会是不是更加公平？民主权利能不能得到保障？权力能不能被关进笼子？养老金有没有保障？得了大病会不会一夜返贫？

　　民众的这些现实的关切与期待，都在报告中找到了答案。

　　关心自己钱包的人，总抱怨"什么都在涨，就是工资不涨"的人，一直期盼国家出台收入倍增计划的人，能从十八大报告中看到希望。十八大报告首次提出：到2020年，"实现国内生产总值和城乡居民人均收入比2010年翻一番。"——这是一个伟大的承诺，连一向挑剔的外电都感叹"中国一旦实现（发展目标），将会跻身与美欧比肩的一流发达国家之列"。民众还能从"两个同

自　　　信

本报记者 付雁南 刘世昕

本报记者 刘占坤摄

今天上午11时53分，在十八届中共中央政治局常委和中外记者的见面会上，新当选的中共中央总书记习近平打开外媒体眼的第一句话是一句轻松。一片掌声与竞快的门开中，他面带笑容，语气恳切地说："女士们、先生们、朋友们，大家好，让大家久等了！"

在他开场的讲台左侧，十几位政商显要身着深色西服，依次坐在人民大会堂东大厅的主席台上。习近平呼唤他们为"亲密同事"，环且把他们一一介绍给台下来自全世界的媒体。

在此之前，当新一届政治局常委走上主席台之依次站定时，刚才站立的习近平和李克强曾几次向记者招手致意，有外媒就此评价，中国正式步入"博士治国"的时代。

"在这里，我们向代表新一届中央领导机构成员，衷心感谢全党同志对我们的信任。我们一定不负重托，不辱使命！"习近平的话，他调调沉稳坚定。

来自全世界的媒体此时此刻都聚焦关注着中国。随着来访十八大的西班牙《世界报》副总编辑评价，中国已经站国际舞台上不可或缺的一员，备各个领域影响力正发挥。西西牙保罗对应的一位记者表示，中国是一个魅力的祖国，并且将成为世界上最重要的经济体。

人们也从新一代领导集体的表现中探寻着中国的未来。一位在现场的中国记者评价，习近平的讲话"务实、亲切、自信"，活动结束后几十个小时，美国路透社在报道中写道："习的讲话语气强健，表现非常放松。"

十八大报告中曾提出"道路自信、理论自信、制度自信"，如今，新一届中央领导集体，正是这种"自信"的直接体现。

在18分钟的讲话中，习近平19次提到了"人民"。他热烈赞扬中国人民是"伟大的人民"，并滋润"人民是历史的创造者，群众是真正的英雄"，同时，他也表示，"每个人的工作时间是有限的，但全心全意为人民服务是无限的。"

他把平实的话语说出去，"我们的人民热爱生活，期待有更好的教育、更稳定的工作、更满意的收入、更可靠的社会保障、更高水平的医疗卫生服务、更舒适的居住条件、更优美的环境、期盼着孩子们能成长得更好、工作得更好、生活得更好。"

接着、他强调，"人民对美好生活的向往，就是我们的奋斗目标。"

在此场采访的英国广播公司（BBC）记者注意到了这里"人性化的表述"，她在自己的微博上

可道："习近平的演讲受到了赞扬，很多人民热地说到"和正式"的遣词造句。"

在讲到腐败的问题时，习近平的话语变得掷地有声。他说，"新形势下，我们党面临着许多严峻挑战，党内存在着许多亟待解决的问题。尤其是一些党员干部中发生的贪污腐败、脱离群众、形式主义、官僚主义等问题……全党必须警惕起来。"

说到这里，快要情声声地停下来，等待翻译。台下，摄影记者的闪光灯持续不断地闪烁。

美国有线电视新闻网（CNN）把这一场景列为整个活动的焦点，他们在报道中援引一位采访过的记者的话说："一些习惯的变化正经在中国发生了。"

这场新闻发布会"没有官话"的演讲，在中国的网络上赢得了普遍赞誉，一堆的记者都说，这让他们想起十八大后。当讲话结束时，习近平复拿了告身对微笑的告辞。

"记者朋友们，中国需要更多地了解世界，世界也需要更多地了解中国。"在一篇名为《烟花金

11月15日，在中共十八届一中全会上当选的中共中央总书记习近平和中央政治局常委李克强、张德江、俞正声、刘云山、王岐山、张高丽在北京人民大会堂同采访十八大的中外记者亲切见面。　　徐京星摄

11月15日，记者在北京人民大会堂采访中共十八届一中全会上当选的中央政治局常委。
新华社记者　丁 林摄

本报记者 刘占坤摄

步"看到钱包鼓起来的希望，即：居民收入增长和经济发展同步、劳动报酬增长和劳动生产率提高同步。这充分体现了实现发展成果由人民共享的思路。

关心公共服务的人，把孩子的教育、老人的医疗、自己的就业、衣食住行看得比什么都重要的人，能从十八大报告中看到希望。报告用不小的篇幅论述了基本公共服务均等化的改革目标：教育现代化基本实现，就业更加充分。收入分配差距缩小，中等收入群体持续扩大，扶贫对象大幅减少。社会保障全民覆盖，人人享有基本医疗卫生服务，住房保障体系基本形成。这些都不是口号，而有着具体标准的约束，是能让公众感受到的实实在在的利益。

关心法治进程的人，能从报告中看到中央树立法治权威的决心。报告在这方面的表述铿锵有力：提高领导干部运用法治思维和法治方式深化改革。党领导人民制定宪法和法律，党必须在宪法和法律范围内活动。任何组织或者个人都不得有超越宪法和法律的特权，绝不允许以言代法、以权压法、徇私枉法。

关心政治体制改革的人，能感受到高层鲜明的态度和冲破阻力的大魄力。报告中强调：政治体制改革是我国全面改革的重要组成部分。必须继续积极稳妥推进政治体制改革，发展更加广泛、更加充分、更加健全的人民民主——"稳妥"当然不是不改革，而是面对复杂国情的执政党为了追求更好的改革效果、为了公众利益而作出的负责任的选择。

关心党内民主的人，能感受到中央对腐败是同样的深恶痛绝，"这个问题解决不好，就会对党造成致命伤害，甚至亡党亡国"，掷地有声。痛心于环境不断恶化的人，能从"美丽中国"的美丽承诺中得到安慰。这个国家最有活力、将来会成为主人的年轻人们，也能看到更多的发展机会和创富希望……每个群体、每个阶层、每个人都能从中寻找到关系自己切身利益、给自己带来福祉的表述。执政党不仅仅是在用大手笔绘制国家发展的蓝图，更是在编织属于每个平凡中国人的"中国梦"！

青年有了期待，国家就有未来。青年有了期待，对执政党才有信心，这是执政党得以存在的基础，对国家的前途也才有信心。如果多数人觉得国家的发展跟自己没有一点儿关系，无法分享成果，没有共同的利益感觉，国家自然就没有未来。所以，十八大报告强调要有"道路自信、理论自信、制度自信"！

青年有了期待，国家才有未来。因为期待是前行的方向和动力。一个没有梦想的人，对未来没有想象的人，会自暴自弃；同样，一个社会一个国家也是如此。如果一个国家多数人都不觉得自己是改革的受益者，或者看不到受益的希望，网上网下充斥着受害者、受损者、受排斥者的情绪，国家不仅没有未来，甚至是非常危险的。

青年有了期待，国家才有未来。因为"期待"和"梦想"是将一个多元化社会中的人凝聚起来的力量，都说中国社会已经日益多元和分化，共识已经在贫富差距拉大中撕裂，没有了改革共识。而十八大报告正是努力通过"让每个人有所期待"来凝聚一个国家的共识。人们在很多方面都有分歧，但在增加收入共同富裕上没有分歧，反腐败上没有异见，追求民主上没有异议，建设法治上也没有不同。人心思改革，人心求变化——这就是共识。如果民众在这些问题上有了共同的期待，人心也就有了凝聚力，改革也就寻找到了共识。

我们一起去期待和实现这个美丽的"中国梦"。这份期待，不是等着外来的恩赐，执政党要创造条件让人民有能力自己主宰这个梦想，主宰这个国家的前途和命运！

中青报评论员

2012 年 11 月 15 日

2013

开 启 新 局

2013 年一开年就有了新局气象。全国两会上劈出第一板斧：大部制改革。按改革方案，国务院将减少 4 个正部级机构，其中包括被称为最后一个"计划经济堡垒"的铁道部。与此相应，国务院各部门行政审批事项削减三分之一。

这一年的大手笔很多：提出"一带一路"倡议，加速新型城镇化、设立上海自贸区、挂牌新三板、批准民营银行，等等，新政频出，展示出开创改革发展新局面的勃勃雄心。

自上年底开始的治吏行动立竿见影，"八项规定"推行半年，高档饭店萧条，鲍翅滞销，白酒更是量价齐跌，酒厂忙着去产能。反腐风暴雷霆万钧，薄熙来、蒋洁敏、李东生、季建业、童名谦，进入 12 月甚至每天都有一个贪官落马。不仅打虎，而且拍蝇，尤其是房产反腐，这一年炸出一堆房姐房妹房媳房叔。

但是，经济结构调整和生产方式转型却很艰难胶着。

这一年的 GDP 增速仍定为 7.5%，且决意不再投资刺激、大水漫灌。经济学界的解释是，按照十八大提出的到 2020 年 GDP 比 2010 年翻一番的目标，今后 8 年只需年均增长 6.8% 即可，工作重点应转向提高发展质量。此后，这被定为增速的合理区间，持续多年。

这一年的经济盘面错综复杂，股市跌到谷，房价涨上天，沪深股市主板低迷，创业板却异常火爆，行业业态各走各路，分道扬镳。这让政府调控难度大增，对房地产的限购政策竟导致当年离婚率居高不下，让人啼笑皆非。

2013 年继续呈现高速成长期的二重性，国家层面崛起趋势不改，"嫦娥三号"在月球软着陆，宇航员在"天宫一号"太空授课，运 -20 大型军用运输机首飞成功。而社会层面则不断上演成长烦恼的悲喜剧，张氏叔侄案平反，唐慧案改判，李某某案宣判，以及空难、地震、禽流感……

对落后增长方式最严重的警告来自天气。这一年，中国平均雾霾天数为 52 年来的最多，福布斯中文网盘点当年全球气候、能源领域的话题事件，中国的空气污染居于榜首。中青报的一篇评论说：两场惊人的大范围的雾霾，"标亮"了这一年的第一个月和最后一个月。

9 月中旬，国务院超规格颁布《大气污染防治行动计划》，按此计划，京津冀地区到 2017 年 PM2.5 的年均值要下降 25%。这意味着铁腕之下，大批高耗能高污染的产业将被淘汰，产业结构将强力调整优化。

在历史上，2013 年被标注为又一个"改革之年"。这年 11 月召开的十八届三中全会，提出使市场在配置资源中起到决定性作用和更好发挥政府作用，尤其是明确了改革的总目标，这为冲破利益固化的藩篱和利益分化的格局，确立了改革深化的方向。中国的改革从此进入综合推进的时代。

官方微博直播"极重污染日"

"连日雾霾,既是冬季北方易发天气,也有供暖与尾气排放交织的成因。网友吐槽,政府焦急。近几年,搬离重型企业、大规模造林治理环境。大雾开始,环保、城管、交通……多部门行动,但空气治理不是一时一地之力可立竿见影。大雾让我们自检,为节能减排做了什么,为爱护环境做了什么?"

1月13日16时24分,"北京发布"——北京市政府新闻办公室官方微博提出了一系列问题。

从1月10日开始,北京出现持续重度污染天气。"环保北京""气象北京""北京环境监测""平安北京"等政府官方微博第一时间发布相关信息。

1月10日18时,北京市环境保护监测中心官方微博"北京环境监测"发出了第一条微博:"由于大气形势趋于静稳,空气湿度上升,我市污染物扩散条件明显转差。最新监测结果显示我市大部分地区细颗粒物PM2.5浓度快速上升,目前大部分地区已达到300微克/立方米以上。由于夜间还会出现轻雾,预计今天夜间到明天白天期间我市空气污染程度较重。建议各类人群尽量停留在室内,减少外出时间。"

1月12日,北京市大部分地区的PM2.5监测值都达到了大约700微克/立方米,个别地区的PM2.5值甚至接近1000。其间,"环保北京""北京发布"等微博相继发布相关即时信息。

北京市2012年12月出台《北京市空气重污染日应急方案(暂行)》,《方案》将空气重污染日分为重度、严重、极重,分级采取相应的污染应对措施。按照这一方案,北京首次实施"极重污染日应急措施"。

2013年第一个重污染日出现了,当北京市政府会同相关部门通过应急方案时,"环保北京"也第一时间在微博上发布了具体内容:"按照未来三天空气质量

华北钢铁业野蛮生长抹黑京津冀天空　李隽辉/摄

预报，我市将继续执行空气重污染日应急方案的各项措施；预报 AQI 指数达到 500 的地区，将执行极重污染日应急方案——加大执法检查频次、监督相关排污单位减少污染排放、减少施工工地土石方作业规模、增加清扫保洁作业、重点排污单位减少污染物排放等措施；预报 AQI 指数达到 500 的地区，党政机关还将带头停驶公务用车 30%。"

除了环保部门外，北京市其他政府微博也各司其职。

1 月 12 日 20 时许，"北京市教委"发出官方微博："根据市环保局空气质量监测预报，未来三天我市通州、密云、大兴、门头沟、房山地区空气质量指数将达到极重污染。市教委立即启动应急预案，对重点区域学校学生户外锻炼活动提出要求，详见长微博。"

拥有 434 万粉丝的北京市公安局官方微博"平安北京"，不仅即时转发环保部门的污染公开信息，还列举了一系列雾天出行、开车的注意事项，提醒司机和行人在注意路面安全的情况下，也尽量少出行，减少污染。

在"雾天行车小贴士"中，"平安北京"提醒网友："雾天开车的时候，等于是半个盲人，所以声音的警示起到了很大的作用。要经常多按喇叭，提醒车辆和行人自己的位置，如果听到别的车子按喇叭，自己也要马上作出回应，并且减速慢行。"

"交通北京"微博也建立了"应对雾霾天气"专题，给出一些雾天行车出行提示。

13日9时，北京市环保部门发布的空气质量监测数据显示，除定陵、八达岭、密云水库外，其余区域空气质量指数AQI全部达到极值500，六级严重污染中的"最高级"。

北京市气象台13日10时35分发布北京气象史上首个霾橙色预警，预计13日白天北京平原地区将出现能见度小于2000米的霾，空气污浊。这一消息通过北京气象台官方微博"气象北京"第一时间发布，提醒市民注意防护。

微博"直播污染"，一位网友如此评价："虽然这些措施都是'亡羊补牢'，但信息及时公开是一种进步。"

李新玲

2013年1月14日

脚注：据统计，2013年，中国平均雾霾天数为52年来的最多，创下历史纪录。前一年出台的《环境空气质量标准》（GB3095-2012），PM2.5被纳入空气质量标准。没过几天，紧急添置的监测设备就开始担负重任。微博直播"极重污染日"只是一个开始，《大气污染防治行动计划》才是对PM2.5真正宣战。经过几年努力，北京PM2.5年均浓度从2013年的每立方米89.5微克，降到2020年的38微克，创下全球超大城市空气治理改善的最快纪录。2021年年初，北京市颇有底气地宣布：打赢了这场蓝天保卫战。

告别铁道部

3月17日7时30分，当记者们还在人民大会堂门口排队，等待报道全国人大会议闭幕式的时候，另一个新闻场景悄悄在7公里外的复兴路10号发生：在这里，原本写着"中华人民共和国铁道部"的白色标牌被悄悄摘掉，取而代之的是另一块写着"中国铁路总公司"的新牌子。

与人们早先预想的"历史性时刻"不同，换牌的过程非常简单，没有任何特别的仪式。不过，一名目击者事后透露说，在换牌结束后的第一时间，原铁道部部长盛光祖等中国铁路总公司新领导班子成员，便与新牌子一起"合影留念"。

事实上，过去的一周，"合影"正是这里最常发生的事情。3月10日上午，《国务院机构改革和职能转变方案》中"实行铁路政企分开""不再保留铁道部"等内容被披露之后，原铁道部北门门口那块白底黑字的木牌，就被网友调侃为"北京冉冉升起的新5A级景区"。几乎每天都有超过2000人来到这里，排队与铁道部的牌子合影留念。甚至，为了"确保现场秩序"，这个部委大院的门口还被隔离墩和警戒线专门划出了两片"合影区"。

每个前来合影的人都能讲出自己和铁路的小故事。90后的河南小伙子焦腾飞是个十足的"火车迷"，高考填志愿的时候，为了多坐点火车，他专门报考了离家1700多公里、远在吉林长春的一所高校。这一次，为了专程前来"告别铁道部"，他和女朋友带了"特别有意义"的火车票，在镜头前摆起了造型。

同样在排队等待合影的青岛人米霞，则专门穿上深蓝色的制服，捧着4本获奖证书，胸口还别着6枚闪闪发光的奖章。看到铁道部被撤销的新闻后，这位50岁的青岛火车站货运计划员，凌晨4时就起床赶火车，专程来北京"送别"那个陪伴自己大半辈子的"铁道部"。

胸牌号是"036"的著名客运服务员李淑珍在铁道部门前留影。今年已经70岁的李淑珍，曾在客运岗位上工作了35个春秋。赵迪／摄

三个女青年做出"走你Style"的动作。赵迪／摄

　　米霞16岁就进入青岛站工作，2009年她还曾经当选铁道部的"部级劳模"。而现在，这位还有4个月就要退休的"老铁路"，身份却突然变成了中国铁路总公司的"员工"。她说："这是铁路系统的新起点，也是我自己的新起点。"

　　同样在门口等待排队合影的北京铁路局退休职工老于记得，1953年，18岁的他进入铁道部时，当时的部长还是华北军区副司令员调任的军人滕代远。

　　根据中国铁道博物馆的资料记载，铁道部是中华人民共和国政府成立最早的部门之一。在新中国成立之前，中国人民革命军事委员会就在1949年1月10

日成立了铁道部，旨在统一管理全国各解放区铁路。当时还处在战争时期，铁路工作的任务也被总结为"解放军打到哪里，铁路修到哪里，火车开到哪里"。而铁道部的奋斗目标，则是"建设一个准确、迅速、安全、经济、效率高、成本低的新型人民铁路"。随后的时间，除了1970年至1975年间被并入大交通部，"铁道部"一直与国民生活密不可分，也是最受舆论关注的部委之一。

已经从中国铁道科学院退休的戴未央向记者回忆起自己曾在上世纪90年代中期考察日本和法国的高铁建设的过程。这项关于高铁的经济学研究，为中国随后飞速发展的高铁建设奠定了基础。

如今已经退休多年的戴未央，也是排队"告别铁道部"众人之中的一员。3月16日下午，她开玩笑地向同样在排队等待合影的老同学索要"铁道部的制服"，以及"印着铁道部标志的纽扣"。"这以后肯定老值钱了！"她笑着说。

当时的戴未央并不知道，就在她排队合影的第二天，延续60余年的"铁道部"正式走入历史。这个一举一动都引发巨大关注的部委用最低调的方式完成了身份转换：从摘下旧牌子到换上新牌子，整个过程持续不到两分钟。

当天早上8时，专程赶来的湖南大学学生刘琦发现，这个位于北京西侧的部委大院，已经换上了崭新的牌匾。学新闻专业的刘琦有点遗憾，他原本打算用相机"呈现一段历史"。不过他很快又释然了："拍下那块第一天挂上的新牌子，也挺有意义的。"

至于那快被换下的"铁道部"旧牌子，有消息说，它将被送入中国铁道博物馆。

同样被送入博物馆的，还有政企合一的旧体制。根据《国务院机构改革和职能转变方案》，作为"旧体制最后的堡垒"，铁道部被拆分为国家铁路局和中国铁路总公司，而两块木牌的新旧更迭，正是铁道部政企分开、走向市场的标志。

前来"送别铁道部"的北京铁路局职工小于，还不知道"改革"会对自己有什么影响。"现有用工制度会不会变？职工的工资待遇能否进一步提高？住房问题还能否解决？"他向记者连连追问。

更多的普通民众，则更关心"车票"问题。3月17日，"送别铁道部"之后，大学生刘琦匆忙赶往北京西站，准备坐火车回学校上课。结果，因为没买到硬座票，1400公里的路程，他足足在火车上站了13个小时。

来扬　卢义杰

2013 年 3 月 21 日

楼市婚姻悲喜剧

为了离婚，凌晨三四点排队

从没听说过的离婚还要排队的现象出现了。

2013年3月1日至4月2日上午，天津市南开区婚姻登记处总共为501对夫妇办理了离婚手续。高峰时，人们在门外排起长队，自发组织，以发号的方式维持秩序。有人在凌晨三四点钟就来排队。这是只有"情人节"等一些寓意吉利、结婚扎堆儿的日子才会出现的景象。

南开区婚姻登记处为此增加了人手，正常情况下这里每天接待10对离婚夫妇，在采取叫号措施、满负荷工作的情况下，接待量仍然成倍增加。开具的婚姻记录证明也是如此，以前每天30多份，现在八九十份。

据统计，2012年，天津市协议离婚30315对，平均每周600对左右。而2013年，仅3月4日到8日这一周就达到1255对，比前一周增加了470对。

2月26日，国务院办公厅发布了"国五条"，规定出售自有住房时，能核实房屋原值的，要按转让所得的20%计征个人所得税。而依照国家规定，个人转让自用5年以上，并且是家庭唯一生活用房的所得，可以免税。一些人从中发现了"离婚避税"的空间。

天津有位女士办完离婚手续，顺便咨询婚姻登记员，"办复婚也是在你这儿办吗？"

婚姻登记员们对此并不陌生。天津大港婚姻登记处一位工作人员的经验是，此种离婚的当事人与正常离婚不同，他们来时"有说有笑"，即使财产归一方所有，另一方也从容自若。

但是，出于对个人权利的尊重，只要当事人手续齐全，婚姻登记员就只能办理手续。

潘莉与丈夫方卓桥（化名）很庆幸他们的"先见之明"。他们离婚那天是2013年2月6日，之后半个多月，婚姻登记处门外忽然排起了长队。

走入婚姻登记处那一刻，这对刚过而立之年的年轻人还手牵着手。两本红色的离婚证书上留下了他们各自笑嘻嘻的表情。对他们来说，离婚只是一个法律程序，跟感情一点关系都没有，只是为了买房。

办理离婚手续，他们付出的代价是110元。可如果算一笔账的话，"好处"数以万元计。他们此前名下有一套住房，想再买一套二手房，房价175万元。方卓桥对记者说，房子在他名下，如果家庭买二套房，意味着首付要交房款的六成，100多万元，贷款利率也要上浮10%。

他们办了离婚后，房产归他，潘莉恢复单身且无房，首付只要三成，贷款利率享受八五折优惠。不算利益，仅仅为了少凑50多万元的首付款，他们也得为离婚率"添砖加瓦"。

"国五条"推出之初，潘莉去房管局办理了房屋过户手续。她看到，房管局也排起了队。最"疯狂"的时候，得在头天下午去排队，等第二天上午的号，中间还要换号，"一个晚上换3次号"。直到3月31日，"国五条"细则出台后，仍有买房的朋友告诉他们，自己的房产中介人凌晨四点去排队。

不过，随着细则的出台，无论房管局还是民政局，队伍都没那么长了。南开区婚姻登记处从3月29日开始算是度过了高峰期，如今每天受理离婚20多对。方卓桥说，这是因为"该办的都办得差不多了"。细则陆续出来，政策临近实施，那么人们不再像最初那样有把握"避开政策"，兴许头天办理，第二天就实施，来不及了。

有风险的是感情，不是楼市

针对这波离婚潮，上海市闵行区民政局发了一份"楼市有风险，离婚需谨慎"的公告。方卓桥对这条提示的感受恰好相反。

"不是楼市有风险，是人的感情有风险。"他对中国青年报记者强调。

他说，楼市无论涨跌，都可能成为不复婚的理由。彼此间的信任才最重要。

办离婚时，他没敢告诉父母。离婚买房的过程中，他和潘莉都经受了考验。根据离婚协议，现有住房归他，而他卖掉房子后，房款也归他，"有可能先跑"。但在这笔房款用于潘莉买房之后，潘莉又成了获益方。他们都充分相信对方不会跑掉。

除了离婚，他们也有别的选择。房产中介当时告诉他们，只要花 5000 元，就能办一套足以以假乱真的离婚证件。这已涉嫌违法，按照国务院规定，对教唆、协助购房人伪造证明材料、骗取购房资格的中介机构，要责令其停业整顿，并严肃处理相关责任人，情节严重的，要追究当事人的法律责任。

方卓桥说，做假证的人就是担心离婚弄假成真，落得"人财两空"。而他们对此并不担心，就选了最省钱的方式——真离婚。

天津一位售楼员表示，由于房管局的系统与婚姻登记系统并不联网，因此的确有人用假离婚证蒙混过关。当然，用假证有被查出的风险，可确实"诱惑力大"。

"啥都慌了。"这位售楼员形容，卖房人要离婚，为了避税。买房人为了降低购房成本或突破家庭限购政策，也想离婚。

研究房地产法的南开大学法学院教授陈耀东对中国青年报记者指出，房屋交易需要的材料较多，目前还没有做到所有部门的材料能够联网和鉴别。但办伪证，就面临相应的法律后果，性质恶劣的话可能构成犯罪。

陈耀东认为，利用离婚来避税，在民法领域属于"以合法形式掩盖非法目的"。在行政法上，违背有关税法的规定，一旦查出可能要补缴税款。

但他也指出，协议离婚是当事人之间的事情，存在主观性，无论税务还是司法部门，都很难判断证据，因此此事极易陷入无从查处的境地。

离了婚的潘莉也对记者说："你是可以追究我们责任，但是你凭什么界定我俩不是真的离婚呢？我就说我感情破裂了。"

陈耀东担心，这种状况也会诱发一些社会纠纷。他举例说，如果一对夫妻甲和乙要向另一对夫妻 A 和 B 卖房，为了避税，可以甲、乙离婚，A、B 离婚，然后拥有住房的甲和 A 结婚，房屋再改到 A 的名下，然后双方各自离婚，再分别复婚。任何一个环节出现问题，都会导致有人"人财两空"。

"如果连家都没有，一纸婚书就不重要了"

上周，天津市民童俊（化名）30 余年的婚姻走到了终点。

他和妻子痛快地分割了财产。名下的两套房产归他所有，其中一套由儿子童锐（化名）居住，而他们自住的一套面临拆迁。由于天津市一户家庭只能拥有两套住宅，他只能离婚，再以妻子的名义寻找住处。

今年春节以来，他们一直在找合适的二手房。起初还能看到一些好房子，等到"国五条"出来，很多房子被抢光了。

他们看中过天津梅江居住区一套 200 多万元的二手房。中介下午两点半打电话通知他们去看房，他们立即赶到后，发现前面已有四五户人家排队。而房主跟排队的第一家已经谈妥，就在回家取房本的路上又变卦了，"坐地涨 5 万元"。

童俊后来又看上一套房子，要买房，需要马上离婚。他们交了两万元订金，然后在一个下午去了婚姻登记处，第二天中午办完了手续。可手续办完了，房子让出价更高的人买走了。

夫妻俩离婚那天，儿子还跟他们开玩笑："咱吃一顿吧？"他们说："吃什么呀，赶紧买房子吧！"

童锐从父母身上深刻地感受到了房子对百姓家庭的压力。父母在纠结于是否离婚时，给他打过电话。"我真的没有办法回答。"他说，理智告诉他父母应该离婚，但是他又没法跟爸妈说"你们离婚吧"。

他本想考虑几天再作答复。没想到，父母的下一个电话就是告诉他"离了"。

童锐能感觉到，父母的注意力都在房子上。"房子是生存的事儿，安家的事儿，如果连家都没有，一纸婚书就不重要了。"

这个年轻人说，在自己的心目中，婚书也不是最重要的了。现实摆在这里，买房关系到家庭的富裕，也关系到下一代。

房市给婚姻观带来冲击

对于民政系统来说，房市对婚姻观的冲击，是一个需要考虑的事情。2012年11月，天津市民政局婚姻收养登记管理处在全市征集了21篇婚姻登记方面的优秀理论文章，几乎每一篇的作者都指出了"功利性离婚"对婚姻观的冲击。

有婚姻登记工作者指出，婚姻本来是神圣的。为了谋取利益而离婚，是一种欺骗行为。这种现象影响到公众对婚姻的信心，也是对婚姻制度的破坏。

"这个问题反映出中国的离婚制度还需要进一步完善。"一位民政系统的干部对记者说。

有人指出，我国的婚姻法几经修改，更加尊重当事人意愿，离婚异常自由和低成本，"立等可取"。而有些国家，离婚有一定的缓冲期，值得我国借鉴。此外，亦可通过完善房贷等政策，让"假离婚"无利可图。

事实上，住房只是助长"假离婚"的众多因素之一。社保、户籍等因素，都可能催生虚假的婚姻。一位民政官员对记者说，如果是个别情况，那么是个人对婚姻不够尊重。但如果出现较多，说明在政策方面有待于完善。

此次离婚潮，中老年夫妇增多

进入4月，离婚率已经趋于平稳，回归正常状态。目前该市每个工作日办理离婚的夫妇在100对左右。而在高峰时期，有时一天就突破了300对，超过了结婚登记数。与之对照的是，今年1月，最少的一天只有60多对夫妇离婚。

从结婚窗口临时调到离婚窗口的登记员们终于可以回归原岗位。"有这想法的已经做完了。"一位工作人员说，眼下，他们准备迎接"离婚潮"后可能的"复婚潮"。他们估计，为了买卖房产而办理离婚的夫妇，交易完成后，绝大多数仍将回到婚姻登记处。事实上，这样的夫妇上个月就已出现。

即使是见惯了婚姻悲喜剧的业内人士，也对这波离婚潮的一些插曲感到难忘。

在天津市河西区婚姻登记处，一位老太太当场晕了过去。她被家人劝说，为了方便买房，需要她与丈夫办个"假离婚"。在婚姻登记处，几乎办完了所有离婚手续，就在登记员点击制证按钮前一刻，老太太问了一句："不是假的吗？怎么还打证呢？"

婚姻登记员告知："大娘，我们这儿没有假的，都是真的。"老太太追问："那真离婚了，再结婚就算二婚了？"得到肯定答复后，老人吓晕了过去。家人赶紧喂她吃药，测量发现，她的血压高压达到200。丈夫搀着她往家走，以安慰的口气说："咱们不离婚了，不买房了。"

与正常状况迥异的是，天津市上个月的离婚人群中，中老年明显增多。这座城市的离婚率一年高过一年，一代高过一代，目前在全年离婚人群中，二三十岁的"80后"人群占了一半以上。但在2013年3月的离婚人群中，"40后""50后""60后""70后"的比例明显提高。

直到2012年，天津的婚姻登记工作者张岚（应受访人要求化名）才听说了还有为了买卖房产而离婚的情况。这次，就有熟识的老太太为了给子女买房，拜托这位业内人士帮忙"偷摸办个离婚"。后来，老太太被丈夫"臭骂一顿"，打消了这个念头。

张岚对记者感慨，他们并不赞成没有底线、以婚姻为赌注的逐利行为。但是，"话也说回来"，我国9元钱就能办完离婚，而房屋有关的税收、贷款，动辄就是几十万元。相对来说，离婚"又快捷、又方便还经济实惠"，还与别人无关。虽然确实存在夫妻一方可能毁约不复婚的风险，但在整个离婚潮中，这"只不过是一个水滴的事儿"。

复旦大学金融与资本市场研究中心主任谢百三在一个省会城市遇到了一位局级干部，饭桌上谈及"国五条"及假离婚事件，这位局长的妻子说："差了几十万，肯定假离婚！他不离，我也要和他离。"

据张岚介绍，我国的结婚和离婚工本费分别都是 9 元，这是 1992 年确定的，当时普通人月薪以几十元计。而在美国等很多发达国家的婚姻制度下，无论时间成本还是经济成本，离婚的代价都是相当高的，"让你离不起"，维持家庭的稳定。离婚的"冷静期"也很长。出于保护妇孺权益的考虑，在有的国家，离一次婚足以使男人倾家荡产。

"前些年想不到咱们的自由度、开放度、老百姓对离婚的包容度提高得这么快！"张岚说："中国人的脑子快吧？万向轴！你说离婚能免税？那我花几块钱免几十万，这都是太便宜的事儿了，婚姻'价'能有多高呢？"

有人在社交网站调侃这一现象："爱情诚可贵，婚姻价更高，若为避税收，两者皆可抛。"

着急的人砸坏了婚姻登记处的牌子

在办理业务时，张岚的一些同行重申婚姻法的有关规定，试图为离婚者调解，有人反问："婚姻法有哪条规定你调解了？""我不用，快点，事儿挺多的。"

婚姻登记员只能从言谈举止中猜测离婚夫妇的"真假"。在正式的离婚材料上，几乎所有为买卖房屋离婚的人，填写的离婚原因都是"感情不和"。只要证件齐全、协议无漏洞，任何人无权干涉他们的自由。

一个棘手的问题是，很多人按照银行和房管局工作人员的要求，到婚姻登记处来"改证"。

由于早些年的婚姻证件为手写，有的出现音同字不同情况，或者出现笔误，与户口本的名字对不上。这些人被房管或银行工作人员要求，可到婚姻登记处去修改证件信息并重新盖章。而按照规定，国家证件一旦修改，就意味着失效，民政部门无权更改。登记员们只能一遍遍解释。

在此情况下，天津市滨海新区大港婚姻登记处的牌子被着急的人们给砸坏了。这是一家行风评议先进单位。如今，那面象征着文明服务的荣誉牌已经不知去向。

一位工作人员说，此事反映出国人追逐利益有多么迫不及待，法律意识多么淡漠。关键时刻，绅士和淑女风度下的本性流露无遗。

在刚刚过去的离婚高峰期，很多年轻的女婚姻登记员都被人气哭过。她们为了减少去厕所的次数，连水都不敢喝，有时中午顾不上吃饭，傍晚也无法正常下班，可还是应付不了那些急切的离婚者。

天津还有市民去找民政部，要求民政部承认在结婚证上改名字是合法行为。

婚姻登记员们的另一个顾虑是，一些人要求修改证件，是不是钻政策的空子。张岚对记者说，目前"市场"上做假离婚证的印模，就算是业内人士目测，也分辨不出真假。

张岚本人在看房时，就曾遇见热心的房屋中介，劝她为了突破限购政策，可以办"假离婚"。这位婚姻登记工作者很好奇怎么办，中介则神秘地说："您把钱给我，我就能给您办。"

天津一位房地产业内人士说，前段时间，置业顾问之间最流行的一句话是："你又给弄离一个。"

"为了房子离婚，我会瞧不起自己的婚姻"

"离婚"，是31岁的王英最近听到的高频词汇。"国五条"颁布后，在天津医科大学工作的王英着急买一套二手房。从她看房开始，直到签订合同之前，中介一直在劝她和丈夫离婚。她拒绝了。

王英买的是一套85万元的二手房，使用公积金贷款。由于已有一套住房，二套房的首付是 5 成，42.5 万元，但她起初准备的首付款是 30 万元，存在十几万元的资金缺口。当时，中介公司经理对她和丈夫说，你们去办个离婚证吧，离了婚就算买首套房，就不用跟别人借钱了，契税能够降低两万元左右。当时，天津市的"国五条"细则即将出台，王英听到为买卖房子而离婚的风声，感觉"人心惶惶的"。

在银行排队取号时，王英的丈夫突然对她说，要不咱也办个"假"离婚，就不用借钱欠人情了。

可王英最终还是选择借钱凑齐首付，谢绝离婚。她对中国青年报记者说，自己不是害怕离婚的风险，而是出于一种"精神洁癖"。"我把婚姻看得比较神圣一点。"

"我觉得婚姻虽然只是一张纸，但是，是一个承诺，不是金钱能够兑换的"，她说，"离婚没有真假之分，离就是离。为了这个理由而离婚，我觉得我会瞧不起自己的婚姻。"

在王英看来，不管房子对现实生活有多大价值，婚姻始终是个基础，应该在此基础之上考虑买房的事情。如果离婚了再复婚，她会觉得婚姻有瑕疵，而且这个瑕疵会一直存在。因此，她宁可不买房子，也不会离婚。

王英认为，为房子离婚的人，是在用有形的利益来衡量婚姻的无形价值。在她的婚姻观里，婚姻的价值"别说是房子，什么物质利益都不能交换"。

但另一方面，王英又同情这些离婚者。她说，这本身是被迫的、很可怜的群体，是"苦苦挣扎的芸芸众生"。"如果有很多钱，谁会拿婚姻开玩笑？"

作为婚姻登记工作者，张岚一方面认为，这波离婚潮折射出国民的素质有待提高，国家的诚信体系迫切需要建立；另一方面，她也感慨，走到这一步的多数人是无助的。真正的有钱人，不必考虑首付和房贷的问题。

张岚还向记者指出，国家不能只是要求国民提高素质，在制度设计上应该更加科学，避免造成"次生灾害"。如今的社会管理"不再是各个部门单打独斗"，国家政策的制定，"牵一发动全身"，考验着政府的智慧，各个部门一定要联合起来。

婚姻登记处正成为折射社会变化的一个窗口。这些年来，不仅是楼市政策，低保、户籍、计划生育等政策，都容易成为酿成婚姻悲喜剧的催化剂。天津30岁出头的年轻人孙雅彬一言以蔽之："政策的背后是中国的利益格局；离婚的背后是中国人的性格和信仰。"

在关注假离婚现象的谢百三教授身边，就有人办了"假离婚"。那是一对上海的公务员和教师夫妇，因为担心房价要涨，孩子将来买不起房，他们不久前假离婚买了一套新房。这对夫妇对谢百三解释，"躲税，买新房，真没办法"。不过，他们的婚姻状况，从孩子、同事到左邻右舍，无人知晓。得知此事，这位经济学家"百感交集"。

张　国

2013 年 4 月 10 日

公款泡沫戳破后　白酒业忙着"醒酒"

"酒劲十足"的中国白酒业终于要"醒醒酒"了。

北京海淀区阜成路是知名的美食一条街，各类高档饭店鳞次栉比。位于这些大饭店夹缝中的有一家小小的酒业零售店铺，如今生意冷清。

张老板多少有点沮丧，"车少了，人少了，酒也不好卖了"。之前他的店铺里，单单茅台酒就分出了十几种"特供"产品，白瓷瓶上用红字写明"特供"单位，从军队到政府机关，各有归口，价格随供应"级别"浮动。

如今"特供"酒藏在角落里。53 度飞天茅台价格几近"腰斩"，从两千多元跌到了一千多。"老客户没影了，一般顾客来了只是看看"，他说，高价酒卖不动，低价酒利润薄，"生意不好做啊"。

张老板的不满可以从股市上反映出来。白酒股在 A 股市场哀鸿遍野。贵州茅台从去年每股 266 元高点下跌到近期最低的 162 元，市值蒸发 1000 亿元。五粮液、洋河、酒鬼酒等白酒股，也集体深度下跌。

经历了"黄金十年"的白酒业被迫开始"结构调整"。从去年"三公消费限令"开始，高端白酒遇到第一股寒流；之后，勾兑门、塑化剂影响恶劣，第二股寒流扫过；今年以来，中央"八项规定""六项禁令""军队禁酒令"、反对高端消费等政策出台，第三波寒流来袭，一直高烧不退的白酒业才开始真正清醒。

业内人士戏称，白酒业大概是中国经济在"后金融危机"时代第一个被戳破的泡沫。

价格泡沫破了，产能还在

经过几轮的寒流袭击之后，"步入盘整期"如今成为白酒业的普遍共识。有业内人士称，塑化剂、限制三公消费、"禁酒令"等，只不过是酒业调整的催化剂，连续十年的高速发展和产能盲目扩张，造成整个白酒业的"虚胖"，白酒业"早就气喘吁吁了"，今天的调整是必然的。

白酒行业的确"创造了奇迹"。在金融危机后，在众多行业普遍低迷的情形下，中国白酒行业在"夕阳产业""销量已触天花板"的一片质疑声中，以一个又一个亮丽的业绩将这些质疑吹散。

中国白酒成为一种极其特殊的消费，尤其是高档白酒，其消费价值主要体现在情感的沟通上，工作、商务应酬消费占比达到 60% 以上，纯粹个人支出性消费不占主流。

2003 年，茅台酒的价格不过二三百元，而去年 53 度飞天茅台白酒的价格一度蹿升至 2300 元／瓶。在价格泡沫积聚过程中，酒厂通过"限量提价"来大幅增加利润，经销商则"囤积居奇"，不断抬高市场零售价。

政府、企业"公款吃喝"，压根儿对这种大涨价不敏感，这助长了白酒业的"非理性繁荣"。在茅台、五粮液等龙头白酒涨价刺激下，市场形成了"羊群效应"，许多品牌都推出自己的高端酒，价格更是一天高过一天。

行业数据显示，自 2001 年至 2011 年的 11 年间，中国白酒实际产量、销量平均增速不足 7%，而相关品牌白酒的营业收入、利润动辄两位数以上高速增长。"涨价"成为白酒"盛世"的主要内推力。

"泡泡大了，什么鸟都有"，各类投资资本纷至沓来。知名的联想控股公司正在把白酒业当做投资的战略目标，两年来连续收购数家白酒企业，有人说他们要成为在全国布局的"酒业庄家"。另外，维维股份、光明集团等饮食企业也"酒瘾发作"，接连并购白酒企业。

白酒价格泡沫直接反应在股市上。观察十年来基金对白酒业的持仓量，可以清楚地看到白酒"大牛市"的轨迹。

天相统计数据显示，2003年年底基金持有白酒股的市值只有11.88亿元。除了茅台和五粮液，大多数白酒股都不在基金的视野里。而到2012年中期，基金持有白酒股市值达到1066.7亿元。

其实，在白酒"塑化剂"事件曝光之前的2012年第三季度，白酒股整体的股价还有一轮大幅上涨。业内估计，公募基金在最高时期持有的白酒股市值约有1200亿元，是十年前的100多倍。而大多数白酒股身后，都有基金公司"狂饮"的影子。

中国酿酒工业协会白酒分会在《2011年行业发展趋势总结》中就提出预警：白酒产业的蓬勃发展对资金产生了巨大的吸引力，而投机资本以抢占资源、谋划上市为目的，这种"搅局"有可能打乱白酒行业的正常生长。

"寒流"袭来之前，业内批评人士曾反思，酒业的疯狂扩张已经带来"拔苗助长"的危害。急速增多的白酒品牌对渠道挤压过于严重，竞争激烈导致价格战，而价格战逼迫酒企降低成本，最终只能用更便宜的"勾兑酒"以次充好，甚至出现"假酒"充斥市场。

今年两会期间，华泽集团董事长吴向东公开称，2013年将是"白酒行业最难过的一年"。据不完全统计，原本以"三公消费"为主（据估算约占高端白酒消费市场2/3以上份额）的高档白酒最近数月销量下滑严重，估计降幅达50%～60%，遭遇巨大滑坡。吴向东说，"目前高档白酒与高档餐饮一样，销售下滑，价格基本上也在下降"。

酒类经销商的利润回调是必然的。一方面是高端白酒降价，销售也不景气；另一方面，酒厂为了保持自己的利润，并不肯轻易降低出厂价，这使得经销商的利润空间更小了。

广东省网上酒水销售平台"一九在线"的董事长黄文雄称，这两年白酒行业每年以30%～40%的速度扩产，提价速度更高于这个幅度，这是中国特殊环境下产生的"奇迹"。"如果不做调整，市场会很危险。"他认为，2013年的低潮对行业是很好的调整期，让厂家来调整和优化自己。

更多的酒业人士则预测，高端白酒价格泡沫破灭后，暴利时代结束了，白酒业将迎来"行业大洗牌"的一年。

不过，在价格泡沫背后，更大的问题是"产能泡沫"。

在巨大的利益诱惑面前，各白酒主要产地均推出了激进的产能扩张计划。按照中国酿酒产业的"十二五"规划，到 2015 年，全国白酒总产量将达到 960 万千升。不过实际情况却是，这一"目标"已经提前数年超额完成。根据国家统计局数据，2012 年中国白酒累计产量 1153.16 万千升，同比增长 12.4%。

按照 2012 年的产量，换算成 500 毫升一瓶的白酒产品，大约是 230 亿瓶白酒。

目前在各地、各企业大幅扩产计划都排到了 2015 年。据业内人士估算，以全国 28 家主要白酒企业，以及很有代表性的四川、贵州 2015 年产能增长规划为依据，28 家主要白酒企业产量较 2011 年增长 3 倍，四川地区增长 1 倍，贵州地区"十二五"期间增长 5 倍。由此得出的估计是，如果这些产能落实，2015 年全国白酒产能将较 2011 年增长一倍。这样，2015 年全国规模以上企业白酒出厂量大约将为 2051 万千升。按照 1 瓶酒 500 毫升换算，也就是 410 亿瓶白酒。

按 13 亿中国人计算，每人一年需要喝掉 31.54 瓶白酒；如果按照 4 亿成年男性计算，每人每年需要喝 102.5 瓶白酒，相当于每 3.5 天就要喝掉一瓶！

北京一位酒业营销人士曾揶揄说，"大家都希望消费者喝高点，其实是我们自己喝高了"。

当然，像张老板一样的小零售商是不怎么相信"大萧条"的。"今年生意可能清淡些，不过不用太操心嘛。"看着店门口那些灯红酒绿的大饭店，他自言自语。

程　刚

2013 年 4 月 12 日

脚注：2005 年开始量价齐升的白酒在 2013 年突然开始下跌，这是"八项规定"带来的影响之一。这一年，"长江三鲜"之首的刀鱼由前一年最高价位每斤 8000 元跌至当年 400 元，价格上万元的天价茶叶也难找了。本报在一篇评论中说，"龙井和刀鱼们的价格回归合理空间，或许可以证明，治理失控公款消费取得了初步成果。"

"张高平案"是如何翻案的

因逢人便述说冤屈，不服改造，在新疆石河子监狱每月定期召开的狱情分析会上，狱警甚至总结出了"张高平"现象，这引起了新疆维吾尔自治区石河子市人民检察院驻监狱检察官张飚的注意。

2007 年夏，张飚奔赴服刑人员短期劳动改造的三个泉沙漠引水工程工地现场，在沙漠腹地与张高平进行了一次长谈。那时，张飚的想法只是"稳定犯人情绪"，他没料到，了解越深入越发现，这起 2003 年 5 月发生于浙江杭州的叔侄俩"强奸致死案"疑点重重。

张高平（左）、张辉　秦珍子/摄

为了帮助张高平、张辉申诉，张飚所供职的石河子检察院多次向浙江、河南等地检察院、法院系统发函调查取证，促使案件引发关注。

2013 年 3 月 26 日，浙江省高级人民法院再审撤销原审判决，宣告张高平、张辉无罪。当天得知消息后，62 岁的张飚当即泪流满面，他告诉中国青年报记者："从事检察官工作 31 年，能够参与解救一个清白的好人，感到很欣慰！"

狱中"桀骜不驯"，引检察官关注

与其他监狱不同，新疆石河子监狱关押的大多是由司法部直接调派的刑期长、案情较严重的罪犯，且 80% 作案地点都在外省。

在张飚看来，张高平实在是一个"桀骜不驯"的罪犯。

2005 年 5 月从浙江监狱调派来的服刑人员张高平用近乎偏执的方式维护着自己的清白，言行举止透露着不服管的姿态，令狱警颇为苦恼。

张高平在石河子监狱的编号是 5317，可他从未报过。不仅如此，凡是涉及改造服刑人员的日常事项，如报告词、思想汇报、唱歌等等，他全不理会。按规定，服刑期间表现良好可减刑，他也毫不动心。

"我是被冤枉的，不是罪犯为啥要减刑？"张高平反问道，"囚服我不得不穿，服刑人员必须参加劳动改造，我也出工，但我是为了锻炼身体，打发时间，而不是改造！"

狱警告诉他："罪犯必须服从改造，我们是在执行高院下达的终审判决。"

张高平却执拗地拿着一沓沓申诉状给狱警讲道理："赵作海、佘祥林都是高院下达的终审判决，但事实证明是错判，他们并没有犯罪，和他们一样，我也是被冤枉的！"在监狱，他研究各类冤假错案，写的申诉材料能装一麻袋。

翻阅卷宗，张飚发现判决书存在多处疑点。

2003 年 5 月 18 日 21 时许，货车司机张高平和侄儿张辉从老家安徽歙县前往上海送货，受熟人所托将同乡 17 岁少女王某捎带至杭州。次日上午，王某陈尸杭州，下身赤裸。

杭州市人民检察院的起诉书称，2003 年 5 月 19 日凌晨 1 时许，张辉将卡车开至杭州汽车西站后，见无人来接王某，遂起歹念，与张高平合谋在驾驶室内对王某实施强奸，张高平帮助按住了王某的腿，最终，王某因张辉用手掐住其脖颈，导致机械性窒息死亡。

2004 年 4 月 12 日，杭州市中级人民法院一审判处张辉死刑、张高平无期徒刑。半年后，浙江省高级人民法院终审改判张辉死刑，缓期执行，张高平有期徒刑 15 年。

张高平一遍遍地向张飚哭诉案发现场的细节，他提出，案发当日凌晨 1 时 30 分，卡车到达杭州汽车西站后，王某借用张高平的手机给其亲友打电话，对方让王下车后自己打车到钱江三桥碰头。由于距离较远，张高平出于好心将其继续捎带至艮秋立交桥。凌晨2时许，王某下车，叔侄二人沿沪杭高速继续前行，于凌晨5时许到达上海的送货地点。

他还指认判决书在证据方面的疑点：两人"有罪供述"描述的作案细节南辕北辙；认罪口供是警方刑讯逼供所致；没有直接人证、物证；在死者的8个指甲内，检出了一名陌生男性的DNA，不仅排除了两名案犯，也排除了死者身前可能接触的亲友，但二审法院仍认定此DNA鉴定与本案犯罪事实无关。

2005年年初，杭州出租司机勾海峰杀害大学生吴晶晶，抛尸江干区下沙，相同的作案手法和地点令他生疑。在浙江监狱关押时，张高平就非常关注新闻，他曾经怀疑是勾海峰杀害了王某。他向监狱申诉，但无人理会。当年5月，勾海峰被枪决。

叔侄俩在指认现场时，曾多次分别向警方提出，调取当晚卡车进出杭州城的监控录像，但警方未对是否调取了录像作出说明。

让张飚印象深刻的是，每次会谈到最后，张高平总会双眼发光地说，"我相信法律是公正的，会还给我清白的！"

"很多罪犯因各种原因都会提出自己是冤枉的，但多数经查证并不属实，张高平与其他人不同，他非常执著地坚持自己无罪，这也让我们对他的案件给予特别关注。"张飚说。

张飚对被冤枉的滋味感同身受，62岁的他回忆起7岁时发生的一件小事，"那年，邻居家栽种的小西红柿被偷了，伙伴告状说是我偷的，我被邻居狠狠地批评了一顿，当时，我的眼泪夺眶而出，不断地说，我没有偷，我是被冤枉的，可是没有人听我的"。

张飚说："虽然只是几个小西红柿，但这种被冤枉的感觉我始终铭记在心，太难受了。"

离真相越来越近

网上查询的一则旧闻让张飚感到震惊，该视频报道称张辉、张高平"强奸致死案"的侦破过程"无懈可击"。

2006年4月，某电视台法制频道播出"浙江神探"系列报道，其中就详细讲述了"女神探"聂海芬对张辉、张高平一案的侦破过程。报道讲述，警方"几乎把整个车厢都翻遍了"，在死者王某身上并未找到"精斑"等强奸痕迹及物证的情况下，通过调取水文资料，印证叔侄口供中"在抛尸地点听到水声"的说法，又通过邀请人大代表见证张辉及张高平分别指认现场的方法，最终获得了两人犯罪"无懈可击"的证据。

2008年，"狱侦耳目"袁连芳的出现更让张飚感到蹊跷，"怎么会有两个袁连芳？"

在狱中，张高平与在新疆库尔勒监狱服刑的侄儿张辉几乎同时看到了袁连芳的报道，在当年第13期《民主与法制》杂志中，披露了河南浚县灭门惨案中无罪释放的马廷新在看守所关押期间，在"号长"袁连芳的逼迫教唆下作了有罪供述，在袁提示下，经数次修改，终于写出一份达到警方满意的自首材料。

随后，袁连芳摇身一变，成为马廷新案的证人。

这与张辉的经历惊人地相似，张辉在杭州市拱墅区看守所羁押期间，袁连芳也是同屋"号长"，逼诱他抄写认罪材料。该案一审判决书提出：张辉的同室犯人袁连芳书面证言证实，张辉在拱墅看守所关押期间神态自若，向他详述了强奸杀人的经历。这一证言被法院采信，成为两被告人口供之外，整案中唯一直指张辉杀人的证言。

叔侄俩均怀疑袁连芳可能是配合警方办案的狱侦耳目。

经过石河子检察院监所检察科的集体讨论研究，一致认为应该全力关注。张飚开始查验两个袁连芳是否为同一个人。由于案发地均不在新疆，同时涉及河南、浙江两地的公检法部门，使得调查取证、申诉之路异常艰难。

在张飚31年的检察官生涯中，也曾经纠正过一些错误，但大多涉及罪犯刑期计算有误等方面的问题，通常经过一次函件往来就能解决，但如此细致地介入案件还是头一次。

经全国公安人口信息查询系统查证，全国登记人口中，符合"浙江省杭州籍""男性""有犯罪记录"的"袁连芳"仅有一人。

张飚与办理马廷新冤案的河南省检察系统取得联系，获得了对方的重视和支持，需要对方调查取证的材料都会在短时间内配合调取。

河南省浚县人民检察院根据石河子市检察院发出的协查函找到马廷新，马从数张"大头照"里当场辨认出曾胁迫自己认罪的袁连芳，与人口登记信息中的杭州人袁连芳一致。

"石河子检察院与河南省检察机关的函件往来非常顺畅，每一次回函，都感觉离真相更近一步。"张飚说。

刑期两年以上的罪犯应移送监狱服刑，袁连芳为什么能多次调派外地协助公安机关工作？他究竟有没有服刑记录？

根据马廷新曾与袁连芳共同羁押在鹤壁市看守所这一线索，河南省鹤壁市鹤山区人民检察院给石河子市检察院回函显示，经过对鹤壁市看守所2003年至2004年的羁押人员档案进行"多次查阅"，"均查无此人"。

这些疑点都更加坚定了张飚和石河子检察院继续帮助张高平申述的决心。这位正直儒雅的检察官曾告诉张高平："你的案子我们会关注到底的！"

但遗憾的是，在2008至2011年，石河子检察院连续5次将张高平案件的申诉材料寄交浙江法院、检察院，但均无正式回复。其间，张飚还曾致电浙江省法院，对方表示已经收到材料，正在研究。

张飚说："等待的过程是煎熬的，按道理，作为一名检察官，工作中我不应该掺杂个人的情感，但张高平身上有一种精神，他对法律的坚定信念让我们感动，我从未见过和他一样的服刑人员。"

帮助张高平、张辉申述的新疆石河子市检察院原检察官张飚（右）、检察官高晨。
王雪迎／摄

冤案"总有一天会纠正"

直至 2011 年年初张飚退休，这起悬而未决的冤案仍让他彻夜难以入眠。退休后他有机会去杭州旅行，还专门乘坐旅游巴士重走了一遍张高平、张辉冤案发生时行驶的高速路线，观察了"作案地点"的现场环境，仍心生蹊跷。

与再审代理律师朱明勇短信交流时，他曾坦露心声："我今年就要退休了，张辉、张高平的案子我希望你不要放弃。每到夜晚，我想起张高平向我哭诉被刑讯逼供冤案的情形，我都无法入眠……"

据了解，2011 年 11 月 22 日，杭州市公安局重新调取被害人王某 8 个指甲末端擦拭滤纸上分离出来的一名男性的 DNA 分型与数据库进行比对时，发现与勾海峰 DNA 分型七个位点存在吻合的情况，后经公安部物证鉴定中心查询比对，证实包含勾海峰的 STR 分型。警方认定不排除勾海峰作案的可能。

2012 年 2 月 27 日，浙江省高级人民法院对该案立案复查，另组成合议庭调阅案卷、查看审讯的录像，调查核实有关证据。7 月，复查合议庭专程前往该案被害人安徽老家进行调查，8 月前往新疆库尔勒监狱、石河子监狱分别提审了张辉、张高平。2013 年 2 月 6 日，经浙江省高院审判委员会讨论认为，有新的证据证明原判决确有错误，决定进行再审。

浙江高院当庭宣布张辉、张高平无罪，该院副院长庭审后向二人鞠躬道歉。再审判决书认定，本案不能排除公安机关存在以非法方式收集证据的情形。

张飚说，冤案得以纠正，绝非一家之功，而是多地公检法系统的通力配合，其中，也不乏媒体的推动。

冤案平反后，张飚成为张高平重点感谢的对象之一，但张飚特别嘱托不要提及他的名字。

"我不希望大家过多关注在我身上，这是一名检察官应该做的，我不希望因太多曝光而把正常的工作范畴变得反而不正常了。"他对中国青年报记者说。

但还是有很多网友通过当事人律师、报道记者的微博等蛛丝马迹中发现了张飚，纷纷"恭喜张检察官终于可以卸下沉重的心理负担、安度晚年了！"并赞叹他是"检察官的楷模"，期望"再多些这样有正义感的司法公职人员共同提升司法公信力。"

还有网友提出："假若张高平的服刑地不在石河子，还是否有被平反的可能？"

张飚回应说："我国的法律在不断地完善中，即使有可能做了错误的判决，但总有一天会纠正的，无论发生在什么地方。"

张高平入狱近10个年头间，几乎与外界隔绝，他未来的路怎么走，张飚依然"很惦念"。

王雪迎

2013年4月3日

西辛庄村？哦，也是西辛庄市！

62岁的李连成有双重身份：如果拨打他的手机，彩铃里传来"全国文明村西辛庄"的声音，他是这个位于河南省濮阳市濮阳县小村庄的村支书；但在招商引资时，这位村支书的自我介绍就变成"市长兼市委书记"——2012年5月8日，李连成在村委会办公楼前挂了块名为"濮阳县庆祖镇西辛庄市（筹）"的牌匾。

如今，整整一年过去了。这个"中国首个村级市"，还是李连成的一厢情愿——"西辛庄市"至今没有得到官方的承认。但这并不妨碍这个位于黄河北岸的中原小村庄，按照城市的标准和速度，探寻属于自己的城镇化发展试验。

西辛庄，将"村"或者"市"的角色混杂，呈现在人们面前。2013年5月8日，李连成手握话筒，站在一座搭在废砖瓦砾上的戏台中央，大声宣布："今天是西辛庄村，哦，也是西辛庄市，大喜的日子。一是民生医院建立4周年，二是我们建市1周年。"

台下响起哗啦啦的掌声，还有几个建筑工人起哄："市长，市长！"

"市长"或"市委书记"的名头，在谈合作的时候"确实更好用"

如果抛开占地不到千亩、总人口刚过700人的数据，西辛庄村看上去更像"西辛庄市"：这里没有乡间小路，取而代之的是水泥马路，车行道和人行道被绿化带隔开，道路两侧矗立着太阳能路灯。这里也看不到农田，连成一片的白色厂房首先闯入视线，这片号称豫东北最大的电光源工业园区，有20多家规模不等的灯具厂入驻，年总产值10亿元。

这一切，都是按照"市长"李连成对城市的理解建造的。除马路、绿化带等城市元素外，西辛庄还拥有宾馆和超市，"市民"住在 2 层小楼里，享用着天然气和自来水。4 年前，这里筹资 9000 万元建了一座占地 90 亩、有 500 多个床位的医院。

"城市一定要干净和整洁。"李连成对中国青年报记者说。前不久，他去了一趟深圳，回来就仿照沿海特区，给西辛庄用上了价格不菲的大理石材质的路边石。他喜欢深圳在雨后"被冲刷得干干净净"的感觉，就在"西辛庄市"新建的绿化带里安上喷头。

这位黝黑瘦小的村支书，为"西辛庄市"规划了宏伟的蓝图。2012 年，在"村级市"挂牌的一片热闹下，李连成提出建一座可以容纳千人的幼儿园和一座同样规模的小学，未来还要在村庄四角建起 12 座高层带电梯的楼房。

如今，村里筹资 1600 万元的幼儿园已经竣工，今年 6 月开园。如果一切顺利，新建的小学也会在今年年底竣工。而这个"城市梦"最浓墨重彩的图景——3 幢 12 层电梯楼房和 1 幢 6 层楼房，已经立起来了。

对于村支书李连成来说，"西辛庄市"还意味着他身份的转变。李连成坦言，"市长"或者"市委书记"的名头，在他谈合作的时候，"确实更好用"。

这座小村庄通往城市之路，似乎就差一纸文书了。5 月 11 日，庆祖镇纪检书记刘青伟向中国青年报记者表示："西辛庄没有行政级别，还是在庆祖镇的管辖之下。"这意味着，从行政区划来说，西辛庄还是西辛庄村。

"西辛庄市"就这样名不正言不顺地存在着。那块"濮阳县庆祖镇西辛庄市（筹）"的牌子依然挂在村委会办公楼的右侧。在一年的风吹日晒之后，牌子上多了几道划痕，沾了些灰尘。

村民们还不太适应"市民"的生活。他们不少人在外来者的提醒下，才反应过来，"哦，是西辛庄市"。

事实上，在西辛庄向社会公布要建"村级市"的消息后，直到揭牌的那一刻，这块牌子只经过 3 个人的手——做牌的和送牌的，还有李连成。红绸落下来，人们才看到还有一个"筹"字。

2012 年 5 月 8 日，我国首个"村级市"西辛庄市挂牌。陈剑 / 摄

2012 年 5 月 8 日，在河南省濮阳县西辛庄村南边搭建的临时游乐场，村民正坐在旋转木马上休息。陈剑 / 摄

为了庆祝"建市"1 周年，西辛庄请来郑州豫剧团唱了 3 天戏，"一共唱 9 场，一场 3000 块钱"。对于这场盛会，邻村的人显得比本地人更有热情。一个手上戴着 4 只银戒指的中年农民，来自附近的范寨村，他一边听着台上唱着《铡美案》一边说："一年难得听上一场大戏。"

3 天大戏的最后一晚，方圆几公里外的村民涌进西辛庄。气垫床在孩子们的欢声笑语中，被踩成各种形状。旋转木马转动了一整天，可能由于超负荷工作，终于停了下来。几个小伙子趴在木马底座下面，满头大汗地修理着不合时宜坏掉的玩具。

"他很像作家刘震云笔下的人物，聪明中带着狡黠"

"村级市"挂牌后，西辛庄名声大噪。春秋季节，每天至少有3拨40人以上的团体，来这里参观学习。平日里，零零散散造访此地的客人也不计其数。

5月11日下午，河南省委统战部组织的"民主党派领导干部培训班"学员来西辛庄参观。李连成在会议室作报告。他讲起了"农民的梦想"，说到激动处，"噔"地一下站起身来："农民的梦想就是中国的梦想。农民在解决温饱后，梦想有好的学校和医院，也梦想就地城镇化，就地就业，享受城镇的生活。"

台下接连爆发掌声和笑声。一位来自河南省统计局的年轻干部评价："李连成很像作家刘震云笔下的人物，聪明中带着狡黠。"

对李连成"市长"来说，30多年前进城卖菜的经历，使他第一次对城市有了直观感受。那时候，西辛庄还是个穷村。1983年，中原油田建在濮阳后，李连成发现城里反季节蔬菜供不应求，就搞起蔬菜大棚。他每天凌晨3：30起床，骑车进城去卖菜。

"农村和城市的差距太大了。城市人享受的，农村人享受不到。"李连成大吐苦水，"农村人跟城里人就不平等。出了车祸，农村人赔偿也比城里人少。"

事实上，农民李连成的梦想——缩小城乡差距，让城乡享受均等化的服务——早已编制在国家的发展图景里。近30年来，中国城镇化率快速增长，在2012年已达52.6%。河南省城镇化率也在逐年上升，在这个中部大省的新型城镇化布局里，新型农村社区是统筹城乡发展的重要结合点和切入点。

村支书李连成，在城镇化的时代大背景中，发现了机遇。2012年全国"两会"前，李连成有了建"村级市"的想法："我们就是在搞农村大社区，就地城镇化。只不过别人叫社区，我们叫市。"

但"村级市"还没挂牌，就开始遭受质疑。远在北京的中国社科院教授于建嵘在微博上大骂："又一个扯淡的改革，这是瞎胡闹。'村级市'的这种提法，不管怎么解释，违反了国家规制。"

就在西辛庄挂牌前一天，濮阳县民政局紧急下发内部明电。其中明确称国家民政部、河南省民政厅、濮阳市民政局对此事非常关注，并指出"村级市"违背《中华人民共和国宪法》《国务院关于行政区划管理的规定》，属违法行为，要求立即停止。

但李连成辩称："就是改个名。附近有个叫刘市的农村，石家庄还是庄呢，但还是城市哩！"

李连成没上过学，直到 2000 年才开始识字。"村支书识字"还被写进西辛庄的村志里。但是，面对"建市"这件可能再次写进村庄历史的大事情，他玩起了文字游戏："你没看到，牌子上写了一个'筹'字？啥叫筹？就是还在建的意思。还在建，就还不是。谁能说我违法了？"

"啥事不能只有人赞成，一定要有人反对，才有人关注。不花一分钱，就作了宣传。"这位全国"村官"典型人物李连成，还有一句名言——"宣传也是生产力"。

在李连成 20 多平方米的办公室里，三面墙上挂满他和各级领导人的合影。2012 年，他就是在这间屋子里，在此起彼伏的快门按键声中，宣讲着"村级市"的前景。

如今，李连成坐在沙发上，右手挥舞着汽车钥匙，用沙哑的声音继续畅谈"农民的梦想"。抑扬顿挫的河南梆子，从窗外飘进来。

当被问到"西辛庄市"这块牌子何时才会去掉"筹"字，李连成给了一个"狡猾"的回答："哪座城市会彻底建成？北京和上海不再建了吗？"

一年冒险，三天大戏，接下来……

"城市不是一天建起来的。"李连成总说。在他的"造城"计划里，周边村和西辛庄的合并也是重要一步。这位喜欢下象棋的"市长"指出，未来的西辛庄市，只在 960 亩土地的"棋盘"上布局，是不够的。

2012 年年初，西辛庄周边 13 个村子提出要"加盟"西辛庄。这些意愿在李连成看来，为西辛庄打造"村级市"增添了砝码。他盘算着，13 个村子集中居住形成社区后，可以节省出 2000 亩左右的土地。

如今，李连成谈得更多的不是合并，而是"融合"。他告诉中国青年报记者，5 月 2 日，濮阳市委书记段喜中来西辛庄视察时说，西辛庄村要逐步实现与周边村庄融合发展，不断做强做大。

不过，一年多过去了，周边村对于村庄的"融合"，依然心态各异。东辛庄村支书李爱林，是村庄"融合"的支持者。李爱林表示要"在西辛庄的带领下，携手发展"——她是李连成的妹妹。但隔壁水屯村的村干部王先乾却说，"加盟"这事情没有下文，"不了了之"。在他看来，村庄合并不是件容易事，"农民都住到社区，地谁来种？还有桩子（宅基地）怎么办？"

另一方面，西辛庄村委会主任李百选也承认："虽然村子影响力大，但是经济实力弱。"他表示今年的经济形势感觉不如去年好，包括西辛庄的特色产业纺纱，"纺纱厂行情不太好"。

这事也引发了河南财经政法大学工商管理学院教授史璞的担忧。史璞对中国青年报记者说，西辛庄提出的"村级市"更像是一场冒险，以此吸引更多的注意力，为村子发展谋求更多的政策和资金。

在唱罢 3 天大戏之后，见证西辛庄又一年盛事的戏台子被拆掉了。戏台空出的地方，依旧是一片废墟，堆着破瓦片和废砖头，还多了冰棍儿纸和塑料袋。

陈 璇

2013 年 5 月 15 日

村里来了"世界第一高楼"

荷塘站，只有一条线路经过的公交站。行人下车后向北步行 400 米，即可看到一片稻田、湖泊。

这里是湖南省长沙市望城区大泽湖街道回龙村。如果远大集团 7 个月打造"天空城市"项目的计划如期实现，明年（2014 年）4 月，一座高 838 米、净占地面积 30 亩的"世界第一高楼"将出现在村民的家门口。

项目位于望城区滨水新城，天空城市与滨水新城管委会的接洽始于 2012 年 5 月前后。6 月，战略合作协议签订；10 月，区发改局备案；11 月，土地获批。在该项目迅速推进的背后，外界对远大集团技术及资金的质疑一直没有停息。

此间，远大集团从国外订购了几十万吨钢材。尽管项目审批"前程未卜"，但种种迹象显示，天空城市的开建似乎"志在必得"。

在湖南大学建筑学院院长魏春雨看来，"世界第一"并不重要，他更关注的是天空城市颠覆传统施工方法的探索，以及城市融合可能对现代人生活方式的产生影响。

"但是，长沙市现在的探索条件是否成熟？"魏春雨有些担心。

村口盖高楼

回龙村村民朱紫（化名）难以想象，自家 4 亩稻田被征收的原因，会是用于建一栋号称世界上最高的大楼。

朱紫在村口开了一家餐馆，正好位于"天空城市"工地的边上。其实，工地北侧的小道就是进村的道路，村民开的商店或三四层的房屋都在路边。

8 月 24 日上午的工地显得格外宁静。记者在现场看到，一块"项目概况"

的招牌与杂物一起堆在围挡边上，场内停着几辆挖掘机。工人生活区偶尔出现两三个身影，距此200米的地方有一处"人工盆地"：中间的地块较为平整，四周的土堆则比地面高出好几米。

远大集团新闻发言人朱琳芳告诉记者，这块地已经完成"三通一平"，因此暂时停止作业。

这个工地边上的村庄共四个大队，约700户人家。村党支部书记朱建军介绍说，村里主要种稻和养鱼，他家就位于一处鱼塘边上，"人多地少，大部分人家都要出去打零工"。

几乎没人想到，这个平静的村落会在2012年7月与"世界第一高楼"产生交集。

朱紫说，一天，他家来了几位"政府的人"，提出征收他家的4亩地，最后商定的价格是每亩约5万元。一些村民被征收的面积较大，之后每月还能拿200多元补助。

朱紫同意了。此前，他家种的是两季稻，每亩年收成一两千斤，"产量不算太大，本来也就只能满足家用"。

回龙村最终被征收100余亩土地。如今，平整完毕的地块以南，仍有一片田地上插着绿色小旗，再往南是湖泊及另一个村庄。"天空城市"的工地恰好位于两个村庄之间。继续南望，望城区一排已建好的楼盘屹立在远方。

事实上，在望城区的规划中，回龙村位于大泽湖片区。滨水新城管委会招商联络科科长苏侃告诉记者，望城区不少地方"看上去是耕地"，但在性质上已是建设用地。

"从这里开车到长沙市区只要20分钟左右。"望城区发展与改革局副局长杨罗说，望城2011年撤县改区之后，要加快建设城市、融入长沙市区，与湘江及市区都相邻的滨水新城无疑是城市发展的前沿阵地。

"世界第一高楼"可能会坐落于中国的中部城市，此消息迅速引起国内外关注。按照远大集团的编号，"天空城市"的代码是"J220"。

远大可建科技有限公司直销部客户经理黄茂松说，该公司的建筑编号有一定规律，如 2010 年 15 天即搭建成的、高 99.9 米的 T30 酒店，T 代表"塔式"，30 是层数。而 J 代表"集成式"，即集成了住宅、医院、学校等多种功能，220 指的也是层数。

事实上，位于远大可建公司内部的 T30 酒店没有对外营业。作为略带内部实验性质的大楼，其建设也未报有关部门审批。不过，J220 显然要走出园区，且高度比前者高得多。

"天空城市基础开工典礼那天，围观的村民把边上的路都挤满了。"一名村民说，这场今年 7 月 20 日下午举行的典礼不到 2 小时就结束了，外界一度误认为"天空城市正式施工了"。

彼时，舆论对远大集团资金及技术的质疑，已持续了将近一年。

迅速"牵手"

记者调查发现，滨水新城与天空城市的"牵手"相当迅速。2012 年 5 月"相识"，6 月签订战略合作协议，大约相隔一个月。漫长的专家论证则大多是在 10 月项目备案后开始的。

在管委会的官员中，焦放军是远大集团第一个接触的人。焦放军 2009 年从望城县发改局副局长任上抽调筹建滨水新城管委会，此后任副主任兼招商项目部部长。这发生在撤县改区之前。

他的办公桌上至今还留着天空城市投资有限公司总经理唐瑛等负责人的名片。2012 年 5 月前后，远大集团的代表来到他的办公室。这些代表，后来大多是天空城市项目的负责人。

从地理位置上看，远大总部在长沙市长沙县，位于湘阴县的远大可建与望城区相邻。长沙县、湘阴县多条道路或路标都以远大命名，其影响力可见一斑。

"第一次见面，他们说要建世界第一高楼，当时听了很惊讶。"苏侃也参

天空城市项目工地与农田相依且邻近湖泊，另一侧是回龙村的进村路口。卢义杰／摄

与了首次见面，在他的印象中，来人比较务实，"聊了一两个小时，他们饭也没吃就走了"。

知情人士透露，此番见面由望城区招商合作局引荐，之前，远大曾在北京、上海选址，但因航空管制等原因搁浅，后来才联系了望城区。与管委会洽谈时，远大提及拟建一个地标建筑，管委会便推荐了未来前景较好的大泽湖片区。

该知情人士说，远大集团5月去大泽湖片区考察了好几次，最终远大集团总裁张跃比较满意，"可能是因为与他的环保理念相契合"。

双方"牵手"是在一个月之后。6月5日，望城区委书记谭小平与远大可建公司签订了战略合作协议。

"这只是一个意向性协议。所谓意向，是双方觉得还可以，但不一定来搞，也不一定搞得成。"管委会主任佘浩宇表示，协议没有法律效力，具体内容他不方便透露。

佘浩宇是当年 7 月正式上任的，上任第一个月就参观了远大可建公司。他认为，远大是个很有个性、敢创新的企业。

几乎是同时，回龙村的村民听说了征地的消息。

10 月，天空城市在望城区发改局备案。根据有关规定，采取备案制的项目，一般是由企业投资建设的、不使用政府性资金的非重大项目和非限制类项目。

当时，尽管备案的消息尚未披露，但已有人开始质疑"天空城市为何没经过论证"。

佘浩宇称，备案仅意味着望城区接受这个投资，至于项目能否符合安全、环保等标准，还需经过一系列论证以及其他行政部门审批，"不是备案就预示着一定要搞"。

不过，当记者提出要看备案材料时，佘浩宇先是答应，随后又以"太早公布对企业办手续不利"为由，婉拒了请求。

"世界第一高楼"开始了专家论证的旅程。据《三湘都市报》报道，远大集团提供给媒体的《天空城市项目专家论证会目录》显示，从 2012 年 10 月到 2013 年 6 月共召开了 15 次专家论证会，"内容涵盖了结构、抗震、基础、超限、风洞、风振、舒适度等方面"。

论证正在进行的时候，2012 年 11 月，远大已拿到了大泽湖片区中的 100 亩土地。

佘浩宇告诉记者，管委会也有投资几十亿、上百亿的其他项目，"天空城市就是一个项目而已。所谓'世界第一'并不重要，我不认为'世界第一'我就很有激情，也不认为投资这么大就很了不得"。

"远大自己提出要建的楼，肯定要保证自己的质量。这些，企业肯定深思熟虑过了。"当地发改部门一位官员说，"自己把自己玩没了？谁都不会这么搞。"

审批与论证不易

事实上，与望城区经济部门的积极推动相比，天空城市在部分行政审批面前的进展较为缓慢。

8月21日，望城区城乡规划局总工室副主任李勇红向记者确认，他们没有收到远大集团提交的总平面图，因此无法办理建设用地规划许可证。

记者了解到，建设用地规划许可证只是建设项目审批的起步环节之一，公司还须向建设部门提交建筑物横向、纵向等剖面图。此后，项目的消防等文件要分别送往消防等部门审核，这些都涉及行政许可。

这意味着，对于天空城市而言，建设用地规划许可证之后的系列手续暂时还是幻影。

城乡规划局有关部门负责人告诉记者，由于天空城市的高度超出既有标准，区级建设部门可能没有足够的审查资格，审查工作将交给全国超限高层审查委员会。

"远大很可能会等通过超限审查之后，才会来申请规划许可证。"该负责人推测，因为如果没有通过超限审查，即使拿到许可证也没有太大意义。

进展缓慢的根源，很可能来自超限审查。此前曾有媒体援引匿名专家的消息称，天空城市的超限审查并不顺利，"还有很多问题没解决"。

知情人士透露，目前，远大集团正亲自处理超限审查的问题，而建筑设计交给了中国电子工程设计院，消防方案委托给了公安部天津消防研究所。

一位熟悉长沙市消防情况的人士表示，长沙市目前共28个消防中队，每个中队的辖区均以驻地为圆心、15分钟车程为半径，彼此间有交叉重合。望城区现驻有一个中队。

"远大集团宣称，他们的钢材可耐燃3个小时。但这是理想环境下的，人住进去肯定要放置家具，货载增加，耐燃时间应该会减少。"当地一位业内人士告诉记者。

采访中，湖南省多名消防界人士都认为，仅凭长沙市目前的消防力量，天空城市带来的压力是显而易见的，"别说长沙，这个问题放在广州、上海，也是一个难题"。

天空城市投资公司总经理助理黄诗艺并不清楚消防设计的具体进展。公安部天津消防研究所消防规范研究室助理研究员杨丙杰仅向记者确认，他们的确接受了远大集团的委托。

事实上，舆论关注的焦点，有时在评审会上集中爆发。今年参会的一位学者告诉记者，他与十几人一起参加过一次例行的评审会，但当时远大集团的核心领导没有出席，因为据说他们在北京做一个抗震的检测。

"我的印象是，提出的问题比较多，包括环保、消防、结构各方面都会提出问题。但是专家很难做结论。"这位学者说，例行发言下来，他感觉评审会有些像咨询会。

其实，望城区并非不重视安全问题。杨罗说，相较天空城市的交通、消防、环保等问题而言，"不安全，什么都没用，都是废话一堆"。

佘浩宇表示，管委会的职责只是接洽并协助天空城市办理手续，但行政许可要由相关部门作出，"总之，没有取得合法手续之前，他们不能有实质性的开发。"

谁来消化"世界第一"

在湖南大学建筑学院院长魏春雨看来，天空城市的建设目的或许是为了节能环保，但该楼需要不少新的高难度技术支撑，且建成后运营成本很高，"我感觉，这个项目上马太快了。"

面对诸多质疑，张跃近日接受媒体专访时回应，天空城市建成之后，他和部分员工将带头入住。其中委婉提及，天空城市此前声称的内部医院是保健医院。

苏侃证实了"保健医院"的说法，因为管委会不同意天空城市内部建大型医院。一个原因是，大型医院的人流量较大，势必会加剧大楼的外部及垂直交通的困境。

另一个原因是，长沙市已在天空城市附近投资了一家大型医院，足以解决周围的医疗需求。因此没有必要重复建设，浪费资源。

记者了解到，此前天空城市声称的内部学校，并非真正意义上的学校。多位接触过天空城市方案文本的学者、官员透露，所谓学校其实只是提供教育培训的场所，"这样已经在打折扣了"。

一位学者曾向张跃提出大楼内部的行业规范问题，原因是医疗、教育等行业有场地面积等相应规范，这在一栋综合性大楼中较难解决。"当时张跃说，把这个问题先'往下压'。"

大楼外部似乎也在进行某种努力。记者从有关部门获悉，随着经济发展，望城区拟增设消防中队。事实上，摩天大楼的消防问题已成为一个全国难题。

"消防等问题肯定可以解决，楼能建这么高，政府不会有配套措施么？现在的世界第一高楼迪拜塔是怎么解决问题的呢？迪拜能解决，我们不能解决？"一位发改部门官员略显激动地说。

作为建筑学者，魏春雨看重的是天空城市的探索意义。目前中国人多地少，城市集约程度不够，将城市生活聚集于高层很有挑战，"如果企业愿意用自己的资金进行尝试，同时符合国家相关规定，不妨有一些宽容和理解"。

令魏春雨担心的是长沙市现今的探索条件是否成熟。"建起来之后如何使用？如何实现与城市的对接？至少，交通系统等配套设施要完善，比如要有轨道交通。"魏春雨认为，而现阶段，政府没有落实好这些问题。

这与发改部门的观点正好相反。一位官员告诉记者，天空城市将是城市发展的核心带动力，建成之际必将调整望城的产业格局，比如，围绕其组织交通建设，储备至少一两套电力系统等等，"这倒是政府要着重考虑的。而且不是建成之后考虑，应该是未雨绸缪。"

他认为，不用担心建成之后无人问津，届时入住会是实力的象征。世界第一高楼的影响力不在楼本身，望城看中的也不单是这个楼。

今年 8 月，远大可建科技有限公司一位工人向中国青年报透露，他们近期已用公司的一栋楼成功进行了"附着式塔吊"的模拟实验。塔吊无须着地，但能承受吨数惊人的主板，未来可用于天空城市搭建。

在魏春雨看来，众人关注的安全、技术问题并非核心，这些总有办法解决。他更关心的是，高楼与城市生活的融合，对整个城市、人的生活方式甚至是区域文化的影响。

令魏春雨担心的是，城市问题非常复杂，很难孤立地分析。建设天空城市，一方面，如果技术达不到要求可能会产生问题；另一方面，由于交通等配套设施不够完善，即使楼建成了，城市问题依然存在。

魏春雨与张跃有过多次合作，他认为张跃是一个理想主义者，建天空城市并非为了炫富。"远大不是房地产开发商，没有用银行的钱去牟取暴利"。

记者注意到，在望城区 2013 年"两帮两促"活动帮扶项目（企业）安排表中，远大位于"十大产业项目"的第一位，帮扶单位联系人正是佘浩宇。表格中注明的"年度工作内容和目标"是："完成远大天空城市大楼土方、基础及主体工程建设。"

佘浩宇说，已有不少记者问他"如果审批不过，天空城市怎么办？"他给的答复是："到时候你再来找我，我会告诉你怎么办。"

"我有信心搞得成。"佘浩宇说，而且，所有手续也都会依法依规。

卢义杰　刘棉　完颜　文豪

2013 年 8 月 26 日

脚注：远大宣布要建的高楼，预计 838 米高，比迪拜塔还高出 10 米，将是真正的"世界第一高楼"。但是在 2013 年，它只是一个最大的谜。三年后，中青报记者又到了长沙望城区回龙村，发现为第一高楼挖掘的基坑已经成了鱼塘，鱼类是这个空中楼阁的唯一入住者。

张曙光增选院士过程还原

如果再多一票，只要再多一票，张曙光就能成为中国科学院院士，取得中国科学技术方面的最高学术称号。

那是在 2009 年 11 月，全国各地的院士赶到寒冷的北京，参加院士大会，投票选举新院士。12 月 4 日，在中科院院士增选结果新闻发布会上，副院长李静海宣读了新当选院士名单，一共有 35 人，张曙光不在其列。

2013 年 9 月 10 日，在北京第二中级人民法院第三法庭上，人们才惊讶地获知，这个早已陷入贪腐传闻的铁道部原运输局局长，竟然离这一最高学术称号这么近，只有一步之遥。

这不是他第一次"觊觎"院士头衔。2007 年，由铁道部推荐，张曙光首次进入中科院院士候选人名单，但最终以 7 票之差落选。

两年后，他卷土重来，志在必得，却功败垂成。

庭审中，让公众惊讶的是，当张曙光"运作"院士的内情洞开后，呈现的竟是如此不堪的贪腐格局和包装手法。

引人深思的是，如果多一票，张曙光会不会成为中国第一位因贪腐落马的院士？

更令人深思的是，作为中国科学家群体的顶尖代表，院士们怎么会让他差点涉险过关？是他在庭审中披露的 2300 万元运作经费起作用了吗，还是院士们集体被蒙骗？

中国青年报记者寻访了张曙光所参选的中科院技术科学部多名院士，他们共同还原了张曙光的评选过程。

2007年，张曙光邀请多名院士坐动车去青岛参加研讨会

2007年，由于铁道部的推荐，张曙光成为中科院技术科学部院士候选人。

一名中科院院士告诉记者，与中国工程院对院士候选人的要求不尽相同的是，工程院比较注重工程成果，科学院比较注重学术成果。

自动控制和电力系统动态学专家、清华大学教授卢强院士看了张曙光的申报材料后，很惊讶："他申报的时候学术成果是有的，有两本书，但论文很少，有的院士就说，你为什么不报工程院呢？你报科学院，那你的科学成果在哪呢？"

清华大学另一名在技术科学部的院士王宇（应要求化名）也称，要申请科学院，首先要是科学家。"袁隆平下来就是因为他论文不够，学术界就是要求这个东西，袁隆平的贡献很大，但是论文不够。"

1956年出生的张曙光，确实难言科研成就。

1982年，他从兰州铁道学院（现兰州交通大学）车辆专业毕业后，进入上海铁路局蚌埠分局蚌埠车辆段工作，一直在这里工作了10年，直至1991年底进入铁道部机车车辆局验收室任管理工程师。

此后，在客车处历任副处长、处长的他，因口碑不佳，调任沈阳铁路局任局长助理。公开资料显示，2003年3月，刘志军任铁道部长后，张曙光的升迁之路从此打开。他先是出任北京铁路局副局长，半年后出任铁道部装备部副部长兼高速办副主任，负责高铁技术引进，并很快高升至铁道部运输局局长兼副总工程师，号称"中国高铁第一人"。

但这个"第一人"绝非科学技术上的，只是因为在中国高铁技术引进谈判中，他担任过首席谈判代表。

一直在管理岗位上的张曙光，至少从论文数量上看，与动辄上百篇的其他候选人比，可谓少得可怜。

即使在今天，从论文数据库中查询，张曙光的论文也不过只有10来篇，显示被引用的次数最多为44次。

他申报材料中有两本著作，一本为《铁路高速列车应用基础理论与工程技术》，另一本为《超大型工程系统集成理论与实践》，两书都由科学出版社出版，都为专著，前书有多达421页，64万字，后书有55万字。

媒体查证，他的这两本个人著作，都涉嫌由专家团队在集中时间段内集体完成。对此，中国青年报多方求证，获得了证实。

有专著，更有大型工程建设成就，在中科院的院士们看来，张曙光如果去评工程院院士，应是十拿九稳的事情，不明白他为何要舍易求难。

王宇就说："我当时有想法，他应该去工程院去，他要是去工程院可能就上去了，我们审查是另外一套。我们一定要学术成果啊。他申错地方了。"

院士们后来才明白，张曙光这样做有他的苦衷。刘志军任铁道部长后，抛弃了国内进行了多年的高铁技术自主研发，主要依赖引进国外高铁技术。其时，中国高铁技术已取得突破性进展，中国南车研发成功并已进入试运营的"中华之星"电动车组，更是创造了"中国铁路第一速"，被放弃后引发极大争议。

有媒体引述知情人士的说法称："原本张曙光应该申请工程院院士，但之前南车国产动车组研制项目的带头人刚好在工程院，张担心他们从中作梗，在院士评选投票时带头反对他，就申报了科学院院士。"

据了解，这名带头人是中国工程院院士刘友梅。

刘院士在电话中对中国青年报记者说，他不准备再评论此事，"已经进入法律程序，多说也没什么意义"。

此外，刘志军的前任、原铁道部长傅志寰也是中国工程院院士。有知情人士称，傅志寰对张曙光的做派不满，张曙光知道自己申报工程院院士成功概率较小。

既然学术成果薄弱，张曙光又怎能在中科院过关斩将，成为院士初步候选人呢？

按照中科院院士增选规则，院士有效候选人要经过三轮评选，第一轮，由各学部常委将本学部院士按专业划分为若干评审组（每个评审组应不少于15

人），由评审组的院士打分，确定初步候选人。

卢强说，当时神舟飞船上天了，好几个领军人物成了院士。2007年正是中国高速铁路发展的开始阶段，势头很猛，铁道部把张曙光树为高铁发展的领军人物，"我们也觉得从工程成果来讲确实不错"。

2007年3月，张曙光邀请多名院士从北京坐动车到青岛四方客车厂参加研讨会，这些院士以清华院士为主，因为清华很多院士参与了铁道部的项目。

研讨会其实主要是张曙光向院士们介绍高速铁路的成果。王宇回忆，张曙光对着PPT讲，讲得非常不错，把高铁的方方面面的东西都讲到了，"口才也很好，给人一种很能干的感觉"。

会后，张曙光带着院士们参观了四方客车厂。在会后的院士合影中，包括张曙光在内一共有53人。但有院士回忆道，在整个过程中，张曙光没有提到评院士的事，也没有给院士送任何礼物，只是四方客车厂给每人送了一个动车模型。

"中国高铁领先于世界先进水平，取得的成果大家有目共睹。这么重大的工程总得有人来抓，总得有一个代表性的人物。"卢强说，航天系统出了多位院士，高铁的成就激发了不少院士的民族自豪感，院士们认为高铁应该出一位院士。甚至有院士兴奋地表示："太好了，我以后去上海就不用坐飞机了！"

因没能评上中科院院士而引发巨大争议的袁隆平，也成为了镜鉴。"教训就是袁隆平，中国科学院把他否定，结果他被选为美国科学院院士。后来大家也觉得，真正干出出类拔萃的工程，对国计民生有重大贡献者，不要死追他的著作和论文。"卢强说，这也是技术科学部院士们没有纠缠张曙光学术成果少的原因。

清华大学一位要求匿名的院士也说，张曙光能够进入第二次评审阶段，院士们更看重的是张曙光的工程成果。

有院士说，再一个就是推荐力度，铁道部的推荐材料，语言很强硬，给人的感觉是，铁道部非常肯定地把高铁的成就全部归在张曙光一个人头上。

即使如此，张曙光的强势闯入，还是使得技术科学部意见趋于分裂。几名院士都说，从始至终，对他的评审就充满了争议，争论的时间明显长于其他候选人，这使得大家都对张曙光记忆深刻。

2008 年奥运前夕，张曙光再次邀请院士们坐高铁

在院士的争议声中柳暗花明的张曙光，很快又面临第二次考验——对他学术造假的举报。

2007 年 5 月，一封匿名举报信投到了中科院，声称张曙光学术成果造假。

"他的主要'著作'是假造的，其中两部'著作'是今年二三月份由铁道部官员出面，召集北京交大、西南交大、同济大学、铁道科学研究院等单位数十位教授、研究员，住进北京的高级饭店，突击编写，限期完成，然后署上'张曙光著'突击出版而成。"举报人在信中写道。

跟信件一起寄出的，是一份包括多达 30 人的《专著编写组专家通讯录》，上面姓名、工作单位、职称、联系方式一应俱全，职务职称涉及铁道部副司长、副处长及高校教授、副教授、研究员、工程师等，专业领域则跨越机车车辆、热能动力、安全工程、车辆工程、信息、交通信息工程与控制等。

这名举报人告诉中国青年报记者，这份名单，他是从编写组一位有正义感的人士那获得的。

事实上，对于"学术成果是不是张曙光的"，院士们也早有怀疑。王宇说，看到张曙光那两本厚厚的学术著作，大家都表示惊讶："张曙光平时忙于高铁建设，那么忙，哪里来的时间和精力写书？一写就写两本，还这么厚。这些书，真的是张曙光写的吗？"

院士们都有撰写学术著作的经历。王宇说，写一本同样篇幅的著作，他们至少要花一两年时间，而张曙光一年就出版两本那么厚的著作，让人觉得不可思议，特别是两本都注明为"张曙光著"。

"这个分量就很重了，说明这本书完全是他一个人写的，是他一个人的成果。"王宇院士说。

但院士们认为，动车是工程性很强的项目，张曙光肯定得投入大量的时间和精力。而撰写专著要求作者能有大量的时间安静下来，张曙光可能吗？

针对质疑，中科院成立了调查组，展开了调查。

上述举报人称，他原本是中科院调查组寻访到介绍情况的人选，他也准备如实讲述他所掌握的情况。但当时单位出于铁道部的压力，要求他赶紧买机票，离开北京。

院士们说，最终，中科院采取了"组织"对"组织"的方式，要求铁道部进行调查。铁道部声称，学术成果的确是张曙光的，"态度很肯定"。

卢强说，既然铁道部这么说，我们又没有别的依据，"那我就只能选择相信铁道部调查结果"。

不过，调查结果的公布，并没有完全打消院士们的疑虑，多名院士依旧对"著作"是否为张曙光所写存疑。

多名院士称，也有院士在评审会上力挺张曙光。

有院士回忆，西南交通大学教授、两院院士沈志云就在会议上说，张曙光不仅狠抓高铁的技术，也非常重视理论方面的研究。

事实上，张曙光的"专著"《铁路高速列车应用基础理论与工程技术》中，就有机车车辆动力学专家沈志云院士做的序。他在序中这样写道："张曙光同志长期从事中国机车车辆的理论研究、技术创新和工程管理工作，不同岗位的历练使得他不仅洞悉世界高铁技术发展的技术前沿，而且深入了解中国铁路和机车车辆装备业的实际情况。"

熟悉院士评选工作的人士都知道，由于不同学科领域的壁垒，即使在同一个学部，院士们仍然有"隔行如隔山"之感，在同一个领域的只有十几个甚至几个人。因此，一些资深的、有话语权的院士，具有不小的主导权。如果由他们来介绍甚至力荐候选人，效果会比较明显。

但"力挺"，并没能说服技术科学部里大部分院士。结果出来，张曙光以7票之差败北。

院士评选两年一次。2009 年，张曙光卷土重来，势头更猛。上一次，他的代表性重大工程是动车，这次，他的工程成果则为高铁。

2008 年奥运会前夕，京津高铁正式运营以前，张曙光再次邀请院士们乘坐京津高铁。从高铁上下来，不少院士很兴奋："感觉刚上车就到了，真快呀。"

这次评审中，张曙光的"学术成果"又增加了厚厚的两大本，即《京津城际高速铁路系统调试技术》和《CTCS-3 级列控系统总体技术方案》。不过这一次，他汲取了教训，注明是"主编"而非"著"。

一些原本心存疑窦的院士，这次心若烛照了："一个人怎么可能又在一年的时间内做出那么厚两大本学术著作？根本就是不可能的。"

华中科技大学教授、中国科学院院士程时杰告诉中国青年报记者，这一次，针对张曙光的资格问题又引起院士们的争论。但有院士提出，既然上次已经讨论过了，这次就不要再为这个问题纠结了。

2009 年 11 月，院士大会在北京召开。这一次，沈志云院士因年届八旬，按院士章程，被授予中国科学院资深院士称号，不再参加对院士候选人的推荐和选举工作。

王宇告诉记者，会议上有位院士提出，张曙光在参评院士期间，是西南交通大学的在职博士研究生，导师为沈志云。记者向这位院士作求证，但他不愿再作评论。

这一信息引起了极大反响，有院士认为此事荒谬："他连在职的博士都没有毕业，怎么能当选为院士呢？"

但也有院士不以为然，卢强就认为，在职博士研究生不影响院士评选。"没有说院士非得是博士毕业呀？我不也是博士没读就当上院士了吗？我们那时候哪有博士啊？"

有院士质疑："中国高铁不是从国外引进的吗？到底有无创新？创新有多大？"

也有院士认为，不论中国高铁是不是从国外引进，但速度要比日本、德国的快，这说明中国高铁还是有创新的，"引进消化再创新也是创新嘛！"

有院士回忆，正当院士们为张曙光的院士资格争论不休时，评审会议的主席说，讨论到此为止，请各位院士根据自己的认识投票。

结果，张曙光再次以一票之差落选。据庭审中的表述，他因此"特别沮丧"。

2011年，又到院士增选年。但是，这年的2月28日，他被停职审查，院士梦戛然而止。

"中国败类"

令公众惊讶的是，一个花巨资"运作"院士，组织大规模团队给自己当"枪手"的人，为什么能离自己"觊觎"的院士头衔那么近？有没有院士被收买？

有知情人士说，张曙光利用手中掌握的庞大资源和审批权力，为院士拉课题、搞合作，笼络了不少院士，而这正是"高官"院士得天独厚的优势，他们可以"用权力换赞成票"。

查阅中科院技术科学部院士简历，记者发现，清华的院士在这个学部人数有近20人，清华的院士也因此备受张曙光重视。

清华大学也承接不少铁路项目，如朱静院士课题组主持的"动车组高速车轴研制"，潘际銮院士主持的"京津高速线钢轨闪光对焊及热处理工艺的研究"，李军教授主持的"列车网络控制系统自主创新"，温诗铸院士主持的"齿轮箱润滑及选用标准研制"，等等。

但是，并不是有铁路项目的院士就会支持张曙光。上述项目主持人中，一位院士就明确告诉中国青年报记者，他根本就不相信张曙光的学术成果，没有投票支持张曙光。

他说，另一位清华院士，也有铁路项目，却在评审会议上对张曙光表示了强烈质疑。

卢强院士却坦言，他对张印象不错。

他兴奋于自己的科研成果被运用到了高铁上。他说，在一次邀请清华大学几十名教授体验和庆贺动车组快捷和平稳优点的大会上，卢强问铁道部有没有做高速列车空气动力学特性研究。铁道部有人回答说没有。卢强说，这可不行，为了保证高铁的安全性和降阻节能，必须要做空气动力学特性研究。

会后，张曙光找到卢强，对他说，"我们想到一起去了"。

一周后，由清华大学、北京大学和北京航空航天大学等单位研究人员组成的"高速列车空气动力学研究"项目立项。卢强说，为此，北航老校长很高兴，"他说，太好了，北航以前想要进入高铁项目，但进不去，现在终于有了用武之地"。

卢强说，这个项目立项速度之快，让他们颇感意外。

更意外的是这个项目成果很快被运用到了高铁上。项目完成后，项目组向铁道部提交了项目报告。卢强在体验京津高铁时，被安排坐在副驾驶座位上。在项目报告中，卢强建议受电弓由原来的方形改成椭圆形，建议去掉起装饰作用而破坏了列车的流线型窗户。

据卢强转述，张曙光指着受电弓说："看，根据你们的研究成果，我们已经把它改成椭圆形的了，而且窗户我们也去掉了。"

和卢强一起去的北航老校长激动地对卢强说，我们的项目报告提交上去，这么快就变成实际应用了，这是我这辈子第一次如此快速地把科研成果转化为实际应用啊！

经历此事后，卢强认为，张曙光很能干，抓高铁抓得狠，值得支持。

除清华外，从 2009 年起，张曙光就以西南交通大学兼职教授的身份出现在该校校园新闻中。张曙光有部分论文和单位为"西南交通大学牵引动力国家重点实验室"的人共同署名。沈志云是"牵引动力国家重点实验室"的创办人、主任。《专著编写组专家通讯录》显示，有多达 7 位来自西南交大的科研人员参与撰写了张曙光的"专著"。

记者致电沈志云院士，想就上述情况进行核实。他说，已经向某媒体发送了一份公开声明，不愿再接受其他媒体采访。

张曙光除了"公关"外，有没有直接"用钱"？毕竟，在9月10日的庭审上，公诉人指控，张曙光为了"运作"院士，共索贿2300万元，这笔钱有没有可能落入院士的口袋中？

王宇也质疑："这2300万是怎么花出去的呢？我看到报道说，他找了30个专家给他写专著，他邀请这些专家要钱吧？再就是请我们去坐高铁也要钱，但这都要不了多少钱啊。那剩下的钱花在哪里了呢？我也很疑惑。"

但他认为，科学院没有不公正之风，"我们很多院士都对张曙光的参评持怀疑态度"。

卢强也说，中科院的院士都是很清廉的，"平时连收小礼物都会很谨慎，出去讲课，做一个科学讲座，讲一个上午也就不到2000元。我认为他不可能花钱打点中科院院士。"

"像华中科技大学的杨叔子院士，你要是敢把信封给他，他会当场把你骂出来。"卢强说。

他又补充道："你要是给钱，他不打110就够意思了。"

程时杰院士2007年跟张曙光在同一个学部竞争，他顺利通过。2009年，他对张曙光有投票权。他说："2009年我也只是第一次参加投票，至于有没有贿赂我不清楚，但不至于贿赂像我这样资历比较浅的。"

但在回答中国青年报记者"如何看待张曙光'运作'院士一事"时，刘友梅院士没有客气，他先强调，"这是少数人在干扰这个事，也不是说多数人是这样的，要正确对待，不能认为院士制度不合理"，然后，他话锋一转："这些都是中国的败类，包括也有院士的败类。"

叶铁桥　卢义杰　霍仟
2013年9月17日

脚注：因贪腐落马的原铁道部副总工程师张曙光震动了官场，同时给学术界出了一道难题。他两次参评中科院院士，一度距离这个称号只有一步之遥。2014 年 10 月 17 日，北京市第二中级人民法院以受贿罪判处张曙光死刑，缓期二年执行。但如何把张曙光这样的人拦在院士增选门外，是一个需要更长时间来考虑的问题。2022 年 9 月 6 日，中央全面深化改革委员会第二十七次会议审议通过《关于深化院士制度改革的若干意见》，强调深化院士制度改革，让院士称号进一步回归荣誉性、学术性。

2014

新 常 态

自 2012 年 GDP 增速"破八"两年后，人们对中国经济运行新特征有了清醒认识：要想保持过去 30 年那样的高速增长"做不到，受不了，没必要"。2014 年原定增长 7.5% 左右，实际完成 7.4%，这是 24 年来的最低点。

不是没使劲儿，漫灌改滴灌，当年仅铁路建设投资就达 1.11 万亿，全国 36 个城市轨道交通项目共完成投资 2.857 万亿元，但这一次政策刺激的边际效用已衰减大半。房地产首当其冲，在"领跌洼地"杭州等地的试探之后，央行九月底松绑了限贷政策，但楼市并不为之所动，反倒是股市因降息而在年底突然爆火。

仔细分析，人们发现，尽管增速放缓，但另一些指标却积极向好：第三产业增加值占 GDP 的比重比上年提高 1.3 个百分点，最终消费的贡献率提高 3 个百分点，高新技术产业增长 12.3%，农民人均可支配收入增速比城镇居民高 2.4 个百分点，单位 GDP 能耗下降 4.8%。显然，这是我们更想要的变化。

这年 5 月，中央正式提出了"新常态"：我国经济正从高速增长转向中高速增长，从规模速度型转向质量效率型，从传统增长点转向新经济增长点。适应引领新常态，是当前和今后一个时期我国经济发展的大逻辑。

新常态下，新旧动能的转换似乎发生在一夜之间。年底的一个经济论坛上，万通集团主席冯仑酸溜溜地说："都说只见新人笑，哪闻旧人哭。如今房地产业成了旧人，互联网、人工智能、大健康等成了新人。地方政府是围着这些新人笑。"

这一年互联网产业确实攻城略地，爆发了众多的创新和密集的商战，互联网金融、手机打车、电商团购，等等，呈现出无限的活力与精彩。短短几年的前赴后继、合纵连横，新经济的铺垫已然夯实，足可收获成果。这一年，互联网企业纷纷上市融资，其中阿里巴巴上市成为纽交所历史上规模最大的 IPO 交易。

中国培育出的经济能力甚至输出到国外，据估算，"一带一路"仅铁路建设金额就将达 3000 亿到 5000 亿元人民币，由此带动的基建投资需求则将达 8 万亿美元。显然，这将导致西方世界的猜忌。这年，美国总统奥巴马赴华参加 APEC 会议，两国确认新型大国关系，尽管中方一再表示，广阔的太平洋足可容下中美，但实际上在南海，围绕黄岩岛，已经出现了某种对峙。

2014 年的另一件大事，是中共十八届四中全会部署"全面推进依法治国"，这在中共历史上还是第一次。这从根本上将国家、政府和社会都纳入了法律秩序的规治内，保障中国的崛起步疾蹄稳。这一年不仅打掉了周永康、令计划、徐才厚等大老虎，而且作为公正司法的具体体现，下半年连续平反了念斌、呼格吉勒图等一批冤案，这表达了决心，也显示了勇气。

"请全国人民打车"？

用手机软件打车的新习惯正在北京、上海、杭州等地的青年人群体中逐渐养成。花上不多的流量，用手机软件预约出租车，即便在上下班高峰时间段，你也有可能在中心城区获得不一般的"礼遇"——一辆出租车专门为你而来。

如果打车时使用的这款软件恰巧名叫"嘀嘀打车"，目的地又在 3 公里的起步价之内，付款时使用"微信支付"的话，那么消费者就会获得打车软件公司给予的 10 元"奖励"，坐一次出租，在北京只用花 3 元。与此同时，应招而来的司机师傅，也能获得软件公司给的 10 元"奖励"。

与"嘀嘀打车"软件形成白热化竞争的对手是"快的打车"。这款以阿里巴巴集团为强大背景的打车软件，1 月 20 日宣布，将原有的司机、乘客各补 10 元的额度，增加到司机 15 元、乘客 10 元。

两大打车软件竞争"升级"，让一部分司机、乘客获得好处的同时，也在社会上引起激烈争论。有人说司机只接"打车软件"的活儿，高峰期打车更难了；有人说"打车软件"的竞价、加价机制正在挑战出租车"政府定价"的底线；还有人"杞人忧天"地揣测，投资界大佬积极"送钱"给我们打车，一旦我们养成习惯，未来是否会被"宰"得更惨？

中国青年报记者通过采访、分析发现，"打车发红包"时代或将很快结束，但用"手机软件"打车这一消费习惯将形成一个"利润可观"的未来。

"打车神器"是否"扰乱"出租车市场

在试用了若干款打车软件之后，北京某网站的员工张女士最终只保留了"嘀嘀打车"和"摇摇招车"两款软件。根据她的经验，在上下班高峰时间，只要使用打车软件，基本都能打到车。

由于"嘀嘀打车"最近推出了"10 元补贴政策"，更多的时候，张女士都会选择这款软件。据报道，"嘀嘀打车"自 1 月 10 日起，在全国 32 个城市开通微信支付，一周之内，订单量超过百万，补贴金额累计超过 2000 万元。

随之而来的问题是，媒体上频繁曝出不会使用这款软件的市民的"抱怨"："马路上空驶的出租车很多，却打不到车。"与此同时，一则名为"北京打的攻略"的网友自述微博这两天红遍网络，其内容是，出租车司机和乘客一起讨论如何靠打车软件挣钱。

中国青年报记者专门就此问题采访了多名北京市民。受访者中有部分使用过打车软件，但大多数人不认为"路边拦车受打车软件影响"。

一家韩资企业员工倪女士经常要在北京 CBD 的核心区域打车，她告诉记者，在这个区域的高峰时间段使用"嘀嘀打车"和"快的打车"的效率并不比直接上街拦车高出多少，"马路上一辆空车都没有，'嘀嘀'和'快的'也要反应很长时间，还不如坐'摩的'。"

但同时，在低峰时间段，她也并未遭遇网上流传的"司机只接软件派活儿，不接路边招车"的现象。

一名机关公务员告诉记者，自己最近频繁听人说起"嘀嘀打车"软件，但从未尝试使用过，"基本没有遇到过空车不接单的现象"。

10 名接受采访的北京市民中仅 1 人表示遇到过"空车不接单"的事儿，但他并不认为是"打车软件高额奖励"造成的，"我在前门大街上一个红绿灯处打车，可能因为这里不方便停车"。

值得一提的是，在打车软件兴起以前，北京市民如果要预约车辆，一般都会拨打 96106 或出租车汽车公司电话约车。记者采访的 10 人中，有 5 人有过电话约车经历，约一辆车有时要提前一天、有时提前几个小时、临时约车反应时间大概需要 1 小时，并且要支付每单 5 元的服务费；而通过"嘀嘀""快的"约车，快则一两分钟，慢则十几分钟（高峰时段在人口密集区域打车除外），目前不仅不需要支付服务费，还能得到 10 元返现。

在消费者张女士看来，"打车神器"的出现是一个"福音"，"谈不上扰乱市场，反而让约车市场更具竞争性"。对于有关"扰乱市场"的质疑，"嘀嘀打车"软件开发方、北京小桔科技有限公司市场部工作人员给中国青年报记者一组数据作为回应，"每个司机每天只能接 5 个有 10 元返现的单子，现在高峰期用嘀嘀打车的成功率是 70%，所有单子里面'加价单'的比例只有 5%"。

一般的投资公司烧不起这钱

不久前，"嘀嘀打车"和微信支付都表示，还会再追加两亿元预算，"请全国人民打车"。记者根据已公布的"7 天全国累计补贴 2000 万元"数据估算，两亿元也就够补贴"全国人民"10 周左右。

很多人开始揣测，两亿元花完之后，"嘀嘀"将以何种方式逐步实现盈利。"嘀嘀打车"的相关负责人拒绝就此话题向中国青年报记者透露一二，因为"时机还不成熟"。而 10 周左右时间，恐怕已不容投资者们考虑过多，如果用这些时间能抢占到充足的市场份额，下一步行动计划应该已在制定当中。

实际上，用来补贴"全国人民"打车的两亿元恐怕只是"嘀嘀打车"C 轮融资后获得资金的一部分而已。"嘀嘀"此前已经获得两次融资，金沙江创投首轮 300 万美元，腾讯跟着投了 1500 万美元；今年 1 月初又获得 C 轮融资，其中中信产业基金领投 6000 万美元，腾讯跟投 3000 万美元，其他部分机构也参与了投资，总计高达 1 亿美元。

越是"烧钱"烧得厉害，似乎越是有人愿意做"冤大头"。而"冤大头"们都来头不小，中信系是国资背景，腾讯又是当下最热门的 IT 企业，投资"快的"的阿里巴巴如今在电商界也是势如破竹。

一名不愿透露姓名的投资界人士告诉中国青年报记者，投资界没有人是"冤大头"，"第一轮融资时估价 1 亿美元，3000 万美元能买 30% 股权，到第二轮融资时估价到了 3 亿美元，这 30% 转手出去就是 9000 万美元，赚了 6000 万美元。我管他这 3000 万美元是补贴全国人民打车还是干别的什么，这笔投资总之是赚了。"

这名消息人士称，像"嘀嘀""快的"这种砸钱抢市场的买卖，只有几支规模庞大、背景深厚的"老虎基金"才敢碰，一般的投资公司"烧不起这钱"。

他分析，"嘀嘀"会在吸引足够多的固定客户后，很快会由"补贴"转为"不补贴"，再逐步转为"收费"。"收费对象"可能是消费者、司机或出租车公司，"它们未来有可能成为全国最大的出租汽车公司。"

此外，在一定数量的消费者形成手机打车习惯后，"嘀嘀"还有可能自己购进大量汽车、自办出租车公司，还可以向出租车送客所达的各个旅游景点、酒店、餐馆收费，它甚至可以与某个城市的某一两家出租汽车公司合作，以"优先推荐"的方式参与公司分红。

打车软件是否需要官方规范

早在去年年底，"官办"软件的"夭折"就受到了媒体关注。据《北京晨报》报道，北京首批冠名 96106 的 4 款"官方"打车软件正式上线刚 4 个多月，就基本"夭折"。

其中以"冠名"96106 的嘀嘀打车软件为"最佳典型"。媒体报道称，通过"冠名"96106 的嘀嘀软件叫车数次，基本无人应答，而转用普通版的"嘀嘀打车"，却能很快打上车。

这一现象的关键点在于，"官方"软件不允许加价，而使用普通版"嘀嘀打车"软件，的士司机能够获得加价叫车的额外收益，但"官方"手机打车软件却规定使用的司机只能（也是必须）按法规收取乘客定额的电召费，也就是即时召车 5 元，提前 4 小时召车 6 元。

张女士曾使用"嘀嘀打车"在高峰时间段加价 5 元打车，她认为，加价打车"很公平","完全按照供需平衡来，离得远的司机自然会算一算，5 块钱开过来划不划算；乘客也会算一算，加多少钱值当。"

与以张女士为代表的消费者观点不同，在广东深圳，打车软件因"竞价规则"而被当地监管部门叫停，但上海、杭州两地的出租车行业监管部门均表示暂不叫停打车软件。

1 月 26 日，记者就此致电北京、上海、杭州三地交管局出租车管理处，除杭州外，北京、上海的这些管理部门均无人接听。

杭州市交管局出租车管理处的相关负责人就此明确表态，他说，出租车作为政府定价的"产品"，应该提供普遍的、均等化服务，"现有打车软件中的'加价规则'应该说是不合适的"。

这名负责人说，尽管"不合适"，但出租车管理处尚未找到有效解决问题的途径，"只有加价后觉得划不来的消费者来投诉，我们才能以个案形式处理。"他说，软件公司归工商部门管，价格归物价部门管，交管部门出租车管理处只负责管司机的行为，"司机行为就很难界定了，没法查他是不是加价，即使他加价有客人投诉，客人也要拿出证据才行"。

对此，中国人民大学商法研究所所长、法学教授刘俊海指出，有效监管和规范市场与打车软件正在进行的市场行为本身并不矛盾，"规范不等于禁止。规范有很多形态，比方说要信息披露、要保障消费者知情权；第二，对这个软件的使用价格，发布个指导价格，它本身也是保护；取缔则是万不得已的、最后的办法。"

刘俊海把自己的观点归结为"两点论"，一方面要保护乘客的公平交易权，不让乘客吃亏；另一方面，要让出租车服务市场插上高科技的翅膀。

他说，高科技第一能方便司机，避免空车扫马路；第二，节约资源，减少碳排放；第三，方便消费者，精准定位，"多花 20 元，总比大冬天打不着车要强"；第四，对软件公司也有好处。

刘俊海说，消费者支付这笔"加价款"没有正当依据，因此，在这项公共政策的判断上，应该最大程度地尊重民意。"如果说要对这件事作一个科学判断的话，应该开一个听证会，消费者代表、出租公司代表，在价格主管单位的组织下论证一下，要不要对这种叫车服务本身加收一定费用？"

如果听证下来，认为征收"加价费"合理，刘俊海建议再在听证会上大致论证一下收费标准，"20元是高了，那10元行不行？"他说，改革阶段蕴含着很多利益冲突，"如果扰乱了市场秩序的话，还应该说明白一些，是扰乱了谁的秩序？基本分歧都可以通过论证会来解决。"

王烨捷　潘昶安

2014 年 1 月 29 日

脚注：2015 年 2 月，嘀嘀打车（滴滴打车）与快的打车竞争相持一年后宣布"战略合并"，新公司占据全市场 87% 份额，打车价格也随之上涨。

一个计生模范市的人口新难题

今年除夕，对于 74 岁的农民陈天祥而言，并无特别之处。一锅红烧猪蹄，两个炒菜，再加上一盆蛋花汤，算得上一顿"丰盛"的年夜饭。全家人凑齐了，稀稀拉拉地坐在饭桌前，满打满算只有 4 个人：老两口，一个年近不惑的女儿，还有一个十多岁的外孙女。

每到团圆的日子，儿孙满堂的热闹情景，如今在中国农村仍然常见。但陈天祥一家人的年夜饭，却显得清静不少。这个家在四川什邡农村的老人，是什邡登记在册的年龄最大的独生子女父母。

什邡是中国最早实行计划生育的地方之一。1982 年，当计划生育作为一项"基本国策"，被写入党代会报告时，"计生运动"已在什邡这个县域"轰轰烈烈"地进行了 11 年。

在什邡市分管计生工作的副市长赵科看来，什邡是中国计生工作的一个缩影。因为"计生抓得好、抓得早"，这个地处中国西南的县级市，提前遇到人口调整所带来的社会变化，其中凸显的现象之一是"较早出现的老龄化"。

"这些问题不是我们才有，必须在较高的层面关注，提前做出调整。"他说。

这个曾经以"计生"闻名全国的地方，如今因为醒目的"银发"特征，再次成为中国人口图景上的一个焦点。

一场席卷什邡的计生风暴，没有窝在成都平原的一块小地方，很快就吹向全国

陈天祥的老屋孤零零立在一片菜地里头，和村上连成一片的新楼群，隔着

一条村道。当地人说，"他年纪大了，不愿意搬了"。

他那间建于1980年代的青瓦房，窗户是木头棱窗，遮光的纸板还缺了一大块。对于一家之主来说，屋里最"稀罕"的物件，是一摞锦旗和荣誉证书。它们被裹在一个塑料袋里，放于里屋的书桌中。其中，有一个半个巴掌大小的红本子，还有一面叠得四四方方的小锦旗。

红本子的外皮已经发黑，只在右下角有点儿破损。那面小锦旗更是保存得完好，大红锦缎上的金边依旧闪闪发亮，上面写着"奖给陈天祥同志为革命实行计划生育"，落款是属于特定历史时期的"民主公社十一大队管委会"，时间是"1979.1.4"。

早在1971年，什邡已开始实行计划生育，当时控制的是"多胎"，即不超过三胎。当年，国务院转发《关于做好计划生育工作的报告》，被认为是中国开始计划生育的标志。

什邡第一任计生干部袁长贵告诉中国青年报记者，"到了1972年，什邡搞计生已初见成效，而且离省会城市又近"，于是被确立为四川省的计生示范县。

袁长贵介绍，当时正处于"文革"时期，计生的主要手段还是"靠行政命令"，而且什邡的经验法宝是"从干部、党员和团员抓起"，有时甚至要请"组织出面"。

这样的方式被证明是有效的。身为生产大队队长的陈天祥"以身作则"，带头去医院做了结扎手术。当时他38岁，只有一个独女。陈天祥那个常被人拿起观摩的红本子，则是什邡乃至全国最早一批独生子女光荣证。据统计，当年这个红本子在全国的数量是610万。

在什邡，第一批"为革命实行计划生育"的人，被评为当地的"计生模范"。为了表彰模范，公社召开大会，给他们戴上大红花，颁发鲜亮的锦旗，还奖励每人30块钱。

当上"计生模范"以后，日子还颇为风光，陈天祥在十几个村子里作报告。如今，眼角皱纹蹙成疙瘩的陈天祥，坐在挂着毛泽东画像的墙角边，一说起当年的情景，眉毛扬起来，语速像打机关枪一样飞快。

一场席卷什邡的计生风暴，没有窝在成都平原的一块小地方，很快就吹向全国。1979 年 7 月，第五届全国人民代表大会第二次会议发出了"鼓励一对夫妇只生一个孩子"的号召。此时的什邡，因为计生成效显著，已在中南海享有盛名。

今年 76 岁的袁长贵自豪地回忆着，1979 年底，作为全国计生部门两名代表之一，他在人民大会堂参加农业、财贸、教育、卫生、科研等行业的"全国先进单位和劳动模范表彰大会"。

他站在台上，从时任副总理谷牧手里接过一张奖状——总理华国锋亲笔题名的"国务院嘉奖令"。奖状上写着，"什邡县计划生育办公室在社会主义建设中成绩优秀，特予奖励"。

在进行长达数年的人口调整之后，
这个西南小城迎来了一股势不可当的趋势——老龄化

如今，这张特殊的奖状挂在什邡市人口计生局办公楼的一面墙上。奖状被嵌在玻璃夹层中，处于视线最醒目的位置。

什邡市计生局局长李顺良说："到计生局来参观的人，都要看看这张奖状，再合个影。"这家县级计生局窝在城区的一个窄巷里，办公楼建于 1980 年代，楼梯两侧的墙上布满零零星星的泥点子。

说起办公楼的"寒酸"，李顺良笑言："什邡计生工作搞得太好了，罚款少，因此计生局比较穷，楼还是这么旧。"

这个不起眼的老办公楼里，荣誉证书和奖牌"不计其数"。用李顺良的话说，"从计划生育开始，国家、省市任何级别的，只要与计生有关的荣誉，我们都拿到了"。半人高的奖牌，摆在一间会议室的门后，蒙上了厚厚的灰尘。有的奖牌已经长出了霉点，和一把竹扫帚摆在一起。

什邡实行计划生育的显著效果是，30年间少生了近40万人，近年人口保持在43万人左右，"相当于少生了一个县的人"。

与此同时，在进行长达数年的人口调整之后，这个西南小城迎来了一股势不可当的趋势——老龄化。

什邡市民政局老龄科的数据显示，什邡市60岁以上人口占全市人口总量的19.7%，高于全国14.3%的比例，远超老龄化的国际标准——10%。同时，65岁以上人口占总量的11.4%，距离"深度老龄社会"的国际标准14%也相差不远。而且，这个数字仍以每年1%的比例往上攀爬。

"银发"特征在这个面积不到900平方公里的县域，几乎随处可见。三三两两的老年妇女，手挽手在街上逛时装店。农村社区的休闲小广场上，几个驼背的老人弓着身子，凑成一桌麻将。有的茶馆里，坐满清一色穿着黑色棉服的老年茶客。每到晚上，一头银发或者身材发福的大妈们，牢牢地"占据"城中心广场的一角。随着广场音乐节奏的起伏，几百个臀部一起摆动，几百只手朝一个方向挥舞。

老龄化带来的一个显著问题是，社会养老负担日益加重。近年来，什邡市来自中央、省级和本级的养老保险财政支出，在逐年增加。去年，仅县级补贴就超过8000万。

养老机构也在等待资金投入。什邡市民政局副局长黄超荣介绍，散布于什邡各乡镇的敬老院多是"撤点并校"后，在闲置的校舍上建立起来，"房屋比较简陋"。2004年，什邡市开始投入资金扩建敬老院。当地的福利院、敬老院的人员工资待遇和机构运行经费，也于2010年被纳入财政预算。

不能忽视的是，地处成都平原腹地、属于都江堰灌溉区的什邡，是西南地区经济较为发达的县域。当地官方网站显示，"什邡市经济综合实力连续五年名列四川省十强县第二名"。这里拥有亚洲级的磷矿，其生产的饮料、矿泉水被摆在各地的餐桌上。当地人津津乐道的是，上世纪五六十年代，以生产晒烟出名的什邡，在北京成立生产小组，给中南海的领导人造烟。

而当地不少官员认为，什邡市包括养老机构在内的公共设施，是在 2008 年汶川大地震后，才遇到发展的拐点，"至少提前了 20 年"。地震重灾区之一的什邡，是北京的援建对象。一笔 70 亿元的援建资金投入在市政、学校、医院以及福利院、敬老院等公共设施上。

在北京，清华大学就业与社会保障中心主任杨燕绥表示："在公共治理完善的国家，提前二三十年就要拿出应对老龄化的方案。"然而，她近日组织的"老龄社会发展指数"研究显示，"中国得分 52.6，准备不足，尚不及格"。

面对快速迈入"老龄化"的什邡，有人从"危机"中发现机遇

昔日的"计生模范"陈天祥，在步入晚年后，担忧起自己的"养老问题"。

这个古稀之年的老人，患有高血压、心脑血管病等慢性病。平日里，他总是随身携带一个被茶渍染黄的塑料杯，里面泡着菊花和枸杞，"喝了降血压"。

陈天祥说："最怕就是生病。要是病了，就赶快死，不能拖着。"他曾经两次中风，都在老伴和女儿照顾下好了起来。女儿有时跟老两口抱怨："一个人照顾不来，连个换的人都没有。"

在什邡，像陈天祥这样超过 70 岁的人，有将近 2 万人。独生子女家庭是此地的主流模式，占据超过 60% 的比例。

"'四二一'模式的独生子女家庭，面临着更多赡养老人的压力。"什邡市民政局老龄科的负责人周勇说。

什邡城区有一家名为"福圣堂"的坝坝茶馆（当地语，露天茶馆的意思），一到下午，这里坐满头发稀疏、皮肤松垮或者张嘴一口假牙的老年人。这些人围在一起，喝茶、打牌和聊天。

聊起"养老"话题，有人悲观地开玩笑说，"就是等死"。还有人说，"指不上一个娃，将来就去福利院"。他们中一些人还去市里的福利中心"考察"过，"为了心里头有个数"。

陈天祥想住镇上的敬老院，但按照相关政策，有独女的他，不在"免费入住"的范围。如果自费住托老所，他又感叹"花不起"。

副市长赵科以及民政局相关负责人都表示，"这里的公办福利院和敬老院还没有饱和"。赵科认为，其中原因包括"居家养老"的传统观念，以及"养老机构没形成规模效应，成本仍然很高"。

事实上，依托社会机构养老的市场需求已在这里凸显。什邡市民政局一位工作人员透露："什邡市有两三家民办托老所，有的没有在民政局注册，但是也无法取缔，总不能把老年人赶出去吧！"

什邡市城郊，有一家民办托老所。周日下午，一位身着红色皮衣、头顶黄色卷发的姑娘，正和一桌老人打着麻将。这个忙着出牌的姑娘，是这家托老所的负责人。她说这里住了 60 多个老人。

一位 82 岁高龄的老人，已在这里住了四个年头。他告诉记者，相比于公办养老机构，这间民办托老所收费更低。

在赵科看来，"什邡今后的方向是建立多层次的养老服务产业"。对于当地民政部门而言，探索社会化养老，于 2010 年开始纳入议程。

2011 年，民政部出台社会养老服务体系建设规划（2011—2015）。其中提到的背景是，"老龄化进程与高龄化、空巢化、失能化相伴随，社会养老服务需求急剧增加"。

在民政部门工作十多年的黄超荣坦言，什邡探索社会化养老仍有"种种困难"，而且"周边县市没有任何可供参考的先例和经验"。在他看来，居民老年赡养消费能力的限制，以及缺乏"明晰的民间资本投建养老机构的土地使用机制"，都是摆在他们这些先行者面前的难题。

杨燕绥则认为，"一个县域对老龄化问题的调整能力，是有限的。养老金制度以及养老服务体系的建立，需要国家顶层的战略设计"。

如今，"如何养老"并不局限于什邡这个小县级市，而是时下社会的热门议题。一个周四的下午，一趟从成都开往什邡的中巴车广播里，两个主持人热烈地讨论着"以房养老"。

面对快速迈入"老龄化"的什邡，有人从"危机"中发现了机遇。近年，负责老龄科工作的周勇，又多了项新任务——引入社会力量办养老事业。周勇说，上门向他咨询合作养老机构的人，"不下 10 个"。

40 多岁的王鹏正是顺着这股趋势，同什邡市相关部门"一拍即合"。2012年，他在什邡市民政局注册一个民营非营利性社会组织。两年前，他从事的"爱心社会工作服务中心"，在什邡一个老年人居多的保障房小区，参与办起一家老年人日间照料中心。

这个从事投资行业多年的商人，描绘起他心中的养老产业图景："办成全国有影响力的社区养老机构，还要发展夕阳公寓、夕阳旅行社。"他自信满满地说："不出 5 年，就可以让这个服务于'夕阳红'的产业，变成真正的'朝阳产业'。"

一天晚上，王鹏开着一辆黑色奥迪车，路过什邡城中心的广场。看着排成长队的老年人齐跳健身操，这个中年男人不禁感叹："我也只有一个儿子，不指望他给我养老。房子和车子，也不能养老。老了以后，能靠的是什么？"

陈　璇

2014 年 2 月 26 日

"3·01 暴恐事件"后的昆明

"到达现场时，我的心凉了一半。"已经连续工作 16 个小时的外科医生吴浩（化名）回忆起 3 月 1 日晚上发生的那惨绝人寰的一幕，深感愤慨。

3 月 1 日 21 时许，云南昆明火车站发生暴力恐怖案件，10 余名统一着装的蒙面暴徒持刀在昆明火车站广场、售票厅等处砍杀无辜群众。截至 3 月 2 日 6 时，已造成 29 人死亡、130 余人受伤。民警当场击毙 4 名暴徒、抓获 1 人。

事件发生后，受伤群众迅速被安置在昆明的多家医院，许多已经下班的医生纷纷赶回医院，彻夜不眠地抢救伤员。来自全国其他地区的 10 多位优秀医师也赶到昆明，和当地医师一起抢救伤员。1000 多名医务人员连续工作 24 个小时，为 100 多名伤者做手术、缝合伤口。

3 月 2 日，中国青年报记者在昆明市第一人民医院看到，一层大厅最显眼的地方摆放了"昆明火车站暴力事件家属接待处"的牌子，民政部门的工作人员连续工作了 10 多个小时，接待从云南各地和外省赶来的伤者家属。家属暂时安排在医院守护伤者，由政府给他们提供盒饭；有的家属因悲伤过度，从到医院之后就一直处于昏迷之中，医院也正在全力抢救。

在采访中，记者还获悉，许多受害者都是从云南去外地的打工者，他们春节返乡在家过了一个假期后，购买了 3 月 1 日晚上的火车票，准备再次外出打工。

在医院里，记者看到一些志愿者到每间病房详细了解伤者和家属的情况。由于这些家属都是当晚匆匆从老家赶到昆明，有的甚至还没有看到自己罹难的亲人。志愿者获悉这些情况后，纷纷用自己的车，将家属载到殡仪馆。志愿者还给伤者及其家属送钱、送水果、送零食等。据了解，今后几天，他们将根据需要给伤者和家属提供心理辅导、法律援助、生活帮助等。

一些保险公司的工作人员也赶到医院了解信息，记录下伤者姓名和出生日期和联系方式，表示要尽快解决赔偿问题。

一位不愿留下姓名的市民，给伤者送来几十箱牛奶，牛奶箱上用红纸写了一句"愿伤者早日康复！"

有更多的市民，从今天早上开始，就自发给坚守在火车站的民警和武警战士送水送餐。昆明火车站沿线和昆明市不少餐厅，纷纷通过微博发布信息，给工作中的民警、记者免费提供餐饮。

一位民警在微博中写道："拖着劳累的身躯去买早点，由于昨晚的事件，只有流动的小摊贩在卖早点，很多人围着购买，看见我来，他们主动让开一条道路，并说民警辛苦了，让我们先吃，他们不急……一下子突然觉得鼻子好酸，声音都哽咽了，如此可敬可爱的群众居然会有暴徒残害他们，凶手必受严惩！逝者安息！"

在昆明火车站，一批又一批的人来到这里，静静地放下鲜花、花篮，默默地站一会儿，向死难者哀悼。一对夫妻将一束黄色的百合花放在火车站广场金牛雕塑下说："我们这么做，是想告诉那些行凶者，我们不会害怕，我们决不屈服！"

今天，昆明火车站已恢复正常秩序。据了解，3·01暴力案件发生后，昆明火车站近百名工作人员协助医务人员抢救伤者，抬送伤员到救护车，清理现场。很多工作人员都是刚毕业的大学生。这些人没有一人脱岗，直到今天早上8点半下班才陆续回家。3月1日当晚，火车站并没有因为凶案的发生而耽误了火车时刻，所有的车次都正常发车。

案件发生后，昆明血液中心用于救治伤员的供血因消耗太大，血库告急。消息发出后，昆明市区内各地的献血点排起了长队，他们中不乏医护人员和来云南旅游的外地人。在昆明医学院第一附属医院建筑工地工作的11名工人，目睹了3月1日晚上伤者救急的情况后，在QQ群里一声招呼，大家都到了献血点。由于献血的人太多，人们平均要等两个小时以上。一对刚献完血的夫妻告诉记者，他们等了近5个小时，才献上血。

昆明血液中心新闻发言人朱祥明告诉中国青年报记者，截至今天 17 时 30 分，爱心人士已经献血 1000 多袋，达到历史最高水平。截至记者发稿时，昆明血液中心工作人员、云南省红十字会工作人员将近 400 人依然在采血工作中。

　　"这一天的悲欢离合，让我看到，昆明是坚强的、团结的、大爱的、决不妥协的！"外科医生吴浩说。

张文凌　何易泽　刘春媛

2014 年 3 月 3 日

MH370 航班：失踪的客机　揪心的等待

MH370 航班，没人知道它在哪里，怎么样了，唯一知道的是，它连同 239 人失踪了。

截至 3 月 9 日 1 点，人们仍然在等待关于 MH370 的确切消息。

根据马来西亚航空公司公布的信息，MH370 是在北京时间 8 日凌晨 2 点 40 分与苏邦控制台失去联系的。MH370 最后留给地面雷达的坐标位置，是北纬 06° 55′ 15″，东经 103° 34′ 43″。

这几乎是飞机失去联系后，迄今为止人们所能得到的最准确的信息了。其中具体的经纬度，是直到下午 4 点 20 分，马来西亚航空公司才公布在自己的官方网站上的。

至今没有人确切地知道到底发生了什么，所有人都在等待信息，但是没有准确的信息。

漫长的等待

3 月 8 日早上 7 点多，徐林（化名）并没能见到按计划应该归家的妻子。

徐林妻子乘坐的这架波音 777-200 型飞机，于北京时间 8 日 0 点 42 分从吉隆坡国际机场起飞，原本应该同 239 名乘客一道，在当天早上 6 点 15 分到达北京首都国际机场 T3 航站楼。

"孩子着急了，赶紧去查消息。"徐林回忆。然而并没有确切的消息，该航班当时的信息仍然是"延误"。

马来西亚航空公司的官方网站是在当天上午 7 点 30 分挂出的消息，称 "MH370 航班于 2014 年 3 月 8 日凌晨 2 点 40 分与苏邦空中交通管制台失去联

3月8日，北京丽都饭店，失联航班 MH370 乘客家属在接受媒体采访。赵迪／摄

3月8日，北京丽都饭店，马来西亚航空公司在召开发布会。赵迪／摄

系"。首都机场指挥中心在接受《中国新闻周刊》采访时也表示，他们7点30分接到马航的通知，称该航班"失联"。

消息的正式扩散源自法新社。8点29分，新浪官方负责报道全球新闻的账号"微天下"发布消息，"【快讯】法新社报道，马来西亚航空称与一架载有239人的飞机失去联系。微天下正在核实并将跟进报道"。8点33分，CNN视频报道了这一消息，并点明该飞机系飞往北京方向。

在T3航站楼聚集的家属越来越多，开始有人控制不住情绪。很快，白色写字板上标注上了最新的通告，"MH370的接机客人请到丽都饭店了解相关信息"。

在网上得到消息后，徐林大约在上午9点多找到了丽都饭店，在前台登记之后，他和孩子被工作人员领进了丽都饭店多功能厅隔壁的214房间。

11点40分左右，网上出现了MH370的乘客名单，下午1点左右，马航在吉隆坡召开了新闻发布会，表示仍然没能与飞机取得联系。

徐林在丽都饭店并没能得到任何新的消息，实际上，一直到下午的发布会结束，房间里只有一些水、火腿肠和自称志愿者的工作人员。房间里的气氛凝重，空气也不流通，不时有家属闷头走出。偶尔接受群访的家属表示，他们大都是通过新闻才得知的消息，来到这里后并没有看到官方的工作人员。

机场那块白色写字板上的内容也在不断丰富。最初，只有通知前往丽都饭店的消息，随后上面又加上了联系电话，再接着，上面还出现了下午1点30分将在丽都饭店召开新闻发布会的通知。

实际上，直到下午2点30分左右，新闻发布会才在换了三个地点之后召开。一位马航的中国区高管出来简单做了介绍，这位新闻发言人表示，马航仍未联系上MH370。随后他并未回答问题，便匆匆离开。

中国青年报记者之后在酒店的咖啡厅碰到了徐林，他和另外一位联系不上母亲的女士无法忍受屋子里浑浊的空气出来透气。

"一点儿消息都没有。"眼眶有些湿润的徐林说。

消失的飞机

3月8日这天，这架失去联系的客机吸引了全世界的关注，一架飞机如何能消失？

MH370 的机龄是 11.8 年，这次飞行的机长 1981 年加入马航，53 岁的他至今已经飞行了 18365 小时，而 27 岁的马来西亚籍副驾驶 FariqAb.Hamid 则是在 2007 年加入的马航，至今飞行了 2763 小时。

根据马航官网的信息，飞机上共有 239 人，包括 227 名旅客及 12 名机组人员，来自 14 个国家和地区，其中中国大陆和台湾地区共有 154 名乘客。

中国民航大学教授吴志军告诉记者，飞行与地面主要靠雷达、通信两个系统联系。雷达系统是监视系统，通信系统能让地面的管制员和飞行员直接通信，两个手段都应保持全程持续。如果通信系统中断，就要靠雷达系统，雷达监视屏幕上能看到飞机的方向、高度。

"这个波音 777 完全从雷达上消失了，说明这架飞机已经不在空中了。"吴志军说。

中国民航大学安全科学与工程学院副教授张晓全认为，一般应答机有应答的时间范围，大约几秒钟一次，"这个飞机从凌晨两点多到现在，这么长时间没有联系，飞机失事的概率是非常大的。"

吴志军说，如果检测信号发现异常，各导航台、空管中心、区管中心之间会沟通、询问、协调，询问飞机是不是进入了你们国家的管制区，什么时间出来、在哪个区域。

当飞越两个飞行情报区，飞机要进行管制移交。中国民航大学电子信息学院教授宫峰勋打了一个比方，这相当于与前一个情报区说"再见"，与下一个情报区说"你好"。

但是，3月8日凌晨，MH370 航班在从越南飞行情报区飞向中国飞行情报区的路上，却不辞而别。中国三亚飞行情报区也表示，没有发现 MH370 航班的踪迹。

据了解，此次执飞的波音 777-200 型客机，投入服役已经 11.8 年，"该飞机虽然比较老旧，但飞机老旧与是否发生事故没有必然联系，除非飞机没有得到好好维护。"

失联事件发生后，中国、越南、新加坡、马来西亚等国家均调动了搜救队伍。

"救援工作需要就近国家的救援力量。"张晓全说，关于事故调查，他预计中国方面可能会作为"客户方"，与飞机的所属商马来西亚、制造商美国及事故发生地越南一起进行事故调查。

张晓全分析，如果是空中发生事故，各国有类似空管区的负责区域划分；如果是陆降，则按照各国的行政区域划分来确定救援国家；如果事故发生在公海，则由就近国家进行安全救援。

在宫建勋看来，这种情况下，找到飞机通常有两种方法，一是周边有人看见了，二是飞机上有一个"黑匣子"，只要飞机一落地，它就会发出一个信号，搜救人员会根据飞机失事的大致区域寻找这个信号。

在百度上输入 MH370 进行检索，首页上航班的状态已经由下午的"飞行中"变为了"未知"，没有人知道，"未知"还会持续多久。

不实的信息

在人们等待 MH370 航班期间，有各种信息乱飞，让人莫衷一是。

8 日晚，一则据称来自"越南通讯社"的短讯，一度让人奔走相告：越南通讯社 3 月 8 日 19 时 32 分快讯：马来西亚航空公司飞往北京的 MH370 航班在失联 17 个小时后，在北纬 06° 55′ 15″，东经 103° 34′ 43″ 海域被正在执行搜救任务的菲律宾海事船发现。飞机被发现时机身破损较严重，但未解体。机舱大部位于水面以下，仅机尾部露出水面，但少部分乘客和机组人员聚集在机尾部机舱，另有数十位携带水上救生器械的乘客漂浮在周围约一平方公里范围内的海面等待救援。越南海军第五军区政治处主任窦凯还大校称，从现场情况来看，人员伤亡程度可能远远低于此前的预期……

然而，检索越南通讯社的英语、汉语官方网站，却看不到这样的消息。随后，这则短讯被指是一个来自天涯社区的名叫"巴蒂斯图塔先生"的网友杜撰的。

"这样的玩笑太过分了！""可恶至极！"一些被这则短讯欺骗了的人们特别愤怒。

有网友痛斥，不知道造这样谣言的人脑子里装的什么，你们知不知道那些家属现在心里比扎了千万根针都要痛？！还有一些网友直呼，该对这样的人进行追责。

一些被视为核心信源的方面也误传了消息。波音公司中国总裁马爱仑就曾发微博称飞机已经找到，波音技术团队正前往协助调查。但他随后也删除了这条微博，称这是错误的消息，搜索仍在继续。

截至本报发稿前，在过去的20多个小时，有关失联飞机位置、状态的各种说法在网络上非常混乱。对于牵挂此事的人们来说，一会儿一个新消息，再一会儿又是辟谣，纷繁复杂，越来越弄不明白是怎么回事。而平时比较值得信赖的媒体，也是各种信息互相打架，发布的一些情况很快被证伪，更让人不知道该信谁才好。甚至有媒体记者也在微博上感叹道："到处都是不属实的消息，至今搞不清楚，也不敢乱转发了。"

真相无疑值得追寻，但在未有明确结果之前，信息发布者和媒体该如何面对尤其值得深思。

从目前的情况来看，马航的信息披露很不尽责。飞机失联后，马航本应尽快发布消息，却迟迟未发布。在中国的第一场新闻发布会，也是迟至飞机失联10小时后才召开，且披露的信息极为有限。

中国民航部门也未见及时发布权威信息。

事实证明，多少次谬种流传，都因权威信息源缺位。

有旅美撰稿人发微博称，2013 年波士顿马拉松爆炸，从周一事发到周五嫌犯落网，美国传统媒体也有很多犯了错，如 CNN 误传凶手被擒，《纽约邮报》头版登出错误照片，等等，但都没有像马航事件国内一些媒体这样不加核实随意发布。

刘星　卢义杰　张宇　汪诗韵

2014 年 3 月 9 日

脚注：马航 MH370 航班失联后，相关各国展开多轮联合搜寻。2015 年 1 月 29 日，马航 MH370 失联 328 天后，马来西亚民航局正式宣布 MH370 航班失事，并推定客机上 239 名乘客和机组人员已全部遇难。2017 年 10 月 3 日，澳大利亚运输安全局发布最终总结报告，宣布搜寻工作终结，除发现三块飞机残片，没有新的发现。MH370 航班失事的原因和飞机下落至今成谜。

五月的"迷笛"与"草莓"

　　媒体用"音乐来了"形容五月的最初几天，"五一"期间，北京就同时举行了"迷笛"和"草莓"等多个大型的音乐节。这让两年前刚从天津理工大学毕业的李小荷为之兴奋。年初，李小荷就开始在网上关注音乐节的讯息，"每天都在倒计时。"而从订上草莓音乐节门票的那一刻起，李小荷就开始想象着自己奔赴音乐节时的打扮，涂一个大红唇，超宽的眼线，一件平时不敢穿的皮质和呢绒混搭时装，一条长裙和一双15厘米的高跟鞋。

　　李小荷目前在北京西直门附近的一家电子商务公司工作。早上9点上班，晚上加班到凌晨是常有的事情。在她的记忆里，这座忙忙碌碌的城市中，除了公司刷新着的营业额，就是每天从身旁匆匆而过的人流。而在音乐节上，她可以尽情地嘶吼，甩动头发，"没有人觉得你是神经病，在这里大家都是这样，很真实，也可以很夸张，同时这样能够使自己跟得上这座城市的节奏。"李小荷说："北京很美，但不是谁都能够享受的。"

　　草莓音乐节的举办地在东六环附近的通州区运河公园，距离李小荷与人合租的房子有20分钟车程。5月3日，去音乐节的路上，拥堵在公路的车辆一眼望不到边。在一辆印有"圆梦北京，北漂终结者"楼盘广告的公交车车窗里，略感疲惫的乘客们目光茫然。铆钉加骷髅头首饰、绿色头发、功夫熊猫的纹身……成了她这一路上身边年轻人着装的关键词，当然其中也有文质彬彬的男生和可爱的女生，甚至还有带着小孙子的外公外婆。

　　迷笛音乐节每天表演结束后，大批的观众会在周围的草地上支起帐篷过夜。2日深夜，露营区里放置了大大小小数千顶帐篷，在中间几个帐篷前的空地上，发出了一道LED手电打出的光亮。五六十个年轻人围坐在一起，手中举着啤酒，随着吉他的伴奏，每个人都跟着哼唱起来："夜空中最亮的星，能否听清，那仰望的人，心底的孤独和叹息"。一首歌结束，大家都会举起酒嘶喊干杯，高谈阔论曾经的理想和偶遇的爱情往事，甚至会破口大骂生活的虚假。

于秋朔就在其中。他在中国劳动关系学院念大一，学习酒店管理专业。他会跟着重金属音乐摇摆自己的脑袋，高潮时也会嘶吼上几声。那天晚上他一边和旁边连名字都叫不出来的营友聊着之前被朋友出卖的经历，一面回忆着在刚刚结束的音乐会上的场景。在一场重金属演唱中，一位孕妇和丈夫在台下随着节拍舞动，歌曲的节奏感很强，现场的气氛也很热烈，几千名乐迷来回冲撞着，周围有上百名保安和工作人员负责维护现场秩序，但是每到这名孕妇周围，大家都会自觉地让开。于秋朔觉得，在这里的人都很纯粹，没有名与利，就是简单、真诚地面对，心与心地交流。

5月4日，青年节，也是"五一"假期后的第一个工作日，李小荷照例一早挤进了地铁6号线。她脸上没有化妆，迎面而来的乘客鱼贯而出，她习惯性地跟在一个人身后，朝着地铁的车门慢慢挪动，汗味和浓郁的香水味交织在一起。没人知道这个乖女孩在音乐节上的装扮，只有在"没有同事知道，更不敢让老板看见"的手机私人相册中，留下了她那天的照片。

"Dewdrops shine brightly in the sunshine, Birds are singing a song in the blue sky, But you are in your dream…"李小荷听着手机里《Get Up》这首歌，想起头一天离开音乐节的时候，她特意停留了两分钟，看向舞台，那里是她留恋的一片自由天空。

赵迪 摄影报道
2014 年 5 月 7 日

2014 年 5 月 1 日，北京迷笛音乐节现场，数万名观众伴着摇滚音乐狂欢。

2014 年 5 月 1 日，北京迷笛音乐节现场的年轻人。

2014 年 5 月 2 日晚，北京狂飙乐园，年轻人们随着音乐的节奏尽情摇摆。

2014 年 5 月 2 日晚，北京迷笛音乐节上的年轻人。

2014 年 5 月 3 日，北京迷笛音乐节露营区，22 岁的苏逸阳（右）和朋友收拾好行囊准备离开。

自贸区的故事

好莱坞制片人罗伯特·西蒙斯（Robert Simonds）对一笔来自中国的投资还是有些担心。

"如果受到这个事情的影响，后果将会令大家都难以承受。崔，你明白吗？"签约前一天，这个 50 岁的美国人最后一次提醒中国买家。

他所紧张的"事情"是来自中国政府部门的"审批"。因为按照过往经验，完成一笔相似规模的境外股权投资，至少要经过 3 个部门长达几个月的漫长审批。大多时候这一过程会显得难以控制，除了口头承诺，中国公司不愿也没有能力出具任何具有保证性质的法律意见书。最不走运的事情莫过于，一笔皆大欢喜的买卖，因为没有得到政府批准而失败。

"我可以看着你的眼睛说，肯定没问题。"给出这个回答的人叫崔志芳。她是这个项目的负责人，来自一家叫做弘毅的私募股权投资基金管理机构。

崔志芳的信心建立于 28 平方公里的中国（上海）自贸试验区之上。去年 9 月 29 日正式挂牌后，这里的投资管理体制出现了全新的安排——凡 3 亿美元以下境外投资一般项目，均由审批改为备案制，无须提交可行性研究报告，5 个工作日内就能拿到境外投资项目的备案证书。

这家中国 PE（私募股权投资）机构最终兑现了自己的承诺——无须任何审批，他们只用了 4 天时间就完成项目备案。2014 年 2 月 28 日，项目完成交割——好莱坞的电影内容制作领域第一次迎来中国的投资者。

"这次作为中国投资人，去投美国高度竞争的项目，第一次不用事先跟对方的财务顾问说明我们是中国来的。以前，由于需要政府的审批，有一些换外汇的不确定性，所以在对方考虑诸多竞争对手的时候我先得把话说在前面。这回我们第一次没有这么说，第一次真真正正站在了和国外投资公司的同一起跑线上。"

作为在上海自贸区"第一个吃螃蟹的PE人",弘毅投资的总裁赵令欢忍不住发出这样的感慨。

中国很多企业走出去时人家不会把你当成一个严肃的买家，他们不理解审批，他们的思维里也没有这个事情

4月底，赵令欢去广西南宁参加了一场企业家年会。在发言中，他讲了两个对比鲜明的故事，一个是刚刚在上海自贸区完成的这单投资，另一个则发生在6年前。

那是2008年，在意大利著名工业城米兰的一栋写字楼里，包括赵令欢在内的几位中国买家约见了混凝土机械生产企业CIFA公司的高管。他们对于能够成功收购这家行业排名世界第三的巨头公司志在必得，除了数亿欧元的开价，他们还在厚厚一沓法律文件的最后附上了一张被翻译成英文的"批文"。这是一份来自中国国家发改委的确认函，海外投资的中国企业习惯称呼它为"路条"。

"那次并购是一个经典案例。但作为来自中国的买家，你是落后于起跑线并且吃了很大亏的。"6年后，在北京中关村的办公室内，赵令欢再次提起这件往事。

事实上，境外股权投资，正是这家总投资资金规模超过460亿元人民币的PE机构的主营业务之一。而如何让被投的国外企业理解和接受中国的审批制度，已经成了赵令欢必须解决的问题。"人家问我，你到底批得下来批不下来，我只能说，有把握，但这不是我们能决定的。"

"中国很多企业走出去时人家不会把你当成一个严肃的买家，他们不理解审批，他们的思维里也没有这个事情。但是你有这个东西，很可能就能给它审掉，不确定性太大了。"弘毅的董事总经理邱中伟告诉中国青年报记者，在很多时候，提供中介服务的财务顾问公司往往不愿意把中国企业列入候选名单，甚至连第一轮投标都不邀请中国人参加。

弘毅投资总裁赵令欢在上海自贸区挂牌仪式现场接受采访。
资料照片

弘毅投资的代表展示入驻自贸区牌照。
资料照片

　　6 年前和中联重科共同出资收购 CIFA 时，弘毅的项目负责人正是邱中伟。他清楚地记得，为了显示出中方的诚意，弘毅曾专程邀请卖方来中国，还去拜会了相关部门的负责人。"你今天请处长、司长出来解释审批的实质含义，能不能代表这个部门的意见，这未必。但是对老外来说，至少觉得你是一个认真的买家。但这只是个例，不能推而广之，因为你不可能每一次的工作都做得这么充分。"在邱中伟的印象中，为了顺利跑完那次漫长的审批，中方企业从长沙派了几十人住在北京。为审批付出的成本不止于此。为了取信于卖家，来自中国的投资者往往要以高额的"分手费"或者"保证金"作为谈判的附加条件。

　　在记者采访的一位投资人的印象中，曾经有一家中国公司向被投企业开出过一亿欧元天价"保证金"。"是一亿欧元，不是一亿人民币！这笔钱打到人家账上，多长时间之内完不成审批，这一亿欧元就给罚没了。"

企业待久了，职业习惯有时候跟政府部门的办事程序不匹配，就觉得这事早晨已经递上去了，为什么下午还没批出来

在这家一共只有 100 多名员工的金融企业中，时间是很宝贵的东西。在第一次约访赵令欢的时候，负责对接的邢仲谨考虑再三后的回复是"咬着牙可以给一个小时"。"你可能不了解我们这个行业。他一天要工作 16 个小时，开 30 个电话会，唯一的休息是在飞机上，因为飞机上不能开手机。"邢仲谨说，汇报工作时，自己会尽量把事项列在一页纸之内。他伸出一根手指头，"如果是口头汇报，他有时候甚至会要求我一分钟讲完"。

这种对效率的追求不止出现在赵令欢一个人身上。另一位公关负责人孙红宝告诉记者，为了快速熟悉一个马上就要谈判的新项目，项目组的几个同事曾经三天三夜不睡觉。公司里带有床位的小屋与能够做饭的厨房，可以部分佐证这些金融精英的工作状态。

然而，就是在这样一个视时间为"奢侈品"的基金公司，如何"让审批跑得快一点"，却成为很多人"心里经常压着的石头"。

弘毅一个项目经理，说起审批，谈到了企业和政府之间办事习惯的反差："企业待久了，职业习惯有时候跟政府部门的办事程序其实是不匹配的，就觉得这事早晨已经递上去了，为什么下午还没批出来？"

但情况往往并没有想象中简单。"一个项目递上去了，先得看你轻重缓急，是放到第一个还是第六个。然后你排上了，得做几天研究，材料动辄这么厚，哪块都可能埋着魔鬼。但一个人出意见不够，可能还要找同级别的负责人再过一遍。这期间，领导要出差、要开会、要休假，项目审批就得停下来，这是极正常的。但你不能说他错，认真办事有什么错？"

对于企业面临的这些烦恼，上海自贸区管委会副秘书长李军丝毫不感到陌生。几年前，李军还在上海市金融工委工作，那时候他就已经发现外国人投资中国企业喜欢采用 PE 这种模式。"当时我就在想，既然外国人能够这么投我们，

我们能不能这么投他们呢？"研究后李军却发现，PE 的特点是"快"，"一旦明确收购对象，马上就要走资金，经常是两周内钱就要到账"，而当时国内对企业境外投资管理采取的则是审批的"核准制"，要去国家发改委批项目、去商务部批对外投资的主体、外汇管理局还要进行购汇核准。用李军的话说，流程多、环节多、时间长，"没有三个月到半年根本走不出来，等钱能够打过去，黄花菜都凉了。在你的框架里，国际同行规则没法玩。"

直到去年，一纸调令给了李军施展抱负的机会。"领导希望去自贸区，看能不能做一些制度创新。"带着改革境外投资管理方式的想法，李军走马上任自贸区管委会副秘书长。差不多是在同一时间，弘毅成为国内第一家入驻上海自贸区的 PE 机构。

"原来一直传闻说是上海自贸区，后来总体方案一公布，突然变成中国（上海）自贸区，我们马上判断这个事情有意思，它是国家层面的。"弘毅上海公司常务副总经理沈顺辉清楚地记得，当得知有机会第一个试水创新后的跨境投资备案换汇制度时，赵令欢毫不犹豫地表态："我们肯定做，哪怕在创新中要多花一点成本，这对于做好未来的事情，是非常值得的。"

就这样，用赵令欢自己的话说，弘毅成了自贸区里的"一只小白鼠"。

"我们认为上海自贸区最大的便利就是备案制，企业不用一家家地去跑政府部门，到管委会填一张表，5 个工作日内，管委会那边给一个备案证书，带着备案证书，就可以向外汇管理局申请结汇，然后就可以把钱打到海外被投企业的账户了。"沈顺辉记得，当时项目组的同事们把自贸区所有有关跨境投资的条例、方案和法规都拿过来研究了个遍。

但这些便利毕竟只是纸面上的，真走起来是什么样子，沈顺辉"心里也没底"。真正让他吃下定心丸的是自贸区方面的态度。

"他们会让我排出企业要求的时间表，然后他们再倒排一个时间表来配合我们。"沈顺辉坦言，"这是备案制一个很核心的东西，就是对政府部门有了时间表的要求。过去的问题恰恰是这个时间表它不给你，不确定，这就是一个很大的风险。"

今年 2 月，弘毅通过上海自贸区的跨境投资平台，向外投资 1.86 亿元人民币，与另一家企业共同收购了注册在英属维京群岛的 PPTV。从项目备案到换汇投资，只用了 5 个工作日。

紧接着，也是通过这个平台，弘毅与其他机构共同投资了好莱坞制片人罗伯特·西蒙斯的电影工作室。

崔志芳告诉记者，这个项目对于打款时间的要求非常紧张，只有十几天时间，而且全世界几家投资者要在同一时间完成交割付款，"如果我们中国这边出了问题，整个融资就得重新来过。"

这位训练有素的职业经理人记得，以前遇到复杂的境外投资项目，他们往往要从多个部门抽调不同职能的同事，组成一个小组，天天开电话会盯进度，"有时要费九牛二虎之力"。

但这一次的经历部分颠覆了她过往的经验。"全程和自贸区方面的对接都是邮件沟通，打电话交流，有点像是公司对公司在做事，这个感觉很强烈。只是在取备案证书的时候，我们才派了一个投资经理过去。"

最终，只用了 4 天时间就拿到的备案证书令崔志芳喜出望外，这甚至比项目组计算中的最短时间还要少。她清楚地记得，项目完成交割后，罗伯特的团队曾经专程来到上海。"要不然我们也在自贸区建个 office ？"老美半开玩笑半认真地说。

如果通过这个改革，解决这个矛盾，全球经济都会受益，中国当然最受益

上海自贸区的两单项目成功后不久，赵令欢受邀参加今年的博鳌论坛。论坛上，他遇到了远东控股集团有限公司的董事局主席蒋锡培。这位电缆行业的著名民营企业家在台上当着众人大倒苦水："我花自己的钱到世界上买公司，政府

为什么要审批？我想不通。"

"我跟老蒋说，你这个问题问得也对，但路总要一步一步走。如果你是一个微观的企业，永远会觉得改革的步伐应该大大加快，但是你反过来想，这么大的一个国家，不就是在摸着石头过河吗？"坐在黑色的沙发转椅上谈起行政审批和上海自贸区时，51岁的赵令欢始终保持着平和的语气。

时间回到1983年。那时他还是江苏无线电厂的车间副主任。"当时全国还像是一个硕大无比的机器，而每一个工厂只是其中的一个零部件。全国每一个电影院的环音设备要更新换代，都要打报告给主管部门，再一层层向上递，芜湖递到安徽，安徽递到北京，北京再花同样的时间下达计划，最终下达给江苏无线电厂。"

那一年的年底，赵令欢像往常一样到厂长室领任务单。结果"跟写小说儿似的"，厂长回答他，今年没任务了，计划经济改了。赵令欢问厂长什么意思，厂长说以后生产什么，生产多少，卖给谁，小赵你自己定。

20岁的赵令欢当场"傻眼了"，"我那儿库存全是积压的环音设备，那破玩意儿谁要买？"

这是他第一次面对计划经济开始发生变化时的情景。

4年后，他赴美留学。毕业的时候，他递出10份简历，收到了4份OFFER。那次择业使赵令欢第一次享受到了市场经济自由选择的感觉。此后的数年里，他投身过不同的行业，而决定一切的已经不再是政府。"在美国这么多年，感觉到政府存在的时刻，大概用一只手就能数完。"

某种程度上，这些经历使赵令欢形成了今天对于行政审批的认识。"当年中国什么都没有，所以政府要保护着点，现在的很多审批也还是出于计划经济的考量。但蒋锡培说的是对的，我们自己的钱我们心疼死了，不会浪费的，你就让我们去拼，让我们去争，用市场自己的优胜劣汰机制提升企业的竞争力就行了。"

他的同事邱中伟补充说："以前国家有统一的用汇计划，所以有审批才能用外汇额度，而且投资主体也大部分都是国企。但现在环境发生变化了，立法和规则也应该与时俱进。"

事实上，中国对外投资的核准标准确有其历史沿革。资料显示，本世纪初，非能源、资源领域的对外投资若 1000 万美元以上须经中央核准，1000 万元以下由地方核准。2011 年，非能源、资源领域的投资权限上升至 1 亿美元，之上须提交中央核准，之下由地方核准。

邱中伟感慨道，"全球经过工业革命以后这么多年，真的会发现只有法治和市场经济才是现代社会的基石。以前你是个小经济体，问题不大，但现在你变成了全球第二大经济体，就算只管制自己也是会牵动全球的。第一个，你该不该管？第二个，能不能管？如果通过这个改革，解决这个矛盾，全球经济都会受益，中国当然最受益。"

我们对内要做减法，但对外要做加法，不是加审批，
而是增加借鉴国际通行的规则

截至 4 月底，上海自贸区已经办理了 30 笔、涉及 11 个国家和地区，总投资达 8.73 亿美元的投资。目前自贸区内已有股权投资企业 84 家，投资和资产管理公司超过 1500 家。

"制度一变，一切都不一样了。不再想着什么都要去批，对政府部门来说，这其实是跟换脑子一样的改革。"这些变化被沈顺辉看在眼里。

沈顺辉说，在国际上，防止企业不遵守规则的方法不是审批，而是监管，"让你放手去做，但一旦发现你违法，会罚你罚得很厉害，把你列入黑名单，你要承担这个责任"。

李军坦承，"轻审批，重监管"的思路转变并非易事。一些领导的确表达过担心，放松审批，会不会导致资金出逃？他给出的方法是，引入托管银行，通过监测金融流水的方式进行事中监管。

"我说根本不要怕。这是在国际上很成熟的方法，人家就是这么做的。"

这位官员坦言，"我自己的理解是，我们对内要做减法，但对外要做加法，不是加审批，而是增加借鉴国际通行的规则。"

在赵令欢看来，这种改革的核心其实是，对市场主体，"法无禁止即可为"；对政府，则是"法无授权不可为"。

"真正有深远影响的改革，就是你能不能从一个搞审批的衙门，变成一个负责立法、执法和监管的裁判员。所以我觉得能提出让市场成为决定性因素，这是一个巨大的历史进步。"

而令赵令欢感到满意的是，在上海自贸区这两单案例备案的过程，自己并没有怎么过问，"第一笔他们好像弄了个把星期吧，第二笔我就全然不知道了"。对比当年收购 CIFA 的时候，一大堆人在北京研究怎么拿路条，他还要亲自坐飞机赶到米兰和对方谈判，"这次全都透明了，透明是很美丽的，对我来讲就没有那么多事了，我们的钱跟别人的钱一样，没有附加条件了"。

"就凭本事的话，我们也是很有本事的，因为中国的市场是世界上最好的市场，中国的钱是有吸引力的。"赵令欢笑着讲起，自己带着一个小组去好莱坞投电影工作室的时候，竞争对手有土耳其的"土豪"、西亚的石油王子和美国的传媒界大腕，"他们都想进来，但最后我们进去了，而且我们是领投这一轮的！"

回忆起这次痛快的投资，他说："很简单，从我们做生意的角度讲，政府你只要把地犁平了，中国的企业是一定会有竞争力的。"

林　衍

2014 年 5 月 14 日

念斌回家

念斌回家了。

被捕时，儿子智轩才4岁，再见面，已是一个12岁的少年。8年里，念斌历经4次死刑，终于在8月22日这天，等来了"无罪"判决。而智轩却一直天真地认为，爸爸这些年只是在国外打工，因为不是合法手续出去的，所以不能给他打电话，只能偶尔寄回礼物。

智轩不知道，这不过是一个善意的谎言。为了让他相信，这么多年，他收到的礼物、光盘、信件，都是爸爸的律师张燕生和妈妈、姑姑等，想尽办法"乔装打扮"，再从国外、从北京寄到他手中。

而这次，智轩终于等到爸爸回家了。

越来越坚信念斌无辜　却一次次被死刑打击

2008年2月的一天，张燕生接到念斌的姐姐念建兰打来的电话，电话那头，念建兰焦急万分。"那是念斌第一次被宣告死刑。"张燕生说。

拿到判决书，张燕生发现了疑点。"当时是在水壶里投毒，却没有水壶的检验报告，而只有水的检验报告。"张燕生觉得十分蹊跷。直觉告诉张燕生，水壶里可能没有查出有毒物质。

于是，张燕生决定接这个案子。2月中下旬，她第一次在看守所见到了念斌。

"说真的，他的表情很麻木，很悲观、很失望，对律师也没有表现出太多期望。"张燕生说，那时候的念斌，还很年轻，不像现在这么沧桑，是个很帅的小伙子。

"他一直在说，把我老婆照片拿来，把我儿子照片拿来，我要看我儿子的照片。"张燕生说，被判死刑的念斌，认为自己要跟亲人诀别了，整个人都透着绝望的气息。

"但是我们跟他谈的时候，他坚决否认，说自己是被打了。"

随着对案情了解更加深入，张燕生越来越坚信，念斌没有下毒。"发现了很多问题，尤其是发现货架上面那个土没毒。"张燕生说，一开始，他们也怀疑，现场没有发现毒物，是不是被念斌清洗了。但开庭前，他们发现，货架根本没有清扫，所有现场货架上的土，都被公安机关扫走了，而其中竟然没有发现毒物。

"这时，我们就开始觉得，可能这个案件，念斌说的都是真的。"张燕生说，此后的过程中，每发现一个事实，也都再印证一次，念斌说的都是真话。

张燕生告诉记者，接手此案后的第一次开庭，"法庭效果非常好，法官听得也很认真"。张燕生说，她能看出来，法官也有很多疑问，而念斌回答的也非常真实。也因此，庭审结束后，大家特别激动，几乎都是唱着歌回来的。

"一路都在享受和感受着开庭的场景，非常开心。"张雁生说，已经很晚了，念建兰都睡不着觉，几个人就一起去了广场。

"当时看见有卖许愿灯的，我们说，给念斌许个愿吧。"于是，每个人都写下了祝愿，希望念斌早日平反昭雪。

后来，案子果然就发回重审了。但张燕生没有想到，等来的，却还是死刑的结果。

张燕生说，在宣判的时候，念建兰给她打电话，就像疯了一样。"我跟她说，你放心，这个案件有这么多的矛盾，铁定不可能判死刑。"张燕生说，哪怕疑罪从轻，改为死缓，都不可能判死刑。

案件很快就上诉了。这一审，张燕生说，他们又发现了大量问题。"每一审都有突破，这个案件，说真的，不是一次挖干净的，每一次我们都在挖掘。"

但这一审，念斌依旧被判死刑。

数次死刑的结果，对张燕生和念家的打击都太大了。但张燕生仍然决定坚持到底，她甚至作好了要打一辈子的准备。

"国外"来信，告诉孩子爸爸没有不要他

就在张燕生和念建兰彼此安慰、互相坚持的时候，念斌的儿子智轩却悄悄起了变化。一次一起乘车，张燕生发现，孩子整个人蜷缩在一起，一路上跟谁也不说话。"就像一只卷起来的虫子。"

那时是 2010 年，智轩已经八九岁了。张燕生说，念建兰发现孩子有心理障碍时，急坏了，问她该怎么办。

张燕生告诉记者，智轩是看着念斌被抓的，虽然只有 4 岁，但心理的阴影好像一直都在。后来，妈妈骗他说爸爸出国了，但上小学以后，他发现同学的爸爸也出国，还能给家里打电话，但自己爸爸却从来没打来电话，问妈妈为什么，妈妈也说不清楚。

"因此他觉得是他爸不要他了，抛弃了他们母子。"张燕生说。

为了让智轩相信爸爸是真的出国了，以后张燕生每次出国时，就找人模仿念斌的字迹给智轩写信，再从国外寄给他。

"后来再去见念斌的时候，就留了一段录音。"张燕生说，念斌在录音里告诉儿子，爸爸在国外，要听妈妈的话。"念斌一提到儿子，当时就哭了。"

他们后来把这段话剪辑出来刻成光盘，放在一盒月饼里，一起寄给智轩。

"打开了以后还有光盘，特别高兴，就放到电脑里听。当时一听，他竟然还能记得他爸爸的声音。"张燕生说，从那以后，智轩一直说，爸爸还爱他。他把光盘藏在自己的抽屉里，特别在意，人也一下子变开朗了。

4 次死刑后　终于等来"无罪"

终于等到了 8 月 22 日这一天。

"9 点 10 分，我接到的电话。"张燕生说，电话打通，念建兰什么话都没说，光是哭。

张燕生心里"咯噔"一下，坏了，又是死刑？

"我特别害怕她宣判的时候给我打电话，因为几次死刑判决，经历这么多次，都是像疯了一样，一边骂一边哭一边喊一边叫，近乎歇斯底里。"

张燕生赶紧问："到底什么结果，是死刑吗？"

"不是，念斌出来了，当庭释放了。"念建兰说。她是激动地在哭。

因为每一次都承受不了仍是死刑的打击，所以宣判张燕生都没有去。有媒体在采访张燕生时问她为什么没去，她说，"正义到来时，我们也该退场了"。

"因为念斌被判无罪，对我们来说是一个奢望。"张燕生告诉中国青年报记者，她认为，证据已经能充分说明问题，但历经这么多次反复，她仍然不能确信，法院是否能宣告念斌无罪。

判决前，她跟律师们讨论，如果真的能宣告无罪，福建高院功德无量。"不要再把功劳放在律师身上，不要说这是一场律师的胜利。我们希望把成就归于法院。"

而这一点，也体现在了念斌案律师团对外发出的三点声明中。声明里，律师团感谢了很多人，但首先感谢的，是福建高院、最高法院和国家平反冤案的大环境。

张燕生说，很多律师都不能理解，说你们难道是感谢它一次一次给念斌判死刑吗？

"我认为，知耻近乎勇，知错就改也是近乎勇的，现在中国这么多冤案得不到改正，就是因为知错不改。"

每一次司法进步，都将念斌从刀口救下

张燕生曾当了 15 年法官，后来又做了 20 年律师。她说，念斌案是她所有案件中最极致的一件。"不断地发现新的证据，不断地挖掘和证明我们的判断被印证。"

张燕生说，念斌的命运，就像上天安排的一样，一直在随着国家的大的司法环境变化。念斌 2006 年被抓，当确定了自 2007 年 1 月 1 日起，所有死刑案件全部收回最高法院，念斌正好赶上；2010 年，念斌刚刚被判处死刑，到最高法院复核时，最高法院又于同年发布相关规定，对排除非法证据等作了要求；在发回重审后，2013 年 1 月 1 日起实行了新刑诉法，所以 2013 年开庭时，申请警察、专家证人等全部出庭。

"所以我们也感受到司法的进步。"张燕生说，她认为，念斌案从司法程序上、实体上都是一个标杆，对全国有类似案件的审判都会产生影响。"因为这个案件毕竟没有'真凶再现'，没有'亡者归来'，这应该是大部分冤案的常态。"

李林　郭美宏
2014 年 8 月 27 日

脚注：2006 年 7 月，福建平潭县发生一起投毒致死案，杂货店老板念斌被认定为犯罪嫌疑人。在接下来 8 年时间里，念斌经历了 10 次开庭，4 次被判死刑。直到 2014 年 8 月 22 日，念斌被无罪释放。没有"真凶再现"，没有"亡者归来"，念斌的无罪释放靠的是"疑罪从无"理念。大约 1 年后，念斌获得国家赔偿 119 万余元。

2015

高 位 震 荡

    2015 年的年度特征就是震荡，不间断的高烈度的震荡。开年第一天，上海外滩发生踩踏事件，6 月，东方之星翻沉，8 月，天津港爆炸事故，年底则是几场红色预警的重度雾霾，这一年少有天灾，大都是人祸。雾霾也是人祸，来自记者调查的结果称，京津冀 PM2.5 爆表主要缘于工业围城，产业结构一钢独大，一煤独大。

    更激烈的震荡发生在沪深股市。上半年是疯牛行情，跌跌撞撞，不时上演百股甚至千股涨停的奇观。如此奇妙时刻，许多人没法安心工作，中青报的一项民调表明，70% 以上受访者进入股市，5 月 22 日，两市成交金额逼近 2 万亿元，刷新了全球股市单日成交金额的历史纪录。但这纯粹是过剩的流动性和膨胀的欲望吹起的泡沫，当年经济增速"破七"，达到 25 年来最低点，并不支持这轮疯牛行情。

    6 月 12 日，在沪指创下 5178.19 点的新高后，两市突然掉头向下，在恐慌中崩盘。此后随着逃亡与救市的较量，两市反复出现过山车般的巨幅震荡，年终以人均损失 25 万元收场。

    在楼市，2015 年则以大涨载入历史。百城价格指数显示，

2015年"以房价连续八个月上涨收官"。

超级震荡的背后是超级调整。在针对三期叠加的被动应对之外，一系列大刀阔斧的深层战略陆续推出：发起脱贫攻坚，动用更多人力财力在未来五年内让最后 7000 万贫困人口脱贫；深化国企改革，完善管理体制和所有制形式，提高生产效能和国库贡献率；开展供给侧结构性改革和互联网＋战略，加速产业升级换档。这都是深入核心的战略级大调整。

互联网经济在这一年发生了质变。这是一个合并大年，滴滴与快的，携程与去哪儿，58 同城与赶集网，美团与大众点评，先后宣布合并。打则惊天动地，合则笑泯恩仇，在主要的市场领域，中国的互联网产业大大浓缩了竞争的进程，快速形成了寡头垄断，昔日的屠龙少年自身长出了龙鳞。

大时代下，创新之海不可能停止沸腾。2015 年，新一代创业者集体登台，在一片红海中开出新的赛道。这得到政府更明确的支持。李克强总理在当年的政府工作报告里提出，中小微企业大有可为，要扶上马，送一程。话音刚落，一季度新登记注册企业数即增长 38.4%，"大众创业，万众创新"走出一波遍及全社会的热浪。

这一年，中国崛起多了一个标志性事件：11 月 30 日，国际货币基金组织执董会决定将人民币纳入 SDR 货币篮子，这是国际地位的一个坚实台阶。2015 年，中国外交活动频繁，习近平主席访美访英访俄访非，参加 APEC、G20、红场庆典，积极释放和平发展善意。这一年我们举行了抗战胜利 70 周年大阅兵，在同一日又宣布裁军 30 万。但西方世界的恐惧没有因此削减，美舰闯进我南沙群岛 12 海里范围内，TPP 十二国宣布达成贸易协定，对中国的围堵进一步收紧。

10 月底，中共召开十八届五中全会，围绕全面建成小康社会布局"十三五"规划。除了调整生育政策、全面放开"二孩"，会议传出了更重要信息，就是提出"创新、协调、绿色、开放、共享"新发展理念。无疑，这正是剧烈震荡所要寻找的突破方向。

2015 年 1 月 6 日晚，一位市民独自来到上海外滩陈毅广场前悼念。郑萍萍 / 摄

上海外滩：新年与生命的倒计时

中国最繁华都市以一种意想不到的方式迎来了 2015 年新年：潮水般的民众聚在黄浦江畔的上海外滩为新年倒计时，在新年还有大约 25 分钟就要到来的时候，死神首先来到这里，制造了一起严重的踩踏事件。

根据上海市政府 1 月 1 日陆续通报的消息，发生在外滩陈毅广场的踩踏事件造成了至少 36 名遇难者和为数更多的伤者。

2014 年最后一夜，这个城市有灯光秀、音乐会、酒吧派对、寺院撞钟，还有散布在各处规模不等的"倒计时"活动。

这一次，新年的倒计时与生命的倒计时同步进行。

2014 年 12 月 31 日白天，上海市政府在官方网站的"便民提示"栏目，发出了一则"当日提醒"：今年外滩地区不举行大规模迎新年倒计时活动。

外滩历来是此类庆典的中心。从外滩能够看到地标性的东方明珠电视塔。

在建的沪上第一高楼上海中心也已彩排过亮灯仪式，从彩排可以看出，最盛大的时刻，它将会变成一棵"632 米高的圣诞树"。

此前一天，上海市政府新闻办公室就在微博上发布了一些跨年活动预告，提醒人们"何必宅在家做安静美男子、美女子"？一个在两天内反复被推广的活动是"5D 灯光秀"。它位于外滩的起点、黄浦江与苏州河交汇处的外滩源文化广场。

灯光秀是在外滩举办了 4 年的跨年"传统节目"，往年造成了巨大交通负荷，这次改在大约距陈毅广场 500 米外的外滩源举行，规模缩至 2000 多人，并且凭票入场。上海市政府新闻办表示："5 年来，上海新年倒计时活动已经成为展示上海国际大都市形象的重要品牌，成为一年一度市民游客期待的年末盛事。"

为了满足"跨年"出行需求，上海地铁 1 号线、2 号线在末班车后延长运营 80 分钟，一直开到 2015 年 1 月 1 日凌晨。

上海申通地铁集团的流量显示，截至 2014 年 12 月 31 日 22 时 40 分，全路网客流超过 1003 万人次，是年度第 7 次刷新纪录。

这天，上海地铁全网创下 1028.6 万人次的历史新高。14 条线路中有 12 条创下单线客流新高。

上海海事大学大二学生张仁杰和两个朋友一起，就在这人山人海中来到外滩。她 19 时到达时，马路还是通的，外滩的观景台很挤，但人仍可以在上面行走。到了 23 时，整个外滩变得特别拥挤。

她也不明白这一天为什么会有那么多人在外滩上。她周围的很多人都在议论，以为外滩会有灯光秀。她和朋友查询得知，灯光秀移到了外滩源。她们步行不到十分钟到了外滩源，又发现要凭票入场。

23 时左右，对外滩感到失望的张仁杰和朋友决定去对岸的浦东看夜景。去外滩的人太多了，而她是逆流而行。警察让这种人靠在马路旁边的墙边行走，她感到自己像是被"赶"到了地铁站。地铁站更是拥挤，她看到几个外国人出站时直接伸腿跨出了检票口。

就在她离开外滩半个小时之后，23 时 32 分，上海市公安局微博发布了两张显示外滩人潮"壮观"的图片，表示"外滩已近饱和"，"秩序还算有序"。

23 时 30 分，一位名叫"Direction一"的网友发图说，"外滩都踩踏事件了，太恐怖"。但 61 分钟后，上海市公安局针对这位网友表态：从市公安局指挥中心看到，外滩有游客摔倒，执勤民警立即赶到围成环岛，引导客流绕行。

官方事后通报，真正的事故发生在 23 时 35 分许。根据人们的回忆，踩踏发生在陈毅广场通往外滩观景平台的楼梯处，人流有上有下，一些人摔倒造成了混乱。事故原因众说纷纭。

23 时 35 分左右，19 岁的上海大学二年级学生姚岳龙正好走到楼梯口，他和同学的目的地是登上观景平台。观景平台是一个高出地面三四米的长廊，1500 米长、30 米宽，从这里可以眺望黄浦江。

姚岳龙本来没打算到外滩，有同学提议"出去跨年"。他们以为外滩跟往年一样会办灯光秀，而且觉得外滩跨年"有意义"。

走到距离楼梯口还有二三十米的时候，姚岳龙就听到楼梯上声音嘈杂，有人在大声说着什么。离楼梯口十多米处，他就无法再往前走了。与他反方向的人群中有人说"前面出事了"，上面也有人在喊"往后退吧"，先是零星的喊声，后来声音越喊越急，越来越整齐。

一份现场视频显示，在此起彼伏的尖叫声中，几个在楼梯上的年轻人做着手势，齐喊"往后退，往后退"，一度盖住了尖叫。

姚岳龙说，大家根本不知道前面发生了什么，以为是上面的人想下来才对下面喊话，因此没当回事，没怎么动，甚至还想往前凑。从他的位置，只能看到那条往上的斜坡"全都是人头"。

过了一段时间——据他估计是一二十分钟，陆续有人被抬下来，因为楼梯太挤，有人从楼梯的侧面往下"递"人。这时离得最近的人们意识到出事了，慢慢散开，让出十多平方米相对松散的范围。被抬下来的人就被放在那个范围。姚岳龙听到有人焦急地询问谁会急救。有人帮忙在为伤者做人工呼吸。他还看到，几个大学生模样的人着急抬人，还喊人一起帮忙。在警察和医生到场之前，这些人在试着自救。

一些伤者就躺在姚岳龙的面前。他看到，被抬下的伤者看起来都没有意识。其中一个男子，衣服被扯开了，胸腹位置能够看到红色的印子。

当时环境太吵，姚岳龙没有听到求救声，只听到有人哭喊。他听出有几个人在喊同一个名字，应该是在寻找共同的亲友。外滩上的不少人回忆，在人海中，即使距离很近也很容易被冲散。

这一切，距离此处约有四五十米、站在外滩观景平台另一个楼梯上的吴俊锋浑然不知。他说，外滩上的声音很多，外圈的人的声音和里圈的声音混在一起，只要隔开五米、十米就听不到也看不到什么。

关于人群的密度，吴俊锋形容，等到他零时三十分离开现场时，即使大批人都已散去，他过马路时仍然被挤得整个人处于倾斜状态、双脚半离地。警察一再提醒人们"不要低头"以免发生意外。他身边的一个朋友着急如厕，被挤得抱怨连天。凌晨两三点，路上依然行人众多。

个体的力量在死神降临的十几分钟里显得格外卑微。一位在场的年轻人对中国青年报记者说，他想要打个电话，却连掏出手机这个简单动作都没有办法实现。

不断有人带着后怕，回忆起当时目睹身边人晕倒或突然消失的体验。年轻的插画师肖吉说，他看着一个个人在眼前晕倒，被"吓住了"，"别找我采访，把这种事情一遍遍回忆、一遍遍重放是很糟糕的"。

事发时，肖吉在陈毅广场通往观景平台的台阶上。36个生命就断送在那上行和下行人流没有分隔的17级台阶上。台阶构成的是缓坡，迄今没有人能说清当时究竟是因为某一个人的不慎踩空，还是人流中的某个恶作剧引发了多米诺骨牌效应——那是密集人群组成的炸药桶，只需一个很小的火星就足以引燃，即使近在咫尺的当事人也不明所以。

肖吉断言其中有人祸因素。他说，一开始还没事，但上面有几个看客在"推波助澜"，他们自恃位置较好，对下面喊："你们快点挤，我们这里视野可好了！"他对这些看客持有深切的痛恨。

处于楼梯边缘的肖吉往上走的时候与死神擦肩而过。上面的人群突然就倒了下来，他因处于边缘，躲过了人群的下压。据他回忆，在那一瞬间，人群被压得一动不动，一片哭喊声，他"愣了好久"，开始帮助解救那些被压者。

在场的另一名年轻男士陆震宇估计，混乱的状态持续了大约10分钟。他对中国青年报记者说，事发前他和朋友处在呼吸困难的台阶上，本来想到观景平台找个位置，但实在上不去，台阶处有人在喊"下去！下去"，他就随着人流被慢慢推下，但和朋友走散了。

1988年出生、任职于上海成浪网络技术有限公司的陆震宇说，当时没人起哄，确实是台阶太挤了。他身边一对夫妻带着一个6岁孩子——他之所以知道孩子的年龄，是因为夫妻俩拼命在喊："不要推了，这边还有一个6岁的孩子！"

人群倒下时，陆震宇被挤得身体倾斜，卡在半空，双脚离地，身下还压着别人，上面有人向他压过来。他腰部以下完全不能活动，疼得直冒冷汗，只能尽量让上半身暴露在空气中，以保证呼吸的畅通。他身后不知是谁，在挣扎中抓住救命稻草一样抓住了他的头发，而前面只露出半个脑袋的女孩绝望地拉着他说："救救我，我不行了"。与此同时，他身边有人完全没有了动静。求救声和打骂声不绝于耳，令人作呕的气味在空气中传递。他爱莫能助，"眼睁睁地看着旁边的人一个个倒了下去"。

他也逐渐呼吸不畅。他猜测，如果再多10分钟，自己也许就会支撑不住。幸亏，人们意识到了事件的严重，开始有人拿着喇叭，指挥人们后退。

距离台阶处10米左右、当时在陈毅广场上的上海大学学生姚岳龙也注意到，确实有位女士手持喇叭喊话，说有人受了伤，呼吁人们让路。他记得喊话者穿的并非制服。过了不久，一队警察到场，疏散人群，腾出了更多地方。

姚岳龙原本也在往楼梯方向走，他听到上面有人在喊"往后退"。事发不到 10 分钟，先是个别人带头，然后是十几个年轻人带头喊起了有节奏的"往后退、往后退"。

齐声喊号的人位于陆震宇右方的栏杆附近，听到"往后退、往后退"，他感觉有救了。

在专业救援力量到来之前，就是这些普通人，鼓舞人们展开了自救。

上海市公安局黄浦分局指挥中心副指挥长蔡立新表示，当天 23 时 30 分，警方注意到陈毅广场出现人流异常情况，但已经无法迅速进入现场，最后采取强行切入的方式，用时比正常时间多了 5 至 8 分钟。

肖吉在最初的愣神之后，曾试着往外拉人，因为拥挤，只拉出两个就拉不动了。他只能握着两个人的手，"给他们鼓励"。人一个个在他眼前晕倒。

他感觉是"大概过了 15 分钟"，后面的人开始能动了。他再次帮着往外拉人，被拉出的人下面还是人，晕厥、窒息、脸色已经发青的人。他大概数了数，有五六个人一动不动，可能是"彻底死了"。在哭喊声中，有人在帮伤者做人工呼吸。

而双脚终于重获自由的陆震宇，立即把前面求助的女孩拉了出来，转身又去找自己的朋友。他看到有 20 多人叠在一起躺着。他和几个陌生人一起，把那些奄奄一息或是无法呼吸的人拖出来，旁边一直有各种拨打"110"或"120"的通话声。他也注意到，旁边有人在拿着手机拍照。他表示，不明白这些人"抱着一种怎样的心态"。

他观察到，躺在地上的那些人，有人被踩得面目全非，脸上全是口子，所幸呼吸尚存。有的在抽搐，嘴边带着白沫或是血迹，有人整张脸是紫色而肿胀的。但很多人与他一样不懂急救，不敢采取任何措施，"干看着"。

根据他的记忆，等到他们把死伤者全部搬到台阶上的空地，差不多是在 23 时 50 分左右。几个大学生模样的人在抬伤者，还招呼人一起帮忙。台阶下的人群艰难地让出了一个相对松散的范围，伤者暂时停放在那里。

台阶上下都陷入了相似的慌乱：咆哮着询问谁懂急救的声音，迫切地为伤者做人工呼吸的动作，对恋人的呼喊，还有对朋友的喊话。

在外滩上这个很小的点位发生悲剧的时候，对于置身其中的人来说，最为讽刺的是，当他们面对生离死别，就在不远的地方，大批根本意识不到事件严重性的人，开始跟着东方明珠电视塔或"上海中心"的倒计时开始了迎接地球又一轮自转的倒计时。

姚岳龙被突如其来的声音吸引，掉过头，看到华丽的上海中心顶部外墙上显示了倒计时，人们在自发跟着读出"五——四——三——二……"

当时正在观景平台上、距离出事的楼梯口只有三四米的上海大学三年级学生张运伟，则看到了东方明珠塔的 120 秒倒计时灯光。特别是在最后十秒，他听到人们的声音加大了。

姚岳龙在这一刻感到了巨大反差导致的悲伤——一边是迎接新年的欢呼，一边是送走生命的哭喊。他对中国青年报记者说，大家倒数的时候，自己突然想起，再往外那么一点点，四周的大部分人还都不知道这里发生的事情。"他们的倒数声音很大，冲击的感觉特别强，很难过，有点想哭的感觉。"

后来一个被不约而同用来形容此情此景的词语是"一步之遥"：生和死只差一步，欢乐与哀痛只差一步。肖吉说，这是自己头一次离死这么近，又这么渴望生。事发 40 多分钟后，他在微信里对朋友讲述这"最悲凉"的跨年经历，最后写了一句："呵呵，新年快乐。"

外滩的这个夜晚原本应是美好的，虽然没有人们期待的灯光秀。天空中飘着一些承载美好愿望的孔明灯。姚岳龙看到，其中一盏差点就落到了观景台。但在那万众欢腾的时刻，他面前满目狼藉。

他在 20 多分钟后离开，在马路上听到了救护车的声音。他走了一个多小时后，仍能听到救护车的鸣笛。他当时没有想到，会有那么多人死去。

张运伟也没有想到。他和朋友在观景台上逗留了一个半小时后，23 时 30 分左右，来到了出事的楼梯口附近，打算跨年倒计时完就从这里下去。

他在凌晨零点二十分感到了后怕。当时他已从别的出口绕到了陈毅广场旁边的马路上，一些伤者已经被转移到马路上。伤者先是被转移到马路上，再从这里运往医院。

张运伟看到地上躺着几个人，面色发青，有人在给他们做心肺复苏，有警察对伤者喊"不要睡、坚持住"。大队到场的警察在这里围起人墙。

吴俊锋距离人墙只有几米。站在楼梯的台阶上，他能清晰听到警哨的急促声，也能看到，有的伤者被搀扶着上了救护车，也有人不断被抬过来，满脸是血。直到零时三十分，警察的人墙内仍然躺了好几个人。

救护车则开得飞快，以至于他和朋友祈祷它们不要撞到行人。他们隔着窗户看到，医生在飞驰的救护车里给伤员做心脏起搏。

据很多人向记者回忆，由于马路拥堵，救护车在零点过后终于呼啸着到来，警车、公交车都曾用于运送伤员。

受了一点皮外伤、但自认为拥有"特种部队"体格的陆震宇，与两个朋友一起参与了对伤员从台阶到地面到马路再到救护车的转移。最后，他体力不支，左腿抽筋，"搬的时候跪倒在地"，被朋友带离现场。

陆震宇说，他无法判断当时的施救者中是否有专业医护人员，能看出很多人在自发施救，"基本上能帮忙的都在帮忙，包括一些女孩子"。

参与救人者中，浙江省温州市儿童医院儿童感染科护士吴小小属于专业人员。她和3名大学同学约好坐着火车赶到上海外滩迎接新年，在零点前感到危险临近，尽量去人少的地方，却没能逃脱被冲散的命运。

吴小小告诉中国青年报记者，她和另一位做护士的同学潘盈盈在一起，恰好到了警察设立的临时隔离区附近。她听到警察扯着嗓子问"有人受伤了，有没有学医的"。她们俩往隔离区挤过去，边挤边喊"我是护士"，随后被警察放入。

当时，她们看到地上有十几个伤员，几位外国人在施救。一个外国志愿者

2015 年 1 月 6 日，遇难者家属。郑萍萍 / 摄

看上去已经给人做了很久的心肺复苏，可能需要替换。她上前想要接手，对方不清楚她的身份，摇头拒绝。她赶紧用英文说自己是一名护士。这位外国人示意她帮患者做人工呼吸。他按压 30 次，吴小小就给伤者做两次人工呼吸。严格按照急救要求，在没有防护措施的情况下不能实施口对口人工呼吸。但她已经顾不上了。

吴小小凭经验判断，施救者中只有有限几人懂得急救。她和潘盈盈因实施心肺复苏手臂无比酸胀。她们还要去查看其他伤者，有人身上都是血迹，有人口里往外流血，看起来是内出血症状。也有一部分人瞳孔放大，失去了生命体征。

"我不记得到底查看了多少伤者。只能尽力去做，告诉轻伤患者怎么自己处置。"吴小小说。

她们最后与那几位外国人分别离开了现场，没有留下联系方式。

生命的接力棒交到了 4 家医院。上海长征医院影像科医生施晓雷下班后和同事去外滩参加跨年活动。他们参与倒计时，但并不知踩踏事件的存在，直到发现正为一名伤者做胸外按压的警察。

跟吴小小护士一样，施晓雷医生向警察表明身份后进入了隔离区。他们把一名重伤的女士抱上一辆"可能是临时征用的面包车"，在两名警察的陪同下回到了长征医院。那是长征医院收到的第一个此次踩踏事件伤员，最后不治身亡。1991年出生的施晓雷和同事疲惫而失落，但他预料不到事态的进展——对他、对上海的很多医护人员来说，这将是一个不眠之夜。

他一度回到办公室里准备入睡，但因故回到一楼，电梯门打开时他惊呆了：大厅里全是人，家属、警察、领导、保安，清创室里横七竖八躺着死者，急诊科"忙翻了天"。2015年的曙光还没到来，他已加入了一场与死神的赛跑。"因为我是医生"，他在这一天的日志里说。

在接收伤员最多的长征医院，一位伤者原本是陪别人就诊，回家却发现自己胸部不适，后被诊断为胸部轻微挫伤。不过，在面目全非、脸色铁青的死者面前，骨折、软组织挫伤甚至是急性肾损伤简直都算得上是死里逃生的运气了。

被紧急抽调到救治专家组的复旦大学附属中山医院胸外科医生范虹说，他接触的伤者主要是创伤性窒息。他们受伤时因被压"濒死感强烈"，再加上目睹亲友在身边故去，获救后延续了无助和忧郁的情绪。

因此，在几家医院的监护室里，范虹看到一些伤者出于焦虑坚持要站起来，另一些人则躺在病床上，默默流泪。

瑞金医院副院长陈尔真介绍，该院收治的一名女孩伤势不重，但一直"打哆嗦"，拒绝说话，存在反应性的精神障碍，经过一番心理疏导才肯开口。

不过，悲剧发生的夜晚，在外滩，在整个上海，多数人对此并不知情。当晚23时53分，上海市政府新闻办还发了一组预告已久的5D灯光秀的图片，"一起迎接跨年的激动一刻吧"！

2015年1月1日凌晨3时47分，一个名叫王宁的上海年轻人在社交网站上发了包括自拍照在内的7张照片。他说："第一次现场看灯光秀实在是赞爆了！"

那的确是一场如梦如幻夺目的秀。在教堂外墙上，表演者用灯光展示了本土的兵马俑、青铜器、青花瓷、活字印刷术和舶来的 F1 赛车、马术等。而在教堂前的升降舞台上，年轻人载歌载舞。灯光打出"新年快乐"四个大字时，很多人举起手机拍照。

王宁描述自己当时看上海的感觉，是当地作家郭敬明作品《小时代》里流露的"那种纸醉金迷的感觉"！他感慨："2015！大家一起好好过！"

就在这个年轻人抒怀的十几分钟之后，凌晨 4 时 1 分，官方通报了外滩陈毅广场上的踩踏悲剧。死者中年龄最小的 16 岁，最大的也只有 36 岁。

死神已经走远，带走了 36 个年轻的生命，在肇事区留了一地令人哀伤的手套、围巾、眼镜还有鞋子——这些鞋子为了跨年出现在这里，最终没有跨过新年。

一位参与伤员救治的长征医院护士称，不到凌晨一点，自己从外滩"跨完年"回家，正准备睡上一觉迎接美好的新年，还没来得及换上拖鞋，就接到通知去了医院。清创室里躺着一具具年轻的尸体，那是 10 条年轻的生命，他们身上的手机还在响个不停，"估计是来自家人的新年问候"。

张国　周凯　王烨捷　蒋雨彤
2015 年 1 月 2 日、3 日

"东方之星"的最后时刻

住在 6 人一间的"东方之星"客轮三等舱里，55 岁的上海人胡坚跃感觉船舱里实在热得不行。他独自外出，准备上四楼观景平台吹吹风。

那是在 6 月 1 日晚上 8 点左右，载着 456 人的"东方之星"号客轮在长江上航行。

此时，外面下着小雨，还算风平浪静，很多乘客已上床休息。乘客大部分来自上海协和旅行社组织的"夕阳红"老年团，年纪多在 50 岁到 80 岁之间。

胡坚跃走到二楼小卖部时，雨开始大了起来。一间专供乘客打麻将的活动室是通往四楼观景平台的必经之路，有人正在这里打麻将。他打算在这儿歇歇脚，等雨小一点儿了再上四楼。

雨越来越大了，活动室里紧闭着的窗户渗进水来。又过了一会儿，胡坚跃看到，几个船员开始把棉被和床单等堵在活动室门口吸水。

这时，几个人麻将打得正欢，无暇他顾。胡坚跃和几个看牌的人，注意到了渗水的细节，但谁也没吱声，"这种老船，漏点水不是很正常嘛"。

大雨打进了客舱房间，有人忙着把打湿的被子和电视机搬到大厅。住在一等舱的 58 岁天津乘客吴建强和妻子李秀珍看了当天的新闻和天气预报，预报说当地将有大雨。他们听到外面开始刮风，雨点猛烈地打在窗户上，吴建强担心玻璃会被打碎。

另一位陪老伴来这趟"夕阳行"的镇江游客谢海龙，在船头抽了支烟。他觉得有点冷，就往房间走。这时，房间服务员过来提醒乘客关好窗户。

"今晚也是够折腾的。"谢海龙对老伴说。同屋的无锡老太太和她中年的儿子也在抱怨大半夜折腾人。

"折腾"到 9 点半左右，老伴已经睡下了。谢海龙倒了杯热水，准备喝完

6月7日，湖北省监利县，被起吊后的"东方之星"号上，身着防护服的战士正在清理杂物。
陈剑／摄

睡觉。

这天是"夕阳红"老年团行程的第5天。乘客们上岸游览了湖北赤壁，他们看了赤壁摩崖石刻、周瑜雕塑，参观了拜风台、凤雏庵和翼江亭。认真的老人，会拿着一个小本子记录下游览过的每一处景点、长江上的每一座大桥。按照计划，这趟始发南京的行程接下来要穿过三峡，前往重庆。

谢海龙刚把杯子放在储物柜上，就感觉杯子在倾斜。他下意识地去扶杯子，却发觉已经抓不住，床板开始倾斜，写字台也倒了。

在二楼活动室的老胡眼前的麻将桌也开始晃动了起来，船开始不停地左右摇摆。还没等牌友们细想，整个船就突然向一个方向冲了过去，麻将桌"呼"地一下滑走了，好几个老人跟着麻将桌向同一个方向滑走，还有人摔了跤。

旅行社导游张辉从位于二楼右侧的办公室走回左侧的卧室，发现船倾斜到

45 度，一些小瓶子开始滚落，他捡起来，瓶子又滚落了。

"好像碰上大麻烦了……"张辉跟同事说。

"船不会翻了吧？"还没等他回过神来细究这个问题，胡坚跃就被甩出了船舱，掉进水里。他本能地在水里扑腾了两下，最后发现，自己根本对抗不了湍急的水流。不太会游泳的他，"就像坐电梯一样，一会儿浮上来，一会儿沉下去"。

船真的翻了。来自船长张顺文的说法是，此刻风在 3 ~ 4 级左右，从南边往北边吹。他想走背风，往北偏行，想用速度抵住风，但风速剧增，船身失去了控制，左满舵也抵不住风。而轮机长杨忠权从甲板巡视回来就一两分钟，水就涌进了机舱，照明一下就没了，"这时感觉船已翻了"。

重庆籍船员程林从桅杆往下跳，他的脚踝不知被什么割伤，鲜血直流。

此时，吴建强被水流冲到靠近窗户的地方，而老伴被倒下的床铺砸到。谢海龙也被巨大的水流冲出船外。同样毫无防备还有 65 岁乘客朱红美，她站在床边正准备登上床铺，船就倾斜了。

出舱收衣服的小卖部老板余正玮，在突然感到船发生侧倾时，连忙抢了一件救生衣，落入江中漂浮起来。

不会游泳的张辉也抓着救生衣飘起来。跟他一起抓住救生衣的，还有一位旅行社工作人员江庚。

张辉觉得，船从倾斜到翻过去，只有"半分钟到一分钟的时间"。

脸被江水打得生疼、耳朵也进了水的胡坚跃，待到江面稍稍平静时，看到两只救生圈朝自己漂了过来。他拼命朝救生圈游去，死死抓住。"一只套头上，一只套脚上，不嫌多！"

这时，他看到边上游过来一个人，这个人正是谢海龙。后来，谢海龙搭着胡坚跃的救生圈，用脚划水。

谢海龙担心自己水性不好，始终面部朝上，呼吸着空气，尽管也喝了不少水，"哪怕是中途停下来"。江水很冷，雨水打得他看不清楚方向，像是拳头一样噼里啪啦迎过来。

谢海龙记得，那时应该是深夜12时，他们忽然看到一艘小船。他和胡不断向前游着，呼喊救命。担心体力不支，两人轮流喊着，但没人应答。

他们试图靠近缆绳，拼尽全身力气抱住它，绳子一动不动，晃都不晃。谢海龙又抓了一把，还是不动。那一刻，他感觉，"我有救了"。他和胡拿了一个小棍子敲打船，但还是没有反应。

他们爬了几次船，但发现上不去，"角度太陡了"。

两人干脆抱着缆绳。大概10分钟后，手电的光束朝他们打过来，他们轮流喊着救命。海警对他们说，不要紧不要紧，我们来了。

在江上漂了4个多小时后，胡坚跃和谢海龙得救了。

游上岸的吴建强回头看见船已经完全倾覆。在岸边走了半小时，他看到人影和船，立即吼叫着："先不管我，赶紧报警，前面有船翻了。"

6月2日凌晨4时，在距事发水域15公里外的湖北监利县复兴村江边，习惯早起的老渔民王盛才听见微弱的"救命"声时，发现了已经冻得发抖的余正玮。

在江上漂流的张辉，没有被在黑暗中驶过的船只发现。他告诉自己"再坚持一下就好了"，终于爬上了岸。后来他发现自己竟然从湖北监利漂流到了湖南岳阳。

另一位旅行社工作人员江庚也上了岸。后来湖南医疗救援队把关于张辉的报道拿给病床上的江庚看，他得知张辉已经脱险后情绪激动，不断念着"他还活着！"他还告诉医生，"如果再见到张辉请转告他，我也活着。"

活下来的人很少。6月2日上午，救援人员在沉船敲击，确定船中和船尾还有3名生还者。潜水员官东在船舱气垫层中发现了亮着手电的朱红美。看到有人来了，这个65岁的老人瞬间哭了起来。

"喝两口水，就伸出头找空间，然后吸几口气，接着又喝两口水。"朱红美这样坚持着等来救援。

几番周折后，官东终于在船舱底部找到了坐在水管上的陈书涵，发觉他神情黯然，"没有了逃生欲望"。这个 21 岁的加油工在黑暗中被困了近 20 个小时，他的脸上满是油污，呼吸困难。船翻时，他正在船舱的最底部给船用柴油机灌柴油。官东把自己的呼吸器戴在陈书涵头上，和另外一名潜水员一起将他带了出去。

除了朱红美和陈书涵，再也没有人从船舱里被救出来。截至 6 月 8 日 11 时，搜救人员从"东方之星"船舱及周围找到了 434 具遇难者遗体，其中还有一个年仅 3 岁的女童。

6 月 6 日，有记者进入打捞扶正后的"东方之星"船舱。这名记者这样描述，"船舱过道里到处散落着浸湿的床单棉被，屋顶的天花板完全破损。客舱内的木制高低床架东倒西歪。残存的积水沿着缝隙不断滴落，地上随处可见拖鞋、水壶等杂物，不少房间的柜子里还整齐摆放着来不及穿上的救生衣"。

"东方之星"驾驶舱内，人们看到墙壁上的时钟定格在 9 时 33 分 10 秒。

8 日早上，一位军官在船舱清理遗物时发现了一张返程火车票，上面写着 6 月 8 日的 K73，从重庆北到上海南，开车时间是早上 8 点 04 分。找到车票的那一刻，原本是车票主人王万平回家的时刻。

但他错过了这趟火车。这位 63 岁的上海人不在 14 位幸存者的名单里。

8 日 14 时许，"东方之星"被贴上了封条。

（部分内容综合新华社、新华日报、北京青年报报道）

陈璇　王烨捷
2015 年 6 月 9 日

路的重量

据说这是世界上最难走的一条路。

地图上，它在云南、西藏与缅甸交界的那个弯弯的小角上。把鼠标拖住，放大，再放大，才能看到短短的一条弧线。

可只有坐在每一个螺丝都拧紧的越野车上，才能发现那 96 公里路不是弧线，而更像一圈一圈的螺丝钉。有人统计，其中有一段 23 公里路，足有 400 个转弯。

没有公路前，这条路人背马驮要走 3 天。有了公路，还有半年时间大雪封山。

它是唯一的路。

从土路到公路，它等了 50 年。从公路到开通隧道，结束半年封山，又等了 15 年。

这条紧紧贴在悬崖边上，最窄处仅两米多的公路，大胃口地"吞"掉近 10 亿元人民币。

这一切是因为，路的尽头住着 4000 多口人。那里是中国人口最少的少数民族之一独龙族唯一聚集的地方。

从独龙江到北京，走了 16 天

在昆明繁华的市中心，独龙族人、云南社科院民族研究所副所长李金明清楚地记得，他第一次从独龙江到北京，走了 16 天。

那是 1982 年 7 月，他参加中考后在家等录取通知书，但过了两个多月也不见消息，直到 10 月底才传来口信说："考上了，叫快去上学。"

他沿独龙江边步行三天，再爬山四天，翻越海拔 5000 多米的高黎贡山来到贡山县城才知道，自己被中央民族学院附中录取了。

从贡山县城坐两天的汽车到怒江州府，从州府坐四天的汽车到昆明，再坐三天三夜的火车才到北京。他到达学校时，同学们已经上了两个月的课了。那张录取通知书在年底大雪封山之前才到独龙江。半年后，大雪融化了，路通了，家人把它转寄到北京，第二年 9 月他才收到那张迟到的录取通知书。

4 年里，他没有回过家，也仅收到过两次家里寄来的钱，一次 60 元，一次 80 元。

再回到家时，全村人都围着他，"坐火车什么感受？真的可以不背吃的就上路？"尽管他坐了好几天硬座，晕车很难受，可还是像"酋长"一样权威发布："飞一样出去，睡一夜就到了。"

当很多独龙族青年都希望像李金明一样，揪着马尾巴往外走时，中科院昆明植物研究所研究员李恒却足足做了两年准备，租了两个省 3 个县的 64 匹马，找当时的省委书记从"烟草大王"褚时健那里批条子，备下 200 多条烟，上路了。

独龙江乡是东亚物种多样化的"中心舞台"。按独龙族人的说法，手抓一把起来，就有 20 多种植物。因为半年封山，国家对独龙江冬季植物物种研究"一片空白"。

从县城，马队走了 3 天才到达独龙江乡。这个当时 61 岁、见多识广的科学家还是被眼前的"原始社会"惊呆了。

村民不洗脸、不洗澡，使用独龙语，他们相信万物有灵，崇拜自然物，相信有鬼。一条七彩独龙毯，白天当衣服，晚上当被子，偏远的村子甚至不知货币为何物，只有物物交换。

对植物学家来说，一生能发现一个新种，就不虚此生了。李恒在她 1344 页的《高黎贡山植物》中，宣告了这里特有种植物 88 种 201 属。

出山后，她呼吁：修条公路吧。

我们不是乞丐，不是来讨钱的，我们是来看亲戚的

多年来，死在这条路上的，不光是累死的几百头骡马，还有李金明的两个哥哥。当过巫师、很有文化的二哥在修村口的路时掉下悬崖，死了。他的三哥，当马帮跑运输，死在路上。

解放以来，政府直接间接用在独龙族村民身上的经费，每人每年平均在25万元，但独龙江依然是中国最贫穷的地方。

只有修路！

可为什么修路，独龙江才4000多人，搬出来不就完了嘛。这成了几十年的老话题。

独龙江乡老乡长、贡山县老县长高德荣曾与专家辩了10年。他斥这种观点是"屁话"：一个祖祖辈辈的民族聚集地，岂能随便舍弃。

一名地方官员说，若不是独龙族人的世代固守，脚下这1994平方公里的莽莽森林，97.3公里的边境线，也许早就成了无人之地、无主之地。一旦4000多人迁出，需要派驻多少边防力量啊。

现在的独龙江乡，即使最深处，有房屋的地方，屋顶上就插有红色的国旗，在边境地区，这等同于主权的宣示。尽管很多不识汉字、不会写"主权"二字的独龙族人，可能从未意识到他们与国土这个宏大概念的具体关联。

1993年3月，国家终于决定要修从贡山县城到独龙江乡的乡级公路了。

可路怎样修，光勘测单位都换了好几家，崇山峻岭，每勘测1公里，工作人员要走20公里。施工条件艰苦，施工队换了一茬又一茬，工程修修停停。

6年后，投入一亿多元的96公里独龙江公路终于修通。结束了最后一个民族不通公路的历史。可这条路，差不多用了每公里一个生命的代价。独龙族人为修路，也有9个人葬身在路上。

通车那天，绝大多数独龙族人第一次见到了汽车，有老人摸着车灯，说眼睛

深达数米的积雪被铲土机推出一条路　刘强/摄

又大又亮，还有人把酒浇在汽车头上，割下青草献在车顶上，敬奉这条"神龙"。

通车 10 年的运输量，比过去 60 年人背马驮运输的总量还大，但山体滑坡、岩石风化频发，公路常常被阻断。这条路通了 14 年也修了 14 年，而且半年封山的历史仍然没有改变。

因为半年封山，贡山县的两会，只能放在夏天开，被笑称是"全国最热的地方两会"。

曾到北京数日蹲守财政部找钱修路的独龙族人"老县长"高德荣，当选全国人大代表后，每次上北京都随身携带一张布质独龙江乡地图，见到人就掏出来抖开，讲个不停。

他说，"中国那么大，独龙江那么小，上面很难了解我们的情况"，"独龙江大雪封山，但观念不能封"。

2003 年两会上，不足 1 米 6、瘦小的高德荣对温家宝说："总理，请给我们修路，请来独龙寨做客。"这个抢着发言的男人让许多人印象深刻。当他隔年再次赴京参会时，不少人问他："你们独龙江的路修得怎么样了？"

2007年11月，云南省委副书记李纪恒第一次进独龙乡就半途而废了，当晚大雪封山，车队陷在山顶的雪暴之中，只能退回，山路磨坏了8个轮胎。

当时的独龙江乡年人均收入不足1000元，7成村民还没用上电，处于整乡整族深度贫困状态。后面的8年里，李纪恒5次进独龙乡。

终于又要修路、修隧道了。2010年开始，云南对独龙江乡实施"整乡推进、整村帮扶"，总投入10多亿元。

干了10多年扶贫工作的云南省扶贫办沪滇合作处处长牛涛，都记不清出入多少次独龙乡了。他说，光帮扶的材料就42公斤。

为了找上海要资金、要技术，他一年出差上海17趟、常常就在机场过夜。可见了西装革履的上海人，这个藏族汉子大声说："我们不是乞丐，不是来讨钱的，我们是来看亲戚的，独龙族不是你们同胞吗？"

刚刚贯通的隧道成了孩子的生命线

当24岁的武警新兵刘强听说要去独龙乡修隧道时，他还是第一次听说"独龙族"三个字。他百度了一下。

可现实远比百度出来的复杂。他一待就是4年，感觉在独龙江就像穿越了时光隧道，回到了几十年前。

现实的隧道24小时在作业，不停地冒出问题。第一个"拦路虎"就是隧道"开口"，83米厚冰碛堆积体沙层，涌水便成流沙，一挖掘就会瞬间坍塌。光"开口"，就开了半年。

施工中，常有一两吨的大石头落下，瞬间把机器压成"变形金刚"。一次山体突发大破裂，100多万方的塌方瞬间倾泻而下，厚达4.5米。

隧道内涌水量大，"最大时相当于10个标准游泳池，工人们都要穿雨衣作业"。

建设中的独龙江隧道　刘强/摄

冬天，混凝土只有在5摄氏度以上才能凝固，冷得发抖的工人不得不烧锅炉给混凝土循环加热。

还有一次大雪崩，吞没了整个厨房，差五六米就要掩埋整个营地。

在这个东北小伙眼里，这里比老家还冷，晚上要盖两床被子，还得蒙着头，不然就变成"圣诞老人"。

这支部队数年前也修建过西藏的墨脱公路，摘帽中国最后一个不通公路县的历史。可比较下来，因为交通不便和半年的大雪封山，大家一致认为，独龙江公路的修建比墨脱更苦、更难。

3年没回过家的刘强，第四年春节回老家了。一直以为他在"四季如春的七彩云南过得很好"的父母，偶然打开了他的电脑，看到图片里比4层楼还高的雪崩，快掩埋了电线杆的大雪，跟卡车差不多大的滚石，挂着冰碴的棉被，两个老人眼泪直往下滚。

2014 年 4 月 10 日，央视直播这条全长 6.68 公里的隧道贯通，刘强的父母眼睛都不敢眨，盯着电视，找儿子的身影。可惜，镜头里没有。

几架摄像机对着两边的隧道，还剩最后 5 米贯通时，官兵们紧张极了，生怕在全国人民面前，炸开后发现两边偏差好几米。

200 公斤的火药安设在高黎贡山山体内。13 时 28 分，最后一炮轰出 1300 吨石土，两边仅错开 3 厘米。大家长出一口气。

隧道刚刚贯通，鞭炮、火药的味道还没散去，当天下午独龙乡一个烤火不小心睡着的女孩大面积烧伤，刚刚贯通的隧道成了孩子的生命线。"再晚 12 个小时，就活不了"的孩子在北京得到了救治。如今，她在家又看上了最喜欢的《熊出没》。

这条年轻的隧道、公路，很快就承载了超过以往 50 倍的运输量，源源不断的物资运往独龙江乡。这个千百年没有铁具的民族，迎来了成吨成吨的钢筋水泥。

路变化很快，可人变化很慢

1068 个黄白相间、屋檐弯弯、貌似木头实为水泥的新安居房建造了起来，独龙族人告别了茅草房。

独龙族人王世荣的家，用上了大理石的茶几，玫瑰花图案的沙发、窗帘。一个开小卖部的村民，家里还贴着林志玲的画。80 岁的老人学会了用上海人援助的电饭锅。每人每年分到 370 斤粮食。

这个援建方案，不知道改了多少稿。上海专家曾为独龙乡设计的房子有很好的厕所。可村民告诉他们：我们祖祖辈辈没用过厕所，不需要。最后，图纸改了，修成公厕。

云南扶贫办的牛涛说，扶贫工作做得越久，越发现尊重当地人的想法是重要的工作原则，无论他们的想法多么奇怪。

如今独龙江乡成了怒江州最富有的乡镇。别的乡镇都有些羡慕独龙族的"独"了。

可变得最慢的是人。以前独龙族人每天上午11点才吃早饭，现在，上午9点村里便会响起起床广播。5年来，云南抽调了118人次进驻独龙江乡帮扶，对村民们从怎样上厕所、怎样洗澡、怎样扫地、怎样种菜开始"培训"。

独龙族人也常三三两两聚在小卖部，晒着太阳，用独龙语规划未来"蓝图"，比如他们要禁止卖瓶装酒了，因为玻璃不能分解，"山神会不高兴的"。偶尔，他们也开玩笑，嘻嘻哈哈地憧憬着：以后人来多了，你当驾驶员、我捞鱼、他卖洋芋……

有些变化，独龙族人自己都不能察觉。据新华社报道，一位叫毕珍兰的妇女成为独龙族历史上第一个卖菜的人。山外来的帮扶干部在当地办起蔬菜大棚，菜种出来了却找不到人卖，因为独龙族没有经商的文化。后来，干部找到毕珍兰，让她去试一试。

"她背了一背篓菜到街上，菜不摆开，也不招呼人买，下午把一篓子菜又背回来了。"接受新华社记者采访时，帮扶干部李发朕生动地介绍了毕珍兰当时的生涩。

最近大家说得最多的是，几个独龙族人上电视了。有人笑，一个文面老人被安排去昆明见"习大大"，因为从没坐过汽车，一路晕车，不得不"很不争气"地中途到县城输液。

还有一个从没出过远门的文面女，在见"习大大"前，临时"培训"怎样上飞机、上厕所、坐电梯，怎样走地毯不摔跤。

见了习大大，没说一句话，也没得到一个镜头的乡长一直被人嘲笑，"太胆小、没见过世面"。

这个春节，也是独龙族历史上第一个没有大雪封山的春节。

95 岁的文面独龙族老人
李建泉 / 摄

独龙族人手捧全家福
李建泉 / 摄

在贡山县城读小学的王燕玲，第一次回独龙江乡过春节。往年，在县城读书的独龙族孩子，只能在暑假回家，在亲戚家、学校过寒假。

这个双子座、喜欢 TFBOYS 的女孩说，她还是更喜欢外面的世界。

在贡山工作的独龙族人李金荣，今年也是第一次回独龙江乡过年。他在"独龙老乡"微信圈里写道："我们回家了，老赛开勒罗尼穷能阿肋秀。"（独龙语：回家过年的感觉真好）

独龙江村子之间都通了水泥路，只有一条路没有水泥，路边的野花在怒放，手掌模样的藤蔓四处延展，它通往墓地——那里埋葬了 8 个战士，墓碑没什么样式，粗笨的椭圆形，它们距离国境 41 号界碑很近，8 个人中有的就是为修路死的，最小的仅 18 岁。

墓地是前几年修成的。一次，边防派出所的所长在回独龙江乡的客车上，遇到了隧道工程指挥部的一个处长，两个不相识的男人没说太多话，所长问处长要了 10 吨水泥。

几个月后，这 10 吨水泥全部变成了墓碑。这时，距离最早的一个修路的战士牺牲，已经几十年。

从玉华

2015 年 3 月 25 日

脚注：2015 年，党中央召开扶贫开发工作会议，提出实现脱贫攻坚目标的总体要求。2017 年，党的十九大把精准扶贫作为三大攻坚战之一进行全面部署。2018 年底，独龙族实现整族脱贫。2020 年，云南包括独龙族在内的 11 个直过民族和人口较少民族历史性告别绝对贫困，实现整族脱贫。

东北拉响人口警报

董程越来越觉得孤单，早晨一起锻炼的人越来越少。30多年前一起进厂的伙伴，现在大部分都离开了，有的几年前就到北京、天津、深圳重新找工作，还有很多人去"关内"给孩子带下一代。

"原来小区周围好多饭馆，干得好的，吃饭时都挤不进去，这两年人少了，饭馆关了不少。"董程是齐重数控（原齐齐哈尔市第一机床厂）的职工。该厂鼎盛时号称万人大厂，近些年经过系列调整现在只有1000多人。他所住的顺意小区，今年以来周围关掉的饭馆就有八九家。在房产交易网站上，这一带二手房平均价格也从去年的5500元降到今年的4800元左右。

"人少了。老人都各自想办法走了，年轻人来得也少了。"董程的同事有管厂里宿舍的，十多年前，大学毕业生分来的时候，五六百人把宿舍挤得住不下，现在少多了，只剩100多人。

位于黑、吉、内蒙古三省区交汇处的齐齐哈尔是我国重要的老工业基地，也是商品粮、畜牧业基地。包括第一机床厂、第二机床厂、一重、车辆厂等在内的"七大厂"造就这座老工业城市的辉煌，如今只有一重和车辆厂效益尚可。董程的工资也从2010年开始不断下降，现在拿到手的不到1000元。他的儿子大学毕业，到北京工作1年多，工资不高，租五环外的房子，非常辛苦，回到齐齐哈尔又找不到工作。董程不愿让孩子待在家里，不断劝他南下，去天津或者干脆去深圳找工作。

根据齐齐哈尔市统计局数据，按户籍人口统计，2014年齐齐哈尔市共迁入48075人，迁出85854人，净迁出37779人。对比2013年统计数据，齐齐哈尔市户籍人口净流出数量为25381人，流出速度呈加快趋势。

不仅是齐齐哈尔，整个东北地区都是大量人口流出。根据2010年全国第六

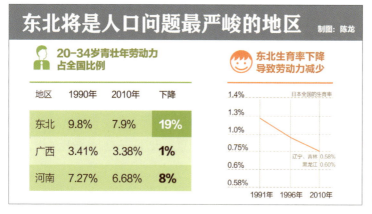

东北将是人口问题最严峻的地区   制图：陈龙

20-34岁青壮年劳动力占全国比例

地区	1990年	2010年	下降
东北	9.8%	7.9%	19%
广西	3.41%	3.38%	1%
河南	7.27%	6.68%	8%

东北生育率下降导致劳动力减少

1.4%	日本全国的生育率
1.3%	
1.0%	
0.75%	辽宁、吉林 0.58%
0.6%	黑龙江 0.60%
0.58%	

1991年 1996年 2010年

东北将是人口问题最严峻的地区。陈龙/制图

次人口普查数据，辽宁、吉林和黑龙江 3 省共流出人口 400 余万，减去流入的人口，东北地区人口净流出 180 万。2000 年全国第五次人口普查时，东北地区人口净流入 36 万。

越来越多的迹象表明，东北人口在加速减少，并已严重影响到其经济复苏，东北人口危机的警报已经拉响！

超超低生育率低于日本

赵艳华的工作越来越轻松，因为出生的孩子似乎越来越少。赵艳华是辽宁省鞍山市中心医院分娩室护士，从 1984 年开始，31 年里不知有多少个婴儿经她的手来到这个世界。

今年正月初七，中国青年报记者见到赵艳华。产科一层楼显得空空荡荡，走廊上只有护士站的几位护士，病床也空了一大半。当天上午只有一位产妇分娩。赵艳华翻着《分娩登记簿》："现在一个月只有五六十个婴儿出生，而在我刚参加工作的 1984 年，一个月出生的婴儿有两三百。"

"1984 年，分娩室一个班（早 8 时到晚 6 时）是 3 个护士，现在 1 名护士就足够了。"工作越来越清闲，绩效奖金受到了影响。赵艳华说，现在已经没奖金了。

第六次全国人口普查数据显示，黑龙江、吉林、辽宁的生育率分别为1.03、1.03和1.0，远低于全国水平的1.5，仅比北京、上海等极少的城市略高，甚至比日本和韩国都要低。按照国际标准，低于1.3%被称为"超超低出生率"。

新中国成立以来，我国生育政策经历了一个从鼓励生育、节制生育、限制生育、计划生育的过程。由于东三省是我国的老工业基地，城镇化水平较高，工矿大型企业多，计划生育执行较好。赵艳华的小孩已经长大，很喜欢孩子的她从来没想过生二胎："因为知道国家政策不允许。"

黑龙江省社科院的罗丹丹在《黑龙江省人口发展问题分析及对策》中，梳理了一系列数据："2000年以来黑龙江省人口出生率一直在1%以下，全民进入低生育水平阶段，2012年为0.73%，2013年为0.69%，2013年人口自然增长率为0.08%，与国内各省市自治区相比，长期以来，人口出生率和自然增长率仅高于吉林省和辽宁省。"

东北的少子化也在罗丹丹的研究范围之内："2012年黑龙江省0～14岁的少儿人口为452万人，与19年前的1993年相比减少了429.6万人，少儿人口占总人口的比例从24.2%下降到11.8%。少儿人口大幅减少降低了人口抚养比，少年儿童抚养比从1985年的48.5%下降到2013年的14.9%，但也带来了劳动年龄人口的不断减少，几年前黑龙江省就出现了民工荒和用工荒。"

东北未富已先老

与低出生率相伴随的，是老龄化程度加剧。2012年年末，黑龙江省60岁及以上老年人口为569.8万人，占总人口的14.8%；65岁及以上老年人口为340.9万人，占总人口的比例为8.8%。从1995年到2012年的17年间，黑龙江省60岁及以上和65岁及以上两个年龄段的老年人口比例均增长了两倍，60岁及以上人口比例从 1995 年的 7.4% 提高到 2012 年的 14.8%，而 65 岁及以上人口比例则从 4.4% 提高到 8.8%。

2013 年，黑龙江省 65 岁及以上老年人口达到 358.9 万人，占全省总人口的 9.4%。据预测，2020 年黑龙江省 60 岁及以上老年人口将达 765 万，老龄化水平将达 19%；2045 年黑龙江省老龄化水平将达 33% 以上。

东北财经大学经济与社会发展研究院助理研究员许宏伟认为："老龄化问题在东北地区比其他地区更甚。超低的出生率和年轻人越来越多地离去，使东北地区的人口结构出现了更严重的老龄化现象。截至 2013 年，辽宁老年人口已达到 789 万人，占辽宁总人口的 18.5%，而全国老年人口占比为 14.9%。"在接受中国青年报记者采访时，许宏伟博士提到，他曾做过人口年龄结构变化对教育的影响，按照现在在读的学生人数进行推算，现在的有些大学以后将面临招不到学生的情况。

罗丹丹认为，黑龙江省未富先老现象严重。2012 年黑龙江省城镇居民人均可支配收入为 17760 元，在全国 31 个省（区、市）中排名倒数第 3，仅高于青海和甘肃；2013 年黑龙江省 GDP 总量位居全国第 17 位，而 GDP 增速全国倒数第 3；2014 年一季度黑龙江省经济增速全国垫底。相比之下，广东等南方省份经济发展水平高，而其人口老龄化程度却远低于黑龙江省。2014 年，广东省 GDP 总量全国第一，但其 2012 年年末，65 岁及以上老年人口的比例仅为 7.06%，刚刚进入老龄社会，相当于黑龙江省 10 年前的水平。

年轻人生育欲望低

2014 年 4 月 22 日在全国绝大多数省份均已经出台"单独两孩"生育政策后，黑龙江省开始正式实施。截至目前，已有 6484 对"单独夫妻"拿到了"二孩证"，但仅占符合政策夫妻数量的 1.6%，低于全国 8.3% 的整体水平。媒体报道显示，齐齐哈尔、牡丹江等城市的二孩申请也均低于预期。

黑龙江省计生部门几年前曾对 80 后是否会生育二孩进行调查，结果显示，在 100240 名 20 岁至 30 岁的被调查者中，表示不想生两个孩子的占 69.9%。

2014 年 5 月，国家卫计委在黑龙江省所做的全国流动人口卫生计生动态监测调查显示，黑龙江省的流动人口中想再生育一个孩子的比例仅为 1.8%。

"东北人现在普遍有这么个意识，生孩子不划算，多生更不划算。生孩子成本过高，让人望而生畏。"吉林省社科院研究员付诚发现长春这种现象更突出，"这几乎成了一个共识，收入不高，养孩子的成本大，占了家庭支出很大比重"。

"东北实行现代化、工业化在全国都是比较早的，城镇化程度也比较高，城里人多，计生政策在城市的执行也比在农村彻底得多。"付诚认为。

少子化在长春已经体现出来了，出现大量丁克家庭，普遍推后生育，适龄青年不生育，过去生育年龄在二十三四岁，现在二十七八岁，这个周期在变长。

"我认为应该尽快放开政策。"付诚说，单独二胎政策实施遇冷正说明了可以进一步放开政策，"不可能出现人口井喷式的增长，人们自己会去权衡，无论在城市还是农村都是如此"。

付诚提到了一个概念："家庭责任传承"。"现在东北人好像没有多生孩子这个概念，上一代是独生子的，下一代基本是一个。年轻人不愿意承担家庭责任，不是主动要生孩子，而是在老人'威逼'之下生的，没时间、没精力多生孩子，生完一个任务完成。"付诚认为，这表明伦理上已经出现了根本性的变化，人们在承担家庭责任方面更为自私了。

危险的因果循环

"我在东北工作过，算是半个东北人，讲话也就不客气了。你们的数据的确让我感到'揪心'啊！"这是今年初在东北三省经济形势座谈会上，李克强总理的几句不中听的话。

数据显示，2014 年全国 GDP 增速最低的五个省份中，黑龙江、吉林、辽宁三省均在其中，东北三省经济增速均低于中部、西部和东部。

"整体复苏的迹象不明显，经济下行的压力仍然较大。全市实现地区生产总值（GDP）197.6 亿元，同比增长 5.8%。主要经济指标低于预期，农业生产不利因素较多，部分企业生产经营状况堪忧。"这是齐齐哈尔市发改委一份文件中的数据，还有一些企业的具体数据，"一季度，齐重数控实现工业总产值 0.4 亿元，同比下降 57%；齐二机床 0.5 亿元，下降 17.5%；北满特钢 6.8 亿元，下降 29.8%……"

中国社会科学院经济发展研究中心特约研究员冯蕾分析，辽、吉、黑三省的支柱产业高度相似，均以装备制造、石化、农产品等初级品为绝对主导。由于国内投资增速下降的大趋势，以及国际大宗商品价格下跌的大背景，这种产业结构极易遭受区域外需求变化、国际价格变化的冲击。因此，高度依赖重工业、初级产品的东北三省遭遇经济下滑，不足为奇。

经济的不景气反过来加速了人口外流。从第六次人口普查的数据中可以看到，2010 年辽宁省人口流出地主要是北京、天津、河北；吉林省人口则主要是向辽宁、北京、黑龙江流动；黑龙江省人口则主要向辽宁、北京、山东、河北、天津流动。

《黑龙江社会发展报告（2015）》一书中对于黑龙江省人口外迁也有具体的数据：第六次人口普查结果显示，2010 年黑龙江省外省流入人口为 50.6 万人，流出人口 255.4 万人，净流出人口达 204.8 万人，比 2000 年增加了 2.6 倍。

罗丹丹认为："这说明黑龙江省人口迁移流动仍延续着 20 世纪 80 年代以来的净迁出趋势。2010 年第六次人口普查中，北京和天津取代内蒙古和吉林，成为黑龙江省流出人口的主要流向地。黑龙江省跨省流出人口逐渐放弃依据地缘优势而形成的传统流向地，越来越多地向经济发达地区流动，经济需求成为人们外出流动的主要动力。"

东北师大韩俊江教授在接受中国青年报记者采访时提道："'孔雀东南飞'，

人都往南走了。大学也是这样，像吉大、东北师大这在全国都是有点名气的学校，是培养人的地方，不是养人的地方。人才成长起来都到南边各院校去了。"

付诚在研究中发现，吉林省外出农民工大概有 200 万～300 万人，"最初都是在周边流动，不敢走太远，越来越熟悉以后，流动区域逐渐变大"。

从清末开始，东北吸引了众多的开荒者。"闯关东"是当年山东一带向关外移民，寻求生路的缩影。但现在，东北人开始反向流动，青岛、烟台、威海等山东沿海地区流入大量东北人工作。

吉林大学东北亚研究中心教授王晓峰发现，东北边境地区农村人口流出已经跨境。他 2011 年在黑龙江省 3 个边镇县市发现，跨境流出到邻近的俄罗斯、韩国等务工或学习的人口，占到流出人口的 20%。

东北率先遭遇人口断崖

面对不断增长的流动人口数量，有学者认为："人口流动不仅是一种社会现象，已经是一种现代人的生活方式。发达地区主要表现在人口流入，提供了丰富的劳动力，经济落后地区主要是人口流出。"

"由于流出的人口大多为中青年劳动力，劳动年龄人口减少对于人口流出地的经济发展和社会进步也产生一定的负面影响。"王晓峰认为，"东北边境地区，人口总量增长缓慢，村屯人口减少，分布零散，甚至出现负增长，人口流失严重，劳动力出现结构性短缺。"

除了经济，人口危机还影响到了其他领域，例如教育。中国教育在线发布的《2015 年全国研究生招生数据调查报告》显示，2014 年全国多个省份硕士研究生招生出现未完成计划的情况。辽宁省 2014 年硕士研究生招生出现多年未见的生源严重短缺情况。该省 50 个招生单位招生总规模 30594 人，录取 28335 人，缺额 2259 人。

当然，研究生报考人数减少有多种因素，如学历价值、就业取向等。不过，考生对于学校和地域的选择，也是一个主要因素。

据报道，在辽宁省今年考研的教室里，空位比比皆是。统计显示，100 名考生中，有 13 人弃考。来自辽宁省招考办今年 1 月 6 日的数据，2015 年硕士学位研究生考试应考人数为 6 万多人，有 8000 多人"弃考"。

从跨省流入人口年龄结构来看，东北三个省份流入人口中老年人口比例相对其他省份偏高，而流出人口大都是年轻人，这也一定程度影响了流入省份的年龄结构。

"20～64 岁劳动力是驱动经济增长的引擎。日本、欧洲都是在 20～64 岁人口达到止涨回跌的拐点前夕就出现经济危机。东北在 2013 年达到拐点，经济也开始减速，辽宁、吉林、黑龙江经济增长率从 2011 年的 12.2%、13.8%、12.3%，逐年下降到 2014 年的位居全国倒数。"《大国空巢》作者易富贤博士在接受中国青年报记者采访时，提供了一些数据，"2010 年全国 0～14 岁儿童占总人口的 16.6%，东北三省该比例只有 11.8%，意味着东北后备劳动力资源严重不足，今后劳动力下降的速度将远超过其他省份，经济前景不容乐观。"

吉林大学哲学社会学院的贾玉娇曾经对吉林省劳动力资源进行过数据分析。她发现，1982 年吉林省 15～34 岁的人口占劳动力资源的 66.32%，是劳动力结构最年轻的时期。到 1990 年这一区间人数比例下降到 62.31%。到了 2000 年和 2010 年第五次人口普查和第六次人口普查体现更明显。2000 年，下降到 48.24%，2010 年到了 40.48%。与此同时，中年组和老年组劳动力的比例在逐步上升。

易富贤认为，根据日本和德国等国的先例，劳动力负增长后，由于经济减速和结构性失衡，失业率（尤其是青年失业率）会更高、劳动参与率会更低。因此东北一方面劳动力严重短缺，另一方面失业率还将上升、劳动参与率也将下降（隐性失业），"用工荒"和"就业难"将长期并存，劳动力将继续外流。

警报为全中国拉响

"人口老龄化特征愈发明显",这是刚刚公布的《2014 年北京市卫生与人群健康状况报告》中的一个结论,具体数据如下,2014 年该市 60 岁及以上老年人口为 301.0 万人,占户籍人口的 22.6%;65 岁及以上老年人口 204.3 万人,占户籍人口的 15.3%,老龄人口的比例进一步加大。

与 2013 年的数据相比,这些数据是上升的。"2013 年我市 60 岁及以上户籍人口为 283.2 万人,占户籍人口的 21.51%;65 岁及以上老年人口为 195.7 万人,占户籍人口的 14.87%。"(摘自《2013 年北京市卫生与人群健康状况报告》)

只从上面两组数据,得出"人口老龄化特征愈发明显"的结论是正确的。但是看一座城市的老龄化比率,是不能只看户籍人口的。

从白皮书"2014 年我市 60 岁及以上老年人口为 301.0 万人,占户籍人口的 22.6%"可以倒推,北京市户籍人口 1331.9 万人。而到 2014 年年底,北京市常住人口为 2151.6 万人。只从户籍人口老人的比例推算一个城市的老龄化比例显然是不全面的。800 多万常住非户籍人口,其中大多数是因为工作原因,在北京工作长住,或者买房,或者租房居住。值得注意的是,这些人当中的劳动力人口的养老保险在北京缴纳。

北京市还有大量流动人口,劳动力人口占了绝大多数。他们是这个城市的新鲜血液。

国家卫生计生委公布的数据也显示,截至 2013 年,广东、浙江、上海、江苏、北京、福建六省市占全国跨省流入人口总数的 87.83%,较 2012 年同期上升了 4.5%。虽然上海、北京、浙江这些东部发达省市,在全国较早进入老龄社会,但由于经济持续增长,对于年轻人的吸引力持续增加,年轻人口不断流入。

同样,上海公布的数量显示,截至 2014 年 12 月 31 日,上海市户籍人口 1438.69 万人,60 岁及以上老年人口 413.98 万人,占总人口的 28.8%,也就是说大约每 3 人中就有 1 个 60 岁及以上老人。截至 2014 年年末,全市常住人口为

2425.68万人。也就是说外来常住人口将近1000万人，这里面还不包括短期工作的流动劳动人口。

一直对人口流动进行研究的首都经济贸易大学副教授张航空从系列数据中看到，人口大量流入使得老龄化得到缓解的省份主要是东部。我国早期人口老龄化东中西部呈梯次格局，现在则是"西部崛起，中部塌陷"。比如，北京、上海、天津在全国老龄化的排名，从2000年的第4名、第1名、第5名，变化为13、6、15名。

"停止计划生育也难防止今后中国人口锐减"一直是易富贤的观点。他认为，2010年中国的年龄结构已经呈纺锤形，劳动力比例大，将导致内需不足。这种结构是不稳定的，并且很快就要变成高度不稳的倒三角形：劳动力严重短缺、高度老年化、经济丧失活力。东北三省作为一个样本，表现突出。

他更强调的是："全国的生育率下降趋势大致比东北晚10年，也就是说中国其他地区将步东北后尘。人口危机将从东北到华北，到华中、西北，最后是西南蔓延。人口结构决定了中国今后的经济将是东北衰退，西南相对繁荣。"

李新玲　张莹　吕博雄　陈墨

2015年7月14日

脚注：从2013年启动"单独两孩"政策后，中国继续调整生育政策，2015年10月，中共十八届五中全会通过决议，全面实行一对夫妇可生育两个孩子政策，放开二胎。2021年5月31日，生育政策进一步优化，"全面三孩"政策落地。国家统计局的数据显示，2022年全国人口减少85万，出现近61年来的首次人口负增长。东北的人口警报只是一个前奏。

倒在黎明前

范伟勇盯着电脑屏幕，心怦怦直跳。忽然，他眼前的数字，从749万，变成了80万。

"完了，全完了。"他喃喃道。

7月8日上午10点30分，上证指数暴跌161.3点，这位使用1∶1融资杠杆的股票投资人持有的股票全部跌停，他的账户维持担保比例低于临时平仓线，被券商强制平仓，偿还融资本息。

仅仅8分钟后，他用于补充保证金的100万元现金到账，为时已晚。因为触及"强平线"的账户太多，范伟勇开户的证券公司不得不使用电脑系统，"自动排队强平"。这意味着，"没有商量的余地"。

同一天，范伟勇身边不少使用券商融资融券业务投资股票的朋友都遭遇了"强平"，大盘收报3507点，较6月12日5166的高点重挫1600多点。

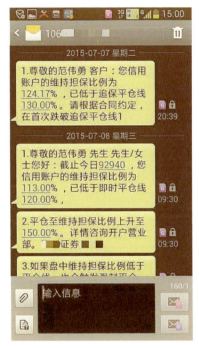

强制平仓前，券商发给范伟勇的短信截图。
受访者供图

7月9日，上证指数连破3600、3700关卡，大涨5.76%，收盘时千股涨停。至此，一场看不见硝烟的金融大战暂告停歇。范伟勇此前的两支重仓股都在这天的逆袭中涨停。

"这跟我已经没什么关系了。"7月11日的生日宴上，这个刚满36岁的男人拥抱着一双儿女，享受着亲友们的祝福，"开始平静下来，愿赌服输"。

被强平的当晚，他和朋友们曾计算过，在这场股市震荡中，十几个人亏损总计超过一亿元人民币。在电话里痛哭后，范伟勇把自己的经历写下来，发到微信群和天涯论坛中。

仅仅 24 小时后，就有超过百万人次浏览、转发这篇文章。

有人骂他："活该，谁让你加杠杆！"有人温和地批评道："适时的撤退，比顽固的坚守更具智慧。"

"晚了 10 分钟，输了 10 年。"范伟勇在微信朋友圈里写道，他损失了 850 万元现金，这笔钱是他打拼 10 年的积累。

上证指数在他离家的 3 个月里，大涨近 50%，直逼 5000 点

5 月 26 日，范伟勇带着被阳光晒黑的皮肤回到上海。这位资产管理公司老板刚刚结束为期 86 天的环球旅行，乘坐的是欧洲最大邮轮公司旗下的"大西洋号"。

这是第一艘从中国港口出发的环球邮轮，跨越三大洋、五大洲，途经 18 个国家和地区，抵达 28 个目的地。范伟勇为全家 8 口人支付的旅费，是 150 万元人民币。

到家的第二天，范伟勇就被一群激动的朋友拉到了茶室里。

"老范，你走了 3 个月，中国发生了翻天覆地的变化！"朋友说。这时，手机一直处于无网络状态下的范伟勇才得知，上证指数在他离家的日

范伟勇一家四口在邮轮上　受访者供图

子里，大涨近 50%，直逼 5000 点，创业板指数眼看翻倍，两市几乎所有个股股价都在飙升，他的两支重仓股有接近 5 成收益。

"你看我买的这个，今天涨停了！你再看这个，明天还会涨停的！"朋友的手指不断划过电脑屏幕，表示"资产翻倍了"，并提出倡议，"以老范为中心，大干一番"。

范伟勇自认为不是个冒进的投机者。今年之前，他从未使用过"杠杆"进行股票投资，买的个股也多是蓝筹股，"从不碰创业板"。他总把"价值投资"和"趋势投资"挂在嘴边，一只股票有时能持有一两年，期间连一次"高抛低吸"的操作也没有。

2014 年年底，他到广西考察项目，同行的一位券商老总劝他做点两融业务，行内称"加杠杆"，即用现金或股票作为抵押物，按一定比例从券商借钱或借股票。赚了是自己的，赔了就要用抵押物偿还借来的本息，称之为"平仓"。

在经过一番咨询、计算和评估后，范伟勇觉得，正规券商两融业务利润还比较可观，风险也还算可控，便用 850 万元本金作为质押，实际融资 740 万元，杠杆比例还不到 1∶1。

地雷就这样埋下。

在接下来的几个月里，越来越"牛"的大盘为范伟勇带来了超过 500 万元的利润，"还是在蓝筹股涨得慢的情况下"。

此时，尽管市场上已有"提示泡沫"和"注意回调风险"的声音，但"牛市"的说法还是占据媒体头条。券商营业部门口，等待开户的人群排着长队，任何公共场所都能听到谈论股票的声音。

在"大好形势"下，范伟勇放心地关上手机电脑，带着妻子儿女、父母和岳父母去环球旅行，愉快地享受着天伦之乐和邮轮上豪华的贵宾服务。

他不到 30 岁时就拥有位于上海的别墅和两辆凯迪拉克轿车，并为儿女购置了几间商铺。他创办的资产管理公司位于顶级企业林立的陆家嘴 SOHO 写字楼，还作为嘉宾登上过知名的财经节目。

他起初不怕下落，在他看来，自己的人生就是从一无所有开始的

直到最近几天，范伟勇翻看过往数据，才想起5月28日那天，大盘曾结结实实地摔过一个跟头。"那也许是一个警示"，但当天他并没有在意，甚至很快就忘记了。

28日一大早，他带着儿子，登上了上海开往北京的高速列车。在他的记事本上，如今还能查到"北京，儿子看病"几个字。这件事的重要程度，对这位父亲来说，"超过一切"。

对着记事本和大盘走势图，范伟勇才回忆起，在北京的那个晚上，他曾在财经新闻里看到了"一根大阴线"。

当日，上证指数收跌6.50%，指数狂泻321点，重演2008年5月30日指数下跌幅度。"涨得太快了，调整一下很正常。"他清晰记得自己当时的判断。

一直到6月12日大盘站上5166点前，范伟勇的记事本里都塞满了与股票无关的事，比如"见××""定房子""和××吃饭"以及"看项目"。在他看来，"中国的金融市场一定是向好的，没什么问题"。

而大盘的强力走势不断证实着这位"趋势投资者"的观点，直取5000点大关。

欢腾的气氛填满了整个市场。根据权威网站发布的数据，不少股票型基金净值翻倍，领跑者则达到了四五倍。不少私募基金体量急速扩张，投资者的咨询电话从早响到晚。

从6月10日到6月17日，范伟勇去广西出了一趟长差，考察实体投资项目。他的股票账户资金一度膨胀到接近2000万元，但他"压根儿没怎么看"。

和全国大多数投资者一样，范伟勇和他身边的朋友都认为"牛市"真的来了，而5000点仅仅是一个阶段性成果。

事实上，6月12日的5166点的确是一个关键节点，但此后的走向，却不是

飞升，而是下落。

范伟勇起初不怕下落，在他看来，自己的人生就是从一无所有开始的。

1979年，他出生在上海徐汇区一户农家，"是村里最穷的家庭"。3岁时，他就挎着篮子站在村口，等运砖的大车经过。遇到颠簸，大车会洒下零星砖块，在遮天蔽日的滚滚灰尘中，他用小手捡起砖块，拾回家"盖房子"。一到雨天，"外面下大雨，家里下小雨"。

除了种地，父亲靠做点小生意维持一家人的开销，母亲则开吊车、运石子，每天忙到凌晨一两点回来，这个家庭的独生子不得不学着做饭给自己和祖母吃。

"我是草根里长出的孩子。"他说。6月17日，他回到上海，大盘刚刚经历了连跌两天、近300点的深度回撤。

当时，他和朋友们心情还不错，一同调侃自己"回来干嘛"。这一天，沪指收盘时反弹80点，深指则上涨接近2%。

他和来自银行券商、投资机构和民营企业的几个朋友聚在一起聊天，几乎在场所有人都相信"股市一定会拉起来"

6月18日，备受瞩目的券商新股国泰君安进入上市申购流程。由于其融资规模较大，吸引了大量资本从原本持有的股票中撤出，怀着"新股上市后会有多个涨停板"的期待，进行申购。

根据业内人士的分析，这可能只是当天股市下跌的原因之一。这一天，沪指下跌182点，报收4785点。

"虽然亏损不少，但仍在可接受范围之内。"范伟勇回忆，自己重仓持有的两支二线蓝筹股仍处在盈利的价位。

那天晚上，他和来自银行券商、投资机构和民营企业的几个朋友聚在一起聊天。几乎在场所有人都表示了对未来的坚定信念，相信"股市一定会拉起来"。

尽管这些"有点资本的人"都使用了融资杠杆，但他们仍然"支持证监会打击场外配资"。

"我听说最高有 1 ∶ 10 的杠杆。"范伟勇表示，他坚信正规的"两融"业务不会受到影响，因为"券商融资规模 2.4 万亿是固定的，不可能拖累大局"。

6 月 19 日，股民们期盼中的拉升并没有到来。沪指暴跌 306 点，深指暴跌 1009 点，这样的局面出乎大部分人的意料，股市的巨幅震荡引起舆论的巨大反响。不少投资机构降低仓位，一些散户则"割肉出逃"。

根据当时一份机构出具的 A 股分析报告，此时，监管机构对场外配资进行的清查已经广为人知，不少"杠杆"主动或被动降低，对市场形成了冲击。

那晚，在和一个券商朋友碰面时，范伟勇却没有一点儿担心。他甚至还为这轮下跌感到高兴，因为"打击那些高杠杆配资和一切不规范的东西，市场会越来越好"。

2015 年端午节前的最后一周，A 股上演了 7 年来 13％的最大周跌幅。在行业网站、财经媒体和各种股票贴吧中，许多评论吐露着哀伤和隐忧："蜜月期已经过去了。"

6 月 20 日，大跌之后，入市快 10 年的"老股民"范伟勇为女儿庆祝 7 岁生日。端午节小长假到来，他沉浸在女儿甜美的笑容和派对欢乐的气氛中，"心情没有受到任何影响"。

他又一次选择了"不割肉"，他陷入了焦虑之中，不断地打开手机，目睹自己的财富以每天数十万的速度缩水

3 天后的星期二，沪指反弹 98 点，涨幅 2.19％。

范伟勇算了算自己的账户，总数差不多 1500 万元，本金与配资比例接近 1 ∶ 1。

这意味着，前几轮的调整已经吃掉了他前期的利润，此前"毫不在意"的他警觉起来，开始在处理日常经营业务的间歇关注股票行情。

晚上一回到家，他立马盯着盘面，并从金融行业内的朋友处得知，杠杆加至 1：5 的配资账户已经被清理完毕。

"接下来是 1：3、1：2，而我们是 1：1，这是国家认可的融资融券杠杆。"范伟勇安慰自己说，要到达"平仓线"，所持股票还得 6 个跌停板。

就在这微弱反弹的交易日里，范伟勇的朋友和他所知的不少投资机构抱着"主动买套"的信心回到市场。他们曾被"两震出场"，但此时，用"颇为专业的眼光"来看，"这波调整接近尾声了"。随之到来的星期三带来了更多"信心"，大盘再次拉升一百点。即使星期四的下跌耗光了这意味着信心的"一百点"，但就连坐在电视台演播厅里的专家也依然念叨着"正常调整，不会改变牛市的走向"。

范伟勇至今记得那个"黑色星期五"。2015 年 6 月 26 日上午，他约了一位做互联网金融的老总谈合作。午饭时，他们各自打开手机看股票，"虽然不少是大跌，但大家还是在谈论合作内容本身"。

对于下午 1 点 30 分，范伟勇印象深刻。他观察盘面，不少股票的确打开了跌停板，并快速拉升。结束会面后，他回父母家小憩，两点整，他看了眼行情，随即安然睡着。

午睡醒来已经 4 点过了，范伟勇还没爬起来，就迷迷糊糊地抓起手机看行情。他看到了一片绿色，沪指暴跌 7.4%，两千多只股票跌停，创业板也几近跌停。这场直接的"跳水"大约是从两点半开始的。

范伟勇的心迅速揪紧了。"抛点吧！"老父亲看到新闻，也紧张地劝导他。

第二天是星期六，他参加朋友孩子的 10 岁生日庆典。这场下午就开始的活动一直持续到晚上 10 点多。

在五彩缤纷的气球和孩子们嬉笑打闹的包围中，20 多个"爸爸"却持续着神色凝重的谈话。

他们是一群有十几年交情的老友，年龄在 35 岁到 45 岁之间。其中有五六人来自金融行业，有三四个创业者，有医药行业的教授、司法系统的领导、娱乐行业的老板……他们的共同点是，都买股票。所有人都显出惊慌和忧虑来：国家好像没有出手，要出场吗？

"反正这钱放着也没用，让它跌一阵吧。"最终，大家达成共识，不为这一时的、短暂的亏损出逃。

这个周末，央行同时推出降准降息的"利好"政策。然而，6月29日开盘后，"双降"刺激沪深两市高开，却没能拦住它们一路走低。

权重股接连"跳水"，题材股掀起跌停潮，沪指虽尾盘有所拉升，但全天盘中巨震10.07%，两市逾1500股跌停。沪指自创下这轮新高后，10个交易日跌逾千点，跌幅达20%。

一时间，投资者们的信心受到"重创"。各种社交平台被"排队跳楼"的调侃刷屏。

"可我的票这一天才跌了4.78%。"范伟勇翻看笔记，当时他认为，"真正有价值的股票是能扛住的"。与此同时，证监会官方微博发布"答记者问"："中国证券金融股份有限公司称，目前两融业务总体风险可控，融资业务规模仍有增长空间。"

范伟勇又一次选择了"不割肉"，并自认为"反对场外配资，更不会用"。那段时间，他陷入了焦虑之中，不断地打开手机，盯紧盘面和股指期货，并随时查看交易账户，目睹自己的财富以每天数十万元的速度缩水。

每当心理防线快要崩溃时，他就反问自己："救市呼声这么高，证监会发言人也说回调过快，不利于发展……下跌的空间还大吗？"

他被一条又一条利好消息不断说服，失去了避免悲剧的最后机会

2007年，一批朋友移民加拿大，曾动员范伟勇也走。"钱倒是够，就是不想走。"范伟勇回忆，那时的他尝到了国家发展带来的甜头，兜里有钱，事业蓬勃，家庭美满，安全感十足。身高177厘米的他，体重从20岁时的125斤，涨

至不久前的 190 斤。

"我从二十出头就开始做点生意，我们这一代人都是改革开放红利的受益者。"范伟勇的朋友、民营企业家老单表示，"直到成为中等收入阶层，也就是这个国家发展的中坚力量"。

老单的一位朋友甚至抵押了自己的房产，向账户追加保证金。所有人都认为，自己"做好了风控"。

6 月 30 日，在范伟勇眼中，是一段血腥旅程的开始，"很多之前'逃掉'的朋友就是'死'在这个节点上"。

当日，在基金业协会倡议"不要盲目踩踏"、证券业协会表示"强制平仓影响小"以及养老金入市消息的共同推动下，沪指开盘小幅反弹，随后再次暴跌。但临近收盘时，大盘强力反转，飙涨 5%，站上 4200 点，创业板则势头更猛。沪深两市近 300 只个股涨停。

"当天几乎所有身边朋友和金融圈内朋友抄底进入。"范伟勇说，考虑到亚投行此前已顺利签约，他们觉得"处在一个很重要的节点上，股市一定会向好。"

然而，7 月 1 日的暴跌随之而来，将 30 日的反弹点数全数吞噬。"大家都懵掉了。"范伟勇回忆道，"1∶3 的杠杆也已经'爆仓'（即保证金比例跌破平仓线）"，他慌了。

此时，市场上充斥着纷繁莫测的消息。有人担心"境外势力做空"，也有人悄悄传播着各种阴谋论。

中金所很快现身辟谣：合格境外投资者做空 A 股消息不实，并表示可以拓宽券商的融资渠道。

7 月 1 日，修改后的《证券公司融资融券业务管理办法》正式发布实施，规定两融业务允许展期，担保物违约可不强平。

当晚，范伟勇得到来自开户券商的确认，接近平仓线，只需要将保证金补入账户即可。他再一次充满了希望："我还有什么理由在这个点位去抛售股票？

我没有！"

那天，他一直守在电脑边，并被9点钟一条利好消息、10点钟又一条利好消息不断"说服"。尽管在他看来，连续的千股跌停实属罕见，尽管此时，他持有的一支二线蓝筹股在顽强抵抗了一段时间后，彻底被大盘拉下，但他依然决定留下。

如果想避免最终到来的那场悲剧，这本是他最后的机会。

100万元保证金还在"路上"，
账户总资产749万元已瞬间变成了80万元

7月2日，沪指一度失守3800点，在"石化双雄"等权重股拉升下，终报3912.77点，又现千股跌停。

这天，证监会宣布对涉嫌市场操纵行为进行专项核查，但"黑色星期五"如影随形，不仅千股跌停，沪指盘中再创本轮调整新低。范伟勇不少朋友的账户在这个周五被强制平仓，他还写了长长的感慨，发在微信群里。

而这回他自己也彻底慌了。他从朋友那里打听到，正常融资融券业务已经有强制平仓发生，而接近平仓线的账户数量正在快速增加。

与此同时，中国汇金公司正在出手护盘，政策层面的救市与利好消息不断涌现。

但范伟勇所持有的股票已经陷入非理性的暴跌，每日封死跌停板，"想跑已经跑不出去"。与此同时，他身边的朋友也面临着相似的窘境。

"我已经在等待被强平了。"老单回忆道，他不愿再追加保证金，担心这份投入再次被大盘吞噬。

但范伟勇想最后一战。星期六，他仔细研究了自己的账户数据，得出结论：只要再准备100万资金，就能扛到周三跌停；如果准备200万，就能扛到周五跌停。他一边筹钱，一边紧急约见身为券商老总的朋友，席间递过一张纸条。

纸条上写着他的账户代码和登录密码，他向老友求救，周一自己在香港，请代为操作。

那是极具历史性的一个交易日。7月6日开盘后，千股涨停，但收盘时又一致栽入跌停。紧接着，7月7日，除银行石油等板块上涨，超过1700个股再次坠入跌停的深渊。且买盘几乎统统为零，意味着股票的流动性丧失。

那一晚，范伟勇与众多好友沟通，得知券商融资盘已被大量强平，而他深知自己的账户也濒临平仓线。在赶晚班机从深圳飞往南宁前，他致电答应借钱的朋友："明天一定要把钱打给我。"

到达南宁已近凌晨，范伟勇抱着电脑，直接去了朋友家。一群人通宵交流针对股市震荡的看法，并进行数据分析，为接下来做打算。

"相关部门肯定正在通宵加班，跟我们一样！"朋友对着播放电视剧的财经频道，努力开着玩笑。

"都这个样子了，撑下去吧！"范伟勇账户上只剩下825万元。

他万万没想到，7月8日上午，又一片跌停板在开盘时出现。9点30分，范伟勇收到开户券商发来的3条信息，告知他已破平仓线，可能被强平。

他的心脏开始剧烈跳动，立即抓起电话打给券商的朋友，却被告知"已经进入电脑自动强制平仓排队"。

"强制平仓多得吓死人，部门人手都吃紧了！"朋友在电话里说，挂掉电话，范伟勇脑子里只有一个想法：只要在排到之前把保证金补进去就是了，不要就差几分钟！

在朋友网银转账的十几分钟里，范伟勇死死盯着屏幕上的交易账户。他已经失去了操作股票买卖的权限，10点30分，100万元保证金还在"路上"，账户总资产749万元瞬间已变成了80万元。

"我的心忽然就空了，也彻底静了。"范伟勇回想经历"强平"那一刻的感受。仅仅8分钟后，保证金到账，但已失去了意义。

此前，这个股票账户对他来说像一只血泵。他将辛苦赚来的现金流不断加

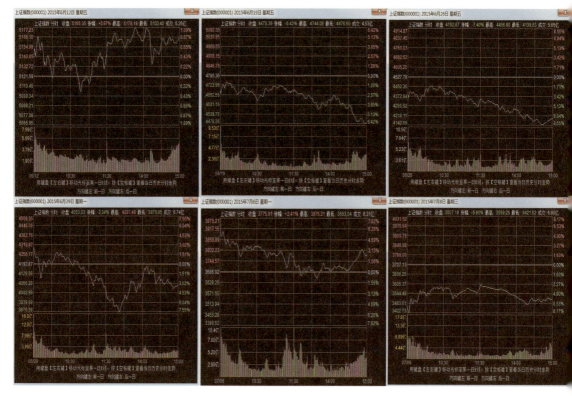

6月12日至7月8日之间几个重要交易日的沪指走势图。资料照片

入进去，又从投资中获得利润，支付房贷、创业和家人的一切开销。2006年和2007年，这个账户曾用丰厚的收益带给他"无比美好的回忆"，但眼下，他失去了奋斗10年积攒的几乎全部现金。

"不只我一个，我身边几乎所有的融资朋友都被强平了……输得少的大概300万~500万，多的大概3000万~5000万，人均损失1500万左右，最多一个朋友损失1个多亿，好多人房子卖了，我们基本都把10年的奋斗输给了这次的股灾……"

范伟勇在当晚的文章中这样写道，但几天后，这个"草根里长出的孩子"已经不再偷偷哭泣，而是着手筹划"再出发"。

老单也被"强平"了。他起初迷茫而愤怒，但最终陷入了自我反省："这个社会给我的投资理念误导了我，此前是一种投机行为，以后会回归到价值投资。"当被问及如果能重新选择，会如何决断时，这位步入40岁的民营企业家笑了："什么东西都只有未来，哪有什么重来？"

就在范伟勇、老单以及与他们差不多的大量融资客被平仓的第二天，沪深两市奋起反弹，千股涨停，强力的拉升持续数日，不见势弱。

"这和我的预测一致。"范伟勇说，依然淡淡地，带着十足的专业范儿。

秦珍子

2015 年 7 月 15 日

脚注：2015 年，中国股市经历了一场"过山车"行情，上证综指一度到达 5178 点的阶段性高点，但随后就开始下跌，并于 8 月 26 日低见 2850.71 点。根据公开数据显示，2015 年 5 月，两市持仓在 500 万以上的个人账户数量达到 23.88 万户，8 月末降至 12.55 万户。

牺 牲

侯永芳在零点之前接到了一个电话，屏幕显示是儿子的号码。她对着电话喊了半天，那头始终没人说话，只有一片嘈杂。连呼吸声都听不到。

第二天她的世界就塌了。

8月12日晚，她的儿子甄宇航在天津一处危险化学品仓库的爆炸中牺牲，距离22岁生日只有一周。

甄宇航当了4年消防兵，每次出警返回，习惯给母亲报个平安。现在，哭成泪人的侯永芳知道，那个沉默的深夜来电，用尽了儿子最后的力气。

截至8月21日，这场"特别重大火灾爆炸事故"已造成116人遇难、60人失联，其中多数是最早被派去灭火的消防员。国务院专门派出了事故调查组。天津市委代理书记、市长黄兴国表示自己负有"不可推卸的责任"。对侯永芳来说，世界已经炸成了废墟。

"航航，妈妈想死你了！"在阴沉的天空下，在殡仪馆的墙角，为儿子点亮生日蜡烛，这位在河北老家摆摊卖袜子、卖腰带为生的母亲一遍又一遍地说。

伤口

从空中俯瞰，爆炸在渤海湾畔的土地上留下了一个巨大水坑，像是流脓的伤口。

事发后最早来到伤口边缘的救援部队，见到的是末世般的景象。8月13日凌晨，天津消防保税支队参谋长张大鹏及其战友在爆炸一小时内到这里搜救。他们是第一支进入爆炸核心区的部队。先期派来的队员已下落不明。

后来者实际上已无法进入现场。那个堆满了集装箱和压力罐的物流公司消

事故现场附近的一个汽车仓储场里，1000 辆左右的汽车被烧毁。李超 / 摄

失了。到第 8 天，才初步统计出那个院落里存放了"约 40 种"危险化学品，包括约 700 吨剧毒的氰化钠。

公司门口宽阔的跃进路也不见了。在公司东南侧两三百米的位置，救援车辆不得不停下来。炸碎的集装箱铁皮扎坏了很多车胎，只能先清出一条路。

他们的身边是一处停车场，大片的新车正在燃烧。据事后清点，被波及烧毁的汽车有 3000 多辆，使这里成为一处汽车的火葬场。

烟雾弥漫、气味刺鼻的现场一直在爆炸。声音不是很大，但每一声都伴随着目测有十几米高的蘑菇云。直到天亮，爆炸声才变得稀疏。不过，随后的几天里，爆炸的声音和冲天的烟柱一直没有真正断绝过。

在冲天的火势下，地上被炸坏的消防栓汩汩往外流水——这是大坑积水的一条源流。

火势压住之前，真正的搜救很难开展。消防车千辛万苦开到了瑞海公司南侧的吉运一道和跃进路，支起高压水炮，向院内的一处仓库打去。肉眼可见，里面堆放的都是容量为 25 公斤的铁桶。

张大鹏说，头一罐水打进去，铁桶就炸开了，不知里面储存了什么。"我们的战术是引爆。"他说。

水炮的最大射程为五六十米。为了防范风险，负责操作泵档的消防员上车操纵一次，就赶紧往外跑。一罐水只能打 35 秒。"打一次水，炸一次"，如此反复了几十次。

刚到达时，这支消防部队就发现了 4 名消防员，一位已经遇难。等到能进入现场，对他们来说，亲眼目睹的牺牲才刚刚开始。

张大鹏介绍，8 月 13 日傍晚 6 点多钟，他的战友分成灭火和搜救两组。搜救起初沿跃进路由南向北，先从外围搜起。

回家

这天晚上 7 点多钟，张大鹏在路边草坪上见到了他的多年战友、天津消防开发支队副支队长王吉良。

44 岁的王吉良已经没有生命迹象，从后面被一个铁架压住。战友们根据衣服和头发认出了他。他是事发当晚的指挥长，也是牺牲者中职务最高的指挥员。他的战斗服与别人不同，且有一点谢顶，这使他不难辨认。

所有战士都哭了起来。他们的弟兄，一位老兵，牺牲了。

被送到医院时，王吉良的双手紧紧攥着泥土和碎草。同事们痛苦地猜测，爆炸发生时他没有立即牺牲，而是被砸成重伤，经过了痛苦的挣扎。

8 月 12 日晚的灾难太过突然。王吉良战斗服的扣子还没系好就出了门。根据推测，他到现场后首先应该走下指挥车，进行现场观察，然后发出号令，遇上了爆炸。

出事前不久，当了25年消防兵的王吉良对同事王跃说，再过几个月自己服役期就满了，打算自主择业，感到有点累了。

爆炸将这些人或远或近的人生计划炸得粉碎。出事3天前，24岁的战士王琪给母亲打了个电话，叮嘱她把自己的旧衣服和书籍找出来，抽空要捐给贫困地区的小学。

他的父亲王义元咬着牙说："中年丧子是人生最痛苦的事。我没有办法。"

张大鹏形容自己的心情："就是死，也得给他背出来，给家属们交代。生要见人，死要见尸。这叫带弟兄们回家。"

很难说闷爆声不断的现场有真正安全的地方。瑞海公司的办公楼只剩下框架和裸露的钢筋，很多"没有车样儿"的消防车停在附近，这也是找到生还者可能性最大的地方。

在这座危楼前，张大鹏询问和他在一起的中队长侯超："进不进？怕不怕？"

侯超回答："怕，我就不来了！"

他们决定让战士们先撤出来，自己先进去。两人开玩笑说："咱俩要是牺牲了，下辈子还做兄弟啊！"

一个红帽子和一个黄帽子，走到了这座危楼里。

在楼边，他们发现了一位战士的遗体，烧焦了。只能用衣服、用床单裹起来，"不能让他碎"。

从一辆烧毁的水罐车里，搜救者找到了两名战士的残骸，保留着爆炸时的姿势。

所有的死者或伤者，会被小心翼翼地用担架抬出，交给等候已久的急救车或殡葬车。要么是医院，要么是殡仪馆。生和死只有两辆车的距离。

19岁的消防员周倜是一个奇迹。他在事发后30多小时后的清晨被发现，喉咙在动。为避免二次伤害，搜救者报告了指挥部，等到急救车到来后才敢行动。

周倜当时光着腿，穿着背心、短裤。张大鹏问他是哪个支队的，他以微弱的声音回答"开发的"。生命的回应引起了战友们七嘴八舌的惊叹:"有意识,有意识!""坚持住兄弟!""别害怕,别害怕啊!"

"别跟他说话了!"有人提醒。

从周偄所在的位置到救护车,要走六七百米。这段路格外漫长,抬担架的战士换了两拨。在场的 10 个人都在护送他。他是所有失联者中第一个获救的。直到次日,北京卫成区防化团又救出了一名 50 多岁的中年人。这是仅有的令人精神一振的消息了。

目送

"遗体辨认对我来说是打击最大的。"开发支队防火处监督科副科长张建辉说。

他的职责之一,就是随时出发,把战友接回来,或者认出来。他害怕接到殡仪馆的电话。

电话使他的心情格外沉重。拉开冷柜那一刻,他不太敢看,害怕真的是战友。"战友这份感情有时候比亲兄弟还要亲。见到之前,总是抱有幻想和希望"。

而一旦认出战友,感觉"幻想的肥皂泡"破灭了。

辨认消防员遗体的任务是由其战友完成的。一些服役时间较长的战士被抽调做这件事。有些家属会提供儿子的身体特征,比如身上的某颗痣。但是为避免刺激家属,并不会直接请他们去辨认。

火场中的遇难者往往被烧至毁容,而这一次,有的遗体被现场的水和其他物质所腐蚀,有的出现了浮肿。其中一位被找到时腹部已经胀起。

一位战士,遗体的两个部分分别被找到后,送往了两个不同的殡仪馆,最终依靠 DNA 比对才对上。

张建辉说,如果面部无法识别,会根据体型、牙齿等来判断。消防战斗服耐

2015 年 8 月 18 日，天津港爆炸事故遇难者"头七"，在天津滨海市民广场，事故中受灾的部分起航家园业主自发组织悼念活动。 赵迪 / 摄

火性好，遗体上残留的纤维或标记，也是辨认的依据。当然，最终还要靠 DNA 鉴定。

先找到的遗体都被送到了距离现场较近的泰达医院，后来有的直接被送到了 7 个安置点，包括天津市区及周边的殡仪馆。

在泰达医院一楼的创伤急救间里，遗体会先得到一些清整。负责这项工作的基本都是从各个殡仪馆赶来的志愿者。怀着对烈士的尊敬，这些志愿者在现有条件下进行清洗，比如用湿毛巾擦脸等。"让他们安心干净地走。"张建辉说。

除了心理上的安慰，这种清理有其必要性。一些遗体需要"规整"，才能装入太平间的冷柜中。

37 岁的开发支队特勤五队指导员江泽国的遗体被运回时，殡仪馆工作人员想要立即拉走。两位情绪激动的战士万分舍不得，拦住了殡葬车。协商的结果是，这两位战士一路护送指导员的遗体到了殡仪馆，亲眼看到他到了一个"好的安置地方"才放心。

烈士火化时，消防队会举行最隆重的仪式，脱帽敬礼。政府工作人员及各界群众也会赶来送行。

告别仪式上，烈士的遗体已经经过"最好的美容师"的化妆。化妆方案由消防支队和家属共同研究决定。

很多家属的要求特别简单。21岁的烈士宁子墨的父母只提了一个愿望：孩子生前喜欢手枪，希望能用纸扎两把逼真的手枪和一些子弹给儿子带走。

开发支队八大街中队指导员李洪喜的母亲说，如果搜救儿子的过程中会有危险，宁可不要搜救。她对部队领导说，儿子说过，如果在家人和弟兄们之间选择，会选择弟兄。

"我们每个战士清醒来之后都会问，第一，火灭了没有？第二，战友都出来了吗？这是一种本能的反应。"张建辉说。

因此，事故中负伤的消防员出院后，会千方百计请求要去前线，去寻找自己的战友。伤亡惨重的开发支队，陆续迎来了十几位退役的老兵——他们自发在人手较紧的中队站岗执勤，或是到医院陪床。

张建辉对记者说，从前有人劝他转业，他或许会考虑。但是现在绝不考虑。"战友们牺牲了，我们要上去，我们不能打退堂鼓"。

眼下，睡觉对张建辉来说是一件"可怕"的事情。闭上眼，他就会见到那些牺牲的战友，不是死去的模样，而是生前的点滴。他睡觉也不会关灯，"希望有一点光"。

江泽国遇难当天，两人还在支队见过面。他们十几年前在武警学院上学时就认识。8月12日下午，见面时张建辉还拿对方的头发开玩笑，说"脑门儿又亮了"。同期的几位老兵几年前就约好要一起吃饭，江泽国要请客，现在，要请客的人永远失约了。

就像甄宇航的22岁，永不再来。

"这是新中国成立以来，消防官兵伤亡最为惨重的事件。"公安部消防局副局长杜兰萍说。

张　国

2015 年 8 月 22 日

脚注：发生于 2015 年 8 月 12 日的天津滨海新区爆炸事故，造成 165 人遇难（其中参与救援处置的公安消防人员 110 人，事故企业、周边企业员工和周边居民 55 人），8 人失踪（其中天津港消防人员 5 人，周边企业员工、天津港消防人员家属 3 人），798 人受伤（伤情重及较重的伤员 58 人、轻伤员 740 人）。

胜利日，请祖国检阅

天安门广场是中国军队现代化的见证者。从开国大典至今，14 次国庆阅兵曾在这里举行。今天，这里又迎来第一次抗战胜利日大阅兵。66 年过去，当年那支扛着缴获的"三八大盖"受阅的军队已经走进历史，但是，他们的精神却永远传承。

悠扬的礼号声响起，像是在唤醒沉睡的先烈们。10 点 41 分，军乐团奏响雄壮昂扬的检阅进行曲，气势磅礴的阅兵分列式开始了！

马达的轰鸣响彻天际，6 架直升机护卫着国旗、军旗，20 架新型武装直升机组成"70"字样紧随其后，缓缓飞过人民英雄纪念碑上空。

宽广的长安街上，45 辆威武的国宾摩托车以"国礼"护卫着 300 名抗战老兵、抗日英烈子女代表和抗战支前模范走来。白发苍苍的英雄们胸前佩着纪念章，激动地挥舞着国旗，他们的身后，昂首阔步走来的是"狼牙山五壮士""平型关大战突击连"等 10 个徒步方队和 17 支外军方队。方队前，一面面功勋旗帜迎风招展，在秋日的晴空下，如同一团团燃烧的火焰。

容纳 3 万多人的看台上响起热烈的掌声，很多人忍不住拿出手机，记录下这激动人心的时刻。

"抗战精神永远不过时。"65 集团军军长张海青少将说。追随着抗战老同志乘车方队，这位将军领队率领"狼牙山五壮士"英模部队方队，第一个正步通过天安门。铿锵有力的正步声震撼人心，"平型关大战突击连"、百团大战"白刃格斗英雄连"……3590 人组成的 10 个徒步方队浩浩荡荡，从同济大学参军入伍的上等兵赵文丞就是其中一员，他觉得自己很幸运："参加阅兵是我一生的光荣。"

17 支外军方队过后，1219 人组成的联合军乐团奏响豪迈的"时代英豪"乐曲。"快看！"战车发动机的轰鸣撼人心魄，人群欢呼起来——18辆99A主战坦克排成威风凛凛的"箭"型阵势，带领27个装备方队轰隆隆驶来。

就在这同一条街上，第一次国庆阅兵时走过1978匹战马组成的骑兵方队，1984年阅兵驶过中型坦克方队，如今它们大多已经成为博物馆里的展品。15次天安门阅兵，记录了解放军从骡马化、摩托化、机械化向信息化的转型历程。

一辆辆霸气的导弹运输车由东向西庄严地驶入人们眼帘。东-15乙、东-21丁、东-26，还有核导弹东-31甲、东-5乙，这些新装备展示着中国军队的实力，也是维护国家主权、捍卫民族尊严的坚强"盾牌"！

"巨无霸"导弹车缓缓驶过天安门，这座古老的城楼见证着光荣，也经历过耻辱。1900年，八国联军攻陷北京，炮击城楼。1952年天安门城楼修缮时还挖出3枚带有英文字母的炮弹。七七事变后，日军曾在天安门上挂出"祝南京陷落"的标语。

一切都已改变。8月25日，中央军委副主席许其亮在全军纪念抗战胜利70周年学术研讨会上表示，"决不再让战火在我们家园燃烧，决不让老祖宗留下的疆土有半寸丢失，决不让国家发展进程被打断。"

天安门广场东西两侧的巨型大屏幕切换向空中，体量庞大的空警-2000预警机由歼-10表演机护卫，带领183架飞机组成的空中梯队翱翔而来。

八一飞行表演队的8架歼-10战机拉出绵延9公里长的彩烟，在这片"彩虹"跨越的空域，曾经飞过受阅的是歼-6、歼-7等二代战机，今天代替它们的是性能先进的国产歼-11B、歼-15战机，还有那些名字拗口但备受关注的信息化作战平台——空警-500、运-8指通机、运-8型特种飞机。未来，还将有我国自主研发的歼-20等第四代战斗机。

"我们这一代军人的使命，就是为国家强大、人民生活幸福去努力。"亲自驾驶歼-10梯队长机受阅的沈阳军区空军参谋长常丁求少将说。此刻，除了现场接受检阅的1.2万名官兵，更多的中国军人正奋战在演习场、边防海岛、高原哨所、大洋舰艇的各自战位上，默默守护着祖国的安宁。

2015 年 9 月 3 日，陆战队两栖突击车方队通过天安门。李建泉 / 摄

2015 年 9 月 3 日，放飞气球。赵迪 / 摄

2015 年 9 月 3 日，中国人民抗日战争暨世界反法西斯战争胜利 70 周年纪念大会在北京隆重举行。这是抗战老兵乘车方队通过天安门广场。刘占坤 / 摄

2015 年 9 月 3 日，俄罗斯军队方队通过天安门广场。这次阅兵我国首次邀请外军参加。刘占坤 / 摄

2015 年 9 月 3 日，空中梯队飞过天安门广场上空。李隽辉 / 摄

呼啸而过的战机，带着人们的欢呼雀跃飞过北京欢庆的蓝天。千人军乐团奏响意气风发的"我们从古田再出发"，宽阔的天安门广场、巍峨的人民英雄纪念碑见证了这场盛典，也见证着碑文上先烈们为之奋斗的"民族独立、人民自由幸福"已经和正在变成现实。

赵飞鹏

2015 年 9 月 4 日

习奥会私人晚宴：不打领带的峰会

"白宫夜话"——中美两国元首又一次"不打领带的峰会"。当地时间9月24日晚，中国国家主席习近平和夫人彭丽媛出席美国总统奥巴马和夫人米歇尔为其举行的私人晚宴。美国高官和一些评论认为，"私人晚宴"是美中两国领导人最具建设性的接触，本次私人会晤与交流，是习近平主席与奥巴马总统的第三次"非正式峰会"，也将是两国"数十年内最重要的会谈"。

当地时间9月24日17时15分许，习近平主席专机降落在位于美国首都华盛顿哥特区南部的安德鲁斯空军基地，开始此次对美国国事访问的第二站。美国副总统拜登夫妇到机场迎接。

当晚，习近平主席和夫人彭丽媛出席了奥巴马总统和夫人米歇尔举行的私人晚宴，晚宴与会谈时间远超原定的两个小时。

晚宴在布莱尔国宾馆举行。布莱尔国宾馆位于白宫斜对面，始建于1824年，是一栋临街而立的4层爱尔兰式建筑。从外面看，房前围以铁栏杆，窗楣上是别致的白色石头过梁。不大的正门是方格形镶板，黄铜门环，有一座小小的白色立柱门廊。内里的装饰，古色古香，现代化设备则是应有尽有。布莱尔国宾馆已成为美国总统接待外国元首和政要名人、营造宾至如归氛围的"私家会所"，邓小平、江泽民等中国领导人访美时都曾下榻于此。

美国媒体透露，美方参加私人晚宴的有国务卿约翰·克里、国家安全事务助理苏珊·赖斯和白宫办公厅主任丹尼斯·麦克多诺等。

在奥巴马眼里，过去与习近平主席的所有接触中，私人晚宴上的交流最具建设性。在中国青年报记者日前参加的电话简报会上，总统国家安全事务副助理本·罗兹表示："无论是加州'庄园会晤'还是中南海'瀛台夜话'，奥巴马总统均在会后表示，他认为美中两国元首最具建设性的意见交换，都发生在私人晚宴上。"

罗兹称，奥巴马总统已经与习近平主席发展了良好的个人关系，能够进行富有建设性的对话。美中关系内涵十分丰富，双方有许许多多的对话与会议。这些会议是必要的，也很重要。但坦率地说，一些时候，这些会议是美中双方就长长清单中的一系列议题表明各自立场。罗兹说，在数小时的私人晚宴上，两国领导人抛开正式议程和谈话参考，畅谈两国内政和他们的施政方向，讨论各自对两国如何在世界舞台上开展合作，这打开了了解对方世界观的一扇窗口。

2013 年，奥巴马总统与习近平主席在美国加利福尼亚州的安纳伯格庄园进行会晤，达成共同努力构建中美新型大国关系的重要共识。这被认为是双方在总结历史经验基础上，从两国国情和世界大势出发，共同作出的重大战略抉择。2014 年 11 月，习近平在中南海瀛台前迎接奥巴马，并邀请奥巴马共进晚宴。席间，两国元首就治国理政进行了深入交流。

白宫表示，24 日晚奥巴马总统为习近平主席和夫人彭丽媛举行的私人晚宴，将是美中交换两国未来愿景、促成建设性共识的关键时刻。罗兹称，在两国领导人的世界观各有不同的情况下，私人晚宴这一交流形式尤显重要，因为它为两国之间的所有议题提供了一个背景。两国领导人各后退一步，从战略高度审视美中之间的分歧甚至一些关系紧张之处，但同时也寻找那些可以合作的机会。比如，加州"庄园会晤"就为美中两国在气候变化问题上的合作取得突破打下了基础。

罗兹认为，奥巴马总统强烈认识到，习近平主席有抱负，这种抱负能够促进全世界的利益。罗兹表示，展望此次习近平主席 24 日至 25 日的对美国事访问，以"私人晚宴"这一方式开局非常重要，将能为 25 日正式会谈定下基调，帮助两国在有关议题上取得更多进展。

陪同习主席访美的中国外交部新闻司司长、发言人陆慷 24 日表示，习主席愿意增进与奥巴马总统之间的互相理解，这也是他们将从这种非正式对话中获益的重要原因。

《华尔街日报》评论认为，24 日晚的这场"习奥会"私人晚宴，将是数十年来两国关系中最为重要的一次会谈。奥巴马与习近平主席之间的个人联系，将促进美中在两国关系战略框架及全球挑战、经贸、军事、网络安全、南海等重要问题上取得更多共识。

成果已经显现。25日，《纽约时报》引美国官员的话称，两国领导人将在当天宣布一项有关气候变化的联合声明，续写美中在这一全球性问题上的关键合作。中国将计划从2017年开始，推行碳总量管制与交易，进一步限制温室气体的排放，为应对全球变暖问题作出新的努力。

刘 平

2015年9月26日

红色预警第一天

今天，北京至少有 3690 名车主因为违反机动车单双号限行吃了罚单。一场突如其来的空气重污染红色预警打乱了这个城市部分有车族的出行节奏。

12 月 7 日晚间，北京市空气重污染应急指挥部发布消息称，将于 12 月 8 日 7 时至 12 月 10 日 12 时，启动空气重污染红色预警措施。这也是北京市自 2015 年 3 月发布空气重污染应急预案以来，首次启动红色预警。

红色预警与老百姓最密切相关的是，中小学和幼儿园全面停课，以及机动车实行单双号行驶。有车族王明泽（化名）昨天的微信朋友圈就已经被单双号行驶的信息刷了屏，车牌尾号为单号的他，今天早早选择了坐地铁出行。

王明泽对有霾的生活已习以为常，今天不同的是，停驶的私家车似乎在提醒他，作为普通人，他也必须为减排污染物作出贡献。

12 月 8 日早 7 点 27 分，北京天安门广场，观看升旗仪式的游客们举起手机拍照。当日上午 7 时起，北京市首次启动空气重污染最高预警等级。李隽辉 / 摄

北京，国贸 CBD 商圈，一名附近建筑工地的工人走过。当日，他所在的建筑工地已经停工。赵迪 / 摄

上午，北京市海淀外国语实验学校，留在学校的学生在老师的带领下前往充气膜体育馆躲避雾霾。李隽辉 / 摄

　　地铁很挤，但王明泽说，这就是一道选择题，是要好空气，还是要汽车轮子上的生活。在这场抗霾运动中，真的没有人能置身事外。

　　王明泽所作的选择得到了专家数据的支持。中国环境科学研究院副院长柴发合告诉记者，根据中国环境监测总站的监测数据，与平时相比，今天早上七八时的早高峰时段，已经能明显看出机动车排放对污染的贡献比例在下降。

　　对照红色预警中的若干要求，北京市派出了 32 个督查组监督。尽管此前，北京市环保局已经对各类污染企业摸排了多遍，但今天依然逮住了一家违法企业。

在北京市东城区，北京市环保局的工作人员在对一家名为航星汽修厂的喷漆车间进行检查时，发现他们没有任何的环保审批手续，当场就对该车间进行了查封。

除了北京市的32个督查组外，在这个红色警报响起的重污染时段，京津冀三地的环境执法人员还首次进行了联合执法，他们发现了45家有环境违法行为的单位，一些冒着黑烟的锅炉抹黑了天空。

很多人还在以自己的方式为减排作着贡献。12月7日18时至12月8日10日，北京市环境举报热线收到市民对大气污染问题的举报63件，其中有37件是烟囱冒黑烟的，13件是工业企业异味扰民。

专家早已经证实，区域间的空气质量是相互影响的，所以当灰霾污染又一次席卷华北地区时，光北京一地启动红色预警是远远不够的。今天，天津、河北、山东、河南等地也对应各自的空气质量启动了不同等级的预警。

令人遗憾的是，就在灰霾污染已呛得人喘不上气的今天，环保部派向华北、华东等地的12个督查组依然发现了诸多的环境违法问题。环保部的说法是，"仍有一些企业顶风作案，违法超标排放"。在北京市大兴区英玛工贸公司北厂区，环保部的执法人员就发现该企业烟囱冒着浓浓的黑烟，污染严重。

除了北京，在天津、河北、山东、河南等地，环保部督查组都发现了违法排污的企业。

灰霾席卷之下，人们尽量躲在家里或是办公室里，然而一个城市的运转仍然需要很多人在街头的雾霾中"坚守"。

在北京市玲珑路的南侧，一个四面围起的、几十平方米的小型工地仍在断断续续地施工。工地上的人说，为了支持慈寿寺地铁站运行，这个为地铁供电的高压线施工处需要保持工作状态。"否则地铁怎么办？"

同是在这条街上，多家网络送餐公司的门前，骑着电动车的送货员来来往往地穿梭着，络绎不绝的订单让他们没有喘息的机会。他们中的许多人，不得不一遍遍在电话里对客户道歉——订单太多，污染太重，送餐的时间可能会延误。

同样忙碌穿梭着的，还有各家快递公司的员工，他们的工作在雾霾天一切照旧，"没有特殊的通知和补贴"。不少快递公司的门口，都有多辆三轮车依然"蓄势待发"，"只要来人寄货，这里便会随送随发。雾霾影响到的是发往外地的邮件，尤其是通过飞机运送的，飞机可能会延误。"一位工作人员说。

工地停工让工人有了难得的放松机会，他们有时间出门转转。但停工却让一些企业感到担忧。玉渊潭乡 F1、F2 混合用地工程的工作人员透露，工人工资要根据当日工作量计算。目前因为雾霾严重造成的停工，其成本主要靠企业负担。

傍晚，在万丰路和靛厂路交接的西南角，一个路边市场迎来了一天中最热闹的时间。摆满生鲜、蔬果、熟食的约 30 个摊位，仍旧照常露天作业。而在集市中来来往往的数十人里，买菜的市民几乎都"全副武装"，戴口罩的卖家却少之又少。

据监测部门分析，12 月 8 日夜间到 9 日，北京市仍处于静稳天气，湿度大，以弱南风为主，污染水平进一步上升，9 日将达到严重污染级别，10 日中午风将至，空气质量有望改善。

何林璐　王景烁
2015 年 12 月 9 日

2016

舞 台 中 央

　　2016 年飞出了一只巨大的"黑天鹅"，地产商人特朗普当选了美国总统。几乎所有民调机构的结果都出了错。大跌眼镜的结局与特朗普不按常理出牌的政风，让世界充满了不确定性。

　　只有一点是确定的，特朗普是个偏执的民粹主义者，一切"美国优先"，这让自 2008 年开始抬头的逆全球化和保护主义，沉渣泛起，浊浪汹涌。作为世界第二大经济体，中国成了世界秩序和全球化战略的主要维护者，历史性地走到世界舞台的中央。人民币入篮，亚投行开业，索马里护航。危难时刻，G20 峰会在杭州召开，世界瞩目中国，正如中青报的一篇评论所说：中国正努力成为全球治理的协调者，在杭州，你能听到世界的心跳。

　　此时，中国担当这副责任并不容易。这年夏天，全中国似乎全都泡在雨水里，罕见的暴雨先在南方肆虐，然后又突袭北方，持续不断的洪灾考验着人们的勇气与耐力。

　　而中国的经济也正处在增速换挡、调整阵痛和消化刺激政策三期叠加的攻坚时刻。股市反复熔断难止颓势，楼市大起大落剧烈震荡，人民币贬值，资本外逃，金融巨鳄索罗斯扬言，要利用这个新旧动力加速转换的过渡期做空中国。

但是，毕竟此时中国的 GDP 盘子已达 11 万亿美元，外汇储备 3 万亿美元，经济增速虽有下滑但仍是世界第一，强势崛起已难以撼动，有必要寻求兑现为相应的国际地位。这一年，除了中国代表团在里约奥运会上的出色战绩，国家实力集中表现为外空探索——先是世界最大球面射电望远镜"天眼"建成，然后是天宫二号与神舟十一号发射并实现对接，10 月，大型运载火箭长征五号发射成功，中国空间站建设迈出关键一步，按照计划，6 年后中国空间站将成为世界唯一运行的空间站。无疑，这都给了中国担当更多责任的底气。

更值得关注的是，新发展理念为换挡升级带来的内力。这一年，除了 BAT 跑马圈地，日益做大，年轻的创业者又开辟出两片新蓝海：网络直播和共享单车。循着商机的气味，资本一拥而上，市场很快发紫，就像一盆散发着酒气的熟葡萄。

3 月，一场人机大战引起轰动，由谷歌下属公司制造的人工智能机器人 AlphaGo，以四比一战胜围棋世界冠军李世石，面对电视镜头，李世石潸然泪下，众人心有戚戚，又忖度暗喜：越过互联网经济的红海，可以遥望一片新经济的广阔天地，人工智能、大数据、区块链，等等。"新经济"是当年政府工作报告第一次提出的概念，分析家们认为，这体现了新发展理念的精髓。

这一年仍然有许多烦心的人和事，去产能下岗的工人、弃学打工的孩子、房价挤压下的白领，有时都难免陷入困顿。2016 年是红军长征 80 周年，中青报与全国媒体一起，发起了大型纪念报道，全国上下有了个机会停下来思考，党带领人民奋斗的目的何在。不畏浮云遮望眼，只有不忘为什么出发，才能坚定地走向未来。

深圳正在告别断指

身为深圳市的一名手外科医生，张振伟觉得，自己"拼命三郎的岁月"已经过去了。

15 年前，他到深圳宝安区沙井人民医院担任手外科主任时，"忙得一塌糊涂"。

医院位于深圳的工业重镇沙井。根据最新统计，只有 3.3 万户籍人口的沙井，却有近 130 万外来人口和 5000 多家工厂。因此，陪伴张振伟从医生涯的，主要是百万产业工人的伤和痛。

张振伟来时，遇上了一个工伤高峰。手外科当时有 80 张床位，最多同时住着 110 多位病人，走廊也挤得满满当当。每天新收的病人可达 15 人到 20 人。每两三天，医生就要熬一个通宵。

夜晚、男性、青年、工伤、外地口音，这是留在张振伟记忆里的关键词。夜间是工厂加班及工伤多发时段。捧着断指或找不到断指的工人，从邻近的电子厂、五金厂、制衣厂、家具厂的生产线上撤下，在夜色中被送到手外科。

他还记得，医院门前当年只有一条像样的街道，路上飞奔的多是摩托车，入夜后就十分冷清，手外科病房却总是熙熙攘攘。

很难说清是从什么时刻开始，科室的病人持续减少。床位从 80 张减到 60 张，直到今天的 55 张，其中只有三分之一的病人属于手外伤——2010 年前后，为了避免科室空转，他们将治疗范围拓展到车祸、骨病、肿瘤、先天畸形等引发的上肢问题。

或早或晚，置身深圳工业园区的手外科医生们，从床位的变化中，感知了中国经济的腾挪。

张振伟注意到，他的病人减少时，恰是深圳市出台"大政策"，关停并转一些劳动密集型工厂的时候。

30多公里外的私立龙安医院，2002年到2007年是手外伤高发期，医院与周边工厂签约，为半夜送来的工伤伤员开辟了"绿色通道"。

2008年国际金融危机，在一度主打手外科的龙安医院引发了连锁反应：医院的病人随着工厂的订单一起减少。

龙安医院在2013年前后撤销了独立的手外科。医院大厅的平面介绍图上，原本属于手外科住院部的七楼标注着"正在规划中"。

这家灵活的私立医院如今主打的是妇产科。网站首页挂着一位年轻女郎的大幅照片，广告语是："3分钟无痛人流。"

金融危机牵动的医院床位

在深圳，在中国率先工业化的珠江三角洲，类似变化不断发生。与龙安医院同期，深圳龙岗区手外科专科医院更名为龙岗区骨科医院。

在顺德，广东的另一个工业小城，"和平手外科医院"先后更名三次，从"手外科"到"创伤外科"，再到如今的"外科"。只有地图还记得，它曾是"手外科医院"。

十多年前，这家医院一位医生在出席国际论坛时介绍，他在10年间做过大约4000例断指再植，引起外国同行的惊叹。任何一个地方，都找不出这样"丰富"的病例。

但在世界工厂，"手伤科"的登场与退场其实都不算是值得大惊小怪的事情，特别是深圳。

作为邓小平圈定的中国改革开放的窗口和经济腾飞的起点，深圳经济特区见惯了南海边的波澜壮阔。

深圳只用了30多年，就从渔村变成了几可与香港比肩、拥有近2000万人口的大都市。与过去告别是深圳的一种习惯。变化才是它惟一不变的事情。

比如，陈燕娣用了很长时间才意识到，她现在居住的深港幸福花园小区，以前立着自己打工时常听说的"友利电"的厂房。

2005 年被送到张振伟所在的手外科时，陈燕娣是一条手机充电器生产线上的年轻女工。她见到了连走廊都住满了病人的场面。

她被机器轧到了右手，伤了五根手指，其中骨折的三根至今难以伸直，上面趴着歪歪扭扭的针痕。她出事后，厂方坚称是她自己不够小心，她的维权得益于在医院认识的一些工友。

受伤两年后，陈燕娣带着伤残的右手离开工厂，和朋友一起创立了公益机构"手牵手工友活动室"。他们到工厂开展安全培训，到医院手外科探访，为工友提供心理、法律咨询等服务。

不过，她最近暂停了"手牵手"机构的工作，在家带孩子。他们在不同医院的工伤探访中发现，人数减少了，伤情也在减轻。

在她看来，这与加工业搬离深圳有关，也与安全监管、工伤保险等方面政策的改进有关。比如，"友利电"的生产线已经搬到了越南，在深圳只保留采购部门。

陈燕娣最终被认定为九级伤残，属于工伤中较轻的级别。

这些年里，伤痕累累的产业工人用工蚁般的付出托举出当今第二大经济体。美国《时代周刊》曾将中国工人群体作为封面人物。然而，只有手外科医生真正清楚，那些被视为力量象征的手掌在机器下面到底有多么脆弱。

血肉和白骨因为切割、压榨、撕脱、热压、爆炸而轻易分离；一只衣袖被机器轻轻拉扯了一下，下一秒就可能是一条胳膊的消失。手伤轻的可以再植再造，比如把脚趾接到手上，重的只能截肢。

深圳龙华新区中心医院手外科医生邓雪峰记不清自己接过多少根断指，对于工伤，他最大的感触是"要以预防为主"，因为再怎么修复，也恢复不到"原装"的状态。

让他印象最深的一次手术，是在技术远逊今天的 10 年前，与同事历时 8 个小时，为一名右手手掌及中间 3 根手指完全毁损的男工把拇指和小指安在手腕处的两块骨头上，造出了一个可以夹东西的"蟹钳"。

"手外科医生的工作跟木工差不多。"邓雪峰形容。不同的是，木工锯坏了木头还能装上去，而他们没有挽回的机会。

在高倍显微镜下，他们像木工一样拿着锯子，小心翼翼地用钉子固定住工人们的骨头，将血管和周围神经用比头发丝还细的线缝合，没有回头考虑的机会。

2006 年，邓雪峰所在的科室一天要完成十几台手术，走廊里摆满行军床，"到处都伤痕累累的，就跟战争片里一样"。

在深圳速度中拼命

与沙井人民医院一样，2008 年国际金融危机过后，龙华新区中心医院手外科的住院病人从百八十人减至 40 多人。2013 年，科室调整为"创伤骨科"。

有关职业性手外伤数字的波动，多年以来始终缺乏大规模的流行病学调查。2005 年，一家社会组织的负责人称，珠三角每年被机器切断的手指超过 4 万个。但那只是基于调研推算出的数字。

能够反映工伤情况的一个侧面是，许多企业干脆跟医院签订合约，每次送来的工人的医药费用由医院记账，定期结算。

2004 年 10 月至 2005 年 10 月，北京大学深圳医院所有急诊的职业性手外伤住院患者为 390 例，男女比例 12∶1。

该院手外科医生在论文中指出，此次调查发现以职业性手外伤最多，可能与"本地区的经济结构"有关。

如今，经济结构再一次影响了这些医生的职业。

长期关注工伤的深圳砥砺社会工作服务中心主任张玲燕说，10 多年前，她刚到深圳时，常常在路边看到医院手外科的广告："为工伤保驾护航"。

如今，她常常探访的两家私立医院手外科都关闭了。她与陈燕娣的判断一致：整体趋势来看，工伤减少，伤情减轻。

她认为，一个原因在于深圳产业升级，从第二产业转向第三产业和高新技术产业，加工厂被"逼"走了。

这些加工厂，迁到了省内的惠州、河源、东莞，迁到了外省，也有的去了东南亚等人力成本更低的区域。

躺在沙井人民医院的病床上，40岁的五金厂工人老谢并不太关注这些事情。他听说，下个月工厂要搬到江苏去，那边已经盖了新厂。他不太清楚这个可能影响自己的计划，"那是老板的事"。

他关注的是，在连续加班3天后受伤的右手食指，能不能评上伤残等级。去病房查房的时候，医生张振伟听到的"我能评上几级"这个问题，有时比"我的手能恢复成什么样"还要多。

劳动能力鉴定伤残等级分为十个级别，一级最重，十级最轻。不同的等级对应着不同的工伤待遇。

老谢在13岁那年——1989年，买了33块钱的火车票从江西老家来到这座移民城市。

那是三天盖一层楼的"深圳速度"爆发后的年代。深圳依靠"二来一补"的加工贸易起家，很快成为一个国际化的加工贸易基地，劳动密集型工厂层出不穷。

整个国家都处于经济突飞猛进的时期。老谢来到深圳的次年，中国总计生产了一亿一千万块集成电路，5年后翻到三亿一千万块。1996年开始的第九个"五年计划"，中国提出的国民经济和社会发展的奋斗目标，是"初步建立社会主义市场经济体制"。

而今天，"中国制造2025"新计划，正推动生产方式"向柔性、智能、精细转变"。

在这些宏大规划的字里行间，48岁的工人老胡，不断变换工种，寻找谋生空间。他 1991 年来到深圳，从两三百元的月薪开始，玩具厂、家私厂、五金厂……直到最近右手食指和中指在一台打磨机上受了伤，住进了沙井人民医院手外科。医生为他从小臂内侧取了一块肉缝在指头上。

产业在不断腾挪：深圳 1985 年劳动密集型产品的产值占工业总产值的六成以上。15 年后，高新技术产品产值就占到四成以上。

而今天，"工厂再想落户深圳，只要高新的，要技术含量。"一位 16 岁就从河南到深圳的打工者这样理解。他目睹了工业区的缩小和中小型加工厂的后退，以及各种各样的工伤。

受伤头几天，老胡疼得睡不着觉。疼痛减轻后，心理压力加重了。他最怕的是自己万一残废了，家庭失去支柱。他正在打工的妻子没空陪护，他就自己打电话订餐，用左手解开塑料袋、打开饭盒、拿勺子舀饭，笨拙地把饭菜放到嘴里。

"打工的人不拼命干，不做不撑，咋办呢？"他问。

断指之痛比"手伤科"更难告别

沙井人民医院上世纪 90 年代以外科为主，现在妇产科、内科队伍都迅速发展壮大。每年，会有七八千个孩子在这里出生。"以前来看病的都是劳动力，现在老人小孩拖家带口地都来了。"

张振伟预测，根据病源的需求，深圳市的手外科医治内容将从机械创伤向骨病、微创、功能矫正等方面逐渐转型。"现在的手外科医生们，干到退休应该不成问题。"他笑着说。

深圳政府网站显示，2013 年，全市完成工伤认定 3.56 万人，工伤事故率 0.37‰，比上一年明显下降。

2001 年开始关注珠三角劳工的华中师范大学社会学院教授郑广怀认为，通过工伤保险的参保和待遇享受情况来统计得来的只是"冰山的一角"，造成工伤的原因至今没有得到遏制,工人们面临的制度环境"没有太大改善"。

偶尔,陈燕娣会接到回老家三四年工友的电话,他们询问近况之余会问她:"现在深圳的工伤有没有少一点?"——这个令他们沙里淘金并付出血的代价的地方,他们念念不忘。

"出过工伤的人就会知道,工伤是怎样改变他们整个人生的。"陈燕娣说。

很多迹象都在表明,深圳正在告别"手伤科",但真正告别断指之痛,还需要更长的时间。

在工人老谢的老家江西,几年前,一位工友被钢筋打断了手指,因生活拮据中止治疗。工厂老板接到求助电话时百般推脱。农民工因负担不起治疗费用,手捧着断指离开了医院。

一位医生发现,在手外科领域的学术交流上,2010年之后,湖南、河南等内陆省份的同行分析手外科临床的越来越多。

长三角地区的浙江省慈溪市人民医院,对2010年10月至2014年8月20000例慈溪市劳动保障部门登记在册的手外伤患者进行过问卷调查,他们发现,一年当中2月最少,7月最多。这可能与当地夏天天热使人困乏有关,与春节长假有关。

这里的医生发现,慈溪市经济发展较快,工业化程度高,手外伤高发。手外伤患者的年龄、成因、种类、行业、企业等很多方面,"符合中国的基本国情"。

来到深圳十几年,张玲燕看到很多工业区盖起了商品房,商业区不断延展。她领导的社工机构,工作内容也从工伤向留守儿童等社区工作方面拓展。

她说,曾经的工伤是深圳经济发展的代价。"深圳这里已经牺牲完了,偏一点的地方跟10年前的深圳没有什么区别。"

陈轶男

2016 年 5 月 11 日

听说市场要搬家

1月12日，天寒地冻，北京市通州区八里桥批发市场中不时有人走过。一家五金杂货铺门外，郭冬梅倚靠在一堆褥子和塑料盆旁，边看手机上播放的电视剧边等候顾客。今年37岁的郭冬梅不到20岁就从湖北随州来到这里摆地摊，现在她已经有了自己的店铺。

作为京东最大的农副产品批发市场，八里桥农产品中心批发市场占地40万平方米。而相比它所聚集的人和商品的数量，这个面积依然显得相当拥挤。

北京城里散落着大大小小的批发市场，规模更大的则形成了批发市场商圈。大红门地区是北京最大的批发市场交易地之一。人们似乎很难找到它的边界，各色各样的市场一个接着一个，从平房到高楼，从地摊到专柜，不少人用一天时间，也只能逛完其中一两个批发市场。

住在附近的老人回忆，20世纪80年代初，大红门地区还是一片10万亩的大菜地。后来，一些来京谋生的浙江人看中这个离前门不远的地方，逐渐开始在大红门地区聚居，做起了服装生意，屋前摆摊卖服装，屋后是服装加工作坊。之后才建起了服装商城。

为疏解非首都功能，北京市正以低端批发市场腾退作为切入点，加快首都核心功能的"瘦身步伐"。据北京市发改委的数据，2015年北京共撤并升级清退低端市场150家。"大红门"的方仕国际鞋城等市场和2015年一道成为了历史。

大红门批发市场的主要外迁地点是河北白沟，那里已经建好了新的大红门服装批发城，目前不少大红门商户都已经转向了河北。今年，大红门地区计划完成疏解市场16家以上，涉及商户5000个以上，建筑面积50万平方米。同时，大红门地区也将不再新办批发市场经营执照。

1月12日，北京通州通惠河旁的八里桥市场。

听说市场要搬家

本报记者　赵　迪摄影报道

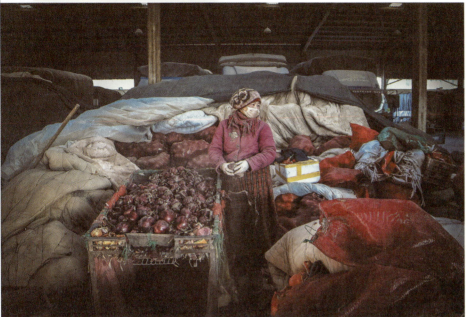

1月12日下午，北京通州八里桥市场，来自河南延马店的李大姐在卖洋葱洋葱。阴天湿易湿黑，她都得来这里帮忙。在这里，她已经打杯了20多年。

1月12日，大寒地冻。北京市通州区八里桥批发市场中不时有人走过。一家五金杂货铺门外，郭冬梅坐蹲在一堆椅子和塑料袋旁，边看手机上播放的电视剧边发脾脸。身上家外的地方上要穿厚厚一层，套头帽、围巾、手套、棉裤，只有双眼睛露在外面，她说，习惯了这样。今年37岁的郭冬梅不到20岁就从随州乡跟随到这里摆地摊，现在她已经有了自己的店铺。

作为京东最大的农副产品批发市场，八里桥农产品中心批发市场占地40万平方米，而相比它所承集的人和商品的数量，这个面积依然显得每当拥挤。

北京城里散落着各大小的批发市场，顾客要大约到那或了批发市场淘菜。大红门地区是北京最大的批发商场贸市场之一，人们都等每地来到它的边界，各各各样市场一个不逆看一个，从平房到商楼，从地摊到专卖…两个批发市场，这里聚集了45家活跃市场，传统市场生生物逻辑，餐饮等连命的产业纷纷续路往里的车道中，形成一个个"堵点"。在这里，音响里播放着最多分的流行乐曲，商贩和调客的讨价还价声，混过马路上哪汽汽迎声哪手头这交织在一…

大红门汽易里主要以批发置装为主，但平时用的，花的在这里也都能找到到。因为价格低、品种多，不见是小商贩们的"淘金"点，也是服务北京和周边的市民淘最便实惠的"胜地"。住在附近的老人环一之，20世纪80年代以，大红门地区还是一片10万亩的大荒地，后来，地布建起一年的湖迁来的服装厂，绣新的来红门服装批发城，目前起少大红门门商贩越已迁转向了河北。今，大红门地区行处地又度数着年的16家以上，摄客量日为5800个以上，纵混面积50万平方米。理时，大红门地区也将有新动新批发市场经纶起来。

通向八里桥市场，鲨成最大大汽商摊柜上，富满了各种各样的VCD机、DVD机，点歌机等电子产品、老菜说，现在很多人都在网购，连来摊位上买各的大多是这几年的腿民和外地来的的打工者，在一座座破产还只靠打听就电器电视了，17岁平的电视机只卖打门的都都喜欢个个电电视，空间时用关消的调了。

位于北京市三环路过的金五星批发市场里，转安危在销货发生。1月19日，一家铺铺安驼前的店铺门前，46岁的赵冬正小亲摆弃着儿双打采货迹的嘱子，生纸纸打并起的着网工，维码客自己的"朋友圈"里。现在她对改着系都设来，她不摆弃了手机上儿张照片，供应信息的老客户觉觉。之前就有很多在网上开着的店主客扩小三这里就货，但她不不到网，微信住是去网才摊儿几"学会。如果将来老扬揭了，扩小三说，她刚摆金国各店家阳闲沌送去数布袋，她揭混将起里还摆端场这小镜，这完是年时时候，一个月的拼装摆提做个几万元。

山西运城张女生在绳的搬做早在2006年被扩起了网站。起前这，现在荣阳城买东买西的人越来赿少了，未来如果网上场搬过，进入地处出南的条件不好，他担行很会逐步撤剥家搬，全力准闲了。

在北四环外北北沙海市场，搬迁也是大家的关颅注的话题。有一家关靴的布布搬，6岁的李显微不忧小从年在买卖。李显微的妈的很是于市场的一个一摊摊位，对厂摆话，她超迁广的是李晃显的上学问题。如果市场搬之利到现近的地方，孩子的这一学期随年不到解决，她将就揣孩子回河河南南了，那靠开始。

"一个，两个，三个……"在市内贫穷的逗逗上，李昂晚说"越越糕"口就数，满脸这声音别落在市场内，就在早几月间，市场周向空数了每一座壶把陆摊摆，还那那有。"大红门服装批发市场过比比就热比方，整个市场逛得每个海样清澈，我冒眼说，批笑哭北京，因为这里有很多友友。

1月14日，北京一家服装批发市场，午休间，一名男子在的地上睡着了。号远他们，这些生日仅在仅营里这处"凝源"。

1月17日，北京北沙滩盛宏批发市场里，一间间摆店，铺贴在前货架子。李显微30岁来平间，这个是看天家门口的走道工，这了显示。村"赵步，经济了从博物到建业的纯样。

1月17日，北京北沙滩盛宏批发市场市场附近的一条一河旁把烟火。36岁的李显花在走道建市场里做卖，如果可以将来市场搬了，如果来搬到了别业区都，高开近这摆行了多年的这布。

1月17日，北京北大门一家服皮批发市场里，5岁的李显彩和小伙件玩。背景处在河南，她的码是这是好一要朝着样这，她见，她就北京。说果这户户，姥姥愁愁不惯姥姥非的方。

1月15日，北京内大红门一家服装批发市场里，顾客在脱鞋子。

1月16日，北京大红门服装批发市场里货物摆满，一家男子坐一群非摊妈过是不久12分迷。通了解，目前大红门有40余家市场，商户2.5万多个，迁看许等日速这区域业的交通资常常最不清。

通州八里桥市场，董成武不大的摊位上，塞满了各种各样的 VCD 机、DVD 机、点钞机等电子产品。老董说，现在很多人都在网购，还来摊位上买东西的大多都是周围乡镇的居民和外地来京的打工者。在一排播放着试机影片的电视机中，17 英寸的电视机是他们店的畅销机型，售价 200 多元。董成武说，电视机尺寸越小越好卖，价格便宜还不占地方，许多外来打工的都喜欢买个小电视，空闲时用来消磨时间。

位于北京市三环附近的金五星批发市场里，转变也在悄悄发生。1 月 19 日，一家销售女鞋的店铺门前，46 岁的店主旷小兰摆弄着几双打折促销的鞋子，生疏地用手机拍着照片，随后发在自己的"朋友圈"里。现在每次有新货进来，她都会用手机拍上几张照片，供微信里的老客户选购。之前就有很多在网上开店的店主来旷小兰这里进货，但她不会上网，微信也是去年才跟儿子学会。如果将来市场搬了，旷小兰说，她可能会回老家湖南长沙去做生意，她听说现在那里环境还不错，临近过年的时候，一个月的销售额能到七八万元。

市场里经营文具生意的老欧早在 2006 年就开起了网店。老欧说，现在来市场买东西的人越来越少了。未来如果市场搬迁，迁入地给出的条件不好，他也许就会放弃店面，全力做网店了。

在北四环外的北沙滩市场，搬迁也是大家经常探讨的话题。在一家卖鞋的市场里，6 岁的李昱欣和小伙伴在玩耍。李昱欣的妈妈在这个市场经营一家鞋店，对于搬迁，她最担心的是李昱欣的上学问题。如果市场搬迁到更远的地方，孩子的上学问题得不到解决，她将带着孩子回河南老家，重新开始。

赵迪 摄影报道

2016 年 1 月 20 日

暴雨显影防洪体系六大病灶

6 月 30 日至今，长江中下游地区遭遇多轮次暴雨袭击。安徽、湖北、湖南、江西、江苏等多省份局部地区出现历史罕见的极端汛情。

今年的大洪水汛情，早在数月前就被我国超级计算机预测，气象部门也早就发出了多次警告。然而，暴雨袭来，伤痕累累。截至 7 月 8 日，这次洪涝灾害已造 11 个省（区、市）的 3100.8 万人受灾，164 人死亡，26 人失踪，直接经济损失 670.9 亿元。

昔日的大汛重在江防，而今天，随着三峡大坝的建成和长江大堤的强力加固，灾害更多来自堤内，受灾地区受的是"内伤"。一场暴雨，就像将 X 光片浸入显影液，立即显影出我国防洪体系隐藏已久的六大病灶。

"肾脏萎缩"：填湖造地

对于家住武汉市南湖花园的严先生来说，几天来，上班出行的尴尬让他终生难忘。想要走出南湖片区拐角的渍水处，他必须和一群人一起挤在一辆铲车铲斗上，才能慢慢被挪到马路另一边。

7 月 5 日，大暴雨，水淹江城，武汉市出现百余处渍水，交通瘫痪，全城停工停课，而南湖地区受灾严重。7 日，南湖所在的洪山区政府救援指挥人员在接受当地媒体采访时介绍，南湖周边共有 20 个社区被渍水围困，一度停电停气，渍水最深的南湖雅园小区，有的地方水深 1.8 米左右。

市内湖泊的萎缩，被公认是导致城市内涝的重要原因之一。在城市里，湖泊和湿地起着容留回旋积水的重要作用，湖泊是"城市之肾"，是城市的生命之源。据南京大学地理与海洋科学院胡茂川、张兴奇的研究，在钢筋水泥构成的城

武汉北洋桥 2000 年卫星图　资料照片

市里，"城市地表不透水面积增加，原本可以地面渗透的水量大大减少，大部分雨水转化为地表径流"，城市地表的渗水程度要锐减数倍。

在武汉，湖泊的重要性更为突出。中国地质大学教授李长安在接受中青报记者采访时指出，武汉和其他城市不同，现在长江的水位已经高于武汉城市的水位，武汉城市的洪水没有办法自然往长江里排，下了大雨，武汉城市里的水需要找地方泄洪，所以，湖泊这样的蓄水空间十分重要。

武汉水系发达，原本大小湖泊星罗棋布，素有"水袋子""百湖之城"之称，"但是，现在武汉湖泊已经没有办法起到调节作用了，为了城市建设，当地填了许多湖来造地"。

上世纪 50 年代初，武汉市主要城区内，共有大小湖泊 127 个。现在，中心城区仅剩下 40 个湖泊。

武汉市一位城建官员介绍，湖泊变少，主要集中在上世纪六七十年代和 90 年代两个时期。

上世纪六七十年代，武汉人口增长迅速，为让老百姓吃饱肚子，大兴"以

武汉北洋桥 2016 年卫星图　资料照片

粮为纲"运动，大片湖区与湿地被填占。上世纪 90 年代，城市化进程加快，城建迅猛扩张，填湖造地增多，城内湖区填上后，大批商品房在其上拔地而起。

华中科技大学公共管理学院卢新海教授与曾忠平博士，曾作过专题调查和研究分析：从 1991 年到 2002 年，11 年间，武汉市主城区湖泊水域面积急剧减少 38.67 平方公里。失去的湖面难以恢复往日景观，而与此相对应，截至 2014 年年底，武汉市城市建设总面积从 1986 年的 220 多平方公里，增加到 527 平方公里。

为此，武汉民众不乏抗争。2015 年 11 月 24 日，39 名武汉市民起诉武汉市水务局，指其不作为、监管不力，造成沙湖北岸被填湖。沙湖曾是武汉市区内环线内最大的湖泊，2005 年沙湖水面面积断崖式锐减，仅剩 0.032 平方公里。2016 年 3 月，法院一审判决，责令市水务局在 60 日内，对淤泥填湖问题继续履行调查和处理职责。

官方也不乏反省。2013 年，湖北省委常委、武汉市委书记阮成发直言："如果绿线、湖泊不保护，以后我们连眼泪都将哭不出来！很长一段时间，武汉的城市发展史就是一部填湖史。'摊大饼'式的城市发展模式，终将带来'大城市病'。"

《武汉市湖泊保护条例》和《武汉市第三批湖泊"三线一路"保护规划》先后出台，将166个湖泊列入保护名录，从此武汉的湖泊没有再少一个，截至2015年2月，水域面积比2005年还增加了88平方公里。

然而，这种醒悟来得有点晚了。此次，武汉的暴雨洪涝再次让人痛心地看到，"肾脏"萎缩带给城市的灾难后果。事实上，不仅在武汉，这轮暴雨给湖南岳阳、江苏南京、安徽安庆等70多个城市都造成内涝。正如中国地质大学教授李长安所指出那样，城市发展不能一味强调经济建设而随意改变城市原有生态环境，要在护湖与经济发展之间找到平衡点，因为，人不给水出路，水就不给人活路。

"静脉曲张"：管廊建设欠账

法国作家雨果曾说："下水道是城市的良心。"近些年，每逢暴雨，一些城市便要"看海"，让越来越多的老百姓怀疑起这颗"良心"。

2015年，国家防总做过一项统计，数据显示：2013～2015年，包括北京、上海、深圳、广州、武汉等地，全国平均每年有180座城市被水淹，2013年达234座。其中许多城市是因为排水系统不给力。

武汉市防办发布的数据显示，本轮强降雨中，6日，全市中心城区渍水点高峰时段达162处。连续几天来，武汉市水务局排水处处长项九华一直在南湖、汤逊湖等区域指挥排渍。截至8日晚间的数据，市中心剩余的10处渍水点，基本集中在上述区域。

为何这些地方受灾最为严重？在接受中青报记者采访时，项九华介绍说，包括南湖、汤逊湖等6大湖泊在内的汤逊湖水系，面积达420平方公里，跨4个行政区。该水系主要通过20公里长的巡司河、青菱河通道，汇聚至江边的汤逊湖泵站排江。但如此重要的泵站，其排水能力不足 150 立方米 / 秒。

"排水面积大、路程远，排江出口单一，这个排水系统抗灾能力与现实需求有差距。"项久华说，该系统抽排能力只能应付一般降水。

胡茂川、张兴奇两位学者认为，长江沿线许多城市，都有低于长江水面的低洼地，"地势低洼，区域内雨水无法自排入河，要通过管道收集后由水泵抽排，使得这些区域排水系统压力很大。当雨水量超过泵站排水能力时就会发生内涝。"

尽管武汉等城市努力了多年，但每逢暴雨就发生渍水，政府的努力有点"西西弗斯式"悲壮。

2011 年，时任武汉市水务局组成员、副局长、市防汛办副主任王洪胜，因对全市防汛排渍工作重视不够，履职不到位被免职。

2013 年，武汉市电视问政现场，一名汉阳居民将一双雨靴，送给武汉市水务局局长左绍斌，并追问，"水务局长是否知道社区渍水的痛苦？"面露尴尬的左绍斌接过雨靴说，全市排水系统还存在很大问题，水务部门会继续努力。

此后，有关方面确实采取了"雷霆"行动：先是启动"排水设施建设攻坚行动计划"，计划用 3 年时间，总投资超过 130 亿元；接着又出台"排涝、治污、供水两年决战行动计划"，要求全面提高全市排水防涝能力。2015 年，武汉入选首批"海绵城市"试点，中央直接投资 15 亿元，武汉市配套投入 102 亿元，雄心勃勃地要探索治理渍水新模式。

今年，"减少城市渍水"写进了武汉市《政府工作报告》中的 10 件实事，但暴雨来时，武汉还是"失守"了。

在同济大学环境科学与工程学院刘遂庆教授看来，首先，以前，国家的管网设计标准偏低，城市标准是防一年（甚至一年以下）一遇暴雨的排水标准。2014 年，行业主管部门将城市排水管网的设计标准提高到防三年一遇暴雨标准，但现在恶劣天气越来越多，这一标准也显得有些低了。

其次，许多城市也普遍存在"重地上轻地下"现象。在一些城市的执政者看来，地上业绩看得见，地下管廊看不见，只要不出事，能拖就拖。即便同是地下网线，地下空间也被不断发展的电力、热力和电信等管道占据，很难有足够空间供排水系统升级。

多种因素合力的结果，就是地下管廊建设欠账严重，渍水难题积重难返。据项九华介绍，武汉市部分排水管网建于 1949 年前，管径普遍偏小。城市发展了，高楼越来越多，硬化面积增多，排水难度加大，这些排水管网已远远不能适应需要。部分解放后按早期标准建设的管网、泵站等，目前来看，排水能力也难以满足要求。

"毛细血管堵塞"：支流投入阙如

7 月 5 日 4 时 30 分，湖北省阳新军垦农场河头屋村堤防突然溃口，3 米宽的口子，一个半小时后，增至 13 米，原本被田埂隔开的 3600 亩农田和 300 亩精养鱼池瞬间成为泽国，110 间民房进水，1700 余群众受灾。

经过近 4 个小时的奋战，溃口终于成功合龙。阳新县富河下游防汛指挥长华黄河喘着气说，从 4 日开始，这个流域已先后发生大大小小险情近 100 起。

武汉市水务局 2014 年的一份报告，早将问题摆上了桌面：武汉市现有 8 条主要连江支流，1998 年以来除了对部分连江支堤回水堤段进行局部加固以外，近三分之二的支流河堤失修，每遇超警戒水位，管涌、渗漏等险情频发。

针对今年洪水溃坝伤亡，长江水利委员会防汛抗旱办公室主任陈敏表示："目前，溃坝主要发生在中小河流和小型水库，这也是我们防洪能力较为薄弱的地方。"

这就像人的供血系统畸形，虽然主动脉已很牢固，毛细血管却很脆弱，一碰就破。

在中国水利水电科学研究院专家程晓陶看来，我国大江大河的整治，历来以中央财政为投入主体，近年来下力很大，问题已不大。而中小河流是以地方财政为投资主体的，投入情况则千差万别。在一些经济欠发达地区，大多数中小河流，近年基本没有投入，还是在吃上世纪 50 ～ 80 年代的老本儿。

安徽省桐城市是此次洪灾重灾区之一，汛情打破了有气象记录以来的极值。早在 6 年前，这里也遭受了一次特大暴雨袭击，长江支流大沙河干堤出现多处坍塌溃破。安庆市水利局副局长陈晓阳当时曾对媒体诉苦说，和长江众多的中小支流一样，大沙河没有被列入国家长江治理工程中，近几十年来，由于地方财力不足，这条河流几乎没有基本建设项目，日常维护加固工作投入很少，所以受灾严重。

6 年过去，大沙河在暴雨下依然险情不断，大堤四处渗水，大小管涌几十处，抗洪部队白天黑夜连轴转，严防死守，仍有村庄被淹，数万群众连夜转移。

程晓陶认为，中小河流防洪能力的削弱，与经济社会的变化有关。他介绍，因为国家是分级来管理水利工程的，中小河流一般都归市县镇村管，越是局部的支流，涉及范围越小，守护任务也更多地落到了涉及的镇村身上。

按照历史传统，农村中小河流都由农民义务投工投劳，冬修春修来维护的。以前农村出多少工、多少力，都有自治制度，大家都知道这是保自己。随着城镇化进程加快，大量的农村劳动力进城务工了，以前的制度就很难执行了。2003 年以来，农村实行一事一议，修路、通电、通水等与全村公益事业有关的事儿凑钱解决，大家凑钱更倾向于投在每天都用的基础设施上，如通路通电话，加固堤防在一些人看来是一件可以侥幸过关的事情，因为洪水是不确定的，所以大都不愿投入。

程晓陶说，针对这个变化，国家也想了很多办法，比如出台了中小河流治理计划并进行了一定资金投入。但我国面积在 100 平方公里面积以上的河流有 5 万余条，即使一条河流投 3000 万元，也只能修重点防洪河段，并不能治理整条河流。"这不是国家没有作为。"程晓陶说，"而是短期难以做到。"

在武汉大学河流工程系教授张小峰看来，即便国家财力充足，中小河流的防洪也要讲求效益，"一条河覆盖 500 亩农田，和它覆盖相同数量的城市建筑面积，这个概念是完全不同的。"途经农业地区的河流，如果防洪标准设计过高，经济上会"划不来"。事实上，根据国家防洪标准，我国堤防工程通常被划分为5个等级，一级堤防等级最高，长江武汉段即在此列，而众多中小河流的防洪标准则低得多，对应的投入要求也就少得多。

那么，"血管老化"的顽疾是不是就没治了？"当然不是。"程晓陶认为，中小河流整治需要做到3点：首先，各级政府在每段河流治理中的职责要分解明确，谁的孩子谁抱走，并建立考评与奖惩制度；其次，明确自己的家园自己保，有钱出钱，无钱出力，上级财政对出大力者给予奖励，中央财政对有利于全局的方案给予补贴；第三，对山区河流进行风险区划，设立红线与黄线，红线内为5～10年一遇洪水的行洪通道，要避免盖房子，红、黄线之间，允许盖房子，但是需要采取自我防护措施。

暴雨显影，病灶显形。很多专家和沿江省份干部发现，在持续高强度大开发之后，长江流域特别是支流涉水工程多如牛毛，一些电站改变了河流形态和径流基本特征。"长江流域以水为本，'小''微'水电站退出，水库联合调度，摆脱坝锁江河困局。"程晓陶说，唯有标本兼治、综合治理，"血管"才能消堵，长江干支流才能重新"健康欢快地奔腾"。

"结肠肿瘤"：沿江违建野蛮生长

在万里长江重庆段上游50公里处，弯曲的江流形成了一个"几"字形，江津城就在这江水环抱的"几"江半岛上。由于地势特殊，历史上这里曾是洪水重灾区。

江津被纳入重庆辖区的大城市建设后，当地政府决定在半岛东部造新城，重庆渝西半岛实业有限公司（以下简称"渝西半岛公司"）负责修建全长5050米的长江江津东段防洪堤工程，并负责防洪堤后方土地的综合整治开发。2010年，一家地方报纸接到举报称，渝西半岛公司开发的"云鼎500里"等楼盘涉嫌

2015 年卫星图：重庆江津，江水环抱的 "几" 江半岛上如今楼盘林立。资料照片

侵占长江河道，违规 "造地"。

据当时的报道，渝西半岛公司承建的工程违规侵占河道面积达 130 余亩。重庆市水利局河道管理处处长陈俊文告知媒体，这是该公司违法占用的，在长江水利委员会的批复里，没有准许渝西半岛公司占用河道。"江津区水利部门不是不知道此事，也不是没有管——管了，但管不住！"陈俊文无奈地说，工程的监理单位也对占用河道的行为表示坚决反对，但同样制止无效。

"在江堤外建房，可能会导致影响泄洪，一旦洪水来临，如果江边有违规建筑物，就会对洪水下泄产生阻挡。"中国地质大学教授李长安对中青报记者表示，洪水下泄速度减缓，会抬高水位，而高水位巨大的压强对于防洪大堤的影响非常大。因此，我国《防洪法》《水利法》都有 "禁止在河道、湖泊管理范围内建设妨碍行洪的建筑物、构筑物" 的明确规定，私自违建属于严重的违法行为。

然而，近些年来，沿江违规建筑却屡禁不止，生生不息。在各种河道、大堤、水库等一些 "风口浪尖" 的位置上，五花八门的风光带、水景房、别墅群野蛮生长。

就在此次洪水来临前夕，《华商报》记者分路采访防洪准备，在甘峪河河道内竟发现了一个规模不小的度假村，众多建筑直接建在水道河面上。据报道，该度假村已建成 5 年，防汛部门一年两次通知整改均无效。去年，水利、河道、工商、旅游等部门联合执法，仍未能解决问题，该度假村已成当地著名的钉子户。

武汉大学法学院副院长、环境法研究所所长秦天宝教授认为，这些违规建筑背后往往有着巨大的商业利益。"它们一般都是商业建筑，无论是江景房还是观光别墅，'亲水牌'都是市场需求旺盛的卖点，房价也比同类商品房高出许多。"秦天宝说。

沿江违建就像长在水道上的毒瘤，危害很大，但割起来很难很疼。"其中也可能存在腐败的利益链条，涉河道建筑物的审批有一系列流程，需要通过规划、建筑、水利等多家部门的审批把关。"秦天宝说："事实上，从已经暴露的案例来看，一些审批的背后，确有国家机关工作人员利用职权谋取私利等腐败现象。"

秦天宝同时表示，毒瘤难除，也与相关法律不完善有关，《防洪法》第五十五条规定，"责令停止违法行为，排除阻碍或者采取其他补救措施，可以处 5 万元以下的罚款"。《水利法》也只是把罚款最高额度提高到 10 万元。秦天宝表示，这种处罚力度难以形成震慑。

秦天宝呼吁："全国人大应该及时启动防洪水利执法大检查，对于违建限期拆除，并从严处罚违法单位和个人；对于国家机关工作人员渎职和腐败行为加大查处力度。"

一些长期存在的建筑物可能是历史遗留问题，也可能与当地政府的默许有关。"地方政府是当地房地产发展的利益攸关方，这类建筑因此治理起来更难，阻力很大。"李长安说，"十多年前，我曾参与过一次行动，后来是向人大提交了议案，才最终推动长江某处江滩的高大违规建筑群被炸毁破除。"

这样的案例毕竟不可复制。尽管当年的新闻报道很轰动，但 6 年过去，江津东部新城"云鼎500里"等楼盘迄今屹立。在今年洪灾的重灾名单里，江津也赫然在列。

"细胞老化"：小水库危若累卵

方华已经好几天没睡觉了，这名大别山区的乡镇干部不断应对着各种险情：山体滑坡、交通受阻、断电断网，但对于方华来说，每天夜里最让他不能安神的则是镇头附近的水库，"那是顶在头上的一池水呀！"

这座水库是上个世纪五六十年代农田水利大建设时代建成的，此后偶尔有些小的修补，但一直没有集中治理，现在已是险情四伏。"近年来，水库承包给个人后，政府管得就不多了，偶尔巡查发现问题提出来，最后还是要看承包人是否会执行。"方华说，"都是包一年算一年的心态，自己投入肯定先算经济账。"

与中小河流问题频发一样，中小病险水库是我国目前防汛工作中又一隐患集中区。基层水利专家指出，小水库已经成为我国防洪体系中最薄弱的环节和最大的安全隐患。

水利部总规划师兼规划计划司司长周学文曾在一次新闻发布会上表示，新中国成立以来建立了8.6万多座水库，其中小型水库有8.2万多座。这些水库大部分都是上世纪50年代至70年代建的，经过几十年的运行，现在大批水库成了病险水库。

"通过对各省病险水库的调查发现，40%的水库都存在着不同程度的安全隐患，很多未除险加固的水库基本都是带病运行，有的已经变为空库、死库，旱季不蓄水，汛期老出险，严重威胁人民群众的财产和生命安全。"三门峡库区建设工程局王智军曾这样发出警告。

这位经验丰富的水库专家分析说：首先，我国大部分的小型水库均建于20世纪50～70年代，当时条件有限，很多未进行充分勘测、分析、认证，施工水平也不高，导致小型水库先天不足；二是养护经费不足，维修不到位，大部分水库坝体、溢洪道等工程主体出现损毁，有些水库承包给了个人，过度经营缩短了水库寿命；三是大多数病险水库属于超期服役，大多运行 30 ～ 50 年，多数工程老化严重，这也是小水库出现病险的主要成因之一。

病险水库问题在近 30 多年变得日益突出。从新中国成立到上世纪七八十年代，上下普遍重视农村水利设施的兴建。当时，不仅集中修建了一大批水库，对一些重要的水渠和水库水塘也不时组织人员进行清污、疏通、整饬，当时虽然财力物力紧张，但每家每户做得都很扎实。随着农村实行承包经营后，村民各种各的地、各管各的田，很多小水库和山塘作为集体水利设施，疏于管理，年久失修，堤坝斜坡上杂草丛生，容易出现蛇洞蚁穴多、涵管老化、坝体渗漏、放水渠漏水、下游渠道淤塞等现象。

"其实，2006 年以后，中央已经发现这个问题，中央财政安排专项资金用于小型病险水库除险加固，并且年均增长接近 50%。各地财政部门也积极筹措配套资金，资金到位率达 89%，算是地方资金落实最好的项目之一了。"水利部灌溉排水发展研究中心主任李仰斌分析称，但是政府投入再大也解决不了 8 万座小水库的维护整治问题，目前的现状是由农民来管，国家进行监管，机制还是有一些问题。

湖北省湖泊局副局长熊春茂说，湖北不是没有作为，"十二五"期间全省对4000 多座小型水库进行了除险加固，但是全省仍有 1100 多座水库带病运行，尚未被列入规划实施除险加固。

越是偏远，整治越难。江西省都昌县水务局工会主席陈永林告诉记者，都昌县 1 万立方米以上、10 万立方米以下的山塘，有 2200 多座，1 万立方米以下的数量就更多了。

当地水利部门的工作难度也超乎想象。例如，加固堤坝需要大量质量好的黏土，可因为农村土地都已经承包到户，想协调到高品质黏土很难。"起土要给钱，价格低了还不行，这个水库国家投资很少，很多工程没有预算这个钱呀！"陈永林说，"至于水利设施的'毛细血管'，也就是延伸到田间地头的水渠，其清淤、维护更成了一大难题。"

"这些财政顾不上的小水库，大多位于山区河流上游地势较高处，点多面广交通不便。"熊春茂说，"一旦遭受短时强降雨等极端天气，极易发生漫坝、垮坝等重大灾情。它们就像'高悬头顶的利剑'！"

"神经末梢麻痹"：废弃的小水利

6月，汛期即将到来，在安徽省怀远县，一座排灌站的命运引人关注。

近日，常坟镇永西村村民常乃顺向《安徽日报》反映，当地汤渔湖排灌站从2009年建成以来，一直没有发挥作用，既不能抗旱，也不排涝。"不管遇到雨涝或是天旱，这个排灌站也不开，影响农业生产。去年秋天下大雨，周边上千亩良田泡在水里急需排涝，找排灌站管理人员，找到人也不开机器，说是村民欠缴水费，所以不开闸，最后找到镇领导，才算勉强开机排涝。"

华中师范大学中国农村研究院副教授郝亚光对中部某省20个市的756个水管员、910个村庄进行了长期跟踪观察。他的调查显示，超过5成农户认为水利设施没有得到维修和改善，少部分农户认为农村水利设施不但没有改善反而恶化了。

尽管承担着防汛抗旱水利工程维护管理的水利站，在这个调查结果面前颇显尴尬，但也事出有因。在近年的乡镇机构改革中，"七站八所"中"七站"之一的水利站，在部分乡镇已经被撤销，在有的乡镇虽然还未被撤销但管理关系含混不清，让其服务效果大打折扣。

在湘潭市委党校教师楚国良看来，水利站的状况折射了水利发展思路上的误区。近年来，国际上流行一种"世界银行共识"，认为私有化是解决发展中国家农村公共品供给困境的有效方式，这种观点认为市场能够优化资源配置，而公共资源（比如水资源）则可以被视为一种可竞争、可排他、可转让的特殊商品，因此构建一个有效的市场就可以让发展中国家的政府摆脱目前面临的公共服务效率低下的困境。

但是十几年的探索之后，人们发现"世界银行共识"并没有为农田水利设施建设带来光明前景，反而出现很大的困境，诸如社会力量无力承担高额的建设和管理费用，国家资金的撤出加速了资金链的断裂，使得农田水利等基础设施建设停滞不前；农田水利等基础设施的私营化加大了人们获得公共服务机会的不平等，造成更大的贫富差距；损害低收入阶层和农村居民的利益，甚至引起社会动荡等。

我国水利部门改革也一度受到"世界银行共识"影响，楚国良说，片面地进行"市场化、私有化"的改革，很多水利设施被承包给私人，周围的农户用水成了问题，有些水利设施被变为他用，本来用于农业排水灌溉的，现在却成了一种旅游开发。

近年来，我国财政在兴修水利上投入很大，但是为何却效果不彰呢？据了解，在全国许多地方，水利设施的建设是由水务、农业、国土等多个部门共同参与，但在修建完成后水利设施的管理维护除了水库和干渠归水务部门负责外，支渠及以下级别渠道的管理维护都会移交给乡镇或者村里直接负责。

由于多数青壮劳动力外出打工，很多村庄出现了空心化，农业劳动力缺乏。留在村子里的主要是妇女和老人，要组织人员义务维护渠道非常困难。

中央电视台记者曾跟海口市灵山镇林昌村村支书陈士旧有如下对话：

"没有劳力，为什么不支付报酬找人来维护呢？"

"因为我们村就没有收益，就没有钱，没办法叫群众来搞。"

集体经济的衰落，使许多地方村组没有资金来组织人力维护渠道，因为没有效益，私人也不愿来承包，国家水利投入的许多效果失效在最后一公里。

在南湖村，三层楼高的排灌站内，电闸等设备全部锈蚀，无法扳动。排灌站的下面两层是闸板和启动设备，一看就知道多年没用过，已布满了锈迹。排灌站的窗户玻璃基本破碎，靠近排灌站的小型变电所内，电线断了，机器生锈，还有村民把这里当作菜园，种上了各种蔬菜。

据了解，该排灌站是 1992 年建成的，只用过一两次，20 多年来几乎是废弃了。一位村民说："当初建的时候，花费 100 多万元，然而使用的少，更谈不上维修管护。村民们说，真不知道当年建这么好的排灌站干啥，一点作用都没发挥。

1 个月以后，一场特大暴雨就突然袭来。

雷宇　朱娟娟　李晨赫

2016 年 7 月 10 日、11 日

酣畅淋漓　女排姑娘逆袭登顶
挥洒自如　跳水王子妙手摘金

当地时间8月20日，在2016年里约奥运会女子排球决赛中，中国队以3:1战胜塞尔维亚队，夺得冠军。中国队球员在庆祝夺冠。　新华社记者 李 尕/摄

全国人民的"郎平妈妈"

当中国女排以 3 : 1 战胜荷兰队之后，已经是里约当地时间 8 月 19 日凌晨近 1 点。

走下赛场，郎平的脸上很难看到兴奋与喜悦，在几分钟前激动地与队员们一一拥抱并对每个人都说了一句鼓励的话后，郎平似乎用尽了自己最后一丝气力。

依照惯例，此时郎平还要参加新闻发布会，虽然很疲惫，但她知道配合记者完成采访也是一项必须的工作。她会像平时的指导、训练一样，耐心解答记者的问题，尽管有些问题她可能已经回答过了很多遍。

在走进新闻发布会现场后，郎平先找了一个角落，背对着媒体快速地换了

一件 T 恤。刚才两个多小时高强度的比赛让郎平身心俱疲，临场指挥穿的那件 T 恤早已被汗水浸透。

角落里，换衣服的郎平，疲惫甚至显得有些苍老的背影，让所有在场的记者动容。

郎平是承载着国人厚望的中国女排主教练，同时她也是一个普通的女人，一位妻子，一个母亲。但在排球赛场上，她从不轻易流露一个女人可能会有的软弱，她用她坚强的意志，扛起了亿万人民对一支怀有特殊感情的队伍的期待。

在里约奥运会赛场，随着中国女排的步步晋级，越来越多的国际媒体开始关注中国女排和郎平。

带国家队，想到的不是个人得失

"对于中国女排，我没有任何私心杂念。"对于媒体以为郎平会从个人角度期盼教练生涯的第一个奥运会冠军的说法，郎平澄清说，虽然此前执教中国和美国女排均有过夺得奥运会亚军的经历，但她从未考虑过带领现在这支中国女排是为了了却自己的教练奥运会冠军梦，"从我决定带中国女排时，就没有想过自己去得到什么。"

作为教练，郎平是把队员和队伍的需求和目标放在首位，"队伍成绩不好的时候，主教练要承担首要责任，队伍成绩好的时候，是全队努力的结果，"郎平表示，这就是主教练的责任。

郎平强打着精神在新闻发布会上回答记者的提问，等到发布会的后半程，基本上都是外国记者在提问了。中国记者都看出了郎平的疲惫不堪，而按照郎平的工作习惯，她今晚回到驻地肯定还要做笔记，总结这场比赛的得失，以备次日给队员们讲评。时间已经很晚，记者们在基本完成采访之后，都希望让郎平早点回去，多给她一点休息的时间。

每一次大赛，对于有着高度责任心的郎平来说，都是一次对身体和精神的双重摧残。56 岁的郎平早已不是当年那个有着无穷精力的"铁榔头"，但在教练岗位上的拼劲却不减当年，也因此，2013 年 4 月，当郎平在万众期待中接过跌入低谷的中国女排的教鞭时，她本人以及身边所有亲朋好友的最大担忧，就是她的身体是否还能承受中国女排主教练的巨大压力。

带中国女排与带外国女排不一样，国外没有任何一支球队的成绩压力有中国女排这么重，而郎平又是一个不愿辜负期待的人。

1996 年亚特兰大奥运会上，郎平累得晕倒的情景，直到今天应该还在很多球迷的记忆里，20 年后，郎平的身体更是不比当年。

荷兰女排主教练乔瓦尼是意大利人，早年间，郎平在意大利联赛执教多年，与乔瓦尼也是朋友。乔瓦尼对今天荷兰队的失利心服口服，虽然荷兰队输的 3 局每局都只差两分，但乔瓦尼认为中国女排确实发挥出色，士气高昂。从这一切，都能看出郎平的准备工作做得相当充分。

但荷兰队并不是没有机会战胜中国队，这在郎平看来，队伍还不够完美。其实，在郎平 2013 年接手中国女排时，队伍的状况要比现在差得多，当年的女排亚锦赛，中国女排还取得过亚锦赛的最差战绩。作为一支年轻的队伍，中国女排尚在成长之中，竞技实力也绝非到了成熟的地步，大赛中"掉链子"的情况极有可能发生。这也是为什么 2012 年伦敦奥运会后，中国女排的帅位成了"烫手"的山芋，因为对于任何一名教练而言，从那时起直到今天，执教中国女排都有太大的风险。

中国女排的大赛成绩随时都有可能继续下滑，而郎平，抛弃了所有对个人得失的考虑，甚至也没有想过如果中国女排在她的执教下继续低迷，她的一世英名都可能毁于一旦。

慧眼识珠，为中国女排发现人才

今天中国女排对荷兰队的比赛，全场表现最抢眼的队员当属朱婷。

朱婷全场独得 33 分，高居两队所有队员之首。朱婷今天的得分也让她进入了奥运会女排比赛单场最高得分选手的名单。

今年 22 岁的朱婷，是中国女排近两年来培养起来的核心队员，发现朱婷的正是郎平。实际上，中国女排当今闻名遐迩的"朱袁张"（朱婷、袁心玥、张常宁）组合，也是郎平的杰作。中国女排能够在去年世界杯夺冠和今年闯入奥运会女排决赛，与队伍的整体实力提升有很大关系，以"朱袁张"为代表的年轻队员日益成熟，则体现了郎平发现人才的眼力和培养年轻队员的能力。

实际上，郎平为中国女排发现的人才可不只是现在的这几名年轻人。

郎平 1999 年因身体原因辞去中国女排主教练职位时，她也给中国女排留下了日后发挥了巨大作用的一点"人脉"。是她向中国排协推荐了日后为中国女排带来 2003 ~ 2008 年"黄金时代"的陈忠和，以及发现了后来成为陈忠和时代两大主力队员的冯坤和赵蕊蕊。

冯坤曾在郎平第一次担任中国女排主教练时入选过国家队，赵蕊蕊因为当时年纪太小，没有进国家队，但也受到了郎平的关注。

果然，原本在国内排坛毫无名气的陈忠和在成为中国女排主教练后，展现了过人的执教能力，他带领中国女排在 2003 年时隔 17 年再夺世界冠军，2004年更是时隔 20 年再夺奥运会冠军。

陈忠和曾多次在接受采访时称郎平为"恩人"，是郎平的知遇之恩，让他的才能得以施展。

曾遭误解，其实一心为国

中国女排时隔 12 年再次闯入奥运会女排决赛，3 年前郎平上任中国女排主教练时许下的承诺已经兑现。带领中国女排拿到里约奥运会奖牌，这是当年国家排球运动管理中心向郎平下达的主教练任务，在当时的外界看来，这几乎不可能实现，但郎平做到了。这就是一名世界级教练的能力。

其实，早在上个世纪 90 年代，在中国女排人才青黄不接的情况下，郎平带队仍获得亚特兰大奥运会的银牌，就已经在国内引起了轰动。

在 2008 年北京奥运会上，郎平率领的美国女排"学生军"最终获得亚军，也让国际排坛不得不钦佩。

郎平的能力毋庸置疑，她在选择执教队伍时，从来都没有忘记为中国女排考虑。

在 2008 年北京奥运会上，美国女排在小组赛击败陈忠和带领的中国女排。中国女排最终无缘决赛，拼尽全力的"黄金一代"泪洒赛场。那一段时期，也曾有球迷不理解，为什么郎平要为外国球队效力，带领外国球队打中国。

作为一名世界级名帅，郎平不当中国队的主教练时，自然会有很多队伍向她抛出橄榄枝。回顾郎平执教美国女排的历史，不难发现，郎平是在 2005 年才走马上任的。而实际上在郎平 1999 年离开中国女排之后，包括美国女排在内的多支国家队都联系过她。但郎平拒绝了所有国家队的聘任邀请，委身于意大利联赛的一支俱乐部队，就是不想因自己的原因，再给困境中的中国女排制造国际比赛的对手。业内人士曾透露，在郎平委身于意大利联赛的那几年，她因放弃为外国国家队执教的机会，个人损失的经济、名誉收益难以估量。

后来，郎平在一次采访时透露，在看到 2003 年和 2004 年中国女排连夺世界杯冠军和奥运会冠军之后，确信中国女排已经走出低谷，她才在 2005 年接受了美国女排的邀请，一方面是她也需要更高的平台，另一方面是希望更好地照顾在美国生活的女儿。

让郎平没有想到的是，"黄金一代"中国女排在 2004 年奥运会之后开始滑坡，最终在举国关注的 2008 年北京奥运会半决赛上，被她率领的美国女排击败。郎平当时曾跟美国队员说，她的内心很复杂，但作为一名职业教练，她又一定会全身心地做好一名教练该做的事。

2013 年，郎平第二次出任中国女排主教练。这是在国内已经没有第二个教练能够接手和敢于接手的情况下，郎平担起了带领女排复兴的重任。郎平的身体不好，在第二次出任中国女排主教练之前曾多次表示，自己的身体条件已不允许她担任中国女排主教练这样一个高强度、高压力的工作。但时任国家排球运动管理中心主任的潘志琛"三顾茅庐"，把当时已经陷入绝境的中国女排的巨大困难一次次向郎平陈述。最终，国家的责任、民族的责任、中国女排的责任，让郎平把个人健康、名誉得失全部抛之脑后，决定再拼一回。

另外，自从 1987 年赴美担任新墨西哥大学排球队助理教练起，郎平在美国的生活时间总计长达 15 年，但是让美国媒体感到吃惊的是，以郎平的条件，基本上是随时提出入籍美国的申请，随时就能获得批准，这是多少在美工作、学习的外籍人士梦寐以求的，但郎平竟然不为所动，或者她从来也没有产生过放弃中国国籍的想法。

中国能培养出的世界级教练不多，能够闯荡世界、融合中西方训练理念，在国内外均有很高威望的名帅更是稀少。郎平肯定是其中之一。

当运动员时就是名震世界排坛的"铁榔头"，成为教练之后，更是国际公认的顶级教练。郎平是国际体坛一张闪亮的中国名片，在奥运会赛场上，这样的教练带来的影响力绝不亚于宝贵的奥运会金牌。

慈　鑫

2016 年 8 月 20 日

脚注：2013 年，郎平出任中国女排教练。当时，女排正处于低谷，在此前一年的伦敦奥运会上只取得第五名。上任之后，郎平进行了一系列改革。2016 年里约奥运会女排四分之一决赛上，郎平带领女排姑娘们以 3：2 淘汰东道主、世界排名第一的巴西女排。北京时间 8 月 21 日，奥运会决赛中，中国女排 3：1 逆转塞尔维亚，夺中国军团第 26 金。

二孩来了

3月18日早上8点半，北京市朝阳区妇幼保健院一层的挂号、采血区已排起了长队，四楼妇产科门外挤满了等候的家属，门内为准妈妈们准备的休息椅已座无虚席。春节后，妇产科主任乔晓林每周出诊3个半天，平均每次门诊量达到了79人次，突破了以往接诊的峰值。

年初在北京举行的"生育政策调整与妇幼健康服务能力建设"论坛上，北京妇产医院院长严松彪发言称，全面二孩政策实施后，北京新生儿的出生峰值可能在2017年到来，2016年出生人口也将明显增加。依据全市建档测算，2016年全市分娩量预计达30万至32万。而通常北京年分娩量约为21万至22万，最高时达到过25万人。

"2014年马年也是生育高峰年，我一个星期出一次门诊，最多接诊70多名孕产妇。但猴年春节刚过，2月16日我一天的门诊量已经达到102个。"乔晓林说。手术室马护士长在朝阳妇幼工作的13年里，羊年的除夕夜是唯一一个没有迎来新生儿的除夕夜。中国民间对生肖的偏好也间接促成了今年"猴宝宝"的生育大潮。

3月，朝阳区妇幼保健院便贴出预产期在今年11月以前的档案已满的通知。高碑店社区卫生服务中心孕妇建档量也达到450个，比去年同期多了100个左右。

张女士的独女今年28岁，怀孕5周多，是头胎，刚刚在朝阳医院建上档。从备孕到怀孕，陪女儿走过整个流程的张女士有自己的困惑："国家提倡生二胎，可现在我们生头胎的，都要打擦边球往里挤才能建上档。"此前，张女士得知今年各大医院产科建档难，辗转多家医院后，只好找关系提前建了册。

2011年，北京市卫生局开始为孕妇免费建立《北京市母子健康档案》。启

摄影 **中国青年报** **8** 2016年3月30日 星期三
E-mail:zqbsyb@163.com

Tel:010-64098309

本版编辑 李峥苨

中青在线
CYOL.COM
www.CYOL.COM

二孩来了

摄影 潘松刚

写文
中国青年报·中青在线记者 郑萍萍
通讯员 陈伯生

3月16日，民营医院北京五洲妇儿医院的豪间病房里，32岁的陈鹏飞（左）一家四口合影留念。5天前，这个小家庭迎来了新成员。

3月18日，北京市朝阳区妇幼保健院一层大厅，等待就医的人。

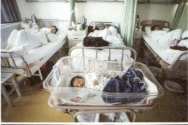

3月18日，北京产科普通病房里，刚出生的婴儿被护理人员推行安置在病房床旁。

3月16日，北京五洲妇儿医院里，护理师在十分钟数数如何给新生儿喂奶。

3月16日，北京五洲妇儿医院，十大月子产妇享受按摩。

3月18日10点36分，一名新生儿降生，当日北京市妇幼保健院出生17名婴儿。

3月16日，北京五洲妇儿医院，护士为新生儿擦拭手、脚印，孩子的父母在一旁拍照留念。

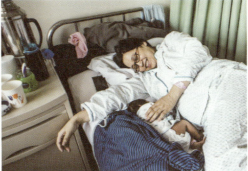

3月18日，北京市朝阳区妇幼保健院产科病室里，一位母亲和她刚出生的第一个孩子。

动"单独二孩"政策后，为了进一步监测北京市孕产妇情况，2014年，市卫计委要求所有助产机构报送信息，要求孕妇在怀孕6周后，持医院化验结果先去社区医院建立《北京市母子健康档案》，然后才能去医院产科建档。为此，不少家庭像张女士这样，在孕妇怀孕不满6周时提前建册，以防错失在离家近的大医院建档生产的机会。

今年早些时候，北京市卫计委主任方来英在《市民对话一把手》节目中分析，北京现在有约4900张产床，市民反映建不了档、排不上队的情况主要集中在三级医院，比如协和、北京妇产医院等。二级产院的床位使用率大概在88%，民营机构产床使用率现在仅为48%。其次，目前产科的平均住院率是4.6天，这可以压缩。再次，目前剖宫产率是46%，随着二孩政策的展开，剖宫产率也会降下来。方来英说："这些因素放到一起，再加上科学的管理，有效的调度，应对二孩是有信心的。"

户口在山西的朱女士今年39岁，年初意外怀上二胎。考虑到自己的年龄和身体状况，朱女士坚持在三甲医院建档，哪怕离家远一些，费用更高一些。动用各种关系之后，她终于在一家三甲医院的妇科加上了号，"先做检查排上队，再想办法转到产科吧"。为了照顾正在北京读书的儿子，朱女士只能留在北京生产。

面对更多的高龄产妇，朝阳区妇幼保健院院长夏荣明表示，目前，区内26家助产机构已被划分为6个片区，朝阳医院、地坛医院、安贞医院等7家三级医院分别作为片区龙头，形成了危重孕产妇及高危围产儿救治的网络片区化管理。民营医疗机构也积极补位差异化需求。北京五洲妇儿医院开通了高龄二孩备孕门诊，设立专区以备接待分流孕妇，并推出部分减免措施。区级救治中心发挥专业优势，加强了对高龄且患有内外科并发症的高危孕产妇的诊治和转诊的服务力度。

来自四川的小王在北京做家政11年，3年前回乡生下孩子，去年年底返京继续从事家政工作。得知小王自己生养过孩子，这些日子几乎每周都有雇主打电话预约她去照顾孕妇或新生儿。小王并没有月嫂证，"但是正规月嫂早都被约走了，我也算有经验的，而且费用更合理一些。"问到薪水，正陪雇主在协和医院产检的小王害羞地比划出一个六字。

面对正在到来的生育高峰，医院只是第一道门槛。按照国家卫计委的估算，"全面二孩"政策施行后，全国新增可生育二孩的目标人群9000多万。9000多万的目标人群里50%在40岁以上，尽管实际净增人口未必达到预估，但解决好这部分人的医疗、教育、社会服务问题并不简单。

裘女士去年在江西生下二胎。在卫生系统工作的她目睹过不少失独家庭的悲剧，单独二孩政策一实施，她就决定再要个孩子。但今年全面二孩政策实施后，单位的不少同事纷纷进入怀孕日程，这就要求她尽快全身心投入工作。生育后一直不佳的身体状况、独自育儿带来的精神和经济压力都让36岁的她感到力不从心："（决定要二胎）我们还是高估了自己，低估了现实。"

郑萍萍　陈伯生

2016 年 3 月 30 日

八年后，中国站到舞台中央

仿青花瓷图案高悬屋顶，斗拱结构环绕，四周墙壁镶嵌着木质浮雕，在最具中国特色的 G20 主会场外，36 位领导人前前后后站了 3 排。作为主席国首脑，中国国家主席习近平站在照片正中，左手边是上一届主办国土耳其总统埃尔多安，右手边是下一届主办国德国总理默克尔。

这张 G20 领导人的合影已经被定格过 10 次，今天是这群新朋旧友的第 11 次聚首。

当 GDP 总和占全球经济 90% 的二十个经济体站在西湖畔时，中国的 G20 之路已经走了 8 年。早在 2005 年，坐落于京、津、冀交界黄金地带的河北香河"第一城"，宫阙高墙，亭台楼榭，曾见证中国与 G20 的首次触碰。那时，G20 还只限于财长和央行行长之间的非正式交流，大家坐在椅子上，稀稀落落，微笑着望着镜头。

3 年后，美国次贷危机、华尔街集体沦陷将世界经济推向深渊。2008 年深秋，华盛顿阴雨绵绵，寒意袭人，为挽救世界经济，时任美国总统布什提议举行一次金融市场和世界经济峰会。当时英法等国提议召开西方七国集团的首脑会议，而美方则直言，没有中国的参与，这样的会议没有意义。于是，包括发达经济体和中国等新兴经济体在内的 G20 领导人首次齐聚华盛顿。这是中国领导人第一次在 G20 的舞台上留下身影底片。

此后的 8 年，从华盛顿到戛纳，从圣彼得堡到杭州，二十国集团正经历从危机应对到长效治理机制的转型。中国，从国际金融危机袭来时西方无奈之下请到 G20 峰会的"救兵"，乘势而上，变身为当下促进国际经济秩序朝更加公平、合理方向发展的重要推动者。在被定格的影像里，中国逐渐从角落走向舞台中央。

镜头回到 2009 年春天的伦敦，天空阴沉，天气预报接下来的几天也是阴天，甚至可能下雪。一位媒体人说到伦敦的天气时，用了"gloomy（阴郁）"——这个词在过去几个月已经广泛出现在世界各地媒体关于世界经济形势的描述中。

梦想与现实同样映照在大西洋彼岸的美国。巨头末路，悬崖求生，风暴过境，极度深寒。随着美国雷曼兄弟公司破产，美国次贷危机逐步升级为一场全面的金融危机，而且危机开始超出华尔街，向世界各地扩散。阴影在领导人的脸上隐现，合影里，人们望向不同的方向。

然而，这并不是故事的全部。

一张G20伦敦峰会的照片里，新闻中心的墙上悬挂着3个时钟，依次为"华盛顿时间""伦敦时间"和"北京时间"。在合影中，时任中国国家主席胡锦涛站在英国首相旁，构成画面的中心。事实上，从伦敦到匹茨堡，从多伦多到首尔，在西方经济哀鸿遍野、全球市场动荡不安的背景下，需要有人驱散寒意，给世界经济带来信心。胡锦涛发表题为《携手合作　同舟共济》的重要讲话，全面介绍了中国应对国际金融危机采取的有效举措。北京街头已不时能看到盛开的迎春花。

一年以后，回暖的气息像首尔峰会背景板上的青草一样蔓延，在这一张合影里，二十国集团首脑举起右手，向世界挥舞。这是首次在新兴市场国家和亚洲举行的二十国集团领导人峰会，胡锦涛回答媒体的书面采访时表示，中方愿同各成员一道，推动首尔峰会继续落实前几次峰会达成的共识，同时体现新兴市场国家和亚洲特色。

但在峰会开幕之前，各国在汇率等关键问题上分歧依然巨大。四五十名代表挤在一个小会议室内协调立场达14个小时。其间由于争论激烈，官员们不得不敞开会议室房门，以免室内温度过高。最终，会议也未能就美国量化宽松措施、克制竞争性货币贬值等问题达成协议。

两年以后，G20又回到新兴经济体墨西哥。南部小城洛斯卡沃斯最初是一个小渔村，交通不便、与世隔绝。据史料记载，洛斯卡沃斯的圣何塞德尔卡沃港曾是中国同拉美国家"海上丝绸之路"的必经之地，载满丝绸、珍珠、香料和手工

9月4日，二十国集团领导人杭州峰会新闻中心，记者纷纷将镜头对准大屏幕。大屏幕上，二十国集团成员和嘉宾国领导人、有关国际组织负责人准备合影。当天，二十国集团领导人第十一次峰会在杭州开幕

在这里
听到世界心跳

中国青年报·中青在线记者　赵迪　陈剑摄影
蒋韡薇　王烨捷　陈婧写文

紧挨着二十国集团领导人杭州峰会主会场的新闻中心，今天是距世界心跳最近的地方。

从今天开始，新闻中心实行24小时工作制。杭州峰会的许多新闻发布会，都将在此举行。

一条长龙早早地排了起来。记者们手着大包、小包，扛着摄像机，拿着照相机，端着面罩，交流着采访信息。早上7点20分，记者们搭乘着第一趟班车赶到，他们等等待着两个半小时后召开的新闻发布会——联合国秘书长潘基文将就全球气候变暖、难民、世界经济发展等问题回答记者问。10点整，发布厅前的通道内，挤满了各路记者，他们纷纷举起手机、相机、摄像机，记录潘基文的入场。

11点，潘基文发布会结束，进入B1会议室的两段"记者潮"汇聚，通道的是抢着写稿的记者，涌入的是挤占更好位置等待12点政要发布会记者。

12点，欧洲理事会主席图斯克及欧盟委员会主席容克举行记者会。容克在英国脱欧后作了"支持脱欧"的"英国脱欧"问题。容克说，欧盟尊重英国人民的决定，但也再次重申与英国说永远的告别。记者会上听到了一点火药味，有记者提问，中美纸坐加入巴黎协定，会大会进了不礼貌，欧盟是不是应准备送一个？他认定没有在正面回答。

上午，在杭州的某一会场，金砖国家领导人正在进行非正式会议。习近平主席下榻的驻点频繁出现。南非总统祖马、巴西总统博索。我等联系总统普京今站在各自国家的国旗前，手边靠手、攀谈着。大厅里即时"咔嚓"，一下快门声。

下午3点，G20会议同时开幕。当现场大屏幕上出现各国代表排队时，几乎所有记者都放下手上的工作，戴上耳机，把目光投向大屏幕。摄影记者的闪光灯不停顿频繁起。"咔嚓咔嚓"的快门声不绝于耳。多数未能获得进入G20现场的媒体，都选择把摄像机对准了大屏幕，从这里获得公共信号进行直播。

大屏幕前更前的通道，此刻显得异常拥挤。记者行在此聚集，正在工作中的记者，也成为被拍摄的配角。许多都记者拿着上椅子，凳子上拿子，从高处把影区拿着手机、相机、摄像机的记者们一个人轮入米。而电视台的主持人则以人群相左为背景，进行现场播报。

当响起气的非常处理者上播摄们，看报者们发出了声响。看到国总理理想斯克和习主席座翻地开心。而把其挂起帜"如"五点上舞台合影时，现场爆发出一强笑声。

习近平主席致开幕词，大厅安静下来，全球记者在在等听"中国声音"。

澳采广播电台记者佩巴比、加如那维来皮上十半特走去向五于一副耳朵。他告诉中国青年报·中青在线记者，自己特别关注中美议从G20中得到什么。

与我约定3点半过半夜曝直播中加拿大多伦安大学G20研究中心主任的彼·科顿。会不得您下那机，他说："能否开京心交只平半音讲话再深爱深了"

俄罗斯REN TV记者是要力克西·奥组仁科在新闻中心拿到了免费的中文版《中国共产党决《和习近平访谈国播词》。"我要要了解中国领导人的观点，两看看他不都随做国家，领导人观点点进行磋盼。"

阿富汗电视台记者奇巴沙尔·萨罗木想里写一些关于中国一阿富汗关系的保证。14年来，难民和恐怖主义一直是阿富汗国大的问题，但现在反恐已成为一个全球的问题，也是G20全议上的一重要议题。"我们不是G20成员，但G20的政策也会影响我们。"

晚上7点，新闻中心仍然人声鼎沸。大屏幕上投射出西湖潺湾的夜景，音箱们的欢笑聊嗓子弯弯的圆圆时。雷酣塔岁举行。多数记者还在抢发稿件，向世界传达"中国声音"。

今晚，新闻中心必定是不眠之夜。

本报杭州9月4日电

9月4日，新闻中心，一名香港媒体记者用手机拍摄屏幕中的俄罗斯总统

9月4日，新闻中心，一名外媒记者在拍摄。

9月4日，新闻中心，一名外媒记者使用电子

9月2日，新闻中心，一名记者在中国代表团财政部副部长朱光耀的发布会上用电脑工作。

9月4日，联合国秘书长潘基文在新闻中心举行新闻发布会。会上，一位记者用手机拍摄视频。

9月4日，新闻中心，一名媒体记者的电脑

艺品的"中国之船"在这里中转、补给饮用水和食物,继而驶向终点。

另一艘"船"也悄然起航了。2012 年 G20 峰会,在像海洋一样蓝色的背景中,胡锦涛紧挨着墨西哥总统,旁边是美国总统奥巴马,按下快门的刹那,他们扬起了嘴角。

那一年,在国家统计局公布的《2012 年国民经济和社会发展统计公报》中,中国全年货物进出口总额 38668 亿美元,比上年增长 6.2%。全年非金融类对外直接投资额 772 亿美元,比上年增长 28.6%。全年对外承包工程业务完成营业额 1166 亿美元,比上年增长 12.7%;对外劳务合作派出各类劳务人员 51.2 万人,增长 13.3%。

照完相,墨西哥时任总统卡尔德龙在新闻发布会上称赞,中国等新兴经济体在此次峰会上发挥了巨大作用。墨西哥经济调查与研究中心研究员劳尔·费利兹说,胡锦涛主席在讲话中阐明的立场和主张,有助于积极推动其他国家和地区,包括发达经济体和新兴经济体应对欧债危机并促进世界经济增长。

中国在世界舞台上的音量正在提高,一眼就能在合影里找到站在第一排的中国领导人。2013 年 9 月,秋天的阳光晒得人睁不开眼。在合影中,很多领导人眯着眼睛,缓缓挥手。在圣彼得堡城郊具有浓郁俄罗斯特色的康斯坦丁宫内,一张巨大的圆桌旁,二十国集团领导人围坐在一起。习近平在各国元首中第一个发表主旨讲话。"各主要经济体要首先办好自己的事,确保自己的经济不出大的乱子……"虽然讲话只有短短 8 分钟,但习近平描绘了一幅世界经济发展蓝图:一方面强调当前世界经济逐步走出低谷,形势继续朝好的方向发展,同时,国际金融危机负面影响依然存在,全球经济复苏依然有很长的路要走;另一方面,倡议放眼长远,努力塑造各国发展创新、增长联动、利益融合的世界经济,坚定维护和发展开放型世界经济。

这是习近平首次参加 G20 峰会,在圣彼得堡停留的 40 多个小时紧张而又忙碌:两个阶段的二十国集团领导人闭门会议、十多场双边会见、工作午宴、晚宴……

一年后，全球的目光又聚集在澳大利亚布里斯班。在那张凝固时间的影像中，习近平和时任澳大利亚总理阿博特站在中心位置，颔首微笑。习近平发表了题为《推动创新发展 实现联动增长》的重要讲话，提出"创新发展方式""建设开放型世界经济""完善全球经济治理"三项行动建议，倡导做共促经济改革的发展伙伴，落实全面增长战略，推动世界经济从周期性复苏向可持续增长转变。"中国将继续保持经济增长势头，为推动世界经济增长作出更大贡献。"

有专家表示，此次 G20 峰会给人最大的感受在于，作为发展中的大国，中国对全球经济的引领作用越来越明显；作为负责任的大国，中国对国际社会的贡献越来越多，扮演的角色也愈发重要。中国的自信心增强了，"底气"也更足了。可以说，这次的 G20 是由中国"塑造"的。

之后，世界经济又迎来波澜壮阔的两年。如今，G20 的接力棒传到了中国手中。2015 年以后，G20 东道主由轮值地区选举产生，首先由亚洲小组开始。中国是第一个被选出来的国家。"这显示了对中国的信任。"复旦大学中国发展研究院院长张维为说。

当它以主人的姿态迎接八方来客时，中国已经建成世界第二大经济体、最大货物贸易国、第三大对外直接投资国，人均国内生产总值接近 8000 美元。

梁启超曾把中国发展划分为三个阶段"中国之中国""亚洲之中国"和"世界之中国"。有人认为，套用梁氏划分，当下的中国已到了第三个阶段。

不只中国走向世界，世界也开始走向中国。G20 峰会肯定解决不了目前所有全球难题，但举办一场如此大规模、高影响力的全球峰会，对中国社会的磨炼与提升是相当有必要的。张维为说："西方国家作出顶层设计，叫别人接受；我们自己带动，一起协商、一起建设。"

在这张最新的大合照里，8 个嘉宾国领导人站在 2 排、3 排中央，"充分展示了对于发展中国家伙伴的重视。"

近年来中国成为非洲最大的贸易伙伴，中国为非洲大陆提供的借款比世界银行还要多，一位西方纪录片导演说，"中国对非洲的介入是从西方世界到东方世界实力大转变的客观陈述。"在他的镜头下，车驶过一条人烟稀少的路，突然，"我们看到不知道从哪里冒出来的两名中国工人在路中央刨坑，这个情景一直荡漾在我的脑海里，我在想，这是什么意思？这代表了什么？这个偶然的邂逅，引发我们开始关注在非洲生活、工作的中国人。"导演说。

人们还在寻找答案。钱塘江畔暗流涌动，领导人们依次登台站位，有人忙着握手、有人交头低语、有人缓缓挥手。快门即将按下，习近平走到舞台的正中央，直对镜头。他的身后，是矗立中央的五星红旗。

杨　杰

2016 年 9 月 5 日

景海鹏的太空生日

景海鹏　资料照片

10月24日是景海鹏50岁的生日。这是个大生日，在知天命的人生节点，他在太空中接受全国人民的祝福。距离他300多公里，一颗生机盎然的蓝色星球像一个巨大的蛋糕——那是生他养他的地方。

50岁，在我们身边，多数职场人已经选择了华丽转身去做管理，或者开始准备颐养天年。但因为有了景海鹏，我们便不用再崇拜瑞典有瓦尔德内尔——满脸皱纹了还在以一己之力对抗中国的"乒乓长城"；不用羡慕美国有霍利菲尔德——50岁还在挥舞铁拳征战沙场；也不用羡慕纳芙拉蒂诺娃这个"网坛铁金刚"，一把年纪了还疯狂地在网前挥拍奔跑。因为景海鹏，我们不用叹息中国没有超长待机的铁血英雄了。

10月17日，长征二号F火箭在火焰和磅礴的气体中腾空而起，发出响彻寰宇的烈响，大地震颤。每个在场的人，都沐浴在巨大的荣耀中。而记者感到的，是一个50岁人的胸腔和心脏。他一定在巨大的阻力下喘不过气吧？他有陈冬那样正值壮年的底气吗？他平安吗？

但事实是，后来传回的画面中，他灵活地"游进"天宫二号实验室，还帮了搭档的忙。

不得不感慨，在如今的中国，景海鹏的坚持是稀缺资源。

他是航天英雄，是少将，早已荣誉等身，可以说已经赢得中国航天领域的"大满贯"了。景海鹏二十几岁，人送外号"钢铁小前锋"，50岁，他还是要去做一个冲锋陷阵的尖兵。

中国载人航天发展到今天，已经有了一定航天员的储备。景海鹏能入围，不仅身体上要不输年轻人，精神意志上要更成熟更稳重更细心，让人放心，还必须有比其他人更强烈的上天愿望。

他是典型的航天人，更多时候是只做不说，经常"笑而不答"，只有在最后节点才会透露真相。但只要说，就必须掷地有声，振聋发聩。同时，景海鹏的语言多是短句，即使在接受采访，讲述事实时也这样抑扬顿挫，铿锵有力，就像在飞船上发指令。10月17日凌晨，在出征仪式上向总指挥张又侠报告，他更是声如洪钟，响彻夜空，比年轻人的中气还足。

从2008年神七开始，景海鹏每隔4年就要穿越一次大气层。从首次太空的两天20小时27分钟飞行，到神舟九号的13天宇宙遨游，再到这次即将进行的33天中长期驻留，他在太空将会累计飞行超过48天。景海鹏打破了中国载人航天的多项纪录，成为中国飞得次数最多、时间最久、高度最高的航天员。

不得不感叹，在如今的中国，景海鹏的清零能力是稀缺资源。

那是8倍重力加速度的训练，我们坐过山车从上面垂直落下已经魂飞魄散，只承受了两倍重力加速度。那是模仿高原稀氧状态下的极限训练，9月27日在北京航天城，中青报记者体验了一把最轻程度的都会有憋气哮喘的感觉。那是幽闭空间里的长时间禁音训练，我们两个小时没有手机都会魂不守舍，他们要持续几日。

为什么快50岁的景海鹏还要把自己置于和新兵蛋子一样的起跑线，共同竞争？长达18年的航天员严苛训练，什么时候是个头？

临行前，他放出豪言："航天员是我的职业，太空飞行是我的事业，也是我的本职工作，更是我崇高的追求和使命。"

不仅是体力上的消耗、生活上的克制、心理上的磨砺，天宫二号是太空实验室，快50岁的他，要跟年轻人一样去记忆近千页的飞行手册；要跟年轻人一样去重新学习各种新知识新技能。

为了帮香港学生验证太空中的蚕宝宝吐丝是否像地面那样有方向性、能否结成茧子，山西硬汉型选手景海鹏从头开始，专门学习如何侍弄蚕宝宝，所以这几天他能遛着蚕跳太空舞。

飞行员出身的景海鹏也要在太空做科学家的替身，要与陈冬配合做像"脑机交互技术的在轨适用性"这样高大上的实验。他还要当半个医生，既要学习如何包扎处理外伤，也要学习如何做B超，还得替地球上的大夫做心血管研究。

几十项实验都需要他学习相关新知识，而且在生理上大脑充血失去重力的情况下，他要头脑清楚条分缕析不能出一点错误。50岁前的这场集中的交叉学科高强度培训，景海鹏都完成了，科学实验的大幕已经拉开。这要让多少年纪轻轻的不思进取想早点退休的人惭愧。

不得不感叹，在如今的中国，景海鹏的深沉是稀缺资源。

出征前，媒体请他对亲人们说几句话。景海鹏却郑重地将话筒先递给了比他小12岁的陈冬，因为陈冬的一对双胞胎儿子只有5岁，他该有更多的牵挂。轮到自己，景海鹏却把话留给了一起打球一起训练荣辱与共的航天员大队的战友，留给了关心航天事业的祖国人民。

无论如何，景海鹏的骨子里仍是军人，粗线条却很细心。他对媒体说，看到陈冬这么多年都是目送自己离开才转身，让自己非常感动。对于一直对他礼敬有加的兄弟，景海鹏暗下决心要对他好。

他更是传统意义上的中国男人，对家人是将爱沉于心底，绝不会当众秀恩爱。

在出征前他没有在媒体前对家人说什么体己话，但记者知道，神七回来后，景海鹏夫人张萍接受媒体采访时曾泄露"天机"：他在不忙的时候"也有几个拿手菜，比如红烧鱼。饺子包得好，只是饺子皮儿擀不圆"。张萍生日的时候，他在儿子的策划下也曾送过玫瑰。

9月27日，景海鹏对记者说，神九飞天时，他逗爱人：神七上天你三天三夜不睡，这回你是不是打算两个星期都不睡觉啊？

一句调侃，是他深深的关切。

在如今的中国，景海鹏的使命感更是要竭力呼唤的。

他们这个群体保持着我们稀缺的资源：无论是上天的乘组、备份的乘组，在下面值班的航天员，充分竞争后一旦确定人选，他们会"一起飞"。当很多人在为琐事纠结，为办公室政治费心的时候，"景海鹏们"在一起奋力向上，保持着共同的信念。航天人不仅在引领这个国家的科技，也在升华这个国家向上的意志、胸怀和眼界。

对于天，中国古人研究了上千年。"观天之道而存其诚，执天之行而自强不息"，中国当代的航天人深知这一点。从钱学森、邓稼先到杨利伟再到嫦娥计划、火星计划，他们从未因为"两弹一星"的巨大功勋而停下脚步，自强不息，不断在清零，不断在走向人类科技的前沿。

2020年我国将建成自己的空间站，到那时很可能是人类唯一的科学空间站。这一国之重器，正在促进未来几十年中国的科技大爆发。

那，又是一个4年之期，心怀赤子之心，执天之行而自强不息的景海鹏回答中青报记者邱晨辉的提问时说："中国空间站是咱中国人在太空美丽的家园，也是所有航天员梦想的宿营地。作为一名航天员，我当然充满期待。"

守天道而行之，是中国文化的内在使命。在景海鹏的知天命之年，他的太空生日，值得每一个中国人祝贺。

堵 力

2016年10月24日

脚注：2016 年 10 月 17 日，神舟十一号发射升空，进入预定轨道，并与天宫二号实现自动交会对接，形成组合体。神舟十一号是中国空间站建造过程中重要的一步。此次任务中，航天员需要在组合体中驻留 30 天，比神舟十号的 15 天多了一倍。在这里，中国航天迎来了很多第一次——第一次在太空种菜，航天员第一次接受"天地采访"……景海鹏的太空生日，只是其中的一个。

索马里人质归来台前幕后

在被索马里海盗囚禁了 1671 天之后，10 位中国船员听到了期待的乡音："我们来接你回家了。你们已经安全了，放心。"

这是在见到同胞后，外交部领事保护中心常务副主任、人质接返工作组组长杨舒说的第一句话。

当地时间 10 月 23 日傍晚，索马里海盗释放的 26 名中国、菲律宾、越南等国人质，搭乘联合国粮农组织运输救援物资的专机，抵达肯尼亚内罗毕机场。此时，距离那艘载有 29 名船员的台湾渔船 "Naham3 号" 被劫持的 2012 年 3 月，已超过 4 年半的时间。

当同胞归来，终于可以安心地与工作组交谈，有人问起现任中国国家主席是哪一位——长期的人质生涯使这些人恍若隔世。

事实上，很多人连自己的鞋码都已说不清楚。中国驻肯尼亚大使馆工作人员提早几日就为 10 位中国公民购置了衣帽和背包，跑了几家店才凑齐一模一样的 10 套。大多数人不记得自己的鞋码了，只能现场测量，这是他们几年来第一次穿上系带鞋。

虽然提早就收到了人质被释放的消息，但直到接上他们，杨舒才向北京作了报告。

他在接受中国青年报·中青在线记者采访时解释，接到人之前，一切都是不确定的，这是人质救援过程中最大的难点和风险。

在此之前，救援工作出现过多次反复。有两三次，船员的旅行证件都已经做好，马上就要前去接人了，最后又 "推倒重来"。常有家属打电话询问进展，他们只能解释说，事情在向好的方向发展。

这是外交部领事保护中心迄今为止处理时间最长的同类案件，花费力气之大前所未有。从 2012 年 3 月渔船被劫至今，外交部领事保护中心接手过这起案件的主任已经换了 4 任，经手的工作人员达到 20 多人，部级协调会议也开了 20 多次。

联合国、海峡两岸关系协会以及"海上无盗计划"慈善机构等多个国内外机构参与人质救援，中国政府从中做了大量的协调工作。"这体现了中国的能力和担当。"杨舒说。

在内罗毕机场停机坪上，26 名人质拍下了可能是他们在一起的最后一张合影，每个人的笑容都疲惫而放松。而在两个月前，海盗为他们拍下的一张合影上，在索马里灰黄刺目的阳光下，人质们每人举着一张写有特定代码的白纸，个个眉头紧皱。

这张照片后来被作为海盗接受谈判条件的信号和人质存活的证据，发送给了"海上无盗计划"成员、前英国陆军上校约翰·斯蒂德。他负责协助谈判和营救，对海盗的反复无常感触尤其深刻。

直到最后的人质移交过程，他仍忐忑不安。"你无法确定事情是否会在最后一分钟出现问题。"

人质交接在索马里中部城市加尔卡尤的机场进行，索马里两大地区政权邦特兰和加勒穆杜格在这里激烈交火。自从上世纪末索马里内战爆发之后，和平再也没有降临过这个沙漠之国。在那个"随时会受到袭击"的机场，斯蒂德见到了 26 名人质。在中国人质宋江勋的记忆中，斯蒂德不断跟他们说着"happy（快乐）"和"safe（安全）"。

与人质会面时，斯蒂德哭了，尽管他"并不是个爱哭的人"。

两张合影的转换，对人质来说，则是一次格外漫长煎熬的出海的结束。杨舒看到这些人走出飞机的第一印象是，他们表情比较呆滞，看上去不知所措，跟普通乘客明显不同。很多人两手空空没有行李，有人手里的行李是塑料袋。

为了第一时间接上同胞，中国的人质接返工作组 6 位成员选择等候在能够想到的最近的地方——停机坪上。

外交部工作组和中国驻肯尼亚大使到机场迎接船员。受访者供图

获救船员在住所打扑克牌。受访者供图

在约翰·斯蒂德的记忆中，中国船员"立即被中国政府接走了"。中国是唯一一个把汽车开到了飞机底下的国家。

当时，多个国家的接返人员在内罗毕机场等候。乘客走下飞机后，寻找同胞的人们比较激动。人们开始拥抱、流泪，场面一度混乱。

要从 26 名人质中辨认出中国同胞并不容易，他们看上去都是一样的黝黑瘦弱。工作组不得不大声喊："中国人到这边来！" 10 个同胞慢慢聚拢过来，包括来自台湾的轮机长沈瑞章。

刚下飞机，沈瑞章就激动地从背心里掏出一张自己从前的照片，上面的他白白胖胖，与现在判若两人。"现在谁还能认出我来？" 他激动地问。

在被劫持的日子里，他和同伴承受着常人难以想象的困厄。船上本有29人，台湾船长钟徽德在海盗劫持时被枪杀，28人沦为枪口下的人质。4年半的疾病和饥饿中，两人先后病故。四川船员冷文兵关于那段日子唯一的"纪念品"，是一个子弹头。在漫长囚禁中他曾跳船逃走。他在海里游了1个小时，登陆后又徒步十几个小时，最终还是落入海盗手里。他对获释不抱希望，以至于救援车到来时，他以为这只是又一次恶作剧。

冷文兵对中国青年报·中青在线记者回忆，上岸后，他们每人一天只能分到一碗水、两顿饭。早上是几片薄饼压成的拳头大的一个面团，晚上是一小碗红豆饭。他们睡在四面漏风的棚子里，没有鞋穿。

获释后，菲律宾船员阿尼尔·巴尔贝罗对媒体哭诉，在沙漠的高温下，海盗每天只给他们很少的水和食物。他们捕食老鼠等动物。他形容这段生活就像"活死人"。

根据一位医疗检查人员的诊断，26名船员中有一位患有糖尿病，一位曾经中风，还有两位患有胃部疾病。就在登机前两个小时，中风的四川船员曹永突然打滚、抽搐，最后只能先留在当地接受治疗。

杨舒注意到，这些同胞被接上中巴车后，很快开始有说有笑，并纷纷向工作人员道谢。第一个道谢的是沈瑞章。在他妻子发布的公开信中，也同样对大陆方面的努力表达了感谢。

"其实他们并不知道我们具体做了什么，"杨舒说，"但会清楚地知道一直有人在关心他们，国家从来没有放弃过他们。"

关于"为何事件经过4年半才得到解决"，外交部新闻发言人陆慷在10月24日的例行记者会上向所有参与营救的机构和人员致以诚挚的谢意。他说，"以人为本，外交为民"是中国政府的一贯宗旨。我们一直将被劫持船员的生命安全放在首位。"大家知道，解救人质从来都不是一件容易的事。把确保人质安全作为一个首要考量的话，就会使解救工作更加复杂，更加艰难。但是通过这次事件，我相信大家可以看到，不管多难，不管需要多少耐心，中国政府都有最大决心，尽一切可能把我们的同胞接回家。"

与世隔绝 4 年半，这些人已经被高速前进的社会远远甩在了后面，对很多稀松平常的事物都显得无比好奇。他们不会使用智能手机，跟家人通话都需要别人帮忙拨号。

回国之前，一位船员想把一罐可乐带上飞机，结果在离开住处时被工作组劝阻，难受了好半天。

杨舒是四川人，人质中有 4 人是他的老乡。为了让他们有回家的感觉，他特意用家乡话跟他们聊天。

在提前考察了船员住处的餐厅后，接返工作组为他们确定了一套清淡的食谱：粥、汤、包子和蔬菜水果。

被问到需求时，几个四川船员表示想要吃到以辣著称的川菜，但没有得到满足。他们长期忍饥挨饿的肠胃无法承受刺激性的食物。那是索马里海盗在他们身上看不见的地方所留下的创伤。

事实上，冷文兵回到老家之后的第一天就腹泻了，因为吃了一顿标准的川菜。

对于归来的同胞，工作组做了细致的安排。4 年多以来，他们第一次睡在了床垫上。工作组安排，床不能太硬也不能太软，床位的安排是同乡尽量住在一起，怕他们有分离的恐惧。甚至还为他们准备了扑克牌——他们被扣押期间偶尔也会打"扑克"，是自己用烟盒做的扑克牌。

工作组成员还分头去不同的房间，跟他们聊天，进行心理疏导，从衣食住行聊到结婚生子，鼓励他们"往前看"。

"尽管同情他们的遭遇，但我们要尽可能引导他们想一些积极的事情，比如马上就要见到家人了，要开始全新的生活了。"杨舒说，"这才是我们那个时候的工作任务。"

逃出生天后，的确有人立即表现出了"向前看"的迹象。刚刚离开内罗毕机场，还在中巴车上，途经一家中资企业，一名外号"小胡子"的船员立马瞪大了眼睛："这家公司是不是中国人很多？我以后可以来工作吗？"他们已经开始考虑以后如何谋生。

而这些来自天南海北的人当初之所以聚到那艘不幸的渔船，谋生是唯一的动力。冷文兵17岁那年就登上了渔船，只经过了简单的培训。

据工作组了解，将船员们送到渔船上的各类"远洋劳务公司"，几乎都没有营业资质。工作组成员宁亚龙说，被劫之前，船员们几乎都是家里的经济支柱。离开家乡的时候，很多人尚未成年，甚至连劳务合同都没签，就匆匆奔向大海。

据外交部领事保护中心副主任陈朝阳介绍，由于出境人员数量基数大，目前中国公民在海外遭到绑架的人数位列全球第一，去年涉及中国人的海外领事保护案件数量为8.5万起，每6分钟就有1起案件发生，并且整体呈现上升趋势。其中很多风险的发生都与中介机构的不合资质有关。

"是否签订合同是辨别劳务中介机构正规与否的一个简单方式。"杨舒说。外交部领事司发布的《中国领事保护和协助指南》提醒出国务工人员，要选择具备《对外劳务合作经营资质证书》或《境外就业中介经营许可证》的机构办理出国务工手续，并在签订合同时，要求对方将口头承诺的条件一并写进合同，防止日后出现纠纷。

护送人质回国之后，外交部领事保护中心已经收到了两封手写的感谢信。但在杨舒看来，把他们送回家只是领事保护中心应当承担的工作。"救援成功本身就具有重大意义。"杨舒说，"我们不会放弃挽救任何一个公民的生命，保护中国公民在海外的安全和合法权益是中国政府义不容辞的义务和责任。"

斯蒂德表示，"Naham3 号"船员的获释，代表着索马里海盗猖獗时期最后一批剩余船员被囚禁的结束。

自2001年至今，索马里海盗对全球海洋运输造成了极大的困扰，已有超过3000名船员被海盗劫持为人质。

但现在，索马里海盗的攻击行动已经急剧减少，从2011年的176起降到了2015年的不足12起。2012年以来，索马里海盗并未在任何一次针对货船的袭击中得手。

针对海盗对被劫船员及其家庭在恢复过程中产生的长期影响，"海洋无盗计划"做过一项研究。今年6月发布的这份研究报告称，被释放的船员人质在恢复生活的过程中，将可能面临极大的挑战和压力。

根据研究，有25.77%的船员患有创伤后精神紧张性精神障碍。

"被劫经历能够对船员及其家庭产生持久的影响。但是船员是一个身体上适应性很强的群体，研究显示大约75%的人质将完全恢复"，研究主要负责人科纳·席勒博士说，但这必须有赖于一套系统的应对方案，包括人质被劫前良好的训练、计划和沟通，被劫期间来自家庭的支持，以及被释放后对人质及其家庭进行系统的精神健康支持。

对27岁的冷文兵来说，"索马里海盗"已是一个过去的问题，他曾为之卖命的那艘渔船也早已沉没在大海里万劫不复。他当前的问题是养好身体，重新支撑起整个家庭。他表示自己只想在四川老家找份踏实的工作，早点让相依为命的父亲抱上孙子，一家人安稳度日。

回家后，冷文兵拿到了亲戚送的智能手机，开通了社交网络账号，给自己取的网名叫"幸运仔"。他在过去10年间漂泊不定，遇见海盗的罕见厄运在他的额头留下了6厘米长的伤疤。现在，他知道自己必须拥抱新的生活，将一切坏运气抛在脑后。

玄增星

2016 年 11 月 30 日

王书金：卡在死刑复核的日子

在河北省邯郸市广平县南寺郎固村，很多村民都想不明白，为什么王书金还没死。

那里是他的家乡，在那里他曾经犯下多起强奸杀人案，其中一名死者离他家只有不到 100 米的距离。

他 2005 年就已经落网。在审讯过程中，时任河北省广平县公安局副局长的郑成月发现，王书金在石家庄西郊玉米地里犯下的一起杀人强奸案和另外一起案件高度重合。

那时郑成月就感到了事情的蹊跷。只是当时还没有人知道，另一起案件中，那个已经被枪决的"罪犯"聂树斌，会成为未来十余年内中国司法界最耳熟能详的名字之一。也没有人想到，王书金的案件，会随着聂树斌案纠葛至今。

12 月 2 日，最高人民法院第二巡回法庭宣布聂树斌无罪，一直声称自己是该案"真凶"的王书金终于就要等来关于死刑确切的消息。

王书金的辩护律师朱爱民至今仍然记得，在二审的死刑判决书上签字时，他那双至少杀害过两个人的手，颤抖得握不住一支笔。

后来，这种足以让他颤抖的恐惧一直没有远离，直到 7 日已经 1167 天。

朱爱民告诉中青报记者，在与律师的会见中，他提到看守所里另一个等待死刑复核的人"饭也不吃"，然后感叹自己"过了这个春节，下一个春节就没了"。

对于王书金的结局，南寺郎固村村主任万某一点也不奇怪。他向中青报记者回忆，村里治安队经常抓到他在邻居家偷钱，有时也偷女人的内衣。他工作所在的砖窑厂，老板也经常跑到村委会告状，王书金会在砖窑厂附近"劫路"，对路过的女人"动手动脚"。"不管熟人或生人，他都下手。"一个村民说。

如今，提到王书金，村里的老人会突然提高音量反问，"这样的人国家为啥还保护他，让他多活了这么多年？"

自从 2005 年在河南荥阳索河路派出所供述出自己犯下的 4 条命案后，王书金的"生与死"就成了与众多人息息相关的问题。

在律师朱爱民看来，王书金几乎没有"活"的可能，但"留他做活标本，对冤假错案有警示意义"；在警察郑成月眼里，王书金和别的杀人凶手没什么区别，给他"优厚待遇"，只是为了"给他洗脑"，让他坚持自己是聂案的凶手。

其实在索河路派出所的那个晚上，他已经在生和死的问题上作出了最利索的选择。

朱爱民记得，在后来的交谈中，王书金坦言，扛着逃亡 10 年的精神压力，在派出所那个环境中，他"实在坚持不住了"。

"晚上听到警笛吓得出冷汗，平时上下班都走小路，看到穿制服的就会赶快躲起来。"曾采访过马金秀（王书金在河南期间的同居女友）的前《河南商报》记者范友峰对中青报记者说，在河南的 10 年间，"看似平静的王书金实际上一直生活在恐惧中"。

"派出所几乎没有给他任何压力。"朱爱民告诉记者，当时河南的派出所只是在春节治安排查时，把王书金作为可疑人员带去问话。

让派出所民警都没想到的是，就是这个"看上去有些沉默木讷"的小个子男人，只用了一个晚上的时间就主动供述出自己的 4 起杀人强奸案和两起强奸案。

也就是这个晚上，郑成月接到了索河路派出所的电话。在向河南方面征询嫌疑人特征时，郑成月听到电话那头传来一个低沉的声音，"不用问了，就是我"。

这是郑成月等待了 10 年的声音。

1995 年，王书金再次犯案后，趁警察进村排查前跑出了村子，开始了逃亡生涯。当时刚刚进入公安局的郑成月是办案警察之一。他清楚地记得"王书金"这个名字，那是他遇到的第一起凶杀案。

挂了电话后，郑成月连夜赶到了索河路派出所。看见坐在审讯室里的王书金，郑成月用家乡话跟他打了声招呼，对方则平静地回答："你们来了，我该回去了"。

朱爱民记得郑成月曾跟他讲过，从荥阳押回广平的路上，刚刚交待4起强奸杀人案、两起强奸案的王书金，"睡得鼾声震天"。

郑成月已经不记得这样的细节，但他也能看得出，和盘托出后的王书金所表现出来的"解脱"。

与大部分逃亡的故事一样，索河路派出所的那个晚上后，王书金的一切本该都划上句号。可当他回到老家广平后，等待他的并不是故事的结尾，而是另一段故事的开始。

"一案两凶"的事情很快被媒体披露，全国的目光也聚集在广平这座小城。郑成月认识到王书金的"不一般"后，开始对他"特殊照顾"。

"看守所伙食差，没事就给他买点猪蹄、猪头肉解解馋。"当时主管看守所的郑成月，经常自己掏腰包给王书金改善生活。

"一是怕他畏罪自杀，二是为了跟他搞好关系。"郑成月向记者解释。"用现在传销的说法就是洗脑，感化他。"

外界的热闹也穿过了高墙缝隙，给已经准备好"赴死"的王书金带来了一丝波动。

2005年9月，朱爱民在广平县派出所第一次会见王书金。他让王书金"给自己量个刑"时，然后得到了几乎不假思索的回答："我死定了。"

这场会见中他跟王书金提起了聂树斌案，当时"连笔都拿不好，签名都要现场教"的王书金告诉朱爱民，"人是我杀的，就由我来负责，跟那个人（聂树斌）无关"。

一年半后，2007年3月一审判决王书金死刑。律师在上诉书里写下了这样的意见："王书金主动供述石家庄西郊强奸、故意杀人案系其所为，应认定为有利于国家和社会，属重大立功。"

这个时候，王书金已经不会再像开始那样可以好好睡觉，他甚至因为"想到死一整天都吃不下饭"。

与开始准备平静接受死刑的心态一起发生变化的，还有王书金原本已经逐渐平静的性格。

在看守所，因为待得时间长，再加上郑成月的照顾，王书金成了一个十几人牢房的"牢头"。郑成月向中青报记者回忆，有一次一个新进牢房的犯人和王书金发生了冲突，扇了王书金一巴掌。白天没说话的王书金在晚上睡觉前，忽然跟新犯人的邻铺换了铺位，声称"反正都是死，多杀一个也无所谓"。

闻讯赶来的郑成月很快到了看守所，把那个新犯人铐起来后抬手给了他一个耳光，"替王书金出出气"。

一审结束后，王书金更换了羁押地点，从此消失在了人们的视野内，没人知道他在哪里。6 年间，郑成月在 49 岁那年被提前退休。也有媒体报道，王书金被转移了四次看守所。

朱爱民再次见到自己的当事人时，是在 2013 年二审的法庭上。在经历过"消失的 6 年"后，庭审现场上演了司法史上罕见的一幕：被告人坚持要求追究未被指控的罪名，公诉方却千方百计地为被告人开脱。

朱爱民发现，相比 6 年前，王书金思维敏捷了不少。他后来得知，这 6 年间，失去郑成月庇护，经常被人告知"律师出了名，不会再管你了"的王书金重新落入一个黑夜般的环境。

"消失"期间，这个曾经只看戏曲台的农民，几乎每天都要看《新闻联播》和一些法制节目。

在后来与王书金的会见中，朱爱民发现，这个沉默木讷的杀人犯开始主动与他谈起了国内其他的冤假错案。

"咱杀人咱自己承担，冤不了别人。"在看到呼格吉勒图平反后，王书金对朱爱民说。他也告诉朱爱民，自己害怕死刑复核的时间拖得太长。

"求生是人最基本的本能，长时间的等待对他是种折磨。"朱爱民说。

二审判决死刑后，王书金与朱爱民的谈话时间慢慢变长。这个朱爱民眼中从来没流露过情感的杀人犯，也开始在随时都有可能到来的死亡前流露感情。

他想见一面自己的哥哥，问问他为什么当初没把自己教育好，如今走上了这条路。

他最挂念的，是自己的小女儿。他还记得，在荥阳时，他经常带着自己的小女儿沿着火车道，朝着北方一直走。

火车道的北方是他的家乡，那里如今是他永远也回不去的地方。郑成月记得，把王书金从荥阳押回广平，带着他到村里指认当年犯罪现场那天，几乎全村的人都在那里聚集，有人操起砖头砸向这个曾经的邻居。为了保证王书金的安全，郑成月专门派来两名武警维持秩序。

如今，当年犯罪现场的那口老井已经被填平，王书金打工的那个砖窑厂也只剩下一处深坑，但村民还是无法忘掉这些伤痛。他的哥哥王书银这么多年来在村里还是"抬不起头"，有村民记得，王书银曾明确说过，"他死后就算被狗吃了，也不会让他埋在祖坟里"。

（实习生闫畅对本文亦有贡献）

杨海　闫畅

2016 年 12 月 7 日

脚注：2020 年 11 月，最高人民法院不核准河北高级人民法院的死刑判决，将王书金案发回重审。2020 年 11 月 24 日，河北省邯郸市中级人民法院重新审理后，一审认定王书金强奸杀害三人数罪并罚，判决执行死刑。2020 年 12 月 22 日，王书金案重审案二审宣判，判处王书金死刑，王书金坚称自己是聂树斌案真凶，法院未认定。2021 年 2 月 2 日，经最高人民法院核准并下达执行死刑命令，河北省邯郸市中级人民法院对王书金执行了死刑。

2017

强 国 征 程

  除了政治，2017 年在其他方面都很寻常，新世纪演变脉络的几乎所有线头，都在这一年惯性地延伸。夏天酷热，九寨沟发生了 7 级地震，但自然界总体上还算平静。

  经济也是波澜不惊。股市逐渐回归价值取向，走势温和。政府工作报告明确"房住不炒"，政策稳定减少了楼市波动，前些年的疯涨不太可能了，坚持了 14 年的"上海最牛钉子户"看出了这一点，选择收款搬迁。国企效益回升，雄安新区推出，外贸恢复，人民币走强，许多迹象都在表明，震动和摇晃正在趋稳，当年的 GDP 增速甚至久违地反弹，比上年提高了 0.2 个百分点。

  新经济在这一年热闹不减，去年刚诞生的共享单车，几个月内就走完了从兴起到过剩的周期，而新孵化出的抖音、快手、拼多多，在资本本能驱使下，又开拓出一块块下沉市场。这片资本和激情的热土是如此的肥沃，以至于在不经意间，在 2017 年速生速灭地吹过一波比特币区块链泡沫。

中国的大国外交越发主动，连续举办了"一带一路"国际合作高峰论坛和金砖国家峰会，前者将中国倡导的新型全球化推上新高度，后者则通过五大新兴国家的共识向世界注入了信心。这一年，中美领导人实现了互访，特朗普访华带走 2535 亿美元大单，这已是国际贸易史上的最高纪录，但显然仍没满足他的胃口。围绕美国萨德导弹系统在韩国落地，中韩展开了一轮博弈，北京望京地区聚居的韩国人也领受了地缘政治带来的寒意。东升西降导致的国际环境变化，是趋势性地延伸，并不意外。

2017 年最不寻常之处，在于它是一个超级政治大年。这一年的纪念日特别多，香港回归 20 周年，建军 90 周年，全面抗战 80 周年，等等，其中为纪念建军 90 周年举行的朱日和阅兵，是一次实战演习，受阅部队直接开往演练场。中青报编辑部全年忙于频繁的纪念活动报道，留下的"背影"记录，也构成了当代历史底稿的一部分。

所有对过往的纪念都为着酝酿一次重要的出发。10 月召开的党的十九大宣告，到本世纪中叶，我们将奋力建成现代化强国，实现中华民族伟大复兴，中国崛起的总攻即将打响。

中青报的一篇报道写道："刚刚闭幕的党代会制定了时间跨度长达数十年的强国方案。这是中国自 1840 年鸦片战争陷入落后局面以来，绘出的最为清晰的强国路线图"。无疑，十九大是党史上最具历史意义的代表大会之一，如果说，2008 年奥运会开幕式，梦回盛世还只是雄心侧露的话，党的十九大报告则是一篇冲顶决战的宣言。作为青年的代言人，中青报提出了"强国一代"概念，这成了当代青年的时代标签。

当然，最后的也是最难的，中国崛起由此进入一段难度系数倍增的全新赛程。因此，习近平发出告诫：我们现在所处的，是一个"愈进愈难、愈进愈险，而又不进则退、非进不可的时候"。果然，各种考验很快呼啸而至。

"于欢案"：一次难以证明的"正当防卫"

在经历 6 小时的煎熬后，23 岁的于欢拿起水果刀，刺向纠缠许久的催债者。这些"不速之客"最终 1 死 3 伤，而于欢本人也因犯故意伤害罪，被聊城中级人民法院判处无期徒刑。

血案之由是母亲苏银霞的债务纠纷：苏银霞此前曾为维持公司生产，借了100 万元高利贷，月利息 10%，但无力偿还。

中国青年报·中青在线记者通过梳理判决、采访有关法律人士发现，在这 6小时里，这对母子先被催债者监视——母子走到哪儿，催债者跟到哪儿，连去吃饭也被跟随、看守；后来，母亲被催债者用下体侮辱、脱鞋捂嘴，而在警察介入4 分钟即离开他们所在的办公楼之后，纠纷再一次延续。面对无法摆脱催债者的困局，于欢选择了持刀反抗。

儿子保护受辱的母亲却获无期徒刑，如此结果引起舆论极大关注。日前，于欢已提起上诉。二审代理律师殷清利告诉中国青年报·中青在线记者，他们计划 3 月 27 日与法院沟通阅卷事宜。

案发前：母子被催债者"走哪儿跟哪儿"

血案是 2016 年 4 月 14 日晚上 10 点多发生的。不过，案发前大约 6 小时，苏银霞所任法定代表人的山东源大工贸公司大院已不平静。

据判决认定的公司多名员工证言显示，当天下午 4 点半左右，大约 10 名催债人员来到公司办公楼前，"现场乱哄哄的"，有一名年轻女子在大喊大叫，"苏总和对方互骂"。

这些上门者并非全是债权人。按判决书的说法，他们当中仅有一名 1987 年出生的女子称借给了苏银霞 100 万元，这是判决认定苏银霞此次借款的全部数额。据媒体报道，此前一天，母子已把唯一的房子抵押给放贷者，于欢的东西也被拖了出来。

此次"对阵"没有结果。苏银霞与于欢最终回到一层办公室，催债人员则坐在外边的台阶上。晚上 7 点左右，催债者在楼前摆起了烧烤炉，一边吃烧烤一边喝酒。

苏银霞母子去伙房吃饭已是晚上 8 点多的事情了。当他们走出办公室，两名催债者随后跟上，轮流看着他们。

"他们往哪里去，我们就安排人跟着。"喊来多名催债者的男子李忠在证言中称，他们讨账时没有打苏银霞母子，但是"骂了他们两句"。

在于欢姑姑于秀荣的回忆里，苏银霞母子在伙房待了大约 1 个多小时，此后回到办公室。

事情的走向很快改变了——在一个名叫杜志浩的男子晚上 8 点多开车到公司大院之后。他留着小胡子、长头发，身穿白色半袖，是第 11 名也是最后一名到场的催债者。

母子遭催债者下体侮辱、打耳光

多名催债者均出具证言称，他们吃完饭的时候，杜志浩走进了一层办公室。随后，在楼前吃烧烤的催债者全进了楼内，监控显示，这个时间是晚上 9 点 50 分。

苏银霞母子那时还待在办公室内。11 个人围着他们，主要与苏银霞对话并要求还钱的，是杜志浩、李忠。

这场从傍晚开始的催债"闹剧"，终于发展到了顶峰——有公司员工及家属见办公楼"乱哄哄的"，便急忙前往，透过窗户往里面看，发现苏银霞和于欢面前，"有一个人面对他们两个，把裤子脱到臀部下面"。

脱裤者是杜志浩，判决认定的催债者张书森的证言显示，此时，杜志浩正把自己的裤子和内裤脱到大腿根，把下体露出来，对着苏银霞；杜志浩还把于欢的鞋脱下来，在母子面前晃了一会儿，并扇了于欢一巴掌。

另有多名催债者也陈述了类似说法，还称杜把鞋往苏银霞脸上捂。他们均表示，杜和苏银霞吵了起来，杜"嘴上带脏字了""说的话很难听"。

在20多分钟里，苏银霞母子遭受着下体侮辱、打耳光、言语辱骂。"后期他们相互推搡起来。"如此场面令一同被困的公司员工马金栋感到事情不妙。他跑出办公室，让同事赶紧报警，"他们开始侮辱霞了"。

监控显示，晚上10点13分，一辆警车到达，民警下车后进入办公楼。

目击者称于欢被椅子"杵"后反击

民警进了一层办公室。苏银霞、于欢急忙反映被催债者揍了，催债者则否认。

多名催债者证言显示，民警当时表示：你们要账可以，但是不能动手打人。

民警并没有在屋内停留太久。监控显示，晚上10点17分，部分人员送民警出了办公楼。这距其进屋处理纠纷刚过去4分钟。

于欢试图跟民警一同出去，催债者拦住了他，让其坐回屋里。没有民警的办公室再度混乱。

接触过一审案卷卷宗的人士告诉中国青年报·中青在线记者，任何一方都证实了，此时催款者确实有动手的行为，"这一点，当事双方都有一致的描述"。

于欢供称，有个人扣住他的脖子，将他往办公室方向带，"我不愿意动，他们就开始打我了"。

事后的司法鉴定显示，于欢未构成轻微伤，造成的伤势是：在其左项部可见一横行表皮剥落1.1cm，结痂；右肩部可见多处皮下出血。

按照催债者么传行的说法，他们当时把于欢"摁在了一个长沙发上"。

一名公司员工家属则看到，有催债者拿椅子朝于欢杵着，于欢一直后退，退到一桌子跟前。他发现，此时，于的手里多了一把水果刀。

"我就从桌子上拿刀子朝着他们指了指，说别过来。结果他们过来还是继续打我。"于欢供称，他开始拿刀向围着他的人的肚子上捅。

么传行回忆，于欢当时说"别过来，都别过来，过来攮死你"，杜志浩往前凑了过去，于欢便朝其正面捅了一下；另有3人也被捅伤。

催债者急忙跑出了办公室。晚上10点21分，闻讯的民警快速返回办公楼。

是否构成正当防卫成最大争议

经过司法鉴定，杜志浩因失血性休克造成死亡，另两名被刺者被鉴定为重伤二级，一名系轻伤二级。

2016年11月21日，于欢以涉嫌故意伤害罪被提起公诉。2017年2月17日，山东省聊城市中级人民法院认定罪名成立，判处于欢无期徒刑。

这已是从轻处罚之后的结果。该院给的理由是，被害人一方纠集多人，采取影响企业正常经营秩序、限制他人人身自由、侮辱谩骂他人的不当方式讨债引发，具有过错。并且，于欢归案后能如实供述自己的罪行。

对于欢"有正当防卫情节、系防卫过当"的律师辩护意见，法院没有采纳。法院认为，虽然于欢当时人身自由权利受到限制，也遭到对方辱骂和侮辱，但对方均未有人使用工具，在派出所已出警的情况下，于欢与母亲的生命健康权利被侵害的现实危险性较小，不存在防卫的紧迫性，不存在正当防卫意义的不法侵害前提。

北京刑辩律师王甫认为，"派出所处警"与"非法侵害继续"并不冲突，一个重要的问题是，处警是否让于欢认为他已经安全。而在本案中，警察离开办公室后，还有人拉于欢坐下，把他往墙角杵，加上之前的一系列事情，在愤怒和纠缠之下，于欢产生的认知会影响其行为，若仅说"羞辱停止了就不能防卫"也是有问题的。

在北京理工大学法学院教授徐昕看来，于欢应当构成正当防卫。需要注意的是，首先，其被讨要的债务系非法债务；其次，于欢遭到了不法侵犯，11 个人对其进行"非法拘禁"，甚至用下体对其母亲进行侮辱。

目前，家属已委托律师上诉。二审代理律师殷清利表示，他们将于 3 月 27 日与法院沟通阅卷事宜。

公司及苏银霞的负债情况严峻

民警为什么到办公楼 4 分钟后就离开了？按照判决书认定的说法，于欢的理解是民警"去外面了解情况"，苏银霞则认为民警是"到门厅外边问怎么回事"。此后，母子试图跟民警到门外。

不过，于秀荣及家属在接受媒体采访时称，民警是准备离开公司，并且发动了车。在公司员工阻拦、僵持的时候，办公室内发生了血案。

曾有多年从警经历的律师王甫认为，警察的行为是有瑕疵的，"因为警察到场之后，应该保护公民人身财产安全，在这个前提之下才开始调查"，而在本案中，警察把被告人、被害人同时留在了现场。

于欢的二审律师表示，他们准备先起诉派出所不作为的行为。

判决书写明，两名民警、两名协勤人员分别出具了出警经过和有关情况的说明，民警也用执法记录仪记录了案发当晚的处警情况。目前，警方尚未公布有关视频。

据媒体报道，苏银霞因涉嫌另一起非法吸收公众存款案，正在接受调查。接近苏银霞的人士告诉中国青年报·中青在线记者，苏银霞目前尚未被起诉。

记者注意到，山东源大工贸公司及苏银霞的负债情况同样严峻。

在血案发生之后，2016 年 10 月，山东源大工贸及苏银霞等被申请人，被法院裁定冻结 570 万元存款或查封其同等价值的财产；2016 年 11 月，山东源大工贸公司被判决偿还 808 万元，苏银霞承担连带责任；2016 年 12 月，山东源大工贸有限公司、苏银霞等人亦被判决偿还他人 100 万元。

如何熬过经济困境，与于欢的自由问题一样，摆在了苏银霞一家面前。

卢义杰　陈丽媛
2017 年 3 月 27 日

脚注：2017 年 2 月 17 日，山东省聊城市中级人民法院一审判决于欢犯故意伤害罪，处无期徒刑，剥夺政治权利终身，并赔偿附带民事原告人经济损失。宣判后，被告人于欢及部分原审附带民事诉讼原告人不服，分别提出上诉。山东省高级人民法院经审理于 2017 年 6 月 23 日作出终审判决，以故意伤害罪改判于欢有期徒刑五年。

韩国人在望京

望京有闪着中韩字体的彩色霓虹灯箱、韩国企业云集的大厦、最正宗的韩餐馆。在街上，人们已经很难从外表分辨路人是中国人还是韩国人。在这块被称为"中国韩国城"的北京最大韩国人聚居区里，韩国人人数最多时超过5万。

中心广场上孩子在嬉闹，年轻的韩国母亲用不熟练的中文，和中国大爷大妈聊着天。

如今，这种平静正在被打破，一些改变若隐若现。

在乐天超市望京店，一个工作日的午后，门前停着警车，超市里安保人员多了一倍，清空的货柜上少有韩国品牌的食品，戴着"安全员"袖章的员工比顾客还多。

两周前，一位刚毕业的韩国留学生，本打算在中国找工作，却临时改变计划，改签了第二天的航班，一刻不敢停留似的飞回了自己的国度。

在中国生活了20多年的韩国人朴济英说："中韩关系就像一壶水，烧了半个小时才能热，碰到凉水又迅速凉下来了，不知何时才能再热起来？"

平静，不平静

3月中旬开始，朴济英发觉自己"享受"了一种"特殊待遇"。

他在山东某学校兼任外籍教授，每周往返于北京和山东。当他上完课乘坐高铁返回北京时，收到问候短信"你安全离开了吗？"他突然意识到，自己变成了"特殊保护的重点"。

担忧并非空穴来风。在他近九成都是中国人的朋友圈里，开始传播一些他称之为"非正常的视频"，其中一些还带着对韩国人的谩骂和暴力。

他担任副会长的民间组织"中国韩国人会"也收到一些韩国人的咨询，尽管担心人身安全的还是少数。

直到这时，这位年过半百、中文标准的韩国人才开始担心起来。

在北京留学 14 年的成英善，也接到了母亲焦急的电话。上一次令母亲如此担心的，是 2008 年汶川大地震。

一位韩国朋友告诉成英善，"现在拦出租车，以前他们会问你是韩国人还是日本人，是日本人的话就拒绝，但是现在换了，变成韩国人。他们不会不让你坐，但会特别认真地讲道理。"

一开始他觉得没什么大不了。但令成英善感到尴尬的是，他的中国朋友看到相关的新闻，都会在第一时间转发给他，有人还会问，"这是真的吗？"

朴济英认真看了下微信里的一些视频。尽管他说，一看就是"找人演的"，"故意商业炒作的"，但他还是承认"老百姓看了，很容易激动"。

面对记者，他并不想谈到太多关于这次的争议。

"虽然目前在北京的韩国人没有那么大的情绪，但是时间长了肯定会有压力。"尽管朴济英努力安慰着那些前来咨询的韩国同胞，但还是隐约担心。

神奇，不神奇

这场低气压源自 3 月上旬。

在中国经商多年，朴济英一直关注着中国的新闻，感受气氛的变化。然而这次还是让他感到不解。"中韩建交 25 周年来，头一次碰到这样的情况，真是有些尴尬"。

作为较早进入中国的留学生，朴济英见证了中韩关系"热"起来的过程。

1992 年 8 月 24 日，中韩两国正式建交。1994 年，朴济英来到北京。当时赴中国留学的韩国人并不多见，在北京的韩国人也比现在少得多。那时的中国，在大多数韩国人眼中，是一个在历史课本上"红色"的"神秘国度"。

朴济英学的是中医专业，班上韩国留学生占外国留学生的绝大多数，30 个外国留学生，26 个是韩国人。

刚刚开放的年代，尽管学校规定中韩两国学生不能互访宿舍。然而还是有很多中国学生去韩国学生的宿舍，给韩国人辅导功课。在当时，韩国人均 GDP 超过 1 万美元。给韩国学生补课 1 小时 15 元，对中国学生来说，是很大的经济补贴。中国老师那时工资也不高，不到 1000 元。

随着经济的发展，2000 年年初，当成英善来中国时，他成为 4 万余名韩国留学生中的一员。当时正是中韩双边贸易增长最快的时期。

"出国的人都是因为喜欢那个国家才出国的。"回忆起 14 年前做的决定，成英善说。

目前中韩已成为互派留学生最多的国家，据 2016 年 4 月教育部统计，2015 年来华留学生中，韩国留学生数量最多，为 66672 人。

中国，更中国

20 多年来，朴济英眼看着"韩流"在中国流行起来。他从留学到创业，在中国的每一步发展，都踩在鼓点的节奏上。

20 多年前，还在学中医的他，骑自行车看到西单的眼镜店，几百号中国人排着队配眼镜。尽管 1 天 1 万元的租金令他咋舌，但周末一天 30 万元的流水量更令他震惊。他下定决心，投资实业。

2005 年《大长今》引进中国，带来了当年最引人注目的文化旋风。韩流文化的兴起，也让朴济英的生意开始红火。"以前中国人一副眼镜是丢了才配，但是现在他们的理念是要求时尚化，而且会备用两到三副眼镜，2005 年隐形眼镜也开始流行起来。中国的消费者也讲究美了。"他说。

像朴济英一样，越来越多的韩国人在中国看到了机会，而望京因为靠近首都国际机场，就自然地形成了一个韩国人汇聚之地。

很少有人能说清楚，目前在中国生活的韩国人到底有多少。"以前走在望京，5到10米就能见到一个韩国人。"朴济英说。

在2008年一场被称为"韩元咳嗽，望京感冒"的金融危机之前，这个数字很庞大。据统计，当时仅在望京居住的韩国人就有5万。

当越来越多的韩国人拉着行李来到望京时，很多外地打工者也是冲着这里韩国人多慕名而来。

在望京一家房地产中介公司工作的小雨，就曾经揣着"看看韩剧中的人"的梦想，选择了到望京区域工作。不过她来了之后，才发现原来大家都一样是普通人。

尽管乐天玛特门店关店的消息不时传来，可在很多望京人眼里，身边的韩国人大多仍然生活平静。朴济英很希望这种"平静"能一直持续下去。

据称，截至3月19日，已有67家在中国经营的乐天玛特门店暂停营业，还有约20家门店自愿决定关店，这些占了乐天玛特在华门店总数的近90%。

在一段网络视频中，一群年龄不超过12岁的学生发誓要抵制韩国货。

同样是教师身份的朴济英感到这种做法不妥，小学生没有判断能力，"如果这个小学生活到90岁，他80年都有这样的记忆。但是中韩关系肯定会解决。"

自己在上课时，无论底下是韩国学生还是中国学生，他一直强调要有一个"过了就不及的度"，"矛盾必然有，但是不要太过，出现了赶紧解决"。

在中国一所知名的外语院校担任韩语教师的具滋元，同样会在课堂上把不同的观点呈现给学生。

这位老师会在上课的时候插播少女时代MV、韩国综艺节目，也会跟着学生一起观看调侃韩国大叔、揭露社会丑闻的韩国新闻纪录片。他会说韩国社会竞争压力大，一些年轻人为了就职不惜整容，也会说在中国遇到的一些事。"我就是按照事实讲，不要让大家存在什么幻想。"他说。

不仅让中国学生了解韩国，每周四，他都要搭公交，从海淀去望京，给韩国同胞讲述中国历史。

"双方都要认识一个真实的世界，不管是韩国人还是中国人都应该这样。学习不同的文化，是需要互相理解和尊重。"具滋元说。

聊聊吧，再聊聊

尽管两个孩子回到韩国上大学，朴济英自己暂时还没想过回韩国。"我已经离不开中国。"他坦言。

对于朴济英来说，首尔到北京坐飞机只需要 1 个小时 40 分钟，比上海都要近。"实际上，我在生活上也离不开"。他的微信里百分之八九十也都是中国人。

"我的人脉、对社会的看法都是在中国形成。"朴济英说。

对成英善来说，他从没打算回过韩国。他更担心的是，回国之后，同样不能接受国内的看法。"一直在韩国成长的人，想法特别窄，接触的范围也特别窄，遇到外国人，'唉，什么呀'，如果看到新闻里和中国相关的消息，就说'当然'！和他们在一起的话特别有压力。"

朴济英认为，国外留学的经验非常重要。"如果我没有留学过，也可能跟国内的韩国人一样，看法狭窄。"

深陷中国朋友圈的朴济英，身边很少有人和他说"萨德"两个字，他也不会主动谈及。

"兄弟之间、邻居之间吵架不高兴都会有的，但是过了某一个程度只能搬家了。比如两家之间，关系已过了，起诉了、打官司了，就麻烦了，不好处理了，感情就是这样的。因此这个感情破坏了，肯定就后遗症大了。"朴济英说。

一位在韩国留学两年的中国留学生，看见在他回国乘坐的飞机上，几乎没有游客的身影，在以往这个季节，都是人满为患。

他本来已经入职某国内旅游公司，但因为韩国团体游产品下架，最终面临失业的困境。

成英善有个朋友，跟中国一家电视台合作了一个中韩合资项目，策划了一年，最终流产。

王晓玲说："韩国人跟中国人在文化心理、情感沟通都是比较近的，很容易成为朋友，并不是说今天就完全变了。"但是，"民间感情，伤害一次是很大的。"

具滋元说："老百姓之间还是得多交流。先坐下来聊聊天，听听对方说了什么。"

3月25日的望京，直到晚上8点，韩式烤肉店前依然排满等号的中国食客；四川火锅店门口，推着婴儿车的韩国妈妈，起身和中国朋友道别；大厦外，三四个中年男子一边抽着烟，用夹杂着英文和韩语的中文聊着天。这是一个乍暖还寒的春天夜晚。

在望京地铁站附近一处"望京韩国城"的建筑外，不知何时起，招牌中间的"韩"字，不见了。

（应受访者要求，文中的成英善、权素姬均为化名）

江　山
2017 年 3 月 29 日

脚注：2017 年，美韩部署"萨德"系统的进程提速，部署地点被定在乐天集团所有的星州高尔夫球场。这引起韩国民众的抗议，也给中韩关系带来巨大变量。中国民众开始抵制乐天玛特，北京的韩国人聚居地望京也在感受着一种震荡。这篇报道，展现了阴影下一些普通的生活。

谁动了共享单车

深夜，不计其数的共享单车被注入了北京这座巨型城市的每一条毛细血管。舆论的喧嚣与它们全然无关，就这样，它们静静地等待着下一段旅程。

来自云南的金妹终于在"小黄车（ofo共享单车）"上学会了骑自行车，不过第一个月里就被撞倒了两次，一次是悄无声息超车的外卖小哥，一次是突然右拐的三轮板车。"唉，这里的路比老家宽，但路边全停着（小汽）车，没地方骑（自行车）。"

春节后，金妹换了一份工作，路途远一些、工资高一点，需要坐地铁上下班。这座位于北京东四环外1公里的地铁站离她的住处大约两公里，沿途路灯有些昏暗。特别是下班晚了的时候，她觉得，骑车会比步行安全一些。

身形娇小的金妹在一堆共享单车中挑中了一辆车座较矮的。这是四月的北京，春暖花开。地铁口附近，骑车的人明显多了起来。

来北京十多年的老杜在这个地铁口开摩的，他说，以前摩的司机们扯着嗓子抢活，现在喊也没用，抱着手机的小年轻头都不抬，一出地铁站就拿着手机"扫一扫"（共享单车的二维码）。如今，坐他车的要么是路不熟，要么还不太会用智能手机。

老杜偶尔也看到轮胎被扒了出来、车座被卸掉的共享单车。但他并不知道，在网上，摩的司机为"国人素质"背了黑锅，他愣了一会儿说："破坏？你看看，这么多车，弄得过来吗？我家那口子还骑小黄车上下班呢。"

正值下班高峰，老杜的摩的旁密密麻麻地挤着各色共享单车，他估计，最多的时候，"四五百辆都不止"。这里被他称为年轻人的地盘。网上一份北京租房攻略里提到，这个社区附近影视娱乐公司居多，聚集了不少小明星。

摄影　中国青年报　**8**　2017年4月12日 星期三
Tel:010-64098309
E-mail:zqbsyb@163.com
本版编辑 / 李峥苨
中青在线　CYOL.COM
www.CYOL.COM

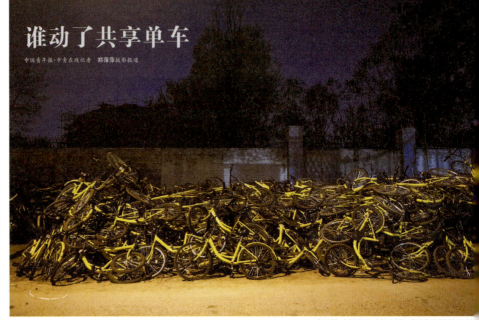

深夜，不计其数的共享单车被注入了北京这座巨型城市的每一条毛细血管。舆论的喧嚣与它们全然无关，就这样，它们静静地等待着下一段旅程

谁动了共享单车

中国青年报·中青在线记者　郑萍萍摄影报道

4月8日深夜，北京市朝阳区一共享单车维修点，堆放着数千辆等待维修的自行车

深夜12点，一辆共享单车被插在铁道护栏上。铁道商边的高层住宅平均售价每平方米近9万元。

凌晨1点，东南五环外，一辆无法扫码的共享单车被丢弃在路边。

凌晨2点，两辆共享单车被停放在废弃的铁道上，不远处是正在修建的北京最高地标建筑——中国尊。

凌晨3点，一辆共享单车被停放在机动车隔离带上。

刚从金融街下班的王非像往日一样不停地按着喇叭，"实在太乱了，行人、自行车、机动车都搅在了一起，谁按规矩来谁就没办法走。"

王非的手机里也有摩拜单车的应用软件，但最初这款单车的车座不能调节，他身高一米八几，骑起来并不舒适，加上早高峰时常常找不到车，就很少再租用了。不过，开车更痛苦，"回家这最后一公里的路，有时要堵上半个小时。你看看，这些自行车都快停到马路上了"。

车窗外，擦身而过的是一层叠一层停放的共享单车，还有随着天气转暖，不断侵占人行道的小吃摊位，烤冷面、串串香在年轻人中最受欢迎。

等着烤串出炉的"鱼头"跨在一辆共享单车上，她高调地承认自己是摩拜单车创始人胡玮炜的粉丝。在她看来，共享单车被曝光的负面问题只是事物的一个侧面，真正牛的是共享单车对人们出行、生活方式的变革，"能做一件改变人们生活的事是伟大的"。

"鱼头"自称"设计小工"，手机里有 4 个共享单车软件，其中一个还是去外地出差时临时下载的。天好时，骑着车在住处周边溜达是她近期的爱好，"我在这里住了一年多了，竟然不知道这条铁路后面有成片的居民房，那是北京的另一副模样"。

自行车一辆辆被骑走，地铁站外渐渐安静了下来。不到 11 点，这些单车一辆不剩地被注入了周边街区的每一条毛细血管。

胡玮炜曾在演讲上说，一旦给单车通上电，放到外面让它自运营的时候，它们就仿佛有了生命。这些被胡玮炜视为有生命的单车，它们未来的命运将有赖于这座城市里的每一个人。

而在城市规划专业的方伟看来，一座软、硬件都考虑到骑行的城市，居民的幸福指数是非常高的。

郑萍萍 摄影报道
2017 年 4 月 12 日

在这张圆桌上画出"一带一路"路线图

北京雁栖湖畔，1200平方米的集贤厅再次高朋满座。来自30个国家的领导人和联合国、世界银行、国际货币基金组织负责人围坐在一张直径12.9米的大圆桌周围，用一整天的时间，碰撞出一份必将影响未来全球治理的《"一带一路"国际合作高峰论坛圆桌峰会联合公报》。

5月15日，在经久不息的掌声中通过的共识，是"一带一路"国际合作高峰论坛圆桌峰会的重大成果。

政要们围坐着的圆桌上方，莲花造型的水晶吊灯象征和平与和谐，以深邃的蓝色星空为背景，周边一层层玉璧造型的顶灯名为"珠联璧合"，最外围的浮雕饰青龙、白虎、朱雀、玄武纹样，寓意四方同庆。

今天的宾客来自五大洲，引领他们进行头脑风暴的是中国国家主席习近平提出的"和平合作、开放包容、互学互鉴、互利共赢"的丝路精神。

一天前，习近平主席在高峰论坛开幕式的主旨发言，被认为首次明确阐述了丝路精神与"一带一路"倡议的内在联系。

从历史的维度来看，古丝绸之路绵亘万里，延续千年所积淀的丝路精神是人类共同的宝贵文明遗产，而在全球经济缺乏新增长动力、各国发展不均衡、区域动荡加深、恐怖主义蔓延的现实世界中，和平赤字、发展赤字、治理赤字与丝路精神所倡导的理念南辕北辙。

正是在这样的背景下，中国提出的共商共建共享的"一带一路"倡议，被与会者评价为人类翻开了向历史学习的新篇章，是从古丝绸之路中汲取智慧和力量。

尤其是"一带一路"倡议提出后的 4 年间，大批实质性的项目落地，让沿线国家的民众实实在在收获了福祉。看得见的变化，让各方都开始认可"一带一路"倡议对全球治理的贡献。

联合国秘书长古特雷斯高度认可"一带一路"倡议，他认为，这份源自中国的主张，本质上与联合国的 2030 可持续发展目标异曲同工，属于世界。

他解释说，"一带一路"倡议与 2030 可持续发展目标都致力于实现可持续发展，都致力于创造机遇，创造公共产品和互利合作，都致力于促进不同的国家和地区在基础设施、贸易、资金、政策和人员之间的互联互通。

在古特雷斯看来，所有"一带一路"沿线国家都可以从这些互联互通中深深受益，这个过程本身也有助于实现"2030 可持续发展议程"。

世界银行行长金墉表达了参与"一带一路"的热切希望。他说，世界银行在贸易便利化、道路设施建设、基础设施投资建设机制化等方面，与发展中国家合作积累了不少经验，世行非常渴望、也准备为"一带一路"建设提供任何形式的支持。

与此同时，金墉也非常看重中国在减贫等方面的成功经验，在他看来，这也是中国式治理对国际社会的贡献，对世界银行也有借鉴作用。

在国际货币基金组织总裁拉加德看来，如何与"一带一路"建设进行更紧密的合作是该机构面临的最重要的工作。国际货币基金组织已经决定通过进一步融资，向"一带一路"建设提供帮助。

由18根红色梁柱支撑起的集贤厅里，墙壁上分布着"燕京八景"的木雕画，地面铺设的团花地毯纹样以牡丹花为主，搭配玉兰环绕其间。

30位国家元首或政府首脑和3家国际机构负责人，齐聚在由一个国家倡议的对话平台上共商全球治理的未来，这在世界外交史上是不多见的。

一位资深外交家评价说，这足以看出"一带一路"倡议在国际舞台上的魅力。更重要的是，丝路朋友圈里的政治经济伙伴们讨论的都是实招。

傍晚时分，集贤厅重重的大红门徐徐打开，33名政要从大圆桌旁起身离开，握手话别。各方达成的共识包括：推动"一带一路"建设合作，携手应对世界经济面临的挑战；支持加强经济政策协调和发展战略对接，努力实现协同联动发展；推动各领域务实合作不断取得新成果；架设各国民间交往的桥梁；坚信"一带一路"建设是开放包容的发展平台，各国都是平等的参与者、贡献者、受益者。

外交部公共外交咨询委员会委员汪晓源说，短短一天之内，各方就能达成多项共识，表明与会者对"一带一路"共识开出的全球治理药方高度认可。加强国与国之间的联系，构筑人类命运共同体，非常符合当前国际形势。

这位中国前驻哥斯达黎加、乌拉圭、哥伦比亚大使，以拉美国家为例说，虽然从地理上来说不在"一带一路"沿线上，但很多国家对这一倡议非常感兴趣，参与积极性很高。一些拉美国家的出口产品以农产品、矿产品为主，他们非常希望找到一条出路，搭上"一带一路"经济合作的快车。此次智利和阿根廷总统就是抱着这样的愿望来参加在北京举办的"一带一路"国际合作高峰论坛的。

中国前驻伊朗、阿联酋大使华黎明表示，中国不仅提出"一带一路"倡议，还提出了合作共赢、人类命运共同体这些与其共生的思想。"帮人即是帮己"，中国已经成为全球第二大经济体，各国要避免冷战思维和"零和游戏"的恶性循环，唯一办法就是通过合作共赢，建设人类命运共同体。

不少资深外交人士都注意到拉加德的一个比喻，"一带一路"倡议就像茶叶一样，源于中国，为世界共享。

刘世昕　杨杰

2017 年 5 月 16 日

点兵朱日和

7 月 30 日，中国最大的练兵场——朱日和训练基地成为举世瞩目的焦点。庆祝中国人民解放军建军 90 周年阅兵今天在这里举行，这是我军首次以庆祝建军节为主题的专项阅兵。

伴随着巨大的轰鸣，17 架直升机组成"八一"标识，24 架直升机汇成"90"字样飞临阅兵场上空。据了解，此次阅兵是依托参加实战化训练的部队组织实施的，前一天刚参加完大规模实兵训练的官兵们征尘未洗、集结列阵，以战斗姿态接受中共中央总书记、国家主席、中央军委主席习近平的检阅。

"这是一场野战化、实战化的阅兵。"阅兵地面部队指挥协调组副组长、中部战区陆军参谋部训练处处长解新成说。此次阅兵打破了广场阅兵的惯例，不安排徒步方队和踢正步、不安排军乐队合唱团、不搞群众性观摩，"从头到尾充满了浓浓的硝烟味儿"。

参加此次阅兵的共 45 个方（梯）队，包括 1 个护旗方队，1 个纪念标识梯队，陆上作战、信息作战、特种作战、防空反导、海上作战、空中作战、综合保障、反恐维稳、战略打击 9 个作战群以及 9 个人员方队，受阅官兵 1.2 万余人。

不同于以往按照军兵种编组的形式，此次受阅部队按作战群队编组为 9 个作战群，各作战群内兵种、装备要素齐全，能够遂行联合作战任务。

"按照作战群队编组是现代化作战的需要。"解新成介绍说，"这也符合沙场阅兵的味道。"

铁流滚滚，烟尘弥漫，22 辆 99A 式坦克呈箭形快速驶向检阅台。此前曾先后 3 次参加阅兵的坦克方队头车驾驶员丁辉从种种细节中感受到了这次阅兵的"硝烟味儿"。

"以前阅兵为了展现气势，坦克火炮身管都是高高仰起。"他解释说，"但这次火炮身管的角度就是按照行军的标准设定，是一种实战状态。"

据丁辉介绍，阅兵中各式车辆以更快的、接近实战行军的速度通过检阅台，"更有战味儿、野味儿"。行进中的坦克随车携带伪装网、背囊等物资，观瞄系统、作战系统均处于开启状态。用他的话说，这些坦克"下了阅兵场就能直接上战场"。

没有新刷的涂装，没有任何改动，所有装备都以实战状态接受检阅。不仅是装备，受阅的官兵也保持着战斗姿态。特种兵脸上涂满伪装油彩、坦克兵腰间佩戴手枪、武警特战队员的头盔上配备夜视器材和红外器材……

"我们不只是为了展示，而是拉出去就能打仗。"参加阅兵的武警猎鹰突击队大队长米彦广自信地说。在他看来，阅兵检阅的不只是队员们"高不高、帅不帅、齐不齐"的外在形象，更重要的是那种时刻备战、毫不放松的内在状态。

这名 42 岁的反恐尖兵对朱日和训练基地的一句标语印象深刻："准备打才可能不必打，越不能打越可能挨打。"

"和平是靠实力来保障的。"他补充说。

值得注意的是，此次阅兵中有多个军兵种按照战术动作接受检阅。隶属于陆上作战群的空中突击梯队抵达阅兵场上空时采用的就是标准的战斗队形：10 架武装直升机率先开辟空中通道，8 架武装直升机在翼侧盘旋，掩护 18 架运输直升机快速降落，短短数秒内，突击队员从机舱中一跃而出，呈战斗队形展开警戒。

"这样配置队形是战斗要求。"陆航梯队副指挥员、第 83 集团军副军长苏荣介绍，实战中，空中突击分队将按照侦察警戒、火力突击、机降占领等程序遂行作战任务，此次阅兵中编配的队形完全与实战对接。

在随后受阅的空中作战群内，7 架歼 -11B 战机飞临阅兵场上空时连续发射数枚红外干扰弹，燃烧的干扰弹拖曳着尾烟相互交织，构筑起一道空中格斗的防御屏障。

"在实战中，发射红外干扰弹可以躲避敌方雷达的锁定。"中部战区空军

2017 年 7 月 30 日，庆祝中国人民解放军建军 90 周年阅兵在内蒙古朱日和联合训练基地举行。这是我军首次举行以庆祝建军节为主题的阅兵。中共中央总书记、国家主席、中央军委主席习近平检阅部队并发表了重要讲话。赵迪／摄

2017 年 7 月 30 日上午，庆祝中国人民解放军建军 90 周年阅兵在朱日和联合训练基地隆重举行，这是护旗方队。赵迪／摄

2017 年 7 月 30 日，清晨 5 点，受阅部队准备 　2017 年 7 月 30 日，护旗方队。赵迪／摄
集结。赵迪／摄

2017 年 7 月 30 日，庆祝
中国人民解放军建军 90
周年阅兵在内蒙古朱日和
联合训练基地举行。
赵迪／摄

2017 年 7 月 30 日，海军
陆战队方队。赵迪／摄

作战处研究员范慧宇强调，"这绝不是花架子。"据了解，这也是歼击机首次在阅兵中发射干扰弹。

记者在阅兵现场观察到，场内没有任何固定设施，只有一处处覆盖着野战伪装网的方舱。据介绍，此次阅兵所有指挥设施均依托野战指挥方舱部署，指挥信息系统按战时状态通联、按作战要求配置，野战化阅兵的味道十足。

联合编组是此次阅兵另一个突出的特点。受阅官兵来自陆军、海军、空军、火箭军、战略支援部队、武警部队和联勤保障部队7个力量体系。"新组建的战略支援部队和联勤保障部队首次亮相阅兵场，就是为了完善我军联合作战体系，强化我军体系作战能力。"中部战区司令员韩卫国告诉记者。

除了整体编组，此次阅兵有15个方队采用混合式编组，既有兵种之间的混合也有军种之间的混合，方队内部的混编同样体现出联合作战的特点。

在深化国防和军队改革的征程中，"联合"一词频现媒体。据了解，此次阅兵体现新型军兵种力量的联合编组，是改革重塑后部队联合作战行动的有益尝试。

此外，受阅装备也是这次沙场阅兵的一大看点，主要展示现役主战武器装备信息化水平和新质战斗力，受阅地面装备600余台套，各型飞机100多架，近一半为首次参阅。

"阅兵所展示的武器装备是历年来最多的，也是最新的。"韩卫国介绍。其中，歼-20、歼-16和新型的防空导弹武器都是首次亮相阅兵场。

这背后，是中国发展成为世界第二大经济体的国力支撑和强军目标的有力牵引。走过90年光辉历程，人民军队已经从单一军种发展成为诸军兵种联合、具有一定现代化水平并加快向信息化迈进的强大军队。

如今，这支经历改革重塑后的军队正在朝着世界一流军队奋力进发。

王 达

2017 年 7 月 31 日

韩春雨的论文撤了　NgAgo 争论不停

在一年多的纷争和等待之后，河北科技大学副教授韩春雨学术争议事件终于暂时告一段落：他那篇颇受争议的论文，今天主动撤回了。

北京时间 8 月 3 日，《自然－生物技术》发表题为《是该数据说话的时候了》的社论，称"撤回韩春雨团队于 2016 年 5 月 2 日发表在该期刊的论文"。一年多前，正是这篇论文，让韩春雨及其团队研究的新基因编辑技术 NgAgo 名噪一时。

然而，"剧情"很快反转，韩春雨研究团队这篇论文的可重复性受到国内外学者的广泛质疑，一时间诸如"实验没法重复"等说法开始蔓延，韩春雨本人也身陷舆论漩涡。

如今论文被撤，这一事件似乎就此画上句号。然而韩春雨事件背后的学术争鸣是否就此结束？对所谓新基因编辑技术 NgAgo 的争议是否会尘埃落定？

"不可重复"之争

整个事件肇始于一篇专门研究和阐述新基因编辑技术 NgAgo 的论文。

在这篇论文发表之前，43 岁的韩春雨还只是学术界名不见经传的"无名小辈"——本科毕业于河北师范大学，硕士就读于中国农业科学院，并于中国协和医科大学获得博士学位，后到河北科技大学生物科学与工程学院生命科学系担任副教授。

去年 5 月 2 日，这篇论文经国际知名期刊《自然－生物技术》发表后，韩春雨团队及其报告的 NgAgo 技术便引来极大关注，韩本人也成为受邀到各大高校演讲的"座上宾"。

论文中所描述的 NgAgo 技术，是利用格氏嗜盐碱杆菌的 Argonaute 核酸内切酶，以 DNA 为介导进行基因编辑，简称 NgAgo-gDNA。韩春雨团队在论文中称，使用 NgAgo-gDNA 技术，在哺乳动物细胞基因组上的 47 个位点进行了 100% 的基因编辑，效率为 21.3%～41.3%。

由这一实验结果来看，该技术效率之高，能媲美有"基因魔剪"之称的 CRISPR-Cas9——它能对基因的特定位点进行准确地剔除、添加等。

然而，从 2016 年 7 月开始，对该论文可重复性的争议接踵而至——先是 2016 年 7 月 2 日，学术打假人方舟子发文公开质疑韩春雨团队的实验可重复性，关于 NgAgo 基因编辑技术的争议开始进入大众视野。

随后，来自澳大利亚、美国、西班牙的学者纷纷在社交媒体上公开发声，表示无法"看到"韩春雨论文中的实验结果，为避免资源浪费，呼吁科研工作者停止使用 NgAgo 技术。

同年 10 月 10 日晚，北京大学、浙江大学、中科院等 12 位学者实名发声，公开表示他们所在的实验室未重复出韩春雨的实验。在接受中国青年报·中青在线记者采访时，北京大学生命科学学院研究员魏文胜表示，包括他在内的不少学者认为，"不能再拖了，必须要发声，要让国际科学界看到我们这个领域（即基因编辑）中国科学家的态度。"

然而就在 4 天后，韩春雨所在的河北科技大学向媒体提供了一份题为《关于舆论质疑韩春雨成果情况的回应》的书面材料，表示已有机构用韩春雨团队技术实现基因编辑，具体信息会适时向社会公布，并恳请给予他们多一点支持、多一点时间、多一点耐心。

同年 11 月，国内外 20 位生物学家联名在国际期刊《蛋白质与细胞》上发表学术通讯，以学术规范的形式质疑韩春雨团队该论文的可重复性。当月，美国、德国和韩国的生物学家在《自然－生物技术》发表通信文章，报告无法重复该实验……

一年多来，有关韩春雨实验"可重复性"的质疑、回应、质疑、回应较量了若干个回合，争议不休，未有定论。

撤稿前后

如今，《自然－生物技术》宣布该论文撤回，给这些争议按下了暂停键。

早在去年 8 月 2 日，《自然－生物技术》就曾对这次学术争议表态，"已有若干研究者联系本刊，表示无法重复这项研究。本刊将按照既定流程来调查此事。"

同年 11 月，《自然－生物技术》发表一篇"编辑部关注"及声明，以提醒读者"人们对原论文结果（韩春雨团队论文）的可重复性存有担忧"，并表示正在调查该论文，原作者"补充信息和证据来给原论文提供依据是非常重要的"。

2017 年 1 月，《自然－生物技术》发言人发表声明，表示获得了与 NgAgo 系统可重复性相关的新数据，在决定是否采取进一步行动之前，需要调查研究这些数据。

在今天发布的社论中，《自然－生物技术》公布了数据的调查结果："现在，距原论文发表已过去了一年多，我们了解到当初曾报告说初步成功重复出实验结果的独立研究小组，无法强化初始数据，使其达到可发表的水平。类似的，在征求专家评审人的反馈意见后，我们判定韩春雨及其同事提供的最新数据不足以反驳大量与其初始发现相悖的证据。"

结果是，论文被撤。

一位基因编辑领域的学者向记者透露，今天，在他和《自然－生物技术》主编 Andrew Marshall 进行电话会议时，问及韩春雨团队是"主动申请（撤稿）还是迫于《自然－生物技术》的压力"而撤稿。

Andrew Marshall 对他的回答是：是韩春雨团队作出了这一决定。

韩春雨团队主动提出了撤稿，但与此有关的学术争议，却还没有结束。

《自然－生物技术》今天发表的社论还提道："我们决定给这些原始论文作

者和新的研究小组更多时间来收集更多的能支持其论点的实验证据。"

韩春雨研究团队也在今天发布的撤稿声明中表示："我们会继续调查该研究缺乏可重复性的原因，以提供一个优化的实验方案"。

下一步的学术评议

那么，对于一个有争议的研究结果来说，撤回研究论文究竟意味着什么，是否可以宣布整个研究以被撤稿方的"论文有问题""实验有问题"甚至"涉嫌学术不端"而告终？

在接受中国青年报·中青在线记者采访时，中科院一位学者提到，无论如何，撤稿这个结果对当事人的学术声誉是个"损失"，是有"负面影响的"。

他说，学术界经常举的一个例子就是日本的小保方晴子，她也是因为实验结果的"不可重复性"饱受质疑，最终论文被撤。后来早稻田大学宣布，取消小保方晴子的博士学位，小保方晴子本人从日本理化学研究所辞职，其导师井芳树也因此自缢身亡。

当然，既然是科学研究，就存在争议的空间和可能，也需要人们用宽容的心态来面对争议。不过，这些同样需要一个"有理有据"的前提。

这位学者告诉中国青年报·中青在线记者，如果一名科学家的论文遭到同行的质疑，这名科学家至少要审视自己的工作，对相关的事实进行澄清，比如究竟是哪些地方有问题、产生问题的原因又是什么，等等。

这位学者曾是前述实名发声的 12 位学者之一，当时在接受中国青年报·中青在线记者采访时，他就提到，既然在过去的 5 个月内都没有学术同行能够顺利重复其结果，韩春雨本人和相关方面就需要采取行动，进一步确认实验结果的真实性，为维护学术共同体的生存和信用作出自己的努力。

他说："不管是自己的疏忽，还是合作者的疏忽，都要说清楚，这是维护声誉的最好方法。"

如今论文被撤，韩春雨团队对外发布的声明也提道："虽然许多实验室都进行了努力，但是没有独立重复出这些结果的报告。因此，我们现在撤回我们的最初报告，以维护科学记录的完整性。"

　　去年 10 月，包括上述学者在内的 10 多位学者还实名呼吁有关方面组织第三方介入，尽快将这件事情调查清楚。

　　今天，河北科技大学在其官网发文回应称："鉴于该论文已撤稿，学校决定启动对韩春雨该项研究成果的学术评议及相关程序。"

孙庆玲　邱晨辉

2017 年 8 月 4 日

　　脚注：2018 年 8 月 31 日，河北科技大学公布关于此事的调查和处理结果称，该校学术委员会成立调查组，认真核查了该论文涉及的全部原始实验资料，并委托第三方国家重点实验室开展重复验证实验，认为撤稿论文已不再具备重新发表的基础，未发现韩春雨团队有主观造假情况。

九寨沟生死一夜

在 8 月 8 日发生的四川九寨沟 7.0 级地震中，神仙池路口至九道拐路段成为重灾区之一。据不完全统计，仅此路段，就有 4 人遇难。

当晚，成都导游李唐带着 25 人组成的旅行团，正准备前往早已订好的九寨沟附近的酒店。如果一切顺利，他们本该在第二天进入"人间天堂"，赏九寨美景。谁知道，一场突如其来的地震把他们扔进了一个"孤岛"：前后均有塌方，路上漆黑一片，大地不断晃动，四周石块滚落。

不过，就在主震结束后不久，一束手电筒的灯光唤起了他们的希望。从 122 林场里出来勘查情况的中建三局搅拌站工人，在那个夜里，成为 170 多名像李唐一样被困塌方人员的守护者。

地震惊魂

地震发生时，李唐突然觉得自己左手边的树木都在摇晃。在九寨沟旅游线路上带了 5 年游客的她，第一时间猜想，"这是发生泥石流了吧？"

一辆小轿车此时超过了她所在的大巴车。那辆车走了 30 多米时，李唐突然看到前面落石头了。她这才意识到，地震来了。

大巴车司机紧急踩了一脚刹车。李唐至今想起来仍觉得是"万幸"——前面掉下来一块看起来有几百斤重的大石头，砸中了大巴的挡风玻璃。若是一脚油门开过去，这块石头将正中大巴车中部，人员死伤恐难避免。

前后双向塌方，地不断地摇。一车来自山东的游客很多人在黑暗中慌了、哭了。李唐赶紧安抚他们的情绪，她大声喊："别慌！现在下车，离山体远点，拿好自己的贵重物品和厚衣服，其他行李不要了，保命要紧！"

除了李唐的电信手机，其他人的手机都没有信号。她赶紧想办法跟外界联系，但是电话打不出去。大巴车司机和旁边的一位散客司机决定去探路。如果还留在原地，路两旁都不断在塌，他们无法预知有何危险。

李唐嘱咐他们，手机现在失去作用了，司机必须在半小时内返回。她让游客暂时不要动。路上没有一丁点的亮光。突然，很多人朝他们的方向地跑了过来。李唐问他们："前面怎么样啦？"对方只答了句："垮得厉害，走不了！"

探路的司机只用了十几分钟就回到了大巴附近。左右的路都走不通，周围没有空地。他们束手无策，只能在原地等待。直到又过了约20分钟，一束手电筒的光照过来。有人冲他们喊："有没有人？"

李唐赶紧喊回去："有人有人！"

那一刻，她觉得希望来了。

林场自救

那天，中建三局九寨项目部安全总监孟庆虎来到了南坪林业局122林场。那里有他们单位的搅拌站，也有林场的护林员。几个人正在屋里说话，突然间，一阵剧烈的晃动袭来。孟庆虎被从凳子上震了下去，站都站不稳。随后，他们赶紧往屋外的空地冲。

8月12日，中国青年报·中青在线记者来到122林场时发现，孟庆虎当时所在的屋子虽然没有整体垮塌，但是砖瓦房的承重部位已出现明显裂痕。122林场的白色牌子已经被震了下来。房屋门口的路有很大、很深的裂缝。

主震过去后，孟庆虎组织清点人员，检查122林场里搅拌站所用的设备情况。确认没问题后，孟庆虎想到，现在是旅游旺季，说不定路上会有需要帮助的游客。于是，孟庆虎带上七八个林场里的年轻小伙子，戴上安全帽，拿上手电筒，到主干道上巡查。

倒下的树木和巨大的石块横在路中间，道路起拱、裂缝明显，两边的路在同时"飞"石头。他们一边走一边拿手电筒往前照，大喊着"有没有人"！

直到走了四五百米，他们听到了回应：一片哭喊声。

孟庆虎安排了两个人先把这一批人带回林场，其他人继续往前走。最难走的地方，大树就横在路中间，"手脚好的人过去都难。"

孟庆虎赶紧跟困在另一侧的游客说，"你们得自救啊"。于是，一堆人七手八脚地开始扶起对方。林场的职工和没受伤的游客站在树上，一个个拉了过去。其中一位北京游客，由于腿部受伤，自己先爬过了树底。

还有更难的路。孟庆虎喊人回去开装载机过来，两个开装载机的小伙子二话没说，开着机器就到了现场。沿途，他们清理满地的石头，让路面稍好通行。

随后，伤员被林场的人装进了装载机的铲斗里，一个个运进了122林场的空地上。其中，还包括两具已经没有了生命体征的遗体，以及两名无法行动的重伤员。

孟庆虎一直以为自己没走多远，直到第二天白天获救后，他才搞明白，原来自己和林场的"救援队"在持续塌方的路段，行进了两公里有余。

李唐跟在自己游客队伍的最后，也进了林场。她事后对中国青年报·中青在线记者说："我真的特别感谢他们。他们拿命救了我们。要是他们没来，后果我不敢想象。"

死亡来临

122林场位于九道拐和神仙池路口的中间。从主干道的一条窄岔路进来，就是林场。它三面环山，当晚滚石不断，但也是170位游客得以安身的唯一庇护所。

在九道拐工作了39年的老护林员李如林原熟悉周围的山体和植被，他知道，在主震结束的那晚，林场还是安全的。山体滑坡也暂时不会威胁到这片空地。

170多名与他们素昧平生的人被陆续带到了林场。李如林和林场的近20位工人把自己的衣服、被子，工作时用的安全网全都搬了出来，给游客保暖。他们顾不上所有人，便优先照顾起了老人、孩子和伤员。

在茂密的森林里，这位老护林员第一次"不顾原则"。孟庆虎和他商量，把周围的树枝砍一些来，生了五六团火，在九寨沟寒冷的夜里，给这些外地游客取暖。"出了什么问题我负责。"李如林说。由于腿脚不便，他只能在大后方帮忙做一些后勤保障。

多数游客从没经历过地震。李唐也没有。汶川地震时，她还在外地读书。她理解游客此时对地震莫名的恐惧。小小的余震，清脆的或是轰隆的滚石声都会引起一阵恐慌。

救人者和导游们想办法去安抚游客的情绪，可是更严重的问题发生了，一男一女两个重伤员流了很多血，他们却毫无办法。

他们在游客里找到一位来自上海的女医生，但是没有药品，伤情太重，她也毫无办法。后半夜两点多时，那位昏迷的男性游客没能挺过去，失去了生命体征。而另一位重伤的女游客，从被救出时腿部就已经断成了3节，失血极多。

这位女游客很年轻，求生的欲望深深刻在她的眸子里，大家却只能眼睁睁看着她越来越衰弱。而8月8日，正是她的29岁生日。

此刻，没人知道他们会在这个看似安全的"孤岛"里待多久，也不知道这摇个没完的大地和松垮的山体何时才会平静。

安全返回

当李唐在122林场度日如年时，武警九寨沟森林中队的战士们正在神仙池路口处试图向里突进。但是直到后半夜，路上塌方太过严重，他们依然没能突进成功。只得暂时在神仙池路口等待机会，并安抚在神仙池路口滞留的100多名游客。

第二天天刚亮，武警四川省森林总队作训科科长马志鹏、武警甘孜州森林

武警战士抬受伤游客通过塌方路段。武警森林部队供图

支队副支队长王力承、武警四川省森林总队作训参谋甘玉泉与武警九寨沟森林中队的指导员林远扬、战士周凯、张绍建和廖海洲就组成了突击队，强行进入仍在塌方的神仙池路口至九道拐路段。

路上，他们遭遇了迄今为止最强的余震。几个人为躲避，跳下了护栏，藏身于前一天落下的巨石之后。他们也在"赌"，如果新的巨石压过来，两块石头将把他们压成"零件"。马志鹏和王力承也在过程中受了伤。

他们到达时已临近中午。眼前是 200 多名被困群众，30 多名伤员，8 名待抢救的重伤员，以及 4 具遗体。林场搅拌站的职工已经把自己的粮食全都熬成了粥，供 200 多人当早饭。

彼时，突击进来的武警战士也一夜没吃饭、没合眼。他们的到来，点燃了受困游客的希望。但是，更大的困难也等着他们。

撤退到神仙池路口的路段依然危险，可是，"再困在林场一天，谁都不敢保证这些人的安全"。孟庆虎直言，下了一场雨、随后又暴晒，再加上余震，滑坡的危险比前一天还大。

几方商量之下，武警森林部队的指挥部下达命令，要求武警官兵对受困群众进行大转移。

李如林谈到了那天他离开林场时的见闻。"武警站成人墙，观察山体滑坡的情况，把我们挡在身后。"老护林员红了眼眶，激动地说，"他们也是人，父母也宝贝，就在我们身前挡着……"

走到神仙池路口的安全地带，原本压抑着情绪的游客很多人都哭了。随后，他们坐上政府安排的大巴转移到九寨沟县城，并在次日坐上了返回成都的大巴。

为了职工的安全，如今的122林场里暂时没了20几位职工的身影，那一晚留在地上的一摊摊血迹也已被冲掉。但装载机铲斗里的被子，垃圾堆里拿来临时止血用的碎布条，剩下的半盆泡菜，仍提醒着后来者，8月8日的大地震中，在寒冷和恐惧之外，还有一场不离不弃的救援。

胡　宁

2017 年 8 月 14 日

脚注：8 月 8 日 21 时 19 分，四川省阿坝藏族羌族自治州九寨沟县发生了 7.0 级地震。而九寨沟管理局的数据显示：8 日当天共接待游客 3.8 万人，已接近景区 4.1 万人的最大承载量。根据九寨沟县旅游局的情况反馈，第二天傍晚 18 时 30 分，一场数万人的"大转移"顺利完成。

"钉"了14年 上海最牛钉子户终搬离

张新国一家九口总算搬走了。他家位于上海市松江区沪亭北路马路中间的3层楼"豪宅",在这条宽阔的、双向四车道马路上已经伫立了14年。

"14年来,政府从没给我断水、断电、断煤气。"9月14日,张新国一边搬家一边接受中国青年报·中青在线记者采访。他说,自己虽然签了动迁协议,但并不知道未来会住到哪个安置小区、房型什么样,这次搬迁,只是搬到租住的出租屋里"住上几年",维权或将继续。

有传言说,张新国这次拿了政府6000多万元的拆迁补偿款,不闹了。这两天,老张家各路亲戚朋友的电话不断,都是来问"到底拿了多少补偿款"。老张被问得烦了,干脆撂下一句,"跟14年前比,一分没多拿,信不信由你"。

很少有人关心,开始动迁那会儿,老张到底为啥死活不走?现在又是啥让老张动了心,签了协议?

"房子面积大没有用,主要看宅基地证书和儿子数量"

老张家的房子,真可以称得上是"豪宅"。上下3层楼,一条走廊连起两栋上下3层的宅子。一楼是养金鱼的小作坊;二楼是客厅大堂,外加老张夫妻俩的卧室;三楼一进门,就是影音播放室小客厅,两侧分别是老张儿子和女儿两家人的卧室。

两栋房子,最多时家里住着十口人,老张两口子、岳父母两口子、女儿一家三口、儿子一家三口。此外,这里还有租户,最多时能有10多家租户。

1996年,在那个30多万元就能在市中心买一套100平方米商品房的年代,老张花了20万元,把自家两层小楼改建成了3层楼。当时,张新国家的房子在四里八乡远近闻名。

"绝对是那个时代最气派的房子，大家都羡慕得不得了。"来看热闹的村民老吴长期居住在九亭，他告诉中国青年报·中青在线记者，当年的动迁方案对老张家确实不利，"房子面积大没有用，主要看宅基地证书和儿子数量。"

老吴告诉记者，当年一起动迁的很多村民，家里的房子不比张新国大、家里的人口没有张新国多，却能拿到大中小 6 套房子。这使得张新国心里很不平衡。

"有户人家，有个儿子走丢多年，但因为没有销户，这儿子也算一户，能多拿大中小 3 套房子；而我女儿，找了个没有房子的城里男孩，他们住在我家，却不算一户人家。"对此，张新国一直想不通。

他还找出了两份宅基地证书，一份是他岳父本人的，另一份是 1951 年由他岳父的兄弟转让给他岳父的。第二份证书，当年并未得到拆迁办的认可，如今，也依然没得到认可。

这次动迁，按照原计划，张新国一家得到了大中小 3 套共 280 平方米的房子，一套多子女政策补偿房 120 平方米，共计 400 平方米 4 套房子。这 4 套房子，按照现行的政策，以每平方米 4500 元卖给他们，由被拆迁户从拆迁补偿款中拿出钱来购买。

张新国告诉记者，自己实际上拿到了 230 万元拆迁补偿款和 40 万元装修补偿，其中约 200 万元要用来"买安置房"。

这实在谈不上有多划算，因为安置房还在规划建设中，地段到底在哪里，谁也说不清。而"钉子户"所在的沪亭北路两侧，房价早已飙升到 4 万～ 6 万元，老张家的"豪宅"距离地铁九亭站不过几百米远。

钉子户的日常：听庭审、查资料、处理交通事故

每当有人来关心动迁的事，老张总爱拿出一摞摞自己搜罗出来的资料，有媒体报道集锦、老式宅基地证明、领导人讲话摘要、动迁政策变化原文等。87

岁的老岳父看着他那一股子的认真劲儿，气得直摇头，"现在说这些有什么用？没意思，没意思"。

张新国是上海市政建设公司的退休员工，退休 10 年来，他几乎把所有的时间都花了在"维权"上。为了让政府承认他那张已经泛黄的、1951 年宅基地证明，他多次跑到档案局查找档案，好不容易证实这张由原青浦县出具的宅基地证明就是现在的松江九亭地区，但还是得不到认可。

因为权属及土地使用权等各种争议，张新国一张宅基地证明没用，女儿一家 3 口的安置名额又没有了。这使得他陷入了一个"维权"的死胡同，不管他找到什么样的"证据"，按照政策，就是这样的结局。

这些年来，张新国已经不知道往法院跑了多少次。每次在网上查到有拆迁补偿相关的案子，他都会去旁听。除了松江的，他还搭一个多小时地铁跑到上海市中心黄浦区、静安区去听过庭审，积累经验。

而自家房子，也从原来农田里的"豪宅"，变成了沪亭北路正中间的"豪宅"。

房子实在是越来越差，马路中间灰尘很大，公交车、小汽车、电瓶车、自行车，每天车流来来往往。双向四车道的马路，到了老张家这里，变成了两车道，车辆走东边的道，行人和自行车走西边的道。遇到修路时，马路上搁一块铁板，车子轧过，轰隆隆地响。

因为突然有栋房子矗立在马路中间，这里常年交通事故不断。很多交通事故都要张新国配合交警调查。

"一直都想搬走，镇上对我冷处理，我就顶在那里。"张新国说，自己顶到最后，甚至已经不再纠结补偿多少、几套房子的问题，而是领导干部的态度问题，"他们态度不好，牛气得很，那我也不客气，偏就不搬。"

钉子户 14 年，为啥突然搬走？

这一次，老张突然决定搬走，这让亲朋好友们都很诧异。"钉子户了 14 年，你搬走做啥？给了你几千万元了？"很多人打电话来问。

张新国告诉记者，这次搬走，一个主要原因是———一口气舒畅了。

一年多前，"钉子户"所在的九亭镇更名为九里亭街道。陆辉是九里亭街道动迁办主任，近年来，他常常没事就到张家登门拜访。不谈动迁的事，只是聊聊家常，关心老人们吃得可好、住得可好。这让张新国一家"挺感动的"。

老张记得，每次陆辉和街道办副主任徐民强来家里，聊完天临走时都要握着老张的手安慰一番，"不签协议没关系，关键是你们保重好身体"。

8月21日，陆辉、徐民强两人与张新国一家进行一次关键性的"恳谈"，历时两个半小时。在前期信任基础上，张新国相信，这两个干部不会骗他，"如果不搬，就要启动强拆程序，到时可能根据法院判决得两套房子，还有两套就没了。"

在张新国听过的数十个动迁纠纷庭审中，没有一个动迁户"得便宜"的。此前，隔壁九杜路上一家动迁户与政府打官司，张新国每场必到，"到法院开庭了四五次，没用，最后还是拆了"。

"隔壁邻居"的败诉，击垮了老张心理最后的防线。他禁不住问自己——气顺了，理讲不清了，还有必要顶在这里天天忍受噪音、影响交通吗？

"每次看到有司机因为路况不熟悉，在这里出事故，我心里也不好受。政府官员既然态度也温和下来了，那就搬吧。"张新国很快签了动迁协议。

尽管他尚不知晓自己那4套房会在什么地方、长什么样，他还要拿着政府给的每年6.5万元租房费在外租住，尽管他不得不把这处实际居住面积300多平方米的"豪宅"里的家具送人或者丢弃，但他再也不想住在马路中间了。

王烨捷

2017年9月15日

起来，起来，起来！

全世界最大政党的 2000 多名代表今天出现在北京人民大会堂里。这是属于8900 多万名党员的中国共产党第十九次全国代表大会，也是属于中国的"高光时刻"。全球都在关注世界第二大经济体的走向，不同肤色的记者们带着望远镜走进会场，试图从这里望"中国方位"。

大会堂里国歌奏响。"起来！起来！起来！我们万众一心……"

坐在主席台上，102 岁的党代表、北京市原市长焦若愚已很难站立，但他的出现就说明了"起来"的含义。他在 1936 年入党，那时的国家正在遭受侵略，为了"起来"经历了无数流血牺牲。他入党时中国即将"全面抗战"，现在的"战争"则叫决胜"全面小康"。

今天，对于中国新的历史方位，中共中央总书记习近平在十九大报告中宣布，"中国特色社会主义进入了新时代"。

习近平还说："中国特色社会主义进入新时代，意味着近代以来久经磨难的中华民族迎来了从站起来、富起来到强起来的伟大飞跃，迎来了实现中华民族伟大复兴的光明前景。"

"从站起来、富起来到强起来"的论断，使中共中央党校原副校长李君如联想到了国歌里的那三个"起来"。

这位学者认为，"站起来"，是对中国共产党领导的革命和新中国诞生历史贡献的概括——1949 年毛泽东曾向世界宣布"中国人从此站立起来了"；"富起来"，是对邓小平领导的中国改革开放发自内心的赞颂；"强起来"，是今天对国家命运和前途最热切的期望。

截至目前，"富起来"正在实现，"强起来"正在奋斗，按照"两个一百年"的目标，到 2020 年，中国将全面建成小康社会，到本世纪中叶，将建成社会主

中青在线
www.CYOL.COM

24小时中青报在线
2017年
10月19日
星期四
农历丁酉年八月三十
第15948期 今日12版

共青团中央主管主办 中国青年报社出版

推动社会进步 服务青年成长

中国青年报

党的十九大主题

不忘初心，牢记使命，高举中国特色社会主义伟大旗帜，决胜全面建成小康社会，夺取新时代中国特色社会主义伟大胜利，为实现中华民族伟大复兴的中国梦不懈奋斗。

决胜全面建成小康社会 夺取新时代中国特色社会主义伟大胜利

中国共产党第十九次全国代表大会在京开幕

习近平代表第十八届中央委员会向大会作报告

李克强主持大会 2338名代表和特邀代表出席大会

10月18日，中国共产党第十九次全国代表大会在北京人民大会堂开幕。习近平代表第十八届中央委员会作报告。
新华社记者 鞠鹏/摄

10月18日，中国共产党第十九次全国代表大会在北京人民大会堂开幕。这是习近平、李克强、张德江、俞正声、刘云山、王岐山、张高丽、江泽民、胡锦涛在主席台上。
新华社记者 兰红光/摄

新华社北京10月18日电 绘就伟大梦想新蓝图，开启伟大事业新时代。举世瞩目的中国共产党第十九次全国代表大会18日上午在人民大会堂开幕。

习近平代表第十八届中央委员会向大会作了题为《决胜全面建成小康社会 夺取新时代中国特色社会主义伟大胜利》的报告。

习近平指出，中国特色社会主义进入了新时代，这是我国发展新的历史方位。这标志着我国社会主要矛盾已经转化为人民日益增长的美好生活需要和不平衡不充分的发展之间的矛盾。

新时代中国特色社会主义思想明确坚持和发展中国特色社会主义，总任务是实现社会主义现代化和中华民族伟大复兴，在全面建成小康社会的基础上，分两步走在本世纪中叶建成富强民主文明和谐美丽的社会主义现代化强国。

不忘初心跟党走 青春建功新时代

本报评论员

习近平在党的十九大上的报告
在团中央直属机关党员干部职工中引起强烈反响
（全文见6版）

担负历史使命 贡献青春力量
全国各地青年热议十九大报告
（全文见6版）

识图读报

关注"中国青年报"猫媒公众号，在底部菜单"中青新闻"中选择"识图读报"，进入后点击"拍报版面"拍摄版面（右图），或用手机相机中选择此图，然后点"提交"，即可观看智能识报小程序。

国内统一刊号 CN11-0061 邮发代号1-9 电话总机线 010-64098000 发行中心 010-64098482 广告中心 010-64098258 彩信、短信特服号、移动:335523 联通:935523

（下转6版）
（下转7版）

义现代化强国。

因此，人民大会堂的十九大代表们，将在 5 年履职生涯中亲历习近平所说的"'两个一百年'奋斗目标的历史交汇期"。

"不管什么时候，党都是时代进步和伟大斗争的领导者。"白发苍苍的焦若愚深信这一点。

十九大的 2280 名代表，目睹 1949 年"站起来"那一刻的少之又少，但他们无一例外都是"富起来"的见证人。他们当中，在中国 1978 年改革开放后入党的占了 87.8%，拥有大专以上学历的达到了 94.2%。

从党龄计算那天起，这些代表就见证、参与和分享了中国特色社会主义建设的直接成果——"富起来"。

到 2016 年，中国居民恩格尔系数为 30.1%，比 2012 年下降 2.9 个百分点，接近了联合国划分的 20%～30% 这个"富足"标准。

海尔集团董事局主席张瑞敏代表说，他从 1992 年的十四大开始，一直到今天的十九大，连续六届参加党代会。其间，海尔成长为全球白色家电第一品牌。2016 年，海尔以 54 亿美元收购了美国通用电气的电器业务。回望 1992 年，这家企业曾有意兼并海尔，双方没有谈拢。24 年"风水轮流转"，与新中国同龄的张瑞敏，在人民大会堂今天开辟的"党代表通道"上表示，他"没有想到"。

他还说，通用曾是全世界学习管理的榜样，现在海尔的管理模式输出到了通用。"我们很有可能产生突破，就是我们中国企业在管理上，从原来的学习模仿变为引领世界的管理潮流。"

对于习近平在十九大报告中再一次强调的"道路自信、理论自信、制度自信、文化自信"，张瑞敏的理解是——"中国自信！"

从学习到引领，各行各业的代表都能讲出许多这样的故事。

载人潜水器"蛟龙号"的潜航员唐嘉陵代表说，"蛟龙号"目前下潜的最大深度是 7062 米，这也是世界同类型载人潜水器的世界纪录。"我们国家在深海探测技术方面已经实现了从跟跑、并跑到个别领域领跑的水平。"

十九大报告里提出了科技强国、质量强国、航天强国、网络强国、交通强国等"强国"目标，中国航天科技集团董事长雷凡培代表对"航天强国"的号召感到振奋。他如数家珍：我国在轨的航天器数量已列世界第二位，我国的卫星运营商规模世界第六，"天宫二号"空间实验室今年与货运飞船"天舟一号"实现了对接，北斗卫星导航系统则自5年前就开始提供服务……

"5年来的历史性成就和历史性变革，使我们信仰更加坚定，信任更加坚定，信心更加坚定。"十九大代表、陕西省省长胡和平说。

30年前，也是在金秋十月，中共十三大提出了"三步走"总体战略部署，第一步是1990年实现国民生产总值比1980年翻一番，解决温饱问题。第二步是到20世纪末国民生产总值再增长一倍，人民生活达到小康水平。第三步是到21世纪中叶基本实现现代化。

十九大报告今天披露的路线图中首次设定，"全面小康"之后，强国之路将分为两个阶段，从2020年到2035年，奋斗15年，基本实现社会主义现代化；从2035年起再奋斗15年，建成"富强民主文明和谐美丽的社会主义现代化强国"。

胡和平代表说，两个阶段是对"三步走"战略目标的深化和延伸，体现了党中央对未来中国前瞻性、战略性、全局性的思考，体现了党建设好中国特色社会主义的信心和决心，有利于更加科学、更加清晰、更加稳健地推进中华民族伟大复兴的历史征程。

很多年前，十九大代表、中央民族大学历史系副教授蒙曼选定研究方向时，系里的老先生希望她选清史，而她选了唐史，最大原因是"想看看盛世是什么样子"。

"我们不是一个一直弱的国家，我们曾经有那样的高度。我们哪怕在低谷的时候仍然愿意走向那个山头。"她对中国青年报·中青在线记者说。

她是第一次当选党代表。在今天走上"党代表通道"之前，她考虑了很久面对记者时要说些什么。十九大开幕前，这位文化学者引用了清代一位诗人的诗句，表达自己的心情以及对大会的祝愿："万紫千红安排著，只待新雷第一声。"

作为土生土长的台湾人而在大陆当选十九大代表的复旦大学教授卢丽安说，她的外公生活在日据时代的台湾，说闽南语，曾留学日本，偏偏喜欢听京戏。外公在自传里描述了童年的苦难，他希望中华民族能够站起来，希望中国人民不要再遭受战争动乱的苦难。"现在我明白我的外公他的祈愿，他为后代、为我们子孙许下的一个心愿，其实就是人民对美好生活的向往。"

"历史无法选择，但是现在可以把握，未来可以开创。"卢丽安说。

坐在人民大会堂一楼，40岁的中国科学院研究员、国家杰出青年科学基金获得者王秀杰感到担子很重。她说，习近平总书记对青年提出了殷切的期望，强调了每个人的责任和每个人的担当。习近平报告中的一句话令她印象很深："我们不能因现实复杂而放弃梦想，不能因理想遥远而放弃追求。"

关于梦想，报告这样描绘："实现中华民族伟大复兴是近代以来中华民族最伟大的梦想。"

主席台上，习近平说："今天，我们比历史上任何时期都更接近、更有信心和能力实现中华民族伟大复兴的目标。"

全场爆发出雷鸣般热烈的掌声。

张国　刘世昕

2017 年 10 月 19 日

2018

不 惑 之 年

　　2018 年 12 月 18 日是改革开放四十周年纪念日，距离年终不到半月，但实际上，对改革开放的纪念持续了一整年。四十不惑，全民纪念的共识是：改革开放是推动中国崛起的主引擎，是实现民族复兴的关键一招。

　　这一年的全国两会比往届多开了 5 天，不仅是因为换届，而且还有修宪、审议监察法和政府机构改革等重要议程，一开年就把改革的弓拉得很满。

　　开弓没有回头箭，此时的中国确实已是人到半山、船到中流的要劲儿时候。在国际上，由于特朗普的意外当选，中美的正面冲突提前到来，这年 7 月和 8 月，美国对中国 500 亿美元进口商品加征 25% 的高额关税，随即，中国予以了反制。9 月 24 日，特朗普又对 2000 亿输美商品加征 10% 关税，并将在 2019 年 1 月 1 日提高到 25%，作为对等回击，中方对美加征关税的 600 亿美元清单同步生效，贸易战逐步升级。美此时发难，表面看是针对贸易逆差，实则是对中国强势崛起的焦虑，尤其是对"中国制造

2025"的恐惧,这年底,美国借加拿大之手扣押了华为首席财务官孟晚舟,图穷匕见。

四十年的经验告诉我们,开放的大门不能关,只能开得更大,在博鳌论坛上,习近平宣布了一系列新的开放举措,在已有12个自贸区外,海南全岛也开辟为自由贸易试验区。

国内改革也在"碰硬"。这年的GDP增速6.6%,为28年来新低,但转方式调结构的决心不改,推进公共财政的力度不减。这一年,企业职工基本养老保险金实行中央调剂,个税起征点调高到5000元,并针对不同家庭负担设计了专项扣除。这一年,中青报发表了一篇报道《这块屏幕可能改变命运》,讲述了一个省城重点高中对口偏远农村远程教学取得奇效的故事,击中社会神经,引发广泛共鸣。

11月,针对"国进民退"的担忧,总书记亲自召开了座谈会,提出6条具体举措,并且明言:"民营企业和民营企业家是我们自己人"。这是继"姓社姓资"争论后,在所有制形式问题上再次一锤定音。

2018年让世界相信:只要坚持改革开放不动摇,中国的崛起就是不可逆的。这一年里,世界第一长桥港珠澳大桥通车,嫦娥四号实现人类首次月球背面软着陆和巡视勘察,北斗三号基本系统建成并提供全球服务,都是这个结论的新论据。

然而,收获的喜悦总是相似的,烦恼的过程各有各的不同。这一年,取得垄断地位的"滴滴"快车发生了司机奸杀空姐事件,市场化的科研机构造出了基因编辑婴儿,而一场无谓的争执导致重庆一辆公交车坠江,这一切都在提示,加速后的发展需要更敏锐的预警和更有效的制动。

不觉之间,新世纪已经走过18年,第一批00后悄然成年,在未来实现复兴的30年里,他们将是推动崛起的主力。为此,中青报在这年的五四青年节,包下一列"开往2049的高铁",为00后举办了一场成人礼。

雄安新年

2月10日，春节临近，河北雄安新区雄县街头返乡的人多了起来。来自北京的大巴每40分钟一趟驶进雄县县城，在北京工作的王海兵在长途汽车临时停靠点下车，映入眼帘的是"创建文明县城，建设雄安新区"的标语和一排排红色的灯笼。

2017年4月1日，中共中央、国务院决定成立雄安新区，规划范围涵盖河北省雄县、容城、安新等3县及周边部分区域。这是继深圳经济特区和上海浦东新区之后又一具有全国意义的新区，被称为"千年大计、国家大事"。今年2月，雄安新区将迎来第一个春节。

快过年了，雄安新区的年味儿渐渐浓郁起来，大街上随处可见售卖年货的摊点，灯笼、对联、大红"福"字等琳琅满目。对联上写着"人顺家顺万事顺""伟业腾飞铸辉煌""雄安新区尽朝晖"。

容城县的奥威路上聚集了许多央企的办事机构，有些像北京的东二环。雄县也有"五道口"和"将台路"。在雄县、容城、安新县城的部分道路也实行尾号限行，限号规则与北京同步。和北京不一样的是，这里满大街都是驴肉火烧店，一条商业街的广告横幅上赫然写着"热烈祝贺某某驴肉火烧直营店入驻雄安"。

学校大都已放假，雄县职教中心美术复习班的学生们还在上课，准备节后美术院校的校考。复习班的教师李小岩今年25岁，去年从老家唐山通过招考来到这里担任美术教师，"去年雄安新区成立了，感觉这边的发展前景还是蛮大的。"学校介绍，去年招考教师时，来报考的人比往年增加了不少，有些专业录取比例甚至达到了10∶1。往年来报考的基本上都是本科生，可去年学校竟招到了3名研究生。

2018 年 2 月 7 日，河北雄安新区容城县，新区成立后的第一个建筑工程项目——雄安市民服务中心建设工地附近，71 岁的陈杏然在地里拾柴火。随着雄安新区建设的展开，家在工地旁白塔村的她即将完成从村民到市民的转变。

2018 年 2 月 9 日，春节将至，河北雄安新区雄县街头卖春联的摊位随处可见。

2018 年 2 月 7 日，在北京打工的王明天在容城县罗河村老家举行婚礼。乡村乐队演奏着《今天你要嫁给我》的乐曲，穿过充气拱门。

2018 年 2 月 9 日，河北雄安新区雄县"年货一条街"上。

2018 年 2 月 7 日，容城县罗河村，29 岁的张程（左）在自己开办的毛绒玩具厂办公室里查资料。

春节期间，也是婚庆的旺季。在容城县平王乡一家婚庆公司兼职做摄像的李红说，最近结婚的人不少，元旦后她就接了十来单婚庆的活儿，一单能有500元的收入。30岁的李红在当地的一家服装厂上班，月工资2000多元。儿子正上小学一年级，她的新春愿望就是儿子更聪明，考试考高分。

2月7日，农历腊月二十二，伴着乡村乐队演奏的《今天你要嫁给我》的乐曲，新郎王明天牵着新娘赵颖的手，穿过容城县罗河村白家门前架起的红色充气拱门。院里一角，厨师正在准备婚宴，熬着羊汤的大锅冒着股股热气。

王明天今年27岁，在北京三里屯做调酒师。"往年过年，都是除夕下午才能从北京赶回家。"去年他用积蓄买了一辆轿车，在北京没摇到车牌号，就回老家上了个"冀F"的牌照。他说，在北京，上下班高峰时间外地车不能在五环内上路，他每天都得在下午5点前将车子开到晚上工作的酒吧。有朋友跟他开玩笑说，等几年说不定这个"冀F"牌照就升级成"雄A"了，到时候就牛啦！

去年雄安新区成立后，王明天也动了回家乡发展的念头，还特地去离家不远的白沟看了看。随着北京非首都功能的疏解，不少批发市场搬到了白沟。王明天希望家乡快点发展起来，他好早日回来，开一家以鸡尾酒为特色的餐吧。

陈剑 摄影报道

2018年2月14日

昨晚深夜："中国用关税回击美国"

中国政府 4 月 1 日深夜决定，从 4 月 2 日起对自美进口的 7 大类 128 项产品中止关税减让义务，在现行适用关税税率基础上加征关税，预计涉及的美国进口商品价值 30 亿美元。这是中国政府对美国总统特朗普决定从 3 月 23 日起对进口钢铁和铝产品加征关税所作出的第一个回应。尽管美国白宫多次声称不希望中美爆发贸易战，但有国际分析人士指出，在过去一个月间，中美贸易摩擦已从争端进入实质过招阶段，贸易战风险已大增。

中国成全球首个反制美 "232 措施" 的国家

4 月 2 日凌晨，在经过 8 天的公众意见征询期后，中国财政部发布消息称，为了维护我国利益，平衡因美国 "232 措施" 给我国利益造成的损失，国务院关税税则委员会决定自 2018 年 4 月 2 日起对原产于美国的 7 类 128 项进口商品中止关税减让义务，对水果及制品等 120 项进口商品加征关税税率为 15%，对猪肉及制品等 8 项进口商品加征关税税率为 25%。现行保税、减免税政策不变。

所谓 "232" 调查，是根据美国 1962 年《贸易扩展法》第 232 条款，美国商务部有权对特定产品进口是否损害美国国家安全进行立案调查。上个月 8 日，美国总统特朗普宣布考虑到 "国家安全"，将从 3 月 23 日起对进口钢铁和铝产品全面征税（即 "232 措施"），税率分别为 25% 和 10%。不过，在 3 月 23 日之前，经过一番讨价还价之后，美国又先后宣布给予加拿大、墨西哥、澳大利亚、欧盟、阿根廷、巴西、韩国等主要钢铝产品出口大国 "关税豁免国" 地位，而将 "关税大棒" 直指中国。

针对美方的这一系列举措，中国商务部多次指出美方 "232 措施" 违反了世贸组织相关规则，不符合"安全例外"规定，实际上构成保障措施，严重侵犯中方利益。在 3 月 23 日美国"钢铝关税"生效当天，中国商务部发布了针对美国进口钢铁和铝产品"232 措施"的中止减让产品清单，并征求公众意见，为期 8 天，至 3 月 31 日结束。此外，3 月 26 日，中方还根据《保障措施协定》在世贸组织向美方提出贸易补偿磋商请求，但遭美方拒绝。为此，3 月 29 日，中方向世贸组织通报了中止减让清单，决定对自美国进口的部分产品加征关税，以平衡美方"232 措施"对中方造成的利益损失。中国成为全球第一个对美国"232 措施"实行反制措施的国家。

4 月 2 日，商务部新闻发言人就中方对美反制决定发表谈话称，中方对美方中止履行部分义务是中国作为世贸组织成员的正当权利。希望美方尽快撤销违反世贸组织规则的措施，使中美双方间有关产品的贸易回归到正常轨道。发言人还呼吁中美双方应通过对话协商解决彼此关切，避免后续行动对中美合作大局造成更大损害。

中方不排除发布更多贸易反制清单

"中国用关税回击美国"，英国广播公司（BBC）4 月 2 日以此为题报道中国反制美国"232 措施"的决定。报道称，"中国表示不希望爆发贸易战，但如果经济利益受到损害，不会坐视不理"。

事实上，自从 3 月以来，特朗普政府除了以"国家安全"为由实施钢铝关税计划外，还于 3 月 22 日以"中国侵犯知识产权"为由，宣布要实施"对华产品加征关税计划"，其中两个核心是：宣布对至少 500 亿美元中国出口商品征收关税；限制中国企业对美国投资并购。特朗普对媒体宣称，加征关税只是"许多手段中的第一步"，暗示未来还将实施更多对华压制措施。

路透社 4 月 2 日报道称，特朗普政府将于本周公布向中国商品征收关税的具体清单。而据美国贸易代表莱特希泽 3 月 28 日透露，即将公布的对华关税清单将针对中国大部分"高技术含量"产品，"中国制造2025"的十大关键领域都将被列为"重点关照"的对象。

根据美国相关法律规定，在特朗普签署总统备忘录15天内（即4月6日前），美国贸易代表办公室将制定征税的具体清单，并向公众公布，公示期为30天。不过，美国贸易代表莱特希泽3月28日已透露对华征税产品清单的公示天数将从30天延长到60天，以争取更多时间来通过谈判避免中美贸易冲突。

对此，中国商务部新闻发言人高峰3月29日回应说，中方谈判磋商的大门始终是敞开的，但谈判是有原则的。他说，中方有底气、有信心应对任何贸易投资保护主义的做法，将采取一切适当措施，不排除发布更多贸易反制清单等选项，"希望美方悬崖勒马，否则我们将奉陪到底"。

中美贸易"过招"将是一场"持久战"

如果说在美方宣布对华产品进行调查还属于两国贸易争端的话，那么，在中方宣布对美"232措施"进行反制的决定后，中美双方的贸易摩擦已从争端升级至实质过招阶段。多名中国贸易问题专家向记者表示，在未来两个月间，中美两国围绕贸易争端的谈判与过招将是一个"持久战"。

商务部研究院国际市场研究所副所长白明指出，在下一阶段的谈判中，如果谈判成功，将获得更多利益；而如果双方谈判不成功、爆发贸易战，美国未来很可能将对中国更多进口产品加征关税，其中中国的高端制造业将成为美国重点打击目标。

中国国际贸易问题专家屠新泉也认为，中国虽然宣布对美反制措施，但态度克制，中美两国仍希望尽一切可能避免贸易战，双方仍为谈判留有空间。

4月2日，白宫发言人桑德斯在谈及中美贸易战风险时称，美国总统特朗普对同中国的伙伴关系持开放态度，但"它应对美国有利，美国的知识产权应该得到保护"。4月3日，美国总统贸易和工业政策顾问、白宫国家贸易委员会主任彼得·纳瓦罗在回应中方反制措施时也表示，白宫希望避免与中国的相互贸易制裁，但"特朗普也坚决想要摆平与中国的贸易关系，使其对美国更加公平"。纳瓦罗说："我不认为（中美）会出现行动—回应，行动—回应的情况。不应该这样，这只会导致冲突升级。"

尽管白宫的态度依旧强硬，但美国各界却对一触即发的中美贸易战忧心忡忡。美国有线电视新闻网（CNN）4月3日称，自特朗普挑动中美贸易战风波以来，美股在两个月内就跌了3000点，华尔街想告诉特朗普的只有一条：不要贸易战！

美国大豆协会（ASA）的豆农们近日甚至自掏腰包，自3月29日起在特朗普经常收看的美国CNN、福克斯、CNBC等多家电视台购买了黄金时段滚动播放广告，苦劝特朗普"支持自由贸易，让美国经济更伟大"。在这则30秒的广告片中，一位名叫布伦特·白波的印第安纳州大豆农向特朗普总统喊话说："中国是我们最大的大豆客户，这让我们十分脆弱。我的农场以及其他许多和我一样的人的农场，会成为这场贸易战中的第一个牺牲品。"

陈小茹

2018年4月4日

脚注：这是中国政府在中美贸易争端中的第一次回击。此后双方多次过招长期拉锯，直至2019年12月13日，中美第一阶段经贸协议文本达成一致，美方将履行分阶段取消对华产品加征关税的相关承诺，加征关税将由升到降，同年12月19日，国务院关税税则委员会公布第一批对美加征关税商品第二次排除清单。2022年3月23日，美国贸易代表办公室（USTR）发表声明，宣布重新豁免对352项从中国进口商品的关税，对华贸易战已名存实亡。但在高科技领域，中美商品贸易摩擦仍持续不断。

我经历的不是"中国版泰坦尼克"

风暴过去 4 天后，张皓峰回到河南信阳的家中。这里远离大海，接近 40 摄氏度的高温炙烤着大地，知了拼命叫着，空气里飘着柏油和尘土的味道，许多地方看起来都无精打采。张皓峰对这样的环境再熟悉不过，以至于他产生一种错觉：几天前泰国普吉岛上的碧海白沙，以及在大海中央突遭暴风雨，跳船后被卷进巨浪的经历，"像是发生在另一个时空"。

只有脖子和腮帮上大片的伤疤不断提醒他，在普吉岛附近海域发生过的事——泰国当地时间 7 月 5 日下午 5 点，张皓峰和女朋友孟影在普吉岛游玩，他们乘坐的"艾莎公主号"游艇返航途中遭遇强风暴，游客被迫弃船逃生。在海上漂流时，上浮的救生衣不断蹭到他的脸，直到破皮。周围数不清的水母也爬到他脸上，蜇伤了他的皮肤。

那天天色暗得很快，张皓峰记得月亮出来前，天和海融在巨大的黑暗里，自己就处在黑暗的中央。海浪裹着他不断升起又落下，他无法辨别位置和方向，也不知道该游向哪里，只能"随波逐流"。

家人们是从后来的新闻里才知道，在致命的风暴和巨浪中，张皓峰曾帮一对老夫妻靠近救生船，自己反而被卷到更远的地方，因此丧失了一次获救的机会。随后，他在漂流中又救了一名泰国工程师。

第二天被当地渔民发现时，张皓峰已经在海上漂流了 15 个小时。那时他正拖着那位泰国工程师，奋力游向一个小岛。

直到现在，张皓峰仍然不觉得自己救了人。他把自己当晚的决定都归结于"本能"。接近工程师，是因为在孤立无援的大海上，看到同类就想靠近的"本能"。夜里不断与工程师说话，阻止他睡着，甚至把自己的浮球让给对方，完全是不想看到一个人在身边逐渐死去的"本能"。

张皓峰与被他救起的泰国随
船工程师。受访者供图

我们不会出事吧

对张皓峰和孟影来说，如果没有这次意外，普吉岛也许会成为一处完美的婚前旅行目的地。他们原本计划在 10 月结婚，出国前，他们曾在 3 个目的地间纠结，最后因为张皓峰没有去过海岛而选择了泰国。他们原本计划今年 4 月出去，那时的普吉岛天气晴朗、风平浪静，是当地的旅游旺季。结果两人在出发前丢失了护照，一直拖到 7 月才得以成行。

他们本来有些担忧，每年的 5 ～ 10 月是普吉岛的雨季，是否能领略热带的阳光、沙滩，还有晶莹的海水，都要看老天的脸色。

这对情侣的运气很好，7 月 5 日一大早，他们打开窗帘，阳光就射进了酒店房间。8 点半时，提前订好的旅行社派车接他们去码头，按照计划，他们当天会乘船到普吉岛附近的珊瑚岛和皇帝岛游玩。

在去往码头的路上，孟影记得当时的天空"万里无云"，太阳虽然很大，但气温只有 30 摄氏度左右。张皓峰显得有些兴奋，"平时不爱说话，那天在车上话很多"。

这是张皓峰第一次出国，更让他激动的是，一个小时后他就要在人生中第一次出海，他迫不及待地想要体验在海上航行的感觉。

上午 10 点，游客们开始登船。张皓峰看到码头上停靠着大大小小的船只，在海面上没有一丝摇摆。

太阳很大，云虽然多了一些，但依旧无风。

到泰国后，孟影查过普吉岛的天气。在手机天气预报软件里，她看到普吉岛连续一周都是雷阵雨的标志，包括 7 月 5 日当天。她并没有把这个放在心上，"泰国下阵雨很正常，狂风暴雨一阵过去就晴了，没啥影响。"

张皓峰也记得自己踏上船身时，没有感觉到晃动，"很大，很稳"。

这次旅行，他们购买的是懒猫国际旅行社（下称"懒猫"）的产品。在"懒猫"的产品宣传页上，他们乘坐的"艾莎公主号"游艇是艘"巨型旗舰级游艇"，共 3 层，长 25 米，相当于一个篮球场的长度。

在一份由"懒猫"CEO 杨景提供的陈述里，船员们声称在出发前，"天气和预警情况无任何异常"。杨景告诉中国青年报·中青在线记者，十几艘与"艾莎公主号"一样负责"懒猫"普吉岛一日行的游艇，全部在当天先后出海，"没有任何一艘接到天气预警和禁止出海的通知"。

没有风浪时，"艾莎公主号"最快可以航行到 30 公里／小时。那天离岸不久后，它就达到了这一速度。很多游客都来到甲板上拍照、吹海风，张皓峰和孟影也从二层换到了开放式的三层。

孟影注意到，海水的颜色从最初的碧绿色逐渐变成浅蓝，直到变成深蓝。她说那时曾有一瞬间的恐惧从自己脑海中闪过，但看到即将登陆的岛屿出现在视线内，那种感觉很快就被喜悦代替。

"艾莎公主号"大约在当地时间下午 1 点 30 分到达这次一日行的目的地皇帝岛。这里几乎满足了张皓峰对海岛的所有想象，细软的白沙，透明的海水，还有高大的椰子树。他平时几乎不拍照，那天也忍不住跑到沙滩上，在镜头前努力摆出几个造型。

唯一美中不足的，就是下午两点左右时，岛上的太阳太大了，张皓峰记得他和孟影还花了 200 泰铢租了把太阳伞。

一位同船的游客对这对情侣印象深刻，她在一段回忆文字里写道，在皇帝岛的游览车上，自己就坐在孟影的旁边。她还记得孟影一直夸随船的摄影师很专业，"照片可以当婚纱照用"。

他们都没有在意，在照片的背景里，出发前湛蓝的天空，这时已经被成片的云层填满。近一点的云还像纱一样薄，但远处的云已经挤压在一起，延绵不断。

下午 3 点 50 分时，游客们重新集合，"艾莎公主号"开始返航。在游客提供的照片里，当时停靠在码头上的"艾莎公主号"，船首船尾的两面旗子已经飘扬起来，天空已经完全变成灰色，但仍有阳光透过云层射下来。

驶离码头大约几百米后，游艇在海面上停下，游客在这里下水浮潜，观察珊瑚和热带鱼类。这是一日游行程里的重要项目之一，但只过了 10 多分钟，还没到项目预计的结束时间，导游就不断喊人上船。

张皓峰被水下五颜六色的热带鱼吸引，是最后一个上来的。孟影忽然发现，浮潜的这十几分钟时间，天空已经被黑色的云全部笼罩。海水也随着光线变暗，由深蓝色变成了黑色。

"感觉就像世界末日。"孟影形容当时的天色，她拿出手机拍下了这段场景，然后对自己说："可能是阵雨吧。"

张皓峰上船后，在甲板上看到一对夫妇，他听到女人有些紧张地说："我们不会出事吧？"男人很快制止她，让她"不要瞎说"。

张皓峰看了看天色，他不确定接下来会发生什么。但这段刚刚听到的对话，他最终没有告诉孟影。

"艾莎公主号"继续向远离海岸的方向航行。与上午时的平稳不同，这时的船身明显摇晃起来，三层的游客扶着栏杆走了下来，在二层的座位坐下。

雨点也开始落下。孟影坐在二层窗户旁，她分不清布满窗户的水滴是雨水还是海水，但她看到窗外的海浪像巨墙一样升起，直到看不到浪尖。还没来得及反应，船身就开始剧烈摇动，船舱桌子上的零食、水果"掉得到处都是"。

"嘭"的一声，用来固定那扇推拉门的钢丝被扯断，"有小拇指粗"。坐在门边的张皓峰想要上去帮忙，但刚起身，他就觉得站立不稳。一位随船的泰国大妈按住门，摆手示意他坐下。

紧接着，一位老人"嗷"的一声吐了出来。很多人捂住胸口，问导游要塑料袋。孟影记得导游站不稳，只能在船舱里爬来爬去，给游客送塑料袋、发救生衣。

孟影拿出手机，在家人的微信群里发了条信息。

"外面风浪好大，可能要出事，我害怕。"这是在被救上岸前，孟影在泰国发出的最后一条信息。

我想活

根据"懒猫"提供的陈述，风浪发生在他们驶离皇帝岛 20 分钟后，当时已经接近珊瑚岛。

瞬间狂风大作，掀起海浪高达 5 ~ 6 米。风浪从西方涌起，船向北方行驶，风浪导致船只失去平衡，船头转向东方。

船上呕吐声此起彼伏，游客早已无法辨别方向。突然间，船上的灯光忽然熄灭，空调也停止运转。这时孟影才发现，外面的光线已经很暗，海和天连成一体，满眼都是深灰色。

透过窗户，孟影看到船员在三层不断呼喊，慌张着来回跑动。随后她闻到一股浓烈的柴油燃烧气味，看到有船员提着灭火器急匆匆朝着船尾跑去。

这时那个按着推拉门的泰国大妈忽然大声尖叫，导游也开始大声呼喊："着火了！着火了！"

"巨浪不断冲击船尾部，海水从船尾排气口倒灌进发动机舱，机舱进水导致'艾莎公主号'电力系统发生故障，与此同时船体尾部开始进水。船长发现有烟从船的左侧设备室冒出，即刻跑去拿备用灭火器，但是没看到明火。因为船尾部泡水，船头也在此时开始翘起，发动机失去动力。""懒猫"提供的陈述，记录了当时游艇上发生的状况。

张皓峰对这时发生的一切都不知情，他当时正在一层的洗手间里呕吐。他记得自己起身后，剧烈的颠簸把他甩向洗手间的壁板上，不断撞击。

洗手间外，有几个人躺在椅子上，手握着不锈钢柱子，歪着头不断呕吐。张皓峰感到自己头晕得厉害，也找到一排横椅，躺下后昏昏沉沉地睡着。

那时整条船正在慢慢倾斜，孟影看到有水漫进来。她说自己愣了10秒钟，想着"不会这么倒霉吧"。

"跳船！跳船！"她忽然听到导游的叫喊声。她不知道自己哪来的胆量，穿上救生衣就往外跑。

船尾在加速沉没，孟影已经明显感觉到了船身倾斜。她忽然发现张皓然不在身边，又返回一层楼梯口，对着里面大喊，让男朋友赶快出来跳船。

听到呼喊后，张皓峰睁开眼，看到一层的游客焦急地往外跑。他跟着跑出船舱，发现"船身已经倾斜45度左右"。当时船头还聚集着七八个人，有个老人劝他们不要跳船，告诉他们"船是不会沉的"。

张皓峰在船上没看到自己的女朋友，船周围漂着的有游客里也没有。后来看到孟影在一艘救生艇上，他随即捞起一件漂在船边的救生衣，胡乱套上后就跳进了大海。

孟影是在看到张皓峰走出船舱后，被簇拥着跳船的。船上自带的两艘救生艇只能坐10个人，机会留给了船上的孩子和他们的妈妈。

"我当时身边漂了很多人，但是我眼里什么都没有，只有救生艇和可以抓到的东西。"孟影回忆当时的感受，她说自己被巨浪托起，嘴里呛进海水时，脑子里唯一的想法就是"我想活，我想活"。

就像全世界只剩我一个人

张皓峰跳入大海后，很快被一股巨浪卷走。

大多数时候，他的面前只有海水。他觉得自己一直都在浪里，往往还没来得及喘气，就又被封闭在水中。

只有在浪与浪之间短暂的间隙，已经沉了一半的"艾莎公主号"才会在他的视线里起起伏伏，忽隐忽现。

在晃荡的海水中，他看到了一对老夫妇，两人抱着一个划水板一动不动，随着海水浮动。

张皓峰游过去，也抱住了这根"救命稻草"。他记得老太太一直边哭边说，自己不会游泳，老大爷则一直默不作声。张皓峰不知道怎么安慰他们，只是说："没事，一会儿别人就来救我们了。"

后来一艘救生艇开了过来，试图接近他们，但没有成功。救生艇扔过来一根钢丝绳，张皓峰一只胳膊抱住划水板，另一只手抓住绳子，带着这对老夫妇靠近救生艇。

突然一股巨浪朝他迎面袭来，他被瞬间冲翻。他不知道自己什么时候松开的手，等他再次恢复平衡时，老夫妇已经消失在视线里，救生艇也成了海平面上的一个黑点。

海浪依旧很高，海水漫过头顶时，他就屏住呼吸。海浪过后，他才大口喘气，抓紧呼喊。张皓峰觉得"可能只有十几分钟"，他就再也看不到任何一艘船只，四周只剩海水。

平日在父母、朋友眼中，张皓峰是个"坚强隐忍"的年轻人。张皓峰的爸爸张信东说，儿子从来没怕过什么事，遇到困难自己不吭不响地就扛过去了。如果跟家长闹了别扭，张皓峰也不会当面爆发，只会回到自己房间，"等再出来时，就没啥事了"。

但后来在回忆这段风浪中经历时，张皓峰说自己从没感受过那样的无助，

"就像全世界只剩我一个人"。

在张皓峰漂离失事地点时，孟影又被重新送到了"艾莎公主号"上。导游告诉她船不会沉，让她在那里和其他 13 名乘客一起聚在船头，等待下一波救援。

天逐渐黑下来，海上仍然狂风暴雨。孟影记得在翘起的船头，大家都抓住栏杆，蹲在甲板上瑟瑟发抖。很多人还在呕吐，因为浮潜后，游客还没来得及穿鞋，人们只能踩在呕吐物上移动。

在她印象里，当时"艾莎公主号"上只剩下一个船员，"其他人（船上工作人员）都坐之前赶到的那艘快艇走了"。

"一直到子夜 12 点以后，一艘海警船才赶来救我们。"孟影回忆说，当时的风浪很大，海警船一直无法靠近，在几次尝试中，甚至把"艾莎公主号"船上的铁围栏撞断。一个多小时后，两艘船终于靠在一起，孟影和剩下乘客得以获救。

"懒猫"CEO 杨景告诉记者，事故发生后，"艾莎公主号"的船长和船员开着橡皮救生艇搭救漂在海中的乘客，然后把他们送到赶来救援的"飞鱼 2 号"上。但因为橡皮艇多次与船体碰撞，造成漏气，船长和船员不能回到"艾莎公主号"上，所以只能先和第一批被救的 20 名游客一起返航。

根据他的推算，海警救援船"应该在 8 点左右抵达的失事海域"。而当时留在"艾莎公主号"上的，"还有两名船员"。

放心吧，他们一定会救我们的

落水时，"艾莎公主号"上有人给张皓峰抛下了一个沙袋大小的浮球。浮球的一端系有一截大拇指粗的钢丝绳，张皓峰在海里抓住钢丝，身体就能上浮。

他在海上漂流一段时间后，忽然听到背后传来人声。

"我听着有人不停地喊'OK'，转身我就看到一个人，皮肤很黑。"张皓峰说他当时看到还有人在身边，什么都没想，本能地就朝着对方游了过去。

游近后，张皓峰看到对方大概有五六十岁的年纪，跟自己穿着同样的救生衣，也抓着一个同样的浮球。

他问对方是不是从"艾莎公主号"上掉下来的，那人说了几句泰语，张皓峰没能听懂。

张皓峰担心与泰国船员漂散，两个人就互相挨着，彼此抓住对方浮球上的钢丝。

天色彻底暗了下来，张皓峰感觉自己被黑暗包裹。他一直等待着救援，但海面上除了海浪和偶尔传来的海豚啼叫声，只剩下瘆人的安静。

关于那晚在海上发生的很多事情，张皓峰有时也分不清真实和虚幻。他曾在海上看到一条高速公路，后面是一栋二三十层的纯白色大楼。

"我看到上面路两侧护栏上的灯光，上面的车跑得不快，我当时还想肯定是我离得太远的原因。"张皓峰回忆说，这让他看到了希望，拼命地朝着公路的方向游去。

这样的景象在他眼前出现过三四次，每次他发现自己都没法接近远处的建筑物。虽然事后张皓峰知道这些肯定是幻觉，但他清楚记得当时的感觉。

曾经有两次，他听到远处微弱的马达声，看到了远处船上探照灯忽闪的灯光。他马上大声"唉，唉"地呼喊，但每次都只能看着它们消失。他说这让他感到绝望，"心里哇凉哇凉的"。

但他马上安慰自己，一定是浪太大了，救援船没法过来，"肯定会来的，只是时间问题。"

他听到泰国船员一直低声说些什么，像是在诵经。他忽然想到可以唱歌"为自己打气"，但这个曾经开过 KTV 的年轻人，当时却想不出任何一首歌。

张皓峰发现他们两人身边聚集越来越多的水母，带着荧光绿的光，"就像萤火虫，密密麻麻的，数不清"。

他感到这些生物正在蜇自己的身体，但是又没法伸手驱赶。每次海浪冲过来后，他和泰国船员就会呛水，水母就会进入胃里，再呕吐出来。他记得那一晚，自己"吐了十几次"。逐渐地，对方开始耷拉下头，嘴角流出白沫，诵经声越来越微弱，呼吸变得越来越沉重。

他担心对方睡着，不断跟对方说话。

"你说他们会不会不管我们了？我们是不是没救了？"张皓峰问他。

再过一会儿，张皓峰又告诉他："放心吧，他们一定会来救我们的，你可千万别睡啊。"

"Are you OK？"张皓峰用自己会说的为数不多的英语问他。

可不管张皓峰说什么，对方只会发出"嗯，嗯"的声音。他会时不时摸摸对方的头，确认还有没有体温。

后来，张皓峰担心泰国船员呛水，把两个浮球都交给了对方。他把两个浮球上的钢丝交叉放在泰国船员胸前，再让他用手抓住。这样两个浮球就托住了船员的头部，不会再下沉。

他说自己当时没有想别的，只是不想看着一个人在你身边死去。

张信东记得，张皓峰十几岁的时候，看到一辆农用三轮车肇事逃逸。那时儿子拉着他，非要他把伤者送到医院。最后他只是叫了救护车，儿子回家后难受了很多天。

在朋友眼里，张皓峰"性格直，做事也直接"。一次张皓峰开车时，被别的车剐蹭。张皓峰"追了他半个信阳"，最后在一个路口把对方别停。他没有提赔偿，只是不停质问对方为什么蹭了别人的车还要跑。

"他做事只要是自己认定的，就不会犹豫，救人也是。"朋友说。

那天夜里，张皓峰自己因为没有穿好救生衣，只能不间断地踩着水。不知过了多久，巨大的困意逐渐压向了他。他说自己想到了自己的父母，自己的女朋友，告诉自己不能死。最关键的是，他坚信天亮时会有人救他。

幸运的是，他们终于熬到了白天。太阳出来后，他看到了不远处的小岛。他摇了摇身边的"哥们儿"，向他指了指小岛的方向，但对方只是抬了抬头，没有任何反应。

张皓峰用脚夹住船员胸前两个浮球的钢丝，自己以仰泳的姿势拖着对方向小岛前进。他脸朝着天空，看到两只黑色的大鸟一直在他们头顶盘旋。

两个小时后，一艘渔船发现了他们，随即把他们救上船。上船后，被救的泰国船员蹲在船角，不停哭泣。其他人对着张皓峰说了一些他听不懂的话，然后向他竖起了大拇指。

在泰国住院时，他在洗手间的镜子中看到自己，"脸肿得都认不出来了"。

他救人的消息迅速在网上传播开来，人们把各种各样的赞誉抛给了他，甚至有人说，在普吉岛的风浪中，是他把获救的机会留给了女友，把她推上救生艇，并因此称他为中国版《泰坦尼克》里的杰克。但是，张皓峰也并没有太在意这些，他甚至婉拒了公司奖励给他的 10 万元。他按原本出行计划，在 7 日回到家中。现在他脸上的伤疤已经快要褪去，在信阳闷热的街头，他又回到了自己喜欢的"平淡生活"。

杨　海

2018 年 7 月 18 日

脚注：2018 年 7 月 5 日下午 17 点 45 分左右，两艘载有 127 名中国游客的船只"凤凰号"和"艾莎公主号"在返回普吉岛途中，突遇特大暴风雨，分别在珊瑚岛和梅通岛发生倾覆，造成 47 名中国游客遇难。2018 年 12 月 17 日晚间，泰国警方公布了对沉船"凤凰号"的最新调查结果，结果显示，"凤凰号"船体在设计、建造等多方面"不合格"。

顺风车生死劫

一起有可能避免的命案，一场早有前车之鉴的悲剧，再次在滴滴顺风车平台上演。

8月24日，浙江乐清发生：滴滴顺风车司机强奸杀人案件，被害人赵某被犯罪嫌疑人——顺风车车主钟某强奸、杀害。目前钟某已被警方控制。

针对此事，滴滴于25日和26日先后回应称，此前的背景审查未发现钟某的犯罪记录，钟某通过了顺风车车主的审核，作为平台方负有不可推卸的责任；自8月27日零时起，在全国范围内下线顺风车业务，内部重新评估业务模式及产品逻辑，免去顺风车、客服等业务负责人的职务，加大客服团队的人力和资源投入。

这是一起早有预兆的悲剧。案发后，有林姓女士通过微博透露，自己在事发前一天搭乘了同一辆车，也遇到了类似情况，脱险后向滴滴客服投诉，但直到次日遇害案发生，林女士仍未收到投诉的反馈和结果。滴滴在回应中证实了这一情况。

愤慨之余，让公众非常遗憾和失望的是，占据网络出行市场支配地位的滴滴平台尚未回答最核心的问题：如何保护好乘客安全？此前许多举措为何效果不佳？

8月26日，交通运输部联合公安部以及北京市、天津市交通运输、公安部门，针对上述事件，对滴滴公司开展联合约谈，责令其立即对顺风车业务进行全面整改，加快推进合规化进程，严守安全底线，切实落实承运人安全稳定管理主体责任，保障乘客出行安全和合法权益，及时向社会公布有关整改情况。

在追问滴滴的同时，还有更多社会问题等待回答：此次滴滴宣布下线顺风车业务后，其他平台的顺风车业务是否也将下线？原有的顺风车需求又该如何满足？不属于网约车范畴的顺风车将会驶向何方？

滴滴有没有及时和警方合作

在 100 多天前，一位空姐搭乘滴滴顺风车，在河南郑州航空港区被司机杀害。和上一次遇害案件相比，在乐清案件中，滴滴平台在客户服务中的拖沓和失职暴露无遗。

根据警方披露的信息，8 月 24 日 14 时许，遇害者赵某在顺风车上预感自己身处危险，曾向朋友发出"救命""抢救"的求助信息。随后，朋友拨打遇害者电话，但已关机。

在确定赵某已经失联后，赵某的朋友（新浪微博账号：@super-4ong）于 15:42 向滴滴客服热线（400-000-0999）拨打了电话。在阐明事情经过，并提出获知顺风车车主信息的要求后，滴滴客服表示"将由相关安全专家介入处理此事，会在 1 小时内回复"。

随后的一小时里，@super-4ong 又 6 次拨通客服电话，询问顺风车车主的相关信息，但滴滴客服给出"一线客服没有权限""在这里请您耐心等待，您的反馈我们会为您加急标红"等回复。

对于没有第一时间将车主信息向遇害者朋友提供，滴滴表示，由于平台每天会接到大量他人询问乘客或车主个人信息的客服电话，无法在短时间内核实来电人身份的真实性，也无法确认用户本人是否愿意平台将相关信息给到他人。按照《网络安全法》的要求，向警方等公权力机构以外的他人提供车主或乘客的信息，涉及到个人隐私，滴滴的这一做法并无不妥。

但是，在警方介入后，滴滴方面并未尽快提供车主相关信息，在一定程度上延误了警方办案。

当日下午，遇害人赵某的朋友朱某某到永嘉县上塘派出所报案。16:41 左右，该所民警使用朱某某的手机，在表明警察身份后希望向滴滴客服了解更多情况，客服要求继续等回复。17:13 左右，该所民警再次提出了解该顺风车司机联系电话或车牌号的要求，依然未果。直到赵某家人向乐清市虹桥派出所报案，该所在提供介绍信、两名民警的警官证等手续后，才收到滴滴公司发来的车牌号及驾驶员信息。

"这是问题的所在。"中国政法大学传播法研究中心副主任朱巍认为，滴滴客服应该意识到问题的严重性，并和警方主动沟通。

滴滴表示，在接到警方依法调证的需求后及时提交了相关信息。但遇害者的朋友对此并不十分认同。

@super-4ong 不理解，在多人向滴滴反映了乘客可能遭遇危险的前提下，滴滴为什么还不引起重视。他认为，在不触碰隐私的底线下，滴滴存在诸多解决办法。"滴滴应该建立快速取证通道。"在他看来，滴滴完全可以用一些便捷的方式，和警方进行信息沟通与核实。

此外，根据滴滴方面自查，车主钟某此前未有犯罪记录，是用其真实的身份证、驾驶证和行驶证信息（含车牌号）在顺风车平台注册并通过审核，在接单前通过了平台的人脸识别。

经过了人脸识别，但临时换了车牌。针对这个问题，朱巍提醒，乘客在上车前，一定要核实车牌信息是否和手机上标注的相符。"平台应该更清晰地提示乘客进行车牌信息核实，而一旦发现车牌信息不符，乘客投诉后，车和车主永远不能加入网约车或顺风车行列。"

客服的承诺并没有做到

在乐清案发生前一天，曾有另外一名女乘客林女士搭乘过同一辆车。当时，司机将她带至偏僻处意图不轨，但林女士以跳车相威胁成功逃脱。事后，林女士向滴滴平台投诉，客服回复称还需调查，但截至 8 月 24 日乐清女孩受害案发，林女士都没有收到相关反馈和处理结果。"深深自责中，当时如果不畏缩去报警，这姑娘会不会就没有事了。"

滴滴公司公布的自查声明也证实了这一情况。在钟某作案的前一天，滴滴就接到一名顺风车乘客对其的投诉电话，称其"多次要求乘客坐到前排，开到偏僻的地方，下车后司机继续跟随了一段距离"。滴滴客服承诺两小时回复但并未做到，也没有及时针对这一投诉进行调查处置。

滴滴客服处理方式格式化、机械化，曾引起用户不满。今年5月，北京市民吴泽云通过地图软件叫了一个滴滴快车，上车后发现司机未按路线行驶，因此与其发生争执。当天给滴滴客服投诉过2次，客服人员表示会记录情况，但事后没有回音，且没有专门人员来处理。直到一周后，才有滴滴客服人员回电，但推荐他使用滴滴App叫车，而不是通过其他合作的地图软件。

"我觉得很奇怪，这是你们两家合作的，应该平台信息互通才对。而且回访时间太久了，真要是出了问题，一周过后怎么来得及？"吴泽云感慨。

客服处理为何效率低下？滴滴方面在自查声明中承认，其客服处置流程仍存在很多问题，特别是没有及时处理之前的用户投诉，在安全事件上调取信息流程繁琐僵化。此外，在本次案件发生后，滴滴客服的官方微博账号"@滴滴出行客服"也已经删除全部微博，暂停运营。

据《每日经济新闻》报道，滴滴一线客服工作是被外包公司承揽的，滴滴客服并非滴滴自家员工。

中国青年报记者在一些招聘网站发现，"滴滴客服"相关岗位并不全是由滴滴公司直接招聘的。例如，人力资源外包服务企业北京万古恒信科技有限公司通过智联招聘网站，招聘滴滴重大投诉客服、滴滴400热线客服及滴滴英语客服等。北京创意麦奇教育信息咨询有限公司上海分公司于8月25日在招聘网站发布"滴滴电话接听客服文员"招聘信息，在职位描述中写有"没有经验要求，接受实习生/应届毕业生。"

另据中国青年报·中青在线记者在招聘网站搜索发现，北京嘀嘀无限科技发展有限公司发布的招聘信息以滴滴客服产品经理、海外客服主管等岗位为多。

于川（化名）是北京一家互联网企业的客服主管，她告诉记者，大多数互联网、移动通信企业，以及银行的客服人员都是自营、外包同时存在，而许多强调线下体验的互联网公司的客服外包比例会更高。"除非外呼和利润直接绑定，否则没必要全都自营。"

滴滴顺风车业务的客服人员有多少是外包的？遇到紧急问题时，一线客服如何与警方沟通？中国青年报·中青在线记者就此向滴滴公司询问，但并未得到回复。

但在8月26日接受交通部等部门约谈后，滴滴公司负责人表示，将整改升级客服体系，加大客服团队的人力和资源投入，并开拓平台用户紧急情况报警通道，完善配合公安机关证据调取机制。

平台和警方联动机制需顺畅

3个多月，两名顺风车女乘客遇害。然而，这只是冰山一角。

今年5月空姐遇害案发生后，北京海淀法院网刊登了《滴滴出行车主犯罪情况披露》。文中指出，因滴滴出行而引发的强奸、猥亵案件基数较大，手法多为通过搭载乘客（女）并在后续交往中实施侵害。

2015年7月4日3时许，滴滴顺风车主郑某接到乘客后，在车内采取扇耳光等暴力手段，强行与其发生性关系。郑某次日被抓获归案，赔偿人民币7万元后获得谅解，后被判处有期徒刑四年。

2016年5月2日9时，潘某驾车搭载乘客钟某，见钟某系单身女子，又住在高档住宅小区，遂产生抢劫的念头。潘某路上借口手机掉落停车，进入后座捡拾手机，并胁迫钟某通过手机转账7000元。后因有一辆警车经过并停在前方百米处，钟某见状挣扎并喊救命，潘某将其杀害后抛尸逃离。后潘某被抓获。公诉机关以其抢劫罪提起公诉。

2016年8月15日5时许，顺风车主蔡某在其车内持电击枪威胁乘客并强行发生性关系，后被判处有期徒刑十年（量刑含其他强奸案件）。

2016 年 11 月 10 日 2 时许，滴滴车主（专职）侯某在将乘客送达目的地后，趁乘客醉酒之机实施猥亵。侯某于当日自首并取得被害人谅解，因犯强制猥亵罪，被判处有期徒刑十个月，缓刑一年。

在一次次案件发生后，有关顺风车下架的呼声越来越高。滴滴也宣布，从 8 月 27 日开始在全国下线顺风车业务。高德地图也下架了顺风车业务。从目前顺风车市场看，除滴滴外，还有比滴滴更早进入顺风车市场的平台。

以私人小客车合乘模式为主的顺风车，真的没有存在的必要？

在中国政法大学竞争法研究中心执行主任戴龙看来，顺风车最能体现"共享经济"。这种模式并无不妥，是否要被"一竿子打死"，有待思考。

"这是共享经济的痛。"朱巍认为，顺风车模式本无错，但现在的关键是网约车平台如何通过技术手段的完善，来保障乘客的安全。

如果出现危险的话，单靠网约车平台很难解决问题。"需要警方和平台联动。"朱巍认为，不管是警方和平台哪方先得到报案信息，都必须尽快联动。

但联动可能并不容易。有网约车从业人员向记者透露，有的网约车平台虽然在各地开展业务，但并没有取得相应的网约车牌照。各地对网约车平台有具体的管理细则，一些车和司机并不能达到合规要求，还属于违规运行。在这种情况下，和一些城市的执法部门建立联动机制，首先必须过合规"关"。

滴滴整改实际效果不佳

完善顺风车安全保卫的技术手段，并不是没有采取过。相反，过去一些热点事件发生后，滴滴采取过许多整改措施。

今年 5 月 16 日郑州空姐遇害案发生后，滴滴对其全平台整改，整改后滴滴顺风车在 5 月 19 日重新上线。彼时，滴滴方面表示，经过内部整顿，已完成全部顺风车个性化标签和评论功能的下线；合乘双方个人信息和头像仅自己可见，外显头像全部为系统默认虚拟头像；车主每次接单前必须进行人脸识别；暂停接受 22 时～次日 6 时期间出发的订单，并对在 22 时之前出发但预估服务时间超过 22 时的订单，在出发前对合乘双方进行安全提示等。

但是，在上述整改措施发布一段时间后，滴滴一度将顺风车订单时间从 6 点～ 22 点延长为 5 点～ 24 点。

而且，不知从何时起，滴滴顺风车平台的司机端上，又恢复显示了乘客性别等信息。杭州市民、滴滴顺风车车主王维告诉中国青年报·中青在线记者，在滴滴顺风车的司机端，还是可以看到乘客的头像和姓名，此前有一段时间还能看到表示性别的符号。但很"神奇"的是，最近当她再次打开滴滴顺风车司机端后，显示性别的符号不见了。

作为一个经验算不上丰富的顺风车主，王维在本案发生后，再次尝试接顺风车单，希望测试一些整改措施是否落实到位。但让她感到奇怪的是，在接单前进行的人脸识别"很水"。当时她正在夜间行走，用手机匆忙对着脸拍了几下。"脸也没拍全，也没按要求做，人脸识别就过了，直接接单成功了。"

滴滴是否涉嫌垄断

滴滴 2012 年成立以来，先后合并快的、Uber 中国，一跃成为网约车市场巨头。

但这样的"体量"并没有赚到"第一"的口碑。从被质疑动态定价、大数据杀熟，到司机打人、顺风车乘客遇害，一些网民认为，滴滴在网约车市场的垄断地位，助长了滴滴的"不作为"。

滴滴是否存在垄断？这个问题，一直众说纷纭。一些法学专家认为，企业垄断与否，要放在法律框架下界定。反垄断法中，企业是否构成垄断行为，要看企业是否达成垄断协议、滥用市场支配地位，是否具有或可能具有排除、限制竞争效果的经营者集中的行为。

"网约车市场目前还不存在几家公司达成垄断协议的情况"，戴龙表示，网约车平台之间的合并，涉及是否存在排除竞争的经营者集中，但目前网约车平台出现的问题，更多集中在是否涉及"滥用市场支配地位"，而这点，恰恰是目前社会争论的"焦点"。

是否滥用市场支配地位，首先要界定网约车平台在哪个"篮子"里。

"网约车是一个独立的市场，还是囊括到传统的出租车市场里。"戴龙指出，不同的市场归类，决定了一家网约车平台是不是处于市场支配地位。"现在没有具体的案例，学术界对这个问题也是众说纷纭。"

按照2016年国家出台的出租汽车行业健康发展的指导意见，网络预约出租汽车也属于出租汽车行业。因此，一些专家认为，滴滴的体量放在全国的出租汽车行业来看，根本构不成市场支配，就更谈不上滥用市场支配地位。

"这个划分从学术上看并不合理"，戴龙指出，从政策监管上看，国际上对网约车的监管，首先是保证乘客人身安全和信息安全。"把网约车划到传统出租车市场，这在国际上并不多见。"

北京一名从事反垄断案件的律师告诉记者，除了看市场分类，判断网约车平台是否具有市场支配地位时，还受地域因素影响。"比如一家平台在南方市场份额很大，但在北京份额很小，判断市场份额时，以全国来划分还是分地域看，也会产生不同结果。"

而在涉及互联网平台的反垄断案件中，市场的界定往往不是恒定的，"具体要看案件涉及的是哪一类业务"，现在许多网络平台的业务很多元，比如有的电商平台，如果它被起诉的业务只涉及云计算，那就要看云计算市场中这个企业的市场份额，而不是电商业务的市场份额。

该律师告诉记者，一些网约车平台在进行合并前，是否需要去相关部门进行申报，还需要看企业的经营情况，是否达到需要申报的门槛。"很多互联网企业都说自己还在赔钱，像网约车平台，一些平台指出司机的流水和乘客的付款都不能算作企业的营业额。"新兴的互联网平台，在界定是否具有垄断行为的过程中，还有很多问题需要明确。

王林　宁迪　左琳

2018 年 8 月 28 日

脚注：2018 年 8 月 26 日，交通运输部联合公安部以及北京市、天津市交通运输、公安部门，对滴滴公司开展联合约谈，责令其立即对顺风车业务进行全面整改。9 月 5 日，交通部等多部门对网约车平台开展进驻式检查后，10 日晚交通部和公安部联合发布紧急通知，要求各地对网约车平台和顺风车服务平台开展联合安全大检查，严厉打击非法营运行为。2019 年 8 月 30 日，涉事顺风车司机钟元被执行死刑。2019 年 12 月滴滴顺风车在各地重新上线。

父亲坐上 22 路公交

挂着"渝 F27085"牌照的 22 路公交车深夜被打捞出水时，现场所有人员都在默立哀悼。

2018 年 10 月 31 日 23 时 28 分，重庆万州长江二桥附近船只同时鸣响汽笛，坠入长江底部 85 小时 20 分钟的公交车，被浮吊船缓缓拉出水面。

在公交车出水处约 400 米远的江岸上，默哀的重庆蓝天救援队队长兼万州蓝天救援队队长骆明文发现，身边的队员、体育教师周小波的身体微微发抖，两行泪水簌簌落到自己的救援服上。

他是一名救援者，同时也是一名焦急的家属——他的父亲周大观，极有可能与这辆 22 路公交车一同坠入了江中。此前，他已经被通知去辨认遗体。

10 月 28 日 10 时 08 分，万州 22 路公交车行至长江二桥时，在行驶中突然穿过中心实线，撞上对向正常行驶的小轿车后，越过路沿，撞断护栏坠入江中。

11 月 1 日 10 时，悲痛的周小波在电话中对中国青年报记者确认了这一不幸的消息："刚才，我见到了父亲的遗体，父亲在此次事故中遇难，作为家属，我向所有关心此次救援的好心人表示最衷心的感谢，尤其感谢政府和所有的专业救援队伍为我们的全力付出。"

各方面的信息都残酷而清晰地指向这个悲剧：警方告知周小波，他父亲的老年公交卡使用记录显示，他当时乘坐了这辆公交车；10 月 28 日 17 时许，他被警方叫去收集 DNA 信息；10 月 30 日，当下潜救援人员从位于长江上游约 28 米、水深约 73 米、呈 30° 倾斜的坠江公交车上救捞出 7 具遇难者遗体后，他再次接到电话，询问他父亲的体貌特征和所穿衣物；随后，通知他 11 月 1 日前去进行确认。

截至 11 月 1 日 15 时，救援人员已找到随 22 路公交车坠江的 13 名遇难者遗体，身份全部确认，仍有两人失联，相关单位将继续搜寻。

周小波对 22 路公交车十分熟悉。今年春节期间，他母亲病故，他此后多数时间和 76 岁的父亲住在万州区长江北岸的枇杷坪东路，这里紧邻万州长江二桥，距离 22 路公交车的车站很近，他们经常乘坐 22 路。

10 月 28 日这天，万州区举行运动会，今年 7 月"上挂"到万州区教委工作的体育教师周小波要去赛场开会。一大早，他开车将父亲顺路捎到西山公园附近。临别前，父亲笑呵呵地让他好好工作，"你开车时注意安全，我今天去看菊花展，听说菊花开得很美。"

老人下了车，周小波则进入会场，两人完全没有意识到将有巨大的灾难袭来。会议期间，姐姐不停拨打他的电话，即使挂掉仍继续拨打，意识到可能有情况的周小波一接通电话，就听到姐姐急促的询问："你知道爸爸今天在哪里吗？"

"他早上说他去看菊花展。"

"糟了，可能出事了，爸爸的电话怎么都打不通。"

"一时打不通电话也可能很正常啊，怎么了？"

"你还不知道？朋友圈都传遍了，今天一辆 22 路公交从长江二桥冲下长江了！"

周小波立即拨打父亲的电话，传来的却是"您拨打的电话无法接通"，忧心如焚的他立即请假往家赶，途中，微信、电话、短信传来的"万州公交出事"的信息铺天盖地。

"不管父亲在不在这辆公交车上，我都要去救人！"周小波对中国青年报记者回忆自己当时的心情。他是万州蓝天救援队副队长，这些年来参加的大大小小的救援有六七十次。当天他赶回家换上救援服装，径直跑向万州长江二桥。

桥面已经开始管制，穿着救援服的他一路被放行。

心里惦念着父亲，周小波一边小跑一边打父亲的电话，但依然没法接通，他跑到被公交车冲坏的栏杆处，往桥下一看，坠江处离江面有 30 多米，"我的心顿时沉了下去"。

下了桥，周小波发现，蓝天救援队已有人开始救援，他跑步加入其中。

除了警察，蓝天救援队几乎是最早到达的救援力量。事故发生不久，骆明文等人就从万州蓝天救援队队部将救援器材送到了救援点。

周小波开着冲锋舟，试图在江面上搜寻幸存者。他在公交车坠江处附近转了几圈，没有发现奇迹。再扩大搜寻范围，依然失望。

应急管理部通报称，此次救援是三峡库区蓄水以来难度最大的，一是相对船只来说，公交车目标太小，难以精确定位；二是水过深导致作业方式复杂耗时，危险大；三是水底地形复杂，干扰物多；四是多地调集资源，多部门响应，需要多类型救援队伍配合行动。

公交车坠江后连续 3 晚，周小波都住在江边搭起的帐篷里。

他和同伴用声呐和水下机器人，试图确定公交车的位置。每当他停下来，就会一次次拨打父亲的电话，依旧是一次次"您拨打的电话无法接通"。

他的父亲周大观曾在武陵镇周家村村小任教，从一个民办教师开始，40 多年的教师生涯，让他成为当地令人尊敬的名师。

邻村孩子带着饭菜前来求学，到了中午，饭菜会冷掉，父亲总会把孩子们领回家，给他们热饭，孩子们热热闹闹地吃完饭，再一起去学校。

"父亲开始每月只有几元钱的工资，但对我极其疼爱。"周小波说，尽管家里不富裕，但父母总是竭尽全力给自己最好的。"宁肯他们自己吃穿得差。"

1998 年，入伍 4 年的周小波从部队退伍，他也当起了教师。2005 年，周小波调入汶罗小学，担任体育教师。

父亲的品行深深影响着周小波。2015 年，他参加了蓝天救援队。"父亲对我的决定非常支持，我入队后的第一个春节，他为这事高高兴兴地和我干了一杯。"

"只要我告诉父亲要去参加救援，他从来都支持，会替我照顾家里的一切。"醉心公益的周小波得到父亲的支持，几乎从未缺席蓝天救援队的训练和救援。他曾参加过 2015 年"东方之星"客轮沉船事故救援工作，"当我看到那些孩子在'东方之星'上留下的遗物，心如刀绞，这促使我全力以赴去救援。"

而去年的四川九寨沟地震救援，则是他亲历的历次救援中，对自身安全挑战最大的一次。

2017 年 8 月 8 日 22 时 35 分，确认九寨沟地震消息之后，他和另外 5 名万州蓝天队员自发参与到此次震区搜救行动。在一个险要的区域，他们做了"最坏的打算"，去搜救被困人员。他们一路徒步加游泳，才找到了那些人。

在九寨沟的救援行动中，周小波和他的伙伴们成功排查九寨沟当地 211 家住户，疏散 2000 余名群众。

"当时，很多地方滑坡严重，我们必须拿着对讲机，一个人往前行进时，其他人在远处看着，用对讲机向他提醒险情，大家轮流向前挺进，相互帮助，才走过了那些不时滚落石块的滑坡体。"但周小波回忆起那时的情景说，"丝毫不为当时的冒险而后悔"。

"当我们帮助别人的时候，也在释放对这个世界的善意，同时，感受到这个世界对我们的善意。这让我们觉得温暖，感受到生命更多快乐。每次有灾难发生，我发现所有人的心都是连在一起的。"他说，每次完成救援，和当地人告别时，对方真诚的感谢总会让自己忘记救援过程中的劳累和风险，"我越来越热爱救援、热爱公益，乐此不疲。"

这一次，他和队友们也都在全力以赴，连广东、贵州等地的蓝天救援队队员都赶了过来。当地有老板把酒店让出来，免费让救援队员休息调整。绝大多数队员并不知道周小波父亲的事情，但他说："他们不仅带来了自己的专业技能，更给了我一种爱的安慰——虽然他们并不知道我父亲的事，但我作为遇难者家属，对他们的付出有更深刻的感受，我真心谢谢他们。"

"我一直都怀有希望，希望父亲还是好好的，还能微笑着和我说话，叮嘱我注意安全，我期望着这样的奇迹，但另一方面，我知道，如果父亲当时真在那辆车上，生还的机会是很小的。"他说："我会坚强地面对这件事，无论怎样，我都不会放弃做公益。"

"作为一个志在公益救援的人，无论是这一次，还是下一次，我都会全力以赴。我救援过别人的亲人，其他人也救援过我的亲人，这种相互扶持、共渡难关的经历让我深深地知道：爱，能战胜任何意外事故带来的刻骨悲伤。"

　　从接到警方电话得知父亲的乘车记录起，他就有了心理准备。"我知道这意味着什么，肯定非常伤心，但我无法因此就停止救援，我也希望，自己能为爸爸做些什么。"

　　"我想救出他以后告诉他，我爱他。"这个43岁的男人说。

田文生　尹海月

2018 年 11 月 2 日

　　脚注：2018 年 10 月 28 日 10 时 08 分，重庆市万州区一辆 22 路公交车在万州长江二桥坠入江中，造成 10 余人死亡。2018 年 11 月 2 日，公交车坠江原因公布，据车内黑匣子监控视频显示，系乘客与司机激烈争执互殴致车辆失控。

一次基因编辑"大跃进"

人类曾在小说和电影中无数次幻想经过基因编辑的人类出现，但都不是现在这样。

2018 年 11 月 26 日，南方科技大学副教授贺建奎宣称，由其团队创造的世界首例能免疫艾滋病的基因编辑婴儿于 11 月诞生。

这则消息尚未经过业界专家确认，研究也还没有经过同行评议或在学术期刊上发表，某种程度上真实性存疑，但它仍然引发了学术界和舆论的强烈震动。国内 122 位科学家发表联合声明表示强烈谴责，称试验存在严重的生命伦理问题。140 名艾滋病研究专业人士也在 27 日午间发表公开信称，"坚决反对这种无视科学和伦理道德底线的行为，反对在安全性和有效性未得到证实的基础上，开展针对人类健康受精卵和胚胎基因修饰和编辑研究。"

在技术层面，这项试验是简单的，相当数量的实验室都具备条件和能力。过去从来没有人尝试过，一个重要原因是，在当前技术下，试验的安全性得不到保证。研究可能给当事人带来无法预料的麻烦，还会把麻烦遗传给每一个子孙后代。

"就像我们面对一个黑箱子，在一切都还未知时，就大踏步往里走。"澳大利亚彼得·多赫提传染病与免疫研究所的研究员刘浩铭向中国青年报记者形容这项研究的性质。

这是第一次有经过基因编辑的胚胎细胞发育成人，但我们还远没有做好迎接的准备。

谁给贺建奎的自信去证实安全性

贺建奎的实验室在 26 日晚间上传一批视频，称接受基因编辑的孩子的父亲是 HIV 病毒携带者。据媒体报道，受试夫妇通过国内最大的艾滋病感染者互助平台——"白桦林全国联盟"招募。

贺建奎的想法听起来很美好，保护孩子，让其对艾滋病病毒免疫。贺建奎在视频中还专门解释，他的团队为了保证安全，选择了"被了解最充分的基因之一——CCR5"。

这个说法遭到了艾滋病免疫与治疗领域多名研究人员的质疑。

刘浩铭告诉记者，贺建奎使用的方法只能使人免疫某些亚型的艾滋病病毒，但对部分亚型，例如 AE 亚型，则无效。最近几年中国新报告的艾滋病病毒感染者中，有 50% 左右患者感染的是 AE 亚型病毒。

刘浩铭介绍，艾滋病病毒非常容易发生变异，仅靠敲除 CCR5 基因，很难做到一劳永逸。

这不是贺建奎独创的方法——在对抗艾滋病病毒的过程中，人们很早就盯上了 CCR5 基因。艾滋病病毒之所以能识别并入侵人体免疫细胞，靠的就是 CCR5 基因生产的蛋白质。有研究人员选择敲除淋巴细胞基因组上的 CCR5，也有人选择让患者服用 CCR5 蛋白抑制剂，但只有贺建奎选择让一个人全身上下所有细胞中的 CCR5 基因都消失。

"这太疯狂了……没有人能预测 CCR5 基因缺失对人体的损伤。"清华大学医学院教授、清华大学全球健康及传染病研究中心与艾滋病综合研究中心主任张林琦告诉中国青年报记者，这可能影响人体免疫细胞的成熟，以及很多正常的生理功能。

"CCR5 在人体免疫细胞行使功能过程中起着关键作用。对人体健康胚胎实施 CCR5 基因编辑是不科学的和不理性的，会直接导致不可逆转的突变和后代遗传的严重后果，长期安全性和负面后果无法预测。迄今为止，在我国人体内的 CCR5 基因是完整的，没有发现在欧洲人种中的天然缺失突变。"140 名艾滋病研究专业人士发表的公开信中提到。

已有多项研究表明，人体 CCR5 基因的缺失可能增加感染流感、脑炎、西尼罗河病毒的风险。

而且，这项敲除 CCR5 基因的研究风险远不止于此。

试验中需要使用的 CRISPR/Cas9 技术，工作原理是识别特定的基因序列，从而进行基因编辑。人体基因数超过 2 万对，碱基对数超过 30 亿对，可能存在多个与之相同或相似的基因序列，其中一些可能是人体必需的。

以当前的基因编辑技术，我们无法确保只修饰我们需要的部分基因。一旦发生"脱靶"，会给人体带来不可预料的影响。

对此，贺建奎回应称，试验前后曾多次通过全基因组测序，确保除了 CCR5 外的基因未受影响。

云南中科灵长类生物医学重点实验室的陈凯教授说："这只是他（贺建奎）所能认知范围内的'没影响'。"

他告诉中国青年报记者，现有技术能确保靶基因（即 CCR5 基因）是否有修饰，但绝对做不到高覆盖率排除脱靶效应。"我们这么多做基因修饰、胚胎发育的科学家都无法保证（排除脱靶效应），谁给贺建奎的自信去证实安全性？"

人类目前只完成了约 99% 人类基因的测序。受限于现有技术，剩下的部分无法完全获知。

CRISPR/Cas9 技术另一个可能的风险是出现"嵌合现象"，即出现部分细胞遭遗漏，没有被编辑的情况。

贺建奎的试验中，就出现了嵌合现象：11 月降生的基因编辑婴儿是一对双胞胎，其中一名婴儿的部分基因就没有得到编辑。根据贺建奎对媒体的说法，他使用的 22 个胚胎中，仅 16 个编辑成功。而出现嵌合现象的胚胎就包括在 16 个"成功"案例中，这意味着贺建奎没能识别出这个情况。

"这相当于是婴儿既承担了基因编辑的风险，又没有得到想要的效果。"

陈凯评论。

他认为，贺建奎的试验对个体来说毫无必要，"一个人得艾滋病的概率远低于试验本身带来的风险。"目前已有成熟的技术保证，即使父亲是 HIV 携带者，也能生出健康的孩子。一个健康的人做好防护，感染艾滋病的风险也极低。

即使这一代不出问题，也不能排除后代出现问题的可能

贺建奎试验中使用的 CRISPR/Cas9 是第三代基因编辑技术。这个概念自 2005 年进入研究人员的视野，经过世界各国科学家的 6 年接力长跑，才终于进入应用层面。相比前代技术，CRISPR/Cas9 极高地提高了效率。

在许多领域，基因编辑已经成为不可或缺的技术。在农业生产上，基因编辑让农作物产量更高、更耐病虫害，解决了上亿人的温饱问题。新兴药物的量产和疫苗的制造，也都离不开基因编辑技术。

人们正在畅想基因编辑技术带来的更好的世界：西非的布基纳法索政府计划使用经过基因编辑的蚊子消除疟疾；美国马萨诸塞州官员考虑使用基因编辑技术抗击莱姆病；还有研究人员计划用基因编辑技术让珊瑚适应正在变化的海洋环境。

同时科学家们也小心地遵守着一条底线：不对人体细胞做可遗传的基因编辑。

"我们对基因的理解和相关技术都远没有达到要求。贸然开展研究，很可能造成严重的生态灾难。"张林琦说。

最近两年，笼罩在基因编辑领域上空的乌云似乎更厚重了。科学家在小鼠、猴子、羊、猪等生物体上进行基因编辑研究，却发现，当前的技术无法完全达到预期的效果，还可能带来意料不到的负面影响。

今年年初，斯坦福大学的一个研究团队发现，七成健康人体内发现了与 Cas9 蛋白同源的抗体，这会导致人体内 CRISPR/ Cas9 的应用效果不佳，甚至导

致严重的免疫反应。7 月，英国的一个研究小组在《自然 – 生物技术》杂志上发表论文，报告了由 CRISPR/Cas9 技术导致的基因组损伤和丢失，且这种现象在各类生物体上均存在。

科学家们在基因编辑领域小心行事，因为任何狂飙突进的行为都意味着风险。

最早的基因编辑技术可以追溯到上世纪 70 年代。世界上第一例基因治疗成功的案例发生在 1990 年的美国，科学家治愈了两名患有严重的联合免疫缺陷症的儿童。

人们一度信心满满。当时世界上就已经发现上千种单基因遗传病，其中绝大部分没有有效的治疗方法。

然而，1999 年，一名美国的 18 岁男孩在基因治疗的临床试验中不幸去世，原因是免疫反应带来的细胞因子风暴。2000 年，英国、法国的医生试图用基因编辑治疗重症联合免疫缺陷病，却因为插入的基因无意间激活了与癌症有关的基因，导致多名患者罹患白血病。

这几乎导致全美范围内所有正在开展的基因治疗试验被叫停。后来，基因治疗试验中使用的方法被第二代、第三代技术取代，基因治疗又开始被谨慎地使用。

张林琦的学生、清华大学医学院博士生李杨阳告诉记者，目前基因编辑的临床试验主要招募的是无药可医的患者。他强调，目前基因编辑疗法绝不能对健康的胚胎细胞进行基因编辑。"即使这一代不出问题，也不能排除后代出现问题的可能。"

"压根儿就没想过要做这个（指对健康的胚胎细胞做基因编辑）。"李杨阳说，"这远超过当前的医学伦理范畴了。"具体到这次的研究，他认为噱头大于意义。

2003 年，原科技部和卫生部联合下发《人胚胎干细胞研究伦理指导原则》。贺建奎所做的研究如果属实，涉嫌违反其中第六条规定，不得将"已用于研究的人囊胚植入于人或其他动物的生殖系统"。

即使你是符合伦理规范的，国际上还是下意识地不信任你

这已经不是中国学者第一次因为伦理问题陷入争议。

2015 年 4 月，中山大学教授黄军就团队曾完成全球首例对人类胚胎进行基因修饰的试验。当时，团队使用的是仅能存活几十个小时的胚胎三原核，符合中国的法律法规及国际生命伦理准则。但那项研究仍然引起舆论哗然。

当年 12 月，美国国家科学院、美国国家医学院、中国科学院和英国皇家学会在华盛顿召开了第一届人类基因编辑峰会。各方在会上达成共识，允许开展人类胚胎基因编辑的基础研究，但强调指出，现在就把该技术投入临床使用的做法"不负责任"。

而 3 年后的第二届人类基因编辑峰会，就遇上了宣布基因编辑婴儿诞生的贺建奎。

目前，国际上比较通行的伦理准则是，基因编辑后的囊胚体外培养期限不得超过 14 天，且不得植入人或任何其他动物的生殖系统。仍有相当数量的科学家对此持保留意见，他们认为，一旦受精，受精卵就应被视为"人"，而不是等到 14 天以后。

2014 年初，上海科技大学生命科学与技术学院的遗传学专家黄行许就曾对猴子胚胎细胞进行基因编辑，得到了两只基因编辑猴。这项研究也曾引起国际舆论的关注，学界普遍担忧这项技术下一步会应用在人类生殖细胞上。现在看来，这种担忧已经成为现实。

陈凯告诉记者，他明显能感受到类似事件对中国学者的影响，"这会给踏踏实实做研究的人带来很大压力……即使你是符合伦理规范的，公众和国际同行还是下意识地不信任你。"

刘浩铭告诉记者，欧美国家在类似研究的伦理问题上把关非常严格。哪怕

只是对动物做试验，都需要撰写详细的伦理报告，并经过一年甚至更长时间的审批。此外，参与操作的人员都必须通过培训，对试验用到的试剂、细胞或生物体也会有非常严格的管理，避免因泄漏引发不可预料的问题。因此，有部分研究人员会选择到泰国等伦理审查和相关法律比较宽松的东南亚国家做活体动物试验。

张林琦认为，中国有关伦理的法律法规还是比较严苛的，很多都高于国外的要求，出现问题，多是因为一些个人和机构超过了底线。

翟晓梅则认为，中国的伦理监督在体系上已经建立完全了，有国家、省市及科研机构三级伦理审查委员会。但"伦理监督的能力建设依然是不一致的。委员会与委员会的能力差别非常大"。一些本地的医疗机构根本无法胜任伦理监督的工作，而已有的伦理监督委员会人员依然需要标准化的培训。

这方面的问题显得越来越急迫。在技术发展的同时，基因编辑领域的商业化也在高歌猛进。CRISPR/Cas9 技术成熟不到 4 年时间，世界基因编辑产业就迎来风口，3 家基于 CRISPR 技术的基因编辑公司均于 2016 年上市，目前总市值近 40 亿美元。

但在临床试验推进时，上述公司均遭遇瓶颈，甚至推迟了临床试验的进程。目前针对特定疾病的基因疗法也已经推向市场，但都相对保守，只针对特定细胞。

刘浩铭认为，目前这个领域还是一片蓝海，尤其在中国，推进到临床试验阶段的基因治疗较少。

贺建奎也是商业化大潮中的一员。可查资料显示，贺建奎是 7 家公司的股东、6 家公司的法人代表，并且是其中 5 家公司的实际控制人。瀚海基因是 7 家公司中最早成立的，今年 4 月宣布获得 2.18 亿元 A 轮融资。

陈凯认为，贺建奎这项研究的性质非常恶劣，不会因为脱靶效应有无，试验结果好坏发生改变，也不会因为基因编辑技术未来的发展应用而得到谅解。他说，这件事情还远没有到讨论伦理的地步，"安全性之后才是伦理问题"。

在陈凯看来，未来我们对伦理的看法可能会发生改变，就像过去我们对堕胎、试管婴儿的看法也发生过改变，但"安全性是前提"。

他还担心这项研究给普通民众的影响，"非专业人士可能意识不到这个问题的重要性，对潜在的风险没有正确的认知"。陈凯担心公众走向两个极端，或是恐慌、对转基因技术产生误解，或是盲目追求效果，不考虑副作用。

地球上最早的生命出现于 30 亿年前。从单细胞逐渐发展为生命体、从海洋走上陆地，我们开始直立行走、脑容量越来越大……我们身体里的基因大多经历了漫长岁月的洗礼和考验。人类对可遗传基因的每一次修饰，也将永远记录在自己和后代的身上。

"很希望这是假的，这样的试验没有实施。"刘浩铭说，"这个试验的影响力是巨大的，汹涌的资本和突破边界的尝试已经处于失控边缘。"

王嘉兴　王梦影
2018 年 11 月 28 日

脚注："基因编辑婴儿"案于 2019 年 12 月 30 日在深圳市南山区人民法院一审公开宣判。贺建奎、张仁礼、覃金洲 3 名被告人因共同非法实施以生殖为目的的人类胚胎基因编辑和生殖医疗活动，构成非法行医罪，分别被依法追究刑事责任。其中，贺建奎被判处有期徒刑三年，并处罚金人民币三百万元。

2023 年 2 月 11 日，基因编辑婴儿事件过去近 5 年，贺建奎出现在一场学术会议线下会场。他在报告中提起自己最近在做 DMD（杜氏肌营养不良症）基因编辑治疗药物研发，声称将募集 5000 万慈善捐款进行 DMD 基因编辑研究，会有伦理委员会的指导。

2019

大 的 样 子

2019 年，新中国迎来 70 年大庆。天安门广场上举行了史上最大规模的阅兵式，铁流滚滚，军威浩荡，东风-41 战略核导弹压轴亮相，全球观众为之屏息 10 秒钟。

萧瑟秋风今又是。中国共产党执政 70 年，国内生产总值增长 174 倍，到 2019 年已接近百万亿人民币，人均 GDP 则达 1 万美元，为世界第二大经济体。这一年，玉兔二号登上月球背面，首艘国产航母入列，大兴国际机场开门迎客，5G 通信开始商用。国家越来越有复兴气象。

这一年，人们对复兴的源头可以追溯得更远。100 年前的五四运动让马克思主义得以传播，并孕育了中国共产党。作为青年人的报纸，中青报刊发大量报道，纪念格外隆重，万言评论《以青春之我成就青春中国》，让"强国有我"成为当年热词。

文化自信加速回归，这一年，故宫紫禁城上元灯会大受追捧，而中国诗词大会则创下收视新高。年度票房最佳电影《流浪地球》所浸润的先进理念，表明曾经的弱国心态与世界共同价值实现了和解。这都是我们该有的"大"的样子。

但是大也有大的难处。在国内，"三期叠加"还在爬坡上坎，投资下滑，消费减弱，为了保增长，财政政策推出了前所未有的"两万亿减税降费"，可家大业大，民生支出不能少，政府部门重提"过紧日子"。

最严峻的考验来自外部。5月10日起，美国对中国输美2000亿美元商品税率由10%提高到25%，8月又宣布将对全部5500亿美元商品加征关税。其间，美国还对华为等中国企业和大学、研究机构实施了制裁。面对美国的极限施压，中国没有屈服，也采取了猛烈反击。整个2019年下半年，中美打打谈谈，反复拉锯，给两国经济都造成严重伤害。

树大招风。美西方的阻击，是中国崛起躲不开的关隘，在2019年，这种阻击来得格外猛了一些。除了中美贸易争端，6月，香港还爆发了"修例"风波，"反中乱港分子"借反对修订《逃犯条例》为由，举行激进抗争活动，活动逐渐由游行示威演变成街头暴力，让香港社会生活几近瘫痪。证据表明，西方敌对势力是这次风波的幕后黑手，其目的昭然，就是要令香港成为反抗中央的棋子，以此牵制中国的发展。中青报派出报道组赴港，发回现场报道，真实记录了这段特殊的历史插曲。

中国经济扛住了压力，全年GDP增速6.1%，艰难守住目标底线。可喜的是，经济动能继续出新，线上教育成为新蓝海，区块链成新风口。网综在这一年进入全盛期，粉丝群体壮大为自组织，他们构成流行文化，也在爱国浪潮中冲在前面。

回头看，不是所有新业态都成了气候，它们更大的意义是证明，千帆过尽，归来仍是新兴经济体，还保留着成长的无限可能。

西昌大队取下 26 枚肩章

西昌大队的营区如今无比安静，安静到只有红旗在风中猎猎作响。

中国青年报·中青在线记者在这里所看到的是一片沉默的场景。4 月 2 日下午，大门口站岗的一位消防员盯着面前的公路，许久才眨一次眼睛。另一名消防员梁桂坐在岗亭的台阶上，低着头，双手搭在膝盖上，一动不动。两个人就这样相对无言。营地里面也像是按了暂停键，几乎每个宿舍里都有三两个消防员木然地坐在床边。

3 月 31 日的四川省凉山彝族自治州木里藏族自治县森林大火带走了 30 条生命，其中有 26 人来自凉山森林消防支队西昌大队。

梁桂的 8 个室友里，有 5 位上了火场，一个都没能回来。他本来也要去，但因为感冒发烧，被安排留在营地"看家"。

"不愿你们逞英雄！这一天铭记一生！"他在微信朋友圈发了一张室友集体合影，并把头像改成了黑白色。合影那天是个阳光明媚的春日，大家坐在营地训练场的台阶上，把迷彩服的袖子卷到臂弯。有人一脸严肃，有人互相手搭肩膀，笑容灿烂。

如今，营地还保持着原来的样子，只是变得冷清了：床上的"豆腐块"被子，是他们半夜紧急出发时叠好的；蓝白相间的大檐帽放在被子前；水房墙壁上的架子上，整齐地摆放着脸盆，脸盆下方挂着的军绿色毛巾排成一条线。

床铺上还贴着一个个名字，排着固定编号的脸盆还等在原地，但其中的 26 个，再也等不到它们的主人归来。

一位消防员记得，3 月 30 日晚上 9 点左右，他在水房遇到前一天刚从另一场森林火灾现场回来的唐博英。

"我明天要下个街（去市区），买点好吃的，好好吃一顿，这几天（打火）

太累了。"唐博英一边冲澡一边说。

几个小时后，也就是 3 月 31 日深夜 1 点，唐博英接到木里县森林火灾的任务，连夜赶往火场。这一去，就再也没回来。

连续两天，唐博英的这位队友都整夜失眠。

"我一闭上眼，就感觉听到了他们说'我们回来了'，甚至连他们脚步踩在地板上的震动我都能感受到。"他望着马路，眼睛逐渐变红。他转过头去，声音几乎失控："整天从一睁眼就在一块，吃饭、训练、睡觉都在一起，说没就没了，我接受不了啊。"

这次火灾中，牺牲人数最多的三中队和四中队分别住在宿舍楼的二楼和三楼。这两层楼静得出奇。平日这个时候，宿舍里总会传出说笑声，水房里会有哗啦哗啦的流水声。有时还会有四中队三班的孔祥磊弹吉他的声音，整齐划一的生活里，音乐是一种调味剂，战友们喜欢围着他唱歌。

如今，这把吉他安静地躺在孔祥磊的衣柜里。接到去火场的命令之前，孔祥磊抱着它弹过歌星孙燕姿的《遇见》，然后把弹吉他的视频发到微信朋友圈。"老领导说这是爱情的冲锋枪。"他在朋友圈里写下最后的文字。

这个 29 岁的云南红河小伙"遇见"了他的意中人，不久前在老家订了婚。假期还没结束，他就接到任务，冲进大凉山的一个又一个火场。

"孟兆星，三中队二班消防员"，一个衣柜的标签上印着使用者的简单信息。照片上，孟兆星微微昂头，鼻梁高挺，眼神里带着稚气。

他是甘肃金昌人，3 月刚过完 20 岁生日。衣柜里从上至下依次摆放着他的帽子、枕头、制服和鞋子。这双 40 码的鞋子上还沾着一点泥土，鞋跟已经磨薄，见证着他走过的路、爬过的山。

那些挂在衣柜里的衣服，有一些东西被静静地摘掉了。国家应急管理体制改革之后，这支森林消防队伍已经退出现役部队，但是，这次大队依然遵从军人的传统，把那些烈士制服上的肩章取了下来，交给了悲痛的家属。

在这样的季节，傍晚的空气变得微凉，年轻人原本喜欢在驻地的篮球场上打球。但是眼下，球场上空无一人，风吹过时，卷起一片黄土。

当地人说，在大凉山的春天里，风是不会停的。在火场上，风往往是火灾最大的帮凶。这一次，这些年轻人正是因为遭遇风向突变，才被困火场。

在他们永远都回不去的西昌大队营区，墙上"赴汤蹈火"的红色大字依旧，起床的号子依旧，出操的呼喊依旧，但那些声音都是短暂的，最后都归于宁静。

杨　海

2019 年 4 月 4 日

脚注：2019 年 3 月 30 日 18 时许，四川省凉山州木里县发生森林火灾，着火点在海拔 3800 米左右，地形复杂、坡陡谷深，交通、通信不便。火灾最终造成 31 人死亡，其中 27 名是凉山森林消防支队指战员，4 名为地方干部群众。中青报记者在事故发生后，迅速来到消防员所在的西昌大队，记录下痛失英雄的一幕。2020 年 5 月 17 日，四川木里森林扑火勇士入选"感动中国 2019 年度人物"。

等待偶像

从北京东二环到河北廊坊大厂回族自治县只有 50 多公里，却没有公共交通直达。潮白河边的大厂影视创意产业园被公路和草地包围，最近的正规旅馆和居民区都在 5 公里之外。这样一个地方，随着 2018 年一档选秀节目的火爆，成了许多年轻女孩的"朝圣地"。节目造就了当年国内数据最惊人的一批年轻男明星，冠军蔡徐坤的微博转发数字动辄百万甚至上千万。他们和其他几档热门选秀节目一起，让 2018 年被许多人称为中国"偶像元年"。

4 月 6 日晚，已经在这里进行了两个多月的新一年选秀节目举行决赛。今年这档节目已经更名为《青春有你》。

决赛当天，从早晨起，大厂影视小镇门前几百米长的马路上，6 条车道被挂着 LED 大屏幕和音响的宣传车、载满粉丝的大巴、租来造势的加长豪车、前来兜售饮料零食的三轮车和送餐的电动车占领，双向只剩各一条车道供车辆勉强通行。到了中午，手机信号开始堵塞，附近唯一的公共卫生间门前，十几人的长队里抱怨声四起，"连朋友圈都发不出去。"

比赛期间园区封闭，栅栏外是少数几个能在屏幕之外看到参赛选手的地方之一。这里两个月来总是聚集着几十名带着板凳、长焦镜头和行李箱的粉丝。许多粉丝彻夜蹲守，等待拍摄选手偶尔露脸的瞬间。

在附近的潮白家园小区，每月 1000 多元就能下租一套两居室，许多"站姐"（职业粉丝）选择在附近长期租房，贩卖第一时间拍摄的明星照片早就成了一门传说中利润丰厚的生意。在当地开出租车的小薛已经对粉丝们的需求了如指掌。从偶像出没的时间、附近租房的价格、购买稀缺门票的门路到打车追踪偶像的报价，他都能对答如流。

决赛门票不公开发售。决赛前夜，本届选手嘉羿粉丝团收到的门票报价突破了 7000 元，这个价格已经不在大二学生殷桃的考虑范围内。她当天早上 6 点就从 80 多公里外北京昌平的大学校园出发来到这里，在栅栏前挂起半人高的灯牌和印着偶像照片的旗帜，之后就开始了漫长的等待。他会不会来？什么时候来？从哪个方向来？她还没有亲眼见过这个只比她大一岁的男孩，而今天可能是他成名前见面的最后机会，殷桃连去上卫生间都慎之又慎。近 10 个小时的等待后，选手们出现在栅栏后，她能做的也只是远远地喊上一句，"祝你成功出道！"

985、211 大学，奢侈品牌 Gucci，美国大都会博物馆……粉丝手中印着不同字样的袋子里，此时无一例外装满了印着明星头像、漫画或应援语的手幅（方便手持的长条海报）、扇子等各色宣传品。这些都由各个粉丝站自行设计制作，需要在活动现场排队并满足一定条件才能免费领取，制作的费用也来自粉丝集资。有粉丝站花 5000 多元从北京运来 2000 余朵玫瑰花装点宣传展位，也有粉丝以每车 100 元的价格包下村里的 24 辆三轮车，贴上选手海报，围着小镇兜圈儿。这一切，都是为了让更多人认可自己的偶像。

17 岁的孙刘钰和偶像黄明昊同龄，却和很多粉丝一样习惯叫他"妈妈唯一的宝贝"。她前几天刚从横店追星回到家乡河南平顶山，一天前又赶到北京，决赛当天一早来到大厂。在北京读大一的阿可比 21 岁的偶像嘉羿小两岁，自称是他的"妹妹粉"。阿可是独生女，在她的描述里，嘉羿是个优秀谦逊、懂得关心人的哥哥，也像异地恋的男友。但无论是什么身份，关键是"比现实中的某些男生要好"。

在北京从事银行业、40 多岁的王女士十几年前追过韩国演员，后来从正读高二的女儿那里得知了朱正廷，也开始支持这个据说以专业第一考入上戏的男孩。决赛这天她开着车来到大厂，和其他粉丝组织大巴接送这些她口中的"小姑娘"，安排宣传。这不是一件轻松差事，意味着没时间吃饭、睡觉，烈日下四处奔波协调。王女士说，和年轻人们在一起，她感到了活力，为了让更多人喜欢自己的偶像，大家一起努力，从中得到的快乐就是收获。她成为朱正廷的粉丝后，女儿对她说，终于能理解你的喜好了。

2019 年 4 月 6 日，河北省廊坊市大厂回族自治县大厂影视小镇，一档选秀节目即将举行决赛，众多粉丝来到这里。一年前，这里造就了国内流量数据惊人的一批男明星，也让 2018 年被许多人称为中国"偶像元年"。

2019 年 4 月 6 日，河北廊坊大厂影视小镇西门旁，粉丝透过栅栏拍摄园区内某档选秀节目的明星。

2019 年 4 月，大厂影视小镇北门，粉丝等待偶像乘坐的车路过。

2019 年 4 月，粉丝集体为去年通过这档选秀节目成名的偶像黄明昊庆祝出道一周年。

2019 年 4 月，决赛开场前，一名粉丝在园区门外等候。

2019 年 4 月，临近决赛开场，两名粉丝从网上得知偶像还未入场，留在园区门口等待。

但这场看似声势浩大的喧嚣只在粉丝圈子内部响亮，当天在现场围观的游客们对这些女孩口中的名字大多感到陌生。王女士说："如果以后他出圈（走出粉丝的小圈子，有了更广泛的影响力）了，不再需要这样的应援，或许我也不会再来了。"

　　下午 8 点，园区内比赛开始，没能进入决赛现场的粉丝和出租车没有离去。比赛散场后，拼车回北京的单人价格将从 60 元涨到 200 元。粉丝们坐在草地上，三三两两凑在手机前观看比赛直播，或忙着投票，或讨论着比赛结束后选手是否会出现在栅栏的另一头。

　　深夜 2 点，一名选手出现在蹲守的粉丝镜头前，挥手告别。发布视频的粉丝在微博上写道："最后一次啦！打板收工！"也是在这个夜晚，另一档选秀节目在国内正式开播，一次性推出了 99 个新面孔，正等待着粉丝的挑选。

李峥苊 摄影报道

2019 年 4 月 10 日

"爱因斯坦还是对的！"

作家茨威格曾在其著作《人类群星闪耀》里写道：倘若出现一个具有历史意义的时刻，这一刻必将影响数十年乃至数百年。

北京时间 2019 年 4 月 10 日晚 21 时 07 分或许就是这样一个时刻，至少对中国科学院上海天文台台长沈志强来说是这样。

这一刻，他所参与捕获的人类首张黑洞照片面向全球同步发布。

100 年之前，爱因斯坦广义相对论得到了首次试验验证，如今这一理论则再一次获得"强有力的支持"。

"爱因斯坦真是个天才，他还是对的！"

在黑洞照片的上海发布现场，沈志强不断发出这样的感慨。他告诉中国青年报·中青在线记者，"全球 200 多位科研人员花了几年时间，最终得到这样一个颠覆性的观测和让人信服的图像——这是值得铭记的时刻！"

既然没法看见，如何知道黑洞存在?

所谓黑洞，是爱因斯坦广义相对论预言存在的一种天体。按照中科院上海天文台研究员路如森的说法，黑洞具有超强引力，即便是光，也无法逃脱它的势力范围。该势力范围被称作黑洞的半径或被称作"事件视界"。

"等一下，真的有黑洞吗？你是如何确认黑洞存在的？"

这样的问题，路如森曾不止一次被问及："黑洞的名字，乍一听，黑的洞，那是不是就表明'没法看见'；如果没法看见，那怎么就知道它存在呢？"

事实上，在这次"拍照"前，天文学家们已经通过多种间接的证据来证明黑洞的存在。路如森向记者列举了其中主要的三类代表性证据。

第一，恒星、气体的运动透露了黑洞的踪迹。黑洞有强引力，对周围的恒星、气体会产生影响，于是科学家可以通过观测这种影响来确认黑洞的存在。

第二，黑洞在"吃东西"即吸积物质时，会发出一定的光，科学家据此来判断黑洞的存在。

第三，通过一定设备"看到"黑洞成长的过程，来推导黑洞的存在。

"还有很多类似的证据，无不说明了黑洞真实存在。但这还是间接的，而我们一直想要做到的，就是直接'看'到黑洞！"路如森说。

按照100多年前爱因斯坦提出的广义相对论，人类似乎永远不能看到"黑洞本身"，相应的，黑洞的"事件视界"，就是科学家能看到的"最接近黑洞本身的图像"。

之所以要"看到"黑洞、给黑洞"拍照"，一个主要目的就是"看看爱因斯坦究竟是不是对的"。

沈志强说，对黑洞阴影的成像将能提供黑洞存在的直接"视觉"证据。黑洞是具有强引力的，因此给黑洞"拍照"，最重要的目的是在强引力场的极端环境下，验证爱因斯坦的广义相对论，并同时细致研究黑洞周围的物质吸积和喷流的形成及传播。

至于黑洞和人类现实生活有何关系，科学家并不能给出现成的答案。

不过沈志强表示，天文学家一些和此相关的"提问"，或许能在一定程度上回答这个问题：人类居住的银河系中心就有一个超大质量黑洞，它的质量大约是太阳质量的400多万倍。那么，这颗超大质量黑洞会不会影响人类的生活？银河系中除了这个超大质量黑洞外，还有很多恒星级黑洞，它们和人类、地球又有什么关系？"如果我们关心人类和地球，就应该关心黑洞。"

要能在巴黎的咖啡馆"看到"纽约的报纸

不过，要想真正"看到"黑洞并不容易。按照沈志强的说法，要对黑洞成像，必须要保证望远镜足够灵敏，能分辨的细节足够小，从而能保证"看得到"和"看得清"。

科学界公认最好的工具莫过于 1967 年出现的甚长基线干涉测量技术（英文简称 VLBI）——该技术也曾多次应用于我国嫦娥探月工程的探测器，"假定在 1 毫米波长观测，一个长度为 1 万千米的基线，就能获得约 21 微角秒的分辨本领"。

"这是什么概念？形象地说，达到的分辨率约 20 微角秒，就足以在巴黎的一家路边咖啡馆，阅读纽约的报纸！"沈志强说。

不过，这并不意味着只要 VLBI 阵列的分辨率足够高，就一定能成功给黑洞拍照。"如同观看电视节目必须选对频道一样，对黑洞成像而言，能够在合适的波段进行 VLBI 观测至关重要。观测黑洞视界的最佳波段在 1 毫米附近。"沈志强说。

事件视界望远镜（EHT）观测所利用的技术就是毫米波 VLBI，目前其工作波段在 1.3 毫米。

这是由 8 个地面射电望远镜组成的国际合作观测阵列——一个观测口径近乎于地球大小的"虚拟望远镜"，"所达到的灵敏度和分辨本领都是前所未有的"。

路如森告诉记者，虽然分布在地球各地的 8 个地面射电望远镜，并没有实际连接，但借助氢原子钟精确计时，各台望远镜可以实现数据记录的同步。

在 2017 年的全球观测中，EHT 的观测波长就实现了 1.3 毫米。

按照路如森的说法，EHT 的每一台望远镜都记录了大量的数据——每天约 350 太字节。这些数据被存储在高性能的充氦硬盘上。一旦生成，数据就会被空运到德国马普射电所和美国麻省理工学院海斯塔克天文台，在那里，被称作相关处理机的高度专业化超级计算机，将对各个台站数据进行处理。

最后，借助合作开发的新型计算工具，这些数据被精心处理并用来生成图像。

如今，作为多年国际合作的结果，EHT 终于为科学家提供了研究宇宙中"最极端天体"——黑洞的新手段。

路如森透露,未来,随着格陵兰望远镜和基特峰望远镜等加入,EHT 的灵敏度将显著提高,并有望扩展到更短的 0.8 毫米。

中国天文学家作了"非常重要的贡献"

根据 EHT 发布的情况,全球参与此次 EHT 国际合作项目的科研人员达 200 名之多,其中,来自中国大陆的学者有 16 人,分别来自上海天文台 8 人、云南天文台 1 人、高能物理所 1 人、南京大学 2 人、北京大学 2 人、中国科学技术大学 1 人、华中科技大学 1 人。另外,还有部分来自中国台湾地区的学者。

早在 20 年前,EHT 科学委员会主席、荷兰奈梅亨大学教授海诺·法尔克就曾和我国科学家合作研究黑洞。

如今再次合作,海诺·法尔克评价中国科学家表现时说:"他们现在是中国受人尊敬的科学家。在天文学、射电天文学、太空天体物理等领域,中国在这个全球项目中作出了非常重要的贡献!"

路如森告诉记者,在 EHT 国际合作形成之前,我国就已经关注高分辨率黑洞观测和黑洞物理的理论与数值模拟研究,并开展了多方面"具有国际显示度"的相关工作。

具体到这一次合作,我国科学家在早期 EHT 国际合作的推动、EHT 望远镜观测时间的申请、夏威夷 JCMT 望远镜的观测、后期的数据处理和结果理论分析等方面都作出了贡献。

路如森还记得,他曾到夏威夷参与观测,在 4000 多米的高山上"爬上爬下",褪去科学家的光环,直接抡胳膊上阵充当"苦力",调试磁盘阵列。

EHT 董事会主席、德国马克斯·普朗克射电天文研究所所长安东·岑苏斯透露,他们和中国科学家建立了广泛的合作伙伴关系。他所在的研究所就有许多合作过的学生和博士后研究员,其中一位,就是路如森。

安东·岑苏斯说，路如森到上海天文台之前，就曾是马克斯·普朗克研究小组的领导者。令他印象深刻的是，路如森的兴趣在于使用 VLBI 方法进行观测，在后来的实际工作中也进行了数据的成像重建。

"还有其他科学家帮助我们使用 JCMT 射电望远镜进行观测，有的参与了已获得的数据的理论建模工作。所以，中国在这个项目中的参与是多方面的！"安东·岑苏斯说。

首张黑洞照片发布后，沈志强告诉记者，对 M87 中心黑洞的顺利成像，绝不是 EHT 国际合作的"终点站"，"也许，就在未来的不久，我们就将迎来更多令人兴奋的结果"。

邱晨辉

2019 年 4 月 11 日

直击8·31：暴力阴影下的香港一夜

在一场未获批准的示威活动之中，香港再次被暴力阴影笼罩。8月31日下午至9月1日凌晨，香港多地暴力频现：暴力分子设置路障、街头放火、围攻警署、抢夺警枪……

与过去局部、零星的暴力行为不同，此番乱局呈点多、时长的态势。从港岛的中环、湾仔、铜锣湾、柴湾，到九龙的旺角、尖沙咀，暴力行为在香港多个重要区域发生，持续时间长约12小时。

在铜锣湾，暴力分子点燃了早前设置好的路障，试图阻止维持秩序的警员向前推进，这个为全球游客所熟悉的繁华街区，一度被熊熊烈焰照亮。

8月31日晚，香港街头。身穿黑衣、头戴面罩的暴力分子。白皓/摄

这是一场未获批准的示威。此前，香港反对派团体"民间人权阵线"发起游行和集会，收到警方的反对通知书。警方发言人解释，在过往的冲突中有示威者使用汽油弹、弓箭等致命武器，情报显示，激进示威者会在31日的游行做出严重暴力行为。

民阵又发起上诉，但被驳回。香港公众集会及游行上诉委员会一致裁决，维持警方决定。随后，民阵召集人表示，由于无法在合法的条件下举办游行，故此不会在这天组织任何游行集会。

看上去，法律得到了尊重，但事实证明，法律被撂在了一边。民阵召集人称，无法提供一个合法的表达渠道，但"仍然会提供被捕支援服务"，"警察禁止民阵游行，又如何？"

民阵的公开表态，影响了一些人的判断。有网民表示："星期六最好嘅節目當然係行街街啦"（星期六最好的节目当然是"逛街"啦），"聽日照行街"（明天照样"逛街"）。

从8月31日下午到9月1日凌晨，香港多地陆续出现示威行动。31日13时许，大批示威者就在铜锣湾一带集结，随后沿轩尼诗道往金钟方向行进，许多人戴着口罩、拿着雨伞，高喊示威口号。

没多久，暴力就出现了。先是有暴力分子占据轩尼诗道、金钟道、花园道行车线，造成交通严重阻塞，以致湾仔警署报案室服务一度暂停，后在毕打街、庄士敦道有人拆毁交通灯及铁栏，将硬物投向香港特区政府总部，以镭射光照向特区政府总部布防的警务人员。

20时许，中国青年报记者在金钟道至轩尼诗道处看到，有人设置路障阻断轩尼诗道，并点燃障碍物阻止警方前进。火势波及两旁的建筑物。轩尼诗道南侧一幢建筑物门口的水管受损，水喷涌而出，大厅内两名服务人员慌乱中不停往外扫水。

警方对激进者实施了逮捕。在铜锣湾东角道一带，中国青年报·中国青年网记者亲眼目睹了至少3人被捕。其中一人试图从围观人群中冲出逃离，刚跑出

8月31日晚，香港，暴力分子在街头引燃纸箱。白皓/摄

几步试图转弯时，由于地面湿滑摔了一跤，爬起来又跑了大约20米后，被警员控制。

警方证实，8月31日晚曾有两名警务人员在维多利亚公园向天开枪，开枪前已表明警察身份并给予清晰警告。当晚21时后，数十名暴力分子挑衅和冲击几名乔装的警员，意图抢枪，警员生命受到严重威胁，警告无效后向天开枪示警。

与暴力相伴的，是居民的恐惧，有游客互相叮嘱晚上不要出门。31日晚20时许，在骆克道湾仔地铁站人行天桥上，有暴力分子向警员挑衅，现场一度混乱。突然有人惊慌大喊"抓住他"，桥上传来急促的跑步声。几名从地铁站出来的行人惊恐万状，在警员的指引下迅速逃离。附近原本坚持营业的仅有几间商铺，也匆匆闭门歇业。

在这么危险的状况下，黄阿仪和儿子出现在人群中，"我们就住在楼上，下来看一看。"黄阿仪说，在这里住了 30 多年了，街坊们相处得很好，这两个月不是游行就是砸店，她的生活都被打乱了。站了大概十几分钟，儿子催促她赶紧上楼回家。20 时许，湾仔骆克道街边的很多店铺都已提前关门，只有零星的小食店因为还有客人而没关。一个面档的服务员拉下闸门前，用惊恐的眼神扫了一下周边的情况。

由于暴力行为多点爆发，从 8 月 31 日下午至 9 月 1 日凌晨，香港警方连续在社交媒体上发布信息，对暴力示威行为发出警告，要求人们停止任何违法行为，表达自己诉求的同时尊重其他市民的权利。

香港特区政府发言人亦在 31 日深夜对暴力分子的违法和暴力行为予以严厉谴责。发言人表示，政府会继续维护法治，并再次呼吁市民一同向暴力说不，让社会尽快恢复秩序。

9 月 1 日凌晨 3 时 15 分，香港警方召开发布会强调，31 日的集会是一个未

8 月 31 日晚，香港，一名暴力分子被警察控制。白皓 / 摄

经批准的集结。香港警察公共关系科高级警司余铠均指出，有大批激进示威者四处破坏，设置路障，剪断交通灯讯号。有激进示威者向警察投掷腐蚀性液体，烧穿了警察的衣物。示威者还向立法会、政府总部、警察总部投掷了汽油弹。

暴力分子的围攻一度导致警署报案室的服务暂停。湾仔警署、尖沙咀警署、观塘警署、旺角警署的报案室服务均一度暂停。警方不断呼吁他们离开，以免影响为市民提供正常的紧急服务。他们甚至把铁栏杂物抛入铁路路轨，罔顾乘客安全。

余铠均证实，晚上有人在轩尼诗道将球场看台架和杂物混合焚烧，火光熊熊，更传出两次爆炸声，火焰一度高至行人天桥，火势横跨两边行车线，触及建筑物。之后警方将人群驱散至崇光百货时，暴力分子再向警方投掷汽油弹。

31日晚，香港警方在港铁太子站共拘捕40人，罪名包括参与未经批准集结、刑事毁坏、阻碍警务人员执行职务等。

8月31日晚，香港，暴力分子点燃汽油弹扔向警察。白皓／摄

根据凌晨的通报，31 日中午，警方在铜锣湾一间酒店房间检获一批头盔、装甲、防毒口罩等装备及超过 4 万元现金，以涉嫌藏有攻击性武器拘捕 3 名男子。另外，警方在西环的一次拘捕中，检获通渠水（腐蚀性液体）、油漆、斧头、电动棒球发射器，以及大量假记者证。

　　"示威者不断将暴力行为升级，使用的武器越趋致命，严重威胁警务人员及市民的人身安全，警方对此予以最严厉谴责。" 9 月 1 日早晨，香港警方发布声明说："连月以来，激进示威者由最初的大范围堵路，发展至目前肆意使用汽油弹等致命武器，甚至公然围殴警务人员，暴力程度不断升级，行为目无法纪。警方定必继续严正执法，坚定维护香港的公共安全，对所有违法行为追究到底。"

中国青年报特派报道组
2019 年 9 月 1 日

　　脚注：2019 年 6 月起，香港发生全球关注的"修例风波"。在敌对势力的鼓动下，风波愈演愈烈，8 月 31 日，部分反对者未经批准举行游行示威，当晚至次日凌晨，游行演变为暴力行动，暴徒聚集于旺角及太子一带，暴力封堵道路、毁坏公物、攻击伤人等，警察在表明身份口头警告无效后，向天空开枪示警。"修例风波"事态升级。当晚及事后，警方共拘捕 69 人，反中乱港分子黎智英等人后被判刑。中青报记者当晚从现场发回这篇报道。

香港理大的"灾后现场"

在失去 13 天之后，香港理工大学重新接手校园。但一切都变了。

标志性的红色教学楼已被大火熏黑，学校招牌也随之变了色。教室里的桌椅以各种不同角度散落四处。行走校园，要时刻躲避石块、玻璃碴、污水和不明来路的垃圾。一位经历过地震的记者说："这就是灾后现场。"

11 月 29 日下午，理大校董会主席林大辉、校长滕锦光联同多名高层，在警方解封校园后入内巡视平台天桥、图书馆、学生饭堂及室内体育馆的损毁情况。"理大是今次事件最大受害者，校内多项设施受破坏，严重影响教学及科研。"滕锦光说。

香港理工大学校园一角　王鑫昕/摄

接管校园后，理大管理层到校内巡视。王鑫昕/摄

11月11日，有暴徒发起"罢工、罢课、罢市"，一部分人进入理工大学，踞守校园，与警方对峙，在装甲车的火光中，局势不断升级。暴徒把教室的椅子投入毗邻的红磡隧道，占据行车线。

当天，香港理工大学宣布取消11月12日所有课堂。14日，理大宣布本学期余下之面授课堂取消。

9所大学校长联合发布声明，过去一星期，香港出现的暴力和对立情况进一步升级……这些事件正对大学造成最根本的挑战。

在被占据的13天里，校园的面貌变得模糊，理大更像战场。警方一共于校内捡走3989枚汽油弹、1339件爆炸品、601支腐蚀性液体及573件武器。警察公共关系科总警司郭嘉铨29日说，理工大学的汽油弹，连同早前在中文大学搜到4000枚，加上从其他院校搜出的汽油弹，共过万枚，如果警察与手持上万枚汽油弹的暴徒硬碰，对社会的伤害难以想象。

在理大的堡垒里，一些交通要道摆着上百个砖头，洗洁精洒一地，据说能让汽车打滑。安全帽绑在两根绳子之间，拴在三角支架上，成了一个抛射装置。干涸的泳池伤痕累累，这里曾被用作练习扔瓶技巧的训练场。

有组织罪案及三合会调查科高级警司李桂华表示，暴徒制造汽油弹有完整生产线，由运送材料、制造再传到前线，整个工序令人"目不暇接"，"相信佢

暴徒在理大与警方对垒时布置的防线。王鑫昕 / 摄

一位记者在理大体育馆内拍摄。王鑫昕 / 摄

哋系准备同警方作战（相信他们准备与警方作战）。"

香港理工大学走过了 80 年历史，文明的摧毁却在一夕之间。在包玉刚图书馆里，出入的闸机损毁，门窗破碎，素净的墙上喷了黑墨。这里曾给学生精神的供养，如今只有满地污秽。

校园内有约 20 座不同的建筑物，均遭受了伤害。教室空空，排风扇空转，学生的柜子紧锁，楼里空无一人。摄像头打落在地，闭路电视砸出几个坑。香港理工大学学生会所在的楼里，一家便利店锁着门，但玻璃被砸开，货架上的食物大多不见，只留有一些日用品和满柜雪糕。一家被针对的银行，取款机完全被拆解开，裸露着复杂的线路。

室内篮球场成为临时的卧室，鲜艳的瑜伽垫充当床铺，衣物四散。3311K 单罐面罩、保鲜纸、单车头盔、长裤冰袖、手套黑鞋、6200 猪嘴面罩和行山杖等物资放在更衣处，蛇皮麻袋摞成堆。

校园里虽有几处贴着"请勿弄污，保持清洁"，但现实情况却让这句劝言变得讽刺。即食面和粥凝固在餐具里，苹果已经变灰，腐烂的气息弥漫在食堂，人一走近，苍蝇便飞起来。包装袋被随意丢弃，废纸和落叶在风中打旋。校长见记者时称，饭堂是最想要尽快清理之处。

政治立场成了暴徒们放火打砸的理由。校内一家星巴克，玻璃门、招牌全被砸碎，咖啡机、收银机被破坏，只因其老板被暴徒们认为是"蓝的"。

校长滕锦光认为，理大因地理位置有利堵塞红磡隧道，加上大学的开放校园政策，致使学校面临史无前例的挑战。他说，从理大离开的人士逾 1100 人，当中只有 46 人为理大学生，对于事件中无造成人命伤亡，形容是不幸中之大幸。

13 天里，多名暴力分子设法逃脱，包括从雨水下水道、天桥垂降翻墙、变装等。

由于校园内各座大楼受损程度不同，因此须由专业公司评估修复费用，逐步重开校园大楼。滕锦光说，校方可垫资部分复修经费，相信大部分费用需依赖政府拨款。一位香港市民感到痛惜，重建理大的钱可能是天文数字，"政府出的

理大校长滕锦光表示，理大是今次事件最大受害者。王鑫昕 / 摄

钱都是包括我在内的市民交的税款啊"。

理大遭受重创，让香港社会感到真切疼痛。由于人为破坏，紧邻理大的红磡隧道被迫封闭维修，这条繁忙的过海隧道直到 11 月 27 日才重新开放，关闭达两个星期之久。过去 5 个月里，受修例风波影响，一旁的红磡体育馆有几十场演唱会取消或延期。

校方估计，个别受损程度较低的设施可于一个月后重开，未来将提升校园保安措施，有信心下学期如常开学。在这 13 天里，校园内的一些盆栽植物逐渐枯萎，但另一些还保持生机。

中国青年报特派报道组

2019 年 11 月 30 日

脚注：自 2019 年 11 月 11 日开始，大批暴乱分子占据香港理大，与警方形成对峙。11 月 17 日至 18 日，黑暴势力发起营救校内暴乱者行动，发生激烈冲突。11 月 19 日，美国参议院通过《香港人权与民主法案》。香港理大暴乱是"修例风波"中规模最大的一次暴动，上千人被捕或向警方自首。11 月 30 日，理大校方重新接管校园，中青报记者进入现场发回这篇报道。

精锐尽出演兵场

在北京西北郊的阅兵训练场，很难找到绝对安静的时刻。

白天，徒步方队训练区域回荡着正步训练"咔、咔"的砸地声，教练员举着喇叭向队员下达口令，装备方队训练区域更是一片轰鸣声，各型受阅战车驶过，发动机的声音震耳欲聋。

天安门是这些受阅队员心中的梦想之地，而阅兵训练基地是实现梦想必不可少的一站。在这个阅兵集训点，他们在日复一日的训练中，迎来收获的季节。

近日，中国青年报记者探访阅兵集训点，临近国庆，训练场上仍然是一片火热的景象。几个方队的队员在宽阔的阅兵道上进行正步训练，整齐的队伍一眼望不到头。

阅兵道一侧的凉棚是队员们训练间隙休息的地方。在那里，队员们的马扎和水壶放置得整整齐齐，"横成列，竖成行"，就像他们的队列一样。

"现在的训练进入了合练预演阶段。"仪仗方队方队长张洪杰边走边介绍，经过前期的基础训练，目前受阅队员的动作已经形成规范，现在要做的是"精雕细刻"，确保步幅、间隔、距离的精准。

这条阅兵道见证了受阅队员的进步与成长。在基础训练阶段，为了保证队列动作整齐，教练员们拿着尺子丈量队员之间的距离，拉起帽线、下颌线、枪口线、上手线、下手线、脚线等标线。如今，经过科学、精细的组训，受阅官兵靠肌肉记忆就能走出整齐划一的排面。

训练场上，受阅队员们洪亮的呼喊声响彻耳畔。"我们喊'向右看齐''向前看'的口令，包括强军答词，都能把我们的（帽带）挂钩喊脱落了。"维和部队方队将军领队马宝川说，这是维和部队方队第一次出现在国庆阅兵中，他们最大的愿望就是向世人展示出中国军人正义、无畏的精神和气势。

2019 年 9 月 17 日，阅兵集训点，仪仗方队方队长张洪杰在指导队员训练。李隽辉 / 摄

2019 年 9 月 17 日，阅兵集训点，训练中的仪仗方队。为了保证动作整齐划一，教练员拉起了标准线。李隽辉 / 摄

2019 年 9 月 17 日，阅兵集训点，训练结束后，女民兵方队返回营区。李隽辉 / 摄

2019 年 9 月 17 日，阅兵集训点，维和部队方队正在进行正步训练。李隽辉 / 摄

2019 年 9 月 17 日，阅兵集训点，仪仗方队在训练中。李隽辉 / 摄

作为将军领队，马宝川坚持和方队官兵一同训练。"和20多岁的小伙子相比，我们在体力和耐力上有很大的差别，怎么办呢？"他说，"第一位的就是要刻苦。"每天早上，他都要比年轻战士早起一些训练，同时经常和教练员探讨如何把动作做得更好，"悟性要更强一些"。

经过刻苦训练，这位将军领队对自己的方队充满信心："我们在思想上、心理上、身体上都已经做好了接受人民检阅的准备。"

30岁的张磊曾随第三批赴马里维和工兵分队执行过为期1年的维和任务，如今也站到了庆祝中华人民共和国成立70周年阅兵的训练场上。

他清楚地记得，2015年执行维和任务时，他和战友们在国外观看了"9·3"阅兵，盛大的阅兵场面和他身处的动荡局势形成了强烈反差，让他热血沸腾，深刻感受到了祖国的强大。

今年能够代表在一线执行维和任务的战友们站在阅兵场上，让张磊觉得有一种使命感："我必须以最高的标准、最好的状态把这次任务完成好。"

沿着阅兵道继续向南走，一群头戴白帽、身着蓝色受阅服的女民兵逐渐映入眼帘，她们正在进行单排面正步训练。27岁的领队赵冰清动作标准，口号响亮。她毕业于北京大学，如今是北京服装学院的一名教师，当听到阅兵选拔的消息时她第一时间报了名。

"我父亲是一名军龄30多年的老兵，姥爷是老红军，参加过三大战役。"赵冰清说，作为一名在编民兵，自己是怀着对军人的崇敬之情来参加阅兵的。

然而圆梦阅兵的旅途并没有想象中那么顺利。入驻阅兵集训点后，民兵采用军事化管理，训练要求与军人完全一致。对于阅兵动作的高标准严要求，赵冰清和队员们几乎是零基础，需要付出更多精力来加训。

"从我一开始入营训练，父亲就告诉我永远不要放弃。"赵冰清说，父亲的支持是她训练的强大动力，"我一定会坚持到最后，为庆祝新中国成立70周年贡献自己的力量。"

离开训练场，记者来到联勤保障兵站，这里有着强大的现代化保障体系。

据介绍，联勤保障兵站是在联勤体制改革之际，为完成阅兵保障任务抽组的，是完成新时代国庆阅兵保障任务的主体力量和重要支撑，承担着受阅官兵的联勤服务保障。

在一排绿色的板房里，藏着一个商品种类丰富的超市，平均价格相当于驻地周边某大型超市的七五折，附近还有银行和邮局，训练结束后来这里的官兵络绎不绝。

在联勤保障兵站所在的区域，密集分布着为兵服务的系列品牌"门店"："兵悦"甘泉，引进先进生产线制水，方便官兵直接饮用；"兵洁"洗衣，做到水洗、干洗、熨烫全配套；"兵鲜"食品，建立预约订购系统和检验检疫网络，保证官兵得到新鲜安全的食材；"兵达"配送，食品集中分拣，分类配送，第一时间送达所需物品；"兵速"抢修，坚持 24 小时值班，全天巡检巡修；"兵靓"理发，理出了受阅官兵的"精气神"……

如今，在集训点生活，已经像在城市里一样方便：被官兵称为"快递小哥"的生活服务中心配送组每天对主副食品进行精准配送；被誉为"移动心理科"的心理咨询车在训练场和宿舍楼伴随保障，车内配有先进的生物反馈和 VR 系统；被装保障中心推出"预约洗衣"服务，还有专门的被服维修车上门巡修。

告别了联勤保障兵站，记者又来到联合军乐团的训练场。100 名女兵军鼓队队员用快速敲击军鼓的特有方式欢迎采访团的到来。

据联合军乐团团长兼总指挥张海峰介绍，联合军乐团是整个阅兵过程中入场最早、退场最晚的部队，要求队员必须具备持续站立并演奏 4 个小时的体能。

"器乐演奏是一门音乐和艺术领域的竞技运动。"张海峰说，"军乐队员没有强健的体魄，是完成不了阅兵任务的。"

在体能消耗极大的联合军乐团，有一名 56 岁的队员——小号手雷宇。据了解，满头银发的雷宇是军乐团最年长的一位乐手，甚至超过了参加军乐团的最高年限。

自 1977 年加入解放军军乐团以来，雷宇先后参加了 3 次阅兵，最早的一次是 1984 年，那时他年仅 21 岁。每次阅兵，雷宇都要背记曲谱，这一次更是达到历年之最，要背 50 多首。年近花甲的老人记忆力减退，除了吃饭睡觉，他几乎全部的时间都用在了背谱上。

每天晚上训练结束后，乐手们会散落在训练场和宿舍楼的各个角落，有的在背谱，有人在练习演奏。"院子里就像过节一样。"雷宇说。

临近国庆，在阅兵集训点经受千锤百炼的受阅队员们已经做好了准备。10 月 1 日那一天，他们将亮相天安门广场，光荣接受党和人民的检阅，向世界展示中国军人的风采。

王达　郑天然

2019 年 9 月 25 日

脚注：为给新中国成立 70 周年大阅兵作准备，在北京西北郊设立了阅兵村。中国青年报记者获准提前进入阅兵村，记录了受阅官兵的训练情况。

长安街展开历史画卷

今天，一幅新中国成立 70 年的历史画卷在天安门广场和长安街徐徐展开。

36 个方阵和 70 辆彩车构成的群众游行，用小故事、小画面，配上人们耳熟能详的歌曲，绘就了 70 年间中国人民奋斗的壮美画卷，彰显了新时代的自信与豪迈。

群众游行总导演、北京师范大学艺术与传媒学院副院长肖向荣说，这场以"同心共筑中国梦"为主题的游行，有 10 万群众参与，用"建国创业""改革开放""伟大复兴"三个篇章唤起观众 70 年间的集体记忆。

与以往很多庆典锣鼓喧天的开场不同，今天国庆群众游行的启幕静谧而唯美。

"今天是你的生日我的中国 / 清晨我放飞一群白鸽……" 4 名小朋友纯净而优美的领唱之后，现场响起了 3000 人的无伴奏混声大合唱，扣动观众的心弦。

在肖向荣看来，新中国成立 70 周年的重要时刻，天安门广场上响起这样的无伴奏合唱，就像一位赤子在母亲的耳畔低吟。他希望，萦绕在广场的纯净歌声能让现场观众的脑海里浮现出"祖国的蓝天上，白云飘动、白鸽飞翔"的祥和场面。

无伴奏合唱的开场环节只有两分半钟的时间，却成为游行感动全场的第一个环节，这首有关国庆的歌曲很快在现场观众中形成共鸣，和唱四起。

生日的赞歌被传唱时，国旗方阵第一个出场，1949 名青年高举巨幅国旗走过天安门广场。70 年前，五星红旗在这里升起，70 年后的今天，她比任何时候都更加闪耀鲜艳。紧随其后的是 2019 名青年组成国庆年号和国徽方阵，国徽庄严神圣。

中央军委主席习近平签署通令

嘉奖参加庆祝中华人民共和国成立70周年阅兵全体人员

新华社北京10月1日电 中华人民共和国中央军事委员会主席习近平10月1日签署通令，嘉奖参加庆祝中华人民共和国成立70周年阅兵全体人员。

嘉奖指出，在伟大的中华人民共和国成立70周年盛大庆典活动中，受阅部队作为充和国武装力量的代表，一往无前的铿锵气势、严整威武的阵容、精神抖擞的风貌，一往无前的铿锵气势、严整威武的阵容、精湛娴熟的动作，展示了党和人民的检阅，举献了一场富有中国气派、体现时代精神、展现强军风采的阅兵盛典，受阅部队精彩出色的表现，集中宣示了人民军队永远听党指挥的铿锵誓言，集中展示了新时代国防和军队建设发展 的辉煌成就，集中彰显了为捍卫国家主权、安全、发展利益的决心实力，极大激奋了国人士气，展现了为捍卫国家利益的中国力量、中国气派，更加坚定了全党全军全国各族人民决胜全面建成小康社会、夺取新时代中国特色社会主义伟大胜利，实现中华民族伟大复兴中国梦的信心意志。**(下转8版)**

庆祝中华人民共和国成

天安门广场举行盛大

习近平发表重要

李克强主持 栗战书汪洋王沪宁...

庆祝中华人民共和国成立七十周年

天安门广场举行盛大联欢活动

习近平李克强栗战书汪洋王沪宁赵乐际韩正王岐山同各界群众欢度国庆之夜

10月1日，北京天安门广场，庆祝中华人民共和国成立70周年联欢活动举行，各族青年载歌载舞。中国青年报·中国青年网记者 赵 迪/摄

10月1日，庆祝中华人民共和国成立70周年...

中国青年报

中国青年网 www.youth.cn

2019年10月2日 星期三
农历己亥年九月初四 2019临增~7期 今日12版

京隆重举行改革开放 中国青年网联合出品

服务青年成长 推动社会进步

中华人民共和国成立70周年
The 70th Anniversary of the Founding of
The People's Republic of China

周年大会在京隆重举行

阅兵仪式和群众游行

并检阅受阅部队

韩正王岐山江泽民胡锦涛出席

10月1日，庆祝中华人民共和国成立70周年大会在北京天安门广场隆重举行。这是中共中央总书记、国家主席、中央军委主席习近平检阅受阅部队。　新华社记者 李 涛/摄

本报今日推出"中国向上走"特刊

5版

长安街展开历史画卷
唤起七十年集体记忆

9版/12版

钢铁长城

国内统一刊号CN11-0061　邮发代号1-9　电话中继线：010-64098000　发行：010-64096482　广告：010-64098258　彩信、短信特服号移动：335523 联通：935523

10 月 1 日，庆祝中华人民共和国成立 70 周年大会上，"致敬"方阵的礼宾车通过北京天安门广场。赵迪 / 摄

　　记忆中有着致敬。群众游行的第一个大型彩车车队"致敬"方阵就留给了共和国的贡献者。21 辆礼宾彩车驶出时，全场观众起立鼓掌，表达敬意。

　　第一辆礼宾车上，是 6 位新中国缔造者的亲属代表，3 位老一辈科学家的家属代表和 9 位老红军、老八路军、老解放军。

　　被誉为"中国氢弹之父"的著名核物理学家于敏先生刚刚被授予共和国勋章，他的儿子于辛作为家属代表在 1 号车上举着父亲的照片，接受人民的致敬。他说，父亲一生低调，有机会得到这样来自人民的礼遇，一定会很欣慰。

　　当绿灯亮起时，600 辆自行车潮水般驶过天安门前，这一幕出现在国庆群众游行的方阵中，也唤醒了观众对改革开放初期的记忆。

　　上个世纪 80 年代初期，很多家庭唯一的大件就是自行车，尤其是自行车潮在长安街的流动是很多人对那个年代的深刻记忆。自行车驶过时，还伴随着上世纪 80 年代初期在年轻人中最流行的集体舞，合唱队唱起了流行于那个年代的《青春圆舞曲》。

自行车铃声响起，上世纪 80 年代年轻人的集体记忆被唤醒了。那个时代，年轻人可以参加高考了，农民可以联产承包了，大家都在追求自己的梦想。承载这些记忆的影像也适时出现在了天安门广场南侧的 4 个 LED 屏上。这一段记忆被标注为"青春万岁"。

一代人有一代人的青春，今年 25 岁的北京航空航天大学学生卢阳之前没听过《青春圆舞曲》，不过他觉得这首节奏明快的集体舞曲"活泼又严肃"。"很多祖国天翻地覆的往事浮现，祖辈过去的付出，成为我们今后传承的起点。"卢阳说，"我们为今日的祖国发展感到热血沸腾。"

这样的集体记忆在群众游行中比比皆是。

在"众志成城"方阵的彩车上，有新的汶川映秀小学、红白镇的红顶民居、阿坝藏族羌族自治州的古堡新寨，这些都是在废墟上建立的新家园。彩车旁行进的人群里有参加抗击非典的医护工作人员，有参与汶川大地震救援的官兵，他们的出现唤起了观众关于中华民族坚定团结的记忆。

《北京欢迎你》的歌声则唤起了在现场观礼的 70 后肖金科的记忆。他说，从 2008 年起，自己会很自豪很自信地说出"我爱你中国"。

与以往整齐划一的行进模式不同，今年国庆的群众游行处处透着自由、生动、欢愉、活泼，街舞、轮滑的出现，一次次让广场上的人群沸腾。

肖向荣说，这是一场群众游行，群众游行的自由表达还有助于回归真情。设计时，导游组去掉了一些程式化的表演，与十几万名群众一起沟通、策划，激发大家的真情实感。因为只有"真"，才能表达出他们对祖国最真实的情感。

"美好生活"方阵中，10 组不同行业、不同年龄的人们用各自的方式，表达对美好生活的向往与对祖国的热爱。新婚夫妇用他们自己爱的见证来表达对祖国的爱，小朋友、老年模特、广场舞大妈、快递小哥都有自己的独特的表达。美好生活从哪儿来？中国人的回答是：从奋斗中来。

有的记忆是那样的近。在刚刚结束的女排世界杯上，中国女排以 11 连胜的战绩成功卫冕，拿下世界女排"三大赛"中的第 10 座冠军奖杯，成功"升国旗，

❶ 空中护旗梯队　　❷ 领队机梯队　　❸ 预警指挥机梯队　　❹ 海上巡逻机梯队　　❺ 运输机梯队　　❻ 支援保

东风-41核导弹　　东风-17常规导弹　　巨浪-2导弹

❶ 战旗方队	❷ 坦克方队	❸ 轻型装甲方队	❹ 两栖突击车方队	❺ 空降兵战车方队	❻ 自行火炮方队	❼ 反坦克导弹方队	❽ 特战装备方
⓻ 信息作战第1方队	⓼ 信息作战第2方队	⓽ 信息作战第3方队	⓾ 信息作战第4方队	㉑ 无人作战第1方队	㉒ 无人作战第2方队	㉓ 无人作战第3方队	㉔ 补给供应

钢铁长城

❼ 轰炸机梯队   ❽ 加受油机梯队   ❾ 舰载机梯队   ❿ 歼击机梯队   ⓫ 陆航突击梯队   ⓬ 教练机梯队

10月1日上午，庆祝中华人民共和国成立70周年阅兵在天安门广场隆重举行。这次阅兵是以习近平同志为核心的党中央引领全党、全军和全国各族人民进入新时代的首次国庆阅兵，是共和国武装力量全面重塑后的首次整体亮相。

这次阅兵编59个方（梯）队和联合军乐团，总规模约1.5万人，各型飞机160余架、装备580台（套），编成15个徒步方队、32个装备方队和12个空中梯队，庄严接受祖国和人民检阅，是近几次阅兵中规模最大的一次。

高速无人侦察机   155车载加榴炮   15式轻型坦克

❾ 突击方队	❿ 岸舰导弹方队	⓫ 舰舰/潜舰导弹方队	⓬ 舰载防空武器方队	⓭ 预警雷达方队	⓮ 地空导弹第1方队	⓯ 地空导弹第2方队	⓰ 野战防空导弹方队

㉕ 救方队	㉖ 东风-17常规导弹方队	㉗ 长剑-100巡航导弹方队	㉘ 东风-26核常兼备导弹方队	㉙ 巨浪-2导弹方队	㉚ 东风-31甲改核导弹方队	㉛ 东风-5B核导弹方队	㉜ 东风-41核导弹方队

奏国歌"。当中国女排乘坐"祖国万岁"彩车压轴出场时，全场又燃起来了。掌声和着"我和我的祖国，一刻也不能分割"的歌声，点燃全场观众的热情。

刘世昕　朱彩云
2019 年 10 月 2 日

上页图：

10 月 1 日上午，庆祝中华人民共和国成立 70 周年阅兵在天安门广场隆重举行。这次阅兵是以习近平同志为核心的党中央引领全党、全军和全国各族人民进入新时代的首次国庆阅兵，是共和国武装力量全面重塑后的首次整体亮相。

这次阅兵编 59 个方（梯）队和联合军乐团，总规模约 1.5 万人，各型飞机 160 余架、装备 580 台（套），编成 15 个徒步方队、32 个装备方队和 12 个空中梯队，庄严接受祖国和人民检阅，是近几次阅兵中规模最大的一次。李爼辉 / 摄

"胖五"重生记

12月27日，伴随着一阵震天撼岳的轰鸣声，长征五号在文昌航天发射场开启了它的第三次飞行之旅，一团耀眼的火焰簇拥着大火箭"华丽转身"，飞出天际。最终，任务宣布成功，这枚大火箭蛰伏两年，终于扬眉吐气！

两年前，长征五号第二次发射遭遇失利，这则消息像阴霾一样笼罩在国人心头，并一度引发质疑。如今，这枚中国最大火箭历时900多天"浴火重生"，再次出征。

一飞冲天的背后，可以用"一波三折"来形容。用中国工程院院士、中国航天科技集团一院长征系列火箭总设计师龙乐豪常挂在嘴边的话说，"失败是差一点的成功，成功是差一点的失败"——过去两年900多天的日日夜夜，中国航天人每时每刻都不敢掉以轻心。

惊心动魄2小时43分钟

长征五号是一枚从一出生就注定不平凡的火箭，它寄托了太多人的梦想和夙愿。长期以来，谈及我国的某项技术或某个领域的发展，人们已经习惯用"大而不强"来形容。但航天正在将这种说法打破，而打破这种说法的第一拳就是长征五号——相当于"航天强国"的入场券。其研制难度可想而知。

早在1986年，我国就已经开展了新一代运载火箭的论证，从上世纪90年代中期开始，针对新一代火箭发动机的研究提上日程。2016年，经过30年论证研制的新一代大火箭——长征五号首飞成功，万众瞩目。

然而，首飞成功的背后，也有"差一点失败"的插曲。

胡旭东是长征五号首飞任务01指挥员。他至今记得，那是2016年11月3

日，发射时间从原定的 18 时整，推迟到 20 时 43 分。其间经历令人窒息的 6 次时间重置，甚至一度面临发射任务被迫取消的考验。

观看发射的人们因此记住了那"有惊无险"的特殊时刻，也对这枚拉开中国大运载时代序幕的火箭多了几分直观的认识。

时间回拨到当天 17 时 30 分，测发大厅气氛突然紧张起来，数百名科技人员的目光一齐投向大屏——由于火箭一级循环预冷泵无法正常启动，火箭"发烧"了。此刻大屏上显示的温度是 238K，远高于 110K 的起飞标准……

据胡旭东回忆，这时任务指挥部研究决定，如果到了 19 时 30 分，发动机预冷效果还达不到发射条件，将启动推进剂泄回程序，取消此次发射任务。

19 时 28 分，距离"底线"时间仅剩两分钟，发动机温度降至预定值，火箭成功"退烧"。

"设定点火时间为 20 时 40 分。"胡旭东大大地呼出了一口气。然而，即便是临发射前的最后关头，紧急情况却一再发生。

20 时 40 分，距离最后发射仅余 1 分钟，胡旭东刚下达"1 分钟准备"口令，突然听到控制系统指挥员韦康发出"中国航天史上最牛的口令"："01，中止发射！"

"怎么回事？"

这一刻，胡旭东不由自主地站起来，脱口而出问了一句。

发射前 10 秒，胡旭东开始倒计时计数，突然又接到韦康"请稍等"的请求。

"中止发射！"胡旭东叫停了发射程序，再一次组织排查故障原因。问题最终得以解决。

"点火"口令终于下达，火箭腾空而起。

人们欢呼的背后，包括胡旭东在内的航天人开始整理分析发射数据，他们要面对的是 63 万条原始数据——这些关乎着中国大火箭下一次能否依旧"转危为安"。

猜到了开头　却没猜到结局

长征五号的前两次发射任务，龙乐豪都在现场。他一个明显的感受是：第一次发射任务虽然成功了，但是起飞前3小时的"跌跌撞撞"似乎更牵动人心，他说："这也是难免的，毕竟这是一枚全新的火箭，情况太复杂。"

相应地，第二次发射，对很多在现场的人来说，"原本称得上十分顺利"。"起飞前不像长征五号遥一（即第一次飞行任务，记者注，下同）那样惊心动魄。"龙乐豪说，遥二的发射现场，最初几分钟"要平静得多""要好得多"。

他当时还在想，"这或许是有了第一次的曲折经历，暴露出一些问题，继而做了大量改进工作，有经验了，心态比较平稳"。

的确，长征五号从文昌航天发射场第二次起飞之后，前面几分钟的飞行一切正常。但飞行300多秒后，问题出现了。

"突然之间，（长征五号）飞行曲线就不大对头了……"在文昌航天发射场测发大厅，龙乐豪从大屏幕上看到，曲线不是按照他们预定的方向往上跑，而是在往下"掉"。

他心头一紧：飞行曲线往下掉，就意味着火箭在渐渐失去推力，推力不够，火箭就没有加速度，就不能克服重力场的作用。

"那时，我预感到'完了'，这一次发射要失败了……"龙乐豪说。

测发大厅一片寂静。

一位在现场的测控队员告诉记者，他们的心，就像大屏幕上的飞行曲线一样，"一直往下掉"，很多人都默默流下了眼泪。

当晚，新华社发布了任务失利的快讯。

"这个结果，是谁都不愿意见到的。"龙乐豪说，他很快就告诉自己，科学试验失败在所难免，当下要做的是如何尽快找出故障原因，采取措施，争取尽早复飞，用实际行动再次证明我们的火箭是可信任的。

那一晚，龙乐豪从测发大厅离开时，并没有和现场的航天后辈有过多的交流。但他相信，这些年轻的航天人有能力顶住压力。"现在看起来确实也是这样，他们并没有被困难所压倒——压趴下，仍然站了起来！"龙乐豪说。

又是发动机　到底难在哪

2018 年 4 月 16 日，国家航天局对外发布长征五号遥二火箭故障调查情况，其中提到，长征五号遥二火箭飞行至 346 秒时突发故障。

故障原因为芯一级液氢液氧发动机一分机涡轮排气装置在复杂力热环境下，局部结构发生异常，发动机推力瞬时大幅下降，致使发射任务失利。

发动机，又是发动机，是的，这个曾一度刺痛国人的航空领域关键技术的字眼，这一次在航天领域成了"绊脚石"。

大火箭，自然离不开大推力，而大推力，就离不开发动机。在长征五号之前，我国现役火箭发动机单台推力最大只有 70 吨左右，想要发射超大型航天器，就显得"力不从心"了。

新型的大推力发动机应运而生。根据中国航天科技集团六院党委书记周利民的说法，经过 15 年不懈攻关，8 台全新研制的 120 吨液氧煤油发动机，被装配在长征五号的 4 个助推器上，4 台全新研制的氢氧发动机，则在一级和二级火箭上各装配了两台。

他有一个形象的说法，研制发动机的难度就像攀登珠穆朗玛峰，"一些外国专家说，即使我们设计出来，我们也不可能把它制造出来。"这其中，遥二任务出现故障的氢氧发动机，更是"难上加难"。

周利民至今记得，面对全新的发动机，研制团队开始了夜以继日的科技攻关，几十种新材料、100 多种新工艺一一被攻克。然而，发动机的起动成为最大的拦路虎。

他说，起动阶段整个发动机处在不稳定的动态过程里，因为转速从静止状态转到几万转，温度要从低温状态进入到高温状态，我们的控制时序都是以毫秒级来控制动作的，任何一个动作配合不好，没达到预想的结果都可能导致失败。

最初让研制团队备受打击的是，长征五号首飞所用的发动机样机研制出来后，其试车结果连续 4 次均遭失败：两次起动爆炸，两次燃气系统烧毁。

周利民说，这些对整个研制队伍、设计队伍的信心打击非常大，"很多人做梦都梦见爆炸的场景，吃不下饭，睡不好觉"。

揪出"魔鬼" 消灭"敌人"

而这些，还只是中国航天人在发动机研制阶段所遭遇的"痛不欲生"。长征五号遥二任务失利后，这些人面对的压力变得更大，他们甚至将出现故障的发动机问题称之为"魔鬼"。

中国航天科技集团六院一位试验队员告诉记者，为了揪出"魔鬼"，消灭"敌人"，研制团队这两年多承受的煎熬、困苦、曲折、质疑，前所未有。所经历的磨砺、拼搏、奋斗、攻关，也是研制历史中罕见的。特别是那些隐藏很深的"魔鬼"，战斗之紧张之复杂，更是前所未有。

"'魔鬼'时不时突然冒出来，蒙蔽研制团队的视线，甚至把他们逼进了伸手不见五指的无边深渊。但研制团队并没有被黑暗所吓倒，没有被击垮。"周利民说。

据中国航天科技集团六院的统计，仅 2019 年二三季度，该院北京 11 所氢氧发动机研制团队累计加班就达到 2.3 万小时，终于揪出了隐藏在发动机身上的"魔鬼"，消灭了负隅顽抗的"敌人"，排除了隐患，消除了故障。

长征五号火箭总设计师李东告诉记者，长征五号遥二火箭失利后，经过 100 余天的故障排查与定位，以及 180 余天的试验验证，失利的原因终于确认。此后，根据故障调查的结论，研制团队对芯一级氢氧发动机进行了设计改进，从结构、材料和工艺等方面都采取了相应的改进措施，提高了对飞行环境的适应性。

故障原因找到了，查明了，也改进了。一切看起来都是那么的顺利。

然而，新问题又来了。

归零过程　一波三折

2018年11月30日，改进后的芯一级氢氧发动机，在长程试车过程中出现问题。

李东告诉记者，这一次航天人反应更快，根据故障原因，研制团队对发动机的局部薄弱环节进行了改进，提高了结构的动强度裕度。

2019年3月29日，发动机试车故障的归零工作及改进验证全部完成——两次长程试车验证顺利通过，第二次的问题就这样解决了。

但很快，他们就迎来了第三次"遭遇战"。

2019年4月4日，在长征五号遥三火箭的总装工作进入到最后阶段时，一台用于后续任务的芯一级氢氧发动机，在试验数据分析过程中，出现了"异常振动频率"。

真可谓一波三折，再次验证了那句话：科学探索的道路从来不是坦途。

"不带一丝疑虑上天！"李东说，研制人员顺藤摸瓜，找到了问题的"症结"所在——发动机局部结构，对复杂力热环境非常敏感，容易引起共振，一旦激发，不易衰减。

2019年7月，研制人员完成了对发动机的结构改进，并完成了十几次大型地面试验。

至此，困扰长征五号两年多的发动机问题，终于排查完毕。

根据中国航天科技集团一院的统计，长征五号从2017年7月2日遥二失利，到2019年12月27日遥三发射成功，历时908天，累计进行了40余次关键技术试验。

908个日夜，无数次跌倒后又重新爬起。而最大的"硬骨头"——氢氧发动机，也在两年多时间里完成了凤凰浴火、涅槃重生。

按照龙乐豪的说法，900 多天，这样的间隔时间——超出了任务失利后再进行后续飞行的周期，在长征火箭的历史上是属于比较长的，他印象里甚至还没有间隔这么长时间的"归零"。

"我们当然希望间隔时间缩短一点，但科学研究不可能随主观愿望改变。"龙乐豪说，长征五号遥二火箭的失利，是在复杂力热环境相互作用下，发动机某一零部件组件出现失效——这个问题隐藏得比较深，大多数情况下不出现，只是偶尔出现，然而一旦出现，就是"灾难性的结果"。

在他看来，这次"归零"，终于把这个捣蛋的"魔鬼"逮住，尽管耗费时间长，却值得。

"我们都憋着一股气"

事实上，揪出"魔鬼"，"再造"发动机，并非几个团队就能完成。

中国航天科技集团六院北京 11 所副所长颜勇告诉记者，长征五号遥二火箭发射失利，把拥有"金牌动力美誉"的液体动力事业推向了风口浪尖，芯一级大推力氢氧火箭发动机出现的故障，让发动机研制队伍承受了异常巨大的压力与考验。该所借助集团和六院的力量，利用一切有效资源，开展归零工作——可以说，这是一场技术攻关的"全国大联合"。

"我第一次见到这么多院士齐聚一堂！"北京 11 所质量主管吕威说，他印象最深刻的一次评审，有 25 位院士和 5 位大学教授作为特邀专家来到现场，听取发动机研制工作情况，提出意见建议，系统内的近 60 位领导专家也参与到交流讨论中。

事实上，两年前的任务失利之后，很多人也在跃跃欲试，期待重归"战场"，大显身手。

"如果挫折遮蔽了前路的光明，那就用不悔的初心举火夜行！"文昌航天发射场发测站系统指挥员陈吉伟告诉记者，没有沮丧和气馁，大家都憋着一口气，各个系统、各个岗位重整旗鼓、从零开始，立即投入火箭复飞的准备中。

一次又一次地推演流程，一项又一项地预想回想，一遍又一遍地操作演练。发测站某系统空气压缩机运行不是很稳定，设备厂家反复做了数十次改进试验，问题依然存在。

有很多人都劝陈吉伟，"又不是制约性因素，差不多就行了"。但他的回答却不依不饶，"影响任务的因素，就得不打折扣，解决到底！"

如今，长征五号终于打赢这场"翻身之战"，它也成为中国航天 2019 年最具标志性的任务。而这，不仅是因为它决定着后续嫦娥五号、载人空间站和首次火星探测等重大工程任务的执行，更在于它将科学试验由失败走向成功的过程，以这样一种直观的方式呈现到公众面前，让人为之牵动，让人为之惊叹。

除了钱学森的那句话，阿尔伯特·爱因斯坦也有过一句被科学界奉为圭臬的"金句"，大意是：一个人在科学探索的道路上，走过弯路，犯过错误，并不是坏事，更不是什么耻辱，要在实践中勇于承认和改正错误。

长征五号做到了。中国航天人做到了。

邱晨辉

2019 年 12 月 30 日

2020

从 头 越

武汉封城是 1 月 23 日,除夕的前一天。整个春天,全国许多地方静默。突如其来的新冠肺炎疫情重创了中国经济,当年一季度,GDP 增速是 -6.8%,谁也没想到,原本计划的收获之年,会以一个"黑色春季"开始。

中青报的武汉报道称得上是一次绝无仅有的经历——封城之下,报道组随同中央指导组入汉——得以在疫区展开采访。16 名自愿报名的记者逆行前线,他们持特别通行证,深入到医院和方舱。在当时,这些报道是外界获知信息少有的渠道。

这场席卷全球延续至今的世纪疫情,其影响的剧烈和深刻,目前还难以评估,但由于应对得当,2020 年中国经济率先复苏,确实实现了一个漂亮的 V 型反转,从二季度开始,尽管伴随着洪灾和散发的疫情,GDP 增速仍逐季回升,全年录得 2.2%,是全球唯一增速为正的主要经济体。

这个成绩出乎许多人的意料。在 5 月底才召开的全国两会上,破天荒地没有设定 GDP 增速目标,相反,为

"六稳""六保"，除创纪录增加赤字和发行特别国债，还新增减税降费2.5万亿，用李克强总理的话说，这是要"留得青山，赢得未来"。

这年的全国两会还干了件大事：审议通过了民法典。这是我国唯一一部以法典命名的法律，它集公民权利保护之大成，是我国法治建设的一座里程碑。同为法治进步的，是13年后再审"张志超案"，最终张志超被改判无罪，并获332万元国家赔偿。

经济的暂时下滑没有耽误既定的航天计划，北斗组网，月球采样，"问天一号"动身前往火星，中国人走得更远了。

2020年中国的特立独行，加深了美西方的焦虑。7月23日，美国副总统蓬佩奥发表演讲《共产主义中国与自由世界的未来》，将中美冲突上升到意识形态层面。这一年，他们不仅制裁中国企业、机构和个人，鼓动抵制香港国安法，而且将台湾问题推到博弈的最前线。对中国，不再有"伙伴"外衣，而是赤裸裸的对手。

10月，中共十九届五中全会举行，不仅审议通过了关于"十四五"规划的建议，还提出了"2035年远景目标"。显然，这是一个超常的布局。引人注意的是，会议提出了"新阶段"的"新格局"，即以国内大循环为主体、国内国际双循环相互促进的新发展格局。

2020年原本就是许多规划的终点，诸如全面小康、脱贫攻坚、完善市场经济制度、高考制度改革，等等，人们希望这是一个新旧交替的年份，世纪疫情加深了这种"代际感"。

大疫之年，政府仍然提出了"新基建"战略，与以"运力"为代表的旧基建不同，新基建是围绕"算力"展开的，目的是为中国制造升级提供条件。数字化转型是一条既定路线，自有其内在逻辑。整个国家发展也是一样，疫情可能带来了一些变化，但发展趋势未改。

只是，这已是一个新的周期，而今迈步从头越。

武汉：非常时期的日常

此时此刻，武汉是全球大都市中引人瞩目同时异常安静的一个。天色刚暗，走在马路上就能听到自己脚步的回声。为了控制新型冠状病毒感染的肺炎疫情，当地 1 月 23 日采取了前所未有的"封城"措施，市长称仍有 900 多万人生活在这里。但空旷的街道上最常见的只有外卖骑手和环卫工，很多时候，骑手胡宾穿梭在钢筋水泥森林中会产生错觉，以为这座城市只剩下自己一个人了。一位每天扫街的环卫工则迎来了他职业生涯里的小小奇观：街道上如今连一个烟头都难以见到。

现在，监狱称得上是这个城市里的安全堡垒。随着疫情升级，监狱升级了封闭管理举措，宣布谢绝家属探视。这是明智之举，隔绝与外界接触的机会就是阻隔病毒。

自 1 月 29 日起，为了减少人员聚集，连法院的诉讼都暂停了。人类内部那些无休止的争执、敌视，暂时在共同的敌人面前搁置了起来。

胡宾喜欢骑着电瓶车在武汉的大街小巷里穿行，他习惯了每天无数次与行人擦身而过，在堵车的街道上、在素以"会飞"著称的武汉巴士之间寻找勉强通过的缝隙。他会从满是市井气的"过早"小店买回豆皮和热干面，穿过写字楼的自动门，送到装修考究的大厅。作为一个 52 岁的"老武汉"，他说这是他熟悉的武汉的样子——热闹、"发展快"，有时又有些拥挤。

"这些人都哪去了？他们怎么生活？"他忍不住去想。

繁忙的火车照旧穿过这个位于中国版图心脏部位的九省通衢之地。旅客们透过玻璃窗，见到的是一个从未见过的武汉：平日车流不息的高架路上，会突然出现行人和骑行者；一个天真的小男孩拿着玩具枪，追着前面正在快步疾行的妈妈开枪，"枪声"在街上回荡。他是整条街上最无所畏惧的人。

3月7日，武汉市硚口区一小区门前，社区志愿者和下沉干部在发放价值10元的"爱心菜"套餐时，一位居民在阳台探身询问。社区封闭后，市民的生活必需品大都需要社区工作人员代为采购，对于不擅长网购的老年人来说更是如此。 李峥苨/摄

3月24日，武汉市大董社区，一名下沉干部骑着共享单车穿行在小区里。李隽辉/摄

1

这个季节，穿城而过的长江清晨会笼起薄雾，轮船的汽笛声比以往更加清晰。入夜，江边的景观灯光准时亮起，不同的是，许多摩天大楼墙体广告都换成了闪光的"武汉加油"。

武汉无疑正在经历建城以来一段艰辛的日子，但它在竭力维持运转。一觉醒来，居民们会发现楼下塞得满满当当的垃圾桶，依然会被清空。洒水车每天都会响着熟悉的音乐驶过，最近水里掺入了消毒液。即使欠费，家里的自来水也不会中断，只是"氯味儿"比过去明显。电力公司说，武汉超过50万户居民欠了电费，但不会停电，水务公司也承诺"欠费不停水"。收听率最高的几个电台循环播放着防疫须知和心理节目，温婉的女声告诉听众要"正视压力、正视恐慌"。

1月下旬至2月上旬是武汉一年里最冷的时节。马路两侧的法国梧桐树满眼枯黄，黄叶缓缓落下但无人欣赏。一位姓李的环卫工负责一段大约300米长的街道。他只需抖一下手腕，落叶就会被扫进簸箕里。往常他会在手推车上挂一个编织袋，方便收集易拉罐、矿泉水瓶。现在，街道上连烟头都难以见到，他把手推车放到住处，编织袋换成了喷壶——垃圾桶的消毒比过去更为紧迫了。

老李负责的这段路本来被3个人"承包"，现在只剩下他一个人，为此他每天多拿30元补贴。疫情暴发前，武汉有数万名清洁工。很多人因为回家过年，结果被挡在城外。

这意味着留守的环卫工必须付出加倍努力。900万人以每天约8300吨的速度照常生产垃圾。如果没人处理，不到一个月，这些垃圾就能堆成一栋160米高的大楼。据武汉市城管委的说法，垃圾当中，居民日均丢弃的口罩有33万只。5600多个专用的垃圾箱被紧急配置在了居住区和超市，用来回收废弃口罩。一支由500多名环卫工组成的队伍，专门负责这些垃圾箱的清运。

这座城市有超过8万个垃圾桶（箱）、220多座垃圾收集转运站，以及1700

多间公共厕所。每天对这些地方消毒，需要消耗 1.4 万多升消毒液和 1300 多升洁厕灵。

在新冠肺炎定点医院武汉市红十字会医院，15 名环卫工人在一份"请战书"上按下红色手印，进入严格警戒的"红区"，一天处理近 1000 套废弃的隔离衣和防护服。

每家定点医院都有"红区"。从襄阳赶到武汉的湖北中油优艺环保公司（以下简称湖北中油）员工王宁，每天带领一支 12 人的运输队去运走医疗垃圾，包括沾染飞沫的防护服、残留余液的输液管，还有感染者留下的卫生纸卷和沾着血迹的病号服。

所有垃圾上车前，要被封印到周转箱内。周转箱耐压，防渗透，定期消毒。箱体外有二维码，能实时追踪，防丢——"丢了一个就是大事"。

湖北中油此前拥有 5000 只周转箱，又陆续购入了 2000 只，还是满足不了暴增的运输需求。尹忠武介绍，周转箱如今是行业内的当红物资，堪比普通居民抢购的口罩。原价不超过 80 元一只的箱子可以加价到 200 元，购买"靠抢"，"市面上有多少就得买多少"。

2

处于疫情中心的武汉人度过了农历新年，又度过了元宵节。再讲究的人也须作出适当让步。比如，宅在家里，日历一天天翻页，他们的头发也一天天变长。

根据武汉美容美发协会在 2015 年发布的数据，武汉的理发店数量居国内各城市之首。但 20 多天来，理发师朱神望只为从外地赶到武汉支援的医生和护士们提供过服务。

2 月 5 日，一家酒店老板辗转找到他，希望他能上门，给住在酒店的外省医务工作者剪发。头发是容易沾染病毒的身体部位，医护人员必须剪短头发才能戴上严实的防护头套。

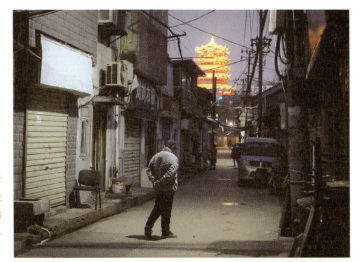

3月12日晚，武汉市武昌区得胜桥附近一小区内的居民。不远处是灯火辉煌的黄鹤楼。当天，武汉市对所有住宅小区实行封闭管理已一个月。李峥苨 / 摄

3月24日，武汉市江汉区汉来广场附近的小区内，一名外地租户在帮邻居理发。这附近是武汉规模较大的一家建材市场，聚集了许多外地商户、租户。李峥苨 / 摄

2月16日，武汉市江汉区花楼街，雪后初晴，一名行人张开双臂享受阳光。鲁冲 / 摄

他带着自己的工具箱，里面有推子、剪刀和电吹风。推子刚碰到头皮，一位护士的眼泪就掉了下来，"年前刚花 1000 多（元）烫的"。

100 多位医生和护士排着队，拿着号码，等待"削发"。朱神望一天服务了七八十人，"破了纪录"。从下午 1 点一直忙到半夜 12 点，他累得第二天"下不了床"。

他在武汉一家中高档美发店工作。春节前本是生意最好的几天，他记得 1 月 19 日那天，等候的客人坐满了店里的沙发。虽然几乎每个顾客的话题都离不开"那个病"，因为当时还没有公布会人传人，大家都"普遍乐观"。

1 月 22 日，这个理发店开始频繁接到取消预约的电话，街边的商铺急匆匆地关门上锁，店长也决定歇业，让员工"回家等通知"。

朱神望宅在家里。他们原计划正月初八开业，后来发现，计划过于乐观了。他为顾客着急，"我们店的男顾客，一般 2 到 3 个星期就要剪一次头。"

前几天，朱神望收到了客户的一条信息："等到我刘海长到下巴的时候，不知道能不能剪上头。"

"再见面时，我可能已经认不出你。"朱神望回复，附上了一个"笑脸"。

3

每天与武汉人见面最多的人，是骑手们。他们身着不同颜色的外套，像是武汉的红细胞，把养分输送到这座城市的角落。

春节那天，为"饿了么"工作的胡宾接了个"跑腿单"，帮人去快递站取包裹，里面是一箱奶粉。客户是个刚生完孩子的母亲，"孩子马上就要断粮了"。

奶粉送到后，他们隔着口罩，互相拜年。

胡宾平时戴 4 层口罩，每天接十三四单，大多是跑腿单，帮人去超市购物。他的 23 名队友，只剩 4 人留在武汉。超市需要排队，有时一单要两个小时才能完成。因为缺货，过去到一家超市就能完成的订单，要跑三四家才能配齐。有些骑手相互合作，有人负责采购，有人负责配送。

他经手的最"大"一单是1300多元，重量是200多斤。箱子里塞满了40个鸡蛋、20斤猪肉，还有米面、粮油、水果和几大箱矿泉水，三大袋蔬菜只能放到踏板上，"压得车子都走不动"。为了保持平衡，他只能弯腰趴在电动车上前行。

"本来不想接，但担心这家是不是已经没什么物资了，就接了。"他说。

几乎每天，胡宾都要去汉口医院附近的一家饺子馆，取上几单外地客人点来的饺子，送给医生和护士们。电话回过去，那些天南海北的口音总是在感谢医生护士，还强调过年吃饺子，象征着团圆。

4

人们在用各种方式支持武汉人的胃，胡宾代人运送的那些蔬菜，有些也是来"增援"的。四川省汶川县三江镇龙竹村的12名村民，驾车36小时，将100吨新鲜蔬菜送到12年前救助他们的武钢总医院，6辆卡车的车头挂着同样的标语："汶川感恩你，武汉要雄起。"

武汉绿蔬源蔬菜专业合作社理事长顾泽生，除夕以来，白天配送，晚上割菜，带着家人和员工连轴转。蔬菜送到小区，由物业分配至各家，上了年纪的人十分感动，"他们下不了楼，超市又定点定时，年纪大的抵抗力差，能够把菜送到他们门口，可以说是雪中送炭。"顾泽生说，他见到有人已经吃了三四天咸菜。

疫情中，武汉大部分农贸市场休市，超市成为市民购买蔬菜的主要渠道。武汉80多家中百仓储连锁店，"承担了武汉市保供任务的一半以上"，中百仓储水果湖店门店经理王玲说，她每天都会接到询问几点开门、几点关门的电话。

"居民面对未知，不恐慌是假的。"武汉封城那日，王玲记得短短一小时内就涌来大量客流，超市闭店时间推迟了一个半小时。白菜、南瓜、萝卜、红薯等便于储存的蔬菜最为抢手。

山东寿光蔬菜调运武汉的日供应能力，已经从 600 吨上调到 2000 吨。一棵白菜从寿光农民的手里到武汉市民的手里总共需要 3 天。今天从寿光发车，明天就到了武汉江夏物流总仓，经过卸货、分拣、再装车，后天超市开门，它就会到达一位市民手中。

中百仓储生鲜事业部副总经理王玉璟分管物流，他介绍，如今的蔬菜货量是去年同期的 3.5 倍。令他头疼的是"怎么让货运进来"，很多司机是外地人，封城之后，车辆和人员都无法保证。公司成立了突击队帮忙卸货、搬运，但远远不够。以前一辆车一天只送一次货到市区，现在一天要跑五六趟。目的地包括 80 多家中百仓储大卖场和 400 家小店，每天配送 600 吨蔬菜。后来申请了军车配送，每天 30 个车次，缓解了部分压力。

门店经理需要处理投诉，王玲感到，"最近投诉少了，大家都能相互理解。"而且顾客的恐惧感在减轻，"用武汉话说，比较平和"。封城后的第一个 14 天过后，到了元宵节，买元宵的顾客多了起来。"虽然有疫情，但大家过节的愿望还是很强烈。"

5

在这非常时期，武汉一家 120 急救站的担架工钱运法，比平时对世间冷暖有更多认识。

武汉封城之后，68 岁的钱运法每天大约接送十八九人去医院，其中三四位是普通病人，其余都是发热患者。有的时候，他们到了地点，病人已经"不行了"，只能再找殡仪馆派车。有的家属急得一见到他们就下跪，恳求尽快把人送到医院。但是医院没有床位时，他们又不得不把人再送回家。

钱运法打这份工，是个体力活儿，月收入 1950 元。疫情暴发后，有的同事请假走了没再回来。他没回湖北孝感农村老家，和多数同事一起留在了武汉。他只读到小学三年级，对"新型冠状病毒"所知甚少。他说："我们聊起这事，都知道这个病它传染……这事（抬担架）总要有人搞，我不干，别人也要干，总要有人干。"

他还说，那么多病人需要抢救，自己要是走了"那不像话"，"不想丢脸"。这些天，他所在的急救站，收到外地好心人送来的不少面包和零食，让他更加觉得要坚持下去。"我这么大年纪了，在非常时期为了国家也干不出临阵脱逃那事。"

他也经历过那样的情景：两个年过六旬的担架工抬着病人在狭窄的老式楼梯里下楼，感到吃力，想让患者的儿子帮一把手，儿子回答"这是你的事"。

穿着防护服抬担架，一趟下来，连毛衣都会被汗水湿透。而为了节省防护服，钱运法和同事接送新冠肺炎确诊病人才会更换防护服，接送其他病人两位才会换一套。救护车开到小区时，钱运法有时会看到人们从窗户里探头或者从门缝里观察，看看是哪家人遇到了不幸。他知道，人们害怕、着急，希望坏的事情早点过去。

最多的一天，武汉市公安局武昌分局中南警务站接到3起有关家人死亡的警情。站长刘俊说，有的家里只有两个老人，一位去世了，另一位只能打"110"。警察需要联系社区开具死亡证明，联系殡仪馆来接走遗体。

"我从警30多年，从没这么频繁地见过这么多的生离死别。"刘俊说，"对我冲击真的很大。我既为人父，又为人子。我的心情是撕裂的，一方面我要面对这种悲痛，一方面我又要拼命工作。"

疫情暴发后，武汉近2万民警和3万多名辅警全员无休。中南警务站有49个人，平时甚至有夫妻闹离婚也打"110"，让警察过去"评评理"。对这些非警务工作，有时大家会抱怨。刘俊说，现在几乎每起警情都与警务无关，但他们愿意出警。

武汉市七医院就在中南警务站辖区之内。刘俊记得，病人蜂拥而至，到深夜，医院门口仍排着100多米长的队。医生不停打电话求助，"他们连'110'都不打了，直接打我们的座机"。

他们接到的报警里，有人住不进医院，也有人不愿意住院，害怕在医院交叉感染。有人在医院门诊排队时间太长，要往医生脸上喷口水。警察们用记号笔在防护服写上"警察"两个大字，过去"首先要稳住场面"。有一次，一个确诊患者威胁要扯下医生的口罩，警察们穿戴好防护服、护目镜、防爆头盔，拉下玻璃面罩，挡在患者和医生之间调解，直到那位激动的患者情绪慢慢平复。

"其实我特别能理解那些病人，他们无助啊，无助的人是很容易疯狂的。"刘俊说，他接到过一次报警，是一位老人在社区吵闹，她丈夫在医院住院，她极其害怕，又担心负担不起医药费。她急得以扯下口罩威胁人。

"她一个80多岁的老人，拄着拐棍，我能怪她吗？"刘俊说，"后来我牵着她的手，我就感觉她握得非常紧，她需要依靠，需要安全感。"

6

从春节开始，国家电网湖北电力调控中心调度员鲁鸿毅和同事就住进了单位附近的酒店，开始了封闭生活。他对记者描述调控岗位的特殊性，"就像开车不能没有司机一样"。

也是从春节开始，武汉的自来水厂工人黄凯接到电话要去加班。看到傍晚的武汉街头，路边渐次停满机动车，没有一个行人，"我才觉得有点怕，这种画面只在美剧里见过"。

和他同班的调度员比他到得更早，背来了衣物和被褥。"那个伢是新婚的啊！"黄凯说，"他居然准备每天下班就睡厂里。"

武汉是一个吃长江水的城市。滔滔不绝的长江水通过管道进入水厂的蓄水池，经过加氯、沉淀、过滤等工序，流入自来水管网。江上的取水船和陆地上的水厂，都需要时刻有人监管。

后来他们得知，市内交通可以申请通行证。厂里征用了员工的私家车，和公车一起，接送员工上下班。司机班师傅接触人员较多，为了保护家人，下班后不再回家。

前两天，黄凯下了夜班，想到好几天没有母亲和孩子的消息，就骑着电瓶车回去探望。站在楼下，他只是隔着窗户跟孩子说了几句话。

在武汉匮乏的所有物资当中，氧气尤其是生死攸关的一种。多家医院的消息说，收治了大量肺炎患者后，武汉现在是一个缺氧的地方——武汉市肺科医院院长彭鹏在一次新闻发布会上说，重症病人都需要吸氧，氧气供应成为一个突出的问题，他所在的医院，氧气用量达到日常用量峰值的 10 倍以上。

他说，任何一家医院在设计时都不可能按照目前这种极端情况来做供氧的设计。

中青报·中青网记者见到的一位市民，和两个兄弟每天轮流背着 80 多岁的母亲去医院看病，直到母亲死于新冠肺炎，而兄弟三人成为疑似病例。家人给他从药店花 4000 元买了一台小型制氧机。无论是去隔离点还是去医院检查，这个 53 岁的男人都要紧紧提着他的制氧机，就像是在提着他的性命。

武汉这座城市见惯了长江昼夜不息的奔流。胡宾从小在武汉的长江边扔石子、爬围墙，年轻时陪着心爱的姑娘在长江大桥上散步。后来他有了自行车，高兴时能在城里蹬上一整天。他 52 岁，这个年龄、在这样的形势下还出来当骑手，连自己都承认"需要太多勇气"。但他说，自己就喜欢在武汉的大街小巷逛，"怎么都逛不够"。网上还有人说，等武汉"病好了"，自己会来看著名的黄鹤楼。

谈到眼下这场疫情，胡宾说："该过去的早晚会过去。"

张国　杨海　王梦影　杨杰　魏晞　秦珍子　马宇平

2020 年 2 月 12 日

金银潭 ICU 的呼吸

在这次疫情前，许多武汉人甚至都没听说过金银潭医院。这里是武汉最大的传染病专科医院，也是武汉第一家收治新冠肺炎确诊患者的定点医院。

在外界感知疫情前，金银潭就开始了工作。2019 年 12 月 29 日，包含华南海鲜市场商户在内的首批患者转入这里。4 天后，金银潭正式开辟专门病区。

曾有人将此次新冠肺炎疫情比作一场风暴：武汉是风暴的中心区域，金银潭医院是"风暴眼"，南 7 楼 ICU 病房则是"瞳孔"。南 7 楼 ICU 是金银潭医院最早的 ICU，有 16 张病床，由于早期危重症病人数量激增，无法满足需要，医院临时把 5、6 层也改造成重症隔离病房，共同接收危重患者。

在很多 ICU 里的医护人员看来，疫情最开始暴发的那段时间，是这里"最难的时候"。

那时整个金银潭 ICU 只有 5 名医生、28 名护士。全市危重患者都会转到这里，没有空床，医护人员每天都处在超负荷的状态。

1 月初，武汉市属的中心医院、第三医院、普爱医院、武昌医院等陆续开始派医生对金银潭进行支援。每次派一名医生，在医院里协助 1 到 4 个星期。3 月 23 日，江苏省人民医院援武汉医疗队 208 名医护人员接管了金银潭医院南 6 楼和南 7 楼两个 ICU 病区。

4 月 13 日，武汉天气晴朗。窗外绿意盎然。疫情暴发以来，金银潭医院共收治 2800 多名新冠肺炎患者，目前在院治疗的还有 40 多人，重症、危重症患者均"清零"。

赵迪 摄影报道

2020 年 4 月 16 日

2020 年 4 月 13 日，湖北省武汉市金银潭医院南 6 楼，准备下班的康亮在短暂通风的窗口休息。4 月 11 日，金银潭医院 ICU 病区的 14 名患者新冠病毒核酸检测全部转阴，其中 11 名患者在当日被转至湖北省人民医院东院和中南医院，还有 3 名患者因基础疾病继续留院治疗。南 7 楼重症患者"清零"后，康亮转至 6 楼工作。

2020 年 4 月，金银潭医院部分新冠肺炎患者入院时随身携带的物品。

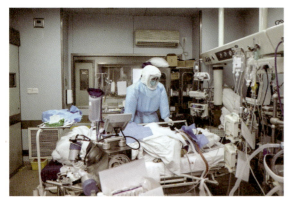

2020 年 3 月 9 日，金银潭医院南 7 楼 ICU 病房，一名医护人员望着一位病患。当天，这位患者被抢救了数次。

2020 年 3 月 5 日，金银潭医院南 7 楼 ICU 病房，一名医护人员尝试与患者沟通。

2020 年 3 月 9 日，金银潭医院南 7 楼 ICU 病房，驰援武汉的广州医科大学附属第一医院重症医学科副主任桑岭（中）在和同事开早会，参加会议的还有浙江首位援鄂医疗专家郑霞。

2020 年 3 月 9 日，金银潭医院南 7 楼 ICU 病房，护士徐妮（中）通过对讲机沟通。

2020 年 4 月 13 日，金银潭医院南 7 楼，一间被清空的 ICU 病房进入整理内务状态，等待进行专业消杀。

方舱里的两平米

建成 34 年的武汉市洪山体育馆第一次成为一家医院。这个迎接过小虎队、李宗盛、NBA 明星队等名人的地标，近一个月最多同时容纳了近 800 名患者。

48 岁的张兵曾送女儿到这里学游泳，还曾作为保安维持克莱德曼钢琴音乐会的秩序。他对这个体育馆很熟悉，但他从没想过，自己有一天将作为患者，在这里生活 15 天。

2020 年 2 月 3 日，洪山体育馆成为首批被改建为收治新冠肺炎轻症患者的方舱医院，它是武汉市计划或已经建设的 32 家方舱医院之一。这座人口超千万的城市，累计已有约 5 万人确诊新冠肺炎。

仅洪山体育馆方舱医院，就有来自河北、辽宁、湖南、青海、广西等地的援汉医疗队进驻。在这个寒冷的冬日，先后有上千名患者挤进这片屋檐，开始了"床挨着床"的群居生活。

相遇

洪山体育馆方舱医院从筹备到迎接第一批患者，时间不足 48 小时。

2 月 4 日深夜 1 点，睡梦中的刘连梅接到电话，医院通知紧急集合。她是青海省互助县中医院急诊科护士长，常在深夜紧急赶往医院。

电话里没有说明具体事宜，但她和丈夫隐约感到，可能是要援助武汉，丈夫便驱车送她。凌晨 3 点，刘连梅和 4 名同事被定为支援湖北医疗队队员，早上 8 点集合。

刘连梅抵达武汉后，才知道自己要支援"方舱医院"。她只在新闻里听过这个词，不知道它的概念，也没见过图片。她想不到，自己将要面对"一整个体

2月4日下午，武汉洪山体育馆主馆内已经摆置好了200余张床和垫被，等待患者入住。这家方舱医院总计提供了约800张床位。鲁冲/摄

育馆的病人"。

刘连梅接到电话时，千里之外的武汉洪山体育馆，中国一冶的第一批27名突击队员已经开始作业，一些工人刚从雷神山医院建设现场赶来。不到48小时后，这座方舱医院将迎来第一批患者。

2月5日晚11点，这里正进行最后的整备，第一批病人半小时后就要入场了。电工储海宁师傅已经34小时没有合眼，短暂休息后，他又开始地下室场馆的排线工作。数百名身着"中国卫生"队服的医务人员从他身边列队进驻，他们脚边还散落着电线。几十名工作人员正紧急安装围栏，划分清洁区和污染区。

体育馆的另一侧大门，数十个移动厕所刚安装好。厕所内黑黢黢的，还没有灯；用于消毒患者排泄物的消毒池还在建设中。

方舱内已经清场。湖南湘雅二医院的4名医护人员在清洁区穿好了防护服，才发现没有护目镜，紧急求助，最后找上海华山医院医疗队借到了。而这几个护

目镜，本来是给 6 小时后将接班的 4 名医护人员用的。

2 月 2 日，武汉市提出将对"四类人员"集中收治和隔离。2 月 5 日前后，仍有大量确诊患者居家隔离。

那是 46 岁的方蕾最绝望的时刻。她的公公已经卧病在床两周，几乎无法进食，一家人找遍了关系寻不到一张床位。2 月 5 日，公公确诊新冠肺炎，之前还怀有一丝侥幸的方蕾眼前一黑，"一家人都逃不了。"

之后几天，她的婆婆、11 岁的女儿小梦、她本人陆续确诊。

45 岁的陈军那时在武汉市中南医院住院。此前，他高烧 39℃近一周，血氧一度低于 90%。没插管、没上激素，他挺了过来，已经能下床走动。陈军偶尔看新闻，知道很多病情比自己严重得多的患者住院无门。

几天后，他从中南医院转入方舱医院。陈军看到有网友说方舱医院是"诺亚方舟"，他很喜欢这个比喻，"之前心里很恐慌，来到方舱，觉得有救了。"

张兵 2 月 6 日刚过零点接到通知，自己将被方舱医院收治。"听到医院两个字就很开心了，管他什么医院。"他从 1 月 27 日起发烧，还要照顾同样染病的岳母。那几天，他们在医院输液，一排队就是一整天。2 月 5 日下午，他联系上床位，把岳母送进医院。

2 月 6 日凌晨 3 点，他被统一安排的大巴车接上，连夜进入方舱。对那个夜晚，他只记得雨"很大很大"。之后，他在病床上躺了整整两天。

张兵是洪山体育馆方舱医院的首批患者。这座"庇护所"还有大量细节等待完善，即将有近千人在此共同生活。

磨合

在方舱医院，床与床间隔约 1 米，这是患者隐私的尺度。

1 米，够放一张课桌。课桌上印着"25 中"字样，它们来自附近的武汉市第二十五中学。这张课桌和约 2 米长、1 米宽的床，构成了一名患者全部的私人空间。每一张病床背后，都藏着一个家庭的喜乐悲苦。

这里可能是歧视最难以立足的地方，没有人会因为病毒而被另眼看待。几乎每张书桌周围，都立着、卷着 CT 片。

方舱的第一天是混乱的。饭菜是凉的。卫生间很脏。方舱也很冷，没有热水洗澡。开水机附近全是水，有人为了防护铺上了快递箱，结果显得更脏。

一些插座没有电，用不了电热毯，也没法给手机充电。张兵理解人们的焦急。"我家几个老人在不同的医院，老婆在宾馆隔离，只能靠手机联络。大家都是这个情况。"

一名护士还在交接班，身边就已经围满了患者。有的要吃药，有的要卫生纸、要热水，不断人问"有没有 Wi-Fi"。一名医生说，有患者进来不久就摔东西，大吼要出去。

那天夜里，很多人一夜未眠。除了焦虑、不适应，还因为场馆24小时亮灯。一些患者找护士讨来安定药物才睡着。

刘连梅最大的感受是压抑：多数人一天到晚都待在床上，用被子蒙着头，根本不动。"我去问了，他们没有不舒服，只是没心情活动。"

迷迷糊糊躺在床上时，张兵看到了一个收拾垃圾的人，没穿防护服，头发都白了。他意识到，这个人也是病人。那时他就想，等好些了，要去帮忙。打扫起卫生后，他又看不过去开水机渍水，找来水桶暂时储存废水，定期倾倒。

后来，他打算倒废水时，发现已经有人倒过了。"谁都不想自己生活在一个乱糟糟的环境中……人就是这样，要么都不做，有一个人站出来，就会有很多人一起做。"

一开始是星星点点的。有人帮医护人员送药、分发餐食，有人帮忙安抚新进舱的患者。听说方舱产生的垃圾里混了牛奶和粥，不便焚烧处理，有人自发宣传和指导病友做垃圾分类，还轮流在垃圾桶边站岗。

根据地理位置，病友把方舱划成了 8 个区域，排班做卫生，按分区领盒饭。医护人员顺水推舟，重新划出了 5 个区域，把原本复杂的 1 区、2 区、左区、右区的名字统一成了 A ～ E 区，并选出区长，协调各区的工作。张兵自荐成为区长，还成为方舱医院临时党支部书记。

由于物资紧张，区长的袖标用现成的"控烟劝导员"袖标替代。

有人发现病友不吃午饭，一问，原来是回族人。各区赶紧摸底，统计有特殊饮食需求的人。当天晚上起，饮食就有了清真、无糖和流食等选择。

还有人提出，数百人一起生活，一旦发生火灾，风险很大，病友中有消防知识的便组织了消防培训和演练。5 天后，当地消防部门也意识到这个问题，在各方舱开展了消防培训。

一些互助通过微信群实现。有人忘带手霜，在病友群里说了一句，几分钟后就借到了；很多人因为体育馆的灯光睡不着觉，一名区长托在外面的朋友买来

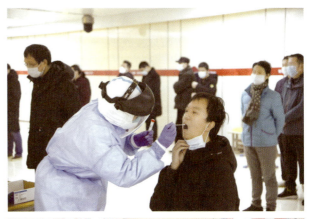

2 月 9 日，武汉市洪山体育馆方舱医院内，患者正在排队进行核酸检测。鲁冲 / 摄

2 月 21 日，武汉市洪山体育馆方舱医院内，一名患者在吃晚饭。鲁冲 / 摄

眼罩。

考虑到病友仓促搬入方舱医院，工作人员提前购置了牙具、毛巾、卫生巾、袜子、拖鞋、保暖衣等物品，还准备了保温杯。但在微信群里，他们发现了盲点：指甲刀，于是赶紧申请了100个送进方舱。

在那些官方照顾不到的地方，民间智慧开始发挥作用。武汉的冬天阴雨绵绵，遇上晴天，近800名患者的上千件衣物需要晾晒，方舱医院内细长的物品被改造为晾衣竿。为了方便看剧，人们用饭盒、水果搭成支架，省去用手举着手机、平板的辛苦。

21岁的周玉婷2月9日进入方舱时，这里已经有了吹风机、微波炉。她很快接受了方舱里的生活，她原以为这里"就是几张床"。后来方舱又陆续配备了制氧机、CT室。

按照规定，方舱医院只接收18～65岁的轻症患者。但出于人性化考虑，也有儿童跟着家长住进来。方舱医院还专门安排了1名儿科医生参与诊疗。

5天后，淋浴间也建好了，只是排队时间有点长，即使饭点也要等待半小时。洗澡是方舱里的女性最操心的事情之一，周玉婷没事就会转悠过去看看人多不多。

生活

方舱的一天开始于早上6点。叫醒周玉婷的，是医护人员递来的温度计。一些老年人还要测血压。

之后，周玉婷要睡回笼觉，到8点发早餐时再起床。元宵节那天，早餐是汤圆。如果不是在方舱，她一般夜里3点睡觉，中午才会起床。

吃完早饭，11岁的小梦和18岁的付巧开始在线上听课。付巧今年高考，患病没有影响她的信心，"大家都远程上课，我也没有吃亏。"小梦则担心，负责录数学课的隔壁班老师讲的解法和自己班上数学老师的不一样。

洪山体育馆方舱医院为这两个学生降低了广播的频率和音量，周围的人也会轻声说话。

付巧感觉，自己在方舱里反而学习效率更高，因为总有人站在背后监督，还提醒她挺直腰背。大家把盒饭送到她手边，帮她烫中药。而在家里，父母一直对她"放养"。

最近，方舱医院的医护人员把医生办公室腾出半间给付巧学习。付巧说，她能感受到医生办公和进出时，都在尽量减小动静。有时，医生累了就在房间另一边坐下闭目养神，或是边捶腿边回消息。2月23日，一名医护人员在防护服上写下"付巧加油，高考必胜"。

中午12点，各区区长把午饭领回。方舱内的餐标是每日120元，此外还有水果和牛奶。小梦和付巧每次都多收到附近病人的那份。

小梦觉得，在方舱比在家更开心，因为"吃喝不用愁"。一名护士告诉记者，一些病患不愿意离开方舱，觉得在这里吃得好，还能出门放风。有人甚至为此逃避核酸检测。

周玉婷已经吃腻了方舱的饭。她从来没有过过这么健康的生活，每天作息规律，三餐荤素搭配，有水果有牛奶。

周玉婷爱吃辣。进入方舱后，她点的第一个跑腿订单，是几包火鸡面。吃到一半，附近的叔叔阿姨都凑过来了。大家都因为太久没有吃辣馋得慌。

"在这里过得太营养了，谁不想吃点垃圾食品？"在他们的委托下，周玉婷把周边商超的火鸡面买到断货。

因为疫情，她"躲"过了春节的家庭聚会，却不得不在方舱接受叔叔阿姨的"盘问"：论文写得怎么样？工作找了吗？谈恋爱了吗？

每天下午3点和晚饭后的7点半，各区组织做健肺操和跳广场舞。到了时间，区长张兵就拿起喇叭动员大家参与。方舱内年龄最大的是一名83岁的老婆婆，她有时也跟着跳两步。记者在方舱见到，一名在旁边泡脚的中年男子也跟着旋律踩出了水花。

　　张兵很想让那些沉闷的年轻人不要总是躺在床上玩手机，或是几个人聚在一起玩手机，但鲜有成功。

　　面对张兵的大喇叭，周玉婷一开始假装没听到，后来一到时间就出去溜达。张兵觉得，这也算达到目的。

　　陈军很少参加这些活动。他忧心老家黄冈的父母，村子"硬核封路"，"断粮、断药怎么办？出了意外，救护车、消防车开不进去怎么办？"他也担心妻子在隔离点被传染，报喜不报忧。他每天都和妻子视频，互相鼓劲。

　　在方舱一周，他把手机通讯录从头翻到了尾。关系好的同学、朋友，他打了个遍。在方舱里，烟是稀缺品，但陈军找人讨，对方也会大方地给。

　　他喜欢夜里走出方舱，看看月亮，"白天人多，这会儿安静。"他有时会想到医院重症病房的病友，"不知道他们康复了没有"。有时，他看着月亮出神。

　　这样的夜晚本属于团聚。夜深了，有患者在室外射灯下和家人视频聊天。

　　一些患者直到出院都没睡安稳过。周玉婷觉得，跟几百人"共处一室"，很别扭，担心自己睡相不好。张兵说，脸上蒙着眼罩和口罩，很闷，因此他会在白天给自己安排很多事情，累一点，夜里好休息。

　　刚进方舱时，张兵夜里老醒。体育馆的顶灯照得他有点恍惚，整个人被一种不真实感笼罩。他得揉半天眼睛，看清身边有人睡着，有人玩手机、起夜，有护士走动，又觉得心头一暖，这才反应过来，自己在方舱医院，"五味杂陈"。

陈军总是等到别人都睡着了，偷偷在被子里换贴身衣物。不过，他觉得这里已经够好了。在重症病房，为了方便抢救，有病人一丝不挂，只是盖上被子，或是"穿"一件蒙住身体，从背后系上的"布"。

但也有人不在乎这些，洗完衣服后，把内裤随手晾在床头。

缝隙

夜里，看着几百张病床上齐刷刷躺满患者，刘连梅心里不是滋味。"总觉得大家是遭了难，来这里避难。"

刘连梅来自省外，她遇到的困难还包括理解武汉方言。方舱内的病患以中老年人居多，很多只会说方言，需要会普通话的本地人帮忙翻译。

一次，刘连梅的同事听到有人吵架，赶紧跑过去劝架，还问一边的周玉婷，"他们怎么又吵起来了？"其实，两个中年男人是在互相问候"几码赞过早？"（什么时候吃早饭），因为武汉话听起来凶狠，她误会了。

方舱内偶尔发生纠纷，大多是因为病友不服管，比如不配合垃圾分类，或是往开水机里倒水。在洗衣服的地方，有人批评前面的人不把洗衣粉归位，两人回到方舱里还在吵，吸引了一群人看热闹。

这些纠纷让刘连梅感到了生活的气息，"说明把这里当家了。"头几天，方舱气氛压抑，广播放笑话缓解气氛。只有一个阿姨很活泼，拉着人聊天，还和别人打趣刘连梅长得高，"你们猜那是男的女的。"

她觉得，转折点是方舱第一次有患者出院的时候。"就像黎明前最后的黑暗，大家有了信心。"

她更怕病人有需求也不说。"很多人感到羞耻，觉得在里面什么事情都要找我们，是麻烦我们，因此被动地等我们给，很少主动要。"

张兵记得，第一次外面送卫生巾进来时，12包立刻就被分光了。他意识到，这是个大问题，但大家都不好意思张口，第二天便自作主张上报了更多包的需求。

一个年轻人上卫生间时打湿了鞋子，犹豫了很久才找护士要拖鞋。刘连梅记得，年轻人很认真地解释自己为什么需要拖鞋，拿到拖鞋后又解释了一遍，前后反复道歉，说麻烦护士了。

"其实他不需要说那么多。我们不会评判他的需求，他也不必为此感到羞耻。"刘连梅说。

耻感有时来自社会。

曾有报道未给方蕾和小梦化名，甚至刊出了小梦未戴口罩的照片。小梦同学的家长打电话到学校，问班主任小梦是不是得了新冠肺炎，还表示，希望开学后小梦暂缓去学校。老师这才知道小梦一家在方舱医院。

方蕾说，在她老家黄陂的村子里，村民对她患病有议论。方蕾在新闻里看到，部分她以前做过生意的地方不欢迎湖北人，还有新闻说某些地方举报湖北人有奖。

小梦对这些还不知情。住进方舱医院，她告诉了6个最好的朋友。"她们都鼓励我，让我加油，说一定会好的。"其中一人还告诉小梦，学校组织学生录视频到方舱医院播放，她退出了，因为她想直接到方舱来探望小梦。

再见

如今，张兵和周玉婷已经出院。陈军几次核酸检测结果在阴性和阳性间反复。如果连续两次核酸检测是阴性，且呼吸道无明显症状，他也将出院。

出院前，张兵转交了自己区长的袖章、临时党支部的工作手册和党旗，又叮嘱日常工作的注意事项。这个热心的中年人没有退大大小小的方舱医院群，看到病友需要物资，他帮忙协调。

一名医生告诉记者，最近几天，这里每天的出院人数都在 50 人上下，入院人数则在 30 人上下，开始出现"床等人"的情况。

2 月 14 日是刘连梅和丈夫的结婚纪念日。今年的情人节，相隔千里的两个人互相发了一条短信表达爱意，他们都在短信里写道，"今年很特别"。

2 月 19 日至今，全国每日新增治愈病例均超过确诊病历。武汉市的医院正在重新开设急诊、门诊，逐渐回归正轨。

3 月 1 日。武汉硚口武体方舱已经率先"休舱"，在合适的时候，其他方舱医院也将一个个"关门大吉"。病患、医务人员、环卫、保安、志愿者都会恢复正常的生活。

陈军在方舱认识了 2 个以前不认识的街坊。他少时住在老城区，整条街的同龄人都认识。但自打搬进公寓楼，邻里间很少来往。

陈军刚去方舱医院时，不熟悉环境，附近的病人很热心，替他拿饭、拿水果，告诉他哪里打热水、哪里比较安静，病床挨着的几个人很快熟悉起来。一问，陈军发现有 2 个人和自己住得很近。统一接患者出方舱回家的大巴上，周玉婷也发现，同车的人有 10 个和自己来自同一个社区。

他们在方舱擦肩而过。

（为保护受访者隐私，方蕾和小梦为化名）

（鲁冲对本文亦有贡献）

王嘉兴

2020 年 3 月 4 日

雷神山不知道他们的姓名

雷神山的工地上是没有姓名的，通行的称呼是某某"师傅"。细心的工人会在黄色安全帽的一侧写上姓氏，后脑勺位置写上"武汉加油"。

高峰时，武汉为应对疫情而建的板房医院——火神山和雷神山医院工地，2.5 万名建设者昼夜劳作。新冠病毒感染人数急剧上升时，雷神山医院的规划总面积 6 天增加了 3 次，从 3 万平方米增加到 7.99 万平方米，床位从 1300 张变为 1600 张。

紧急赶来将这张图纸落到现实的人群里，有人带着工具连夜开车，也有人骑了 2 小时自行车。谈起那段生活，一位工人说，自己累得"站着都能睡着"。另一位则说，像这样"带有光环"参与援建工程还是人生首次。

"这是我有史以来打的工资最高的工。"开着面包车赶到武汉的周萍说。

出发前，50 岁的周萍对老婆说，好像几十年没做过一次让自己觉得蛮光荣的事情，他希望能抓住这次机会。年轻时他有个军人梦，但体检没有通过。这次他觉得像去战场打敌人，是一件可以对后辈说起来很自豪的事，"到时候对自己小孩子说的时候，爸爸在非常关键时候也去支援了一下。"

1

工人和建筑材料，都是分批次到达雷神山的。医院建设分几十道工序，29 岁的师贞勇属于安装组最早到达的工人之一，他是一名领班，前后带了 80 名工人。

师贞勇是湖北十堰人。2019 年 6 月，他和朋友在武汉开了一家钢结构公司，在网上卖推拉雨棚。他当过兵，建设雷神山医院的消息传开后，战友们调侃他有

2月18日，武汉市雷神山医院，去吃午饭的建筑工人。据了解，雷神山医院建设项目的工人中许多都来自于不同地区的农村。赵迪／摄

事就跑，他听着心里不爽，"脑袋一热"就跑来了。

施工中的雷神山没有黑夜。1月26日晚，师贞勇赶到雷神山时，一股浓烈的消毒水味扑鼻而来。这里被灯光笼罩，空地上几百台机械设备忙碌地挥舞着"长臂"，发出轰隆隆的声音。

熊小华是湖北天门人。2月6日那天，他瞒着家人，和同一个镇的周萍开着一辆面包车上了高速公路。同时出发的还有身在荆州的易涛。三人相熟多年，在武汉一起从事水电安装工作，封城前一天，各自回到老家过年。

疫情之中，易涛觉得在家待着"有点废了"，去雷神山还能有钱挣。听说工资1200元一天，他有些不敢相信。熊小华和周萍给身边的几十个朋友打了一圈电话，"有的说年还没过完，有的直接说怕死。"当天出发时，本来有9个人，临走前5个人又变卦了。

熊小华很理解，"不是每一个人都愿意把脑袋挂在裤腰带上往前冲"。他本人没想过有什么后果，将其归结为冲动，"冲动后面是一些什么东西，现在也说不出来。"

除了高额的回报、未知的风险，还夹杂着某种"意义"。

看到工地上密密麻麻的黄帽子，他们的紧张感消除了大半。工地到了。

施工远比想象中紧张，师贞勇是夜里12点到雷神山的，还没来得及休息，就被叫到工地上干了一整夜。他们要先跟在挖掘机后面工作——挖土后，安装排水管。

在这座板房医院，他们感觉到了施工的复杂。必须快速完成样板间的制作，图纸只提供了大概的方案，只能凭经验"边施工边拍板边调整"。物资从不同公司临时征调来，不同型号和标准在使用时增加了麻烦。医疗设备的尺寸也要实时和医生沟通。

为了避免交叉感染，雷神山设计的是负压病房，设置新风系统和排风系统，室外新风经高温杀菌处理后送入医护走道和病房，病房内的空气经两级过滤器吸附处理后排出室外。12米长的管道吊到屋顶上，管子粗到可容成人进入，工人们需要七八个人合力，才能将其架到铁架子上，再与每个房间的细管道相连。

2月1日，查汉军刚到雷神山，就投入到这项工作中。置身其中，他感觉现场就像20世纪五六十年代的人修水库，"热火朝天的，到处都是人。"

2

工作越来越忙，几乎每天都有新人进来。31岁的工人罗杰回忆，从2月1日起，工地进入全面施工，"越来越需要人"。他所在的班组人数在2月初达到峰值。他的弟弟罗冲，刚在武汉新洲区农村老家举办了婚礼，也喊了5名亲戚朋友赶来支援。

为了赶工期，工人们连轴转。安装两天水电后，查汉军开始加晚班，每天干一夜，再等白班师傅接班。几百斤重的管道压得人腰酸背痛，夜里屋顶到处结霜，人总是摔跟头。赶上下雨，衣服里面全是水汽，贴在身上难受。为了不让自己睡着，查汉军不停活动，"哪个位置一坐，你都恨不得不想动了，那个脚都不像是自己的。"

"时间太急了。"罗杰负责协调一个几十人的班组，一天要带两个手机充电宝，面孔多不好记，忙乱的时候前脚交代的事，他扭头会再讲一遍。

作为领班，师贞勇要负责工人住宿信息统计，为工人发放工资、口罩和水。网民们在屏幕前通过直播欣赏医院的崛起时，他每日想的都是如何才能完成施工任务。

2月6日晚，熊小华、周萍和易涛到来时正赶上建设高峰期，逾万人、近1500台机械设备投入施工。

工人们都不回去午休，困了就在工地上躺着睡一会。几乎每天都有新人到来，宿舍也在不断调整。

病房排水管道位于地板下，工人们需要爬到里面施工，由于施工夹层只有40厘米到60厘米的空隙，需要屈膝作业，周萍的个子太高无法进入，就在外面递工具。

雷神山医院"边建设、边验收、边培训、边收治"，有时候急着赶工，赶上雨天，工人连雨衣也来不及穿。眼看每日不断增加的死亡病例，病患排队等待一个床位，熊小华说，大家心里很着急，总希望快点做。谁不想加班时，领班们会鼓励坚持一下，再坚持一下，"快一个小时就相当于救一条人命"。

3

罗杰回忆，2月8日那天，他们负责的24间病房验收完毕，下午做完卫生，护送病人的救护车晚上就到了。

除了救护车，工地上还常见爱心企业捐赠物资的车辆。有的拉着管材、空调，有的满载给工友们的牛奶、泡面和能量饮料。

第一批病人入住后，工人们每日结算的薪水也有了变化，从之前的 1200 元一天涨到 2000 元。

到 2 月 14 日，雷神山医院内部基本交付使用，大批工人开始撤离。有工人向师贞勇提出隔离要求，他去反映，"上面人说是没地方安排"。工人们被要求回家隔离，隔离期间可获得补助。

师贞勇的几十名工人走了大半。他本计划回十堰老家，但当地村干部不希望他回去，还说回去就把他"抓起来"，这令他很气愤。后来，县公安局工作人员又打电话安抚他说，"你是我们这里的人，回来也是我们的英雄，怎么可能把你关起来？"但也希望他继续留在武汉。

县里又给他家送去了酒精和口罩，并给他的父亲开了特别通行证，让老人可以去另一个村子里看孙子。师贞勇心软了，决定留在武汉负责一些收尾工作。

他的队伍里，有 8 名水电工最后留下，用将近 10 天时间，对几十间病房进行收尾检查，确保病房里的灯、插座、空调、电视能通电，更重要的是保证房间里的每一个阀门不渗水。

除此之外，工人们还要对负压病房进行调试，把可能会漏气的位置，用锡纸胶布全部密封——将一根棍子绑上一小条一小条的纸巾，放在缝隙位置，纸巾动则代表漏风。工人们就这样一点点测试，直到整个房子密不透风，像气球一样严实。

他们也为病房浴室的花洒"站过岗"。在安装淋浴花洒时，他们发现总是有花洒在第二天不翼而飞。补上后，第三天发现又有几个不见了。他们觉得窝火。病人尚未入住，几个工种的工人还在不同房间收尾，门不能上锁。为了防止花洒再次被偷，他们两人一组，夜间轮流值守，从晚上 10 点到早上 7 点，每隔 1 小时就巡视一圈。

就在即将收尾时，医生验收病房发现了新的问题：进气管道装在病床床头，排气管道在床尾，风从床头吹进来时，将加大空气流动，进而增加医护人员感染的风险。

医生建议，将进出气管道对换位置。8位师傅迅速商讨施工方案，临时做出了一个样板间，由医生验收后再对剩余房间进行调整。为了保证尽快完工，6名工人从其他区域被紧急调到这里，14名工人连夜加班。

2月24日前后，几十间病房迎来了入住者。周萍觉得，这是一种对工作成果实实在在的回馈，"你会想到，那个房间的灯是我安装的，那个房间里的冲水阀门就是我装的，就有这样一种感觉。"

4

收尾检查期间，师贞勇几次萌生了回家的念头，但自从2月12日队上有工人回家后被查出感染，要求越来越严。熊小华的老婆给镇政府打电话，想让丈夫回家，但镇里说最好别回，回来后要在外面隔离，所有费用自理。

几位师傅觉得，不如安心做完事再返乡。他们相互鼓励要坚持。

新任务很快来了——进入医院内部维修烟感器。由于工人前期在屋顶施工，一些线路磨损，导致一部分烟感器无法正常运行。

当时，病人已经入住。走廊分为医护人员走动区和病人走动区。听说要进医院，师傅们觉得害怕，在门口迟迟不敢进去。项目经理不断安抚，大家仍不敢迈步子。

师贞勇只好打头阵。他说，自己性格一直胆小，心里也害怕，但既然是领班的，就该往前冲。易涛陪他进入走廊后才发现担心多余——走廊里除了穿着绿色工作服走动的医护人员，还有其他工人在施工。

走廊的烟感器修复完后，还要去病房里安装烟感器。这又是一场心理考验——进病房避免不了会和病人接触，带来感染风险。

防护服穿到身上，紧张感才慢慢消除。两层防护服像巨大的塑料袋套到身上，整个人热得汗流浃背。护士们培训他们如何穿防护服、戴护目镜，并帮他们捏紧两层口罩的鼻梁夹。

工人们第一次体会到医护人员的不易。他们每天要进出 3 次病房,每次换防护服要花费 20 分钟。因为衣服很薄,怕划破,他们不敢乱动,操作幅度不敢太大,一旦流汗,护目镜上有了雾,就只能先暂停,找个地方坐会儿,平静下来再继续施工。

最让师贞勇畏惧的是去重症病房,房间里四五十个病人身上插着管子,痛苦地呻吟。两位工友在里面安装烟感器时,目睹了一场生离死别。那是一位 80 多岁的老者,七八个医护人员站在他的床前,也无法挽救他的生命,现场氛围凝重。看着老人被推出病房,两人第一次感受到死亡离自己如此之近。

来雷神山前,几位工人都以为七八天就能完工回家,没想到回家的日子一拖再拖。为了不让家里担心,他们每天跟家里报平安。如果要加班,熊小华会提前告知家人,以免他们担心。

师贞勇的家人每天都在催着他回家,有一天晚上,他手机没电了,重新开机后接到十几个来电,家人纷纷问他是不是出了什么事,非要跟他视频聊天才放心。

3 月 5 日,工作终于结束。几个人都没敢将进过病房的事告诉家里。直到做过核酸检测,周萍才敢跟家人讲这件事,他把写有自己名字的防护服照片发给老婆,说自己做的事非常有意义,平安无事,让她放心。易涛一直没跟家里提过,他打算回家再说。

等待检测结果的那个夜晚"相当漫长"。熊小华翻来覆去无法入眠,不停抽烟。这一晚,宿舍的灯亮了一夜,但房间里静悄悄的,没人说话。看到新闻里说很多人属于"无症状感染"者,他总对自己的身体保持怀疑态度。"我们好多人都因为熬夜有点轻微咳嗽,大家都怀疑自身可能有点什么问题。"到武汉后,他们处处小心,连睡觉时也不敢摘口罩,师贞勇的耳朵都被勒脱了皮。

第二天,所有人的检测结果显示为阴性。几个人在附近超市买了一箱啤酒和几瓶白酒,一起庆祝"重生"。

终于松弛了下来。周萍掩不住喜悦，"就觉得哎呦，这一仗打下来，自己还没受伤，该赚的钱也赚了，该做的事也做了，也可以回去向老婆交差了，心里高兴不？"

5

后期，工人离开雷神山后，会被安排去酒店隔离。师贞勇他们都去了酒店，滞留在武汉，等待城市解封。

3月20日，针对火神山和雷神山医院滞汉参建工人陆续返岗问题，武汉城乡建设局发布通告称，对外地人员，将陆续安排返乡，对有意愿继续留汉务工的，将结合复工复产安排上岗。

随后，不断有湖北省内工人返乡。

看到医护人员纷纷返程，工人们也希望尽快解除隔离。"护士是真正的一线接触者都可以撤，为什么我们不能撤？"一位工人说。

熊小华觉得隔离时间有些长，"其实我不要隔离（补助）费都可以，我一天（出去干活）的话弄个1000多块钱也都可以呀。"隔离期间，他们只能在酒店待着，实在无聊，就在房间里走走，看看电视。

一天，去国外援建方舱医院的消息突然在群里传播，招工者声称，日薪1000多美元，长期不出酒店大门的工人纷纷心动，报了身份证、电话、银行卡信息。事后发现是个谣言，连信息里的字也是错的——"方舱"两字写成了"方航"。

熊小华说，手艺人靠市场吃饭，没事做就没钱，"所以总是想破头想找好机会，想挣更多的钱。"工人们平时干惯了活，只想尽快回归。

滞留后，熊小华错过了家里的春耕。他家里有6亩地，以往每年到春耕时，他都会请十几天假回家播种。今年，只好请乡亲帮忙耕种。

师贞勇的钢结构公司直到现在还未完全复工，但网上不断有人下订单，定购推拉雨棚。因为隔离期还未到，对于急着要货的客户，他只能放弃，看着单子飞走。

查汉军则计划等到全国大解封再回家，他听说有工人回乡后，村子里的人都避着走，觉得气愤。田魁就是其中一个。3月3日，他开始在指定的隔离点进行医学隔离观察。3月21日，拿着医院开的证明和绿色"健康码"，他回到了老家襄阳。

令他没想到的是，在他回家前，村干部几乎挨家挨户通知人们都要远离他家。"农村就这样，不知道怎么和大家说明白。"田魁有些懊恼，各级政府都放行了，村里人却像躲瘟神一样躲着他。

他想等着武汉解封后，再回到这座熟悉的城市，忙完年前没弄完的工程。原本，武汉封城前，他和父亲从武汉驾车回到襄阳，居家隔离了14天。隔离期满后父子俩又踏上了回武汉的路，这一次是去帮助武汉。

"当时想着，疫情闹得可能今年的行情不太好，能多挣钱就挣一点。另一方面，我在武汉差不多前后待了20年，不管怎么说多少有感情。"田魁说，"武汉要是垮了，我们这些长期在武汉生根落脚的，以后生活就更麻烦了。"

6

这些天来，工人们看着这个城市陷入低谷，又亲手帮助它走出至暗时刻。隔离酒店外的高架桥上开始车来车往，对面办公楼以前灯是关着的，如今一间间方格正逐个点亮。

熊小华、周萍、易涛是一家新能源汽车公司的合同工，为人们在各个地下车库安装充电桩。做水电工流动性强，一旦没活儿就意味着没钱赚。

2020年，3人本就谋划着开个早餐店。在雷神山，他们就开心地讨论过这个话题，想着卖什么食物，去哪里租房，3人如何分工。但等到武汉解封之后，他们首先要做的是继续"钻"入地下，跟充电桩打交道。

熊小华将医护人员比作鲜花，将工人比作土壤，"鲜花的后面也是土壤在烘托呀，我们，土呀。"

在周萍看来，此次援建的回报远远大于付出，日工资是日常的 4-6 倍。另一方面，他觉得，人生已过半，这是一次值得纪念的行程，"像我们这种年纪的，就觉得在这个社会上，如果能够尽自己的一分力，得到别人的认可是非常有成就感的。"

有一天，火神山一个工友告诉师贞勇，那边有人感染，让他赶快走。他说自己一直胆小，听到这个消息一晚上没睡着，"那一天是最害怕的，我今年才 29 岁，（感染了）一辈子就完了。"但要走的话始终说不出口。看别人想走，他还会鼓励几句。

师贞勇说，自己是不会拒绝的人，选择留下就像选择来到时一样，带有冲动性和一种说不清的使命感。以前当兵时，抗洪、抗旱、修堤坝，这次，他本能地觉得自己得来。

他不喜欢偷懒、抱怨的工人，紧张赶工期时，看到还有工人忙着在社交网站直播，他就气不打一处来，想把人家手机砸了。

罗杰想到"子贡赎人"的故事。古代，鲁国有一道法律：如果鲁国人看到本国人在他国成为奴隶，只要把他赎回，国库就会报销这个人的赎金。子贡赎回一个鲁国人之后，却拒绝让国家报销赎金，认为自己的行为更像是对国家的天然义务。孔子批评子贡"取其金则无损于行，不取其金则不复赎人矣"，大意是说，如果你不要这个钱，虽然你自己在道德上获得了一种满足感，但是其他人的积极性却降低了。

"我就感觉这个故事很贴切这个事情，我们拿到了比往常高的工资，但不是什么英雄。"罗杰说。

一位工人自豪地向记者介绍，自己参与过武汉绿地中心的建设，这座原设计高度 636 米的大楼建成后将是一处地标。

尽管不确定出处是哪里，他们见过一些"纪念牌"，有的写着"2020 武汉抗击新冠病毒志愿者行动抗疫先锋"，落款是"雷神山突击队赠"。有的装在红色盒子里，印着"抗疫战士留念"。罗杰和工友见过不同版本，他们猜测可能是有人自己制作的，留个纪念。师贞勇很想拥有这样一块纪念牌。百无聊赖等待解封的日子，很多工人都"盗"过这样的图，在微信朋友圈里给自己留一个"纪念牌"。

尹海月　马宇平

2020 年 4 月 1 日

脚注：2020 年 2 月，为了打赢"湖北保卫战""武汉保卫战"，约 4 万名建设者从四面八方赶来，并肩奋战，抢建火神山和雷神山医院。他们日夜鏖战，与病毒竞速，创造了 10 天左右时间建成两座传染病医院的"中国速度"。

大武汉启封

武汉是一点点开的，不是 4 月 8 日零时"轰然"打开。

很难说清启封的第一丝裂缝是什么时候，一名志愿者觉得是时隔 2 个月再次被查酒驾的时候；一名武汉协和医院的医生说，是他重新接到因打架斗殴来看病的患者的时候；一名住在商业街边的居民发现，放了两个月"武汉加油"的大屏幕又开始放广告了。

武汉正在"一寸寸"地打开。歇业多日的早餐店门口重新排起长队，一提面下锅，蒸腾起雾气，人们摘下口罩，端着热干面边走边吃。住宅临街的居民早上被车喇叭吵醒。

4 月 8 日 0 时 50 分，离开武汉的第一班火车从武昌火车站开出，驶向广州。"封城"76 天后，武汉终于恢复与其他城市的自由流动。

一名武汉市民用"病来如山倒"形容"封城"。那几乎是一瞬间的事情，一座千万人口的现代大都市切断对外交通，公共交通停摆，所有住宅封闭化管理，临街的商铺外立起高高的围挡。横亘在长江上的 6 座大桥上很少有车经过，只有江水在桥下奔流。

1

地面和空气在震动，仲春时分的风带来了"轰隆隆"声，3 月 23 日早上 7 时许，一辆轻轨列车从环卫工严国明头上驶过。当天一直到晚上 6 点，每隔一阵就有一辆轻轨开过循礼门站。

他负责的江汉路步行街是武汉市最繁华、人流量最高的商业街之一。封城后，这里静得只剩下扫帚划过地面的声音。嘈杂的叫卖声消失了，灯牌也不再亮。附近一处年前搭好的脚手架上，鸟儿衔枝做起窝。

在江汉路扫了快 10 年街，严国明的工作前所未有的轻松：只需清扫落叶，不用再面对一小时不管就满溢的垃圾桶、不计其数的奶茶杯和串签。

整整两个月后，严国明重新听到这规律的、曾令他感到厌烦的噪音。自 2004 年 7 月开通运营，武汉轨道交通第一次停止运行长达 2 个月时间。他望着高架发了一会儿呆，"武汉市不是要解封了？"两天后，武汉地铁宣布，将于 3 月 28 日恢复运行。

循礼门地铁站站长张兢不比市民更早知道这个消息。1 月 23 日，她起床准备上班，也是从新闻里得知封城、地铁停运。这两个月，地铁职工仍在轮流值班，做好地铁随时恢复运行的准备，但具体何时恢复，谁心里也没数。

3 月 18 日，武汉新增确诊 0 人的消息让几名同事一阵兴奋，"第一次觉得，上班使我快乐"。3 月 21 日，员工恢复上班，准备试运行。受封城影响，张兢找不到开门的干洗店，第一次把玫瑰色的制服、帽子和丝巾带回家自己洗。

松动的消息几天前就在街坊间传开。一天上班前，严国明在里份（武汉特有建筑群，类似胡同、弄堂——记者注）口被散步的邻居叫住，"武汉是不是要解封了？"递来的手机上，是消杀队在汉口火车站喷满白色雾气的视频。

里份的另一头直通江汉路步行街。服装店、副食店的店主纷纷接到通知，可以回店里做清洁、备货，准备开业。一些商户已经在 2 月底恢复外卖业务，外卖员的叫喊声不时穿巷而过："181 号！好了冒？（口语，好了没有？——记者注）""老子手快，抢了个顺路单！"

围栏挡不住在家里憋了 2 个月的武汉市民。支付宝的监控数据显示，3 月 23 日起的 3 天里，武汉市奶茶订单增长了 8 倍。一家早餐店每天要往 200 米外的围栏送餐超过 300 次，为此专门安排 1 个人骑电动车跑这段路。围栏另一侧总有外卖员守候，性急的外卖员透过围栏上的洞往里看，还有人用废弃的共享单车搭了一个小台子，方便接过从围栏上递来的外卖。

对面居民区的围栏上不时有人探出脑袋。社区工作人员不得不反复修补围挡上的漏洞，但前脚刚走，马上就有人把围栏掏出洞钻进钻出，或是直接拉开一条缝。

最近一周，外卖员陈锋跑了200单外卖，是疫情期间低谷时的两倍。尽管距离平日的一周400单仍有距离，但他确信，城市在复苏。证据是，他和同行无法再一人一条车道，路上偶有顶着一头落叶的车辆发生剐蹭。

为了方便送货，外卖员把江汉路步行街两端阻拦电动车的路障搬开，他们享受了2个月在步行街飞车的感受。3月28日这一天，陈锋被值勤城管拦下，对方质问他，"你不晓得这是步行街？"陈锋赔了个笑脸，转弯开上了往日常走的绕行路。

2

对武汉来说，3月28日是个重要的日子，武汉恢复铁路客运到达业务。0时24分，K81次列车抵达武昌火车站，比预计早到了十几分钟。一名火车站工作人员对着列车喊了一句"欢迎回武汉"，随后又补充了一句"英雄、英雄，欢迎回武汉"。在汉口火车站，崔先生带着鲜花等待从恩施返汉的女朋友。因为担心

8岁的梓鑫一家在候车，k81次是武汉解封后首趟送旅客离开的列车。赵迪／摄

在武汉买不到鲜花，他当日早上从黄冈出发时就已经买好。

6 时 30 分，武汉地铁 6 条线路共 90 辆列车载着当天第一批乘客出发。这一天，循礼门站的进出客流约 1000 人次，只有平日的五十分之一。广告灯箱上还是商城新春促销的信息和旅行社的出境游广告。

那家旅行社已经停工 2 个月，商城则在做开业前的消杀准备。3 月 30 日，武汉的各大商场恢复营业，武汉国际广场里店员比顾客多。一家服装店一天只等到 21 名顾客，店员把店内的沙发擦了 5 次。

多家银行网点也在这天恢复营业。江汉路步行街上的中信银行门口排起长队，人群自觉间隔 1 米。排队的都是中老年人，没有开通网上银行，养老金和低保每月打到存折里。

春分时节，武汉一阵倒春寒，服装店主郑中莲裹着大衣回到店里。歇业的日子，她在武汉的几家店面仅租金损失就超过 20 万元，积压在手里的冬装成本 30 万元。"服装行业，压货是最可怕的。这一季衣服没卖出去，就没有现金进下一季的衣服，冬装成本又是最高的。"

她本计划正月初十就返回武汉，"已经顾不上疫情多严重了。疫情总会过去，生意没了，日子怎么过？"3 月 25 日，她取得返回武汉的许可，赶忙驱车返回，后备厢里塞满了蔬菜。

陈锋接到的订单透露了餐饮业的恢复。麦当劳开了，星巴克开了，喜茶开门那天，他往店里跑了 15 次。疫情最严重时，某外卖平台上开业的餐饮商户只有平日的 5%。平台预计，解封后的一周，能恢复到 50%。

最让他兴奋的，还是王记牛杂馆开业的那一天——他是老武汉，家里能做热干面，但已经很久没吃到面窝了。不出几日，店门口就开始排大队，整条街都是端着面边走边吃、一嘴芝麻酱的人。

老板潘红菊印象最深的顾客是一个年轻的武汉人，吃了一碗生烫牛肉细粉，"感觉他都要吃哭了"，吃完以后，又买了 5 个面窝，说要带回去给父母。

这家早餐店每天 8 时开始外卖业务，连续很多天，第一单都是住得很远的

一位"张女士"点的。有人在备注上写"很饿很饿麻烦快一点要饿死了"。附近永和大王的店长一天早上买了11碗面给员工，"我们哪儿有热干面？"还有一个住同一个社区的大爷拿着手机拍视频，边拍边说"你们看你们看，我买到莫斯（口语，什么——记者注）了。"

街坊邻居的热情没能焐热这家22年的老店面临的"寒冬"：亏损的店租、食材、人工费用不说，潘红菊年前还盘下了一家新的店面，装修好了，准备年后开张。

有一个行业在寒冬赚得盆满钵满：做横幅标语的打印店。一家店主告诉记者，来自政府、医院、医疗队的订单多到接不过来，他找了好几个亲戚来帮忙，每天关着门没日没夜地做。

3

重新开业后，潘红菊把年前做好的已经积灰的牌子又找出来，拿抹布擦干净，然后用记号笔把上面的价钱又改回平日的价格。"其实我们的食材成本涨了很多，但现在特殊时期，大家都不容易，我们一起渡过难关，生意有的是时间做。"外卖和点评软件上，很多顾客留言"良心""这家店应该成为百年老店"。

黄鹤楼下的得胜桥社区，刘军每天清晨 5 时去城郊的市场进货。无数个和他一样的商贩，供养了困守武汉的 1000 多万张嘴。许多餐饮店在疫情期间也转行当菜贩，卖起了蔬菜和肉。元宵节前后，刘军不顾家人的阻拦，开始出去做生意，因为一家人的生活、社保、店租、房贷的压力很大。

一开始，他只有几个成为朋友的熟客的联系方式，后悔平常没有搞个"顾客群"，后来，街坊把他的联系方式扩散。

做完生意，他又要翻过围挡，照顾 80 多岁的父母，备好次日的风湿、降压药，做好饭菜，回到家都是深夜一两点。他有一次准备了 3 天的药，结果第二天就接到母亲的电话，说老头做的饭难吃、药也混了。他知道，其实是母亲想念自己，母亲也有恐惧，于是他继续每天翻进翻出照顾。

翻围挡的时候，不远处的黄鹤楼还亮着灯。等他回到家，灯已经灭了，妻儿也都已经入睡。

刘军一开始进萝卜、土豆多，因为能放，且不贵。后来，顾客都不买它们了，点名要蒜苗、菜苔，还有人托他买鱼。蒜苗最高时卖到了 20 元一斤，他知道，这都是武汉人过年离不开的东西。

一名顾客总结出"四大天王"——萝卜、土豆、莴笋、大白菜，说这一年都不想再看到这些菜。一天他妻子把快放坏的莴笋抱回家，读初中的儿子一惊，说"妈妈怎么抱了棵树回来"。

他看着菜价一点点降下来，"武汉人终于能好好吃饭了"。

4

武汉已经恢复 117 条公交线路的运行，车辆按照高峰 5 分钟一班，平峰 15 分钟一班的频率发车，很多司机全程载客不超过 20 人次。"空车也照样走。"一名公交集团工作人员告诉中青报·中青网记者，"开车就是给人信心。"

返汉的第一天，郑中莲就回到店里整理库存。她第一次尝试线上直播卖衣服，淘宝开店手续还没走下来，在抖音因粉丝不足1000，不能上链接，买卖衣服必须先付款、后发货，完全靠信任。为了尽快出货，衣服的定价甚至低于进货价。

因为手机支架未到货，她用挂包用的支架和夹衣服的夹子固定手机。手机壳是她2019年定做的，上面有郑中莲和女儿的大头照，和"希望2020好运"的字样。

这场疫情让她感到卖货人情冷暖。一些朋友知道她在武汉开服装店，直接打钱给她，帮她宣传直播卖货，也有人"明显就是确认你有没有事、暗示近期不要见面来往。"

刚封城时，潘红菊在家过得很邋遢，忧心生意。一周后，她想通了，着急也没用，不出门也穿一身好衣服，认真化妆。有空时学英语，她计划再干几年就环游世界。

现在，她最忧心的是在纽约工作的儿子。之前两个月，儿子担心武汉情况，给她发了很多链接，最近，她都找出来发给儿子，叮嘱他注意安全。

这座城市正在逐步恢复正常。3月底，多家新冠肺炎定点医院清空、转为普通患者就医医院。很多本地医生来不及休整，连轴转看了2个多月新冠肺炎患者后，又回到自己的科室看病。

武汉协和医院的医生等到了卡到鱼刺的病人、胃出血的病人、踩到钉子要打破伤风针的病人。刚恢复急诊时，人手还很紧张，一名医生给患者开药期间，两次跑进急诊室抢救其他病人。

一名医生说，自己从来没有遇到这么好的医患关系，医院很安静，没人插队、吵架，患者和家属"谢谢""没关系"不离口，"和平日的景象简直天壤之别"。

武汉市中心医院疼痛科医生蔡毅本以为医院重新开门后，60多天没有看病的武汉市民会一拥而入，结果10多天过去了，他们才迎来3个病人。后来，他开了个患者群做疼痛公益宣讲、免费网上咨询，500人一天就报满了。

站在空荡荡的病房，他感到失落。"有时候想来几个新冠康复的病人治治，总比闲着无聊强。"他开玩笑说。

5

新冠肺炎给这座城市留下了很多印记。在华南海鲜市场，一家商店招牌上的"野"字被抠去，留下一个洞。一家火锅店门口的藤架上，枝叶枯败，花也凋零。

江汉路边，一个中年女性悄悄为死去的公公烧纸。她的丈夫在封城前回老家办事，无法返汉，结果她的公公因新冠肺炎去世，婆婆进了方舱医院，她无法照顾。

领骨灰的那天夜里，她梦到吃年夜饭，一家人都在，但她清醒地意识到公公已经去世，哭着和丈夫说，我没有照顾好你爸爸。清明节前，她申请去江边凭吊，社区没有允许，她在家里对着长江的方向磕了3个头。

4月4日10时，全国人民默哀3分钟，国旗降半旗，汽车、火车、舰船鸣笛，防空警报鸣响。武汉市汉口江滩、武汉市中心医院等地，市民自发献上鲜花，哀悼在新冠肺炎疫情中牺牲的烈士和逝世的同胞。

在武汉，2571人因为新冠肺炎离世。疫情早期是武汉最艰难的时候。武汉急救中心一天能接到1.5万个求救电话，但救护车只有57台，一名调度员说，每次接线，都能看到后面排队二三十人。曾有救护车拉着一个重症病人辗转6家医院都没被接收，最后送回家。

全国的医疗资源都在向这座位于中国版图心脏位置的城市聚集。各地的国家紧急医学救援队开着救援车、满载医疗设备和队员开往武汉。一名从上海来武汉支援的医疗器械公司员工，最多一天装了十几台CT机器。

在武汉市红十字会医院，援鄂医疗队在这家二级医院搭起负压病房。医院没有ECMO，全武汉都借不到，医生从陕西借来两台。西安那边9时出发，19

时开到武汉的高速路口，医生亲自开车去接回。

一户居民在疫情前刚添了孩子，每个月一次，一家人都要艰难地钻出围挡，再把婴儿车从围挡上递出，带着孩子打疫苗。

得胜桥社区的一个60岁老人，每天都会到阳台上练吉他。吉他是孙儿的，他年轻时也学过，现在一点点捡起来。他的手法并不熟练，弹起来一个音一个音地往外跑，和巷子里的炒菜声和饭香混在一起，融进黄昏的夕阳里。

一天要下雨了，一个街坊对着他喊，"抓紧时间出来散步，透哈子气啊老爷子。"社区里，很多人第一次学会了发面、做包子、炸酥饺，也有人修炼成了瑜伽大师。

市民对解封的渴望还体现在点评软件上。理发店的点评区，几十条评论呼唤理发师上班，一条评论说愿意出高价请Tony老师上门服务，被赞到了第一条。

一家影院在软件上开放了票务测试，片名为《未营业大地》，不少人心甘情愿花钱买下了张不存在的电影票，也有人装作看过留下影评。有人说"影片讲述了广大人民群众疫情期间在家无聊度日的点点滴滴"，也有人留言，"加油武汉！"

有人打趣，"再不解封，火神山、雷神山都得改成精神病医院。"

人类禁足在家的时间里，动物重新占领自然。四川雅安宝兴县的315国道，一只野生大熊猫误入国道，悠闲漫步；武汉的高架环线上，一只野猪撒欢奔跑；60只极度濒危的水禽黑脸琵鹭，突然到访广东阳江海陵大堤湿地。

6

得胜桥社区内部解封后，一家理发店主以为会有很多人上门理发，结果最多一天也就接待了8名顾客。他发现，社区里的很多男性都请老婆在家拿推子理过了。

4月8日零时，武汉市青郑高速入口的洪山区张家湾公安检查站，两名交警将隔离栅栏撤除。当日零时起，武汉市解除离汉离鄂通道管控，有序恢复对外交通。鲁冲／摄

很多人告诉记者，解封后会继续待在家里。"除非学校复课！"一个老年人说。

卖肉的刘军期望武汉早日恢复正常，"正常了，食堂和餐馆才会来买肉，我们一家人就不用再啃老本。"卖服装的郑中莲估计，即使解封，人们也不愿意上街，她要把更多精力放到线上。

截至4月3日，已有16省（市、自治区）的援鄂医疗队全部撤离。4.2万援鄂医护人员，超过70%已经返回家乡，隔离、休养后重返岗位。剩下的医护大多还要继续看管600多名住院治疗患者，其中近300人为重症或危重症。雷神山医院和同济医院中法院区留到了最后。

一名医生形容援汉的经历，"就像电影《1917》一样，你能做的，只有开头在树下睡去，结尾再在树下睡去，睡去和睡去之间，是无数的日子失去。"

武汉市的16家方舱医院3月10日已全部休舱，但临时建设的公共厕所、床和桌椅仍未搬走，院感团队定期做消杀。

如果没有这次疫情，洪山体育馆本该为 2020 年东京奥运会举办拳击项目资格赛。如今，东京奥运会也延期了。这座体育馆在疫情期间服务了 1124 名市民，疫情过去后，它将被交还市民，供游泳、打球、健身，看演唱会和比赛。

武汉市的 80 万中小学生将继续线上学习，很多教师一边给学生授课，一边还要承担下沉社区的任务。一名小学校长接到教育局的通知，要统计学校空调的情况，她猜测，学校可能会在暑假补课，或是要在暑假组织升学考试。

一名教师说，线上授课，两极分化严重。有些学生不自觉，涂改老师布置的作业题。这名教师把原作业题发给家长，家长的回复让人哭笑不得："不好意思老师，就今天没检查，已经打了他了。"

4 月 5 日，武汉市疫情防控指挥部社区防控组相关负责人罗平接受采访时说，武汉市疫情防控形势仍然严峻，将继续强化小区封闭管理。

"武汉解封了，但我还没解封。"一名痊愈的新冠肺炎患者说。她刚刚从康复驿站返回家中，仍要居家隔离 15 天。她很遗憾无法送帮助过自己的援鄂医疗队撤离武汉。

疫情期间，她删除了几百个微信好友，"以前我是讨好型人格，但见了那么多生死，我要把每一天当成人生的最后一天来活。"

江汉关钟楼传来 6 声钟响。钟声提醒环卫工严国明该下班了。他期待钟声再次淹没在江汉路步行街人声鼎沸里。这个直脾气的中年人说，他还是会继续管占道经营的商户，骂乱丢垃圾、乱吐痰的人。

4 月 8 日，已经到了春天倒数第二个节气。清明节那天，一个市民外出散步后，捡回一根树枝插在阳台上。"我已经错过了大半个春天，现在要抓住春天的尾巴。"

（应采访对象要求，刘军为化名）

王嘉兴　鲁冲
2020 年 4 月 8 日

5月21日，北京市朝阳区一家蔬菜店里，电视里直播着在北京人民大会堂举行的全国政协十三届三次会议开幕会。委员们戴着口罩集体肃立，为抗击新冠肺炎疫情斗争牺牲烈士和逝世同胞默哀一分钟。李峥苨/摄

两会在身边

在疫情防控常态化的特殊背景下，我们见证了一个迟来的、精简的全国两会。

五月的北京，代表、委员们在一周内共商国是，大到新冠疫情、经济发展、民法典，小到普通人的柴米油盐、就业保障、婚姻关系，两会所讨论的话题，和我们每个人休戚相关。

左： 5月28日，北京市东三环，一栋高楼的大屏幕打出两会金句"全面小康大家一起走"。当日，十三届全国人大三次会议在京闭幕。今年是我国决胜全面建成小康社会、决战脱贫攻坚之年。面对困难挑战，今年政府工作报告强调，要坚决打赢脱贫攻坚战，努力实现全面建成小康社会目标任务。陈剑／摄

右上： 5月24日，北京市朝阳区世贸天阶，大屏幕上播放着十三届全国人大三次会议湖北省代表团全体会议的画面。李峥苣／摄

右下： 5月23日，北京街头一处大屏幕正在播放全国人大代表审议政府工作报告的报道。王填代表说："今年的政府工作报告对于稳企业、保就业、保民生方面的力度之大，对企业是一个非常大的帮助。企业稳了，那么就业就稳了。"李隽辉／摄

在城市各处公共场所的屏幕上，播放着会议现场的画面，奔波在路上、生活在市井中的人们衬着这些画面，民生在屏幕内外交相辉映。

两会在屏幕里，更在我们身边。

高考在七月

7月7日，全国高考拉开帷幕，上千万考生走进高考考场。因新冠肺炎疫情影响，今年的全国高考时间从6月改到了7月。

据了解，1977年恢复高考后的20多年里，全国高考主要在7月举行。但考虑到7月天气炎热、不利于考生考试发挥，以及洪涝灾害频发等不安全因素，国家决定自2003年起把高考日期提前一个月，固定在6月7、8、9日举行。虽然2003年赶上"非典"，但也没有影响高考按期举行。

疫情防控、线上学习、延期，种种关键词加在一起，让本就紧张的高三学习增添了不少压力。4月27日，北京高三年级复课，家长在校门口给终于返校的孩子拍照留念，有老师在教室的屏幕上打出"没有一个春天不会到来"。仅仅一个多月后的6月17日，当全国各地高三学生正常在学校备考时，新发地的突发疫情让北京考生们又要切换回线上学习状态，不少学生趁着还在学校，提前拍了毕业合影。高考前，北京市的各个考场进行了无死角的消杀，监考老师反复演练着开考后的每一个防疫环节。

7月的高考，恰逢南方暴雨洪涝灾害，在不利天气条件下，各地在尽全力保证考试公平、保障考生权益。高考首日，安徽歙县因暴雨发生内涝，截至当日上午10点，该县2000多名考生中只有500多名抵达考场，首日语文、数学考试被迫延期，将于7月9日启用命制标准相同的副卷进行补考。高考第二天早上，湖北黄梅县500多名住校高考生因暴雨内涝被困，但经过各方努力，被困考生已陆续补时参加了上午的考试，下午的考试按时进行。

入场前的健康宝、测温仪、消毒液提示着今年高考的特殊性。但与往年相比不变的，是考生们厚积薄发的信心、遮阳伞或雨伞下老师家长们期盼和鼓励的眼神。不少人认为，2020届高三学生遭遇了"史上最难"高考。但相信，经历

中青报·中青网见习记者　曲俊燕　写文

7月7日，全国高考拉开帷幕，上千万考生走进高考考场。因新冠肺炎疫情影响，今年的全国高考时间由6月改到了7月。

回望了，1977年恢复高考后的20多年间，全国高考主要在7月举行。但考虑到7月天气炎热，不利于考生考试发挥，以及洪涝灾害频发等不安全因素，国家决定自2003年起把高考时间提前一个月，固定在6月7、8、9日举行。而距2003年遇上"非典"，但也没有影响高考照常举行。

疫情暴发后，线上学习、延期、种种关键词凝聚在一起，让本就紧张的高三学习增添了不少注脚。4月27日，北京高三年级复课，家长在校门口给穿着校服的孩子拍照留念，有老师拍教室的屏幕上打出"没有一个春天不会到来"。仅仅一个多月后的6月17日，当全国近高二学生正常在学校备考时，新发地的突发疫情让北京考生们又要重新回到线上学习状态，不少学生抱着志在各种缓解的心情。

在重重纸笔之下，今年的高考，或许比以往更有"心理战"的意味。中国教育在线发起的"新冠肺炎疫情对2020届高考生的影响"调查问卷结果显示，面对缩在家中备考的特殊...

7月7日上午，北京市中国人民大学附属中学朝阳学校（东校区）门口，一名考生在家长陪护下进入考场。中青报·中青网见习记者　孔斯琪/摄

7月7日上午，北京市第八十中学门口，语文考试开始前，松门口的一名考生。中青报·中青网记者　李隽辉/摄

7月7日上午，北京市陈经纶中学门口，一位老师为考生题上代表夺冠的红专带子。中青报·中青网见习记者　鲁冲燕/摄

7月7日上午，北京市第八十中学门口，高考语文考试结束后，等待考生的家长们。中青报·中青网记者　李隽辉/摄

7月7日上午，北京市中国人民大学附属中学朝阳学校（东校区）门口，考生们在进入考场前抓紧时间复习资料。中青报·中青网见习记者　孔斯琪/摄

7月7日下午，北京市第一七一中学门口，数学考试结束后，一名家长摄到考生进入考场的瞬间。中青报·中青网见习记者　孔斯琪/摄

7月7日上午，四川省成都市，成都七中考点门口，一名考生进入考场前与老师拥抱。汪龙华/摄

7月7日上午，四川省成都市，刚刚参加完英语语文考试的一位考生在考点门口哭泣，由于考生不在成绩，这位考生所在的学校安排了专车接送考生。中青报·中青网记者　王鑫昕/摄

7月8日上午，安徽省亳县中学考点门口，第一场物理考试结束，考生陆续走出考场。受洪灾影响，亳州7月7日的语文、数学考试延期至9日举行，7月8日的考试正常进行。中青报·中青网记者　江山/摄

7月7日上午，湖北省武汉市武钢三中考点，语文考试结束后，考生们鱼贯走出考场。中青报·中青网记者　朱娟娟/摄

高考在七月

7月7日上午，北京市丰台区，北京市第十二中学考点，结束上午的考试后，高考考生们走出考场。一位考生从人群中寻找起家人的手。当天是2020年全国统一高考第一天，据了解，今年北京市高考在7月7日至10日举行，共49000多名考生，设17个考区，132个考点学校，2867个考场，每考场考生人数由过去的30人减至20人。中青报·中青网记者　李峥苨/摄

此番磨炼后，"2020 届高考生"会成为值得这一届千万少年骄傲与自豪的标签。

曲俊燕

2020 年 7 月 9 日

坠落在风口

8 月 31 日，北下朱无风。

这天的最高气温是 37℃，太阳毫无遮挡地炙烤着大地。尽管即将进入 9 月，人们也很难相信夏天已经离开义乌。城北路两侧写字楼的玻璃幕墙反射着强光，一家国际酒店前，假棕榈树的塑料叶子纹丝不动。

沿着城北路一直向东，经过国际商贸城，在一个车辆陡然增多的路口，向北转，就能看到那块醒目的户外广告牌——中国网红直播小镇。更早前，这块牌子用红底黄字写着："走进北下朱，实现财富梦"。

北下朱最不缺的就是梦想。几乎每一个来到这里的人都坚信，这个义乌旁边的村子有当下最大的风口。3 年前，一部讲述义乌创业的电视剧热播，片名叫《鸡毛飞上天》。在这个闷热难耐的秋日里，那些徘徊在北下朱门店前的创业者都以为，他们会乘着北下朱的风，飞上天。

英姐就是他们中的一个。来到北下朱前，她在吉林老家卖烤红薯，"连微信都不会发"。如今，谈到自己来北下朱的原因，她已经有一套说辞——"现在是 5G 时代，直播经济、全民带货是大趋势，只要坚持，机会早晚会来。"她一口气讲完，就像在背诵一个标准答案。

遗憾的是，"趋势"还没在她身上体现。来北下朱 4 个多月，她直播间里通常不会超过 20 个人，每天的出单量大多都是个位数，"赚十几块钱"。

英姐口中的"机会"，指的是"爆单"——某条短视频或者某场直播忽然大火，带动商品冲到几万甚至几十万单的销量。在北下朱，关于"爆单"的消息传播最快，它经常带着诱人的数据，出现在街头的闲谈中。

但"爆单"不会公平地降临在每个人头上。英姐还在等待，她说不出"爆单"的秘诀，只剩下期待，"我要求没那么高，爆个 20 万的就行"。除了英姐，还有更多人面临相似的窘境。初来北下朱的激情冷却后，他们必须面对的日常是，涨不了粉丝，上不了热门，更卖不出货。

一个已经来北下朱两个月，每天都在街头游荡的年轻人感叹，这里的空气蒸腾着焦虑和迷茫，压得自己喘不过气，"风口在哪里？"

入局

北下朱不大，一共有 99 栋住宅楼。从地图上看，村子被一条河和三条马路围成一个长方形。对很多外来者来说，这四条边就像结界，圈出了一个独特的空间。

村里分布 1200 多家店铺，"网红""爆款"的字眼几乎出现在了每一块招牌上。一些常年在此地经营的店主早已谙熟创业者的心理，店名直击他们的灵魂："金渠道""大网红""富一代"……

英姐每天都要在村里走上几个来回，她趿拉着一双拖鞋，步伐很快，两臂大幅摆动，脖子微微前伸。她一只手总是攥着一个笔记本，快速行进中不时转头看一眼上面密密麻麻的信息。

英姐本名叫王桂英，今年 50 岁，身高 1.5 米，体重不到 80 斤。连续 10 多天，她都穿着一件肥大的 T 恤，背一个盖住整个后背的双肩包，显得她更加瘦小。T 恤是淡蓝色的，成片的污渍毫无掩饰地暴露出来，上面还有些不规则的笔迹——她视力不好，做事又总是很匆忙，记笔记时经常会不小心画到衣服上。

她背包里常备着一个放大镜，是儿子给她买的。只要遇到重要信息，她会随时停下来拿出放大镜，罩住半张脸，认真辨识起来。

她住在村子最角落的第 99 栋，要穿过几条巷子才能走到主街上。这些狭窄的巷子常常被等待拉货的电动三轮车挤占，还未打包的纸箱从店铺门口一直堆到路中心。

这些道路都经过精心规划。为了尽可能地利用土地，北下朱的道路宽度与

英姐正在寻找"3元一条"的牛仔裤。杨海／摄

建筑密度，追求的是一种极致平衡。

村支书黄正兴介绍，北下朱以前只是个义乌郊区的自然村落，那时村民们住着瓦房，祖祖辈辈为了方便劳作，一脚脚踩出蜿蜒的道路。2007年，北下朱等来了旧村改造，当时义乌几个改造后的城中村已经"改变历史"。参照他们的模式，北下朱村委决定把村子打造成一个"商业街"。"S"形的道路被捋直，方便车辆通行。广场、花园都应少尽少，留出土地盖楼。

规划思路得到充分体现，北下朱两条主街的十字交叉口处，成了村子的黄金地段。如今这里分布了几家网红店铺，来来往往的人群、拉货的电动三轮车，还有挂着各地牌照的小汽车在这里交汇。每天下午两点，交警会在这里准时出现，处理随时都可能发生的拥堵。

网红店铺门前的一块空地上，每天都会聚集一群举着手机的"拍客"，他们围成一圈，一丝不苟地对着中间的表演者拍摄。

通常情况下，只有"不一样"的表演，才有资格出现在这里——一个男主播被人追着泼水，最终倒在地上，满脸惊恐，接着被泼到"浑身颤抖"。几个小伙子穿着花衬衫，戴着假胡子，整个下午都在强劲的舞曲中重复同一个"舞蹈动作"。

旁边的一个只能坐下 6 个人的凉亭，是北下朱的"信息交流中心"。几个"拍客"从人群中撤下来，坐在凉亭的长凳上歇息。他们来北下朱已经 3 个星期，还在寻找创业方向。

就像萍水相逢的人见面时互相递烟一样，这里的礼仪是伸出手机，互相加微信。用这里一位等待成功的创业者的话说，"在北下朱，你总希望能够抱团取暖。"

英姐也被加过很多次好友，但提示她收到新消息的，常常是两个不知道什么时候加入的群聊，一个叫"北下朱未来网红群"，另一个叫"义乌主播发财群"。

"爆单"是凉亭里永恒的话题，也都是别人的故事，真正爆过单的人不会在这里闲聊。有时他们会相互鼓励，"光靠说爆不了单，要行动。"

"怎么行动呢？"有人问。

这样的问题往往会让谈话陷入沉默。舞曲依然热闹，表演者亢奋得像台机器，谈话者却低头摆弄着手机，或者望向别处。

富有

北下朱一天最热闹的时刻往往在下午 4 点半到来。毒辣的阳光被建筑挡下，有人在路口摆上一张桌子，用喇叭循环叫卖着便宜的手机流量卡。

主街两侧支起了路边摊，有炒饭、肠粉、手抓饼……它们价格便宜，又足够给马上要直播的食客们提供充足的能量。或许为了吸引顾客，一个卖凉皮的手推车上，贴了一张"在此崛起"的口号。

离开老家前，英姐和老伴也期待着能在这里崛起。那时老家吉林市要"创建文明城市"，路上不让再摆地摊。城管可怜老两口，每天检查时都让他们先去旁边小道里猫一阵，等拍完巡视视频再出来。

但这还是影响到了经营，再加上疫情期间，上街的人减少，地瓜摊更没什么生意，"一天收入几十块钱"。

眼看生活难以为继，老伴打算重操旧业，去新疆开货车。英姐却有新的提议。她在快手上刷到一个在义乌北下朱做直播带货培训的老师，短视频里，这位老师伴着激昂的背景音乐，用蹩脚的普通话介绍："这里是草根逆袭的天堂，只要方法对，在这里挣钱像捡钱一样轻松。""有这样一种生意，只要一部手机在家就可以日赚千元以上。"

英姐说她觉得老师讲得有道理，"我早就听说过义乌，是个经济发达的地方。"为了安心，她联系上这位老师，小心询问视频内容的真假。

"英姐你到这，年底要是挣不到10万元，你抽你弟。"几番沟通后，老师向她承诺。

到义乌是个艰难的决定，老两口"两天两宿没睡觉"，研究下一步怎么走。几年前，夫妻俩借了10多万元在老家镇上盖房子，结果没卖出去，也没人租赁。今年英姐父亲犯了脑梗，前后又借了4万多元医药费。

出发那天吉林下了大雪，两个环卫工朋友特地赶来送行。他们挂着铁锹，满脸笑意地看着两口子，"去吧去吧"，没有别的祝福。

车票是儿子用实习工资买的，本打算买卧铺票，执拗不过父母，最终买了硬座票。35个小时后，4月21日，两人到达义乌。

下火车后，他们坐公交车直奔北下朱，找到之前联系的培训老师，交3000元学费，开始了7天的"网红直播带货课程"。

英姐走的这条路很多人走过。卢新源已经在北下朱5年，他认识的朋友里，来北下朱的原因几乎都是被一些偶然刷到的新闻或者短视频吸引、打动。

有人在新闻报道上看到"北下朱的快递费低至一件8毛"，有人和英姐一样，刷到在北下朱的"创业视频"，"这里的货都是按斤卖"，或者"两个月买车，半年买房，一年不赚一百万就算失败"。

0.8 元的快递确实存在，只不过那些广为传播的新闻或视频里没有说明，那是像小饰品一样的超轻件，而且是量大的客户才能享受到的价格。按斤卖的商品也可以找到，但都是些库存、尾货，"很多都是按吨卖"。

北下朱村支书黄正兴记得，直播带货去年就开始在村子里流行，但是真正的爆发是在今年三四月份。

"疫情期间很多人丢了工作，他们就想到这边试一试。"黄正兴说。

有了人气的北下朱成了真正的"网红小镇"，吸引着更多人赶来"实现财富梦"。村里房子的租金也水涨船高，年前主街上的一间门面租金还是一年 5 万元，今年就涨到了 20 万元，甚至 30 万元。

英姐到北下朱后才发现，在这里创业并不是"零投入"。两人来义乌时借来的 1 万元很快见底：除了 3000 元的培训费外，又租了间 10 平方米的房子，一年 7200 元。

房间里最贵重的物品，是一台老家邻居寄来的旧电脑，桌面上没有几个应用程序，其中一个叫作：拼音打字练习。他们租的房子电费一度要 1.2 元，天气再热老两口也不会打开空调，这台电脑成为他们最大的生活负担。

她的旧手机直播时总是卡到没有画面，或者直接闪退。她听说"苹果手机直播好"，又借 6000 元买了一部新手机——老伴的姐姐卖了猪，给她凑了 3000 元，妹妹把给母亲看病的钱打了过来，3000 元。

这部苹果手机是她身上唯一算得上精致的物品。谈到这段买手机的经历，她忽然哭了起来，把手机揣在手里摩挲，"这是我这辈子买过的最奢侈的东西"。

"它就是我的饭碗，我会像爱惜自己的生命一样爱惜它。"英姐在日记里写道。

刚开始直播时，英姐为自己的网名发愁。在吉林老家，熟悉的人都叫她"英子"，接着发现这边"姐"很多，就给自己取名"英姐"。打开短视频 App，她

直播中，英姐拿放大镜看手机屏幕上的文字。杨海/摄

几个主播正在表演"舞蹈"。杨海/摄

刷到很多"××闯义乌"的名字，最后她给自己起了网名：吉林英姐闯义乌。

她在笔记本上反复修改，设计出了自己的开场白：大家好，我是英姐，来自东北吉林，一个负债20万元的70后。

7天的培训课程，她记满了4个笔记本的听课笔记。这些课程除了教短视频App的基本操作外，还讲授一些互联网传播理论。

"我就是不太明白什么叫矩阵思维。"英姐说她每天都温习听课笔记到半夜，搞懂了大部分内容，但"一些高端知识还没学到位"。

培训还提供了一些"励志课程"，她在笔记本上写下：现实有多残酷，你就该有多坚强；既然选择了这条路，跪着也要把它走完。

她向老师求来了"能量咒语"，抄下来贴到床头。每天起床后，她都会大声念一遍，从而感知力量。

"我很富有，我很喜悦，今天幸运女神与我相伴，我会顺！顺！顺！……今天是多么美好的一天啊！充满了爱、感恩、能量、效率，我是百万富翁，天生的百万富翁。"

热门

9月的第一天，"能量咒语"似乎起了效果。

这天她到国际商贸城帮网友看货，期望从中赚些差价。相比北下朱，国际商贸城主要做大货量批发。

在一个装修精致的档口里，她找到了网友要的货品。英姐提出要200件，老板娘马上拒绝，"我这还有1万多单没发出去，做不了你这个。"

这是英姐来到义乌的第133天，借来的生活费眼看就要见底。现在，这个月的着落就在这间档口里。

"现在都是网络时代，我在北下朱直播带货，你卖给我也算多一条路是不？"英姐俯身趴在桌子上，等待女人的回应。

"切。"老板娘发出不屑的声音。

接着是一阵沉默。英姐不知道，国际商贸城的店铺大多都有稳定的销售渠道，即使要直播带货，也会找几十万、上百万粉丝的"腰部主播"。这里的老板都清楚，虽然只相距两公里，但北下朱和这里很难联系在一起。

"求求你，接了我这单吧，我东北过来的，4个月没挣到一分钱。"她突然哭出声，眼巴巴地看着老板娘。或许是太过疲惫，她的眼角渗出黄色分泌物，被眼泪裹着一起掉了下来。

对方把老板椅转向一侧，避开她哭丧的脸，跷着二郎腿继续玩手机。

英姐不肯走，一直到中午时分，眼看到了饭点，老板娘执拗不过，最终同意给她排单。生意谈成，一件2元利润，这单赚了400元。

来不及在这个档口喘口气，她就匆匆出发去了下一站——有网友想要3元一条的牛仔裤，要她帮忙找货。

她几乎每时每刻都处在匆忙的状态中，一天只吃两顿饭，遇到急事，甚至缩减到一顿。为了节省开支，她没有买油，和老伴平时只有清水下面条和米饭蘸酱两种餐食。

不是每次找货都能成功，忙活一下午，3元一条的牛仔裤也没有找到。有时找货甚至是件赔钱的买卖，一箱睡衣至今还摆在他们的床头，是网友退回来的，"赔了475元"。

一个北下朱的朋友劝她专注直播，在很多人眼里，英姐算是"幸运的"。到北下朱的第九天，她拍的一段短视频上了"大热门"，快手粉丝从1000涨到了1万多。

在北下朱，每个人都在等待"上热门"的机会，这是"爆单"的前提。一个"梗"上了热门后，马上就会在北下朱风靡。

王军建是北下朱一家店铺的老板，大家更习惯叫他"王哥"。他设计过一个"梗"：一些在他店里拿货的主播，因为销量太差，砍价时被他泼水羞辱。

这个段子带来了"爆单"，之后的一个月里，王哥店门前的水泥地"从没有干过"。主播们每天都排着长队，等着被王哥泼成落汤鸡。

"有时一个人要泼七八遍才能拍好，一天泼上百个人，一共七八百盆，晚上回家累得腰酸背疼。"王哥当过兵，身材魁梧，他说自己很少干过那么累的活儿。

他记得一个怀孕5个月的孕妇也来排过队，等着挨泼，最后被他拒绝。

"很多人都是被逼的，想最后再搏一搏。"王哥感叹，"北下朱就是这样一个地方，它能让你在这里实现梦想，也能让你随时卷铺盖走人。"

那个劝英姐专注直播的朋友也被王哥泼过。她为了逃离丈夫的家暴来到义乌，期待在这里赚到钱，在县城买套房子陪孩子读书。她声音说话声音很小，直播时不敢出镜，把手机对着白墙。

到义乌3个月，她没有卖出过一单货。一天晚上，她走在巷子里，看到一个店铺老板和主播正在因为商品价格吵得不可开交，眼看就要打起来。她上前劝架，却看到店员着急地摆手示意她离开。

"我在这这么久，竟然没看出人家那是在演戏，都是套路。"她苦笑着说。

她不愿再谈如何作出被泼水的决定，只是视频里水泼到身上时，她哭了。没人说得清，那是不是表演。

她自己发布的视频没有火，围观的路人拍她被泼的视频却上了热门，"爆了3万单"。那段时间，她整夜失眠，"不知道还能做什么"。儿子生日时，她想过回家，但没有挣到一分钱，来回的路费又是个不小的消耗。在一次采访中，她对着镜头哭诉："我要求不高，哪怕只让我挣1万元，我就回家。"

她始终没有挣到那1万元，反而在一个毫无意义的午后，走在北下朱的大街上，忽然有一分多钟的时间，她忘记了自己住在哪里。

这让她感到害怕。随后，她在北下朱找了份帮人打包快递的工作，一个月3000元，再也没有开启过直播。

"不是每个人都能火的，要看你适不适合。"如今她坐在堆满纸箱的屋子里，笑着说自己想通了，终于可以按时吃一日三餐，"再也没有那么大的压力"。

更多人选择离开。这天从国际贸易城回来后，英姐在家门口送别一对来北下朱创业的河北夫妇。

他们原本在家里开早餐店，疫情期间店铺不能营业，在抖音刷到北下朱"创业视频"后，就决定开车过来"试一试"。将近两个月，无论他们如何努力，粉丝始终停留在三位数。

丈夫说前几天在北下朱旁边的公园里，看到有人摆象棋残局。这让他明白了一个道理："直播带货也是一个平台做的局，不断吸引玩家进来，不是每个人都玩得起。"

时间已经接近午夜，巷子里只剩下一台台空调排出的水滴在彩钢瓦上，发出的噗噗嗒嗒的声响，像是在下一场大雨。

"网络，残酷啊。"一直沉默的英姐突然出声。

新的爆款

王哥的泼水梗已经过时，失去了热度，店铺门前也恢复平静。每天晚上，顾客散去后，他会一个人坐在办公桌前，不停地刷着抖音，一边在本子上记下亮眼的台词，烟灰缸里塞满了烟头。他"苦思冥想"，期待灵光乍现，制造一个新的爆款热门。

英姐也逐渐发现，"负债"来义乌创业的人越来越多，欠钱的数额也越来越高，50万元，100万元，300万元……有网友在视频下评论，"都是一个学校毕业的"。最近，她改了开场白，不再提及自己欠债的事情。

像不断更新的热门一样，北下朱的大街上，每天都有刚刚抵达、还拉着皮箱的年轻人，边走边打量着眼前的种种景象。村里公告牌上贴满了招租信息，从早到晚都会有人站在这里，寻找自己的落脚点。

一个已经在北下朱两个多月的年轻小伙发现，在北下朱，很容易分辨"新人"和"老人"。

"新人总是带着笑脸，眼睛里放着光，感觉看到了希望。老人没人笑得出来，眼神没有焦点，在街上乱逛，找不到方向。"

他每天凌晨两点多才睡觉，早上不到7点就会"惊醒"。他发现无论拍什么段子，点赞的大多都是北下朱的"同行"。

"感觉北下朱上面有个'天网'，我们发的视频根本传不出去。"他指了指天空，表情疑惑。

他仍然没有后悔来北下朱的决定，笃信在这里能接触到最新的"电商模式"。至于新模式会是什么样，他一时语塞，最后表示"我也不清楚"。

这一次，卢新源也没摸清路子，尽管他已经北下朱待了5年。他不敢玩游戏，不敢看电视剧，"害怕耽误时间"。和北下朱的很多创业者一样，他一般选择白天或者晚上9点以后直播，避开晚上的黄金时段，那是属于头部主播的赛场，没有流量分给他。

前几日，因为直播时说了"有事私信"被封号的英姐，在解封当天，刚直播半小时又被封号，客服回复说原因是她在直播时说了"不明白的老铁联系主页客服"，"涉嫌线下交易"。

英姐当即崩溃，蹲在地上痛哭。一旁的老伴忍不住抱怨对平台的失望，"不干了，咱们帮人打包快递去。"

第二天，英姐平静了下来，她又听说有人爆了单。

"不能放弃，只有坚持才能成功。"她急匆匆地走在路上，笑着说。

在北下朱，有很多人会像英姐这样承受着焦虑、迷茫，但又马上被身边的成功故事吸引，想要在自己身上复制。

一个女主播来到北下朱后一直做不出成绩，最后和很多人一样选择离开。在回家的火车上，她的一个短视频忽然爆了单，她当即中途下车，返回北下朱发货。几乎所有人都知道这个故事的结局：她爆了两万单，一单利润11元，一共赚了22万元。

很多人都问过这个女主播爆单的秘诀，但在北下朱，这永远都是个秘密。

卢新源也体会过爆单的感觉。

那是在一个月前，因为一直卖不出商品，终于在某个晚上他消耗掉了自己最后1元钱。那天朋友请他吃饭，几杯啤酒下肚，他向大家吹牛："信不信我明天就爆单。"

第二天，他的一个短视频果然上了热门，当晚8点开启直播后，直播间不断有人进来询问商品详情。他没有购货款，又不能关播，只能一边直播一边打电话向朋友借钱。

"那种感觉就像你快要渴死的时候，别人递给你一瓶水，不，是冰水。"

回忆当时的感觉，他咽了一口口水，脸上绷不住笑容，然后摆了摆手，"没法形容，没法形容。"

那天的直播一直持续到凌晨 4 点，下播时他才感觉到嗓子像撕裂了一样疼痛。这一单赚了 8000 元，不算多，但足以让他决定，自己要在这条路上继续走下去。

直播带货风靡前，北下朱被称作"中国微商第一村"。那是卢新源赶上的第一个风口，他熟悉微商的套路，说现在村里的宝马奔驰车，很多都是那时十几个人合买的，"因为做微商需要把朋友圈打造成高大上的样子"。

他想继续在北下朱待下去，他看重的是这个地方，而不是这里的某一阵风。

北下朱村支书黄正兴也清楚这一点：北下朱从做地摊供应链开始崛起，然后经历了微商、社群团购，这里总是人来人往，不管直播带货前景如何，北下朱都不会错过新模式。

那个逃离家暴的妻子注册了一个小号，工作之余，她会在北下朱的大街小巷里闲逛，拍摄别人表演的段子，"万一火了呢？"

杨　海

2020 年 9 月 16 日

中国北斗突围之路

作为中国人自己的全球卫星导航系统——"北斗"，在今天迎来了历史性的一刻。

6月23日，因技术原因推迟一周发射的北斗三号最后一颗全球组网卫星，在西昌卫星发射中心"重启"发射后，成功飞向太空。至此，30颗北斗三号全球组网卫星全部到位，我国北斗三号全球卫星导航系统星座部署全面完成，比原计划提前半年完成。

当天，我国第55颗北斗导航卫星，即北斗三号最后一颗全球组网卫星从西昌卫星发射中心奔赴天疆，在北斗全球组网"大棋局"中落子定盘。至此，30颗北斗组网卫星全部到位。

从1994年北斗一号系统工程立项，到如今北斗三号组网卫星发射任务完成，中国北斗人用20多年的时间实现了55颗卫星的研制发射。其间，中国北斗人走过了从"埋头追赶"到"昂首领跑"，从"受制于人"到"自主可控"，从"区域服务"到"全球指路"的艰辛历程。

"北斗灵魂四连问"

"高精度的太空灯塔如何建立起来？""我们自己的位置谁来测？""中国北斗怎么保持稳定？""中国北斗多颗卫星如何能够安全、可靠地工作？"

在接受记者采访时，中国航天科技集团五院北斗三号工程副总设计师、北斗三号卫星首席总设计师谢军说，他自己经常被问到这样的问题，有的北斗人还将其称之为"北斗灵魂四连问"。

谢军告诉记者，"四连问"涉及从卫星本体构造、导航总体技术、核心单机研制、自主创新突破 4 个方面，国产化之路，步履艰难，通过三代北斗系统的探索与实践，中国航天人终不负时光，交出了一份闪亮答卷。

"我们也经历过关键单机和元器件被一些国家'卡脖子'的挫折，但始终没有动摇走自主可控道路的决心。"谢军说，北斗人深知北斗是国之重器，事关国防现代化建设和国民经济发展。

"关键核心技术是要不来、买不来、讨不来的。"从某种程度上说，这句话就是我国自主研制北斗卫星导航系统的一个重要原因。

北斗三号卫星总设计师陈忠贵告诉记者，北斗导航系统面向国家安全、社会经济发展、人民生活，提供时间基准、空间位置基准，对国家的重要性和人民生活的影响非常大。

"关键核心技术如果由别人提供，安全感何来？"陈忠贵说，比如当前的热点新基建，将是我国建设发展下一阶段的重要方向，时间基准和空间位置基准就是至关重要的基础，"北斗导航系统是新基建的基建，基础的基础"。

作为北斗全球导航系统的收官之星，此次发射的北斗三号卫星，秉承北斗研制一直坚定走国产化道路的思想，在国产化方面也是集大成之作。

据陈忠贵介绍，2000 年年底，我国建成北斗一号系统，解决了卫星最基本的问题，诸如供配电的太阳帆板，是为卫星提供由光转为电的部件，以及控制系统的转动机构，"这些核心产品的国产化，让北斗卫星的身体有了一副'中国体格'"。

2012 年年底，我国建成北斗二号系统。谢军说，北斗二号打破了国外的技术封锁，攻克了以导航卫星总体技术、高精度星载原子钟等为代表的多项关键技术，让卫星导航系统"心脏"跳动出"中国心率"。

北斗三号更是一马当先，开始了从并跑到领跑的征程。谢军说，中国北斗人率先提出国际上首个高中轨道星间链路混合型新体制，形成了具有自主知识产权的星间链路网络协议、自主定轨、时间同步等系统方案，填补了国内空白。

"更值得一提的是，我们建立了器部件国产化从研制、验证到应用一体化体系，彻底打破了核心器部件长期依赖进口、受制于人的局面！"谢军说，至此，北斗导航系统铸造了"中国灵魂"。

北斗"三步走"之路

事实上，早在北斗工程诞生之前，我国就曾在卫星导航领域苦苦摸索，在理论探索和研制实践方面都开展过相关工作。据陈忠贵介绍，作为先驱者，立项于上世纪 60 年代末的"灯塔计划"，虽然最终因技术方向转型、财力有限等原因终止，但它却如同黑夜中的一盏明灯，为后来者积累了宝贵的工程经验。

那时，中国北斗人经历过一个艰难的抉择。

1983 年，以陈芳允院士为代表的专家学者提出一个设想，即利用 2 颗地球同步轨道卫星来测定地面和空中目标，后来通过大量理论和技术上的研究工作，这一被称作"双星定位系统"的概念逐步明晰。

"接下来的北斗路，是一步跨到全球组网，还是分阶段走？"陈忠贵说，这个问题在当时引发不小的争议。

最终，"先区域、后全球"的思路被确定下来，"三步走"的北斗之路由此铺开。

然而到 20 世纪 90 年代，一些国家对我国采取技术封锁，国内的部件厂家尚未成熟，北斗一号研制只能在摸索中起步。据中国工程院院士、中国航天科技集团五院北斗一号总设计师范本尧回忆，国产化从北斗一号的太阳帆板做起，当时很多卫星都不敢上，北斗是第一个"吃螃蟹"的，只好硬着头皮上。

之后的国产化攻关更为艰苦，不论是东方红三号平台的横空出世，还是影响长寿命的关键部件，都成了摆在中国北斗人面前的一道道难题。

中国北斗卫星导航系统工程总设计师杨长风以原子钟为例，这是北斗二号的核心器部件，研制初期，相关人员打算从国外引进，但由于外方原因，最终没能实现合作。国外的技术封锁，成为当时制约北斗卫星导航系统工程建设的最大瓶颈。

"没有核心的东西，我们的系统，我们整个的研制工程就要受阻。我们北斗人坚定信念，一定要拿出自己的原子钟来。"杨长风说。

后来，中国北斗团队仅仅用了两年时间，就攻克了原子钟这个最大技术瓶颈。更让人惊叹的是，星载原子钟的精度指标通俗来讲是 10 万年差一秒，而如今，北斗系统星载原子钟的精度，已经提升到每 300 万年差一秒。

"再后来，我们就拥有了更多自主知识产权和核心技术，北斗导航卫星单机和关键元器件国产化率达到 100%，核心技术可控是中国空间事业创新发展的关键，这也是强国路上北斗人最赤诚的献礼。"陈忠贵说。

中国北斗的传奇，未完待续

谈起北斗二号 8 年激情燃烧的研制岁月，很多北斗人记忆犹新。

2007 年，正是首颗北斗二号卫星研制攻关的关键时刻。根据国际电联的规则，频率资源是有时限的，过期作废。

杨长风记得，当时这颗卫星已经伴随着火箭进入发射塔架，等待发射，有技术人员却发现卫星的应答机出现异常，为了不让卫星带着问题上天，研制团队重新打开了整流罩。

"时间不等人！"谢军记得，当时卫星团队争分夺秒完成了前期所有研制，为节省时间，所有参试人员进驻发射场后又大干 3 天体力活儿，搬设备、扛机柜、布电缆。

没有片刻的喘息，紧接着就是 200 个小时不间断的加电测试。这一次，院士、型号老总和技术人员一起排班，共同排除险情。

终于，2007 年 4 月 14 日凌晨 4 时 11 分，火箭成功发射，卫星准确进入预定轨道。两天后，北京从飞行试验星获得清晰信号，此时距离空间频率失效仅剩不到 4 个小时。

"接到这个信号后，我们高兴、激动得跳了起来，大家的眼泪都出来了。"杨长风说，通过整个团队的努力，中国的轨道频率资源保住了。

2012 年，我国成功建成国际上首个混合星座区域卫星导航系统，至此，我国北斗导航"三步走"战略顺利完成前面两大步，蹄疾而步稳。

就在北斗二号正式提供区域导航定位服务前，北斗三号全球导航系统的论证验证工作拉开序幕，并明确了研制要求，确定了建设独立自主、开放兼容、技术先进、稳定可靠的发展目标，自此，新征程开始了。

"北斗是一个开放的系统，中国的北斗，世界的北斗，中国发展卫星导航技术是国民经济的重要基础设施，也是为全人类提供时间坐标和空间坐标的基础设施，服务的连续性和稳定性十分重要。"中国航天科技集团五院北斗三号卫星总指挥迟军告诉记者，就像停水停电影响城市生活一样，卫星导航服务一旦中断，国家和社会的正常运行会受到很大的影响。因此，科技人员对卫星导航的可靠性、连续性提出了苛刻设计的要求。

据他介绍，为了提高卫星在轨服务的可靠性，北斗三号卫星采取了多项可靠性措施，使卫星的设计寿命达到 12 年——比肩国际导航卫星的先进水平，为北斗系统服务的连续、稳定提供了基础保证。

从 2009 年 12 月开始，中国北斗人加速冲刺，并在 2018 年成功实现一年 19 星发射，在太空中再次刷新了"中国速度"。如今，北斗三号全球系统星座部署全面完成，"三步走"的战略路径，从"梦想在望"变成"梦想在握"。

杨长风透露，下一步，我国计划到 2035 年，建成以北斗系统为核心，更加泛在、更加融合、更加智能的国家综合定位导航授时体系。中国北斗的传奇，未完待续。

邱晨辉

2020 年 6 月 24 日

后　记

这本书的编选工作从 2022 年 6 月开始，当月我离任中青报总编辑，此时离"文化名家暨'四个一批'人才"基金到期只剩 9 个月。

在启动编选之前，我心里有数，想填补自 2000 年以来，中青报优秀新闻作品选本的空白，因此虽说这只是个个人项目，但希望尽可能体现这张报纸新世纪 20 年的工作成果和业务水平。报社为此成立了包括采编、品牌、资料、财务、人事等部门人员参加的项目组。

最初的方案是做一套简单的分类作品集，在讨论过程中，出版社建议采用编年体，以更好体现"历史底稿"的逻辑。这是一个很专业的意见，但本报自采报道对重大事件并不能做到全覆盖，且时间线上也并不一一对应，因此后来采取了编年版＋精选版的模式，前者编选以体现年度特征和历史脉络为标准，后者以影响力和文本价值为原则，一纵一横，力图构建起一个新世纪 20 年新闻记录的中青版本。为了克服即时新闻的局限，编年版加了每年的年度概述，有的报道加了脚注，以凸现作品的左右逻辑联系，以及前后发展脉络。

需要特别说明的是，新世纪 20 年中国和平崛起的历程宏大而繁杂，没有一家媒体可以做到完整记录，即便只是中青报自己的记录，也容得下多个版本。目前这个选本，经过了编辑组的多轮讨论和反复修改，但底层逻辑和篇目挑选仍可能有偏狭和遗漏，它实在只是版本之一种，不足之处，留待以后的修订和其他选本的补充校正。另外，由于体例和篇幅的原因，有些作品作了删节或整合，有的修改了标题，在此也做一下说明。

感谢报社品牌部主任许海涛、内容合作部主任付豪杰和中青在线刘子新，他们承担了多轮联络沟通工作，功败垂成，几系一身。感谢视觉编辑陈剑、程璨，他们的装帧设计和图片编排，充分展现了中青报作品的特质，以及对新闻的理解。感谢研究部文静主任和她的团队，20多年的资料卷帙浩繁，她们不辞辛苦，把整理工作做得一丝不苟。

尤其要感谢的是编辑组的同仁，从玉华、张国、陈卓、秦珍子和杨杰，他们全程参加了本书的编选，从围桌讨论到促膝交流，真是一段值得珍惜的愉快时光。感谢他们知无不言的专业意见，让我超越了自己的思维定式，尽可能地拓展了考察的深度和广度，有幸可以有这样的业务伙伴。

最后要感谢团结出版社的梁光玉社长，以及本书的责任编辑时晓莉，他们高质量的制作，赋予了与这份历史底稿相称的载体。一套典雅的纸质书籍，也许就是我们20多年心血最好的归宿。

毛　浩

癸卯年正月初一

说明：本书图片均原载《中国青年报》，其中部分为资料照片。若有疑问，请联系中国青年报社版权部门。